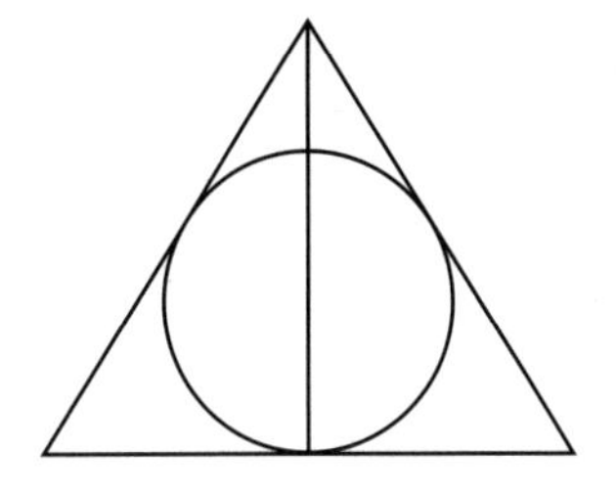

A Wizard of Their Age:

Critical Essays from the Harry Potter Generation

A WIZARD OF THEIR AGE

해리포터 이펙트

포터헤드가 쓰고 포터헤드가 옮긴
우리 시대의 마법사 이야기

세실리아 콘차 파 엮음
케이트 글래스먼 외 15인 지음
포터헤드 16인 옮김

xbooks

해리포터 이펙트

초판 1쇄 인쇄 2016년 1월 20일
초판 1쇄 발행 2016년 1월 25일

엮은이 세실리아 콘차 파
지은이 케이트 글래스먼 외 15인
옮긴이 김나현, 김수연, 김영지, 김은혜, 김주현, 노서영, 류소현, 박나리,
박성혜, 신지현, 심상원, 이서현, 이정은, 전재연, 최수원, 홍성호
컨트리뷰터 김보람, 김윤미, 김주현, 김차미, 노송은, 박민정, 서혜림, 송보영,
이윤정, 한슬기, 홍정민

펴낸이 유재건
펴낸곳 엑스플렉스(X-PLEX)
등록번호 105-91-96264호
주소 서울시 마포구 와우산로 180 4층 402호
대표전화 02-334-1412
팩스 02-334-1413

ISBN 979-11-86846-01-8 03800

이 도서의 국립중앙도서관 출판시도서목록(CIP)은 서지정보유통지원시스템 홈페이지 (http://seoji.nl.go.kr)와 국가자료공동목록시스템(http://nl.go.kr/kolisnet)에서 이용하실 수 있습니다. (CIP제어번호: CIP2016000453)

- xbooks는 출판문화공간 엑스플렉스의 출판브랜드입니다.

생각보다 글쓰기는 우리와 가깝습니다. 잘 쓰는 것도 좋지만, 쓰고 싶은 마음이 더 좋습니다.
엑스플렉스는 글로 소통하고 싶은 사람들을 위한 강의를 기획하고 책을 출판합니다.
언어의 세계는 무한하다는 믿음으로 미지수 엑스(X)의 활동을 꾸려나가는,
이곳은 '출판문화공간 엑스플렉스'입니다.

소설을 통해 마법과 경이를 가르쳐 준
J. K. 롤링에게 이 책을 바칩니다.

목차

일러두기

1. 이 책은 J. K. 롤링의 해리포터 시리즈(전7권)에 대한 비평모음집으로, 해리포터를 읽고 자란 대학생, 대학원생들이 기획·집필·편집한 책입니다. 국내 번역 역시 해리포터를 읽고 자란 한국의 포터헤드 16인이 각각의 장을 나누어 작업하였습니다.
2. 주석은 각주와 후주가 있습니다. 본문 이해를 돕기 위한 내용을 담고 있는 경우 각주로 표기했으며, 단순 인용출처 표기는 후주로 처리했습니다. 각주 중 옮긴이의 주석은 '— 옮긴이'라고 표기하여 저자의 주석과 구분했습니다.
3. 원서에는 없지만 한국어 판본에는 '나의 해리포터 이야기'를 통해 컨트리뷰터로 참여해 준 11인의 글이 추가로 실려 있습니다(부록 참조).
4. 글쓴이 약력은 각 장의 끝에 각주 형식으로 달았고, 옮긴이 약력은 책 끝에 모아서 소개하였습니다.
5. 본문에 사용된 해리포터의 인용부분은 국내본 해리포터 시리즈(문학수첩 펴냄) 구판을 참조로 하였음을 밝힙니다. 목록은 다음과 같습니다.

『해리포터와 마법사의 돌』(김혜원 옮김, 1999)
『해리포터와 비밀의 방』(김혜원 옮김, 1999)
『해리포터와 아즈카반의 죄수』(김혜원 옮김, 2000)
『해리포터와 불의 잔』(김혜원·최인자 옮김, 2000)
『해리포터와 불사조 기사단』(최인자 옮김, 2003)
『해리포터와 혼혈왕자』(최인자 옮김, 2005)
『해리포터와 죽음의 성물』(최인자 옮김, 2007)

서문

지젤 리자 아나톨 / 김수연 옮김

몇 달 전, 세실리아 콘차 파가 나에게 와서 학부생들이 해리포터 시리즈에 대해 쓴 에세이 모음집 앞에 들어갈 서문을 작성해 달라고 부탁했다.

내가 조금 망설였다는 사실을 여기 솔직히 밝혀야겠다. 1998년 봄 학기에 처음 『해리포터와 마법사의 돌』(*Harry Potter and the Sorcerer's Stone*)에 대해 가르치기 시작했을 때는 서른 다섯 명의 학생 중에 불과 두세 명 만이 "살아 남은 소년"이나 볼드모트, 퀴디치, 아니면 호그와트 등에 대해서 들어 본 정도였다. 해가 갈수록 그 숫자는 점점 늘어 갔다. 이제는, 웬만하면 오직 두세 명의 학생들만이 **책을 읽어 보지 않았을** 정도이고, 학생들은 기발한 이름들, 중심 줄거리 구성, 그리고 심지어는 소설들에 대해 떠도는 몇몇 종교적인 논란까지도 완벽히 터득하고 있었다. 대부분의 학생들은 해리포터 책들을 초등학교 3학년 정도에 처음 읽기 시작했으며, 주인공과 함께 자라고 성숙했다. 책이나 영화가 매번 한 살 더 나이를 먹은 해리와 함께 새로 나올 때마다, 이 학생들 역시 한 살 정도 나이를 먹은 상태였다. 그들은 이렇게 등장인물들을, 그리고 책들 그 자체를 10년이 넘는 시간 동안 쌓아온 강렬한 관계를 공유하는 상대로 인지하게 되었다. 마치 이 책에 수록되어 있는 '나의 해리포터 이야기' 부분에서 마리아가 말하듯 말이다. 그러나 새로운 해리포터 책이 나오기를 기다리는 나의 학생들, 그러니까, 교실이나 도서관 혹은 매일 밤 자기 전 해리포터를 읽거나 듣는, 그리고 혼자서 몇 번이고 해리포터 책들을 세심히 살피던 그들의 열심에도 불구하고, 학생들은 해리포터 이야기에 **분석적으로** 접근하는 것을 보통 어려워하곤 했다. 그들은 해리포터 세계에 관해서는 믿을 수 없을 만큼의 지식을 지니고 있었고 롤링이 써낸 등장인물이나 상황에 대해서는 강한 감정을 표시했지만, 그들이 이곳저곳에서 긁어모으거나 혹은 외워 버린 상세한 정보를 시리즈의 주제나 더 큰 암시된 사항을 지속적으로 이해하기 위해 발전시키지는 못하는 경우가 많았다.

예를 들어, 많은 수의 학생들은 보기에는 아무 뜻도 없어 보이는 이름에 상징적인 의미가 있다는 것을 배우고 놀라워했다. 그린고트 안에는 "ingot"라는 단어가 들어 있다.* 맥고나걸 교수

---

* 그린고트(Gringotts)는 해리포터 세계의 마법사 은행을, 잉고트(ingot)는 금괴를 뜻하는 단어이다. —옮긴이

의 이름인 미네르바는 고대 로마의 지혜의 여신의 이름이다. 드레이코 말포이의 들러리의 성은 "crab"[**]과 "gargoyle"[***]이라는 단어의 메아리이며, 따라서 그들의 바위 같이 둔한 겉모습을 표현한다. 어떤 학생들은 해리의 삶의 궤도가 신데렐라의 그것과 얼마나 평행선을 그리고 있는지 보고 놀라움을 금치 못했다. 몇몇은 롤링이 아이들의 안전보다는 어른들의 편의나 권위주의적인 욕심을 위해 세워진 법칙들에 도전한다는 생각을 받아들였지만 동시에 사회경제적인 신분 논리와 맑스주의 이론에 기반한 해리 포터 읽기를 거부하기도 했다.

그러니 내가 『해리포터 이펙트』 원고를 받아 보고 얼마나 깜짝 놀랐을지 상상해 보라. 초콜릿 개구리나 버터맥주 같은 '포터 음식'을 먹고, 퀴디치 게임을 하고, 모의로 꾸며진 점술 교실에서 찻잎으로 점을 쳐 보는 데에 그치지 않고, 이 학생 필자들은 모두 조앤 K. 롤링의 소설에 대한 자세하고 창의적인 분석에 참여해 왔다. 그리고 내 이전의 걱정은 전혀 불필요한 것이었음이 드러났다. 편집자이자 컨트리뷰터로 참석한 사람들도 소중한 경험을 했다. 그들은 에세이를 모집하는 공고를 했으며, 정확성을 검토하기 위해 제출된 작품들을 읽었고, 타당한 논리뿐만 아니라 혁

** 게를 뜻하는 단어로, 말포이의 들러리 역할을 하는 인물인 빈센트 크랩(Vincent Crabbe)의 성과 발음이 비슷하다. —옮긴이

*** 가고일(유럽 고딕 양식의 건축물에 붙어 있던 괴물 모양의 석조상)을 뜻하는 단어로 말포이의 들러리 역할을 하는 그레고리 고일(Gregory Goyle)의 이름과 발음이 비슷하다. —옮긴이

신적인 관점을 알아보는 방법을 학습했으며, 이 모음집에 수록될 에세이들을 균형에 맞게 선정하였다. 그들이 이후 대학원에 진학하여 문학 교수로서의 커리어를 시작하든지, 편집과 출판의 세계에 발을 디디게 되든지, 혹은 그저 (글뿐만이 아니라 세상을 읽는) 독자로서의 자기 자신에 대한 새로운 평가를 내리게 되든지, 그들은 자기 자신의 능력을 특출나게 뽐내 보였다.

콘차 파 교수 스스로는 이 프로젝트에 굉장히 작은 부분을 차지한 것처럼 이야기하지만, 그녀는 분명히 그녀의 학생들에게 동기 부여를 했고 눈앞에 있는 과제를 위해 그들을 능숙하게 훈련시켰다. 컨트리뷰터들은 자기 자신의 즐거움을 위해 읽고, 또한 조사도 한다. 그들은 참을성뿐만 아니라 열정을 가지고 서술의 흐름을 정독한다. 그들은 비판적인 이론뿐만 아니라 심사숙고 하는 마음으로 글에 접근한다. 그리고 이 에세이 모음집이 다른 이들에게도 분석적인 독서와 사고를 하는 데, 그리고 글을 쓰고, 쓰고, 또 쓰는 데 영감을 줄 수 있기를 바란다. 그것이 학술지가 되었건, 팬픽션 웹사이트나, 혹은 일기나 블로그가 되었건 말이다.

이 프로젝트와 연관이 되고, 가장 젊은 포터 학자들과 소통할 수 있어서 영광이다.

2013년 9월

---

* **글쓴이 | 지젤 리자 아나톨**(Giselle Liza Anatol) 캔자스 대학교 영문학과 부교수. 카리브/아프리카 미국문학을 가르치며, 『해리포터 읽기』와 『해리포터 다시 읽기』를 쓰고 엮었다.

감사의 말

세실리아 콘차 파 외 / 임유진 옮김

교실 안에서 마법이 일어나게 해준 바로 그 곳, 세인트 캐서린 대학에 감사를 드리고 싶다. 린다 지만스키 교수, 여름 장학생 프로그램, 조앤 카바랄로 교수 이하 영문학부, 그리고 이 프로젝트가 가능하도록 지원해 준 세인트 캐서린 대학 인문학부 모나 라일리 석좌교수에게도 깊은 감사를 드린다. 이 기존의 방식에서 벗어난 프로젝트를 믿어 준 뉴욕주립대학출판부와 편집자 제임스 펠츠, 그리고 색인작업을 맡아서 해준 글래스먼에게도 감사를. 마지막으로, 명백히 해리포터를 사랑하고, 글로서 그것을 증명해 준 이 책의 컨트리뷰터들에게 고마움을 전한다.

세실리아 주저함 없이 나아가는 창의력, 에너지, 통찰. 이 프로젝트에 편집자로 함께 참여해 준 일곱 명의 학생들에게 감사를 전하고 싶다. 그들은 내게 '덤블도어의 군대'와도 같았다. 또 1권 『마법사의 돌』만 읽고서 멈출 뻔했던 나를 말려준 태너와 데일리에도 고맙다. 그리고 나의 어머니. 나에게 책을 읽어 주시고, 당신이 사랑한 것들을 내게도 가르쳐 주신 어머니께 깊은 감사를 드린다. 비록 지금 안 계시지만, 자식들에게 놀라운 통찰을 보여 주신 아버지께도 특별히 감사를 드리고 싶다. 지금 잠시 플로리다로 떠나 있는 나의 소중한 친구 켄 버크. 나를 열정적으로 유니버설 올랜도 스튜디오에 데려가 준 켄에게 고맙다. 그리고 내 인생의 모험을 함께 해주는 친구들인 '클럽' 멤버들, 마법이 없는 모든 이들에게도 고마움을 전하고 싶다.

케이트 글래스먼 금빛으로 반짝이는 감사의 마음을 쌓아 산이라도 만들고 싶은 심정이다. 수업을 함께 들었던 친구들과 놀라운 편집진에게 고맙다. 조앤 K. 롤링의 책을 통해 만나고 사랑하게 된 긴 목록에서 당당히 높은 순위를 차지하고 있는 명민하고 아름다운 그들. 급작스럽고 느닷없고 끈질기게 그녀의 삶에 들어가 훼방을 놓았던 나를 인내해 준 하드캐슬에게 고마움을 전한다. 비판적 사상가로서나 인간적으로서나, 그녀가 나에게 준 끝없는 기회에 감사할 따름이다. 가장 중요하게, 나를 바르게 길러 주신 부모님께 사랑과 감사를 전한다. 내가 커다란 TV 포장박스에 들어가 앉아 『불의 잔』을 하루종일 읽던 날, 엄마는 그 흐름이 끊기지 않도록 계속해서 땅콩잼 샌드위치를 만들어 주셨다. 그리고 아버지. 그게 무엇이 되었건 내가 좋아하는 걸 제일 잘하는 방법을 가르쳐 주셨다.

제니 맥두걸 가족들에게 감사한다. 특히 나에게 책을 읽어 주시고, 나와 함께해 주셨던 나의 어머니 베일라 맥두걸 여사께. 몇 해 전 나의 생일, 곧 열여섯을 앞둔 나를 데리고 가셔서는 『마법사의 돌』을 사주셨다. 그리고 동료 에디터들에게도 고마움을 전한다. 그들의 통찰과 명민함, 해리포터에 관해 우리가 함께했던 말도 안 되게 환상적이었던 토론들에 감사한다. 우리를 이끌어 주신 세실리아 교수님. 그 지도와 열정에도 감사하고 싶다. 나의 해리포터 사랑을 뻗쳐나갈 수 있게 해준 세인트 캐서린 대학의 해리포터 수업에도. 마지막으로, 나의 남편 에반. 그의 사랑과 유머, 끝이 없는 지지에 커다란 감사를 보낸다.

새라 웬티 무엇보다도 이 책을 편집한 놀라운 사람들에게 진심을 담아 감사의 마음을 표하고 싶다. 어릴 적 '나'를 기억에서 데리고 나와 그들의 놀라움과 우정을 나눌 수 있게 해주었다. 특별히, 세실리아 교수님의 지적인 자극과 귀중한 피드백, 또한 인내에 감사한다. 교수님은 학생들 안에 있는 최고를 끌어내 주셨다. 해리포터에 관해서 무작위로 쏟아내는 나의 흥분을 참아주고, 격려와 지원을 아끼지 않은 친구와 가족들에게도 고맙다. 어머니께는 특별히 감사를 전하고 싶다. 내가 책 읽는 것을 좋아할 수 있게 길러 주셨고, 나에게 처음으로 해리포터 책을 사주신 어머니(심지어 그

때 나는 그것을 읽기에 너무 어린 나이였는데도). 마지막으로, 최고의 내 고등학교 선생님들—캐롤 선생님과 엘리사 선생님—께 감사한다. 문학에 대한 사랑을 키울 수 있게 해주셨고, 문학 세계에 대해 어떻게 쓰는지를 처음으로 내게 가르쳐 주신 분들이다.

에반 게이도스 우선 늘 격려를 해준 가족과 친구들에게 사랑과 감사의 말을 전한다. 마치 해리가 계단 아래 벽장방에서 나온 것처럼, 내가 세상을 향해 나가 모험을 할 수 있게 해주신 엄마, 내가 한 장 한 장 읽어 내려갈 때 곁에서 성물과 호크룩스의 여정을 결국 나와 함께하셨던 아버지. 또, 이루 말할 수 없는 재기로 무장한 놀라운 편집진에 감사를 드린다. 내가 그들 중 일원이 되고, 그들을 친구라 부를 수 있음에 진심으로 감사한다. 세실리아 교수님께는 감사하다는 말로는 부족하다. 겨우 대학 1학년생이었던 우리에게 '뭔가'가 있음을 보시고 내가 사랑한 것을 수업에서 가르칠 수 있게 해주신 교수님. 지지뿐만 아니라, 우리가 기회를 잡을 수 있도록 종종 압박도 해주셨다. 그리고 레이첼. 우리가 해리포터를 학문의 세계로 가지고 오기 위해 보냈던 그 오랜 시간과 그 많은 즐거움들! 늘 고마워. 마지막으로, 이 책의 아이디어를 가능하게 해준 해리포터 수업과 그 수업 이후의 모든 것에 감사한다.

칼리 카에타노 처음으로 해리포터 책을 선물해 준 이모 린다에게, 나는 깊고 깊은 우물과도 같은 감사를 빚졌다. 해리포터는 그 이후

내 평생 집착의 대상이 되었다. 내가 사랑하는 마이클, 비록 『혼혈왕자』를 다 끝내지 못했지만, 그럼에도 내 고마움을 전한다. 해리포터에 관한 거의 모든 것에 대해, 몇 달 동안 이어진 토론을 함께해 준 친구들에게 고맙고, 거칠 것이라고는 없는 우리의 선생님 세실리아 교수님께도 감사하다. 교수님 덕분에 이 책이 세상에 나올 수 있었다.

레이첼 암스트롱 나에게 처음 해리포터를 읽어 주시며 해그리드의 걸쭉한 목소리와 맥고나걸 교수의 날카로운 목소리를 들려주신 부모님께 먼저 감사하다. 용감무쌍한 탐험가였던 내 친구들과 동료 편집진 ―그들의 호기심과 재치, 멈출 줄 모르는 학구열은 앞으로 오래도록 잊지 못할 것이다. 나의 친구이자, 에디터이자, 같은 부엉이 에반에게 감사한다. (우리가 이걸 다 어떻게 해낸 거지?) 내가 사랑해 마지않은 책을 통해 문학과 이론을 탐구할 수 있도록 기회를 주신 세실리아 교수님. 교수님의 인내와 열정, 열린 귀에 정말 감사를 드린다. 이보다 더 나은 교수님이 되는 유일한 방법은 마녀가 되는 정도일 것이다. 마지막으로, 마녀처럼 분장한 교수님과 기숙사 배정 모자 앞에서 긴장하며 앉아 있던 모든 동기들에게 고마움을 전한다. 그들이 없었다면 내 학창시절은 완전히 달랐을 것이다. 너희들이 없었다면 훨씬 덜 재미있었을 거야!

트레자 로사도 무엇보다도 먼저, 엄마에게 감사한다. '영국에서 온 아이들 시리즈'에 대해서 들으시고 열 살이던 내게 시리즈의 세 권을 크리스마스 선물로 사주신 엄마. 이 도서구매로 인해 결국 당신 딸의 삶이 충만해지고, 또 장차 직업 선정에까지 영향을 미쳤다는 사실에 자랑스러워하고 계신다는 걸 나는 알고 있다. 교수님/멘토/친구이신 세실리아 교수님께도 감사를 드린다. '중간 정도'라는 말이 얼마나 불행한 문화적 결과물인지를, 해리포터는 마땅히 『안나 카레니나』 옆에 자연스럽게 놓여야 함을 알려 주신 분이다. 끝으로, 알버스 덤블도어의 도덕성에 대해 몇 해 동안 논쟁을 했던 여성들과 론 위즐리의 상대적 무용함과 명민함에 감사하고 싶다.

들어가며

그들이 여태껏 사랑해 왔던 것을 사랑하는 법을 가르치다: 대학에서 만난 해리포터

데일리 콘차 파, 세실리아 콘차 파 / 김수연 옮김

우리가 사랑해 왔던 것: 데일리와 세실리아

데일리 콘차 파(옥스버그 대학교 3학년, 영문학 전공) 내가 아홉 살이던 해 여름, 엄마와 남동생과 나는 깔끔한 미네소타 주 세인트 폴에 있는 우리 동네로부터 장대하고 먼지가 날리는 유타 주의 사막으로 향하는, 길지만 익숙한 여정을 시작했다. 가는 길의 일부는 조부모님과 함께하고, 그 다음은 5년 전 우리가 떠나 온 프로보에 살고 있던 오래된 친구들을 만날 예정이었다. 트렁크 안에서 흔들리는 오렌지색 퀴퀴한 텐트는 모아브 사막에 있을 동안 캠핑을 하려는 우리 계획의 증표였다. 여행 내내 우리 세 명은 번갈아 가며 엄마의 친구가 우리에게 추천해 준 새로 나온 책을 소리 내어 읽었다. 바로 『해리포터와 마법사의 돌』이었다. 내 남동생 태너와 나는 서로의 차례가 오기 전에 각자 얼마나 읽을지에 관해 옥신각신했다.

태너는 아직 여섯 살밖에 안 되었고 나는 초등학교 3학년을 겨우 마쳤을 뿐이었지만, 수줍음이 많은 영국 소년과 그의 오합지졸 마법사 친구들에 대한 흥미진진한 이야기를 읽으며 한창 발전해 가던 독서 실력을 연마하는 데에 둘 다 매우 열심이었다.

매서운 사막 폭풍이 붉은 흙을 휘몰아치는 모아브 사막에서 우리는 몇 시간 동안이나 자그마한 텐트에 웅크린 채로 서로에게 딱 붙어서 해리의 이야기를 읽었다. 집에 오는 길 차 안에서 마지막 페이지까지 넘기자, 우리는 바로 다음 마을까지 여전히 모래가 낀 차가 달릴 수 있는 한 가장 빠른 속력으로 달려가 새로 출판된 『해리포터와 비밀의 방』 한 권을 집어 들었다. 엄마와 남동생과 함께 해리포터를 읽는 것은, 어떤 한 책을 나만큼이나 사랑하는 다른 사람들과 그 책에 관해 이야기해 본 첫 경험이었다. 그 자동차 여행을 하면서 나는 내가 얼마나 문학에 관한 대화에서 즐거움을 느끼는지 깨달았고(특히 남부 유타에서 캠핑을 하면서는 더더욱), 이제 나에게 문학에 관한 토론은 그 여름 내 발가락 사이에 느껴지던 붉은 모래만큼이나 자연스러운 것이 되었다.

세실리아 콘차 파(세인트 캐서린 대학교, 부모이자 교수) 그 해 여름의 자동차 여행은 나에게도 뜻깊은 전환점이었다. 당시에는 알지 못했지만, 그건 파킨슨 병과 함께 찾아온 치매에 아버지가 굴복해 버리기 전에 내가 아버지와 마지막으로 함께한 시간이었다. 아버지는 시카고를 벗어나자마자 자신이 운전하겠다고 우기셨는데, 그러다 갑

자기 고속도로에서 공황 상태가 되어 도로 밖에 차를 세워야 했다. 장거리 트럭 운전사였고, 중장비 건설 기계를 운전했으며, 동요하는 법 없이 여덟 명의 자녀에게 운전을 가르치시던 아버지는 수치심과 좌절감을 느끼며 어머니에게 운전대를 넘겨야 했다. 그렇게 어머니가 덴버에 있는 내 남동생의 집까지 대부분 운전해 갔고, 나는 데일리와 태너와 함께 뒷자리에 꽉 끼여 탔다. 우리가 번갈아 가며 해리포터를 읽었을 때, 나는 이야기에만 집중한 게 아니라 아버지의 미묘한 행동 변화 하나하나가 내가 이제까지 알아 온 아버지를 잃게 될 일이 점점 다가오고 있음을 예고하는 데에도 신경이 곤두서 있었다. 아버지가 맥도날드에서 태너의 손목을 너무 꽉 잡아서 태너가 울었을 때, 나 또한 몰래 울었다. 이제는 여섯 살짜리 아들을 아버지—체스를 두는 법과 카드게임 루미를 하는 법, 조랑말, 그리고 자전거 타는 법, 낚시, 수영, 스케이트를 알려 준 사람—로부터 보호해야만 했기 때문이다. 어느 겨울날에는 아버지가 낡은 차 덮개를 마치 썰매처럼 트랙터 뒤에 붙여 눈이 쌓인 들판에서 우리를 몇 시간이나 끌고 다닌 적이 있었다. 얼마 지나지 않아 온 동네 사람들이 트랙터를 붙잡고 나가떨어지고, 눈 더미에서 데굴데굴 굴러다니며 나의 형제자매들과 함께 배꼽이 빠져라 웃고 있었다. 그게 바로 내가 기억하는, 장난기가 넘치고 우리와 늘 같이 놀아 주던 아버지이고, 내가 언젠가 되기를 바랐던 부모의 모습이기도 하다.

그 여행이 아버지에게 같이 놀아 주는 부모로서의 양육의 마지막이었다면, 나의 같이 놀아주는 부모로서의 양육은 그때 시작되었다. 해리포터 책들은 데일리와 태너가 나와 함께 살아 온 시간의 기억에 여러 쉼표들이 되어 주었다. 해리는 등교 전 동네 카페에서 핫초콜릿을 마시며 그를 읽을 수 있도록 우리 아이들을 자주 1시간씩 일찍 깨워 주었다. 그는 또 피츠버그에 있는 양가 조부모님들을 보러 가는 여러 자동차 여행의 왕복 길에도 함께했다. 나는 데일리가 해리를 베갯잇에 넣어 걸스카우트 캠프에 데리고 가는 것과 태너가 집 앞 현관에서 열심히 집중해서 해리와 함께 느긋한 시간을 보내던 것을 기억한다. 매해 봄, 해먹을 꺼낼 때마다 나는 글자가 안 보일 정도로 어두워질 때까지 덥고 습한 미네소타의 밤에 우리가 함께 다정하게 꼭 붙어서 해리를 읽던 것을 기억한다. 그리고 그 사나웠던 사막 폭풍은 내가 가장 소중히 여기는 기억 중의 하나이다. 놀라운 냄새, 소리 그리고 번쩍이는 번갯불 모두가 ("루모스!") 우리가 하염없이 빠져 버린 작은 텐트 속의 마법 세계를 거대하게 만들어 주었다. 우리는 이제 세 명 모두 독서광이다. 데일리와 나는 자주 커피를 마시면서, 또는 롤러스케이트를 타면서 즐겁게 소설에 관해 토론하고, 태너가 소장하고 있는 판타지 소설과 만화 콜렉션은 곧 그 아이의 방을 완전히 뒤덮어 버릴 지경이다. 나는 몇 십 년이나 트랙터 운전을 한 적이 없기에, 해리는 나와 나의 아이들에게 눈 쌓인 들판에서의 썰매 역할을 잘 해 주었다.

몇 년 전 세인트 캐서린 대학교 영문학과 학생 여럿이 해리포터에 관한 수업을 개강해 달라고 요청해 왔을 때, 나를 설득하는 건 어렵지 않았다. 나 또한 몇 년 동안이나 해리포터 책들을 (거의) 그들만큼이나 사랑해 왔기 때문이다. 덧붙여 말하자면, 내 아이들은 루미나 체스는 별로 재미있어 한 적이 없다.

"저는 이 수업을 위한 공부를 열 살 때부터 해왔습니다."

<u>다른 이들이 사랑하는 것: 세실리아</u>

1980년에 현대언어학회의 첫 여성 학회장으로 선출된 하버드 교수이자 문학자인 헬렌 벤들러는 이제 잘 알려진 「우리가 사랑해 온 것을, 다른 이들도 사랑할 것이다」(What We Have Loved, Others Will Love)라는 제목의 연설을 했다. 그녀는 이 문구를 윌리엄 워즈워스의 자서전적인 시, 「서곡」(The Prelude)으로부터 참고한 것이다.

> 우리가 사랑해 온 것을
> 다른 이들도 사랑할 것이고,
> 우리는 그들에게 그 방법을 가르칠 것이다.

그녀는 문학 선생님들이 자주 인용하는 다음 단락으로 결론을 내렸다.

우리에게는, 학생들을 만날 때 그들에게 우리가 누구인지 알려 주어야 할 책임이 있다. 우리는 이제까지 너무나도 오랫동안 이 전까지의 교육체제에서 좌절되어 왔던 그들의 잠재된 욕구에 빚을 지고 있다. 자신이 사랑하는 걸 사랑하는 법을, 사실은 그들 역시 배웠음을 깨닫게 해줄 책임이 우리에겐 있는 것이다.

그녀의 에세이에서는, 우리가 사랑하는 것은 워즈워스뿐만 아니라 키츠, 예이츠, 그리고 디킨슨, 밀턴, 도스토옙스키, 그리고 셰익스피어 등이다. 그녀의 글은 이러한 작가들이 우리가 가르치는 대학생들에게 잘 받아들여지지 않는다는 것을 당연하게 여기고 있다. 그녀는 우리의 직업은 그들을 교육하고, 우리의 열정으로 그들을 끌어들이며, 이런 종류의 문학에 대한 우리의 사랑을 거부할 수 없는 방식으로 보여 주는 것이라고 주장한다.

어디 보자, 그건 모두 내가 이미 하고 있던 일들이었다. 다른 많은 교수들이 그렇듯이, 내 직업의 반 이상은 영문학 전공이 아닌 학생들을 가르치는 일이기에, 내 일이란 항상 그들이 내가 사랑하는 것—피츠제럴드의 개츠비와 토니 모리슨의 술라, 윌라 캐더와 버지니아 울프—을 사랑하도록 이끄는 것이었다. 어쩔 때는 성공하기도 한다. 하지만 나의 고집스러운 열성에도 불구하고 대부분은 그렇지 못하다. 레논 선댄스라는 영문학 전공 학생을 가르쳤던 적이 있는데—창의적이고, 예리하고, 학년의 졸업생 대표였던 학생이었다—그녀는 사람들이 왜 그렇게까지 제인 오스틴을 매력적으로 느끼는지 이해할 수 없어했다. 특권층의 목적 없음과 응접실에서 응접실로 왔다 갔다 하는 방황, 그리고 의미 없고 꾸며진 예의 바름이 넘쳐나는데…. 하지만 나는 생각했다. 솔직히 어떤 지적인 여성이 분명히 지적인 여성들을 선호했던 제인 오스틴을 사랑하지 않겠는가? 나는 레논이 조금만 더 제인 오스틴을 읽으면 그녀에게 빠질 거라고 생각했다. 그러나 나는 틀렸다. 레논은 나중에도 결국 제인을 좋아하지 않았다.

레논과 같은 똑똑하고, 통찰력 있으며, 반항적인 독자들 몇 명을 만나고 나서야 나는 나의 가르치는 방식을 다른 방향으로 움직이게 되었다. 나는 교육에 대한 급진적인 사상들—우리에게 학생들을 우리의 현명함으로 채워지기를 기다리고 있는 텅 빈 그릇보다는 그들을 우리와 대화하는 완전히 형성된 인격체로서 보라고 독려하는 파울로 프레이리의 교육학과 같은—에 동의하기는 했지만 실천 면에서는 아직 따라잡지 못한 셈이었다. 내가 제일 잘 알기는 했으니까.

내가 해리포터를 가르치기 전까지는 말이다.

프레이리는 "더 이상 단지 가르치는 사람에 그치지 않고 그(녀) 자신이 학생들과의 대화로부터 가르침을 얻는, 그럼으로써 가르침을 받는 동시에 가르치는"[1] 선생님에 대해 쓰고 있다. 해리포터 독자들과 교실에서 10분 정도만 함께 있어도 힘의 균형이 어느 쪽으로 기울어져 있는지, 지식이 어느 쪽에 모여 있는지 알아보기란 충분하다. 내가 가르치는 보통 대학생 세대 나이의 학생들은 해리포터—일곱 권 모두—에 대해 알고 있다. 내 아이들이 알고 있는 것처럼, 내가 『위대한 개츠비』에 대해 알고 있는 것처럼, 매 챕터마다, 모든 등장인물마다, 친근하고 완전하게, 열정적인 애독자의 지식으로 말이다. 그들은 이 소설책들을 몇 년 간이나 다음 책이나 영화 개봉을 기다리는 동안 읽고 또 읽어 왔으며 정말로 **알고 있다**. 그들에게는 나의 열성이 필요 없다. 그들 자신의 열성이 있기 때문이다.

이 에세이 모음집은 미네소타의 쌍둥이 도시*에 있는 세인트 캐서린 대학교에서 해리포터를 공부한 경험으로부터 탄생했다. 두 명의 훌륭한 학생 대표들(에반 게이도스와 레이첼 암스트롱)이 우리의 수업인 "해리포터의 여섯 단계"를 구성하는 데에 나와 함께해 주었고, 그리고 우리가 세 번 이 수업을 강의할 때 나의 조교로서 일해 주었다(부록 1의 수업 계획서 참조). 이 수업은 이 소설책들이 미국인들을, 특히 중남부 지방—작가인 롤링의 앵글로-영국식의 마법 세계와는 물리적으로도 문화적으로도 꽤 거리가 있는—에 살고 있는 독자들에게 깊게 영향을 준 힘에 관한 연구가 되었다.

벤들러가 정의한 "잠재적 욕구"를 가지고 있는 "좌절된" 학생들과는 전혀 달리, 해리포터에 대해 공부하는 학생들은 몰입되어 있었고 열심이었으며 총명했다. 내가 그들에게 핵심적인 도구를

---

* 미니애폴리스와 세인트 폴을 말한다.—옮긴이

제공했을 때(본문 분석에 대한 여섯 가지 접근 방식, 즉 "여섯 단계") 그들은 정확히 어떻게 그것들을 사용해서 롤링의 이야기들에 대한 자신들의 이해를 더욱더 깊게 하고 넓게 할지 알고 있었다. 예를 들어, 한 조는 조지프 캠벨의 『천의 얼굴을 가진 영웅』을 읽고, 시리즈의 각 소설마다 해리의 영웅으로서의 여정을 짚어 나갔다. 또 다른 조는 본문을 아동용 문학으로 해석하는 일을 맡아 (조심스럽고 본문에 기반을 둔 방식으로) 시리즈가 진행될수록 등장인물들이 성숙해 가는 방식뿐만 아니라 어떻게 논점들이 심화되고, 도덕성이 더욱더 미묘해지는지, 그리고 언어가 어떻게 더 복잡해지는지 우리에게 보여 주었다. 세번째 조는 프란시스 브리저의 『매혹적인 삶: 해리포터 세계의 영성』을 통해 다른 소설들과 현대 문화 속에서 이 소설들이 차지한 위치에 대해 도덕적이고 신학적인 진지한 분석으로 우리를 이끌어 주었는데, 이렇게 함으로써 해리가 기독교에 반(反)한다는 논점을 정면으로 돌파할 수 있었다. 다른 조들은 또한 소설 본문을 판타지 문학으로도, 대문자 "L"로 쓴 문학작품**으로도, 또 SF 장르로도 연구했다.

교실은 그들의 프로젝트와 발표와 과제로, 그리고 그들의 명랑함으로 살아났다. 지난 3학기 동안, 우리는 초콜릿 개구리를 먹었고 버터맥주를 마셨으며, 퀴디치 대회를 열었고, 위트비관(館)

** 알파벳 소문자 "l" 로 시작되는 전체적인 개념으로서의 문학 작품(literature)에 비해 특별히 혁신적이고 예술적인 가치가 있는 문학작품을 일컫는 표현—옮긴이

지하실에서 비밀의 방으로 가는 단서를 따라갔다. 우리는 일곱 권 소설책 전체에 대한 배꼽이 빠질 정도로 웃긴 20분짜리 인형극을 보았고, 강한 향기가 나는 모의 점술 교실에서 찻잎을 읽으려고도 해보았다. 해리포터 상식 퀴즈와, 신-잇(Scene-it),* 그리고 '제퍼디!'에서 서로 경쟁했고, 머글로서 마법사 세계의 여러 어려움을 휴대전화기만 기발하게 사용하는 방식으로 헤쳐 나갔다. 학생들은 거의 영문학 전공이 아니었지만, 소설을 사랑하는 것이 어떤 것인지, 그리고 어떻게 그로부터 "깊이 지탱하는 힘을" 끌어내는지 모두들 알고 있었다. 우리가 함께 배운 것들이 다른 이들에게도 전달할 만큼 의미가 있다고 생각한다.

* * *

이 모음집은 내 두 조수들과 내가 다섯 명의 학생 편집자들과 함께, 전국의 만 열일곱부터 스물한 살의 학생들이 심사숙고하여 작성한 에세이들을 하나로 엮은 것이다. 각각 해리포터 책들을 다양한 관점에서—신학, 신화학, 심리학, 포스트모던주의, 탈식민주의, 유전학, 젠더 연구, 그리고 문학적으로—분석한 학술적 글들이다. 심지어 톰 리들을 위한 간호계획도 있다. 이 책은 우리의 해리포터 수업에 기반하고 있다. 수업을 한 첫 학기에는, 롤링

---

* DVD에 수록된 해리포터 영화의 여러 장면들에 관련된 문제를 푸는 게임—옮긴이

의 책에 대한 학문적인 에세이들을 읽으며 학생들은 학술적 비평가들이 가끔씩 중요한 사항이나 등장인물에 관한 실수를 하는 것에 대해서, 예를 들어 세베루스 스네이프 교수를 볼드모트 경과 합쳐 버리거나, 제임스 포터와 시리우스 블랙을 헷갈리는 것에 대해 불만스러워했다. "우리가 이것보다는 더 잘할 수 있어요"라고 그들은 말했다. 그리고 실제로 그들은 그렇게 했다. 우리는 온라인으로 더 많은 에세이들을 모집했고, 학생들이 인상적인 수준의 통찰력과 진실성으로 어떤 에세이를 포함시킬지에 관한 논쟁을 벌였던 몇 번의 편집부 회의를 거쳐, 우리의 선별 과정은 끝이 났다.

그리고, 해리가 청소년기를 걸쳐 그들과 함께 걸어오며 지금의 그들이 되기까지 도와준 다양한 방식을 인정하여 우리는 우리가 '나의 해리포터 이야기'라고 부르는, 이 소설들과 함께 자라온 젊은이들이 그들의 이야기와 기억을 공유하는 몇 개의 짤막한 소품문(小品文)을 추가하기로 했다.

우리의 책은 우리의 수업과 책 둘 다를 위한 연구에 가장 도움이 많이 되었던, 해리포터에 대한 뛰어난 학술적 에세이 모음집 두 권의—『해리포터 읽기』(*Reading Harry Potter*)와 『해리포터 다시 읽기』(*Reading Harry Potter Again*)— 편집을 맡았던 지젤 리자 아나톨 교수가 쓴 서문으로 시작한다. 그 이후, 총괄 편집자인 나와 영문학을 전공하는 내 딸이 함께 쓴 이 글이 이 모음집에서 서른 살이 넘은 세대의 목소리를 들을 수 있는 마지막 부분이다.

이 모음집의 첫 부분인 '머글 연구'는 마법사 세계가 우리의 세계에 어떤 영향을 주었는지에 대한 내용이다. 먼저, 케이트 글래스먼이 영국에서 전혀 알려지지 않은 아동용 도서로 처음 시작해 영어판본만 50억 부가 넘게 출판된 전세계적인 경이로운 신드롬이 되기까지의 해리포터 프랜차이즈의 확장에 대한 통계학적인 추적을 통해 해리포터 현상을 다시 돌아본다. 그녀는 지난 10년간의 해리포터의 성공은 아동용과 성인용 문학 사이의 경계를 허물고 문학의 세계가 베스트셀러라는 개념을 형성하는 방식을 바꾸는 등 출판 업계에 심오하고 지속적인 영향을 끼쳤다고 주장한다. 케이트 맥매너스가 해리포터 시리즈(그리고 그 중간 중간에 빈 부분)에 대한 반응으로서 급성장한 방대한 팬픽션의 세계에 대한 소개인 「정전(正典)을 장전하기」*로 그 뒤를 따른다. 맥매너스는 독자들을 팬픽션이라는 낯선 장르와 그 역사에 (『로빈 후드』와 『광막한 사르가소 바다』를 포함하는) 익숙해질 수 있도록 인도하며, 동시에 "정전"** 대 "'팬'전"*** 글쓰기나 팬픽션이 대부분 연애 이야기인 경향, 그리고 소위 "메리 수"라고 불리는 등장인물 유형의

---

* "Loading the Canon": 영어에서 '대포'를 뜻하는 단어 canon과 문학적 정전을 뜻하는 단어 canon이 동음이의어인 것을 이용한 말장난—옮긴이

** Canon: 작가가 원작에서 인정하거나 언급한 내용—옮긴이

*** Fanon: 작가가 원작에서 언급하거나 설명하지 않고 팬들이 만들어 낸 내용—옮긴이

탄생과 같은, 오늘날의 팬픽션 작가들 사이에서 쓰이는 용어들이나 유행에 대해서도 논한다. 다음에는, 카일 버브가 포스트모던 시대의 올란도 유니버설 스튜디오의 마법사 세계의 초현실성에 대한 이론적인 분석을 시도하며 해리포터의 가상세계를 재검토한다. 현시대의 이론에 대한 그와 비슷한 전문성을 가지고, 해나 램은 그녀의 에세이 「마법사, 머글, 그리고 타자」에서 탈식민주의적 이론을 효율적으로 사용해 해리의 세계에서의 계급과 인종 간의 분화를 분석하며, 끝에 가서는 책들이 분명히 여러 의미가 섞인 메시지를 전달한다고 이야기한다. 트레자 로사도는 어째서 이렇게 옳고 그름, 선함과 악함에 대한 미묘한 명암을 표현한 이 시리즈가 9·11 이후 미국의 젊은이들에게 얼마나 깊은 의미를 가지는지를 그녀의 세심한 문화적 분석을 통해 설명하며 이 책 1부의 마무리를 짓는다.

'어둠의 마법 방어술'이라는 이름의 2부는 먼저 볼드모트의 악당성에 대한 세 가지 연구로 시작해서, 해리포터 시리즈의 여러 악당들과 영웅들의 발자취를 따른다. 새라 웬티는 나치 이데올로기, 리더십 모델, 그리고 교육방식이 볼드모트와 그의 추종자들에 의해 어떻게 반복되는지 「새로운 세계의 창조」에서 알아보고, 칼리 카에타노는 죽음의 정복한다는 것의 여러 함의, 그리고 살인행위와 자기희생에 대해 조사했다. 카에타노는 특히 볼드모트가 집착에 가까울 정도로 죽음을 기피하는 것에 초점을 두고 볼드모트가 한 선택들을 세베루스 스네이프가 한 복잡한 타협들과 대조한다. 새라 수터는 「가장 사악한 마법」에서 볼드모트의 산산조각난 영혼의 상태에 집중해 중세의 민간사상과 롤링의 소설들에 나타난 "나눌 수 있는 영혼"의 개념을 살펴본다. 칼리 너드슬리엔은 해리의 도덕성의 기독교적인 뿌리에 대해서 신학적인 검토를 하는 「WWHPD: 해리포터라면 어떻게 할까?」*에서 우리의 관심을 시리즈의 영웅에게로 돌린다. 몇몇 기독교 단체들에서 롤링의 마법과 주술에 대한 묘사에 대해 반대의 목소리가 있는 것을 염두에 두고 너드슬리엔은 사실 해리포터는 그리스도 중심의 가치를 부정하기보다는 형상화하고 있다고 주장한다. 제니 맥두걸은 시리즈의 가장 사랑받는 캐릭터 중의 하나인 호그와트의 교장 알버스 덤블도어의 명암에 대해 더 세심한 이해가 필요하다고 촉구하며 2부 마지막을 정리한다. 「덤블도어 의심하기」에서 맥두걸은 덤블도어는 롤링의 도덕적 복잡함에 대한 선호를 형상화한 인물이라고 이야기한다. 그녀는 덤블도어가 그의 목적에 걸맞게 선택적으로 정보를 유포하거나 알려주지 않으며 해리를 마법사 세계의 희생 제물로서 빚어 가는 방식을 분석하고, 덤블도어의 공리주의적인 옳고 그름의 기준이 항상 해리에게 이롭지만은 않다는 의견을 뒷받침한다.

이 책의 3부인 '변신술'은 여러 학문적인 맥락에서 해리포터

* 미국 기독교계의 유명한 슬로건 WWJD: What Would Jesus Do(예수님이라면 어떻게 할까)를 패러디한 것—옮긴이

소설들에 대한 흔치 않은 독해를 끌어낸다. 코트니 애가르와 줄리아 터크는 해리포터 세계에 대한 유전학적인 분석을 통해 "마법사의 유전자"를 상상해 본다. 롤링이 소설 속에서 이야기한 가족 사이의 연관과 인류 유전학 이론들을 토대로, 두 필자는 마법의 능력은 고전적인 멘델의 유전학 이론의 법칙을 따르는 유전적으로 물려받는 형질이라고 상정한다. 그들이 영리하고 창의적으로 보여 주듯이, 이러한 법칙들은 마치 헤르미온느 그레인저나 세베루스 스네이프처럼 양 부모가 모두 머글 태생이거나 혼혈인 경우에도 마법의 능력이 나타나는 현상이나 두 마법사 부모 사이에서도 아구스 필치와 같은 스큅**이 태어날 수 있는 것을 설명할 수 있다. 키아 비잘은 프로이트의 심리학적 분석 도구를 사용해 해리포터와 톰 리들을 분석하며 어떻게 비슷한 배경의 두 소년이 전혀 다르게 성장할 수 있는지를 「마법과 심리학」***에서 이해하고자 하며, 캐리 뉴웰은 어린 톰 리들의 한창 피어나고 있는 정신질환 증상에 간호사가 개입한 상황을 상상해 「톰 리들을 위한 간호계획」을 썼다. 그 간호사가 개입한 결과에 대한 사색 끝에 뉴웰이 제시하는 유쾌한 결론은, 머글 학교의 보건 선생님의 일반적인

** 순수혈통 마법사이지만 마법 능력이 발현하지 않는 이들을 일컫는 작중의 용어 — 옮긴이

*** 원래 제목은 "Give Nature a Wand and It Will Nurture Magic"(자연에게 지팡이를 주면 마법을 양성할 것이다). 학계에서 유명한 논쟁거리인 Nature(유전) vs. Nurture(환경)을 암시하는 것으로, 인격의 형성에 선천적인 영향과 후천적인 영향 중 어느 것이 더 지배적인지에 대한 논란이다. — 옮긴이

근무 일과에 등장할 거라곤 전혀 상상할 수도 없는 것이다.

마지막 두 편의 에세이는 해리포터 수업을 창안한 학생들이 쓴 것으로, 문학적인 접근법을 사용하고 있다. 에반 게이도스는 형식주의적인 시선으로 「문학적 산술점」에서 숫자 3, 4, 7이 해리포터 시리즈와 여러 문화와 시대 속에서 어떤 상징적인 역할을 하는지 연구하고, 레이첼 암스트롱은 퀴어 이론에 집중해 이브 코소브스치 세지윅의 에로틱 삼각형을 사용해 「'특별한 삼총사'의 성(性)적 기하학」을 탐구한다. 헤르미온느를 해리와 론 사이의 그 성별 특유의 갈등의 중심에 두지만 동시에 이 중심 여주인공이 전통적인 여성적 박(箔)*이나 비어드**의 역할을 거부하는 것에 집중하며, 암스트롱은 해리포터 책들은 효과적으로 주어진 성적 고정 관념에 도전하며 젊은 여성 독자들에게 가능성을 열어 준다고 이야기한다.

이 책의 후기에서는 포터 세상을 여행한 우리의 발자취를 다시 짚어 나가며, 일곱 명의 학생 편집자들이 우리가 사랑하는 소설을 연구하는 것이 어떤 의미인지에 대해 되돌아본다.

---

* foil: 문학작품에서 다른 등장인물의 어떤 특징을 강조하기 위해 비교 대상으로 사용되는 등장인물—옮긴이

** beard: 누군가의 성적 지향성을 감추기 위해 연애하는 척하는 대상. 예를 들어, 동성애자인 남자의 연인처럼 행세하는 여자를 부르는 데 사용될 수 있다.—옮긴이

"여태껏 이렇게까지 열심히 참여한 수업은 없었어요."

그들이 우리에게 방법을 가르쳐 줄 수 있다: 데일리와 세실리아

데일리 붉은 흙도 아니고, 붉은 열차도 아니고, 붉은 버스가 나를 호그와트로 다시 데려다 줬고, 나는 나의 입학 통지서를 초록색 잉크로 쓰인 편지가 아닌 이메일로 받았다. 나는 스물 한 살이었다. 10년이나 늦었던 셈이다. 이렇게 얘기하는 게 약간 눈살이 찌푸려지기도 한다. 나는 해리포터 영화들을 별로 좋아한 적이 없었기에, 옥스퍼드에서 가장 짜증나는 일 중 하나는 나와 같은 미국 학생들이 들뜬 목소리로 나에게 설명하는 것이다.

"크라이스트 교회의 식당이 해리포터의 연회장이라는 거, 알고 있었니? 모들린의 회랑이 말포이가 족제비로 변한 곳이라는 거, 알고 있었니?"

이 글을 쓰고 있는 지금 나는 이곳에서의 해외 생활에서 3학년을 반쯤 끝마친 상태이다. 그리고 나에게 남은 얼마 남지 않은 시간 동안 나는 옥스퍼드를 옥스퍼드 자체로서의 놀라움과 매력으로 가득한, 이야기 속으로부터의 덧댐이 필요 없는, 나의 현실 세계의 학교로서 즐기는 게 더 좋다. 하지만 사실 내가 그런 말을 하는 애들에게 짜증이 나는 것도 완벽히 솔직한 반응은 아니다. 어린 시절의 가장 소중한 환상과 닮아 있는 장소에 어른으로서 다시 들어가는 건 롤링의 책을 사랑해 온 우리 모두에게 기이한 경험일 것이라고 생각한다. 래번클로 학생이 되겠다는 어린 시절의 꿈을 이루기 위해서라거나, 해리포터에 대한 사랑으로 옥스퍼드에 간 것은 물론 아니지만, 내가 해리포터 책들을 읽으면서 배운 것들 덕분에 여기에 도달했다는 생각은 든다. 등장인물들과 사랑에 빠지고, 내가 사는 세상을 내가 읽은 글을 통해 조명하고, 말장난에서 즐거움을 찾고, 길고 힘든 여정을 목이 빠져라 기다리는 일들 말이다. 어쩌면 시리즈에서 내가 가장 좋아하는 책들이자 가장 긴 두 권인 『불의 잔』과 『불사조 기사단』을 열성적으로 반복해서 읽은 것이 나중에 형성된 나의 『율리시스』와 『모비 딕』에 대한 애착을 암시했는지도 모른다.

옥스퍼드에서 나의 프로그램에 대해 내가 혹시 놓친 정보가 있을까 몇 번이나 웹사이트를 뒤지기는 했지만, 내가 여기에서 보낼 시간에 대한 모든 중요한 준비는 소설들을 읽는 것으로 한 듯하다. 생김새와 분위기는 해리포터에서, 문화는 가끔씩 벅 멀리건*의 장난에서, 그리고 약간의 지리는 필립 풀먼의 『황금 나침반』 시리즈에서 말이다. 다른 영문학 전공 학생들도 자신들이 옥스퍼드에 도착하기 전에 『다시 찾은 브라이즈헤드』나 『이상한 나라의 앨리스』를 통해 이곳에 대해 알게 된 것을 나에게 설명해 준 일이 있다. 내가 옥스퍼드에서 보내는 시간은 내가 해리포터와 함께 경험한 무언가와 항상 연결되어 있다고 확신한다. 유타에서 우리의 텐트를 공격해 오던 폭풍우로부터 안전하고 쾌적하게 지

* 소설 『율리시스』에 등장하는 의학도 — 옮긴이

켜줄 수 있는 주문이라도 쓰여 있다는 듯이 손전등을 들고 열중해 읽으며 느꼈던 모험심, 학문적인 짜릿함 그리고 어쩌면 마법을, 나는 세상에서 그리고 문학 세계에서 한 내 모든 여행에 항상 지니고 다닌다.

스네이프와 덤블도어의 도덕적 모호함뿐만 아니라 『율리시스』의 블룸 가에 대해서도 자주 논쟁했던 엄마와 함께하는 커피와 책 데이트는 해외에 있던 시간 동안 내가 가장 그리워하는 것들 중 하나이다. 하지만 괜찮다. 지금 나에게는 다른 카페가 있고, 다른 읽을 책이 있고, 그것들에 대해 토론할 다른 사람들이 있고, 탐험할 다른 세계가 있다. 내가 여기 오기 전에 옥스퍼드는 마치 호그와트가 그랬듯이 그저 미스터리였고, 희망적이면서도 주저되는 기대의 베일에 싸여 있었다. 이제는 해리와 그의 친구들도 그랬듯이, 집에 있는 것처럼 편안한 기분이다.

세실리아 데일리와 내가, 그리고 내 학생들이 이 해리포터 책들을 소중하게 여기는 이유는, 이 책들이 우리의 상상력뿐만 아니라 우리의 지성에, 우리의 열정과 우리의 마음에 말을 걸어 오는 방식 때문이다. 우리를 끌어들이고 두번, 세번, 일곱번 읽을 때에도 우리를 실망시키지 않는 그 방식 말이다. 이런 점에서, 해리포터 책들은 미국의 열정적인 소설 읽기라는 민주주의적인 전통에 어색함 없이 들어맞는다. 문학사가들은 해리포터 책이 출간될 때마다 벌어지는 자정의 활발한 파티들과, 항구 옆에서 조바심을 내며 다음 찰스 디킨스 소설을 기다리던 19세기 미국인들의 일화가 닮아 있다고 이야기한다. 미국인들은 두 세기를 넘는 기간 동안 소설로부터 배워 왔고, 소설로부터 즐거움을 찾았고, 사회적이고 문화적인 소통을 위해 소설들을 사용했다. 우리는 다른 세계에 빠져들어 거기서 함께 헤매고, 더 나은 독자들로 그리고 때때로는 더 나은 학자와 시민으로 돌아온다. 대부분의 영문학 교수들은 우리의 학생들이 이 마법 같은 생각의 교환을 그들의 남은 생애 동안 경험하기를 바란다. 한 부모로서, 나는 물론 내 자식들에게 그것을 바란다.

해리포터는 우리에게 이 세대의 젊은이들도 그들 전에 왔던 많은 세대들과 다르지 않게, 나와 같은 인터넷 이전의 세대가 사랑해 온 것을 사랑한다고 상기시켜 준다. 더 유연한 엄지손가락과 디지털 세상에서의 잦은 체류에도 불구하고, 오늘날의 대학생들은 독서를 즐기고, 길고 흡입력 있는 소설로부터 깊은 지탱하는 힘을 이끌어 낸다. 우리가 찰스 디킨스의 200번째 생일을 축하하면서 기억해 둘 만한 사실이다.

해리포터를 가르칠 때, 나는 다른 수업에서보다 내가 부모로서 아는 지식을 더 쉽게 가지고 온다. 나는 우리가 함께하는 독서에서 즐거움을 찾아 줄, 내 학생들의 선호를 존중해 줄, 같이 놀아 줄 준비가 된 상태로 도착한다. 하지만 나는 또한 내가 교수로서 아는 것도 가져온다. 독서 연습이나 패러다임, 이론이나 비판적인 접근을 제안하고, 좋은 질문과 우리의 학습을 위한 세심한 계획안을 제공한다. 해리포터 책들에 관해서는, 나는 학생들에게 우리가 사랑하는 것을 사랑하도록 가르치는 벤들러의 모델은 효과적이지 못하다고 생각한다. 내가 보기에 그 방법은 너무 직선적이고, 너무 하향식이다.

대신, 나는 학생들에게 철저히 텍스트를 분석하는 방법을 가르쳐 준다. 학생들이 스스로가 자신들이 사랑하는 그 책을 깊이 즐길 수 있도록 말이다. 이렇게 되면, 거기서부터는 수업의 과정이 상호순환적으로 변한다. 나는 그들의 해리포터 세계에 대한 깊이와 넓이를, 그들의 해박하고 열정적인 독서 방식을 존중한다(따라잡을 수도 없다!). 이후에 등장하는 에세이들을 보면 해리포터 독자들이 자신들과 함께 자라온 이 소설들을 사랑하고, 그것들로부터 깊은 지탱하는 힘을 이끌어 내며, 이 소설들을 이해하기에 열심이라는 것에 의심의 여지가 없다. 진짜 마법은 여기서부터 시작된다. 그들이 우리에게 방법을 가르칠 수 있도록 기회를 주는 것으로부터.

* * *

참고로, 23쪽과 35쪽에 실린 인용구는 케이트 맥매너스의 2010년 봄학기 학기말 평가에서 따온 것이다(이 책의 두 번째 장인, 「정전을 장전하기」를 읽어 볼 것을 권한다).

그리고 레논 선댄스에게 특별히 감사를 표하고 싶다. 이 글에서 그녀를 예시로 들 수 있도록 허락해 준 것과 그녀가 내 학생이었을 때부터 지금까지 쭉 나에게 가르쳐 준 모든 것에 대하여.

---

* **글쓴이 | 데일리 콘차 파**(Daley Konchar Farr) 4학년 때부터 무대에서 프레드 위즐리 역할을 맡아 연기를 했을 때부터 줄곧 학문적 경험과 마법적 경험이 섞여 왔다. 미니애폴리스의 옥스버그 칼리지를 졸업하고 옥스퍼드 허트포드 칼리지에서 공부했다. 지금은 잠시 학교와 거리를 두면서 '좋아서 하는 책읽기'와 라떼아트에 열중하고 있다.

* **글쓴이 | 세실리아 콘차 파**(Cecilia Konchar Farr) 세인트 캐서린 대학에서 영문학과 여성학을 가르친다. 모더니즘, 미국문학, 페미니즘 이론, 현대 미국 문화에서의 소설 등에 대해 글을 쓰고, 연구하며, 또 가르치기도 한다.

나의 해리포터 이야기 1

해리포터가 나의 구세주가 된 사연

필립 아와얀 / 임유진 옮김

내가 6학년일 때, 해리포터는 내 삶을 구원했다. 사연은 이렇다. 몇 주 동안 학교를 떠났다가 돌아왔는데, 학기말 과제로 독후감 과제가 있다는 걸 까먹고 있었던 거다. 이 과제는 성적을 매기는 데 아주 큰 부분을 차지하는 거였고, 아무 책도 읽지 않은 나는 당황해서 어쩔 줄 몰라했다. 마감 기한 바로 직전 점심시간, 이 독후감 과제로 해리포터에 대해 몇 장을 급히 써내게 되었는데, 이것으로 나는 'A'를 받았다.

해리는 그렇게 나의 구세주가 되었다.

그런데, 진지하게, 나는 정말로 이 시리즈를 좋아한다. 시리즈, 그 연속성이 바로 내가 이 '해리포터'에서 가장 좋아하는 점이다. 책은 호그와트에서의 해리의 삶과 여정이 자라나는 것을 담고 있다. 매번 새로운 시리즈가 나올 때마다 나는 거기에 새로운 구상과 반전이 있다는 사실에 깊이 매료되었다. 책을 읽는 건 큰 즐거움이었고, 지루할 틈 같은 건 없었다.

해리포터를 읽으며 자라는 동안은 내 상상력이 확장되는 기간이었다. 나는 3학년 때부터 책을 읽기 시작했는데, 학교에서 우리가 직접 자기의 이야기를 글로 쓰는 것이 시작되었던 것이 바로 그 즈음이다. 해리포터를 읽었던 것을 참조해 가다 보니, 이전에는 결코 생각하지도 못했던 방식으로 생각을 할 수 있게 되었다. 그리고 바로 그 시기에 나는 내가 통상 하던 것보다 훨씬 더 많이 상상을 하게 되었다. 우리가 존재하는 이 세계에 살고 있지만, 또한 공상 같은 전혀 다른 세상에 대해서 말이다.

그토록 굉장한 시리즈의 팬이 되는 것은, 그러나 내 개인적 삶에 그다지 큰 영향을 미쳤다고 볼 수는 없다. 돌아다니면서 마법지팡이를 휘두르고, 길거리에서 사람들한테 영국식 억양으로 말을 건다거나 하지는 않았으니…. 그러나 해리포터 책을 읽고 또 영화를 보는 일은 내 속의 어린 '나'를 계속 살아 있게 하는 일이었다. 이 시리즈의 영화는 물론 많은 대중들에게 사랑을 받았지만, 나에게 이 이야기의 의미는 무엇보다도 '창의력'이 어떻게 세상에 제 모습을 드러낼 수 있는지를 상기시킨다는 점이다.

한동안 책을 들춰보지 않았다. 하지만 장담하건대 그 모든 사건들은 아직도 내 속에 그대로 있다.

---

* **글쓴이 | 필립 아와얀**(Phillip Awayan) 21세, 캘리포니아 브렌트우드 거주. 캘리포니아 주립대학교에서 심리학을 전공하며 특수보조교사로 일하고 있다.

나의 해리포터 이야기 2

나의 여행친구, 해리포터

마리아 이냐시오 / 임유진 옮김

부모님은 항상 말씀하셨다. 매일 적어도 15분씩은 책을 읽어야 한다고. 마지못해 나는 일주일에 한 번 가는 학교 도서관 투어에서 빌려온 책을, 그게 뭐가 되었건 아무거나 집어 들어 읽곤 했다. 좀 더 나이가 들어, 책에서 그림이 점점 사라지기 시작했고 긴 분량의 책들이 서가로 들어왔다. 이 즈음이 아마도 이모가 내게 해리포터를 권하셨을 시기일 거다. 그때 나는 열한 살이었다.

그 소년을 만난 바로 그 순간부터 나는 그야말로 훅 빠져 버렸다. 거짓말 안 보태고 말해서, 해리포터는 정말 내가 책을 읽게 만든 장본인이다. 플롯의 정교함, 등장인물들, 마법사 세계의 마법들이 나를 끌어들였다. 정말 내려놓을 수 없는 책이었다. 그 다음엔 무슨 일이 벌어지는지 알고 싶었다. 다음 시리즈의 책들과 함께 나 역시 해리, 론, 헤르미온느와 함께 모험을 했다.

이 삼총사들이 모험을 하는 동안, 나 역시 나만의 모험을 하고 있었다. 내가 기억하기로 우리 가족의 첫번째 이사는 내가 열 한 살 때였다. 군인가정 자녀였던 나에게 "집은 군대가 우리를 보내는 곳"일 뿐이었다. 우리 가족은 참 많이 옮겨 다녀야 했고 그 때마다 나는 언제고 새로운 곳에서 새롭게 시작을 해야 했다. 새로운 친구, 새로운 삶.

내가 처음 이사를 할 때 해리포터는 내 이사친구가 되어 주었다. 여행에 관해서라면 추억이 참 많은데, 하루 종일 공항에서 대기를 해야 할 때나 해외로 가는 긴 비행시간 중에, 혹은 두어 시간의 짧은 비행에서도 내 손엔 언제고 롤링 작가님의 책이 쥐어져 있었다. 잠깐이라도 짬이 날 때 단숨에 펼칠 채비를 하고서. 이제, 여행을 할 때 가져갈 책을 골라야 한다면 나는 정확히 내가 어디서 책을 찾아야 할지 알고 있다. 해리포터는 날 실망시킨 적이 단 한 번도 없다. 나는 아직도 의자의 끝에 앉아 잔뜩 긴장한 채로 책을 읽는다. 매번, 아직도 나는 새로운 걸 배우고 전에는 미처 알아차리지 못했던 것을 찾아낸다. 해리포터는 내게 단순한 시리즈 그 이상이다. 그것은 늘상 변해 온 내 삶에서 내가 수년간 변함없이 지키고 다져온 '관계'다.

---

* **글쓴이 | 마리아 이냐시오**(Maria Ignacio) 23세, 미네소타 세인트 폴 거주. 세인트 캐서린 대학 마케팅 커뮤니케이션 부서에서 사진과 웹 프로듀싱 일을 하고 있다.

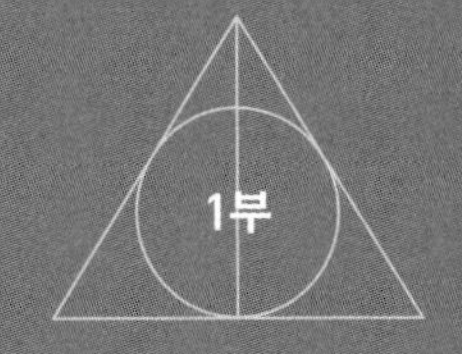

머글 연구

1

해리포터 현상:
미국 베스트셀러의 전통 속에서
소년 마법사의 위치를 파악하다

케이트 글래스먼 / 박나리 옮김

『해리포터와 철학자의 돌』(*Harry Potter and the Philosopher's Stone*)이 1997년에 처음 출간되었을 때, 영국판 초판부수는 고작해야 500부에 불과했으며 그중 300부는 도서관에 배부되었다.[1] 보다 환상적인 어감의 『해리포터와 마법사의 돌』(*Harry Potter and the Sorcerer's Stone*)이라는 새로운 제목을 채택한 소년 마법사 시리즈는 1998년 미국으로 건너가 그 다음 해에 약 600만 부가 팔렸다.[2] 자신이 마법을 쓸 줄 안다는 사실을 깨달은 이 깡마른 안경잡이 소년에 관한 책을 애나 어른이나 할 것 없이 모두 집어 든 지 십 년 후, 최종권 『해리포터와 죽음의 성물』은 2007년 7월 21일 자정에 발매되어 단 하루 만에 830만 부가 팔려나갔다. 이렇게 단기간에 이처럼 높은 판매 부수를 기록한 것은 사상 초유의 일이었다.[3] 조앤 K. 롤링의 7부작 시리즈는 '재미있는 읽을거리'(good read)에서 시작하여 십 년 만에 전 세계적인 현상이 되었고, 이러한 과정에서 출판 산업에, 그리고 문학계가 '베스트셀러'를 개념화하는 방식에 근본적이고 지속적인 영향을 미쳤다.

롤링은 1991년에 해리포터와 그를 둘러싼 마법사 세계의 콘셉트를 떠올린 후 5년에 걸쳐 전 시리즈의 구성을 계획했다.[4] 경제 사정이 안 좋아진 롤링이 맨체스터로 기차를 타고 가던 중 소년 마법사에 대한 아이디어를 떠올렸으며, 해리의 이야기를 7권짜리 시리즈로 풀어내게 될 거라는 사실을 곧바로 깨달았다는 이야기는 거의 모든 팬들이 알고 있는 일화이다. 『철학자의 돌』은 1997년에 출간되었지만, 수차례의 시도 끝에 크리스토퍼 리틀 에이전시와의 계약이 겨우 성사되었으며, 거의 1년간 열두 개 출판사로부터 거절당한 후에야 블룸스버리 출판사로부터 출간 결정을 얻어냈다.[5] 영국에서 롤링의 소설이 출간된 지 사흘 후, "스콜라스틱 출판사는 이 책을 미국에서 출간하는 데에 10만 5천달러라는 기록적인 금액을 제시했다".[6]

비록 해리포터는 1997년 소리 소문 없이 무대에 등장했지만, 영국판 출간으로부터 1년 후 스콜라스틱 출판사가 미국판을 출간했을 때는 상대적으로 큰 파문이 일기 시작했다. 미국에서 출간되자마자 해리포터 시리즈의—『마법사의 돌』로 새로이 제목을 바꾼—첫 책은 독자들 사이의 입소문과 바이럴 마케팅을 통해 『뉴욕타임스』 베스트셀러 목록에 슬그머니 올라갔고, 다음 해 7월까지 30주간 리스트에 머물러 있었다—이는 이 책의 전체 판매 기간보다 겨우 14주 짧은 기간이었다.[7] 다음 권 출간에 대한 요구가 너무나 곧바로 만연하고 강력해진 나머지, 사람들은 블룸스버리 웹사이트에서 ― 미국 서점가에는 1999년 9월에야 들어올 것으로 예정된 ― 1998년 영국판 『비밀의 방』(*Chamber of Secrets*)을 구입해 미국으로 배송시켰고 그 규모는 우려스러울 정도로 상당한 수준이었다. 다음 권 출간을 요청하는 목소리가 나날이 커지고 급기야 해외에서 책을 사들이는 상황이 발생함에도 불구하고, 1999년 2월 스콜라스틱 출판사의 해외교역부 수석 부사장 마이클 제이콥스는 스콜라스틱은 9월로 예정된 출간일을 변경할 계획이 없다고 밝혔다.[8] 하지만 그로부터 채 한 달 반도 지나지 않아 스콜라스틱 출판사는 더 이상의 판매 손실을 막고자 대중의 요구에 순응해야 했고, 『비밀의 방』을 예정보다 세 달 더 일찍 발간하겠다며 수정된 계획을 밝혔다.[9] 『해리포터와 아즈카반의 죄수』의 경우, 영국판과 미국판 출간일 사이의 기간이 3개월로 줄었다. 그러나 해리포터가 이루어 낸 현상에 기폭제 역할을 한 것은 바로 제4권 『해리포터와 불의 잔』이었다.

『불의 잔』이 7월에 출간되기 전, ― 그리고 『해리포터와 어둠의 마법 토너먼트』(*Harry Potter and the Doomspell Tournament*)라는 뜨뜻미지근한 제목이 현 제목으로 바뀌기 전 ― 4월까지 『아즈카반의 죄수』는 몇 달간 아마존 베스트셀러 목록의 1위 자리(혹은 적어도 5위권 이내)를 지켰다.[10] 『불의 잔』과 앞 책 간의 출간 간격은 겨우 1년에 불과했지만, 미국판과 영국판의 동시출간은 수많은 사람들을 흥분하게 만들었다. 이는 일찍이 문학 분야의 그 어떤 책에서도 나타난 적 없는 현상이었다. 여느 대중문화 아이콘들과 마찬가지로, 대대적인 성공은 논란을 몰고 왔다. 미 전역에 걸쳐 해리포터의 팬이 늘어남과 동시에, 해리포터 시리즈를 학교와 공공 도서관에서 금지해야 한다거나, 재쇄를 찍는 대신 차라리 불태워 버려야 한다는 호전적인 요청들이 미국 전역에 퍼져나갔다. 그들에게 해리포터의 팬이 늘어났다는 사실은 곧 롤링이 주창하는 마법과 반기독교적 윤리관에 노출될 위험에 놓인 아이들의 숫자가 늘어났다는 사실을 의미했기 때문이다. 명백한 윤리적 위기와 함께, 『불의 잔』은 해리포터 시리즈의 출판 윤리에 관한 또 다른 진정한 이슈를 몰고 왔다. 이것이 출판업계에서 해리포터 시리즈가 직면한 마지막 이슈는 결코 아니었지만, 『불의 잔』은 시리즈의 인기뿐 아니라 점점 더 커지는 논란과 논쟁, 그리고 [출판업계가 원하지는 않았지만 시리즈의 인기 때문에] 강제적으로 이루어진 출판관행의 개혁이라는 측면에 있어 분명한 전환점이 되었다.

2000년 7월 8일 출간이 예정된 『불의 잔』에 관해, 아마존은 이 책을 25만 명의 고객에게 익일배송하여 7월 8일에 도착하게끔 하겠다고 발표했다.[11] 이러한 발표가 암시하는 사실—아마존은 화제의 제4권을 다른 서점들보다 더 빨리 받을 것이고, 그리하여 이 책은 시중에 나오기 24시간 전에 이미 배송에 들어간다는 것—은 서점과 소비자 모두를 광분에 휩싸인 공황 상태로 빠뜨렸다. 여기에는 분명 출판 윤리의 불공정성이 어느 정도 존재했다. 대중의 격렬한 항의는 또 다시 스콜라스틱 출판사의 마이클 제이콥스 측의 아마존 '유통 특혜'에 관한 입장 표명을 촉발했다. 제이콥스는 "블룸스버리 출판사가 예약구매제를 허용하며 이 선구매된 책들이 7월 7일이 발송되어 7월 8일에 배달될 것이라는 사실을 알게 되고는, 우리는 우리 고객들에게도 이와 동일한 기회를 허용할 수 있다고 결정했다"고 발표했다.[12] 그러나 모두가 평등한 것은 아니었다. 7월 7일에 책을 배송하길 바랐던 서점들은 모두 스콜라스틱 출판사에게 선적 수취증과 주문 구성, 고용인의 기밀 유지, 적기 배송을 포함한 '안전 대책' 증서를 제출하라는 요구를 받았다.[13]

베일에 감싸여 있기에 더더욱 갈망의 대상이 된 책 내용의 사전 누출 방지를 위한 엄중한 보안 통제책은 2007년 해리포터 최후의 전투에 이르기까지 해리포터 시리즈에 적용된 일반적인 보안정책 중 하나가 되었다. 앨범 발매 파티에서부터 오스카상 수상자 발표와 관련하여 종종 그러듯이, 일반 대중에게 그 어떤 정보나 세부사항도 누설되지 않도록 엄격히 주의를 기울이는 것은 광적인 열광의 분위기를, 그리고 보안이 삼엄함에도 불구하고 (혹은 삼엄하기 때문에) 이러한 세부사항들을 찾아내고자 시도하는 팬들의 에너지를 모두 끌어올리는 확실한 방법이다. 그렇지만 아마존의 익일배송을 둘러싼 난리법석은, 해리포터 시리즈의 인기가 나날이 치솟아 『뉴욕타임스 북리뷰』 섹션의 주간 베스트셀러 목록을 도배한 데에 대한 대응으로, 『뉴욕타임스』가 도입한 상당한 수준의 정책적 변화에는 비할 수 없는 수준이다.

2000년 기준으로 해리포터 시리즈의 초반 세 권은 이미 미국에서 출간된 상태였으며, 이 시리즈는 그해 6월 25일을 기준으로 『뉴욕타임스』 베스트셀러 목록에 79주간 머물러 있었다.[14] 『마법사의 돌』이 목록 맨 아래에 예고 없이 등장한 지 1년 반 만에, "롤링의 책들은 소설 부문(양장본) 베스트셀러 목록을 3위까지 점령했다".[15] 이 목록에서 4위를 차지할 것이 빤히 보이는, 출간 준비 중인 제4권과 관련하여 『뉴욕타임스』는 7월 23일을 기점으로 아동도서 전용 베스트셀러 목록을 도입할 것이라고 발표했다.[16] 일부 출판사들이 자그마한 변화를 밀어붙이는 데 몇 달을 소요하던 가운데, 다른 출판사들은 해리포터 시리즈에 정치적으로 시기적절한 충격을 주는 동시에 시리즈의 분류를 더욱 국한시켜 버리는 변화를 고려했던 것이다.

해리포터 시리즈가 아동도서 목록으로 옮겨간 것은 이 책이 오로지 아이들만을 위한 것이라는 사실을 암시했다. 『뉴욕타임스』는 이 시리즈가 성인용인지 아동용인지 결정하는 데 있어 스콜라스틱 출판사의 의견을 (이들은 해리포터 시리즈를 후자로 명시해 놓았다) 따름으로써, 그러한 [암시를 풍기는] 정서를 다시금 인정한 셈이었다. 해리포터 시리즈의 진행 상황을 전체적으로 살펴본다면 이러한 아이러니한 목록 이동은 더더욱 당황스럽다. 책이 청소년 소설—심지어는 성인을 위한 소설—의 톤을 띠기 시작하자마자, 『뉴욕타임스』는 이 책을 아동도서 전용 목록으로 옮겼던 것이다. 스콜라스틱 아동도서 그룹의 바바라 마커스 대표는 해리포터 시리즈 초반 세 권의 판매량 중 30퍼센트는 35세 이상 독자들이 직접 읽기 위해 구매했다는 사실을 지적한다. "만약 우리가 성인 베스트셀러 독서 경향을 추적했더라면, 나는 이 책이 양쪽 목록에 모두 있어야 한다고 말했을 겁니다."[17]

어쨌든 16년 만에 처음으로 새로운 목록을 도입한다는 결정이 내려졌다. 이는 전적으로—수백만 명을 읽게 만들긴 했지만—성인독자 대상의 새로운 책들이 베스트셀러 목록에 오르지 못하도록 막고 있던 한 명의 마법사 때문이었다.

비록 초기 논쟁은 맹렬했지만—해리포터 시리즈 같은 여러 세대의 독자를 위한 책들이 불명예스럽게 편입된 새로운 아동도서 베스트셀러 목록은 '돈 되는 틈새시장'에서부터 '게토'에 이르기까지 온갖 이름으로 불렸다—『뉴욕타임스』 대표자들은 아동도서 목록이 『북리뷰』 섹션에 영구적인 고정 코너로 남을 것이라고 강조했고, 이는 지금 이 시점까지 있어서는 여전히 진실이다. 아동도서 목록으로 이동된 데 따른 명백한 여파도, 새로운 분류로 인한 성인독자 구매 비율의 유의미한 감소도 나타나지 않았으나, 포터 팬들은 5권과 6권 사이의 공백 기간인 2004년에 또 다른 타격을 받았다. '시리즈' 아동도서만 따로 집계하는 더 나아간 형태의 신종 베스트셀러 목록이 도입되었는데, 이 목록은 "[시리즈를 구성하는] 각 권의 판매량은 무시하고 대신 각 시리즈를 통째로 취급"했던 것이다.[18]

해리포터 시리즈의 대대적인 홍보와, 이 시리즈를 성인 베스트셀러 목록에서 아동도서 전용 목록으로 옮기려는 『뉴욕타임스』의 논란 가득한 계획, 그리고 강화된 보안으로 인해 『불의 잔』에 '아무나 가질 수 없는 책'이라는 매력적인 뉘앙스가 더해졌다는 사실을 고려하면, 출간 바로 그 주에 3백만 부가 팔려나간 것은 그렇게 놀랍지 않은 일임이 분명하다. 그리고 여기에 리스닝 라이브러리(Listening Library)가 발송한 18만 부의 오디오북 부수는 포함되지 않았으며, 이러한 판매 기록은 아동용 오디오북 도서 중 역대 최고 수준이다.[19]

이후 대중의 관심이 절정에 달한 상황에서, 어둠의 마왕을 물리치기 위한 해리의 여정이 담긴 『불사조 기사단』이 앞으로 3년 안에는 출간되지 않을 것이라고 롤링이 발표했을 때 팬들의 마음은 무너져 내렸다. 팬들은 그나마 해리포터 영화 시리즈의 제작 소식 덕분에 완전한 우울의 나락으로 빠지지 않을 수 있었고, 2001년 11월 14일 (『마법사의 돌』을 각색한) 영화 1편이 극장에서 개봉되었다. 영화 1편과 함께 캐릭터 상품의 대대적인 공습이 잇따랐다. 서점과 장난감 상점, 쇼핑센터는 장난감 지팡이와 진동빗자루, 플라스틱 액션피규어, 트레이딩 카드 게임, 마법사 세계의 캔디, 기숙사 스카프, 컬러링북, 해리포터 버전의 명작 보드게임 들로 가득했다. 열두 살 대니얼 래드클리프의 얼굴이 런던 토트넘 코드 로드* 위를 달리는 이층버스의 양 측면을 도배했고, 그의 등신대(等身大)가 온 미국 영화관 로비를 가로질러 서 있었다.

볼드모트가 부활하긴 했지만, 그의 부활이 마법사 세계의 안전에 의미하는 바를 독자들이 알기까지 3년이 걸리는 동안 포터 팬들은 소년 마법사의 구간도서를 찬양하느라고 여념이 없었다.

이렇게 책의 공백 기간 동안 해리포터 팬들은 이른바 '사랑'을 널리 퍼뜨리는 책임을 맡았다. 팬들이 스스로 열광 상태에 빠져 순전한 열정과 열의의 힘으로 더 많은 독자들을 끌어 모으는 데에 3년은 차고 넘치는 시간이었다. 또 어떤 이들은 영화를 통해, 이미 많은 사람들이 빠져 있는 이런 해리포터 열풍에 편입했다. 『마법사의 돌』과 『비밀의 방』의 영화 개봉은 상당수의 영화애호가를 끌어 모았으며, 이들 중 다수는 책을 집어 들어야겠다는 의무감 혹은 부추김을 느꼈다. 열광적인 해리포터 1세대 추종자들이 4년간 경험했던 도취적인 문학적 황홀경에 2세대 팬들도 굴복했던 만큼, 포터버스(Potterverse)**로 끌어들이는 '입문용 묘약'의 역할을 한 이 두 영화의 개봉일은 초반 4권까지의 판매 급증과 밀접한 연관이 있었다.

해리포터 시리즈는 어린이들과 청소년들에게 문화적 지위—어쩌면 최초의 문학적 지위 상징(status symbol)—의 문제가 되었다. 전 세계의 아이들은 논의에 참여하길 원했고, 특히 이는 NPD 그룹에 따르면 "2001년 5월 기준, 전체 11~13세 아이들

---

* 토트넘 코트 로드는 리키 콜드런과 다이애건 앨리 근처이다.—옮긴이
** Harry Potter와 Universe를 합성한 신조어—옮긴이

중 4분의 3이 해리포터 시리즈 중 적어도 한 권 이상을 읽었"기 때문이다.[20] 영화만 보는 것으로는 충분하지 않았다. 다른 모두가 입에 침을 튀겨가며 어느 기숙사가 최고인지 논쟁을 벌일 때 교실에 홀로 쓸쓸히 앉아 있는 아이가 되지 않으려면 책을 손에 넣어야만 했던 것이다, 그것도 빨리. 새천년이 시작되는 시기에 해리포터는 전 세계 대중문화의 주요소가 되었으며, 사회학자 더스틴 키드(Dustin Kidd)가 자신의 논문 「해리포터와 대중문화의 기능」(Harry Potter and the Functions of Popular Culture)에서 썼듯이 "대중문화는 범죄와 마찬가지로 현대사회의 불가피하며 건전한 요소"였다.

4권과 5권 사이의 공백 기간 동안 롤링은 해리포터 시리즈의 자매편 두 권, 『퀴디치의 역사』(*Quidditch Through the Ages*)와 『신비한 동물 사전』(*Fantastic Beasts and Where to Find Them*)을 각각 케닐워디 위스프(Kennilworthy Whisp)와 뉴트 스캐맨더(Newt Scamander)라는 필명으로 출간했다. 당시 『스쿨라이브러리저널』(*School Library Journal*)의 에바 미트닉은 "호그와트 상식의 온갖 자초지종을 안다는 사실을 자랑스레 여기는 해리포터 팬들은 이 두 책을 집어삼킬 듯 읽을 것"이라고 밝혔다.[21] 이 두 책은 해리포터 어휘목록에 신속하게 통합되었으며, 관심을 쏟을 새로운 무언가가 없었던 팬들은 이 두 책을 자세하게 파고들기 시작했다. 팬들은 [개구리 초콜릿에 들어가는] 마법사 카드의 카탈로그, 좋아하는 퀴디치 팀의 리그 순위표, 에리세드의 거울에 비친 알버스 덤블도어 교장의 진정한 욕망에서부터 『불의 잔』 이후의 마법사 세계를 새로이 지배하려는 볼드모트의 계획에 이르기까지 다양한 주제에 관한 수백 가지 이론을 생산해 냈다. 인터넷상에서는 팬 포럼과 뉴스 사이트 들이 우후죽순으로 생겨나기 시작했다. 여기에는 현존하는 최대 규모의 몇몇 해리포터 온라인 정보 사이트가 포함되는데, 1999년 가을 머글넷(mugglenet.com)이 출범한 후 즉시 더 해리포터 렉시콘(hp-lexicon.org)과 더 리키 콜드런(the-leaky-cauldron.org)이 2000년에 문을 열었다.[22] 대다수가 단순한 정기적 뉴스피드로 출발했지만, 이후 십 년에 걸쳐 이 사이트들은 해리포터의 모든 것에 관한 정통 정보와 활발한 논의, 그리고 유쾌한 저널리즘을 다루는 포괄적이고 신빙성 있는 데이터베이스로 거듭났다(이 책의 2장 참조).

(여기서는 앞서 언급한 세 개의 사이트로 대표되는) 인터넷상의 존재감이 점점 더 커지면서 다양한 아이디어와 5권에서 등장할 사건들에 대한 가설의 교류가 용이하게 이루어졌다. 새로운 기술적 발전이 시장에 타격을 가하고 인터넷이 그날그날 메인스트림의 일부가 됨에 따라, 해리포터 현상은 전 세계의 연결성(connectivity)이 다시금 강화된 것을 기회삼아 통신채널을 통해 마법사 세계를 나라에서 나라로, 컴퓨터에서 컴퓨터로 널리 퍼뜨렸다.

성별과 나이, 인종, 지역 간 격차를 뛰어넘어 인터넷과 초고화질 이미지를 통해 합심한 팬들은 그들 각자가 지닌 광신적 요소의 총합보다 훨씬 더 거대한 총효과를, 시너지 효과로 무장한 포터매니아(Pottermania)*들의 흥분감 폭발을 이끌어냈다. 이러한 분위기는 7부작의 마지막 장이 발표되고 몇 달이 지난 후에도 여전히 수그러들 기미가 전혀 보이지 않았다. 팬들을 위한—그리고 대체로는 팬들에 의한—각종 이벤트와 홍보행사가 주로 인터넷을 통해 기획되었다. 해리포터 컨벤션이 인터넷 토론 게시판에서 만들어졌고,—해리포터 책에서 밴드명과 곡의 영감을 얻은—위자드 록(Wizard Rock) 장르의 밴드들이 생겨나 CD를 발매하고 아마추어다운 곡들을 마이스페이스(MySpace)에 게시했으며, 다음 책을 위한 한밤중 출간 파티가 화려한 코스튬과 카페인 음료, 카풀해 줄 부모들을 위시하여 기획되었다.

반스앤노블, 보더스, 워터스톤 같은 서점뿐 아니라 월마트와 케이마트 같은 대형 슈퍼마켓 체인이 주최한 한밤중 파티는 『불사조 기사단』 발간 몇 주 전부터 홍보가 이루어졌다. 집에서 손바느질로 만든 마법사 가운 차림의 어린이들, 해리와 똑같이 열한 살이었지만 이제는 열일곱 살이 된 청소년들, 성인 팬들과 보호자들이 해가 지기 몇 시간 전부터 상점 통로를 가득 메우고 상점 앞 보도에서 줄을 서기 시작했다. 2003년 한밤중에 전세계적으로 판매가 시작되었을 때, 구매 광풍이 불기 시작했다. 『불사조

* 해리포터 시리즈의 열광적인 팬들을 가리켜 1999년 정도에 사용되던 비공식 용어. 현재는 '포터헤드'(Potterhead)라는 명칭이 자리를 잡았다. —옮긴이

기사단』은 출간 첫날 대략 5백만 부가 팔려나가면서 미국과 캐나다, 영국 도처에서 최고 판매 기록을 경신했다.[23]

척 보기에도 이러한 판매 기록 경신은 팔리지 않은 책들이 최종적으로 출판사에 반품되는 경우를 피하고자 스콜라스틱 출판사가 개발한 엄중한 할당 시스템과는 상관없이 달성된 것이었다. 이 같은 반품 문제는 소위 베스트셀러라는 책들, 그리고 지나칠 정도로 열광적인 관심을 받는 속편들이 종종 맞닥뜨리는 문제이긴 하나, 스콜라스틱 출판사가 2003년까지도 이 시리즈가 얼마나 유명해졌는지 비몽사몽간에 알아차리지 못했다거나, 혹은 추후 그에 걸맞게 높은 부수를 주문하는 데 있어 전혀 확신을 갖지 못했다는 것은 상상하기 어렵다. 소규모 체인이 대부분인 서점들 또한 680만 부보다 "더 높은 초도부수를 약속하는 것을 스콜라스틱 측이 주저한 데서 비롯된 문제"라고 주장하며 예상보다 더 적은 부수를 받아 판매했다.[24] 그로부터 2년 후 『혼혈왕자』가 출간되었을 때, 스콜라스틱은 1080만 부의 초도부수를 주문함으로써 지난 실수를 스스로 만회했다. 1080만 부는 사상 초유의 초도부수이기도 했지만, 출판사 측의 희망 수치가 아니라 수요에 꼭 들어맞은 부수였다.[25] 3년의 기다림 끝에 수요가 너무나 높았던 나머지 독자들은 어디서든, 얼마가 되었든 『불사조 기사단』을 구매하고자 했다.

조기 출간된 영어판 『불사조 기사단』은 비영어권 국가의 암거래 품목이 되었다. 어떤 이들은 개인적으로 책을 번역하여 완성도는 형편없지만 엄청난 속도로 완성된 번역물을 인터넷에 공개했고, 그중 어떤 것은 책이 출간된 지 단 하루 뒤에 올라오기도 했다. 이러한 경향은 그 뒤의 두 책에 대해서도 끈질기게 계속될 터였다. 과거 『불의 잔』 당시에 서투르기 짝이 없었던 '네가 이 책을 제대로 보호할 수 있는지 날 납득시켜 봐'(51쪽 참조) 정책과 마찬가지로 『불사조 기사단』 역시 출간 전 몇 주 동안 지나칠 정도의 확인과 점검, 그리고 스포일러 방지 규약으로 다루어졌고, 심지어 책이 생산되는 몇몇 공장까지 비밀에 부쳐졌다. 그렇지만 책이 출간된 후, 블룸스버리와 해리포터 시리즈의 각국 출판사들은 폭넓고 광범위한 암거래 시장, 이베이의 플래시 옥션, 그리고 자국 출판권에 대한 전반적인 무시 경향에 대처하는 데 제대로 대비하지 못했다. 출판계의 불법 복제 문제는, 『비밀의 방』[영국판 해외배송 구매]을 둘러싼 영국과 미국 간의 사소한 논쟁이 마치 의자 배치에 관한 말다툼처럼 보일 정도로, 전례 없는 커다란 이슈가 되었다.

중국의 경우에는 10월이 되어서야 중국어 번역판이 출간될 예정이긴 했지만, 『불사조 기사단』은 출간된 지 2주도 채 지나지 않아 중국에서 영어판이 5천부 이상—영어가 유창한 중국인 인구가 적다는 점을 감안할 때 이는 놀라운 수치이다—팔려나가는 기염을 토했다. 프랑스에서는 이보다 6배 더 많은 3만 부가 팔렸으며, 덕분에 『불사조 기사단』은 불어로 쓰이지 않은 최초의 프랑스 베스트셀러가 되었다. 이와 마찬가지로 독일어판 출간 예정일인 11월까지 기다릴 수 없었던 독일의 포터필들은 비공식 경로를 통해 블룸스버리판을 온라인으로 구입했다. 실제로 독일의 카를젠(Carlsen) 출판사는 『불사조 기사단』 출간 2주 만에 독일 소비자들에게 영국판 책을 "추정컨대 약 45만 부 판매한" 데에 대해 독일 아마존을 상대로 소송을 제기했다.[26]

각국 출판사들이 불법 복제와 자국 출판권에 대한 암묵적 위협을 우려한 나머지, 해리포터 시리즈의 차후 두 권에 대한 지속적인 대책, 그리고 때로는 지나칠 정도의 보안정책이 필요해졌다. 『혼혈왕자』와 『죽음의 성물』은 모두 매우 강력한 보안의 대상이었으나, 특히 십 년이 넘도록 이어진 시리즈의 기다려 마지않던 최종막인 『죽음의 성물』에 대해서는 롤링의 잠재적 독자들을 스포일러로부터 보호하기 위해 더더욱 각별한 주의가 기울여졌다. 제7권이 생산된 장소에 대해 삼엄한 경비가 이루어졌음에도, 인디애나 주 크로포드빌에 있는 R. R. 도널리(R. R. Donnelly) 공장이 그런 장소 중 하나라는 소문이 돌았다. 책 내용이 어느 정도로 보호되었는지 상세히 서술해 보자면, 익명의 어느 크로포드빌 정보제공원은 공장 직원들이 매일 근무 후 도시락통을 수색당했으며 프로젝트 기간 동안 휴대폰 사용을 일체 금지당했다고 증언한 바 있다. 또한 직원들은 "검은색 셀로판지로 책을 포장하여 보안이 삼엄한 보관소에 보관했다."[27] 일견 지나쳐 보이는 이 정책들은 마지막 권의 내용을 보호하기 위해, 그리고 롤링의 요구에 따라 독자들의 경험을 망가뜨리는 일을 방지하기 위해 시행된 것이었다. (미국판) 759페이지짜리 책더미에서 검은색 셀로판지와 랩핑 비닐을 뜯어낸 것은 십 년 넘게 이어져 온 구매 열풍이 종점에 다다랐다는 신호였고, 마침내 숨 쉴 틈이 생긴 출판업계가 해리포터 시리즈와 이를 둘러싼 현상이 출판계에 미친 영향을 스스로 분석할 수 있는 기회가 되었다.

해리포터 시리즈는 누적 5억 부의 영어판 출간부수를 자랑하며 그중 1억 1천 8백만 부가 미국에서 판매되었다. 67개 언어로 옮겨졌으며 번역판들의 부수를 모두 더하면 총 부수는 대략 영어판 출간부수의 두 배 정도(~8억 부)가 될 것으로 예상된다.[28] 『USA 투데이』가 발표한 지난 15년간(1993년 10월 28일~2008년 10월 23일)의 베스트셀러 150권 목록에서 해리포터 시리즈는 9위까지 중 일곱 자리를 싹쓸이했으며, 2위의 『앳킨스 박사의 신 다이어트 혁명』과 3위의 『다빈치 코드』만이 자리를 수성했다.[29] 해리포터 시리즈의 물리적인 유통 범위는 해리포터 시리즈가 출판계 전체에 미치는 지속적인 존재감과 이 시리즈가 여러 다양한 매체를 통해 남길 유산의 흔적을 나타낸다.

이 7부작 시리즈가 이룩한 수치 자체도 아동소설의 맥락으로 보나 소설의 맥락으로 보나 매우 인상적이다. 양장본과 문고본을 합한 각 권의 총 판매부수는 성인 및 아동 문학 카테고리의 미국 내 연간 최고 베스트셀러들을 기록한 출판연감 『더 보커 애뉴얼』(*The Bowker Annual*)에 의해 매년 기록되었다(도표 1.1 참조). 위의 그래프가 입증하는 것처럼, 그리고 "닐슨 북스캔(Nielsen

〈도표 1.1〉 1999~2010년까지 미국에서 판매된 해리포터 시리즈의 권당 부수

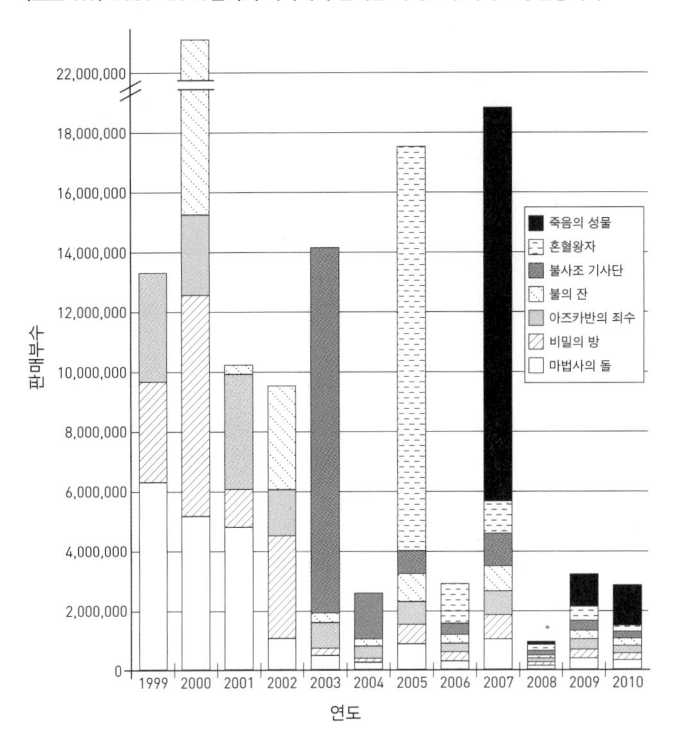

BookScan)이 책 판매 데이터를 추적하는 모든 역내에서 해리포터 시리즈의 판매는 새로운 양장본 출간 시점과 맞물려 항상 절정을 이루며 계속해서 기록을 경신하고 있다."[30] 마찬가지로, 『불의 잔』과 『불사조 기사단』 사이의 공백 기간에 이루어진, 앞서 언급한 독자수 급증은 출간 첫해 판매부수가 [『불의 잔』의] 800만 부에서 [『불사조 기사단』의] 1,200만 부로 급증한 데에서 명백하게

〈도표 1.2〉 1999년부터 2010년까지 미국에서 판매된 해리포터 시리즈의 총 부수

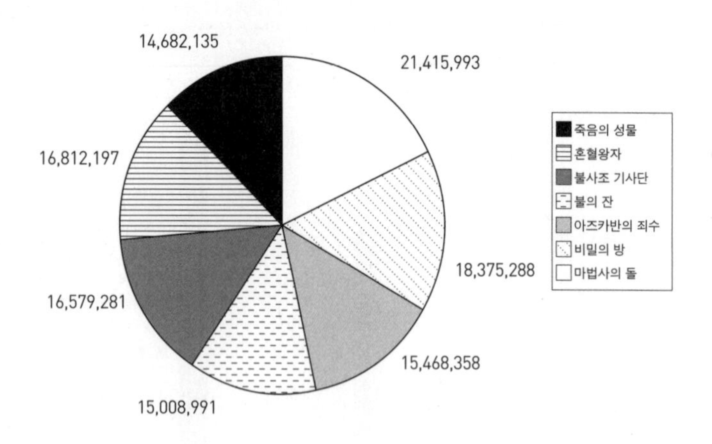

나타난다.

해리포터 시리즈의 연도별 판매 결산을 참고하면 1999년부터 2010년까지 미국에서 판매된 각 권의 판매수치를 계산할 수 있다(도표 1.2 참조). 출간된 지 가장 오래되었다는 점을 감안하면 『마법사의 돌』이 2,140만 부로 최고 수치를 기록한 것은 논리적이다. 그러나 출간부수와 구입 가능 기간 사이의 연관성은 두 번째 책까지만 이어진다. 2위는 제2권인 『비밀의 방』이 차지하였으나 3위를 차지한 것은 제6권 『혼혈왕자』였다.

소위 문학적 '현상'이라고 알려진 여타 책들과 비교해 보면, 이 수치들이 어느 정도 규모인지 감이 잡힌다. 비교상의 수치를 예로 들자면, 스테파니 메이어의 4부작 시리즈 트와일라잇의 최종권 『브레이킹 던』은 610만 부를 기록하며 2008년 아동도서 부

문(양장본) 신간 베스트셀러 목록의 1위를 차지했다.[31] 바로 1년 전 같은 자리를 차지했던 해리포터 시리즈의 최종권 『죽음의 성물』은 그 두 배 이상인 1,310만 부라는 유례가 없는 판매부수를 기록했다. 2008년 출간된 해리포터 시리즈의 자매편인 128페이지짜리 동화책 『음유시인 비들 이야기』(*The Tales of Beedle of the Bard*)가 350만 부 판매되었으며 2008년 『브레이킹 던』 다음으로 가장 많이 팔린 양장본 아동도서라는 사실은 의미심장하다.[32]

마찬가지로 유명한 청소년 소설 시리즈인 수잔 콜린스의 3부작 시리즈 헝거게임은 2010년에 최종권이 출간되었다. 150만 부로 양장본 신간 베스트셀러 목록 4위를 차지한 『모킹제이』는 360만 부로 스타트를 끊은 해리포터 시리즈 3권 『아즈카반의 죄수』의 판매기록에 훨씬 못 미치며 시리즈 전체 판매부수를 다 합쳐도 『죽음의 성물』의 놀라운 기록을 당해내지 못한다.[33]

이 수치들로부터 이끌어낼 수 있는 사실은, 비록 트와일라잇 시리즈와 헝거게임 시리즈의 팬층이 상당하고 후속 영화와 미디어의 영향력이 클지라도, 이 두 시리즈 모두 해리포터 시리즈와 같은 스케일의 문학적 현상으로는 여길 수 없다는 것이다. 가장 근접한 경우일지는 모르겠지만 말이다. 이처럼 유례없는 규모의 아동 및 성인 독자들을 대거 독서로 끌어들인 것은 어느 영국 소년의 성장 모험담이 유일하다.

이 수치들을 어떻게 쪼개보든 간에, 롤링이 십 년이라는 짧은 기간 동안 출판업계의 관행과 베스트셀러 소설의 영역을 영원토록 뒤바꾸어 놓은 전세계적 현상에 대한 문학적 기반을 만들어 내었다는 무시할 수 없는 사실은 그대로 남아 있다. 심지어 시리즈의 최종권이 나온 지 8년이 흐른 오늘날에도, 해리포터 시리즈의 광범위한 영향력을 재현해 내거나 뛰어넘은 시리즈는 존재하지 않는다. 지금 이날에도 해리포터 현상은 변함없이 여전하다.

* **글쓴이 | 케이트 글래스먼(Kate Glassman)** 『버서스 리터러리 저널』(*Versus Literary Journal*)의 에디터이자 공동발행인. 세인트 폴 햄라인 대학에서 MFA를 마치고, 고양이 토니 스타크와 함께 미네소타에 살고 있다. "좋은 책은 세상을 움직인다"는 믿음을 바꿀 수 있는 건 아무것도 없으며, 무언가를 좋아하는 마음에는 한계가 없음을 믿는다.

2
정전(定典)을 장전하기: 해리포터와 팬픽션

케이트 맥매너스 / 김영지 옮김

조앤 K. 롤링은 주로 아이들에게 읽을거리를 준 것으로 인정받지만, 쓸거리를 준 것으로도 인정받아야 한다. 당신은 릴리 에반스와 제임스 포터가 어떻게 함께하게 되었는지, 해리포터의 같은 반 학생인 다프네 그린그라스 또는 수 리의 뒷이야기를 상상해 본 적이 있는가? 또는 첫번째 마법 전투에서의 불사조 기사단이 어떻게 싸웠을지 궁금했던 적이 있는가? 이러한 의문들은 팬픽션넷(fanfiction.net), 머글넷(mugglenet.com), 그리고 라이브저널(livejournal.com)과 같은 사이트에서 '팬픽션'을 쓰는 팬들에 의해 풀리곤 한다. 롤링의 이야기를 팬들이 새롭게 다시 쓰는 것은 굉장히 보편적인 현상이다. 익숙한 인물과 설정, 그리고 서사 구조를 사용해서 작가들은 그들만의 새로운 이야기를 만들고, 해리의 세계를 만들어 가는 데 동참할 수 있다. 수천 명의 작가와 독자들은 인터넷을 통해 이야기에 관련된 대화를 만들어 내며 팬픽션넷과 같은 커뮤니티를 더욱 활발하게 만들었다. 팬픽션은 독자와 작품 사이의 새로운 대화의 형태를 만들어 내며 추측과 상상의 장이 되었다. 작가들과 독자들은 마법 세계에서 가능한 미래에 대해 질문하고 창조할 수 있으며, 반대로 과거의 일들을 상상하여 지어낼 수도 있다. 하지만 팬픽션의 가장 중요한 점은 작가와 독자들이 작품을 분석하고 그들만의 세계를 통해 원작의 문맥을 읽어낼 수 있는 공간을 만들어 준다는 것이다. 이미 팬픽션의 양이 방대하기 때문에 초심자들에게는 부담스럽게 여겨질 수 있지만, 여러 팬픽션을 읽어 보고, 또 만들기도 했던 나는 경험자로서 팬픽션의 중요성과 역사를 소개하고, 그것이 롤링이 솜씨 좋게 빚어 놓은 세계 속에서 독자들의 경험을 얼마나 풍부하게 만들어 주는지를 설명하고자 한다. 이런 나의 의견들은 해리포터 팬픽션 커뮤니티 중 가장 규모가 큰 '팬픽션넷'에 있는 자료들을 참고했다. 팬픽션넷은 해리포터뿐 아니라 다양한 커뮤니티를 갖고 있다. 「스타트렉」과 「스타워즈」 시리즈의 거대한 커뮤니티를 갖고 있으며, 「글리」, 「아바타」, 그리고 「마법사 멀린」 시리즈의 커뮤니티도 있다. 비록 팬픽션 문화가 시작될 때에는 적은 수의 사람들로 커뮤니티가 이루어졌지만, 그 유행은 지난 십여 년간 꾸준히 성장했다. 익명으로 글을 남기기 때문에 얼마나 많은 사람들이 팬픽션을 쓰고 읽는지 정확히 파악하기는 어렵지만 지금은 팬픽션넷만 해도 64만여 개가 넘는 해리포터 이야기가 있다.

팬픽션 문화가 비교적 최근의 현상처럼 보이지만, 역사 속에는 사람들이 이야기를 재구성하고 고쳐쓴 전례가 많다. 에리카 크리스틴 허베트의 2009년 논문인 「해리포터와 팬픽션: 간극 채우기」에 따르면 베르길리우스의 『아이네이스』는 호머의 『일리아스』와 『오딧세이아』를 새롭게 쓴 것이다. 『아이네이스』는 『일리아스』와 『오딧세이아』와 유사하지만 트로이에서 도망쳐 로마를 찾아가는 그리스 영웅의 발자취를 쫓고 있다.[1] 이것은 고대의 팬픽션 예시로 『아이네이스』는 그리스 서사시를 반영하고 있지만, 그것의 목적은 로마를 찬양하는 것이다. 이처럼 이야기는 다시 쓰이면서 변화한다. 그것을 가장 잘 보여 주는 것은 로빈 후드의 전설이다. 스티픈 나이트가 그의 책 『로빈 후드: 신화적 전기』(*Robin Hood: A Mythic Biography*)에서 말한 것처럼 부자들의 재산을 훔쳐 가난한 이들을 돕는 중세의 소지주의 이야기로 시작한 이 전설은 낭만적인 독자들을 위해 점차 바뀌고 발전되었다. 시간이 흐르며 로빈은 노르만 침략자들에 대항하는 색슨인이 되었다가, 그후에는 악덕지주에게 땅을 빼앗기고 복수하기 위해 숲에서 지내는 몰락한 귀족이 되었다. 그후의 전설에서 그는 리차드 왕의 시대에 십자군 전쟁에 참여한다. 나이트에 따르면 로빈 후드 일당의 중심 인물들인 메이드 마리언, 리틀 존, 그리고 프라이어 턱 등은 후에 추가된 인물들이다. 최근으로 오면 더욱 많은 예시들이 있다. E. L. 제임스의 『그레이의 50가지 그림자』는 트와일라잇 시리즈의 장황한 팬픽션이었지만, 후에 작가는 그것을 다시 다듬어 3부작으로 만들어 냈다. 다른 예로는 진 리스의 『광막한 사르가소 바다』가 있다. 이 작품은 『제인 에어』 속 로체스터씨의 첫 번째 부인인 버사 로체스터에 관한 것이다. 『제인 에어』의 또 다른 변주로는 1938년의 소설인 대프니 듀 모리에의 『레베카』가 있다. 『레베카』는 두 번째 드 윈터 부인의 이야기를 보여 준다. 드 윈터 부인은 그와 함께 맨덜리로 와야 한다는 것은 모른 채 맥심 드 윈터와 결혼한다. 이 음산한 곳에서 그녀는 그 집의 과거와 맞닥뜨린다. 그리고 그녀가 마주한 과거는 샬롯 브론테가 『제인 에어』에서 우리에게 보여 준 사건들의 반복이다. 더욱 최근의 예로는 낭만적인 오해에 관한 이야기 속에 좀비를 등장시킨 세스 그레이엄 스미스의 『오만과 편견 그리고 좀비』(*Pride and Prejudice and Zombies*)이다. 제인 오스틴의 고전적인 작품에 공포스러운 요소를 넣은 이야기다. "펨벌리의 풍경이 더럽혀진다는 것인가?" 하고 기겁하기 전에 나는 여러분이 먼저 이 소설의 목적을 알기를 바란다. 아마도 그레이엄 스미스는 이 고전 소설을 컬트 고전에 흥미를 느끼는 독자들에게 소개하고 싶었을 것이다. 이 이야기는 책으로 출간된 팬픽션이다. 이러한 예들은 역사적으로 어느 곳에서나 하나의 이야기가 다양한 표현과 다른 목적으로 다시 쓰인 것을 보여 준다.

이러한 역사 속의 많은 예시들이 있지만, 최근의 팬픽션은 저작권에 관련된 의문점을 수반하곤 한다. 팬들은 변호사들이 갑자기 들이닥쳐 그들이 힘들여 창조해 놓은 것들을 빼앗아갈까 마치 죽음을 먹는 자들에게 느끼듯 두려워한다. 그럼에도 레이첼 본은 그녀의 에세이인 「해리포터와 저작물의 실험적인 사용: 팬들의 작품을 위한 예외적 적용」에서 "변호사들은 팬들의 작품을 본래 저작물의 저작권을 침해하는 큰 문제로 여기지 않는다"[2]고 말했다. 실제로 대부분의 팬픽션은 '공정 사용'의 적용범위 내에서 이루어진다. 스테이시 M. 랜테인은 2011년 그녀의 글에서 공정사용은 미국 대법원에서 정의한 네 가지 요건으로 판단할 수 있다고 했다. 이 네 가지 요건은 본래의 저작물을 보호하면서도 새로운 창작물을 억압하지 않을 정도로 유연하기도 한데, 다음과 같다. 첫째, 평가하려는 작품이 교육적인 목적을 갖고 있는지. 둘째, 저작물의 근본적인 성향을 이해하고 있는지. 셋째, 패러디나 팬이 만들어 낸 작품 속에서 원작이 차지하는 양이 어느 정도인지. 마지막으로 팬의 작품이 저작권을 가진 원작의 가치를 훼손하지 않는지 등이다. 랜테인은 또한 이 법의 도덕적이거나 비도덕적인 요소들에 집중할 것을 주장한다.[3] 저작권을 침해하는 것은 처벌받아 마땅하지만, 그것을 부도덕한 것으로 보지는 않는다. 그동안 공정 사용 법칙에 따라 평가받은 사례가 없었던 것이 문제를 더욱 복잡하게 만들기도 한다.[4] 그녀는 모든 팬픽션을 보호할 수 있는 치우친 주장은 없다고 말한다. 랜테인은 미국의 저작권법을 다음과 같이 요약했다.

> 저작권법의 가장 분명한 수혜자는 자신의 작품으로 저작료를 받는 저작권의 소유자이다. 그러나 저작권 소유자는 저작권법의

일차적인 수혜자는 아니다. 일차적인 수혜자는 예술가들의 활동을 지원하는 부유하고 창조적인 사회를 누리는 일반 대중이다.[5]

나는 노력의 대가를 바라지 않는 팬픽션 창작이야말로 '부유하고 창조적인 사회'를 확장시킨다고 생각한다.

팬픽션은 오래된 작품에서 만들어진 것이지만, 종종 완전히 다른 형태를 갖기 때문에 기존의 작품을 침범하지 않기도 한다. 레이첼 L. 스트라우드는 그녀의 법 관련 칼럼 「무급의 창조: 공정사용으로 팬픽션 보호하기」에서 팬픽션은 독자들이 그들만의 상상력으로 원래의 작품에 참여하는 것이며, 그러므로 그들의 일은 '패러디'로 인식되어야 한다고 주장한다. 결국 팬픽션은 원작의 필요를 채우는 것이다. 사실상 팬픽션은 패러디와 같은 역할을 하는데, 두 장르 모두 원작을 흉내내는 동시에 비판적인 시각을 갖는다. 작가들은 원작의 사건들을 뒷받침할 정교한 배경 사건들을 그려낼 수 있고, 이것은 팬픽션의 세계에서 '정본'(定本)이라 불린다. 그 안에는 호그와트의 설립과정이나 알버스 덤블도어 교수와 그린델왈드 사이의 묘한 관계를 그려낸 등의 많은 이야기들이 있다. 이 '정본'을 읽으며 실마리가 주어질 때 팬들은 원작을 더욱 명확히 이해할 수 있다. 팬픽션넷과 같은 웹사이트에 이야기를 등록할 때에 많은 팬픽션 작가들은 그들의 이야기 속 인물들이 자신의 소유가 아님을 분명히 밝히곤 한다. 그들은 그들의 이야기로 이익을 얻지 않으며 그러므로 법적인 문제도 없다.

그러나 개인적인 활동과 '해리포터 어휘 대사전'과 같은 참조적인 활동은 차이가 있다. '해리포터 어휘 대사전(이하 해리포터 대사전)'은 비공식적이며 팬들에 의해 만들어진 웹사이트로 해리의 세상에 존재하는 많은 인물들과 마법주문들, 마법 생물들에 이르기까지 당신이 궁금해 하는 것에 대한 모든 정보를 갖고 있다. 이렇듯 해리포터 대사전은 모든 팬에게 열려 있는 인터넷의 가이드북인데, 원작자인 롤링이 그녀만의 완벽한 백과사전을 출간하고 싶다는 의사를 밝힌 후에 팬 작가들이 웹사이트의 대사전을 책으로 출간하고자 해서 법적인 문제가 생기기도 했다. 워너 브러더스사가 빠르게 대처해 '해리포터 대사전'의 출판을 막았다.

자신의 작품을 상품화하여 돈을 벌 생각이 없는 작가를 상대로 법적 분쟁을 하기는 어렵다. 단지 출판물의 수 때문이 아니라 팬들의 활동을 막는 것은 원작자에게 흠집을 내는 일이기 때문이다. 롤링이 『죽음의 성물』 이후로 더 이상 시리즈를 만들지 않겠다고 밝힌 후 팬들은 새로운 시리즈가 더는 없는 것을 알면서도 계속해서 소년 마법사와 그의 세계에 열광하고 있다. 그리고 롤링은 팬들의 그러한 활동을 막으려 하지 않는다.

롤링은 그녀 스스로도 무심코 팬들의 커뮤니티를 뽐내듯 인정하곤 한다. 2000년의 온라인 채팅에서 그녀는 팬에게 "나는 팬들의 이야기를 몇 편 읽었고, 얼마나 많은 사람들이 이야기에 빠져들었는지 보고는 우쭐해졌다"고 말한 바 있다.[6] 또 2005년의 인터뷰에서 그녀는 "나는 사람들이 일곱번째 책이 모두 끝난 뒤에도 팬들이 계속해서 작품 속 인물들에 대해 이야기를 만들 것이라 생각한다. 왜냐하면 몇몇 사람들이 책의 중심 줄거리와 큰 관련이 없어 알려진 것이 없는 특정 인물의 과거에 관심을 갖고 있기에 그들의 이야기를 팬픽션으로 만들어 낼 여지가 많다"[7]고 말하기도 했다. 이처럼 오히려 롤링이 일곱 권의 시리즈에서 상세하게 설명하지 못했던 부분들을 그녀의 팬들이 채우도록 할 수 있다. 그렇다고 해서 그녀가 모든 팬픽션을 허용한다는 의미는 아니다. 롤링의 책을 출간한 크리스토퍼 리틀 리터러리 에이전시의 대변인은 만들어진 이야기들이 터무니없지 않고, 모든 이야기들은 조앤 K. 롤링이 아닌 해당 작가에게 책임이 있기를 바란다고 롤링의 의견을 전했다.[8] 대부분의 작가들이 원작에서 만들어지는 이야기들에 질책어린 경고를 보내는 것이 일반적인 데 비해 롤링의 이러한 걱정은 타당하면서도 그들에게 많은 기회를 준다.

롤링은 '정본'의 범위가 넓어지는 것을 즐긴다. 인터넷 검색창에 '롤링 프리퀄'을 검색하면 금세 다른 이야기들을 찾을 수 있다. 2008년에 롤링은 자선단체를 위한 경매에서 영국의 서점 체인인 워터스톤이 그녀의 이야기 한 편을 웹사이트에 공개할 수 있도록 했다. 그 이야기는 지금은 그 웹사이트에 있지 않지만 찾아내고자 하는 사람은 쉽게 찾아 읽을 수 있다. 그 이야기는 젊은 제임스 포터와 시리우스 블랙을 체포했던 머글 경찰관의 시선에서 한 사건을 그려내고 있는 800자 정도의 글이다. 시시껄렁하고 건방진 대화를 나누던 두 명의 젊은 마법사는 경찰관에게는 보이지 않는 것을 골목 안에서 발견한다. "제임스와 시리우스는 알아들을 수 없는 말들을 외쳤고 번쩍이는 빛이 움직였다.… 주변을 순찰하던 경찰관들은 깜짝 놀라 뒷걸음질 쳤다. 세 명의 남자들이 빗자루를 타고 골목 위를 날고 있는—말 그대로 날고 있었다—그 순간 경찰차의 뒷바퀴가 들렸다."[9] 그 두 마법사는 도망쳤고, 경찰관들도 물론 도망쳤다. 웃긴 이야기지만 독자들은 앞으로 몇 년간은 그 이야기를 소중히 여길 것이다. 롤링 또한 후에 그녀의 일곱 권의 시리즈만으로는 독자들에게 미처 설명할 수 없었던 사실들과 배경사건을 담은 백과사전을 출간하기를 원한다고 말했다. 분명 이것은 팬들에게 더 많은 영감을 줄 것이고 그렇게 쓰여진 팬픽션이 책 속의 빈틈을 더 많이 채울 수 있을 것이다.

팬들 또한 팬픽션이 늘어나는 것에 제한을 두지 않는다. 지난 몇 년간 우리는 마법사 락 밴드(Wrock), 인형극(The Potter Puppet Pals), 씨어터 컴퍼니와 프렌즈 스타키드 포터사가 만든 세 개의 완성된 해리포터 뮤지컬과 그 외 수많은 팬의 작품들을 접해왔다. 최근에는 롤링 또한 이러한 팬들의 커뮤니티에 포터모어(Pottermore.com)라는 새로운 선물을 더했다. 포터모어에서 팬들은 해리포터 시리즈를 복습할 수 있다. 각 챕터별로 마법을 찾고, 마법 주문을 배우며 마법약을 제조하고 기숙사별로 경쟁하고 소설 속에 존재하는 배경 이야기들을 배울 수 있다. 이런 활동들은 역할놀이로 호기심을 부분적으로 충족시켜 준다.

팬픽션은 독자와 작가, 작품뿐 아니라 작가와 팬픽션 그리고 그 이야기를 읽는 독자들 사이에 함께 대화하고 추측할 수 있는 공간이다. 팬픽션 작가들은 피드백을 간절히 원하며 독자들이 실수를 찾아내 주거나 실질적인 비평을 주길 원한다. 보통은 편집자의 역할을 대신해 주는 독자(Beta-Reader)가 있어서 줄거리 흐름의 빈틈이나 철자와 문법의 오류를 찾는 데 도움을 준다. 이런 커뮤니티에서는 팬들이 안전하게 여러 스타일과 인물, 그리고 줄거리에 도전해 볼 수 있다. 그 가장 좋은 예로 모든 시리즈를 통틀어 가장 주요하게 다뤄졌던 소재는 세베루스 스네이프 교수에 관한 것이었다. 앞선 여섯 권의 시리즈에서 롤링은 해리에게는 물론, 독자에게도 스네이프가 선과 악 중 어느 쪽에 속한 사람인지 분명하게 알려주지 않았다. 그래서 스네이프가 『혼혈왕자』에서 덤블도어를 죽였을 때, 그 마법약 교수를 향한 수많은 추측이 삽시간에 퍼져나갔다. 그는 선한 사람일까 악한 사람일까. 아니면 그저 살아남기 위한 선택을 했던 것일까. 많은 팬픽션 작가들은 좋건 나쁘건 스네이프의 행동을 정당화할 이유와 그 후의 이야기를 만들었다. 심지어 『죽음의 성물』이 출간되기도 전에 이미 릴리와 스네이프의 친구관계를 다룬 이야기들도 있었다. 이처럼 원작과 별개인 팬픽션을 읽는 것은 굉장히 흥미로운 일이다. "정본 법칙" 이전에 팬픽션을 쓰는 것은 많은 작가들에게 스네이프가 용감한지 혹은 겁쟁이인지, 선 혹은 악의 편인지와 같이 아직 완성되지 않은 줄거리를 스스로 채워 볼 기회를 준다.

또 다른 훌륭한 예시는 바로 덤블도어를 둘러싼 분석들이다.

『죽음의 성물』이 출간되고 몇 달 후인 2007년 10월, 롤링은 한 컨퍼런스에서 덤블도어가 동성애자이며 마법사 그린델왈드와 지적이면서 애틋한 연인 관계였다고 말했다(시리즈 내에서 덤블도어가 싸움에서 그린델왈드를 이겼다고 언급되지만 자세히 묘사되지는 않는다). 어니스트 L. 본드와 낸시 L. 미첼슨은 「해리의 세계에 대해 쓰는 것: 호그와트의 작가가 되는 아이들」에서 팬픽션 작가들은 그 소식이 알려지자마자 그 두 마법사의 이야기를 쓰기 시작했다고 전했다. 팬들은 그들이 아끼는 인물인 덤블도어의 성적 취향이 밝혀지자 그 발표를 무시하거나 바로 자리로 돌아가 덤블도어와 그린델왈드의 관계를 창조해 내는 것으로 즉각적인 반응을 보였다. 아마도 그렇게 만들어진 이야기들을 읽어 본다면 몇몇 사람들은 롤링이 컨퍼런스에서 밝힌 관계는 이미 그녀가 쓴 문장들 사이에 녹아 있었다는 것을 알게 될 것이다. 롤링이 그들 사이에 연애 감정이 있는 것을 자세히 쓴 적은 없지만 팬들은 그들 사이의 미묘한 감정이 있음을 분명히 알아차릴 수 있다.

작가들은 또한 때로 독창적인 인물을 쓰기도 한다. 이 인물들은 '메리 수' 또는 '개리 스투'의 전형적인 인물 유형의 범주 안에 속하곤 한다.* 메리 수 유형의 인물들은 작가들이 스스로를 마법 세계에 중요한 인물로 등장시킬 때 주로 나타난다. 메리 수는 보

---

* '메리 수'는 팬픽션 속 사랑스러운 결점만 있는 상투적인 여자 주인공, '개리 스투'는 메리 수의 남성형을 일컫는다. —옮긴이

통 똑똑하지만 엉뚱하고, 예쁘지만 자신은 그것을 잘 알지 못한다. 그리고 보통 주인공과 사랑에 빠진다. 이런 인물들이 이미 클리셰로 여겨지기 때문에 메리 수가 중심이 된 이야기들은 이제 크게 인기를 끌지 못한다. 그래도 여전히 메리 수는 팬픽션의 한 유행을 보여 준다. 만약 인기 있는 이야기를 다시 쓰고자 하는 욕망이 팬픽션으로 만들어지는 것이라면 메리 수는 그러한 소망의 문학적인 형태이다. 커뮤니티 속 대부분의 사람들이 이 유행에 다양한 의견을 갖고 있는데, 라이브저널에 리무스 루핀과 시리우스 블랙의 이야기를 주로 써온 오렌지크러시(orange_crushed)라는 아이디의 작가는 다음과 같이 말한다.

> 메리 수라는 캐릭터에서 오는 순수한 만족이나 자아를 반영하는 면 이외에도 더 중요한 현상이 있다. 그러한 인물을 통해 젊은 여성들은 정형화된 방식으로 자신을 이야기 속에 등장시킨다. 그들은 스스로를 이야기 속에서 굉장히 영향력 있고 매력적인 인물로 그려낸다. 그들은 대부분 외모는 아름답고 매력적이며, 지적이면서 강하고 시원시원한 성격에 누군가에게는 롤모델이며, 또 누군가에게는 생애 단 하나의 사랑이다. 그리고 이야기는 그들을 중심으로 만들어진다. 해리포터, 스타 트렉, 반지의 제왕 등 다양한 작품의 팬픽션 중 남주인공을 중심으로 하는 이야기에 작가 자신의 이상향을 가진 여주인공을 등장시키는 이와 비슷한 형태의 많은 이야기들이 인기를 누렸다.

그녀는 두드러진 여성 캐릭터가 비단 해리포터 시리즈에만 부족한 것이 아니고 판타지와 과학 장르의 작품들에 일반적으로 부족하기 때문에 메리 수를 등장시키는 것이 더욱 유행했다고도 말한다. 젊은 작가들은 작품 속 실재하는 인물을 보고자 하는 마음을 자신을 이야기에 등장시키는 것으로 채우곤 한다. 팬픽션넷과 라이브저널 커뮤니티에 동시에 리무스 루핀과 님파도라 통스의 이야기를 쓴 테이터 씨는 말한다.

> 그것은 역할놀이를 하는 것과 유사하다. 그들은 그들의 작품 속에서 스스로의 모습은 잃지만 더욱 나은 모습을 더해 그들이 사랑하는 상상의 세계에 등장시키며, 그로써 공상만 하는 것보다는 더욱 실제적인 방식으로 참여할 수 있다. 상상을 글로 구현하는 것은 참여하는 이들에게 보다 현실적인 체험을 준다. 하지만 그것만이 메리 수를 등장시키는 이유는 아니다. 왜냐하면 메리 수는 반드시 누군가를 반영한 캐릭터는 아니기 때문이다. 때로 메리 수는 그저 경험이 적은 초보 작가가 여주인공을 멋지게 만들어 낼 자신이 없을 때 쓰는 방식이기도 하다! 그들은 원작의 영웅만큼 매력적이고 영향력 있는 인물을 만들기를 원한다. 이러한 방식이 제대로 된 인물을 만들 수 있는 것은 아니지만, 그들은 자신이 만든 인물에 모든 종류의 능력과 기술을 주곤 한다.

일곱 개의 공식적인 해리포터 시리즈를 마친 뒤에도 롤링은 팬들이 그들의 아이디어를 넣을 수 있는 수많은 공간을 남겼다. 그리고 여전히 어디까지 '정본'으로 인정할 것인가에 대한 논란의 여지가 있다. 많은 사람들이 원작 소설만이 정본이라고 생각한다. 그러나 롤링은 인물에 대해 설명해야 할 것이 많았지만 책의 길이나 공간의 문제로 많은 부분을 포기했다. 특히 앞선 세 개의 시리즈는 뒤의 네 개의 시리즈에 비해 길이가 짧아 더욱더 잘려나간 부분이 많았다. 2001년 BBC와의 인터뷰에서 롤링은 팬들에게 그녀가 만들어 낸 상상 세계에 알려진 것보다 더 많은 지식이 있음을 시사했다.

> 그저 나의 기쁨을 위해—적어도 부분적으로는 나에게 기쁨을 주는 부분적인 이유로—내가 원하는 것은 작가는 모든 것을 알고 있다는 것을 확신하며 책을 읽는 것이다. 작가들은 모든 것을 설명하지는 않지만 그래도 당신이 그들은 모든 것을 알고 있다고 확신하는 것 말이다.… 해리와 같은 학년인 모든 등장인물들과 아주 사소한 상징들까지 그들이 어떤 기숙사에 속했는지, 어떤 마법적인 힘을 지녔는지, 그리고 어떤 혈통인지를 의미한다. 이러한 정보들은 후에 죽음을 먹는 자들이나 다른 곳에 충성하는 다양한 무리들이 학교 안에서 일어날 때에 그들을 알아차리는 데에 중요한 역할을 했다.[10]

수 리라는 이름을 들어 본 적이 있는가? 그녀는 해리와 같은 수업을 듣는 래번클로 학생이다. 다프네 그린그래스(『불사조 기사단』에서 단 한 번 언급됐다)는 해리와 같은 학년인 슬리데린 학생이다. 그러나 그녀의 여동생인 아스토리아는 드레이코 말포이와 결혼한다. 오드리라는 인물은 심지어 성도 알려지지 않았는데, 퍼시 위즐리와 결혼한다. 루나 러브굿은 롤프 스캐맨더(그는 『신비한 동물사전』의 저자인 뉴트 스캐맨더의 손자인데, 이 책은 롤링이 2001년에 번외로 출간한 책이다)와 결혼했다. 이와 같은 인물들은 무엇이 '정본'인가 하는 논란을 더욱 복잡하게 만든다. 왜냐하면 수, 아스토리아, 오드리와 롤프의 이야기는 책 속에는 등장하지 않지만 롤링의 인터뷰와 그녀가 2001년에 공개한 수업 목록과 가계도에는 등장하기 때문이다. 팬픽션넷에 이러한 인물들에 관해 팬들이 쓴 이야기가 해리의 것만큼 많지는 않지만(2013년 6월 기준으로 수는 28편, 아스토리아 1,681편, 오드리 261편, 롤프 163편, 해리는 176,698편이다) 팬픽션 작가들은 여전히 원작의 줄거리와는 큰 관련이 없는 이러한 인물들의 이야기를 창조하는 데에 시간과 노력을 쏟고 있다. 정본으로 인정할 것인지 여부는 정해지지 않았지만 팬들이 만든 이야기에 이러한 인물들이 중심이 되는 것은 롤링의 세계관을 경험한 팬픽션 작가들의 참여 정도를 여실히 보여 준다.

하지만 팬들이 만든 모든 이야기가 롤링의 상상을 바탕으로 만들어지는 것은 아니다. '대체 우주' 혹은 'AU'*라 불리는 팬픽션은 작가가 인물들을 완전히 새로운 세계관—엔터프라이즈 우주선이나 디킨스 소설에나 나올 법한 열악한 환경의 공동주택 등—속에 등장시켜 새로운 이야기를 만드는 것을 보여 주기도 한다. 이것은 독자들이 '만약에'라는 질문을 작품 속에 던지면서 만들어진다—만약 헤르미온느 그레인저가 해리와 결혼했다면 어땠을까? 케드릭 디고리가 무덤가에서 살아남아 모든 진실을 말했다면 어땠을까? 'AU'는 또한 완전히 다른 관계와 새로운 짝을 만들기도 한다. 원작에서 드레이코와 헤르미온느는 결국 화해하지 못한다(그는 『비밀의 방』에서 머글 혈통인 그녀를 모욕하고, 후에 루베우스 해그리드를 농담거리로 삼은 뒤 헤르미온느에게 뺨을 맞는다). 이러한 원작에서의 관계를 보면 그들의 관계는 절대 회복될 수 없다. 하지만 팬들은 그들이 서로 사랑하는 짝이 될 다양한 상황들을 만들어 냈다. 시리우스 블랙과 리무스 루핀도 비슷한 일을 겪었다. 루핀은 원작에서는 분홍머리의 님파도라 통스와 사랑하는 사이지만, 많은 팬들은 루핀의 짝으로 어린 시절 친구인 시리우스를 선택했다(우연찮게도 시리우스는 님파도라의 사촌이다). 이러한 동성의 연인을 만드는 것이 일반적으로 '슬래시'라 불리는데, 본드와 미첼슨은 이러한 관계가 꼭 불필요한 것은 아니지만(간혹 그런 경우도 있지만), 동성 관계의 예시들이 많이 있다고

* 대체 우주(Alternative Universe)의 줄임말—옮긴이

말한다(원작에서의 관계와 관련 없이 인기를 누리는 또 다른 동성 커플은 드레이코와 해리이다). 자신의 성적 취향을 분명히 드러내지 않았던 덤블도어를 제외하면 해리포터 시리즈에는 동성애 성향의 인물은 등장하지 않는다. 본드와 미첼슨은 사람들이 슬래시를 쓰는 것은 "자신과 타인을 다양한 이야기 구조 속에 등장시키며 함께 만들어진 스스로와 세상을 보는 방식"[11]이라고 말한다. 만약 팬들이 그들의 현실 속에 있을 법한 인물이나 상황을 글 속에서 보지 못하면 그것을 발견할 수 있을 때까지 계속해서 상황들을 바꾸려 할 것이다.

『죽음의 성물』의 마지막 챕터와 많은 논쟁을 낳은 에필로그 사이에는 19년의 세월이 있기에 팬픽션 작가들은 지니와 론 위즐리, 해리 그리고 헤르미온느가 어떻게 그들의 아이들을 호그와트 급행열차에 태우기 위해 킹스 크로스 역으로 돌아올 수 있었는지 즐겨 추측하곤 했다. 2007년 일곱 번째 시리즈가 세상에 나온 지 며칠 되지 않아 롤링은 온라인 채팅에서 몇 가지 사실을 직접 분명히 밝혔다.

> 헤르미온느는 호그와트 시절부터 이어오던 꼬마 집요정 해방전선을 이어나가기 위해 신기한 동물 단속 관리부에서 일했다. 이후 그녀는 스크림저를 모욕했음에도 곧 승진하여 마법 법률 강제 집행부에서 머글 태생을 보호하는 법률을 만드는 데 앞장서고 있다.[12]

롤링은 또한 해리의 직업 경력도 짧게 언급했는데, 그는 오러 사무국의 국장이 되었고 론은 '위즐리 형제의 신기한 장난감 가게'에서 일했다. 지니는 프로 퀴디치 팀인 홀리헤드 하피스의 선수로 활동했고, 은퇴한 뒤에는 예언자 일보의 퀴디치 전문 기자로 활동했다. 몇몇 팬들은 이 기간에 헤르미온느가 호주에서 부모님을 다시 만난 과정이나 위즐리 가족이 프레드를 잃은 뒤에 어떻게 그 슬픔을 이겨냈는지, 그리고 물론 호그와트에서의 두 번째 전쟁 이후에 어떻게 마법세계가 재건되었는지를 이야기로 풀어냈다. 이토록 상상의 여지가 있는 많은 시간과 인물이 존재하는데 팬픽션이 존재하지 않는다면 그것이 더 놀라운 일일 것이다. 롤링은 그녀가 만들어 낸 세계의 극히 일부만을 우리에게 보여 주었다. 팬들이 보기에 현실적으로 지속 가능한 것들과 롤링의 인물들에 관련된 언급을(덤블도어가 동성애자라거나, 삼총사의 멋진 미래 등) 접한 팬들은 그러한 아이디어들을 소중히 간직할 수밖에 없다. 그래서 마법세계는 롤링의 마음속 무대 그 뒤편에도 자리를 잡는다. 그리고 이러한 무대 밖의 이야기들은 팬픽션이 가야 할 길을 남겨 둔다. 이처럼 의견을 주고받는 대화는 팬픽션이 아니었다면 어쩌면 독자들에게 기회가 없었을지도 모를 일이다. 팬픽션을 읽지 않은 사람들은 때로 그것을 그저 마음 가는 대로 썼거나 유명한 이야기를 베낀 것으로만 판단하기 쉽다. 하지만 그들이 놓친 것이 있다. 팬픽션은 그 중심에는 원작이 하려는 이야기를 바탕으로 그것을 변형하는 것이며, 작품 속의 숨은 내용들을 찾아내어 텍스트성의 경계를 넓힌다. 그것은 작가들이 상상의 세계에서 놀이를 하는 것과 비슷하다. 그 세계에 그들 자신의 견해를 반영하고 변화시키며 새로운 것을 창조해 낸다. 팬픽션은 작품 속의 인물에 대한 깊은 이해를 필요로 하며 원작이 남긴 궁금증을 풀기에 큰 강점을 갖는다. 팬픽션의 가장 좋은 점은 같은 의문을 가진 팬들이 주인공인 소년과 주변인들을 계속해서 곁에 두고 함께 고민하며 답을 찾아낼 수 있는 공간이라는 점이다. 팬픽션은 최근의 현상은 아니지만, 인터넷의 등장으로 빠르게 성장하여 하나의 큰 화두가 되었다. 저작권법과 팬 집단이 만들어 낸 가벼움과 창조성 사이의 생각들은 우리가 작품을 읽으며 쌓았던 생각에 새로운 윤곽을 더하며 그 이해의 완성도를 높일 수 있다.

* * *

팬픽션넷이 팬들에게 공헌한 것과 해리포터 렉시콘(hp-lexicon.com)의 방대한 정보, 그리고 인터뷰와 채팅 모음을 제공해 준 악시오쿼트(www.Accio-Quote.org)에 감사드립니다.

---

* **글쓴이 | 케이트 맥매너스(Kate McManus)** 세인트 캐서린 대학에서 그리핀도르 배정을 받고 역사학을 전공했으며 대학원에서 문헌정보학을 공부중이다. 오랜 시간 팬픽션을 읽고 또 써왔다. 가장 많이 쓰는 이야기는 로빈후드이기는 하나, '최초에 호그와트는 어떻게 생겨나게 되었는가?'를 조사하는 데에도 적지 않은 시간을 보낸다.

3
해리포터의 가상 세계

카일 버브 / 김은혜 옮김

1997년 6월, 조앤 K. 롤링이 영국에서 『해리포터와 마법사의 돌』을 출판한 후, 이어지는 여섯 편의 속편과 여덟 편의 영화를 통해 해리포터의 명성은 영국과 미국 전역으로 삽시간에 퍼져나갔다. 그리고 2010년 6월 18일, 롤링의 허구적인 해리포터 세계에서 중요한 현장과 모습이 플로리다의 유니버설 올랜도 파크&리조트에 해리포터의 마법사 세계라는 테마파크로 재현되었다.* 이 테마파크가 주요 관광 명소로서 존재한다는 것은 의심할 여지가 없지만, 이것은 롤링의 소설을 흉내 낸 복제이며, 해리포터 팬들에게 비현실과 현실의 구분을 흐리게 하는 가상의 현실로서, 모형

* 유니버설 올랜도 리조트(Universal Orlando Resort)는 미국 플로리다 주(州) 올랜도에 있는 NBC유니버설이 소유한 테마파크 리조트이다. 올랜도 도시권에서 월드 디즈니 월드에 이어 두번째로 규모가 크다. 유니버설 스튜디오 플로리다, 아일랜드 오브 어드벤처로 구성된 2개의 테마파크와 1개의 워터파크, 4개의 호텔 및 상업시설이 들어서 있다. —옮긴이

의 역할을 하기도 한다.

유니버설 올랜도 리조트는 실제 크기의 테마파크 두 개가 안에 들어갈 수 있을 만큼 넓다. 플로리다의 이곳에는 유니버설의 모험의 섬과 유니버설 스튜디오가 있다. 이 두 개의 테마파크에는 수많은 테마 장소들과 작은 테마 공원들이 자리한다. 유니버설 스튜디오 모험의 섬에 있는 작은 테마 공원들 중에는 주라기 공원, 잃어버린 제국, 수스 랜딩, 그리고 해리포터의 마법사 세계가 있다. 이 마법사 세계에는 관광객들을 위한 세 개의 주요 놀이시설이 있고, 두 개의 하위 놀이시설이 있다. '해리포터와 금지된 숲 여정'은 방문객들이 호그와트의 복도와 교실들을 탐험할 수 있게 한다. 이어 성 위를 높이 날아오르는 놀이기구는 해리포터와 그의 친구들과 함께 승객들을 잊을 수 없을 스릴 넘치는 모험으로 이끈다. '히포그리프의 비행'은 호박밭 주위를 나선으로 돌다가 해그리드의 오두막을 지나 급강하하는 코스터로, 출발하기 전에 히포그리프에게 접근하는 적절한 방법을 가르쳐 준다. 마지막으로 '용과의 결투'가 남아 있는데, "구불구불한 고리를 만들며 충돌할 듯한 높은 속도로 뒤얽혀 추격하는 롤러코스터에서, 탑승자들은 두 마리의 맹렬한 용들 중 한 마리 위로 올라가야 하는 트리위저드 시합에 나가는 챔피언의 용기가 필요하다"고 유니버설 올랜도는 설명하고 있다. 그리고 이 마법사 세계에는 트리위저드 시합을 위한 호그와트의 '개구리 합창단'과 '스피릿 랠리'도 있다.

이 놀이기구들은 해리포터 시리즈의 팬들을 위해 말 그대로 소설과 영화에서 삶 속으로 옮겨진 것이다. 마법사 세계를 찾은 이들은 호그와트 내부가 어떤 모습일지 상상하는 것 대신, 직접 해리포터 시리즈 안의 다른 가상의 장소들과 호그와트의 마법을 경험할 수 있다. 팬들은 더 이상 영화가 제공하는 예술적인 시각 자료나 소설이 주는 묘사에 의존할 필요가 없다.

이 해리포터의 마법사 세계는 포스트구조주의 철학자 장 보드리야르의 용어, "시뮬라크르"로 묘사될 수 있다. 시뮬라크르로서, 이 테마파크는 '극실재'의 독립체가 되어 왔다. 『포스트모던 이론: 비판적 의문들』이란 책에서, 저자인 스티븐 베스트와 더글러스 켈르너는 보드리야르의 시뮬라크르 개념을 설명한다. "우리는 지금 가상의 기호체계와 사회조직에 따른 컴퓨터화, 정보처리, 대중매체, 인공두뇌 통제 체계, 사회의 구성이 사회의 구성 원리로서 생산품을 대체하는 새로운 가상시대에 살고 있다."[1] 보드리야르는 이 새로운 시대에 과거의 물질을 모방하는 기술이 초래하는 것에 대해 논한다. 베스트와 켈르너는 "가상의 포스트모던 시대는 이에 반하여 기호와 정보들이 모형들, 암호들, 인공두뇌에 의해 통제되는 시대"라고 설명한다.[2] 즉, 현대 사회에서 책, 영화 또는 인터넷과 같은 자원에서 파생되는 실재의 표본들은 '현실'을 대체한다는 것이다.

게다가, 보드리야르는 이렇게 설명한다. "모형들과 기호체계는 사회적 경험의 중요한 결정요인이 되었다. 가상의 사회에서 모형들과 기호들은 경험을 구조화하고 실재와 모형 간의 차이를 약화시킨다."[3] 보드리야르는 일단 실재의 모형이나 가상세계가 세워지고 나면, 그것들이 원래 표상하던 실제 형태를 대체한다고 주장한다. 간단히 말해서, 그것들은 새로운 실재가 되는 것이다.[4] 그러나 보드리야르는 이 새로운 현실에 이름을 부여한다. 실재를 가상으로 대체하는 과정은 '극실재'라고 불리는데, 베스트와 켈르너가 설명하는 것과 같이, "실재보다 더 실재 같은 것을 의미하는 접두어 'hyper-'가 의미하는 비현실과 현실 사이의 차이의 경계를 모호하게 만드는 것, 실재가 더 이상 단순히 주어진 것이 아닌 것, 인공적으로 '실재'처럼 복제되는 것, 이것이 비실재가 아닌 것이 되거나 혹은 초실재가 되지만, 이것은 실재보다 더 현실적이다. 이 극실재는 실재를 대신하는 모형이다. 이렇게 되면 사회는 정보의 원천으로서 사회를 표상하는 원래의 정보보다, 실재의 모형을 이용하게 된다.

해리포터의 마법사 세계, 이 가상 세계의 모형에서 극실재와 시뮬라크르에 대한 보드리야르의 이론을 직접 느낄 수 있는 것이다. '해리포터와 금지된 여정'도 이를 입증하는 놀이기구이다. 관람객들이 '금지된 여정'을 떠나려 할 때, 해리포터의 등장인물들 중 머글이 그들에게 투영된다. 이 용어를 사용함으로써 참여자들은 그저 영화를 보거나 책만 읽는 동안 팬으로서 작품으로부터 거리를 두는 것이 아닌, 해리포터 시리즈의 한 일원으로 변환된다. 마치 마법사 세계에서, 방문객들의 존재가 실제로 해리포터의 전체 세계에 참여하는 것과 같다. 따라서 그들이 방문객으로서 테마파크에 있는 동안, 가상세계 속에 온 손님들을 참여자들로 만들면서 해리포터의 세계라는 현실의 모형이 되는 것이다. 그들은 호그스미드 거리에서 버터맥주를 마시고, 호그와트 급행열차를 지나 거닐기도 하고, 올리밴더 씨의 지팡이 가게에서는 그들의 지팡이가 그들을 선택할 수 있도록 놔두는 등, 이 연작물의 모든 중요한 요소들에 참여한다.

이 마법사 세계는 고객들을 위해 하나의 살아 있던 실재를 만들어서, 해리포터에 나타난 상상의 모습들을 이끌어낸다. '해리포터와 금지된 여정'에서, 관람객들은 호그와트의 복도와 교실들로 나아간다. 이 학교의 가장 기억할 만한 세부적인 부분은 움직이고 말하는 초상화들, 기숙사 배정 모자, 알버스 덤블도어의 사무실과 퀴디치 게임 등, 상보적으로 존재하는 모든 것들이다. 이런 구경거리들과의 감각적이며 시청각적인 상호작용은 방문객들이 물리적으로 그 세계의 일부가 되게 한다. 방문객들은 이것이 창조한 현실로 들어가는 것이다. 방문객들은 헤르미온느 그레인저, 론 위즐리와 해리의 대화를 엿듣고, 기숙사 배정 과정을 구경한다. 또한, 그들이 롤러코스터의 좌석에 앉아 묶여 있는 동안, 학교 운동장 주위에서 그들의 빗자루를 탄다. 마법사 세계 테마파크가 일시적으로나마 해리포터의 허구 세계를 대신하기 때문에, 관광객들은 소설보다 더 현실적인 무엇을 경험하게 된다. 왜냐하면 해리포터의 소설 세계와 관광객들의 삶의 실재가 결합되기 때문이다. 이것은 실재보다 더 현실적인 경험을 만들어 내는

데, 이것이 바로 초현실(극실재)이다.

흥미롭게도 해리포터의 마법 세계를 초현실적으로 만드는 것은 한편으로 그다지 초현실적으로 만들지 않기도 한다. 이것은 기존 의미를 가진 완전한 시뮬라크르가 아니라는 것이다. 시뮬라크르의 일반적인 예시들은 그림, 초상화, 사진 따위이다. 이러한 것들의 각 개체는 하나의 모조품(시뮬레이션)이다. 이것은 감지할 수 있는 재현이며 물리적인 것인데, 예를 들어 그림은 종종 물건이나 장소를 재현하고 초상화는 사람을 재현하며, 사진은 다른 수단을 통해 그림과 사진이 하는 일을 한다. 또한 여기에는 심화된 시뮬레이션의 예들이 있다. 예를 들어, 그려진 그림의 사진이 그러하다. 이 경우, 두 개의 시뮬라크르가 존재한다. 원래의 사물 혹은 장소를 그린 그림과 그 그림의 그림이다. 그러나 중요한 것은 각각의 시뮬라크르는 감각으로 느낄 수 있는 어떤 것의 대체물이라는 것이다(즉, 장소나 물건, 그림 따위를 말한다).

위와 같은 시뮬라크르의 예시들과 마법사 세계의 시뮬라크르의 차이점은 바로 이 테마파크는 처음에는 전혀 존재하지 않았던 무엇, 소설 속 내용을 흉내 냈다는 데 있다. 그렇다. 해리포터 책들이 만질 수 있는 물체라는 것은 명백한 사실이다. 그것들은 우리의 현실의 일부인 책이라는 물건이다. 그러나 책의 복제품은 그 책의 다른 버전이 될 수 있다. 더 간단히 말해서 책의 대량 생산품이나 그 책의 사본은 복제품이 된다. 이런 경우, 한 권의 책의 다양한 판본이나 그것의 대량생산은 시뮬라크르가 된다. 그들이 원본을 대신하기 때문이다. 이 개념은 마법사 세계의 경우에 맞지 않는다. 대신, 이것은 그 책 속의 환상을 모사한다. 다시 말해 책 속의 허구, 만질 수 없는 무형의 현실을 모방한다는 얘기다. 해리, 론, 그리고 헤르미온느는 상상 속 인물이다. 퀴디치 게임도 전부 허구다. 덤블도어의 사무실도 실제로 있는 장소가 아니다. 그것들은 롤링의 머릿속에서 창조된 것들이다. 그리고 독자들이 마음속으로 책 속에 나타난 묘사들을 그려 볼 때 이러한 인상들은 현실이 되나, 이것들이 모두 무형의 생각이자 개념이라는 사실은 여전하다. 따라서 소설의 특정 장면을 흉내 내는 테마파크의 마법 세계 속 놀이기구들은 시뮬라크르의 일반적인 정의에 들어맞지 않는다. 그들은 단순한 극실재가 아니다. 왜냐하면 그들은 현실보다 더 현실적인 것이 아니라, 사실 비현실보다 좀 더 현실적인 것이기 때문이다. 혹은 비현실적이고 상상 속의 것을 만져서 알 수 있는 현실의 것으로 만들려는 의도적인 시도이다. 이런 시도를 함으로써 해리포터의 마법사 세계는, 테마파크의 탄생 이전에는 불가능했던 물리적인 방법으로 해리포터를 삶 속에 재현하고 허구와 현실의 간극을 효과적으로 메워 왔다.

마법사 세계가 현실과 비현실의 경계를 지워 버린 첫번째 테마파크는 아니다. 『디즈니월드 컴퍼니』에서, 보드리야르는 아래와 같이 묘사하고 있다.

디즈니사(社)는 상상을 넘어서고 있다. 디즈니, 가상현실로서 상상계의 위대한 개척자이자 선도자인 그는 이제 모든 실제 세계를 수집하여 디즈니월드의 통합된 세계로 통합하고자 하는 과정에 있다. 그것은 실재가 그 자체로서 하나의 구경거리가 되는 거대한 '현실 쇼'의 형태가 되었다. 현실이 테마파크가 되는 장소인 것이다. 현실의 투입은 수혈과도 같다. 여기서는 실제의 피를 가상의 핏기없는 세계로 수혈한다는 것을 제외한다면 말이다. 상상계의 매춘 행위가 끝난 뒤, 지금 이곳엔 현실의 환영이 이상적이고 단순화된 버전으로 존재한다.

여기서 보드리야르는 디즈니랜드와 디즈니월드와 같은 테마파크가 만들어짐에 따라, 디즈니사가 소설 속 상상된 세계를 포착하여 말 그대로 우리가 살고 있는 세상의 현실에 상상의 세계를 뒤섞은 점에 대하여 논쟁을 벌인다. 더 이상 사람들은 디즈니의 판타지 세계에서 나온 영화와 책 같은 대중매체로부터 떨어질 수 없었다. 대신, 상호작용할 수 있는 테마파크의 탄생으로 그 공원을 방문하는 이들은 공원의 오락거리를 통해 디즈니 판타지의 일부가 되었다.

마법사 세계의 절차는 디즈니랜드에 대한 보드리야르의 이론을 잘 반영하는 듯하다. 예를 들어, 디즈니랜드처럼 마법사 세계도 현실 세계를 포착해 내려는 시도를 한다. 즉, 해리포터 시리즈의 팬들을 사로잡고, 그들을 테마파크를 통해 그 시리즈물의 물리적 재현물이자, 가상의 모델인 디즈니의 '가짜 세계'에 통합시키려고 하는 것이다. 이에 더하여, 마법사 세계는 보드리야르가 말한 "그 자체로서 현실이 하나의 거대한 '현실 쇼'"가 되는 것이다. 공원 내 놀이기구들은 그리하여 '봐줄 만한 구경거리'의 차원을 넘어선다. 오히려 보아야 할 이유가 되고, 해리포터의 마법 세계에 의해 창조된 비현실적인 현실에 참여하는 수단이 된다.

보드리야르가 '수혈'로 비유한 디즈니월드에 대한 분석처럼, 마법 세계의 거짓 현실은 전혀 실제가 아니었던 것이 실제의 무엇으로 만들어짐에 따라 탄생한다(이런 이유로 피가 없는 것에 실제의 피를 수혈한다는 분석이 나온 것이다). 소설 연재물의 여러 측면에서 현실적인 시뮬라크르를 만들어 냄으로써, 마법사 세계는 보드리야르가 말한 '본질'에 도달한다. 그 자체로 실재가 아닌 것을 모사하는 것, 그러나 실재가 아닌 것을 따라함으로써 마법사 세계는 현실로서 나타난다. 이 극명한 현실은 정말로 왜 우리가 이 가상의 현실에서 단 몇 시간을 보내기 위해 수천 마일을 여행하고 수많은 돈을 써야 하는지 말해 줄 것이다. 이는 환상적인 것을 만질 수 있는 것으로, 허구의 것을 물질적인 것으로, 그리고 비현실을 현실로 만드는 것으로 구체화된다. 이 구체화 과정을 통해, 인간의 상상력은 번영을 구가한다. 포스트모던 시대가 가능하게 했던 방법들은, 이전에는 상상조차 할 수 없었던 방법으로 — 스토리텔링, 상상하고 믿기, 궁금해하고 의견을 내기 — 창조력의 핵심이 살아남도록 한다.

이를 통해 마법사 세계는 가상의 해리포터 세계의 물질적인 모방인 시뮬라크르의 기능을 효과적으로 수행한다. 이것은 보드리야르의 이론에 의해 제기된 단순한 극실재가 아니다. 오히려 사실은 그보다 더한, 극실재를 뛰어넘는 무엇이다. 잠재성/가상성(Virtuality)이다. 보드리야르가 디즈니랜드를 설명한 것과 비슷하게, 이 해리포터 세계는 실제로 존재하지는 않지만 여행객들을 현실과 판타지 사이, 믿을 법한 것과 그렇지 못한 것 사이에 남겨 둠으로써, 비현실을 모방한 세계로서의 역할을 다한다. 설령 그 롤러코스터에서 내릴 때까지만이라 해도 말이다.

---

* **글쓴이 | 카일 버브(Kyle Bubb)** 아이오와 모닝사이드 칼리지에서 문학과 연극을 전공했으며, 현재 사우스다코다 대학교에서 문학과 문예창작 석사과정을 밟고 있다. 해리포터를 보지 않는 시간에는 영화를 보고 또 수집하며 보낸다.

4

마법사, 머글, 그리고 타자: 해리포터에서의 (탈)식민지주의

해나 램 / 전재연 옮김

조앤 K.롤링의 해리포터 시리즈는 국제적인 문화현상이 되었다고 해도 과언이 아니다.

영미권에서는 5억 부의 판매량을 기록했고, 전세계에서는 67개의 언어로 번역되어 영어판의 두 배에 달하는 판매량을 기록했으니 말이다(1장 참조). 해리포터 시리즈는 후속작이 발표될 때마다 전작의 인기를 넘어서서, 마지막 편은 출간되고 24시간 만에 미국 내에서만 830만 권 이상의 판매부수를 올릴 정도였다(이 책 1장 참조). 이렇듯 출판과 영화 산업 둘 다에서 성공을 거둔 롤링은 영국에서 가장 부유한 여성으로 등극했는데, 이는 여왕의 재력도 넘어서는 수준이었다.[1] 식민지 시대가 종식되고 점점 더 세계화되는 이 시대에, 두드러질 정도로 영국적 색채가 강한 문화상품이 세계 문학 시장에 완연히 스며들고, 나아가서는 이를 독점까지 하는 현상은 아동 도서 속의 정치적 문제에 대한 의문을 불러온다.

영국 작가에 의해 쓰인, 영국을 배경으로 하는 해리포터 시리즈는 정치적 은유를 내포하는데, 이는 작가 본인의 말에서도 확인이 가능하다. 그녀는 해리포터 시리즈를 '정치적 메타포'라 묘사했는데, 다음은 그녀의 말 일부이다. "책에는 독일의 나치도 의식적으로 함축시켰어요. 다른 역사적 상황들도 물론 연관이 있지요. 저는 해리가 실제 세상을 떠나 도착한 마법사 세계에서도 이전의 세상과 똑같은 문제를 직면하길 바랐어요. 그러니 계층구조나 심한 편견, 그리고 혈통이라는 관념이 책에 자연스레 묻어나는 것이죠."[2]

비록 롤링 본인은 자신이 창조해 낸 마법사 세계가 인종차별주의의 반대편에 서길 바랐지만, 그녀의 바람과 상충하는 해석 또한 가능한 것이 사실이다. 확연하게 악의 편으로 낙인찍지 않은 이들을 포함하여, 해리포터에 등장하는 모든 마법사들은 식민지 시대가 종식되며 영국이 잃어버린 식민지 통치국으로서의 과거 영광에 대한 향수를 공유한다. 영국의 마법사들이 타국 출신의 마법사들과 맺는 관계를 보면, 영국인들이 영국적 정체성을 벗어난 독립적 국가에 대해 갖고 있는 불편한 감정을 잘 알 수 있다. 게다가 비록 완전한 평행선상에 있지는 않아도, 머글 혹은 비마법사 세계와 마법사 간의 다양한 관계는 과거 영국이 식민국들을 대했던 태도와 유사한 느낌으로 가득 차 있다. 해리포터 시리즈 속 마법사들은 각각 식민주의의 스펙트럼을 폭 넓게 제시하는데, 이는 영국적 정체성이 강력했던 시대로 다시금 되돌아가려 하는 양상인 것이다.

다수의 마법사들이 머글이나 마법 생물로 대표되는 '타자'와의 관계에서 문제점을 드러내고 있음에도 불구하고, 롤링은 인종차별문제와 마법사 세계 속 혈통 문제를 병렬시키는 방법을 통해 작품 내에서 인종차별주의를 강도 높게 비판하고 나선다.

> 순수혈통이란 말 그대로 '순수한' 족보를 가진 마녀나 마법사로, 머글이 족보에 포함되어서는 안 된다. … 순수혈통가문은 극도로 드물기에 다들 이어져 있는데, 이는 잠재적인 순수혈통 배우자가 점점 줄어드는 상황 속에서, 그 구성원들이 다른 혈통의 가문과도 결혼하며 순수혈통 자체의 수가 줄어들었음을 생각하면 당연한 일이다. (『해리포터 어휘대사전』)

혼혈 또한 존재하는데, 이들은 부모 중 한쪽이 마법사인 대신 다른 한쪽의 부모나 조부모가 머글인 경우로, 주인공 해리포터 역시 이러한 부류이다. 그런가 하면 해리의 가장 친한 친구 중 한 명인 헤르미온느 그레인저처럼 마법사 조상을 한 명도 두지 않은 머글 태생의 마법사도 존재한다(『해리포터 어휘대사전』). 해리의 대부, 시리우스 블랙을 비롯한 동족의 배신자들은, 순수혈통에 속하기는 하지만 마법사 간의 구분에 반대하는 무리이다(『해리포터 어휘대사전』). 일부 순수혈통 마법사들은 '잡종'이라는 용어를 사용하기도 하는데, 이는 머글 태생의 마법사를 지칭하여 그들의 혈통이 더럽다는 뜻을 내포하며, 그와 동시에 자신들의 우월성을 강조하기 위함이다. 소설 전반에서 드레이코 말포이는 헤르미온느를 여러 번 '잡종'이라 부르는데, 그때마다 주위의 사람들이 경악하는 이유는 바로 다음과 같다. "머글 부모를 가진 마법사에겐 '잡종'이라는 말이 굉장히 모욕적인 말이라는 건 누구나 다 알고 있었다."(『불의 잔』, 1권, 198쪽)

다면적인 등장인물들 개개인의 복잡한 이야기를 점점 더 길어지는 소설 전반에 엮어 내며, 롤링은 선과 악 사이에 분명한 도덕적 경계선을 긋는다. 그녀는 혈통주의에 빠진 채, 이에 의거하여 행동하는 이들을 부도덕한 인물로 그려낸다. 말포이 가족으로 대변되는 순수혈통 가문이 소설이 진행되는 내내 해리의 적으로 묘사되는 것처럼 말이다.

> 말포이 가족은 자신들이 순수 마법사 혈통이라는 사실에 대해 커다란 자부심을 갖고 있었으므로 헤르미온느 같은 머글 혈통은 아주 멸시했던 것이다.(『불의 잔』, 1권, 167쪽)

순수혈통 우월운동을 지휘했던 볼드모트 경은, 머글이나 머글 태생의 마법사들, 그리고 그들 편에 서는 마법사까지 모두 죽이며 마법사 세계의 군주로 군림했는데, 이는 아기 해리를 죽여야 했던 저주에 알 수 없는 이유로 볼드모트 본인이 되맞고 나서야 끝이 났다. 드레이코 말포이라는 인물을 통해 독자들은 마법사 세계의 또 다른 부분에 대해 알게 되는데, 네 번째 시리즈 『불의 잔』에서 말포이는 덤스트랭과 같은 또 다른 마법 학교를 해리, 헤르미온느, 그리고 론에게 아래와 같이 묘사한다.

> "사실 우리 아빠는 나를 호그와트가 아니라 덤스트랭으로 보내려고 하셨어. 덤스트랭의 교장 선생님과 잘 알고 계시기 때문이지. 우리 아빠가 덤블도어를 어떻게 생각하고 있는지 너희들도 잘 알고 있지? 덤블도어는 정말 잡종 애호가라고 할 수밖에 없어. 덤스트랭은 절대로 잡종 같은 쓰레기들을 받지 않아. … 아빠 말씀을 들어 보면 덤스트랭은 호그와트와는 달리 어둠의 마법에 대해서도 합리적인 선까지는 용납하고 있다는 거야. 덤스트랭 학생들은 실제로 어둠의 마법들을 배우기도 한대. 우리가 배우는 그 아무짝에도 쓸모없는 방어술 따위가 아니라."(『불의 잔』, 1권, 262쪽)

호그와트는 어둠의 마법을 실습하는 것이 아니라 이에 대한 방어술만을 교육하는데, 이는 "용서할 수 없는" 저주가 어둠의 마법에 포함된다는 점에 크게 기인한다(『해리포터 어휘대사전』). 드레이코 가문의 순수혈통 우월주의는 드레이코 말포이를 통해 대변되는데, 이는 특히 그의 혈통 차별주의적인 발상과 어둠의 마법을 "합리적인 선"까지는 배우려는 야욕에서 잘 드러난다. 비록 드레이코 본인은 소설의 후반부에 순수혈통 가문으로서의 임무와 자아 사이에서 고민하며 좀 더 다각화된 악의 면모를 드러내지만, 어쨌든 그와 그의 편에 서는 이들이 해리와, 또 독자의 적이라는 점에는 변함이 없다.[3] 독자들은 시리즈가 진행될수록 볼드모트의 과거에 대해 점점 더 알게 되는데, 그는 언제나 '악'을 택하며 해리와 그 친구들이 대표하는 도덕 기준과는 완전히 반대되는 지점에 섰다. 3권 『아즈카반의 죄수』를 제외하면 각 시리즈는 모두 해리와 볼드모트 간의 대결구도를 보이는데, 이는 좀 더 노골적으로 표현하자면 결국 선과 악의 대결구도라 할 수 있다. 그러므로 독자들이 볼드모트의 숙적인 해리와 머글 태생의 마녀 헤르미온느, 그리고 머글 및 혈통차별주의에 적극적으로 반대하고 나서는 위즐리 가문의 시선으로 마법사 세계를 보고 또 인식하는 것은 어쩌면 자연스러운 일이라 할 수 있다.

해리의 적들을 묘사하며 작가는 혈통의 순수성 문제에 대한 대립을 중심논제로 끌고 가고, 이를 통해 인종차별주의까지 강도 높게 비판하기는 하지만, 과연 작가가 비판하는 인종차별주의의 범위가 어디까지인가는 또 다른 문제이다. 예를 들어, 해리와 그의 무리는 헤르미온느를 존중하고 또 아끼기에 그 누구도 헤르미온느의 혈통을 문제 삼지 않는다. 여러 평론가들, 특히 앤드루 블레이크는 "호그와트는 제대로 작동하는 다문화 사회를 의미한다"고 주장한 바 있는데, 그 예로 주인공 삼인방(해리, 헤르미온느, 그리고 론)은 모두 자신의 국적을 벗어난 연애 상대를 찾았다는 것이다. 그리고 이러한 사실은 "해리포터 주인공들은 실제 세계에서 '국제 연애'라 불리는 관계가 보편적인 다문화 사회에 살고 있다"는 그의 주장과도 들어맞는다.[4] 그러나 다문화주의를 표방하려는 작가의 시도는 머글이나 인간 이외의 마법 생물들, 그리고 타국 출신의 마법사들이 소설 전반에서 감내하는 차별을 생각해 보면 다소 표면적일 뿐이다. 영국의 마법사들이 외국에서 온 마법사들을 대하는 태도에는, 낯설거나 "이국적인" 현상에 대한 영국의 식민주의적 태도가 깔려 있다.

『불의 잔』에서 독자들은 처음으로 호그와트나 영국 이외의 마법사 세계에 대해 알게 되는데, 이로써 소설은 좀 더 폭넓은 배경을 확보하게 된다. 소설에서 어떤 캐릭터도 영국을 떠나지 않는 대신, 『불의 잔』에서는 두 가지 국제 마법사 행사가 벌어져 전 세계의 사람들을 영국으로 모으는 구실을 하는데, 이렇듯 배경이 영국에만 국한되어 있다는 점은 소설 전반에 깔려 있는 영국 중심적 관점을 잘 보여 주는 예라 할 수 있다. 국제적으로 가장 인기 있는 퀴디치 월드컵 결승전은 마법사 세계의 국제 관계를 소설 전면에 드러내는데, 아일랜드와 불가리아가 두 결승국이라는 점 또한 마법사 세계의 스포츠를 유럽이 명백히 독점하고 있음을 잘 보여 준다. 가장 친한 친구 위즐리 식구들과 함께 결승전을 보러 간 해리는 월드컵을 주최한 두 영국 임원이 나누는 대화를 듣게 된다.

> "불가리아인들이 일등석에 열두 개의 좌석을 더 추가해야 한다고 주장하고 있다네."
> "그래서 그들이 날 쫓아다니는 건가요? 난 또 그 사람들이 족집게라도 빌려 달라고 부탁하는 줄 알았어요. 이상야릇한 사투리를 쓰면서 말이에요." (『불의 잔』, 1권, 151쪽)

독자가 직접 불가리아의 마법사를 마주하기도 전에 퀴디치 월드컵의 총 책임자 루도 배그만은 불가리아 인들의 독특한 억양을 강조하며 그들의 영어가 영국의 표준 영어와는 상당한 거리가 있음을 드러낸다. 전성기가 지났지만 여전히 과거의 영광을 놓지 못하는 과한 자신감의 소유자로 묘사되는 배그만에게는, 세계화 시대에도 여전히 언어적 우월성에 집착하는 영국인의 흔적이 배어 있는 것이다.

양국이 데려온 마스코트들이 등장하며 소설 전반에 깔려 있는 영국의 외국 마법사 타자화는 더욱 심화되는데, 아서 위즐리의 "국가 대표팀들은 개막전 행사를 하기 위해 자기 나라의 생물들을 가져온단다"(『불의 잔』, 1권, 164쪽)라는 대사와 함께 등장하는 마스코트들은 아래의 장면에서 해리를 완전히 매료시킨다.

> 백 명의 벨라가 미끄러지듯이 경기장으로 들어오고 있었던 것이다. … 벨라는 여자들이었다…. 그것도 이 세상에서 가장 아름다운 여자들…. 물론 벨라가 사람이 아니라는 사실(도저히 사람일

수가 없었다)을 제외하면 말이다. 잠시 동안 해리는 어리둥절한 표정을 지었다. 그리고 정확히 벨라가 무엇인지, 벨라의 살결이 달빛처럼 빛나는 이유가 무엇인지, 또한 바람 한 점 불어오지 않는데 어떻게 해서 벨라의 은발이 휘날릴 수 있는지 추측하기 위해 노력했다…. 잠시 후에 음악이 연주되었다. 해리는 벨라가 사람이 아니라는 사실을 까맣게 잊어버리고 말았다. 아니, 더 이상 그 어떤 것에 대해서 신경을 쓰지 않게 되었다. 벨라가 나풀거리면서 춤을 추기 시작했다. 해리는 정신을 온통 빼앗긴 채 더없이 행복한 얼굴로 멍하니 앉아 있었다. … 벨라가 점점 더 빨리 춤추자, 해리의 머릿속으로 뭔가 이상한 생각들이 비집고 들어오기 시작했다. … "해리 너 뭐하고 있는 거니?" 헤르미온느의 목소리가 아련하게 들렸다. (『불의 잔』, 1권, 168~169쪽)

벨라들은 동양학자들이 동양의 여성들을 묘사했던 것과 확연한 유사성을 띠는데, 둘 다 영국 남성 관객 주변을 선회하며 그들을 매혹했다는 점에서 그러하다. 수많은 여성들의 무리를 "자기 나라"에서 온 "생물체"라 묘사하는 해리의 어조는 이전에 영국이 제국주의의 관점에서 동양의 여성들을 상상해 묘사한 것과 유사한 느낌으로, 이는 이 둘 모두 여성을 성적이고 이국적이며 개인이 아닌 다수로 묘사한다는 점 때문이라 할 수 있다. 해리는 벨라의 살결이나 인간과는 다른 특이점에 주목하여 그들의 육체적인 특성을 강조하는데, 이는 자신이 알고 있는 생물의 범위

내에 벨라를 분류하려는 시도이다. 그러나 이러한 시도는 실패로 돌아가고 그는 결국 벨라의 주문에 사로잡히고 만다. 벨라들은 춤과 음악으로 남자들을 홀릴 수 있지만 여성에게는 그 어떤 영향도 끼치지 못하며 그러므로 해리의 무리 중 유일하게 여성인 헤르미온느가 해리를 현실로 되불러 오게 된다. 이 대목에서 헤르미온느는 제국주의시절 영국 관료들의 아내와 유사성을 띠는데, 이는 헤르미온느와 관료의 아내들 모두 여성의 유혹에 홀린 영국인 남성을 "아련한" 상태에서 되찾아오려 노력하기 때문이다. 벨라를 데리고 온 국가가 불가리아라는 점은 영국이 비교적 친숙한 유럽 국가까지 타자화함을 잘 보여 주는데, 이는 영국이 유럽에서 가장 강력한 국가로 존재하던 시절의 위상으로 되돌아가려는 욕구의 발현이라 할 수 있다.

영국의 마법사들이 머글과 같은, 자국 내의 타자들과 맺는 관계 또한 제국주의 시절의 위상에 대한 영국인들의 향수를 심화시킬 뿐이다. 소설에서 제국주의와 가장 뚜렷하게 평행을 이루는 바는 혈통의 순수성 문제인데, 특히 같은 혈통끼리의 혼인을 통해 종족을 보존하고 이로써 자신들이 주장해 온 우월성을 지켜내려는 순수혈통 마법사들의 태도에는 영국의 향수가 잔존하고 있다. 게다가 대부분의 경우, 순수혈통 가문은 다른 혈통의 가문보다 더 부유한 편인데, 이 또한 혈통차별주의적 마법사와 제국주의 시절 영국 왕족 간의 유사성이라 할 수 있다. 순수혈통 이외의 마법사들 역시 타자, 특히 머글과의 관계 속에서 잃어버린 제국주의 시절 위상으로 되돌아가려는 영국의 바람을 보여 주는데, 그 예로 작가의 표기법을 들 수 있다. 소설 전반에 걸쳐 롤링은 머글은 대문자(Muggle)로 표기하는 반면, 마법사는 소문자(wizard)로 표기하는데, 이 때문에 마법능력을 갖지 못한 영국의 시민들은 마법사라는 우세한 이름과는 전혀 다른 정체성을 갖게 된다. 이러한 표기 방식은 어쩌면 머글들에 대한 배려였을 수도 있지만, 결과적으로는 악의 없는 표기상의 선택이 과거 제국주의적 태도를 얼마만큼이나 다시금 떠오르게, 또 지배적 이념으로 작용하게 하는지 보여 줄 뿐인 것이다. 오직 마법 능력의 부재로만 정의되는 머글 개개인은 해리포터 속에서 궁극적 타자로 존재하게 되고, 생물학적으로 마법 능력을 부여받은 마법사들은 이러한 정체성 덕에 머글들 위에 서게 된다. 그리고 선과 악이 대개는 뚜렷이 구분되는 이 소설에서 분명하게 "선한" 역할을 맡는 위즐리 가족마저도 타자로서의 머글을 대할 때면 제국주의 시절 영국이 식민지 나라를 대했듯, 친절하되 무의식적으로 내려다보는 듯한 태도를 유지하는 모습을 보이고 만다.

아서 위즐리의 직업은 머글에 대한 그의 학구적 태도나 행동과는 상충하는데, 실제로 그는 마법부의 '머글 문화유물 오용 관리과'에서 근무했고 소설의 막바지에 이르러 '가짜 방어 주문과 부적 수사 및 압수국' 국장으로 승진한다. 이러한 위치에도 불구하고 아서 위즐리는 자신에게 외국과도 다름없는 머글 세계에 깊은 흥미를 유지하며 머글들을 보호하고 연구하는 데 일생을 바치는데, 소설 속 여러 장면에서 묘사되는, 머글 세계가 어떻게 돌아가는지에 대해 끊임없는 호기심을 갖고 있지만 동시에 혼란을 느끼고 당황스러워하는 그의 모습은, 동양을 연구하던 영국의 지적 탐구가의 그것과도 같다. 그는 특히 머글들이 개발해 낸, 마법사에게는 필요하지도 않은 기술에 엄청난 흥미를 갖고 있는데, 일례로 그의 가장 큰 꿈은 "비행기가 어떻게 떠 있는지 밝혀내는 것" 정도이다(『혼혈왕자』, 1권, 141쪽).

위즐리 식구들이 두들리네 집에 도착했을 때, 머글과 마법사 간의 거리는 더더욱 분명해지는데, 이는 벽난로로 걸어 들어가고 또 걸어나오며 몇 천 마일도 이동할 수 있는 마법사들이 두들리네 벽난로 안에는 갇혀 버리기 때문이며, 그 이유는 아서 위즐리와 해리가 나누는 아래의 대화와 같다.

> "여기 벽난로는 막혀 있어요. 벽난로를 통해서 들어오실 수는 없어요."
>
> "제기랄! 도대체 왜 벽난로를 막아 놓은 거니?" 위즐리 씨가 투덜거리면서 말했다.
>
> "이 벽난로에는 전기 히터가 설치되어 있거든요." 해리가 차분한 목소리로 설명했다.
>
> "그래?" 위즐리 씨는 약간 흥분한 듯이 반문했다. "전기라고 했니? 플러그가 있는? 이런! 그걸 봐야 하는데…."
>
> … 위즐리 씨는 호기심에 가득 찬 눈빛으로 주위를 둘러보았다.

머글과 관련이 있는 물건이라면 위즐리 씨는 무엇이든지 다 좋아했던 것이다. 위즐리 씨의 눈길이 거실에 놓여 있는 텔레비전과 비디오로 향했다. 위즐리 씨는 지금 머글이 사용하는 물건들을 살펴보고 싶어서 좀이 쑤실 지경이었다.

"전기가 흐르고 있죠?" 위즐리 씨가 관심을 보이면서 말했다. "아, 역시 그렇군요. 저기 플러그가 있군요. 저는 플러그를 수집하죠." 위즐리 씨가 버논 이모부를 쳐다보면서 한 마디 덧붙였다. "그리고 배터리도 모으고 있어요. 배터리는 엄청 많이 모아 두었답니다. 아내는 제가 미쳤다고 생각하지만, 어쩔 수가 없어요."

(『불의 잔』, 1권, 77~81쪽)

아서 위즐리는 머글 세계의 기술과 그 용어에 열렬한 흥미를 갖고 있기는 하지만 그 지식은 극도로 제한적인데 이는 그가 전기의 철자와 관련해 지속적인 오류를 범하는 데서 잘 드러난다.* 머글에게는 지극히 단순한 설명에 아서 위즐리가 당황하고 마는 이 장면에서, 두 인물 사이의 간극은 웃음의 정서를 보태기도 하지만 동시에 독자들로 하여금 단순한 기술마저 낯설게 느끼도록 만든다. 한편, 버논 더즐리와의 대화에서 아서 위즐리는 자신의 플러그와 배터리 컬렉션을 자랑하며 친근해 보이기 위해 노력

---

* 원문에서 아서 위즐리는 전기(electricity)를 Eclectic, eckeltricity 등으로 잘못 사용하고 있다.—옮긴이

한다. 그러나 머글이라는 타자에게 다가서려는 그의 시도는 마법사 세계와 머글 세계 간의 거리를 넓힐 뿐인데, 왜냐하면 버논 더즐리를 비롯한 대다수의 머글에게 배터리와 같은 물건들은 수집 가치가 있다기보다는 그저 유용하고 또 아주 흔한 것이기 때문이다. 머글들의 물건에 집착에 가까운 애정을 보이는 위즐리 씨의 태도는, 제국주의 시절 세계를 다니며 물건들을 수집하고 이를 본국 자료보관소에서 보관·분류 및 연구할 수 있도록 넘겨주던 영국 관료의 모습과 흡사한데, 당시 그들의 태도는 마치 동양학자와도 같은 식민국가적 태도였다. 즉, 영국이 흔히 '원주민 문화의 원시품'이라 불렀던 수집품들을 연구했던 것과 유사하게 마법사들은 머글의 기술을 원시적이라 생각하고 연구하는 것이다. 결국 아서 위즐리가 머글 세계에 갖는 흥미는 마법 능력이 부재하는 '타자'를 향한, 마법사의 식민주의적이고 또 무의식적으로 내려다보는 듯한 태도를 더욱 굳건히 할 뿐이다.

식민지에 대한 영국의 동양학적 흥미와 유사한 머글에 대한 아서 위즐리의 관심은 그를 머글보다 우월한 위치에 두는 것으로 이어지는데, 이는 그가 머글이 알지 못하는 바를 알고 있기 때문이다. 그가 속한 마법부의 가장 큰 임무는 "마법사 세계를 머글들이 조금도 알 수 없게 하는 것이다"(『해리포터 어휘대사전』). 그런데 비평가 블레이크는 머글들을 다음과 같이 묘사했다. "머글은 마법능력이 없기에 기술에 의존해야 하고, 그러면서도 자신들과 평행을 이루는 세계에 대해서는 무지하므로 그들은 장애인이나 다름없다."[5]

결국 마법부의 임무 완수는 마법사의 우월한 능력과 지성이 머글의 무지, 또 기량 부족과 결합된 결과인 것이다. 예를 들어, 위즐리 식구들과 해리는 만지기만 하면 도착지로 순간이동할 수 있게 마법을 걸어 놓은 물건 '포트키'를 사용하여 퀴디치 경기장에 도착하는데, 아서 위즐리는 이를 다음과 같이 설명한다. "어떤 물건이든지 전부 다 포트키가 될 수 있단다. … 머글들의 관심을 끌지 않는 것으로 두드러지게 눈에 띄지 않는 것이라면 뭐든지 가능하단다…. 만약 머글이 포트키를 본다면 아마도 쓰레기라고 생각할 거야…."(『불의 잔』, 1권, 120쪽) 이렇듯 포트키는 평범한 물건을 놀랍도록 효과적이고 또 손쉬운 이동수단으로 변환시키는 마법사의 교활할 정도의 기발함을 보여 주기도 하지만, 자신들의 생활환경 근처에 마법이 존재함을 전혀 알지 못하는 머글의 무지 또한 드러낸다. 즉, 포트키는 똑똑한 마법사와 무지한 머글, 이 둘이 함께 존재하기에 작동할 수 있는 것이다.

"머글 골리기"라 불리는 불법행위는 마법사가 머글들의 물건에 마법을 거는 것인데, 이는 머글들의 무지와 이에 대한 아서 위즐리의 태도를 더욱 잘 드러낸다. 다음은 머글 골리기에 대한 그의 말이다. "머글들이 필요할 때 찾지 못하도록 계속 오그라들게 해서 결국엔 사라져 버리는 열쇠를 만들어 파는 거지…. 물론, 머글들은 아무도 자신들의 열쇠가 계속 오그라든다는 사실을 인정하려 들지 않기 때문에 범인을 잡기가 매우 어렵단다. 그들은 그냥 계속해서 열쇠를 잃어버린다고 주장할 테니까 말이야. 불쌍한 사람들 같으니라고. 바로 눈앞에서 마법이 벌어져도 애써 무시하려 들다니…."(『비밀의 방』, 1권, 64쪽)

머글보다 우월한 위치에서 그들을 어르는 듯한 아서 위즐리의 태도는 영악한 마법사들로 인한 위험으로부터 머글을 보호해야 하는 그의 직업뿐 아니라, "불쌍한 사람들"이라는 그의 말에서 더욱 노골적으로 이어진다. 머글들은 자신들의 무지뿐만이 아니라, 자신들의 편협한 시각과 지식 기반을 바꾸려 들지 않는 고집 때문에 마법사세계와는 동떨어진 삶을 사는 것으로, 아서 위즐리와 같은 마법사를 머글보다 우월하게 만들어 주는 "마법"이라는 자질은 원시적인 머글의 사고방식에는 존재하지 않는 것이다. 아서 위즐리는 유머 감각과 호의를 가지고 머글들을 대하고, 나아가서는 "불쌍한 머글들"을 상대로 사기 치는 다른 마법사를 단속하기도 하지만 결과적으로 그는 머글의 열등함을 더욱 굳건히 할 뿐이다.

해리를 스쳐가는 다수의 부연 인물들도 마법사가 머글을 상대로 갖는 우월감이 얼마나 보편적인지를 더욱 명확하게 드러낸다. 예를 들어, "갈 데 없는 마법사를 긴급 수송하는 구조버스"(『아즈카반의 죄수』, 1권, 51쪽)의 차장 스탠 션파이크는, 머글들이 무지한 편이길 선택하는 것이라고 주장하는데, 이는 다음과 같은 그의 경멸적인 태도에서도 살펴볼 수 있다. "그들이야 그렇지!" … "그들은 듣지만 못하는 게 아니라 보지도 못해. 그들은 아무것도 눈치채지 못해."(『아즈카반의 죄수』, 1권, 54쪽) 버스 차장이라는 그의 직업과 런던 사투리로 미루어 볼 때, 그는 위즐리 가를 제외한 마법사 가문 대다수에 비해 낮은 사회 경제적 계층을 대변하는 듯하다. 그리고 모든 승객에게 침대를 제공하고, 1피트 간격 사이도 찌그러들며 통과할 수 있는 이 버스가 어떻게 머글의 눈에는 띄지 않는지를 해리에게 설명하는 그의 모습에서, 모든 계층의 마법사가 머글을 상대로 우월감을 갖고 있음이 드러나는 것이다. 또한 그의 대사를 통해, 자신들의 주변 환경에서 어떤 일이 벌어지는지를 파악할 수도 없고, 또 파악하고 싶어 하지도 않는 머글의 특성이 그들을 마법사보다 열등하게 만드는 핵심요소임이 분명해진다. 스탠의 말 속에는 머글들이 "제대로 보기 위해" 충분히 노력하기만 한다면 마법사 세계와 머글 세계 간의 간극이 줄어들 수 있다는 의미가 내포되어 있는데, 이는 곧 마법사들이 마법을 이해하지 못하는 머글의 태도를 단순한 문화적 차이로 보지 않고, 오히려 머글이 태어날 때부터 열등했기에 영국의 실제 모습을 제대로 이해하지 못하는 것으로 간주하여 그들을 동정함을 보여 준다.

머글 세계에서는 상상조차 불가능한 마법사의 우월한 능력은 머글과 마법사 간에 발생하는 다양한 관계에서 더욱 확연히 드러난다. 마법사 세계의 다양성이 묘사됨과 동시에 다양한 형태의 식민주의 또한 발생하는데, 일례로 아서 위즐리의 행동은 과거 영국인들이 우호적으로 식민국을 대했던 모습과 유사하다. 그는 자신을 관대한 보호자와 같다고 생각하기에 머글을 보호하는 것이 자신의 임무라 믿는데, 자신의 짓궂은 아들들이 두들리를 상대로 장난쳤을 때 다음과 같이 소리친 데에도 이러한 발상이 배경으로 작용한다.

"웃을 일이 아니야! … 바로 그런 행동이 마법사와 머글의 관계를 아주 곤란하게 만드는 거야! 여태까지 나는 마법사가 함부로 머글을 괴롭히지 못하도록 애써 왔는데…."(『불의 잔』, 1권, 92쪽) 아서 위즐리는 머글에 대한 학문적 관심을 유지하면서도 머글이 열등하기에 머글을 보호하는 일이 필수적이라 믿는다. 비록 머글들의 처우를 개선하기 위해 적극적으로 노력한다는 점에서 그는 식민지 통치국 시절의 영국 관료들과는 차이가 있지만, 이렇듯 좋은 의도 속에서도 무의식적으로 머글을 내려다보는 듯한 태도는 이전 제국주의 시절 영국의 정체성에 기반한 채 잔존하고 있는 것이다. 그는 마법사 세계와 머글 세계 간의 평화로운 공존 가능성을 믿고 또 머글 세계를 더욱 잘 알기 위해 노력하지만, 이 두 세계의 통합을 위해서는 어떠한 행동도 취하지 않은 채 두 세계 간의 뚜렷한 경계선을 방치할 뿐이다.

마법사와 열등한 타자 간의 경계는 마법사 세계 속 마법사와 마법 생물 간의 상호 관계로도 이어진다. 마법 생물은 마법 능력을 지닌 인간 이외의 생물로 마법 세계의 큰 부분을 차지하는데, 이 범주에는 유령이나 거인, 켄타우로스를 비롯해 머리가 세 개 달린 개 '플러피'까지 포함된다. 비록 이들 모두 "마법 생물"이라는 분류체계에 포함되기는 하지만 각 생물의 인지 능력이나 마법 능력에는 상당한 차이가 존재한다. 거인이나 켄타우로스는 호그와트의 교수가 되기도 하지만 땅신령을 비롯한 다른 생물들은 마법사와 조금도 소통하지 못하며 고등 마법 능력이나 인지능력의 기미를 조금도 보이지 않는 것처럼 말이다.

소설이 진행될수록 인간과 비인간 사이의 경계는 허물어지는데, 이는 특히 거인이지만 호그와트의 사냥터지기이자 교수로 근무하며 해리의 절친한 친구이기도 한 루베우스 해그리드의 경우에서 잘 드러난다. 그러나 말포이를 비롯한 일부 마법사들은 해그리드가 반-거인, 반-인간이라는 점을 들어 그를 교수로 승진시킨 알버스 덤블도어의 결정을 순수혈통에 대한 모독으로 간주하기도 했다. 이렇듯 골치 아픈 문제를 해결하기 위해 '신비한 생물 단속 및 관리부'가 존재하는데, 그들의 역할은 "도깨비나 유령을 비롯한 마법 생물에 대한 불만을 다루고 마법 생물의 번식을 감시 및 통제하는 것"이다(『해리포터 어휘대사전』). 여기서 '통제'나 '감시'라는 어휘 선택은 자신보다 열등하다고 생각하는 상대는 지배하려 드는 마법사의 태도를 더욱 부각시키며, 이러한 태도는 그 상대가 마법 생물이든 나름의 내각 체제를 구성하고 있는 머글이든 상관없이 동일하다. 이렇듯 타자의 행동을 그 번식 특성까지 감시하고 통제하기 위해 따로 부서마저 설립하는 것은 과거 제국주의 시절의 영국과 크게 닮아 있으며, 마법사가 긋는 인간과 비인간 사이의 경계는 아래 대목에서 더더욱 구체화

된다. "[크라우치 씨의 꼬마 집요정은] 요술 지팡이 사용 규범 세번째 조항도 어겼어. '인간이 아닌 생물은 요술 지팡이를 휴대하거나 사용하는 것을 금지한다'는 조항 말이야."(『불의 잔』, 1권, 214쪽) 물론 마법사들도 살인, 고문 그리고 마인드 컨트롤과 같은 주문들은 불법으로 정해 두고 마법을 사용할 수 있는 나이에도 연령 제한을 두며 자신들의 마법 사용을 통제하고는 있지만, 마법 생물은 지팡이조차 가질 수도 없고 사용할 수도 없는 것이다. 그러므로 이 세번째 조항만 보더라도, 마법사들이 정부 규제를 통해 자신들과 마법 생물 간에 분명한 경계선을 긋고 있음을 유추해 낼 수 있다. 결국 자신들을 좀 더 우월한 존재로 만들어 주는 특징을 다른 생물에게는 허락하지 않음으로써, 마법사 세계는 다른 마법 생물을 통제하고 또 억압하는 것이다.

영국의 식민주의적 태도가 마법 생물의 '조종'을 통해 드러나는 또 다른 예는 바로 집요정의 경우이다. 집요정은 『비밀의 방』에서 해리를 구하기 위해 노력하는 도비의 모습으로 처음 독자에게 소개된다. 도비는 말포이 가문의 집요정으로, 이처럼 집요정은 마법사 가문에 마치 계약 노동자와 같은 형태로 종속되어 있다(『해리포터 어휘대사전』). 집요정의 주인이 옷가지를 건넴과 동시에 집요정은 자유로워지는데, 이 같은 방식으로 해리도 『비밀의 방』 결말부에서 도비를 풀어줄 수 있었다. 이야기가 전개되어 도비의 친구이자 그의 동료 집요정 '윙키'가 등장하면서 집요정의 자유나 권리와 같은 문제 또한 제기되기 시작하는데, 윙키는 해리에게 아래와 같이 도비를 묘사한다.

"하지만 해리포터가 도비에게 해주신 일이 꼭 좋다고는 말할 수 없어요. 도비를 풀어주신 일 말이에요."
"왜? 도비에게 무슨 일이 있었니?" 해리가 깜짝 놀라 물었다.
… "[도비는] 일을 한 대가로 봉급을 받고 싶어 하니까요." 윙키가 한껏 목소리를 낮추면서 속삭였다.
"봉급? 그런데 어째서 봉급을 받으면 안 되는 거야?"
해리는 무슨 영문인지 알 수가 없었다. 하지만 윙키는 해리의 말에 커다란 충격을 받았는지, 다시 손으로 얼굴을 절반가량 가렸다.
"꼬마 집요정들은 봉급을 받지 않아요!" 윙키가 나지막한 목소리로 말했다.
"아니, 아니, 아니, 저는 도비에게 말했어요. 어서 빨리 좋은 가족을 찾아서 정착하라고…. 하지만 도비는 온갖 이상한 생각을 해요. 지금 도비는 전혀 꼬마 집요정답지 않은 행동을 하고 있어요. 저는 도비에게 충고했어요. 계속 이런 식으로 가다가는 천한 도깨비처럼, 신비한 동물 단속 및 관리부로 끌려가는 신세가 될 거라고…"
"꼬마 집요정들은 재미있게 지내면 안 돼요. 해리포터." 윙키가 두 손으로 얼굴을 가린 채 단호하게 말했다. "꼬마 집요정들은 주인이 시키는 대로 행동해요."
… "그러니까 저게 꼬마 집요정이니?" 론은 호기심 어린 눈빛으

로 해리를 쳐다보면서 물었다. "정말 이상하구나. 안 그래?"

"도비는 더 이상해." 해리가 대답했다. (『불의 잔』, 1권, 161~163쪽)

집요정이 사용하는 영어만으로도 그들은 마법사 주인으로부터 분리되어 타자로 존재하게 되는데, 그들이 구사하는 영어는 엄밀히 말해 표준영어와는 꽤 거리가 있기 때문이다. 해리와 나누는 이 짧은 대화에서도 윙키는 6번이나 해리를 "sir"이라 지칭하는데, 이는 마법사 세계 속 권력 구조에서 자신이 차지하는 열등한 위치를 강조하는 것이다.

게다가 윙키는 거의 모든 문장을 "is" 동사를 사용하여 구성하는 부정확한 말버릇을 가지고 있는데, 이로써 그녀의 말 대부분은 수동태로 단일화되고, 이 역시 마법사 세계 속 자신의 사회적 위치를 언어적으로 답습하는 것이라 할 수 있다. 그러나 윙키는 자신의 위치를 다른 마법 생물보다는 높은 데 두고 있는데, 이는 마법사 세계 속 계층 구조의 꼭대기에 있는 마법사들의 위치를 전복시키려 하는 도깨비를 "천하다"고 묘사하는 데서 드러난다. 한편 집요정이 없는 가정의 론은 "이상하다"는 표현을 사용하며 집요정 집단 전체를 타자화하고, 이에 해리는 도비와 같은 집요정은 "더 이상하다"라고 대답한다. 윙키마저도 집요정을 일반화하며 전체의 입장을 대변하려 하고, 이는 수많은 생물체를 마법사의 편의를 위해 스스로 같은 범주로 묶어 내는 것이라 할 수 있다. 즉, 영국의 식민주의와 비교하자면, 윙키는 억압을 받으면서도 영국에 순종적이었던, 잘 식민지화된 노예를 상징한다.

한편 윙키는 집요정 사회 내에서도 봉급에 관한 의견 충돌이 있음을 드러낸다. 도비처럼 혁명적인 몇몇 집요정들은 정당한 봉급을 받아야 한다고 생각하지만, 윙키와 같이 관습을 따르는 다른 집요정들은 평생 동안 일하는 대가로 봉급을 받는다는 사고 자체를 이해하지 못하는 것이다. 이 두 인물 사이의 상충하는 견해는 영국과, 그 왕국의 지배를 받던 식민국가의 노예와도 평행을 이루는데, 당시에도 노예 혹은 식민지화된 이들 간에는 두 가지의 관점이 공존했던 것이다. 노예제를 철저히 거부하거나, 아니면 '양호한' 노예제의 수혜자로서 순종적인 태도를 갖거나. 그런데 마법사의 억압에 저항하는 도비마저도 독립적으로 일하려 들지는 않으며, 자신이 받을 수 있는 만큼의 휴가나 봉급도 온전히 찾으려 들지 않는다. 이는 『불의 잔』에서 그의 말을 통해 유추할 수 있다.

"도비는 자유가 좋아요. 하지만 너무 많은 걸 원하지는 않아요. 도비는 일하는 걸 더 좋아해요."(『불의 잔』, 2권, 379쪽)

헤르미온느는 이러한 집요정의 지위를 알게 된 뒤 분개하며 "백 명에 달하는 노예들의 억압에 대해 우리 모두가 결탁하고 있다"고 주장한다. 집요정의 부당한 처사를 개선하기 위해 헤르미온느는 단체까지 구성하고 나서지만, 그녀의 마법사 친구들은 집요정들이 노예나 하인이 되는 것을 '좋아한다'고 충고할 뿐이다(『불의 잔』, 1권, 125쪽; 2권, 83쪽). 마법사들은 모두 노예제를 직면하고도 무관심할 뿐인데, 이는 다음 대목에서 특히 잘 드러난다.

> 네빌과 같은 아이들은 그저 헤르미온느의 무서운 눈총을 받지 않기 위해 억지로 돈을 냈다. 극소수의 아이들은 헤르미온느가 하는 말에 약간의 관심을 보이기도 했지만, 캠페인을 벌인다든가 하는 좀 더 활동적인 일에 참여하는 것은 극구 사양했다. 그리고 대부분의 아이들은 그 일을 아주 우스꽝스럽게 여겼다. (『불의 잔』, 2권, 82쪽)

마법사들은 영국이 식민지 통치국으로 군림했을 때처럼, 억압받거나 노예가 된 이들과 관련해서 "집요정들은 노예 생활에 감사해한다"는 정당화나 단순한 무관심으로 대응하는 것이다.

영국의 마법사들이 다른 나라의 마법사나 자신들의 본질적인 타자 '머글'과 맺는 관계에는 과거 식민주의 시절 영국의 실제적이고도 인종차별주의적인 관점이 뚜렷이 드러난다. 또한, 제국주의 시절 영국의 영국성이나 자국중심주의는 난폭한 독재자 볼드모트 경부터 우호적인 태도의 머글 연구가 아서 위즐리까지, 다양한 영국 마법사들의 모습으로 나타난다. 그리고 이들을 통해 드러나는 소설 속 상징들은, 해리포터의 교훈적인 용도가 강조되며 그 문제점을 드러낸다. 많은 이들이 소설의 교육적인 기능을 언급하며 해리포터를 통해 아이들이 마법 세계라는 중립적 가상 공간의 안전망 내에서 집단 학살이나 인종차별주의, 그리고 테러리즘에 대해 배울 수 있다고 주장한다. 실제로 롤링은 이러한 문제들을 소설 속에서 비판하지만 그녀의 시선은 지극히 영국적일 따름이고, 그래서 작품의 가치를 떨어뜨리고 만다. 영국 작가에 의해 쓰여졌고 영국을 배경으로 하며 등장인물까지도 영국인인, 영국 정체성에 관한 이 책은, 바로 이러한 특성 때문에 아이들에게 인종차별주의의 폐해를 가르치기 위해 부모나 교육자가 의존하는 중심 텍스트가 되어서는 안 된다. 또한 어린이 독자와 어른 독자 모두 해리포터 시리즈에서 영국인들이 스스로 주장해 온 영국의 우월성이 깨진다고 착각해서도 안 될 것이다. 해리포터 시리즈가 훌륭하게 쓰인 이야기라는 점에는 변함이 없지만, 이 책에서 작가가 시도하는 인종차별주의에 대한 날선 비판, 또 진보적인 정치적 시도는 마법사 세계에 만연하는 영국의 자기 우월성으로 인해 종내에는 무효화되고 만다.

---

* **글쓴이 | 해나 램(Hannah Lamb)** 매칼리스터 칼리지에서 문학을 전공했다. 외국인학교에서의 취학 전 학생들을 대상으로 하는 독서교육에 관심이 많다. 언젠가 학생들과 함께 해리포터를 스페인어로 즐길 날이 올 것을 고대하고 있다. 컨트리 음악을 듣고, 『마법사, 친애하는 독자』(*Wizard People, Dear Reader*)를 시도 때도 없이 인용한다.

5

해리포터 세대: 소년 마법사와 그의 어린 독자들

트레자 로사도 / 노서영 옮김

『해리포터와 마법사의 돌』이 미국에 출간된 순간, 어린이들은 이 소년 마법사의 탄생에 열광했다. 셀 수 없이 많은 연구와 통계자료가 입증하듯 해리포터 시리즈는 이 시대 최고를 넘어 전무후무한 베스트셀러가 되었다(1장 참조). 평단과 학계는 시리즈가 거둔 어마어마한 성공의 원인을 뜯어보기도 했다. 또 그보다 더 많은 사람들이 해리포터의 인기를 뛰어넘는 위대한 연작 소설을 쓰겠다고 덤벼들었고 누군가는 해리포터보다 재밌는 이야기를 찾아다녔다. 하지만 이 책은 저자인 조앤 K. 롤링이 가진 고유한 재능에서 비롯된 독특한 특징을 지니고 있다. 따라서 가까운 미래에 이와 유사한 이야기가 나오긴 쉽지 않을 것이다. 이 재능은 롤링이 독자를 신뢰하고 그들에게 힘을 부여하며 함께 성장하는 것, 어린 시절의 열망과 판타지라는 보편적인 주제를 활용하여 독자들의 마음을 사로잡는 것을 말한다. 해리포터 시리즈의 성공은

"독자의 열정적인 참여를 불러내고 어린이의 상상과 무의식의 세계를 깊게 연결하는 방식"[1]으로 정의될 수 있다. 짜임새 있게 쓴 고전적 이야기와 심리학의 강력한 혼합을 통해 해리포터 시리즈는 저명한 아동·청소년 문학 중에서도 가장 신성한 영역에 자리하게 됐다.

해리포터 시리즈가 독자를 끌어들이는 가장 큰 매력은 독자의 나이가 어떻든 그들을 존중한다는 데 있다. 해리포터는 현대 아동 문학 클래식 장르 중에서도 가장 포스트모던하다. 롤링은 그간 아동 문학에 등장했던 사회·정치·역사적 맥락에 조종당하는 수동적 주인공 캐릭터 대신 해리와 그의 친구들, 나아가 독자들에게 '주체성'을 부여했다. 작가는 교육학 박사인 헨리 지루가 "세상을 다르게 상상하고 다르게 행동하는 능력"[2]이라고 정의한 힘을 해리에게 부여하고 이를 어린 독자들에게도 선사한다. 드루 채펠은 한 걸음 더 나아가 "롤링의 소설은 아이들이 주체성을 가질 수 있는 문화, 어린이들이 주도적으로 이야기를 만들어 가고 그들의 삶을 구성하는 관계와 제도의 네트워크를 깨닫게 되는 문화를 그린다"[3]라고 말한다. 롤링의 문학세계는 기존 아동 문학에 등장했던 유약한 어린 주인공 이미지를 파괴한다. 사회·정치적으로 보잘것없는 이들을 독립적인 자리로 이끌고 이들에 자부심을 부여하며 영웅적인 행동을 하는 인물로 그린다. 마법 세계의 어른들이 누군가를 향한 충성심에 마비·세뇌되었거나 제도의 노예가 되어 있을 때에도 해리와 친구들은 제도 밖에 선 채 마법 세계를 새로운 방식으로 재편하는 상상을 할 수 있다. 해리포터의 아동·청소년 독자들은 주인공 캐릭터를 통해 '주체적 삶'이란 무엇인지 간접적으로 경험할 수 있게 된다. 해리포터 시리즈는 어린 독자들에게 그들 자신이 가진 힘을 억누르도록 강제하는 사회적 구조에 무조건 순응하지 않고 맞설 수 있도록 주체성과 자립심이라는 값진 씨앗을 심었다.

현대 아동 문학의 주인공은 대부분 옳고 그름이 확실하게 나뉜 이상적 환경 속에서 움직인다. C. S. 루이스의 소설 『나니아 연대기』 속 영웅들을 생각해 보면, 자연스럽게 나니아의 '최고 왕' 피터 페벤시가 떠오른다. 피터의 변함없는 고결함과 용기, 올곧은 도덕적 기준도 함께 떠오른다. J. R. R. 톨킨의 작품 『반지의 제왕』 3부작의 주인공인 프로도 베긴스와 그의 충직한 종 샘와이즈 갬지가 걷는 길은 자신들을 위한 길이 아니다. 높은 자리에 앉은 권력자와 어떤 목적을 위해 타협의 여지없이 복종하고 자기를 희생해야 하는 길이다. 사실, 『반지의 제왕』에 등장하는 모든 인물은 선을 상징하는 신적 존재인 마법사 '간달프'와 사악한 '사우론의 눈'으로 명확하게 구분된, 현실 세계에서는 불가능한 진공 상태 속에 존재한다. 마저리 휴리안은 그의 책 『영웅을 해체하기』에서 이렇게 말했다.

> 『반지의 제왕』 속 등장인물 중 누구도 그들이 뭘 해야 하는지 이해하려 들지 않는다. 악한 일을 하는 이들은 그게 나쁜 일임을 알

면서도 한다. 좋은 일을 할 수 있는 상황에서도 꼭 나쁜 행동을 선택한다. 지나치게 단순화시킨 대립구도는 윤리적 쟁점에 관한 의심과 혼란의 가능성을 일축해 버린다. 톨킨의 이야기에서는 인간에 내재한 도덕적 난제인 불확정성과 불확실성을 찾아볼 수 없다.[4]

정반대로, 롤링의 해리포터 시리즈는 흑과 백을 정확히 가르기보다는 두 가지가 적당히 섞인 회색빛을 띤다. 즉, 선악이 공존하는 인간의 내면과 그런 사람들로 가득 찬 사회를 잘 반영한다. 롤링은 선과 악으로 완벽하게 양분된 시스템을 제거함으로써 어린 독자가 그런 시스템을 마주했을 때 받게 되는 근심을 덜어준다. 콜먼 녹터는 자신의 에세이 「소파 위에 해리포터 놓기」에서 이렇게 밝힌다.

> [해리포터 시리즈에서] 어두운 면을 지닌 캐릭터를 만나게 될 때 어린 독자들은 안도한다. 왜냐하면 책을 읽는 자신은 항상 착하지만은 않고 또한 모든 사람이 본질적으로 선하지만은 않다는 것을 알기 때문이다.[5]

따라서 어린 독자들은 함축적인 캐릭터를 원한다. 또한 그들은 해리포터 시리즈에 등장하는 악당의 도덕적 양면성이 자신들의 도덕적 불확실성을 반영해 주기를 (혹은 불확실성에 응답해 주기를) 바란다. 이는 신뢰의 문제로 귀결된다. 롤링은 선과 악이 결코 상호배타적이지 않은 상태로 나올 때조차 독자들이 둘의 미묘한 차이를 이해할 것이라고 굳게 믿는다. 이 포스트모던 판타지는 도덕이 끊임없이 변하는 세상 속에 사는 포스트모던한 아동, 청소년, 성인 독자에게 적합하다. 테러는 해외에서 일어나기도 하고 국내에서 발생하기도 한다. 사람들은 지도자를 신뢰하기도 경멸하기도 한다. 하지만 그 대상이 적(敵)인 경우엔 무조건 '우리 편이거나 아니거나'로 양분된다. 여기엔 의견 차이로 받아들여질 공간이 전혀 없으며, 모호함과 공존은 허용되지 않는다.

권력자들이 우리의 사회적·정치적 지형을 만드는 다양한 담론을 단순화하려고 온갖 노력을 기울이는 사이, 롤링은 사람들이 '유치하다'고 여기는 소년 마법사의 이야기와 그가 마법 세계를 구하는 여정을 통해 도덕성에 관한 집단적 담론을 끌어올리려 애써 왔다. "해리와 친구들은 한 살씩 나이를 먹으면서 명확한 구분과 확실한 정답이 어딘가 존재할 것이라 기대했지만 미묘함과 불확실성은 여전히 지속된다는 점을 알아차렸다."[6] 해리가 존경해 마지않는 교장 선생님이자 해리의 나무랄 데 없는 후견인은 결함 많은 천재인 것으로 밝혀진다. 어쩌면 이들은 더 큰 선(善)을 이루는 데 필요한 수단보다는 선 그 자체에 더 관심이 있었을지도 모른다(이 책의 10장 참조). 해리에게 불구대천의 원수인 세베루스 스네이프 교수는 결국 모든 등장인물 중 해리를 제외하고는 가장 이타적이고 영웅적인 캐릭터였음이 드러난다. 고전적 아동 문학에서는 그저 '완전한 악당'으로만 묘사될 게 분명한 볼드모트 경조차 이 시리즈에서는 나름의 이유를 가진다. 롤링은 그가 태어나기도 전에 아버지로부터 버림받았다는 점과 반사회적 태도, 인종차별이 만연한 사회라는 복합적인 틀로 볼드모트를 바라본다.

도덕적으로 모호함을 보이는 인물과 학교, 마법부와 같은 기관을 자세히 탐구하는 것으로 롤링은 어린 주인공들에게 힘을 실어줄 수 있게 된다. 해리와 친구들은 물론, 어린이 독자들에게 용기를 주려는 목적으로 설계된 플롯 장치인 '저항'을 통해서다. 통제와 저항의 문제는 되풀이되며, 이는 어른들이 가득한 세계에서 아이들이 느끼는 상대적 무기력을 강하게 상기시켜 준다. 마법부, 언론, 교수들, 어둠의 마법사들은 모두 호그와트 학생들의 몸과 마음을 통제하기 위해 끊임없이 발버둥친다. 부패한 마법부는 해리를 비난하고, 검열하며 이용한다. 예언자 일보는 마법부와 손을 잡고 필요에 따라 해리를 깎아내리거나 띄워준다.

부모로부터 벗어나 기숙학교에 입학한 학생들은 대체로 독립적이지만 마법 교육 및 사용, 외부 접촉은 여전히 제한돼 있다. 게다가 교육과정은 엄격하게 통제되고 누가 교장을 맡느냐에 따라 그 내용은 크게 달라진다. "기숙사에 살며 누리는 자유도 있지만 학생들은 여전히 호그와트 밖으로 나갈 수 없고, 학교 안에서도 가지 못하는 장소가 존재하며 통금시간도 정해져 있다. 심지어 학교 밖에서는 마법을 쓸 수 없다."[7] 하지만 학생들은 더 큰 선(善)을 위하는 감정의 발현이나 사춘기 반항심과 호기심에 의해,

그리고 억압적인 통제에서 벗어나기 위해 종종 이런 제한을 어기고 한계를 뛰어넘는다.

게다가 학생들의 의사에 반해 그들의 신체와 마음을 통제하는 주문과 저주마법의 수는 매 권 늘어난다. 저주마법은 선한 마법사와 악한 마법사 모두가 각자의 이익을 위해 사용하기 때문에 도덕적 가치를 따지기 매우 어렵지만 롤링은 몸과 마음을 침해하는 행위는 대체로 비열한 짓이라고 암시한다. 임페리우스 저주와 크루시아투스 저주는 신체와 정신을 한꺼번에 통제하는 저주마법으로 극한의 고통을 안겨준다. 육체적·신체적 고통은 서로 불가분하게 연결돼 있고 이런 저주 마법을 쓰는 것은 비난받아 마땅하다.

9·11 이후의 세계

해리포터 시리즈가 머글 세계에 도착한 때는 사회적으로나 역사적으로 매우 독특한 시점이었다. 세번째 권까지는 새 천 년이 밝아 오기 전에 출판됐다. 이 시기에 사람들은 새 시대가 다가오는 것과 동시에 20세기가 저무는 것에 대해 근심과 편집증을 가지고 있었다. 세기말에 탄생한 해리포터는 독자에게 이국적이지만 편안하고, 이상하지만 위안을 안겨 준다. 사람들은 마법 세계보다는 상대적으로 안전한 '머글' 세계에서 해리포터를 읽으며 어둡고 신비한 세계를 잠시나마 대리 경험할 수 있었다. 세기말, 온 세계는 초조하게 새 시대를 기다렸다. 해리포터 시리즈의 독자들은 낯선 것들 속에서 느끼는 혼란을 판타지 문학이라는 완충지대를 두고 체계적으로 정리할 수 있었다.

세기말, 사람들이 느꼈던 근심과 낙관이라는 모순적인 두 감정과는 반대로 9·11 이후의 세계는 '공포'라는 단일한 감정이 지배했다. 특히 미지의 것에 대한 주체할 수 없는 공포가 극에 달했다. 네번째 권 『해리포터와 불의 잔』이 출간된 시점은 해리포터의 독자이거나 혹은 독자가 아니거나, 모든 사람들에게 심리적으로 매우 중요한 시기였다. 롤링은 이 세계의 테러와 마법 세계의 육체적·정신적 테러를 절묘하게 병치시켰다. 사실, 코트니 스트리멜은 그녀의 에세이 「테러의 정치학」에서 "해리포터 시리즈를 관통하는 가장 중요한 주제는 테러에 대항하는 것"이라고 밝힌 바 있다.[8]

『불의 잔』 초반부, 죽음을 먹는 자들이었던 마법사들이 머글 가족을 공격하는 장면에서 테러 행위가 무엇인지 발견할 수 있다. 공격이 발생하기 직전까지 해리와 친구들은 퀴디치 월드컵 결승전에서 자신들이 응원한 아일랜드 팀이 우승한 데에 매우 들떠 있었다. 이들은 밤이 깊도록 경기 얘기를 나눈 뒤 만족감과 평온을 만끽하며 잠자리에 들었지만 죽음을 먹는 자들의 갑작스러운 공격을 받고 패닉에 빠졌다. 스트리멜은 이처럼 해리포터에게 갑작스레 닥친 혼란은 테러리즘을 둘러싼 우리의 경험과 반응과 유사하다고 설명한다. "실제 테러는 희생자들이 전혀 예상하지 못할 때 발생한다. 따라서 이 장면에서 죽음을 먹는 자들의 습격이 어떤 조짐도 없이 발생한 것은 실제적 공포를 끌어낸다."[9]

덧붙여, 테러리즘은 물리적 피해는 물론이고 정신적인 피해도 남긴다. 이런 현실은 퀴디치 월드컵 공격 장면에서 적절하게 묘사된다. 죽음을 먹는 자들이 불러온 공포는 목숨이나 재산을 빼앗아 가는 것에만 국한되지 않는다. 론의 아버지인 아서 위즐리는 어둠의 표식을 경험하지 못한 헤르미온느와 론, 해리에게 상황을 설명하면서 십 년 넘게 자취를 감춰 오다 다시 출몰한 죽음을 먹는 자들의 무서움에 대해 얘기했다. 아서는 아이들에게 신원을 알 수 없는 어느 마법사가 쏘아 올린 어둠의 표식이 무엇을 의미하는지도 설명했다. 표식이 육체적인 고통을 주는 것은 아니지만 이를 목격하는 마법사는 정신적 충격을 받는다. 성인 마법사라면 누구나 어둠의 표식이 가진 뜻과 그것이 다시 나타났다는 정황을 이해할 수 있기 때문에 그들이 심리적 공포를 느끼는 것은 당연하다. 더 나아가 독자들은 그 장면을 통해 등장인물들의 혼란, 테러, 공포와 결단력 있는 행동 등 현실적인 반응을 볼 수 있다. 스트리멜은 여기에 대해 이렇게 말했다.

> 해리포터 세계의 판타지적 성질은 어린 독자들이 테러리스트의 공격을 간접 경험할 수 있게 해준다. 간접적이긴 하지만 위기의 시대를 헤쳐나가는 데 도움이 될 만한 관점도 얻을 수 있게 해준다. 등장인물들이 죽음을 먹는 자들의 공격을 막아내고 캠핑장

에 안전과 질서를 다시 가져오기 위해 노력하는 모습도 발견할 수 있다. 그 뒤 독자들은 공포가 테러리즘 뒤에 필연적으로 따라오는 부산물임을 배우게 된다. 그러나 같은 이유로, 공포에 맞서기 위해선 팀워크와 침착함이 중요하다는 사실을 알게 된다.[10]

테러 상황 속에서 성인 마법사들은 즉각적으로 통제능력을 발휘한다. 아서 위즐리는 사건을 수습하기 전 아이들을 깨워 안전한 곳으로 보낸다. 그 후에야 마법부 동료들과 함께 머글 가족을 구하고, 죽음을 먹는 자들을 물리치기 위해 떠난다. 그 사이 해리와 친구들은 테러 행위의 근원을 파악하려 애쓴다. 비록 이들이 축제 분위기를 삼켜 버린 테러의 무서움을 느끼지 못한 것은 아니지만, 공포보다는 호기심이 앞섰다. 이는 9·11 당시 미국 어린이들이 보였던 최초의 반응, 즉 놀라운 수준의 호기심이 공포와 근심이라는 본능적인 반응을 눌렀던 점을 그대로 나타낸다. 여기, 롤링은 아이들의 정신세계에 대한 포괄적인 분석을 보여준다. "자신이 생각한 공포와 실제로 보고 듣는 공포 사이에 전혀 유사성이 없을 때 아이들은 큰 두려움을 느낀다. 어린이들은 이야기에 나타난 자신들의 감정을, 그중에서도 특히 가장 어두운 것을 볼 필요가 있다."[11] 이런 장면을 통해 어린이와 청소년 독자들은 적당한 거리를 두고 테러를 간접 경험할 수 있다. 이뿐 아니라 그저 이 부분을 읽는 것만으로 어린 독자들은 테러의 공포를 잘 이해할 수 있고 더 중요하게는 테러에 대응하는 이상적인 반응도 습득할 수 있다.

롤링은 테러의 맥락을 잘 보여 주는 것 이상으로 그런 상황에 대처할 수 있는 도움이 될 만한 해답을 내려준다. 그것은 바로 어떤 종류의 결론도 즉각적으로 내리지 않는 것이다. 죽음을 먹는 자들의 습격과 그것이 끼친 영향은 한 장(章)이 다 끝나고 한 권이 다 끝날 때까지도 말끔히 설명되지 않는다. 이를 통해 어린이들은 선과 악 그리고 둘이 한데 섞여 있는 현실까지 이해할 수 있게 된다. 시리즈 전체를 관통하는 이런 관점을 이해하면, 롤링이 작품에서 선과 악의 교차로를 극적으로 흐릿하게 만들어 버렸음을 알 수 있다. 마찬가지로 이야기의 중심이 되는 갈등도 아주 간단하게 해결할 수 있었지만 롤링은 최대한 늦게 결론을 내린다.

전체 이야기의 중추가 되는 4권에서 더 많은 예시를 찾아보면 주요 캐릭터의 죽음을 다루는 롤링만의 방법을 분석할 수 있다. 해리의 동료이자 마음 따뜻한 경쟁자 케드릭 디고리의 죽음은 앞으로 전개될 이야기에 등장하는 셀 수 없이 많은 죽음에 해리가 대응하는 방식을 암시한다. 볼드모트의 공격을 받고 숨진 케드릭을 데리고 호그와트로 돌아온 해리는 슬픔과 죄책감에 가득차 싸늘히 식은 케드릭을 꽉 붙잡고 있었다. 교수가 다가와 해리의 손가락을 말 그대로 하나하나 떼어내기 전까지 놓지 않았다. 열네 살 소년 해리는 태어나 처음으로 자신의 눈앞에서 '죽음'을 목격했다. 케드릭의 죽음은 생명을 전혀 존중하지 않는 현실 세계의 냉혹함 속에서 일어난 일이었다. 여기서 비롯된 트라우마는 해리는 물론 독자들에게까지 영향을 미친다. 롤링은 독자들이 죽음의 영원성과 극악함의 본질에 대해 서서히 깨닫게 만든다.

볼드모트가 케드릭을 양심의 가책 없이 죽이는 데서 드러낸 악의 냉혹함은 무시무시하다. 하지만 이는 현실적이다. 현실 세계에서도 테러 행위로 죽은 희생자들은 대개 죄가 없기 때문이다. 책을 읽은 어린이들은 '왜 착한 사람이 죽임을 당했을까?'라고 하는 중요한 질문을 만들어 낼 수 있게 된다. … 이 질문에 대해 어린 독자들이 떠올리게 될 생각은, 무분별한 악행은 현실에서 분명히 일어난다는 것과, 케드릭이 죽어 마땅한 이유는 하나도 없다는 것 두 가지다.[12]

이 장면과 그다음 장면에서 독자들은 불편한 생각에 맞닥뜨리게 된다. 테러 행위는 희생자 개인의 선함과 악함의 정도는 물론 나이와 개인적 특성도 전혀 고려하지 않는다는 것이다. 이처럼 '악'의 의중은 헤아릴 수 없으며 악이 초래하는 결과 역시 이해할 수 없다. 그러나 이 장면이 암시하는 매우 충격적인 현실은 마법과 판타지 문학이라는 렌즈를 통해 널리 전파된다. 따라서 죽음을 가까이서 접해 본 적 없는 독자들은 죽음이 불러일으키는 깊은 슬픔과 무기력함을 처음으로 접하게 된다. 동시에 판타지 문학이라는 완충 지대 덕분에 비극에 완전하게 잠식당하지는 않는다. 끊임없는 전쟁과 테러리즘, 분별없는 폭력의 맥락에 놓인 독자들은 마법사 세계의 혼란을 이해할 수 있게 되며 슬픔을 다독이고 공포를 감당하는 법을 터득하게 된다.

등장인물—그리고 모든 인간이 지닌—의 도덕적 양면성은 시리즈와 작가 모두에게 중요한 설정이다. 선과 악 양가적 성격을 동시에 지닌 것으로 추정되는 스네이프와 볼드모트 그리고 알버스 덤블도어는 시리즈 끝까지 '모호함'을 상징한다. 롤링은 등장인물이 그동안 보인 행동과, 그에 따라 마땅히 할 것으로 예상되는 행동에만 판단의 기준을 두도록 독자들을 매우 영리하게 조종한다. 사람들은 시리즈 전체에서 각 인물이 보인 행동을 이유로 스네이프는 악하고 덤블도어는 전적으로 선하다고 여긴다. 하지만 두 명 모두 선하기만 하거나 악하기만 하지 않고 흠도 많고 도덕적으로 의문스러운 점도 많은 인간이었다. 물론 스네이프와 덤블도어는 궁극적으로는 '선'하다.

> 아이들이 테러를 이해하는 맥락에서 얻을 수 있는 가장 큰 교훈은 사람과 행동을 떼어 놓고 생각하는 것이다. 아동 독자들이 이런 능력을 갖추게 되면 고정관념으로 사람을 판단하지 않게 된다. 끔찍한 사건에 뒤이어 함부로 사람을 전적으로 선하거나 악하다고 분류할 수 없게 된다.[13]

특히 9·11 이후, 아이들에게 옳고 그름과 선악의 미묘한 차이를 설명해 주는 것이 매우 중요해졌다. 하지만 우리 사회는 이런 사안을 말하는 담론을 억눌러 왔다. 롤링은 이 지점을 이해하고,

아동 문학 작가로서의 위치를 잘 활용해 아이들에게 세상이 가르쳐 주지 않는 위와 같은 쟁점을 섬세하고도 강력하게 알려준다.

---

* **글쓴이 | 트레자 로사도(Tréza Rosado)** 워싱턴 대학교 비교문학학과에서 영화와 미디어로 석사과정 중이다. 공부하고 가르치고, '취미로 게임하는 척'을 하면서 시간을 보낸다(게임이 취미라는 게 거짓말이란 건 이제 모두가 아는 사실이지만). 현재 해리포터를 불어로 다시 읽고 있으며, 이후 박사과정에서 제2외국어 공부에 도움이 될 것이라고 스스로에게 위안 삼아 말하고 있다.

나의 해리포터 이야기 3

헤르미온느를 만나고 난 뒤

리디아 패스트랜드 / 임유진 옮김

내가 해리포터를 읽기 시작한 건 내가 아홉 살 때, 이제 막 4학년이 되던 해였다. 『해리포터와 마법사의 돌』을 집어 들었던 유일한 이유는 그냥 내 친구 중 하나가 좋은 책이라고 해서 '그럼 나도 한 번 읽어나 볼까?' 했던 것. 그리고 바로 그때가 내게 선택적 청각이 작동한다는 사실을 발견한 때다. 학교에서 책 읽기 시간 동안 책에 너무 빠져든 나머지 선생님이 내 곁에 오셔서 어깨를 살짝 건드리시며 '책 읽기 시간이 끝났다'는 말씀을 해주실 때까지 나는 아무 소리도 듣지 못했기 때문이다. 책을 끝내고 나는 좀 더 많은 게 필요했다. 그래서 당시 출간되어 있던 네 권의 책을 다 끝낼 때까지 멈추지 않고 읽었다. 그러고는 기다리는 일이 남았는데, 정말 견디기 힘들었다. 모든 시리즈가 끝났을 때 나는 열일곱이었다. 해리가 볼드모트를 무찌른 나이와 같은 나이였다.

해리포터의 책들이 좋았던 이유는, 나에겐 그게 일종의 탈

출구였기 때문이다. 어렸을 적 나는 안경 쓰고 앉아 조용히 공부나 하고 책만 (엄청나게) 읽는 아이였다. 그러나 헤르미온느를 알게 되고 충격에 가까운 느낌을 받았다. 여기에 나랑 똑같은 아이가 있다니. 완벽한 점수를 맞으려 고투하고, 수업 밖에서도 필요한 책들을 읽고, 반에서 딱히 제일 예쁜 여자아이는 아닌 점들 등등이 말이다. 나는 학교에서 힘든 하루를 보낼 때마다 헤르미온느에 이입을 해서 집에 돌아와 헤르미온느가 어려움을 극복해 낸 부분을 읽곤 했다. 나와 비슷한 등장인물이 있다는 점이야말로 이 책의 가장 큰 매력이었다. 왜냐하면 이 인물이 겪는 것과 내가 겪는 것이 똑같았기 때문이다. 누군가에게 첫눈에 반하는 것, 새로운 친구들을 만나는 일, 시험을 치르는 일, 학교 과제를 써내는 일 등등. 책 속의 인물들은 나로 하여금 이 책을 사랑하게 만들고 나아가 내 삶의 일부가 되게 만들었다.

해리포터 책 이전에 나는 그저 열렬한 독서가에 불과했다. '디어 아메리카' 시리즈 같은 역사소설이나 유쾌한 동화 같은 것들이 나의 주요 독서 목록이었다. 그런 내게 해리포터는 SF와 판타지소설로 향하는 입구와도 같았고, 이제 SF는 내가 제일 좋아하는 장르가 되었다.

* * *

친구나 가족에게 책을 추천하는 것은 내게 꽤 중요한 일이다. 내가 기억하는 내 인생 최고의 순간은, 책을 읽지 않는 열 살짜리 조카들로부터 나의 추천도서라는 이유로 해리포터를 읽기 시작했다는 말을 들었을 때다. 그 아이들은 해리포터를 정말 좋아했다. 책에 대한 열정은 다른 사람들에게 전해질 수 있구나 하는 걸 그때 깨달았다. 내가 포터헤드인 게 자랑스럽다.

* **글쓴이 | 리디아 패스트랜드**(Lydia Fasteland) 23세, 미네소타 세인트 폴 거주. 세인트 캐서린 대학교에서 문헌정보과학 대학원 재학중이다.

나의 해리포터 이야기 4

남과 다르다는 것

리첼 일라냐 / 임유진 옮김

내가 4학년일 때였다. 오빠가 해리포터 책들을 가지고 올 때면 나는 오빠를 따라잡으려고 몰래 그 책을 훔쳐서 읽곤 했다. 오빠는 이런 나를 도무지 못 견뎌했고 우리는 이 일로 엄청 싸워댔는데, 이 싸움은 엄마가 마침내 내 전용 해리포터 책을 사주셨을 때까지 계속되었다.

그 후로 서점에 갈 때마다 엄마에게 제발 나만의 해리포터를 사달라고 조르다시피 했고, 결국 엄마는 책을 사주셨다. 아마 그 해리포터가 나에게 어떤 의미이고 또 내가 해리포터 읽는 걸 얼마나 좋아하는지를 아셨기 때문일 거다. 해리포터의 등장인물들은 나와 공통점이 참 많았다. 루나 러브굿은 좀 독특하고 남들과 많이 달랐다. 그리고 나 역시 괴짜인 부분이 있고 남들과 좀 달랐기 때문에 그 특이한 점에 동질감을 느꼈다.

나는 또한 삼인방(용감한 해리, 책임감 있는 헤르미온느, 이상한 구석이 있는 론)과도 잘 맞았는데, 각각의 캐릭터들과 나와의 비슷한 점을 찾는 일은 쉬웠다. 그들에겐 모두 한 조각의 내가 들어 있었다. 그리고 나는 그들의 세계에서 종종 길을 잃곤 했다. 머빈 백화점 옆에 자리한 서점에 가서 나는, 한구석에 앉아 엄마가 쇼핑을 끝내실 때까지 책을 읽곤 했다. 그리고 엄마는 언제고 나를 어디서 찾을지 알고 계셨다. 항상, 똑같은 바로 그 자리에서.

그 시리즈에 정말 빠져 버린 건 사실 5권에 가서였다. 이즈음 해리가 불사조 기사단과 오러에 대해 알게 되고 그런 종류의 일에 빠지게 될 때 나 역시 선교사라는 직업에 대해 알게 되었다. 해리가 배우는 동안, 나 역시 배웠다. 오러가 되기 위해 훈련을 받고, 죽음을 먹는 자들과 결투하는 것. 이것은 선교의 업무와도 비슷하다는 생각이 들었는데 그 이유는 나만을 위한 일을 하는 게 아니라 나를 뛰어넘는 더 큰 무언가를 위한 일이기 때문이었다. 오러가 된다는 것, 모든 걸 내려놓는다는 것, 악과 싸운다는 것, 대의를 위해 결투를 한다는 것, 이런 것에는 뭔가 흠모할 만한 부분이 있었다. 마법의 세계에서 나는 오러가 되고 싶었고, 실제 세계에서 나는 선교사가 되고 싶다.

알고 보니 해리포터는 생각했던 그 이상으로 내 삶에서 큰 부분을 차지했었다. 한번은 친구들과 지난 이야기를 하다가 내가 얼마나 해리포터를 놓지 않고 살았는지를 깨달았다. 그는 나로 하여금 꿈꾸게 했다. 좀 찌질하고 구리다고 할지도 모르겠지만, 하지만 내가 '모든 일은 가능하다'는 걸 깨달은 건 바로 해리포터 덕분이었다. 이 모든 시작이 가능하게 해준 조앤 K.롤링, 커피숍에 앉아서 글쓰기를 시작한 작가님께 감사를 드린다. 나는 항상 공부를 하러 커피숍에 가는데 그럴 때마다 이걸 생각하지 않을 수 없다.

'와, 커피숍. 이게 바로 그 모든 게 시작된 곳이잖아.'

이런 생각은 내가 틀을 벗어나 생각할 수 있게 도와준다. 롤링 작가님이 이 모든 새로운 세상을 만들어 주셨다. 말도 못하게 멋진 일이다.

---

* **글쓴이 | 리첼 일라냐**(Richelle Ilanga) 22세, 텍사스 슈거랜드 거주. 텍사스 여자대학교 간호학과에 재학중이다.

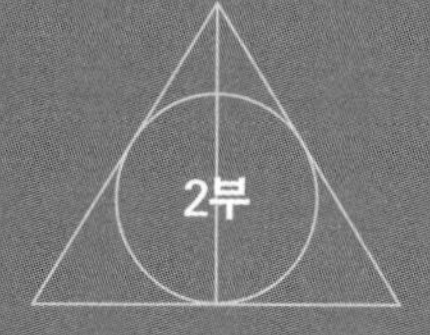

어둠의 마법 방어술

6
새로운 세계의 창조: 나치 이데올로기가 해리포터에 미친 영향

새라 웬티 / 홍성호 옮김

『마법사의 돌』에 등장하는 지팡이 제작자 올리밴더는 해리포터에게 "'이름을 불러서는 안 될 그 사람'은 어떤 의미에서는 굉장한 일을 했네, 끔찍한 일이었지, 그래, 하지만 굉장했어"(『마법사의 돌』, 1권, 127쪽)라고 말했다. 이 말엔 호기심이 동할 만한 이중성이 들어 있다. 시리즈의 주요 악당인 볼드모트를 묘사한 이 대사는 독일 지도자 아돌프 히틀러에게 똑같이 적용될 수 있다. 힘과 공포로 상징되는 1930년대 유럽에서의 나치 활동은 목표를 이루기 위해 상당히 효율적인 리더십을 필요로 했고 히틀러에겐 그럴 만한 능력이 있었다. 히틀러의 영도 아래 독일 민족은 통합되어 결속을 다졌고 이는 베르사유 조약 이후에 절뚝거리는 나라를 구원하기 위해 필수불가결한 행동이었다. 안타깝게도, 히틀러의 꿍꿍이속은 거국적인 지원을 이용해 유럽의 '불필요 분자들'을 청소하는 것이었으며, 수백만 명의 죄 없는 사람들이 죽음으로 내몰렸다. 압도적인 공포로 점철되었지만 또한 1차 세계대전 이후 강력한 독일의 귀환을 불러온 히틀러와 나치의 지배는 그야말로 위대하며 끔찍했다.

해리포터 시리즈가 진행되면서 공상의 산물 볼드모트와 너무나도 현실적인 히틀러라는 두 악의 연결고리는 늘어나고, 비록 마법이라는 공상의 망토를 뒤집어쓰고 있지만 해리포터 시리즈가 나치 이데올로기에 발을 걸치고 있다는 사실이 명백해진다. 해리의 세계 속에서 나치즘은 주동 인물들의 성격이나 행동을 통해 여러 각도에서 나타난다. 나치즘과 해리포터의 연결고리는 너무 많아서 전부 등장시키려면 주어진 지면보다 더 많은 시간과 공간을 들여야 한다. 그러므로 해리포터 속에서의 나치즘에 대한 논의는 순수혈통에 기반한 인종주의, 히틀러에게 영감을 받은 캐릭터, 호그와트에 반영된 나치의 교육관에 한정될 것이다.

이 분석은 나치 정권과 해리포터 시리즈 일곱 권에서의 볼드모트의 힘의 축적을 연결하고 있지만 이는 모든 층에서 비교할 수 있음을 뜻하지는 않는다. 특정 신념과 행동 면에서 동일하긴 하지만 두 제국 사이엔 각각 상당한 정도의 차이가 있다. 한쪽은 실존했으며 무시무시하게 파괴적이었고, 한쪽은 공상의 산물이었다. 더 나아가 작가 낸시 레긴은 고찰하기를, "볼드모트와 그의 추종자들은 적은 인구만을 통치했고, 죽음을 먹는 자들에 의해 처형된 머글 태생들의 숫자는 나치에 의해 얼마나 많은 사람들이 희생자가 되었는가를 생각해 보면 미미한 수준이다".[1] 흥미로운 유사성이 존재하기는 하지만 둘은 같지 않다.

인종 순수성에 대한 주창

해리포터와 나치즘 간의 근본적인 연결고리는 두 세계에 존재하는 순수혈통주의다. 인종주의적 사고가 나치당에만 국한된 것은 아니지만, 혈통을 사람을 구별하는 기준으로 삼았다는 것은 피부색이나 국적 같은 다른 수단으로 차별하는 인종주의자들과 다른 점이다. 나치 이데올로기는 그러한 특수성을 띤 범주의 인종주의로 정의되며 이는 마법 세계에 그대로 반영되었다.

해리포터 시리즈의 인종주의는 초창기엔 알아채기 쉽지 않은데, 해리 자신이 언급하기를 거부하기 때문이다. 마법 세계는 일차적으로 해리의 눈을 통해 보여지고 해리의 시점에서 해리의 동기와 행동이 강조되는 반면 그가 무시하는 세계의 단면은 가려진다. 그러나 독자가 해리의 시야를 넘어 행간을 읽을 수 있다면 소설 속의 인종주의를 첫번째 책에서부터 명백히 볼 수 있다.

해리가 마법 세계에서 마주친 첫번째 인종차별주의자가 드레이코 말포이였음은 별로 놀랍지 않다. 말킨 부인의 로브 가게에서 만났을 때부터 라이벌이었던 드레이코는 그가 속한 사회의 인종차별주의에 대해 잘 알고 있으며 차별의 존재를 지속적으로 남들에게 일깨운다. 해리와의 첫 만남에서 드레이코는 해리의 출신 성분을 판단하기 위해 해리의 부모님과 성을 물어보고 결과적으로 해리를 마법사들의 계급구조로 밀어넣는다(『마법사의 돌』, 1권, 117~118쪽). 호그와트로 가는 길에 드레이코는 해리에게 "너도 곧 어느 마법사 가족이 더 좋은지 알게 될 거야"(같은 책, 157쪽)라고 했다. 그리고 자신의 말뜻을 설명하며 루베우스 해그리드와 위즐리 가를 싸잡아 "쓰레기"라고 부르며 해리에게 그들과 지나치게 어울리면 "가치가 떨어질 거야"라고 말했다(같은 책, 158쪽). 나중에는 헤르미온느 그레인저를 잡종이라고 부르며, 론 위즐리는 "그건 이 세상에서 가장 모욕적인 말이야… 잡종이란 건 머글, 참 해리 너도 알지? 부모가 마법사가 아닌 사람을 머글이라고 하잖아. 그 태생의 사람을 부르는 아주 나쁜 말이야"(같은 책, 163쪽)라고 말했다. 해리가 보고 있지 않을 때도 드레이코는 중상모략과 압도적인 거만함을 통해 오랫동안 마법 세계에서 인종간의 벽이 존재해 왔음을 일깨운다.

하지만 드레이코는, 가장 눈에 띄긴 하지만 인종차별주의를 상기시키는 유일한 인물은 아니다. 호그와트의 다른 학생들도 대개 은근하고 덜 적대적이긴 하지만 그런 표현을 한다. 학생들의 혈통에 대한 대화는 해리의 첫 개강 연회에 벌어졌던 것처럼 허물없는 대화에 끼워 넣어져 있다. 요리가 가득한 연회 자리에서 그리핀도르 테이블의 대화는 가족에 관한 화제로 전환되며, 독자들에게 시무스 피니간은 절반만 마법사 혈통인 반면에 네빌 롱바텀은 마법사 가계 출신이라는 사실을 알려 준다(『마법사의 돌』, 1권, 178~179쪽). 학생들은 그들이 토론하는 내용이 내포한 바에 대해 깊게 생각하지 않는다. 그들에겐 그저 다른 이들을 알아가기 위한 과정일 뿐이다. 족보는 해리가 론과 헤르미온느를 만났을 때 처음 언급된 주제이기도 하다(같은 책, 144~145쪽, 153~154쪽). 시리즈 초반의 묘사에 충분한 가치판단이 없는 데에 비해, 그러한 대화의 등장은 드레이코가 표현한 인종차별주의가 더 넓은 마법사 사회에 뿌리 박혀 있음을 드러낸다. 무엇이 사람과 사람 사이의 차이를 만드는지에 대한 토의는 호기심에서 나왔다고 할지라도 차이에 이름을 붙여 그들에게 내재해 있던 차별로 향하는 길을 닦는 것과 같다.

1부에서의 혈통에 관한 논의는 나머지 시리즈에 비하면 모호한데, 이는 해리가 인종차별주의가 그가 마주친 새로운 세상에서 어떤 역할을 맡고 있는지를 자각할 준비가 되었을 때인 2부에 이르러서야 그러한 차이들을 규정할 용어들이 등장하기 때문이다. 레긴은 은근히 중요한 차별적 용어들에 대해 "혈통에 대한 의식 마법사 조상의 혈통을 얼마나 물려받았느냐에 따라 사람을 구분하는 것은 해리의 세계에서 극히 평범한 것임이 틀림없으며, 이는 모욕적인 '잡종'이라는 말을 제외하고는 우리가 볼 수 있는 거의 모든 마녀와 마법사들이 대부분 '순수혈통' 혹은 '혼혈'이라는 단어로 기술됨을 보면 알 수 있다"[2]라고 서술했다. 해리의 여행이 계속되면서 차별적 용어들은 중요한 표지가 되며, 혈통에 대한 인식과 마법사들의 질서 속에서 각 구성원들의 위치를 확고히 굳힌다.

드레이코의 차별적 사회 질서를 계속적으로 상기시키는 행동은 그를 이야기 속 인종차별주의의 대변인으로 만들었고, 간접적으로 표현된 편견에 목소리를 입혀 독자와 해리 양쪽이 생생하게 받아들이도록 만들었다. 드레이코는 당연히 자신의 태도 때문에 비난을 받았지만, 그럼에도 불구하고 해리가 반드시 배워야 하는 메시지를 제공했다. 드레이코처럼 볼드모트는 혈통을 사람을 판단하는 근거로 삼았고, 해리는 자신의 적을 이해하기 위해 그런 편견을 시급히 이해해야만 했다. 볼드모트의 궁극적 목적은 순수혈통의 지배계급을 만들어 머글들을 노예화하는 것이었고, 현존하는 마법 세계의 인종주의를 등에 업은 그는 지지자들을 끌어모으고 자신의 행보를 선전해 그가 목표로 한 사회 질서를 만들려 했다.

히틀러는 독일에 대해 비슷한 생각을 가지고 있었고 그가 생각하기에 무가치한 — 유태인, 동성애자, 장애인, 정신병자 같은 — 존재들로부터 자유로운 아리아인의 사회를 만들고자 노력했다. 마법 세계와 독일 나치 양쪽에서 인종주의는 볼드모트와 히틀러 이전에도 존재했지만, 두 사람은 인종적 편견을 활성화시키려 획책했고 양 세계에 대재앙급의 영향을 끼친 무시무시한 장치를 만들어 냈다. 해리포터와 나치즘은 인종차별주의의 존재뿐만이 아니라 그것이 어떻게 작용했는가의 문제에서도 연결되어 있다.

히틀러와 나치의 인종주의는 다양한 사람들을 타깃으로 삼았고, 대부분은 역시 1차 세계대전의 독일 패배의 책임을 문 유태인이었다.[3] 히틀러는 그의 제국을 "유태인들… 그들을 다른 사람과 같다고 판단해선 안 된다. 그들은 이방인과 위험한 피의 족속들이 섞여 태어난 결과물이고 그들이 손댄 모든 것들을 타락시킬 저주받은 존재다"라는 생각 위에 건설했다.[4] 결과적으로 히틀러는 유태인의 멸망이 독일을 다시 위대하게 만들고 자신의 권력을 굳혀 준다고 믿었다. 역사학자 헨리 프리드란더가 고찰했듯, "나치 이론가들와 인종학자들은 독일인의 피가 오염되었으며, 오염된 피를 독일인의 유전자 풀에서 떼어내는 것이 국가의 제일 과제라고 믿었다".[5]

이러한 생각은 홀로코스트라는 대량학살과 피의 보복을 불러왔다. 히틀러 자신이 독일최고지도회의에서 1934년에 언급했듯, 그는 놀랄 만큼 효율적으로 독일을 "청소"하기 시작했다.[6] 사회학자 미하엘 만이 서술했듯, "나치 정권은 세계가 목격한 바 없는 인종 청소를 저질렀다. … 결코 길다고 할 수 없는 12년 동안—마지막 4년 동안 압도적으로—2천만 명으로 추정되는 비무장한 시민을 죽였다"[7]. 전 동유럽 국가들에 수용소가 세워졌고, 수용소에서 유태인들과 다른 반대세력들은 강제노동과 학대로 몰아넣어졌으며 결국 죽음에 이른 이들은 거대한 소각로에서 화장되었다. 비록 홀로코스트의 가장 큰 부분을 차지했던 것으로 기억되기는 하지만, 이러한 수용소들은 나치의 주요한 처형 방법이 아니었다. 소설가 리처드 로즈가 언급하기를, 나치즘에 저항했던 자들은 총살당하는 경우가 더 많았으며 "총성은 전쟁보다 일찍 울려 퍼졌고, 전쟁 내내 계속되었다".[8] 대규모 인원들이 빈번히 총에 맞아 거대한 무덤에 구겨 넣어졌고 가장 큰 무덤엔 대략 삼만 사천 명의 남자, 여자, 어린이가 묻혔다.[9] 나치스에게 학살은 인간성에 반하는 범죄가 아니었다. 오히려 유럽을 "깨끗하게" 만들기 위한 위대한 일보 전진이었다.

나치스가 '불필요 분자'들을 죽음으로 몰아넣고 있을 때, 그들은 자신들이 완벽한 인종의 예시라고 생각했던 아리아 인종을 지키기 위해 최선의 노력을 경주했다. 아리아인은 "북구 계열 혹은 코카서스인 중에 유태계 조상이 없는 자들… 나치스는 금발과 푸른 눈으로 '순수' 아리아인을 구별할 수 있다고 주장했다".[10] 우생학, 즉 "더 나은 유전자의 교배를 통해 인류를 발전시키는 과학"은 나치가 '불필요 분자'의 특성을 파악해 후세로 전달되지 못하게 노력하면서 거대한 인기를 얻었다.[11] 그러나 독일인의 유전자 풀을 청소하는 데엔 이미 유입된 오염요소를 제거할 뿐만 아니라 '깨끗한' 유전자를 보존하는 일도 필요했다. 그래서 나치스는 의도적으로 아리아인 아동의 숫자를 늘림으로써 새로운 독일제국인의 수를 불리는 수단을 사용했다. 1933년, 아리아인 여성의 낙태는 법으로 금지되었고 이는 레벤스보른(Lebensborn; 생명의 근원) 가정을 만들어 아리아인 여성들이 원치 않는 임신으로 생긴 아이를 낳을 수 있는 제도의 탄생을 이끌었다. 이러한 자손들, 예를 들어 아리아인의 특징을 가진 납치된 폴란드 아이들은

미래 세대까지 아리아인 우월주의를 지켜내기 위한 목적으로 위탁 가정에서 길러졌다.[12]

아리아인 우월주의는 해리포터 시리즈에서 드레이코 말포이와 말포이 가를 통해 등장한다. 말포이 가는 해리의 신념과 가치관의 안티테제로서 존재할 뿐만 아니라, 히틀러의 아리아인 보호에 대한 관념의 예시이기도 하다. 해리는 드레이코를 "날카로운 얼굴 생김에 백금발의 창백한 소년"으로 표현하며 드레이코의 부모 루시우스와 나시사를 알아보고 묘사하기를, "드레이코는 그의 아버지를 굉장히 빼 닮았다. 어머니도 금발이었으며 키가 크고 말랐다"(『불의 잔』, 1권, 165쪽). 말포이 가문의 외형적 특징 금발에 아마 창백한 눈색깔은 히틀러가 생각한 아리아인의 전형적 모습이다. 게다가 말포이 가는 비정상적으로 부유한데, 드레이코가 다양한 형태의 과시적 소비를 뽐내는 상황증거를 보면 알 수 있다. 말포이 가가 퀴디치 월드컵에서 특별석을 받은 이유가 "성 뭉고 병원에 대한 매우 관대한 기부"라든가, 말포이를 주전으로 올리기 위해 슬리데린 퀴디치 팀에 새 빗자루 세트를 사준다든가, 죽음의 성물에 묘사된 무척이나 화려한 말포이 저택(『불의 잔』, 1권, 165쪽)을 보면 명백해진다. 이러한 부는 말포이 가가 마법 세계에 강한 권력과 영향력을 행사할 수 있도록 하며, 『비밀의 방』에서 호그와트 이사회의 멤버인 루시우스가 그의 지위를 이용해 다른 이사들을 강제해 해그리드와 알버스 덤블도어 교수를 호그와트에서 제거하려 시도하는 것을 보면 알 수 있다. 이러한 방식으로 루시우스 말포이와 말포이 가는 그들 자신과 그들의 생각을 지켜나가며, 히틀러가 아리아인 우월주의의 이름하에 지원했을 법한 관여를 했다고 볼 수 있다.

비슷한 인종차별주의적 행동들이 볼드모트의 제국에서 뚜렷히 나타나며, 이는 해리가 그들과 맞서 싸워야 할 주요한 요소이기도 하다. 해리포터에서 드레이코의 괴롭힘이 불러일으킨 짜증은 우선 두번째 시리즈에서 톰 리들에 의한 머글 태생과 혼혈들을 죽이려는 시도로 진화하고, 그리고 마지막 시리즈에서의 공개적 사냥으로 바뀐다. 비록 그러한 인종차별주의는 시리즈의 주요 악당인 볼드모트의 시대 훨씬 이전서부터 시작됐음은 자명하지만, 볼드모트는 인종차별주의를 영속시키려 한 데 대한 비난을 어깨에 지고 있다.

공상의 인물 볼드모트는 역사적 인물 히틀러와 비슷하게 젊은 시절에 발달한 인종에 대한 관점을 가지고 있다. 볼드모트가 추종자들, 즉 죽음을 먹는 자들에게 말했듯 그들의 임무는 "우리는 오직 진짜 순수한 혈통을 지닌 자만 남을 때까지 우리를 병들게 하는 암덩어리들을 계속해서 잘라 낼 것이다…"(『죽음의 성물』, 1권, 29쪽). 그 발언에서 볼드모트는 본인을 감염자에 포함시켰는데, 자기 자신이 조상으로부터 물려받은 유산과 혼혈의 피를 긁어 모은 존재이기 때문이다. 호그와트에 들어갔을 때 고아였던 볼드모트는 "태생에 대해서 병적으로 집착했다"(『혼혈왕자』, 3권, 32쪽). 그는 자신의 이름을 통해 자신의 가족을 샅샅이 찾았고, 아버지는 머글이었고 어머니는 순혈 마법사였다는 발견을 함으로써 조사의 정점을 찍었다. 모든 사실을 안 이후 그는 더 나아가 아버지와 머글 조부모까지 모두 죽였으며 즉 "무가치한 리들 가문의 마지막 혈통을 말살시키고, 그를 원치 않았던 아버지에게 손수 복수를 한" 것이다(『혼혈왕자』, 3권, 40쪽). 아버지의 가문을 제거한 행동은 볼드모트를 그의 머글 뿌리로부터 자유롭게 하고 어머니의 순수혈통에 매달릴 수 있게 해주었다. 마지막 전투 중 호그와트에 대한 계획을 공포하면서, 볼드모트는 그의 순수혈통에 대한 자부심을 드러내며 언급하기를, "내 고귀한 조상인 살라자르 슬리데린의 문장과 방패, 깃발이면 모든 학생들에게 충분할 것이다."(『죽음의 성물』, 4권, 264쪽) 순수성에 대한 욕망은 태생에 대한 조사로부터 형성되어 이후 볼드모트의 세계관 전체를 정의하게 된다.

어머니를 죽음으로 몰아넣고 자신의 마법사 혈통을 오염시킨 죄를 물어 아버지를 죽이고 난 후, 볼드모트는 피의 복수를 그대로 호그와트로 옮겨와 슬리데린의 비밀의 방을 열어 학교 내의 머글 태생 학생들을 공격하고, 마침내 한 명을 죽인다. 볼드모트가 호그와트를 떠났을 땐 헵시바 스미스 한 사람을 죽였을 뿐이었지만, 그는 십 년 뒤에 돌아와 폭력성이 훨씬 증가한 범죄들을 저지르게 된다. 순수혈통이 아니거나 마법사 혈통을 배반하는 등 지배종에 대한 그의 생각에 반대한 자들은 파멸해 마땅했다.

볼드모트는 살인에 있어서 신중했지만, 그럼에도 불구하고 자주 쉽게 저질렀다. 해그리드는 해리에게 처음 볼드모트를 묘사할 때 일련의 살인행진에 대해 "그에게 대항하는 사람들이 있었지만 그는 그들을 모두 죽였"다고, 그리고 "그가 죽이려고 마음먹었던 사람이 살아남은 적은 한번도 없었"다고 말했다(『마법사의 돌』, 1권, 86~88쪽). 작품 속의 다른 캐릭터들은 볼드모트의 확고한 살인 취미를 알고 있으며 해리에게 그러한 정보를 전달한다. 덤블도어는 해리에게 "볼드모트가 세력을 떨쳤던 시기에는 특히 실종 사건이 많이 일어났다"고 설명했고, 시리우스 블랙은 "지금 볼드모트의 힘이 아주 강력하다고 한번 상상해 보거라… 매주마다 더 많은 죽음과 더 많은 실종과 더 많은 고문에 대한 소식이 전해"질 것이라는 말을 했다(『불의 잔』, 4권, 74쪽). 볼드모트가 연관된 대부분의 범죄들은 단순히 '실종'으로 기록되었지만, 작중 인물들은 사라진 이들이 대부분 (절대로) 돌아오지 못할 것을 알고 있었다. 『죽음의 성물』의 도입부에서는 '사라진' 자들에게 무슨 일이 있어났는지 설명하며 호그와트의 머글 연구 교수 채러티 벌베이지의 죽음을 전한다. 볼드모트는 그녀의 가르침이 마법사에게 머글과 마법사는 그다지 다르지 않으며 순수혈통의 감소는 "아주 바람직한 현상"이라는 생각을 사람들이 받아들이게 만들었다고 설명한다(『죽음의 성물』, 1권, 30쪽). 그러한 관념은 볼드모트가 절대 받아들이지 못하는 종류의 생각이며, 때문에 볼드모트는 벌베이지를 죽여 그러한 생각이 호그와트의 젊은이들 사이에 퍼지지 않도록 했다. 벌베이지를 고문하고 처형한 것은 수많은 실종들 중에 처음으로 명확히 밝혀진 사례이며 독자들에게 볼드모트가 수많은 희생자들에게 어떤 일을 했는지의 맛보기를 보여주었다.

볼드모트는 나치스와 같이, 그의 이상에 부합하는 순수혈통들을 보존해 순수혈통을 미래까지 영속시키려 시도했다. 이는 마지막 권에서의 네빌 롱바텀에 대한 처우에서 가장 잘 드러난다. 네빌이 그에게 반대하는 입장임을 알고 있었지만, 볼드모트는 네빌이 순수혈통이라는 이유만으로 그의 목숨을 살려줄 수도 있다는 제안을 했다.

> 너는 용기와 기백을 보여 주었다. 게다가 고귀한 혈통을 타고난 몸이다. 너는 매우 쓸모 있는 죽음을 먹는 자가 될 수 있을 것이다. 우리는 너와 같은 사람이 필요하다, 네빌 롱바텀. (『죽음의 성물』, 4권, 263쪽)

나치스가 아리아인 혈통을 지키고자 했듯이 볼드모트는 어떤 순혈 마법사건 보존하려고 했다. 볼드모트는 순종을 무엇보다 높이 평가했다. 네빌이 죽음을 먹는 자들의 대열에 참여하길 거부하자, 그는 "원래의 계획", 즉 살인으로 되돌아갔다(『죽음의 성물』, 4권, 263쪽).

특정한 마법사들의 인구집단을 없애려고 하는 노력과 이미 존재하던 인종차별주의를 부상시킨 데 초점을 맞춰 봤을 때, 볼드모트는 그의 영향력이 퍼져 나가고 더욱 깊이 묘사되면 될수록 나치와의 관계성을 보여 주었다. 인종차별주의와 함께 제국의 키를 잡은 볼드모트와 히틀러는 죽음과 공포의 준동을 불러올 분쟁의 씨앗을 뿌렸다.

해리포터에서 보이는 히틀러의 모습

볼드모트는 시리즈 최고의 반동인물이며 인종차별주의를 영속시키려는 주요 인물이지만, 인종차별주의를 조장하는 유일한 리더는 아니다. 이야기가 살을 불려나가고 마법 세계의 역사가 밝혀지면서, 강고한 인종차별주의적 신념을 가진 여러 캐릭터들이 등장하고 그들은 히틀러의 특징을 그대로 체현했다. 카리스마가 넘치고 아이디어도 많았던 히틀러는 독일의 국가사회주의당을 술집에서 만나는 작은 그룹에서 국가의 주류 정치세력으로 만들어 놓았다.[13] 당을 발판으로 삼아 히틀러는 반유태주의와 국가 개혁, 영토 확장을 주창했다. 1934년, 그는 독일의 최고지도자인 총통이 되어 상상을 초월할 정도로 나라를 바꿔 놓았다. 히틀러의 인물상은 해리포터라는 이야기 전체에 영향을 끼치고 있다. 어느 한 사람도 히틀러를 백 퍼센트 대변하는 것은 아니다. 그렇기보다는 여러 개인들의 사례에서 히틀러적인 본성을 찾을 수 있다. 히틀러가 권력을 키워 나가자 그의 영향을 받은 관념들이 인기를 얻었듯이, 인종순수성에 대한 관념도 마법 세계에서 한 사람 한 사람에게 퍼져 나갔다.

살라자르 슬리데린은 해리의 세계에 등장한 첫번째의 히틀러적 인물이며, 마법사들 사이에서 혈통에 의거한 계급구조를 세우려 했던 가장 이른 시기의 성인 캐릭터다. 독자들은 두번째 시리즈에서 슬리데린이 소개되기 전까지는 드레이코와 볼드모트가 내뱉은 순수혈통에 관한 관념밖에 몰랐지만, 시리즈의 역사적 연대표를 생각해 봤을 때 슬리데린은 두 사람보다 먼저 등장했다. 즉 해리의 적대자들이 옹호하는 순수혈통에 대한 관점은 볼드모트가 아니라 슬리데린에게 기원한다고 보는 것이 타당하다. 혹은 론이 언급했듯이, 슬리데린은 "이 모든 순수혈통 운운하는 짓거리가 슬리데린에서 시작되었을 줄은 꿈에도 몰랐"다(『비밀의 방』, 1권, 214쪽).

학교의 설립자 네 명 중 슬리데린은 호그와트로 데려올 학생들을 더 엄격히 가려서 뽑아야 한다고 주장했다. "대대로 마법사 가문에서 자란 사람들에게만 마법을 가르쳐야 한다고 믿었던 거죠. 그는 머글 부모를 가진 학생들은 믿지 못하겠다며 받아들이길 꺼렸어요."(『비밀의 방』, 1권, 211쪽) 서로간의 관점에 의해 촉발된 설립자들 사이의 분쟁에 의해 슬리데린은 학교를 떠났지만 떠나기 전 후대에 전설로 남을 비밀의 방을 만들어 놓았다. 계획이 잘 진행되면, 그의 후계자는 그의 사후 비밀의 방을 열어 "마법을 공부할 가치가 없는 모든 학생들을 제거하도록" 말이다(『비밀의 방』, 1권, 212쪽). 어떤 형태로든 머글의 피가 섞인 자는 괴물 우리에 던져지고, 슬리데린이 원했던 순수혈통 마법사만이 호그와트에 남겨질 것이었다.

이러한 특정 마법사들에 적대하는 행동은 볼드모트가 호그와트에 있었을 적까진 실행되진 않았지만, 이는 순수혈통 우위주의로 나아가는 첫번째 수순이었다. 개인적 생각이었던 인종 순수성을 발전시켜 기숙사 규칙을 통해 학생들에게 물려줌으로써, 슬리데린은 마법 세계에서 혈통 문제를 공론화했다. 하지만 슬리데린이 자신의 신념을 위해 한 일은 거기까지였다. 비밀의 방을 만든 것은 슬리데린이 그가 자격이 없다고 여긴 자들에게 해를 끼친 유일한 행동이었다. 오히려 그는 학교와 그에게 반대하는 이들을 더 큰 분란에 빠뜨리지 않고 떠났다.

이러한 패턴은 히틀러의 젊은 시절에도 나타나는데, 그때 히틀러는 핏줄에 대한 자신의 생각과 이를 정화할 자신의 역할을 이해하려 노력하고 있었다. 히틀러의 가까운 친구였던 한 사람은 히틀러는 열다섯에 이미 "동네에 소문난 반유태주의자"였고, 빈에서 살면서 반유태주의에 점점 더 빠져들었다고 한다.[14] 히틀러는 『나의 투쟁』*에서 빈에서 살던 시절을 이렇게 회상한다. "나의 눈은 전엔 거의 이름도 들어 본 적 없으며 독일인의 존속에 끔찍한 영향을 끼칠 전혀 이해하지 못할 두 악을 향해 있었다. 바로 맑

---

* 히틀러의 자서전으로 나치 지배기 독일 국민들의 필독서였다. 이 글에서 참조한 국역본은 다음과 같다. 아돌프 히틀러, 『나의 투쟁』, 홍신문화사, 1988년. — 옮긴이

스주의와 유태인들이었다."(히틀러, 『나의 투쟁』, 21쪽)

하지만 슬리데린이 호그와트 내에서 순수혈통 선호 성향을 드러낼 수 없었듯이 히틀러도 반유태주의를 거의 실천으로 옮기지 못했다. 빈 시절 홀로 힘겹게 생계를 유지하는 상황에서 히틀러는 자신의 편견에 기반해 행동할 힘이 부족했다. 두 경우 모두 그들이 원하는 대로 사회를 바꾸기엔 혼자 힘으론 택도 없었다. 그러나 그들 둘 다 당시엔 몰랐지만, 그들은 자신을 뛰어넘는 거대한 무언가의 시작점이었다. 마법 세계에서 슬리데린의 순수혈통 윤리는 볼드모트가 권력을 잡을 길을 닦았고, 히틀러의 생각은 그의 지위를 바꿔 놓고 권력 상승을 도왔다.

마법 세계의 연대표를 따라가 보면 슬리데린의 아이디어를 차용한 두번째 인물은 겔러트 그린델왈드다. 그린델왈드는 마지막 시리즈까지 언급되지는 않지만, 연대기적으로 봤을 때 두번째 인물이다. 비록 비중이 작은 역할이긴 하지만 히틀러를 구성하는 요소가 그의 행동에 반영되어 있고, 히틀러의 젊은 시절의 삶과 나치즘에 대한 관여가 투영되어 있다. 그린델왈드는 호그와트와 비슷한 마법학교인 덤스트랭 출신이었지만 덤스트랭은 "당시에도 이미 어둠의 마법에 대한 잘못된 관용으로 유명했던" 학교였다(『죽음의 성물』, 2권, 250쪽). 특별 우대생이었음에도 불구하고, 그는 "동료 학생들에게 거의 치명적인 공격"을 가한 것으로 묘사된 "비뚤어진 마법 실험"을 저지른 이후에 퇴학당했다(『죽음의 성물』, 2권, 254쪽, 250쪽). 어떤 학생들이 그런 실험의 실험대가 되었는지 절대 명확히 밝혀지진 않았지만, 나중에 덤블도어와의 대화에서 그린델왈드가 마법사 패권주의에 경도되어 있었음이 암시되며 실험의 희생자들은 그의 설계에 반했던 이들이라는 주장에 힘을 실었다. 머글 태생과 머글의 옹호자들이 유력한 타깃이었다. 그린델왈드가 덤스트랭 학생이었을 때 마법사 패권주의를 공공연하게 주장했다는 사실은 인종 순수성에 대한 관념이 호그와트의 경계 훨씬 너머까지 퍼져 있었음을 의미한다. 슬리데린의 관점은 학교의 벽 속에 머물러 있지 않고 대륙 너머에서까지 지지자를 찾아냈다. 그린델왈드는 놀랄 만한 민첩함으로 그들을 포섭했다.

그린델왈드의 지배는 독자들에게 익숙한 영국의 마법 세계로부터 먼 곳에서 벌어졌기 때문에 완벽히 파헤쳐지진 않았다. 하지만 그린델왈드가 덤블도어와 친구가 되자 영국에서도 형태를 갖추게 되었다. 그와 덤블도어가 함께 발동시킨 계획은 그린델왈드가 학창시절에 추구했던 마법사 패권주의를 실현시키기 위해 작동했고, 덤블도어는 나중에 그 시절을 이렇게 묘사한다.

> "머글들을 힘으로 굴복시킨다. 우리 마법사들을 승리로 이끈다. 그린델왈드와 나, 바로 혁명의 자랑스러운 젊은 지도자들이 말이야."(『죽음의 성물』, 4권, 238쪽)

그들의 노력에도 불구하고, 덤블도어는 여동생이 죽음을 맞은 이후 엄청난 성공을 거뒀던 그들의 계획을 포기하고 그린델왈드 혼자 행동하도록 내버려두었다. 덤블도어와의 우정이 해체된 후 몇 년간, 그린델왈드는 계획을 달성하기 위해 "권력을 차지하기 위한 계획과 머글을 학대하려는 계략을 품은 채" 군대를 창설했다(『죽음의 성물』, 4권, 241쪽). 그린델왈드의 "혼란과 재난, 실종 사건들"로 점철된 5년 동안의 패권 다툼은 끝내 덤블도어와의 전설적인 대결로 마무리되었다(『죽음의 성물』, 2권, 255쪽). 역설적으로, 그린델왈드는 여생을 "자신의 반대자들을 가두어 놓기 위해 세운" 감옥 누멘가드의 벽 속에 갇혀 보내게 된다(같은 책, 256쪽).

누멘가드는 호기심을 불러일으키는 장소이며, 이름과 구조 양면에서 나치적 요소를 투영하고 있다. 누멘가드가 처음엔 그린델왈드의 적들을 가두기 위해 사용됐다는 사실은 나치 수용소의 유일한 목적이 히틀러가 건설했던 체재에 반대하는 이들을 구금하고 끝내 죽이려는 것이었다는 데서 나치 수용소와의 강한 연관성을 가진다. 히틀러와 그린델왈드에게, 반대파를 침묵시킬 가장 간단한 방법은 각각의 교도소가 증거해 주듯 죄다 제거해 버리는 것이었다. 누멘가드라는 이름은 또한 나치당의 연례 집회가 있었던 장소 뉘른베르크를 떠올리게 한다. 시가행진과 히틀러의 연설로 이루어진 1주일간의 행사는 독일과 독일의 지도자에 대한 후원을 북돋우는 행사였다.[15] 전후 나치즘의 쇠퇴와 함께, 뉘른베르크는 역설적이게도 원래 용도와 정 반대로 나치 고관들의 재판이 열리는 장소가 되었다.[16] 마치 누멘가르드가 그린델왈드에게 그랬던 것처럼, 뉘른베르크는 나치의 영광의 장소에서 나치를 벌하기 위한 곳으로 바뀌었다.

그린델왈드의 행동은 히틀러의 청년기와 평행을 이룬다. 히틀러도 짧은 시간 동안 유지된 권력을 즐겼고 그 결과 감옥으로 안착했다. 1차 세계대전이 일어났을 때 히틀러는 독일 제국에서 병사가 되길 청원해 받아들여졌고, 첫 번째로 몇 년을 계속 근무할 안정된 직장을 얻었다.[17] 하지만 전쟁이 베르사유 조약으로 끝을 고하자, 히틀러는 기록적인 실업과 전후 문제로 추락하는 나라에서 직장마저 잃었음을 깨달았다. "분노에 휩싸인 히틀러는 '빨갱이들, 겁쟁이, 배신자, 그리고 유태인을 독일에 일어난 모든 일의 범인으로 몰았다. 그는 뭔가 해야 한다고 믿었고, 행동할 사람은 바로 자신이라고 생각했다."[18] 히틀러는 심각한 문제를 인지하였고 정치가가 되고자 하는 소명을 찾아냈다.

히틀러는 1919년 독일노동자당에 가입했고, 그때 당은 "맥주홀에 모인 사회부적응자들의 조그만 그룹"[19]이었다. 군사적이고 반유태주의적이었던 조그만 그룹은 히틀러가 끼게 되자 수위급 정당으로 번창했다. 히틀러는 당을 홍보하고 당원을 늘리기 위해 열심히 일했고, 마침내 이름을 "나치"라는 용어의 기원인 국가사회주의 독일노동자당으로 바꿨다.[20] 히틀러는 당에서 그의 세계관을 세상에 펼칠 완벽한 기반을 찾았고, 기회를 잘 이용해 당이 원래 해왔던 것보다 훨씬 더 큰 성공을 거뒀다. 1923년, 히틀러는 바바리아에서 혁명을 일으켜 뮌헨 맥주홀에서 세 명의 바바리아

지방 지도자들을 그들이 나치 정부에 동의할 때까지 인질로 잡았다. 그러나 계획은 역풍을 맞아 히틀러가 체포되고 계획은 중지되었으며 그는 16개월을 감옥에서 보내게 된다.

마법 세계에서 그린델왈드의 활동은 생각에서 행동으로의 확고한 변화를 기록했다. 마법사 우월주의를 위한 그의 노력은 전에 없던 종류의 인종차별적 폭력을 활성화시켰다. 그러나 그린델왈드는 시작은 기세등등했지만 덤블도어가 그의 경력을 신속하고 완벽하게 끝내 버렸다. 히틀러도 생각에서 행동으로 변화했던 터닝 포인트가 있었다. 1차 세계대전 후, 그는 힘을 늘리고 자신의 궁극적 목표인 인종 순수성을 향해 전진하기 시작했다. 반란은 비록 한시적으로 히틀러의 정치 커리어를 끝장내며 실패했지만, 실패는 싸움터로 돌아온 그에게 더 큰 결의를 다지게 했다.

마지막으로, 히틀러와 가장 닮은 캐릭터인 볼드모트는 영광의 나날을 보내던 히틀러와 비견할 만한 특징을 체현했다. 슬리데린, 그린델왈드, 볼드모트로 대를 이어온 인종차별주의는 같은 생각의 핏줄을 거슬러 올라가지만, 볼드모트는 대담한 방식을 사용해 인종주의가 대중의 관심을 얻도록 혁명을 일으켰다. 작게 시작해서 몸집을 불려나가며 볼드모트는 대규모의 추종자를 모았고 마법사 통치기구의 가장 고위 기관에 침투했다. 히틀러처럼, 그는 공포와 폭력에 의해 통치했고 그 자신과 자신의 생각의 불멸성을 믿었으며 결실을 얻기 위해 끊임없이 노력했다.

볼드모트의 인종주의는 그의 권력을 향한 열망과 폭력적 경향을 양식 삼아 자라났다. 이러한 특징들은 그의 인종차별주의적인 표현에 형체를 입혔고, 순수혈통의 지배를 확립하는 데 효과적인 해결책으로서 살인과 독재를 이용하게 했다. 어렸을 때부터 볼드모트는 타인을 자신의 잔인성, 공포, 힘의 실험대로 삼았으며, 성장하면서 능력을 갈고닦았다. 고아원에서 살았을 때부터 볼드모트는 다른 아이들을 괴롭혔고, 덤블도어는 볼드모트가 그의 마법 능력을 "조종하고 벌주고 겁주는 데" 사용했다고 언급했다(『혼혈왕자』, 2권, 178쪽). 토끼 사건과 동굴에서 벌어진 사건은 볼드모트의 지배적이고 폭력적인 태도에 대해 묘사하고 있다. 볼드모트의 이러한 특징들은 인종 문제뿐만이 아니라 폭력에 대한 의견도 공유하는 집단에 둘러싸여 있었던 학창시절로 그대로 옮겨간다. 덤블도어는 그가 "그의 주변에는 추종하는 친구들이 몰려들었어… 죽음을 먹는 자들의 전신이라고 할 수 있었단다"라고 언급했다(『혼혈왕자』, 3권, 31쪽). 볼드모트는 그들의 리더였으며, "보다 세련된 방식의 잔인성을 보여 줄 수 있는 지도자"였다(같은 책, 같은 쪽). 고아원에서처럼 "수많은 악질적인 사건들"이 볼드모트의 학창 시절에 기록되었으며 "물론 그 중에서 가장 중대한 사건은 '비밀의 방'이 열리고 그로 인해서 여학생 한 명이 목숨을 잃은 일"이었다(『혼혈왕자』, 3권, 32쪽). 그 시기에 볼드모트는 아버지와 조부모도 살해했으며, 이전에 다른 아이들을 괴롭히던 수준에서 한 단계 진화했음을 보여 주었다.

호그와트를 떠난 이후 볼드모트는 교수 자리를 구하려 했고,

볼드모트 이전에 그린델왈드가 그랬던 것처럼, 덤블도어는 그 이유를 "세력을 모으는 데에는 쓸 만한 자리라고 생각했을 것이다. 자신의 군대를 만들기 시작하는 출발지로서 말이다"(『혼혈왕자』, 3권, 146쪽)라고 말한다. 볼드모트는 가르치는 입장의 힘과 선생이 제자에게 끼칠 수 있는 영향을 알고 있었고 자신의 목적을 위해 교수직을 얻으려 했다. 그러나 교장 아르만도 디펫과 덤블도어는 볼드모트에게 교수직을 주지 않았다. 이후 볼드모트는 모습을 감췄고, 몇 년 후 해리가 아는 모습의 볼드모트가 수면 위로 모습을 드러냈다.

다시 등장했을 때, 볼드모트는 더 효율적으로 힘을 모으고 폭력을 조장하는 존재가 되었다. 그는 죽음을 먹는 자들의 지휘관으로 완벽하게 자리잡았다. 덤블도어는 죽음을 먹는 자들의 굴종을 친구라기보다 "노예와 같은 위치"에 가까운 것이라고 언급했다(『혼혈왕자』, 3권, 167쪽). 심지어 어떤 죽음을 먹는 자들은 볼드모트를 포기하기보다는 감옥에 가기를 선택함으로써 주인에 대한 최상급의 헌신을 드러냈다. 볼드모트는 마법 세계의 권력자로 부상했고 걸리적거리는 자들을 마음대로 죽이고 다니게 되었다. 역설적이게도 그의 가장 악질적인 행위들 중 하나가 그의 몰락을 불러왔다. 당시 무방비한 아기였던 해리를 죽이려 했던 시도가 그의 권세를 일시적으로 무너트렸다. 하지만 볼드모트는 부활했고 아무것도 변하지 않았다. 대신 그는 더 많은 살인과 더 넓은 영향력을 통해 반란군을 재편성했다. 시리우스 블랙은 볼드모트의 목적을 "마법사 종족의 순수성을 지키기 위해서 머글 태생들을 제거하고 순수혈통을 관리해야 한다"라고 가장 단순하게 논평했다(『불사조 기사단』, 1권, 191쪽).

볼드모트와 히틀러 간의 중요한 연결고리 중 하나가 그들 자신이 속하지 않았던 지배종에 대한 관념을 맹신하고 있었다는 점이라는 사실은 꽤나 희한한 일이다. 히틀러는 "독-오 국경에 가까운 브라우나우 마을에서" 오스트리아인으로 태어났고 순수 아리아인도 아니었으며 눈은 하늘색이고 머리는 검었다.[21] 하지만 그럼에도 불구하고 히틀러는 아리아인, 특히 독일 출신 아리아인의 대변자였다. 볼드모트도 마찬가지였다. 혼혈이었지만 그는 자신이 그 범주에 속하지 않았음에도 불구하고 순수혈통 우위주의를 옹호했다.

볼드모트는 그의 지배가 영원할 거라 믿었고, 한번은 실현되기도 했다. 호크룩스에 대한 집착에서 드러나듯 볼드모트는 불멸성을 간절히 원했으며, 할 수 있는 한 오래 권력을 유지하기 위해 필멸성을 극복하는 데 각별한 주의를 기울였다. 그가 죽고 나서야 마침내 마법 세계는 독재의 늪에서 구출되었다.

볼드모트는 히틀러가 독일을 지배하며 자신의 관점에 맞춰 나라를 뒤틀었던 그의 성년기와 많은 점에서 대응된다. 히틀러는 볼드모트처럼 패권과 폭력의 힘을 굳게 믿었으며 독일을 개인적으로 쥐락펴락하기 위해 지속적으로 노력했다. 감옥에서 석방된 후로 히틀러는 무너진 나치당으로 돌아와 가장 빛나는 자리로 당을 올려놓기 위해 노력했다. 1929년 대공황이 독일을 강타했을 때 대량 실업과 가난이 뒤따랐고 나치는 이전 정부의 자리에 자신들이 들어갈 자리를 만들 기회를 잡았다.[22] 그 결과로 히틀러는 독일의 수상으로 선임되었다.

수상의 위치에서 히틀러는 나치 당의 정부에 대한 영향을 늘려갔다. 히틀러는 자서전 『나의 투쟁』에서 그가 생각하기에 이상적인 정부에 대해 야심찬 어조로 "다수가 아닌 오직 한 명의 책임자가 결정권을 가져야 하며 '의회'라는 말은 본래의 의미로 돌아갈 것이다. 모든 이들이 조언자를 옆에 두게 되겠지만, **결정은 한 사람에 의해 내려질 것이다**"라고 선언했다(『나의 투쟁』, 441쪽). 히틀러는 자기 자신을 "한 사람", 초월적 권위의 소유자로 보았다. 이를 이루기 위해 그는 많은 나치 공직자들을 힘있는 자리로 이동시켜 그의 지배에 반대하는 이를 색출하기 위해 Geheime-Staatspolizei(국가비밀경찰, 통칭 게슈타포) 같은 기관을 창설했고, 유태인을 공무원으로 채용하는 것을 금지했다.[23] 이러한 방법으로 히틀러는 확고한 기반을 구축해 1934년 마침내 독일의 총통이 되었다.

히틀러의 총통 취임은 독일 내 '불필요분자'들의 청소와 2차 세계대전의 시발점이었다. 히틀러는 독일군을 "우월한 종인 독일인을 위해 유럽을 정복"하기 위해 키웠고 이는 전 유럽에 걸친 대규모 영토 팽창과 히틀러의 인종차별주의가 더 많은 곳의 사람들에게 적용되는 결과를 가져왔으며, 많은 국가들이 히틀러의

"청소" 이념에 따르도록 강요당했다.[24] 수용소에서 혹은 안락사 프로그램이나 총살형으로 이뤄진 대량학살을 통해 히틀러가 생각하는 아리아인의 특징에 맞지 않는 사람이면 누구나 신속하게 제거되었다. 학살은 능률적으로, 그리고 놀랍도록 일상적으로 진행되었고 히틀러의 죽음만이 전쟁기계 나치를 멈출 수 있었다.

히틀러는 볼드모트처럼 그의 아이디어의 불멸성을 믿었으며 실패가 확실해질 때까지 나치의 지배가 영원할 거라 믿었다. 독일의 패배가 가까워지면서 히틀러는 제국이 부스러지는 것을 받아들이지 못해 1945년 4월 30일 베를린 외곽의 벙커에서 권총자살했다.[25] 그는 아리아인이 독일을 수 세기 동안 지배하는 '천년 제국'을 꿈꿨고, 한 행진에서 독일 어린이에게 "너, 바로 네가 언젠가 세계를 지배하리라는 걸 잊지 말거라!"라는 말을 했다.[26] 하지만 히틀러의 지배는 실패했고, 세월은 그를 남겨두고 무심히 흘러갔다.

권력에 대한 의지, 인종차별주의, 그리고 압도적인 폭력으로 연결된 히틀러와 볼드모트는 많은 특징을 공유하고 있다. 볼드모트가 마법 세계에서 했던 일들은 히틀러가 성년기에 했던 일들을 정확히 반영하고 있다. 거기에 더해 둘 모두 그들이 열망했던 권력을 얻어 결국 권력에 의해 파멸했다. 그들이 추구했던 불멸성은 실패작이었고 그들이 자신의 나라에서 해왔던 일들도 산산조각났다. 볼드모트는 여러 관점에서 봤을 때 마법 세계의 히틀러와 같은 인물이며 사상 최고의 다시 없을 악이다. 이러한 연관성은 독자들에게 해리포터와 나치스 간의 연결을 지속적으로 보여 준다. 슬리데린, 그린델왈드, 볼드모트의 캐릭터는 그들만의 특수성에도 불구하고 히틀러와 눈에 띄는 유사성을 갖고 있으며, 히틀러의 이미지와 겹쳐지는 부분이 많다. 히틀러를 구성하는 요소가 그들의 말과 행동 속에 살아 숨쉬고 있다.

히틀러 소년단과 교육제도

해리포터 시리즈의 기본 배경은 호그와트 마법학교의 기득권에서 비롯된다. 교육에 대한 강조는 상당한 수준이며, 독자들은 학생들이 마법을 어떻게 배우는지 쉽게 볼 수 있다. 호그와트의 학생들은 어떤 방식의 기술적인 접근도 없이 책이나 구전을 통한 낡아빠진 학습 방법에 의지한다. 결국 학생들이 배우는 것들이 규제되고 검열될 가능성이 매우 커질 수밖에 없다. 히틀러와 볼드모트가 깨달은 것처럼, 무엇을 가르칠지 정하는 자들이 큰 힘을 갖게 된다. 결과적으로 볼드모트와 히틀러는 지식을 규제하기 위해 교육 시스템에 관여할 길을 찾았고, 그렇게 함으로써 미래 세대에 대한 영향력을 얻었으며, 생각을 조종하여 대중을 조종했다. 이러한 과정은 양 세계에서 비슷하게 전개되었다.

나치스의 지배하에서 독일 교육은 엄격하게 규제되었고 히틀러의 패권을 반영했다. 작가 수잔 캠벨 바르톨레티가 썼듯, "히틀러에게 교육의 목적은 단 하나였다. 아이들을 훌륭한 나치로

찍어내는 것이었다".[27] 그렇기 때문에 학교들은 아이들에게 나치 이데올로기만을 교육하기 위해 엄격한 기준을 세웠다. 학교 선생들의 자유가 크게, 또 자주 침해되었으며 특정한 신조만 가르치고 나치가 허가한 자료만 사용하도록 제한되었다. 학교 시스템의 구조가 엄청나게 개편되었으며, 그때 유태인 교사(혹은 나치의 생각에 동의하지 않았던 이들)는 자리에서 쫓겨났고 유태인 작가들의 유서 깊은 교과서나 작품들도 버려져 종종 커다란 모닥불에서 불태워졌다.[28] 나치스는 과목 커리큘럼을 완벽하게 다시 짰고, 그들이 보기에 불필요한 부분은 삭제하고 부족하다고 느낀 부분은 추가했다. 역사 수업은 영웅으로서의 나치스와 히틀러의 모습을 반영하기 위해 문맥을 수정했고 아이들에게 '아돌프 히틀러, 아버지 조국의 구원자', '독일 인종주의적 정신의 부활', 혹은 '아돌프 히틀러는 어떻게 독일의 총통과 제국 수상이 될 수 있었는가' 같은 제목의 에세이를 쓸 것을 요구했다.[29] 새로운 교과목엔 인종과학과 우생학이 포함되었다. 바르톨레티가 설명했듯, "인종과학 수업에서 아이들은 아리아인이 유럽을 지배할 운명을 타고난 우월종이라고 배웠다. 우생학 수업에선, 아리아인은 오직 다른 건강한 아리아인하고만 결혼해야 한다고 배웠다. 아이들은 비아리아인과 결혼해 '피를 섞으면' 안 된다고 배웠다".[30] 이렇게 나치 이데올로기를 지속적으로 융단폭격하듯 주입시킨 목적은 아이들의 내면에 나치 당을 이끌던 것과 같은 인종차별적 이론들을 뿌리 내리게 하기 위함이었다. 나치적 삶의 방식은 모든 곳에 적용되었고, 전 과목과 학교에서 보내는 모든 시간에 스며들었다.

이러한 가르침을 히틀러 소년단이라 불리는 유소년 단체가 지원했다. 히틀러 소년단은 독일의 소년 소녀들에게 주간 회의, 캠핑 여행, 오후의 스포츠 및 놀이시간 같은 형태의 즐거움과 모험을 약속했다. 히틀러 소년단은 군대처럼 구조화되었으며, 나이 든 리더들이 어린 구성원들을 지휘했고 승진을 위한 기회를 많이 제공했다.[31] 그러나 히틀러 소년단의 활동에서 소년 소녀들이 잠재적으로 무엇을 바랐던 간에, 소년단의 설립자들은 다른 의도를 갖고 있었다. 작가 브렌다 랄프 루이스가 썼듯, "나치스가 의도했던 바는 나치의 이론과 나치의 이데올로기만을 알고 있는 세대를 창조하는 것이었다".[32] 겉보기엔 깨끗해 보였던 히틀러 소년단의 활동은 아이들에게 모두 똑같은 옷을 입고 똑같은 가치를 공유하게 만들어 순종적으로 양육하려는 구조적 배경을 숨기고 있었다. 바르톨레티는 그러한 이론에 대해 이 같이 명확하게 서술한다.

"히틀러 소년단은 독창성과 개별성에 관용적이지 않았다. 군사 훈련과 행진을 통해 히틀러 소년단은 하나의 존재로서 생각하는 법을 배웠다. 가장 중요한 점은, 어떤 경우에도 지도자에게 복종하라고 배웠다는 것이었다."[33]

초창기엔 소년단에 가입하고 말고는 자유였지만, 곧 모든 어린이에게 의무화되었다. 아이들은 나치의 규정을 알고 있는지 확인하기 위한 시험을 통과해야 했고 인종적인 배경을 증명해야 했으며, "오직 '아리아인적' 특징을 지닌 소년 소녀들만이 입단을 허가 받았다".[34] 한번 가입한 후엔 아이들은 나치 제국의 영속을 위한 시스템의 한 부분이 되어 히틀러를 충실히 따르고 충직한 나치스로 자라났다.

히틀러 소년단과 학교 시스템은 둘 다 비슷한 목표를 노렸고, 아이들은 나치의 세상에 푹 빠져 버렸다. 볼드모트가 그랬듯이 히틀러는 젊은이들에게 영향을 끼치는 교육제도의 힘을 깨닫고 있었다. 히틀러는 여러 방법으로 교육제도에 자기 자신을 끼워 넣으려고 했고, 불가능하다고 여겨졌을 때마저도 그의 목표를 지지하거나 따르는 이들에 의해 시스템이 그의 요구에 맞춰졌다. 이러한 일들은 슬리데린과 돌로레스 엄브릿지의 손으로 가장 뚜렷하게 이뤄졌는데, 그들 모두 현존하는 호그와트의 권위자들과 조직의 자리를 빼앗아 자신의 노력을 지원하는 사람들과 관념으로 바꿔 놓으려 했다.

슬리데린은 지속적으로 교육을 지배하려는 시도를 했고 다음 세대에 그러한 생각을 넘겨주었다. 호그와트의 설립자 중 한 명이었던 슬리데린은 순수혈통들만을 교육해야 한다고 믿었고 자신의 믿음을 슬리데린의 기숙사 규칙에 깊이 침투시켜 놓았다. 마법의 모자가 해리가 5학년일 때 말해 주었듯 말이다. "슬리데린이 말했지. 가장 순수한 혈통을 지닌 아이들만 가르치도록 하세. 가령 슬리데린은 자신처럼 오직 순수한 혈통을 지닌 빈틈없는 마법사들만을 받아들였지."(『불사조 기사단』, 2권, 54쪽) 그의 유산은 기숙사에 살아 숨쉬고 있었다. 슬리데린 학생들은 종종 기숙사의 설립자와 같은 생각을 가지고 있었으며 그로 인해 학교 내와 바깥 세상에서 나쁜 평판을 얻곤 했다. 첫번째 책에서 해그리드가 해리에게 말했듯이, "슬리데린에 들어가지 않아서 못쓰게 된 마법사나 마녀는 단 한 명도 없거든. 그 사람도 그랬지."(『마법사의 돌』, 1권, 119쪽)

볼드모트는 슬리데린 사후 아주 오래 뒤에서야 등장하지만, 슬리데린은 볼드모트에 협력적인 성향의 학생들이 모인 기숙사를 만들었다. 『비밀의 방』에서 슬리데린의 학생 휴게실에 들어가는 암호는 "순수혈통"이며, 그가 떠난 후에도 슬리데린의 엘리트주의적 메시지가 계속 전해져 오고 있음을 증명한다(『비밀의 방』, 2권, 63쪽). 볼드모트의 지배는 슬리데린이 옹호했던 것과 똑같은 인종차별적 편견에 의해 이루어졌기 때문에, 슬리데린이 전달했던 메시지는 볼드모트의 활동에 그대로 적용 가능했다. 슬리데린 기숙사생들이 기숙사의 설립자와 같은 관점을 가졌다면 볼드모트를 지원할 가능성도 높았다. 그렇기에 볼드모트가 호그와트 전투에서 지원군을 모집했을 때 슬리데린 기숙사가 그를 도와주었던 것이다.

『불사조 기사단』에서, 호그와트는 엄브릿지의 지휘하에 더욱 활발한 교육 개편에 직면했다. 필자의 의견으로는 엄브릿지는 전 시리즈 내에서 가장 혐오스러운 인물이다. 마법부 차관이었던 엄브릿지는 마법부 장관과 장관의 목표에 대해 너무 헌신적이었던 나머지 볼드모트에게 힘을 실어줄 관념을 스스로 키웠다. 본인은 그렇게 생각하지 않은 것 같지만, 그녀가 호그와트에서 바꾼 규칙들은 볼드모트의 꿍꿍이를 도와 그의 권력 확장에 완벽한 기여를 했다. 학생들을 마법부 장관 편으로 만들기 위한 그녀의 주장은 현실에선 학생들의 자유를 제한하고 어둠의 마법에 대한 방어 능력을 약화시켰다.

엄브릿지는 호그와트에서의 1년을 그녀가 교육 제도에서 무엇을 원하는지에 대해 설명하는 연설로 시작했으며, 학생들에게 "끝마쳐야 할 것은 끝내면서, 금지되어야 할 관행들은 무엇이든 단호하게 잘라"낼 것이라고 경고했다(『불사조 기사단』, 2권, 67쪽). 엄브릿지는 학교의 수업 범위를 제한하는 데서 시작했다. 본인이 가르치는 어둠의 마법 방어술 수업에서 그녀는 학생들을 그녀가 개정한 커리큘럼과 교과서 속에 가둬놓고 학생들에게 자신의 수업에 대해 "철저하게 계획적이고 이론 중심의, 마법부 인증 방어술 교육 과정"이라고 언급하며 학생들이 방어 마법을 연습할 필요를 없앴고(『불사조 기사단』, 1권, 113쪽), "여러분들이 시험을 통과하는 데에는 이론적 지식만 있으면 충분하다는 것이 마법부의 견해"라는 말을 했다(『불사조 기사단』, 1권, 119쪽). 이러한 변화는 실전적 주문 연습이 중심에 있었던 과거 수업과 큰 차이를 보이며, 학생들을 통제하기 위해 가르치는 지식의 폭을 줄였음을 드러낸다. 방어 마법을 연습한 적이 없는 학생들은 마법을 제대로 사용하지 못할 것이며 엄브릿지나 마법부에 위협이 될 가능성이 적어질 수밖에 없다.

다른 제한사항들은 엄브릿지가 호그와트의 장학사로 임명되었을 때 제정한 교육 법령에서 나타났다. 마법부에 의해 만들어진 규칙은 엄브릿지에게 다른 교수들을 감찰하고 법령을 멋대로 제정해 호그와트의 만사를 지배할 권한을 부여했다. 그녀는 즉시 장학사가 허가하지 않은 어떤 클럽도 제재될 것이라는 금지령부터 선포했고, 이로써 스스로에게 호그와트의 교실 밖에서도 자기 생각을 밀어붙일 최대한의 권한을 주었다. 엄브릿지는 그 다음 "가르쳐야 할 과목과 관련 없는 어떤 내용의 정보도 학생들에게 제공하는 것이 금지되었음을 알리는" 지식의 전파를 금지하는 법령을 만들어 교수로부터 학생으로 전달되는 정보의 흐름을 제한하려고 했다(『불사조 기사단』, 4권, 67쪽). 이러한 방법으로 그녀는 마법부에 반하는 생각을 가진 교수들의 생각이 공유되는 것을 막았다. 더 나아가 잡지 『이러쿵 저러쿵』을 본인이 그 잡지의 기사를 싫어한다는 이유로 금지했는데, 잡지를 가진 학생들을 퇴학시킨다고 위협하기까지 했다(『불사조 기사단』, 4권, 117쪽). 마법부의 테두리 밖에 있는 누구도 법령에 도전하지 못했고, 그들은 효율적으로 학생들과 직원들의 자유를 제한했다. 그러한 제한은 나치가 학교에 어떤 일을 했는지를 떠올리게 한다. 학생들에게 가르치는 것들을 조종하면서, 나치는 엄브릿지가 시도했던 것처럼 젊은이들의 생각을 조종하려고 했다. 책의 말미에 이르렀을 때 그녀의 마법부에 대한 헌신은 끔찍하게 잘못된 것이었음이 드러난다.

엄브릿지의 지배욕만큼이나 역겨운 것은 법령에 힘을 실어 주기 위해 폭력을 사용하려는 그녀의 놀랄 만한 의지다. 독자들은 해리가 반항의 대가로 엄브릿지에게 받은 체벌을 통해 이를 알 수 있다. 엄브릿지의 마법부 승인을 받은 수업에 저항한, 즉 그녀의 통제에 따르길 거부한 해리의 예를 들면, 자신의 피로 규정을 새기는 벌을 받았다. "그가 양피지에 글씨를 쓸 때마다 그의 손등에는 글씨가 새겨졌다가 사라졌다가 또다시 나타나곤 했다."(『불사조 기사단』, 2권, 161쪽) 리 조던은 법령에 대한 농담을 했다는 이유로 똑같은 처벌을 받았다(『불사조 기사단』, 4권, 67~68쪽). 문제를 일으키는 학생들을 심문하기 위해 엄브릿지는 강력한 효과를 가진(또한 사용이 제한된) "마법부의 엄격한 지침에 의해 통제되고 있는" 베리타세룸 물약을 사용했다(『불의 잔』, 3권, 224쪽). 그러나 엄브릿지는 물약을 자기 기분 내키는 대로 사용한 듯 보인다. 해리에게 두 번 물약을 먹이려 시도하는 것을 볼 수 있는데, 첫번째는 덤블도어의 위치를 강제적으로 알아내기 위함이었고 다음엔 자백을 받아내기 위해 사용되었다. 베리타세룸이 떨어지자 엄브릿지는 불법을 저지르고 있다는 것을 완벽하게 알면서도 크루시아스 저주에 의지했다. 죄를 범하고 있다는 사실에 직면했을 때 그녀는 겨우 "코넬리우스가 모르게 하면 아무 문제 없"다고 말할 수밖에 없었다(『불사조 기사단』, 5권, 85쪽). 호그와트에 대한 지배권을 유지하는 문제에 있어서, 엄브릿지는 폭력을 쓰는 데 한 점의 망설임도 없었다. 엄브릿지와 그녀의 지배는 해리의 5학년 생활에 지울 수 없는 자국을 남겼지만, 많은 부분에서 그녀의 행동은 학생들에게 중요한 경고를 했다. 엄브릿지가 호그와트에 가져온 폭력과 커리큘럼의 변화는 볼드모트가 제정할 변화가 어떤 것일지, 볼드모트가 마법 교육을 책임지게 되면 어떤 일이 벌어지게 될지를 학생들에게 미리 보여 주었다.

볼드모트가 일으킨 교육의 대격변은 그가 호그와트의 통제권을 얻어 하고 싶은 대로 시스템을 바꾸게 된 마지막 시리즈에서 드러난다. 비록 그가 일으킨 모든 변화를 완벽히 포착할 순 없지만, 해리가 마지막 학년에 호그와트에서 부재중이었을 때 네빌에게서 책 말미에 들은 몇 조각의 이야기는 학교가 어떻게 변모했는지 대략적으로 보여 준다.

덤블도어의 죽음 이후, 세베루스 스네이프 교수가 호그와트의 교장이 되고 죽음을 먹는 자들이 학교에 침입한다. 볼드모트는 물리적으로는 학교에 존재하지 않았지만, 그의 목적을 위해 추종자들은 학교의 커리큘럼을 바꿨고 어둠의 마법 방어술을 어둠의 마법 수업으로 바꿨으며 학생들에게 금지된 저주들을 수업의 한 부분으로써 배우게 했다(『죽음의 성물』, 4권, 17쪽). 그들은 또한 머글 연구 과목을 조정해서 필수 코스로 바꾸어 수업 전체를 "머글들이 얼마나 짐승 같고 어리석고 불결한지, 그리고 머글들이 마법사들에 대해 적대적으로 나옴으로써 어떻게 마법사들을 은둔 생활로 몰고 갔는지, 자연의 질서가 어떻게 재편성되고 있는지"에 대한 내용으로 바꾸었다(『죽음의 성물』, 4권, 17~18쪽).

이러한 수정은 나치가 아리아인의 우월성을 학생들에게 가르치려 노력한 것과 평행선을 달리며 볼드모트의 궁극적 목적인 순수 혈통의 지배를 반영한다. 히틀러처럼, 볼드모트는 새 커리큘럼의 적용을 먼 훗날까지 그의 생각을 영속시키고 지원해 줄 수단으로 보았다.

볼드모트가 호그와트를 통제했을 때 그는 죽음을 먹는 자들에게 학교의 통제를 유지할 책임을 맡겼고 죽음을 먹는 자들은 다양한 폭력적 방식으로 임무를 수행했다. 학생들을 학교에 잡아놓기 위해서 "입구마다 저주가 걸려 있고, 출구에는 죽음을 먹는 자들과 디멘터들이 대기하고" 있었다(『죽음의 성물』, 4권, 15쪽). 아마커스와 알렉토 캐로우라는 두 죽음을 먹는 자들이 새로운 과목인 머글 연구와 어둠의 마법의 교육과 훈련을 맡았으며, 네빌의 말에 따르면 그들은 엄브릿지보다 더하면 더했지 덜하진 않았다(같은 책, 17쪽). 네빌은 주로 그들의 전략에 당하는 쪽이었다. "우리가 입을 놀리면 약간 고문은 하겠지만, 실제로 우리를 죽이지는 않을 거야."(같은 책, 18쪽) 고문들 중에는 크루시아투스 저주가 다시 선을 보였다. 어떤 방식으로든 볼드모트에 대해 반대 의견을 펼치는 학생들은 처벌받았고, 많은 학생들이 필요의 방에서 대피처를 찾기에 이르렀다. 그들의 안전, 그리고 학교 전체의 안전은 호그와트의 경내에서 벌어진 무시무시한 전투가 끝나고 나서야 회복되었고, 이는 호그와트의 중요성을 나타내는 또 다른 표지이기도 하다.

시리즈 전체에 걸쳐, 호그와트는 마법 교육의 산실로서 기능했다. 최고의 교육기관으로서 호그와트는 막강한 영향력을 갖고 있고, 볼드모트는 그 점을 잘 알았으며 호그와트를 미래를 지배하기 위한 기관으로 보았다. 히틀러의 프로그램도 비슷한 목표를 추구했으며, 그 결과 일군의 젊은 나치스들이 그와 그의 사명을 위해 목숨을 바치고 말았다. 볼드모트도 언제고 똑같은 성취를 이룰 수 있었다. 그는 젊은이들의 잠재력을 확실히 알고 있었다. 히틀러는 이렇게 말했다. "나는 젊은이들과 함께 시작했다. 우리 늙은이들은 힘이 부친다.… 하지만 훌륭한 청년들이여! 이 세상에 그들보다 나은 자들이 있는가? 저 모든 독일 남아들을 보아라! 얼마나 대단한 물건인가! 그들과 함께라면 새로운 세상을 만들 수 있을 것이다."[35]

히틀러는 최선을 다해 그의 관점에 들어맞는 세상을 재창조하려 했고, 비록 그와 나치가 패배한 지 70년이 흘렀지만 그들의 행동은 여전히 시대를 초월해 영향을 미치고 있으며, 인류 역사에 지워지지 않을 오점을 남겼다. 나치 이론에 기초한 악당을 창조함으로써 조앤 K. 롤링은 끈질기게 살아남은 전쟁기계 나치의 유산을 건드렸고 해리의 스토리를 판타지에서 끄집어내 잔혹한 현실과 연결시켰다. 해리포터와 나치즘의 연결은 독자들이 해리의 적들의 잘못된 이론과 그들의 세계관을 생존시키기 위해 사용한 전술을 파악할 수 있게 한다. 인종차별주의적인 생각과 행동을 통해 볼드모트는 나치즘이 내세운 최악의 이론을 체현하며 20

세기의 가장 어두웠던 나날들에 생명을 불어넣었다. 우리의 역사는 해리의 현재다. 주어진 시련을 극복하며, 해리는 우리들이 존엄과 자유를 위해 해왔던 것처럼 맞서 싸웠고 선은 악을 무찌를 수 있음을 상기시켰다.

---

* **글쓴이 | 새라 웬티(Sarah Wente)** 세인트 캐서린 대학에서 문학과 신학을 전공했다. 호그와트에서 입학장이 날아오기를 아직도 기다리고 있으며, 대부분의 시간을 판타지 소설을 읽고 비디오 게임을 하고 초콜릿을 먹으며 보낸다. 아직 호그와트 학생은 아니지만 자랑스러운 래번클로 소속이며, 특히 프레드 위즐리를 사랑한다. 기억과 캐릭터를 탐험하는 방식 때문에 시리즈 중 『혼혈왕자』를 가장 좋아하며, 상상력이 머물 놀라운 공간을 만들어 준 조앤 K. 롤링 작가님에게 영원히 감사한다.

7
죽음을 정복하는 것이란: 해리포터 속의 살인, 사형 그리고 자살원조

칼리 카에타노 / 최수원 옮김

조앤 K. 롤링이 전세계적으로 흥행한 시리즈를 쓰기 시작한 지 6개월이 지났을 때, 그녀는 정신적으로 굉장히 상심할 만한 일을 겪게 되었다. 바로 어머니의 죽음이다. 오프라 윈프리와의 진솔한 인터뷰에서 그녀는 어머니의 죽음이 어떻게 해리포터의 흐름을 장장 일곱 편의 대하소설에 걸친 인간의 유한성과 죽음에 대한 끊임없는 고찰로 바꾸어 놓았는지 고백했다. "어머니의 죽음은 사실상 책 한 쪽 한 쪽에 전부 녹아 있어요." 그녀가 말했다. "해리의 모험 중 최소 절반이 다양한 형태로 나타나는 죽음을 상대하기 위한 모험이라고 할 수 있죠. 죽음이 살아 있는 사람들에게 어떤 영향을 미치는지, 죽는다는 건 과연 무엇인지, 죽음에서 살아남는 것은 무엇인지…."[1] 시리즈 초반에는 상대적으로 적게 드러나지만, 케드릭 디고리의 죽음을 시작으로 점차 '죽음'에 대한 주제가 강조되기 시작하면서 이는 해리가 그 자신의 마지막을 담담히 마주하기 위해 시체가 널브러진 호그와트의 운동장을 가로질러 갈 때 절정을 찍는다. 시리즈의 마지막 편에 다다라 '살아남은 소년'의 머릿속을 차지하게 되는 주된 고민은 바로 죽음의 과정에 대한 내용인 것이다.

더 구체적으로, 『죽음의 성물』은 죽음을 지배하는 것에 대해 말하고 있다. 『타임』지와의 인터뷰에서 롤링은 "시리즈 전체의 큰 주제"는 고린도 전서의 한 구절인 "파괴되어야 할 최후의 적은 죽음이다"로 요약된다고 털어놓았는데, 이것은 실제로 제임스와 릴리 포터 부부의 묘비명으로 새겨진 구절이다.[2] 우리의 영웅인 해리는 그리핀도르로서의 용기를 보여 주고 삶의 유한성을 받아들임으로써 "죽음의 지배자"로 거듭난다. 그가 자신의 목숨을 희생하기로 한 순간이 바로 시리즈 전체의 최고 절정이며, 주인공에게는 이것이 차후에 그의 영원한 숙적인 볼드모트 경을 파괴할 때보다도 감정적으로 더 중요한 순간이다. 롤링은 해리가 자신의 죽음에 대한 공포를 극복함으로써 죽음을 정복하게 된 것이라고 말한다.

하지만 죽음의 또 다른 형태라는 "살아 있는 사람들에게 죽음이 미치는 영향, 죽는다는 것의 의미, 죽음에서 살아남는 것"에 대한 롤링의 생각은 여기서 끝나지 않는다. 소설의 수많은 장면들이 생명을 빼앗는 것(또는 생명을 포기하는 것)이 갖는 의미의 중요성에 대해 가득 차 있다. 죽음을 먹는 자들의 광적인 살인에서부터, 호그와트의 가장 높은 탑, 알버스 덤블도어 교수가 마법약

선생으로부터 약간의 도움을 받아 스스로 세상을 떠나는 중요한 장면까지 말이다. 더 나아가 디멘터의 도상과 호크룩스의 원리 이면에 숨겨져 있는 것은 롤링이 암시적으로 교훈을 주고자 했던 살인, 사형, 그리고 심지어는 자살원조에 대한 복잡하고 무성한 영역으로, 인물이 죽임을 당하는 이유와 그 과정에서 도덕적으로 비판받을 만한 것을 설명하기 위해 그녀가 미묘하게 도덕적인 계층을 나눈 것이라고 할 수 있다.

살인과 마법부

소설 속에서 볼드모트, 죽음을 먹는 자들, 디멘터, 겔러트 그린델왈드 등 목숨을 빼앗는 사람들이 거의 다 악의 무리에 속해 있다는 것은 꽤 놀라운 사실이 아닐 수 없다. 살인이라는 수단은 그들이 거의 독점하다시피 하고 있으며 '선한' 인물들은 주로 그 유혹에도 불구하고 똑같이 치명적인 공격을 되돌려주기를 거부한다. 해리와 볼드모트, 불사조 기사단과 죽음을 먹는 자들, 덤블도어의 군대(DA)와 돌로레스 엄브릿지 등 무대 안에선 끊임없이 많은 전투가 일어나지만, 장장 일곱 편에 달하는 시리즈 중 정말 예외적인 경우가 아니고서야 우리의 영웅들이 실제로 적군을 죽이는 장면은 등장하지 않는다. 『혼혈왕자』 중 지니 위즐리와 리무스 루핀이 해리에게 호그와트에 죽음을 먹는 자들이 침입했을 때의 이야기를 들려주는 장면을 보면, 그들은 죽음을 먹는 자들이 사방으로 살인 저주들을 쏘아 댈 때 DA와 기사단은 방어주문(그리고 약간의 펠릭스 펠릭시스[행운 물약])만으로 자신들을 지켜냈다고 말한다(『혼혈왕자』, 4권, 183~184쪽). 덤블도어의 세력들에게 **아바다 케다브라**는 좀처럼 입 밖에 내기 힘든 주문인 것이다. 하지만 '매드아이', 그러니까 앨래스터 무디가 해리에게 초창기 기사단의 사진을 보여 주며 그 중 얼마나 많은 단원들이 죽임을 당했는지 설명하는 음울한 장면을 통해, 이에 비해 그 적들은 망설임 없이 살인 주문을 사용한다는 것을 알 수 있다. 22명의 단원들 중 8명이 죽임을 당했고 그 외에 2명(앨리스와 프랭크 롱바텀 부부)은 미칠 때까지 고문을 받았다. 이렇게 악랄한 죽음을 먹는 자들이 저지른 참살과 비교하면, 불사조 기사단의 손은 정말 깨끗한 것이다. 이 원칙을 벗어난 두 명의 인물이 있긴 하지만 그들, 벨라트릭스 레스트랭을 죽인 몰리 위즐리와 덤블도어를 죽인 세베루스 스네이프의 경우는 제각기 그에 합당한 이유를 갖고 있었다(이에 대해서는 이후에 더 설명하겠다).

이 소설에서 명백하게 읽어낼 수 있는 교훈은 전세계적으로 모든 국가와 종교가 동의하는 것, 바로 "살인은 나쁘다"로 축약된다. 하지만 또 다른, 더 흥미로운 결론을 끌어내 보면 다음과 같을 것이다. '악'에 맞서 싸워야 하는 것은 맞지만 그 과정에서 모든 수단이 정당화될 수는 없으며, 특히 그것이 당신을 당신의 적과 같은 수준으로 끌어내리는 수단이라면 더더욱 사용해서는 안 된다는 것. 그렇기 때문에 롤링은 그녀의 주인공들과 그 협력자들에게 도덕적인 우위를 부여하기 위해 '살인'을 그들의 무기에서 제외시킨 것이다. 그렇다고 '선한' 인물들이 살인의 유혹을 전혀 느끼지 않는다는 말을 하려는 게 아니다. 피터 패티그루(웜테일)의 배신에 대해 알아냈을 때 루핀은 그에게 "자넨 깨달았어야 해. 볼드모트가 자네를 죽이지 않는다면, 우리가 그럴 거라는 사실을 말야"라고 말하며 시리우스 블랙과 함께 그를 죽이려고 한다(『아즈카반의 죄수』, 2권, 200쪽). 마찬가지로 해리도, 마법부에서 벨라트릭스 레스트랭이 시리우스를 죽였을 때 죽음으로의 복수를 맹세하며 **"저 여자가 시리우스를 죽였어! 저 여자가 죽였어 내가 저 여자를 죽일 거야!"**라고 울부짖으며 벨라트릭스의 뒤를 쫓는다(『불사조 기사단』, 5권, 196~197쪽). 하지만 결국 이 둘 모두 실제로 살인을 저지르지 않는다. 첫번째의 경우엔 해리가 살인을 저지를 수도 있었던 루핀과 시리우스를 막아섬으로써 웜테일의 목숨을 살려 주었고, 다음으로 해리는 벨라트릭스를 죽이겠다고 엄포를 놓았음에도 불구하고 그녀에게 결국 아주 약한 크루시아투스 저주밖에 쏘지 못한다. 사실 악과 맞서 싸우는 7년의 여정 동안, 해리는 단 한 번도 정말로 누군가를 죽이려고 한 적이 없다. 심지어 살아남은 소년과 그 죽음의 숙적의 마지막 전투에서도 해리는 볼드모트에게 무장해제 주문만을 사용하며, 어둠의 마왕은 결국 그 자신의 살인 저주가 반사되어 스스로의 죽음을 초래하게 된다.

롤링은 생명을 앗아가는 공격들을 거의 그녀의 덜 우호적인 인물들에게만 독점적인 수단으로 부여하며 선과 악의 편에 확실한 선을 긋는다. 왜 그럴까? 아마도 그것은 그녀가 어쨌든 아이들을 위한 책을 쓰고 있기 때문일 것이다. 하지만 이 답은 이렇게나 복잡한 내용의 시리즈에 비해 너무나도 단순할 뿐만 아니라 누가, 왜 죽이는지에 대한 우리의 분석에 있어 고려해야 할 제3의 존재 때문에도 그다지 만족스러운 대답이 되지 못한다. 그 제3의 존재는 바로 마법부이다. 만약 볼드모트와 그를 추종하는 죽음을 먹는 자들이 살인을 하기 때문에 나쁜 것이고, 덤블도어와 불사조 기사단원들이 살인을 멀리하기 때문에 선한 것이라면, 과연 마법부는 어디에 놓여 있게 되는 걸까?

마법부는 명백히 선한 힘인 덤블도어와 기사단, 그리고 분명하게 악한 쪽인 볼드모트와 그 추종자들의 사이인 회색 영역에 존재한다. 정의를 수행하기 위한 권력을 부여받은 이 기관에는, 마법부 자신도 모르게 너무나도 많은 사람들이 볼드모트의 부패한 세력에 연루되어 있다. 정부는, 결국 아즈카반에서 죽음을 먹는 자들을 풀어줘 버리는 디멘터들을 이용하며 죽음을 먹는 자인 웰든 맥네어를 사형 집행인으로 고용한다. 게다가 교활한 루시우스 말포이는 항상 마법부 장관 옆에서 그의 간사한 혀를 놀리고 있는 것 같다. 독자들에게 마법 세계의 다른 것들과 같이 그저 기발한 요소들 중 하나처럼 소개되었던 마법부는, 결국 혈통에 근거해 사람들을 체포하고 처형하며 나치와 같은 어둡고 사악한 그림자 안에 들어가기에 이른다(이 책의 6장 참조). 또, 마법부에 볼드모트의 꼭두각시들이 넘쳐나게 되는 7권 이전에도 이들의 비도덕적 만행을 찾아볼 수 있는데(『아즈카반의 죄수』), 마법부가 결백한 인물인 시리우스를 부당하게 기소하고 죽이려 하며 정당한 법적 절차를 무시한 채 히포그리프를 처형시키려 한 것이다. 즉 롤링은, 마법부가 완전한 디스토피아의 모습을 드러내기까지 그 허울을 시리즈 전체에 걸쳐 조금씩 벗겨냈다고 말할 수 있다.

롤링은 마법부를 그녀가 시리즈의 진정한 도덕적 나침반으로 설정한 덤블도어, 해리 그리고 기사단과 대조시킨다. 제3자의 반-전지적 작가 시점에서 쓰여진 이 책을 보면, 대체적으로 주인공들이 현실의 핵심을 더 정확하게 보는 인물로 묘사된다. 예를 들면 『아즈카반의 죄수』 중 시리우스의 결백이나 『불의 잔』 속 볼드모트의 부활이 그러하다. 독자로서 우리는, 제3자인 마법부가 알지 못하는 진실들을 공유받을 수 있다. 독자는 3권에서 시리우스가 해리에게 자신을 변호하는 진심 어린 증언을 함께 들을 수 있는 특별한 위치에 있으며, 마찬가지로 그렇기 때문에 4권의 으스스한 공동묘지 장면 이후 볼드모트가 부활했다는 것에 전혀 의심의 여지가 없는 것이다. 하지만 마법부와 그 관련기관들은 시리우스의 자기변호나 볼드모트의 재현을 직접 목격하지도 않았으며 이를 믿기를 선택하지도 않았기 때문에 그들의 차후 행동(또는 무행동)은 부당하고 비겁한 분위기를 풍긴다. 그 중 내게 특히 흥미로웠던 것은 마법부로 인한 시리우스의 시련이다. 해리가 진짜로 무슨 일이 있었는지, 대부의 진실된 이야기를 증명하려고 노력했음에도 불구하고 마법부는 이 죄수를 처형하기로 결정한다. 그리고 이에 덤블도어는 해리와 헤르미온느 그레인저를 과거로 보내, 마법부에서 집행할 수 있는 최고의 형벌인 디멘터의 입맞춤을 선고받은 시리우스를 히포그리프 벅빅과 함께 구하게 하여 마법부 장관의 계획을 뒤엎는다.

엄밀히 말해, 디멘터의 입맞춤이 그 희생자를 실제로 죽이지는 않는다. 하지만, 나는 디멘터의 입맞춤을 사형에 버금가는 형벌이라고 여겨도 된다고 생각한다. 형이 집행되면, 그 입맞춤은 희생자를 영원히 빈 껍데기만이 남은, 영혼 없고 자아도 없는 정신 분열의 상태로 만든다. 입맞춤을 당한 희생자의 생명은 붙어있을지 몰라도, 그러니까 그의 심박 측정기가 제대로 울릴지는 몰라도, 과연 그들을 '살아 있다'고 표현할 수 있을지는 의심스럽다. 그렇기 때문에 해리의 증언에도 불구하고 시리우스의 형이 계속 집행되었을 때, 독자 역시 주인공과 함께 그 뒤틀리고 미숙한 선고의 부당함을 느끼게 되는 것이다.

벅빅과 시리우스가 받은 선고는 모두 위법 행위와 연줄에 오염되어 부패한 사법 제도가 낳은 불공평한 결과이다. 특히 벅빅의 선고는, 부유하고 영향력 있으며 교활한 루시우스 말포이에 비해, 그와 겨뤄야 했던 해그리드의 법적 수완이 부족했기 때문이다. 루시우스 말포이는 이전의 시리즈(『비밀의 방』)에서도 협박과 뇌물 등의 수단으로 학교 이사회를 포섭하여 덤블도어를 호그와트에서 몰아내려고 한 적이 있었다. 3편에서도 말포이는 교묘하게 술책을 부려 재판 과정을 엉망으로 만들었고, 벅빅을 이전에 죽음을 먹는 자였던 사형 집행인 맥네어(그가 아니면 누구겠는가)의 손으로 바로 넘겨 버린다. 한편, 시리우스의 경우는 더 심하다. 그는 자신이 저지르지도 않은 죄로 인해 12년이라는 긴 세월을 감옥에서 보내야 했는데, 이는 순전히 마법부가 그에게 재판을 받을 기회조차 주지 않았기 때문이다(『불의 잔』, 3권, 238쪽). 그럼에도 불구하고 마법부 장관인 코넬리우스 퍼지는—무능한 정치인의 전형인 그의 성씨는 "오류"라는 단어와 정확히 동의어이다—시리우스를 마음대로 유죄로 판단하여 그의 목숨을 무고하게 희생시키려 한다. 그래서 이 모든 것을 꿰뚫어 본 덤블도어가 해리와 헤르미온느를 불러 마법부가 선고한 형으로부터 두 목숨을 구하도록 했던 것이다.

그들은 시리우스를 디멘터의 입맞춤으로부터 아슬아슬하게 탈출시켰고, 덤블도어는 나중에 이에 대해 해리가 그의 대부를 "**구출**해 가지고 당당하게 돌아왔다"고 표현한다(『불사조 기사단』, 5권, 250쪽). 확실히, 마법부가 얼마나 정확한 정보를 갖고 있고 그 직원들이 얼마나 똑바로 일을 하는지에 대한 롤링의 묘사는 대체로 우호적이지 않다. 당연하게도, 마법부가 이미 디멘터들을 고용하고 있는 상황에서 사형제(디멘터의 입맞춤)의 시행을 법적으로 허용하는 것은 볼드모트의 폭력적인 세력이 발을 들여놓기에 정말 이상적인 조건일 수밖에 없다. 디멘터는 볼드모트가 죽음을 먹는 자들 중 "천성적으로 우리와 같은 부류"라고까지 부르는 악한 생물이기 때문이다(『불의 잔』, 4권, 154쪽). 마법부는 이를 부인하지만, 덤블도어와 루핀은 이 죽음에 깊이 관련된 괴물과 마법부의 연합을 언제든 깨질 수 있는 동맹으로 본다. 두 사람은 디멘터들을 "이 지구상에 걸어다니는 가장 불결한 생물들 가운데 하나"라고 표현하는데, 이는 디멘터가 부패 그리고 죽음과 강력히 연결되어 있는 것을 보면 일리있는 주장이다(『아즈카반의 죄수』, 1권, 244쪽).

죽음의 신의 쌍둥이처럼 표현되는 이 생물은 죽음의 상징이며 해리포터 세계관에 등장하는 가장 말도 안 되는 유령이다. 그들은 서구 문화권에서 몇 세기 동안 상상해 왔던, 온몸을 천으로 감싸고 낫을 든 통속적인 죽음의 모습을 차용하고 있다. 롤링은 디멘터들에게서 인간적인 면을 모조리 없애고 그들이 무자비하게 냉담한 분위기를 내뿜는, 인간을 초월한 존재로 느껴지도록 수많은 수사적 표현을 사용한다. 타협이 불가능하고 고통을 느끼지도 않는 이들의 모습은 죽음 그 자체와 정말 비슷하다. 성별이 없으며 말을 하지도 못하고, 볼 수 없음은 물론이며 얼굴이 없어 생김새가 전부 같은 이 생물은 그저 어둠과 불행의 덩어리로, 소설 속에서 인물이 아니라 그저 하나의 힘일 뿐이다. 디멘터에 대한 롤링의 묘사는 에드먼드 스펜서의 서사시 『페어리 퀸』 속 죽음에 대한 설명에서 따온 것으로 시 구절은 죽음을 "아무도 볼 수 없고 육체도 영혼도 없으며 들리지도 보이지도 않는 그림자와 같다"라고 표현하고 있다. 마찬가지로 디멘터들 또한 영혼이 없고 말이 없으며 보이지 않는 존재이다(최소한 머글들에게는). 디멘터들은 행복을 강탈하는 그들의 행위가 희생자들에게 얼마나 끔찍한 고통을 주는지 전혀 신경 쓰지도 않으며, 사랑이나 동정심이 무엇인지 이해할 수가 없다. 그 예로, 리틀 위닝에 나타난 디멘터들과 맞서 싸울 때 해리가 패트로누스인 수사슴을 불러 내 "심장이 있을 만한 부위"를 뿔로 찔러 그들을 쫓아내는 장면이 있다. 이는 태생적으로 디멘터들에게 동정의 '마음' 따위는 존재하지 않으며 그렇기 때문에 그들이 도덕적 책임이나 후회를 느낄 수가 없음을 알려준다(『불사조 기사단』, 1권, 39쪽). 희생자의 입을 통해 몸에 있는 영혼을 밖으로 빼 내는 그들의 **최후의 일격**인 입맞춤은 '누군가의 또는 무언가의 진을 빼다'라는 일상적인 표현을 연상시킨다. 그리고 그 공포스러운 포옹과 입맞춤은 실제로 희생자의 진을 빼낸다. 게다가 어떠한 인간성이나 개별적인 특성과도 거리가 먼 이 디멘터들은 단 하나의 욕구에 의해서만 움직이는데, 이는 바로 배고픔이다. 루핀은 해리에게 기쁨과 흥분이 가득 찬 호그와트의 퀴디치 경기가 디멘터들에게는 마치 "연회"와 같았을 것이라고 말한다(『아즈카반의 죄수』, 1권, 245쪽). 포식자의 입장에서 표현하면, 그들에게 필요한 유일한 것은 '먹이'인 것이다.

디멘터들이 온몸을 가리고 있고 먹이와 관련된 용어로만 특징지어진다는 것은 매우 흥미로운 일이다. 죽음을 먹는 자들이 어둠의 마왕에게 소환되었을 때를 보면, 그들 또한 디멘터와 비슷하게 온몸을 가리고 가면을 쓰고 있다. 얼굴이 감춰지고, 그들의 인간성도 사라진다. 왜 그들은 죽음을 "먹는 자"라고 표현되는 걸까? 죽음을 가져오는 자, 죽음을 만드는 자, 죽음의 운반자 등등 붙일 수 있는 수많은 명사들이 존재하는데 롤링은 왜 하필 그중 "먹는 자"라는 단어를 선택했을까? 아마도 이것은 그들의 범죄 행위가 디멘터들이 게걸스럽고 탐욕스럽게 영혼을 먹는 것을 강하게 연상시키도록 하기 위한 것이 아닐까 싶다. 죽음을 먹는 자들은 동료에 대한 동정심을 하찮것없게 여기며 분명하지도 않은 '순수혈통'을 추구하기 위해 사람들을 탄압한다. 하지만 그들이 이렇게 머글태생과 혼혈들을 소외시키려 한 것은 당연하게도 반발을 불러일으켰고, 이는 결국 경솔한 살인이 난무하는 동족간의 전쟁으로 이어지게 된다. 바로 이 때문에 롤링은 살인을 반-주인공 세력들만 사용하는 무기로 만들어 놓았을 것이다. 살인을 저지르기 위해서는 동정심의 소멸이라는 전제조건이 필요하고 이러한 타락은 모든 악의 근원이 되기 때문이다.

이렇게 디멘터와 죽음을 먹는 자들이 악의 세력 안에서 서로 연관되는 구조를 갖고 있기 때문에, 독자의 입장에서 보면 마법부가 그 끔찍한 생물과 연합한 것은 그들의 도덕적 권위를 더럽히는 일이다. 볼드모트의 세력에게 "천성적으로 우리와 같은 부류"라고까지 표현되는 이 괴물들이 왜 마법부를 위해 일해야 하는 것일까?(『불의 잔』, 4권, 154쪽) 마법부와 이 죽음의 생물들과의 긴밀한 연관은 정말 이상하고 알 수 없는 동맹이다. 이는 주인공인 해리, 론, 헤르미온느뿐만 아니라 독자에게까지 마법부의 무기인 디멘터와 그 입맞춤에 대한 불신을 일으키며 이런 의문을 가져온다. 근본적으로, 마법부에게 생명을 빼앗을 수 있는 권리가 있긴 한 걸까? 나는 롤링이 이 의문에 대한 답으로 『불사조 기사단』에서, 마법부의 사법 제도와 그를 표상하는 처형들이 부패했음을 가차 없이 보여 준 것이라고 생각한다.

다섯번째 책에 이르러, 정부에 대한 비난은 계속해서 명백해진다. 소설 속 제일 처음 사용되는 주문은 무디가 해리의 모습을 '숨기는' 투명마법인데, 이는 이후 장들에서 해리와 독자가 경험하게 될 정치적 은폐를 암시한다(『불사조 기사단』, 1권, 97쪽). 내용이 진행되며 마법부는 인신공격을 일삼고 우습게도 재판 코미디를 벌인다. 그리고 소설의 마지막 부분, 팬들이 사랑했던 시리우스는 누가 봐도 사형을 떠올리게 하는 장소에서 죽임을 당한다.

『아즈카반의 죄수』에서 시리우스가 덤블도어와 해리에게 비공식적인 무죄 선고를 받고 살아 남긴 했지만, 이는 정식 사면이라기보단 그저 형의 유예에 불과한 것이 되어 버렸다. 법적으로 혐의를 풀지 못했기 때문에, 시리우스는 『불사조 기사단』에서 죽기 전까지도 끊임 없이 추적을 당하며 숨어 살아야 했다. 그가 마법부가 아닌 죽음을 먹는 자에 의해 살해당하기는 하지만, 그의 마지막 무대가 된 장소에는 분명 숨겨진 의미가 마음 아프도록 가득 차 있다.

마법부의 건물 안에서 살해당하면서, 시리우스는 미스터리 부서의 긴 베일 뒤로 떨어진다. 이 베일은 "원형극장"처럼 생긴 방 안에 드리워져 있는데, 원형극장은 로마시대에 대중의 재미를 위해 죄수들이 검투사들에게 죽을 때까지 난도질을 당했던 곳이다. 또한 그 방은, 해리가 위즌가모트에게 심문을 받았던 "법정"을 연상시키는 모습이라고도 빗대어 표현된다. 그리고 그 법정은 해리도 부당하게 유죄 선고를 받을 뻔했던 곳이다(『불사조 기사단』, 5권, 131~132쪽). 분명 롤링은 이 두 가지 함축적 비유를 통해, 미묘하지만 간결하게 마법부의 사형제(로마식 원형극장 처형)가 그들의 부패한 사법 제도(법정)와 밀접한 관련이 있음을 나타낸 것이다. 나중에 죽음으로의 문이 되는 아치와 그 아치에 달려 있는 베일은 예언의 방 정중앙에 위치해 있는데, 이 역시 사형에 사용되는 전기의자를 떠올리게 한다고 말할 수 있다. 만약 그렇다면, 이는 마법부에서 일어난 전투에 함께 참여한 수많은 잠재적 사상자 중 왜 하필 시리우스 블랙이 그 베일 뒤로 떨어졌는지를 명확하게 설명해 준다. 그것은 시리우스가 불완전한 사법 제도로 인해 만들어진 모조의 범죄자이며 그로 인해 결국 죽음이라는 부당한 형을 받게 되었다는 뜻이다. 사형에 대한 롤링의 생각이 『아즈카반의 죄수』에는 다소 모호하게 내포되어 있었지만 이는 다섯번째 책의 「베일 속으로」 장에서 이렇게 명확해졌다.

호크룩스와 영혼

물론, 롤링이 살인을 비판하기 위해 사용한 가장 큰 장치는 호크룩스이다. 이는 너무나도 금기시되는 어둠의 마법이므로 해리가 호그와트 도서관의 제한 구역에 몰래 들어갔을 때도 그는 호크룩스에 대해 어떠한 정보도 찾을 수가 없었다. 톰 리들은 호크룩스의 기능과 그것을 만드는 방법을 제6권에 등장하는 호레이스 슬러그혼 교수에게서 알아냈다. 호크룩스는 자신의 영혼을 스스로 조각내 평범한 물건 안에 담아 둠으로써 죽음을 피하기 위한 것으로, 즉 영혼의 조각이 새겨진 무생물의 물체를 말한다. 이는 "극악무도한 행동", 다시 말해 "영혼을 찢어" 조각 내는 '살인'을 통해 만들 수 있다(『혼혈왕자』, 3권, 257쪽). 이 행위의 심각성을 더 잘 이해하기 위해서는 '영혼'에 대한 롤링의 광범위한 설명을 알아야 한다. 롤링에 따르면, 영혼은 본질인 동시에 그 사람의 '자아'와 '인간성'이다. 그리고 디멘터의 입맞춤을 선사 받은 희생자들은 그 "무정한 악마"와 같이 영혼이 없는 상태가 되어 버린다(『아즈카반의 죄수』, 1권, 245쪽). 이들처럼 악과 공허함을 좇는 것이 영혼이 없는 것과 밀접한 관계를 맺고 있는 것이다. 그리스도교 신학에서, 영혼은 인간이 한 생애에서 다음 생으로 넘어가기 위해 필요한 불변의 수단이다. 그렇기 때문에 '악마에게 영혼을 파는' 것은 금기의 절정에 위치해 있으며 보통 사악한 의도로 행해진다. 볼드모트는 그 자신과 파우스트식 거래를 한 것과 다름없다. 그는 자신의 인간성과 동정심을 대가로 다른 이들을 죽이며 꼭 뱀파이어처럼 자신의 삶을 이어 나간다.

"호크룩스"(Horcrux)라는 단어 자체를 보아도, 롤링은 독자들이 이에 대해 잔인한 느낌을 받도록 의도했다. 'Horcrux'의 첫

음절 Hor은 'horrible'(끔찍한), 'horrendous'(참혹한), 'horrific'(소름 끼치는)과 같은 형용사를 머릿속에 연상시킨다. 한편 라틴어로 'cross'를 뜻하는 'crux'는, 기독교적 상징주의에서 그리스도 희생의 상징으로 사용하는 십자가(cross)를 떠오르게 한다. 단순히 말해 'Hor-crux'라는 단어는 '끔찍한 희생'으로 쪼개 해석할 수 있는데, 이는 그리스도의 자기희생이 갖는 의미를 왜곡시킨 것이다. 『죽음의 성물 강의』의 저자인 존 그레인저가 말했듯이, 볼드모트는 "연금술을 흉내 내고 영적 환생이 아닌 이기적인 영생을 위해 자신의 영혼을 일곱 갈래로 쪼갰다".[3] 다시 말하면, 어둠의 마왕은 영원한 내세를 믿기보다 말 그대로 불사(不死)를 추구하며 자신과 자신의 말이 갖는 힘에 사로잡혀(병적인 자기중심주의) 타인에게 그의 권력을 멋대로 휘두른 것이다. 죽음을 피하기 위해 이렇게 이기적으로, 스스로의 영혼을 찢는 죄악(살인)을 저지르기 때문에 볼드모트는 시리즈에서 그 누구보다도 사악한 인물이다. 하지만 반대로 타인을 위해 자신의 목숨을 희생한 인물들은 "죽음의 지배자"라는 이름을 얻게 된다. 해리를 위해 희생한 릴리와, 호그와트의 전투에서 동료들을 위해 자신을 희생한 해리가 그렇다. 이들은 결코 죽음을 두려워하지 않았기 때문에 죽음을 정복할 수 있었던 것으로, 롤링은 이를 매우 현명한 선택이라고 보았던 것 같다.

덤블도어는 이미 시리즈의 제일 첫 편에서 "위대한 마법사에게는, 죽음이란 그저 또 하나의 위대한 모험에 불과하단다"라며 그의 가치관을 드러냈다(『마법사의 돌』, 2권, 206쪽). 그가 죽음을 받아들이는 태도는 볼드모트가 어떻게든 죽지 않으려 했던 것과 정반대의 모습이다. 참고로 벌써 많은 사람들이 알고 있겠지만, "볼드모트"(Voldemort)라는 이름은 프랑스어로 "죽음의 도둑" 또는 "죽음으로부터의 도피"를 의미하는 "vol de mort"에서 유래한 것이다(vol은 프랑스어에서 동음이의어이다). 이와 반대로 덤블도어는 죽음을 피하거나 뿌리치려고 하지 않는다. 그리고 바로 이 때문에 『혼혈왕자』의 장엄한 죽음의 장면에서, 덤블도어는 평소의 그답지 않은 행동을 하는 것처럼 보여진다. 이 책의 27장에서 덤블도어는 "벼락 맞은 탑"에 지팡이도 없이 혼자가 된다(물론 투명망토를 쓴 해리가 동작 그만 주문에 걸려 모든 장면을 지켜보기는 했지만). 그리고 죽음을 먹는 자들(드레이코 말포이, 펜리 그레이백, 아마커스와 알렉토 캐로우 남매 그리고 스네이프)에 의해 구석에 몰린 그의 다음 행동은, 해리에게 정말 충격적이었다. 덤블도어가 "세베루스, 제발" 하며 스네이프에게 애원을 한 것이다(『혼혈왕자』, 4권, 147쪽). 이를 단지 피상적으로 읽어 넘기면, 독자는 덤블도어가 스네이프에게 그의 목숨을 살려달라고 빌고 있다고 생각하게 된다. 덤블도어는 스네이프가 자신의 편이었다고 말하며 죽음을 먹는 자들에게서 자신을 구해주기를 원하고 있는 것처럼 보인다. 하지만 그 애원을 들은 스네이프는 "증오와 혐오가 역력하게 배어" 있는 냉혹한 얼굴로 살인 저주를 쏘아 존경 받는 마법사를 죽인다(『혼혈왕자』, 4권, 147쪽). 당연히 이는 끔찍한 배신처럼 비쳐졌지만, 마지막 7권에서 밝혀지는 이야기로 인해 이 장면은 완전히 새롭게 해석된다.

『죽음의 성물』의 「왕자 이야기」 장은 덤블도어의 죽음뿐만 아니라, 죽인다는 행위의 본질과 그것이 사람의 영혼에 미치는 영향을 더 자세하게 담아내고 있다. 스네이프는 죽기 전, 해리가 펜시브를 통해 들여다볼 수 있도록 그에게 몇 개의 기억 조각들을 건네 주었다. 그리고 그 기억에 가득 찬 대화들은 다른 어떤 것들보다도, 제일 미심쩍은 이중간첩이었던 스네이프를 둘러싼 모든 의문을 해결해 준다. 기억 속에서 스네이프는 덤블도어에게 드레이코 말포이가 교장을 죽이라는 임무를 맡게 되었다고 털어놓는다. 그리고 『혼혈왕자』의 시작 부분에서 잠깐 나왔듯이, 스네이프는 드레이코의 엄마인 나시사와 만약 드레이코가 자신의 임무를 해내지 못한다면 스네이프가 이를 대신해서 수행해 주겠다는 깨트릴 수 없는 맹세를 하게 된다. 이 이야기를 들은 덤블도어는 잘못된 길에 든 슬리데린의 십대 소년이 아닌 스네이프가 자신을 죽여야 한다고 주장한다. 그 대화는 다음과 같다.

> "그토록 죽는 게 아무 상관이 없으시다면, 그냥 드레이코가 그렇게 하도록 내버려 두시지요?" 스네이프가 퉁명스럽게 말했다.
>
> "그 아이의 영혼은 아직 그렇게까지 손상되지 않았어. 나 때문에 그 아이의 영혼을 갈가리 찢어 놓고 싶지는 않네." 덤블도어가 말했다.

"그렇다면 제 영혼은요, 덤블도어 교수님? 제 것은요?"

"한 늙은이가 고통과 수모를 모면하도록 도와주는 것이 과연 자네의 영혼을 해칠 만한 일인가 하는 것은 오직 자네만이 알겠지…. 죽음이 내게 다가오고 있기 때문에, 내가 자네에게 이런 중대한 부탁을 하는 거라네, 세베루스. 솔직히 고백하자면, 나는 빠르고 고통 없는 죽음이 좋다네. 이를테면 만약 그레이백이 연루될 경우에 벌어지게 될, 그런 질질 끄는 너저분한 죽음보다는 말일세… 아니면 사랑스러운 벨라트릭스라든가." 덤블도어가 말했다. (『죽음의 성물』, 4권, 188~189쪽)

덤블도어는 놀라운 말을 한다. "그것이 과연 자네의 영혼을 해칠 만한 일인가 하는 것은 오직 자네만이 알겠지." 이 단 한 문장을 통해, 덤블도어는 롤링이 호크룩스에 대해 만들어 놓은 형이상학적 규칙에 완전히 새로운 차원을 추가시킨다. 이기적으로 불사를 추구한 볼드모트의 사례를 통해, 독자는 살인행위가 가해자에게도 영향을 미친다는 사실을 알고 있다. 살인은 살인자의 영혼을 갈가리 찢어 버리는 것이다. 하지만 덤블도어는 스네이프의 영혼이 그가 그 살인을 저질러도 무사할 것이라고 말한다. 이는 같은 행위이더라도, 그 '의도'가 다르기 때문이다.

총 일곱 편을 통틀어 가장 뜨겁게 회자되는 논쟁은 아마도 스네이프가 볼드모트와 덤블도어 중 진짜로 과연 누구를 위해 일하고 있었는지의 여부일 것이다. 양쪽의 주장 모두가 그럴듯해 보여 「왕자 이야기」 장에서 그 궁금증이 해소되기 전까지 독자들은 혼란에 빠져 있었다. 그리고 마침내, 스네이프가 해리의 엄마인 릴리 포터를 오랜 동안 남 몰래 짝사랑해 왔고, 그로 인해 줄곧 덤블도어에게 충성해 왔음이 밝혀진다. 계속되는 해리의 의심에도 불구하고 덤블도어는 스네이프의 충성심을 변함없이 신뢰했고 그렇기 때문에 한 치의 망설임도 없이 그에게 자신을 죽여 달라고 명할 수 있었다. 덤블도어는 스네이프가 자신에게 충성하고 있기 때문에, 자신을 죽인다 해도 스네이프의 영혼이 황폐해지지는 않을 것이라고 믿은 것이다. 이를 통해 도덕성에 결정적인 영향을 미치는 것은 다른 이의 목숨을 '빼앗는다'는 결과 그 자체보다 이에 숨겨진 의도, 즉 목숨을 빼앗아야 했던 이유라는 것을 알 수 있다.

스네이프는 진정으로 덤블도어를 위했고, 이는 그가 덤블도어를 죽여야 하는 상황을 만들었다. 덤블도어가 처음에 강하게 의심했던 것처럼 만약 스네이프가 정말 볼드모트의 편이었다면, 덤블도어를 죽이는 것은 그저 그의 허락하에 편하게 볼드모트의 적을 제거하는 것이기 때문에 잔인한 살인 행위와 다름없었을 것이다. 하지만 만약 스네이프가 교장 선생님의 진정한 동료이고 그를 위해 "중대한 부탁"을 들어준 것이라면 그 암살은 사실 자살원조와 더 비슷해진다. 확실히 "한 늙은이가 고통과 수모를 모면하도록 도와주는 것"이라는 대목은 안락사가 사람을 불필요한 고통에서 해방시켜 주고 인간이 존엄성을 갖고 죽을 수 있게

도와준다는 안락사 지지자들의 주장을 연상시킨다. 소설 속에서, 덤블도어는 이미 이때 호크룩스인 부활의 돌의 저주로 인해 팔에 치명적인 부상을 입고 서서히 힘을 잃어가며 건강과 생명이 위험한 상태였다. 즉, 몸도 점점 약해져 가고 볼드모트와 드레이코가 그를 죽이려 하는 상황에서 덤블도어는 삶을 더 이어 나가려 하기보다는 기꺼이 자발적인 죽음을 택하는 것이다. 따라서 스네이프의 역할은 살인자가 아닌 조력자가 된다. 만약 드레이코가 덤블도어를 죽였다면, 그것은 자비보다는 공포와 죽고 싶지 않다는 생각에서 기인한 행동이기 때문에 이는 명백한 살인 행위였을 것이고, 스네이프와 다르게 그의 영혼은 더럽혀졌을 것이다. 롤링은 스네이프의 이 희생적인 자살원조를 냉혈한 살인과 구분 짓기 위해 노력했다고 말할 수 있다.

이를 생각하면, 호그와트 천문 탑 꼭대기에서 덤블도어가 스네이프에게 어째서 애원을 했는지가 쉽게 이해된다. 그가 보여줬던 성품과 일관되게, 덤블도어는 어차피 죽음을 향해 가고 있는 상황에서 고통을 피하고 또 순진한 소년—논쟁의 소지가 있지만—의 영혼을 지켜주기 위해 스네이프에게 그의 **삶**이 아닌 **죽음**을 애원했던 것이다. 스네이프에게 악의가 없었고 덤블도어의 자유의지가 있었기에, 그 기름진 머리의 가짜 악당은 실제로 죄를 저지른 것도 아니며, 적을 파괴하려는 악한 욕구에 의해 미친 듯이 살인을 저지르는 다른 죽음을 먹는 자들과 구분되는 것이다.

죽음과 모성애

스네이프에 의한 덤블도어의 죽음은 살인이 갖는 일반적인 의미를 복잡하게 만든다. 특히 여기서 생명의 방정식이 등장하는데, 덤블도어의 목숨을 빼앗음으로써 드레이코가 살 수 있게 되기 때문이다. 그럼, 이 방정식에 따른다면 살인자가 조금이나마 구원받을 수 있는 걸까? 이 전제는 더 나아가 예외적으로 행해진 '착한 살인'을 이해하는 데 도움을 줄 수 있을 것이다. 바로, 일곱 아이들을 너무나도 사랑하는 엄마인 몰리 위즐리가 행한 살인이다. 그녀는 벨라트릭스 레스트랭에게 기습적으로 치명적인 주문을 쏘지만, 그녀의 행동이 부당하다고 말하는 사람은 거의 없을 것이다. 또 사실 소설 속에서 명확하게 해결되지 않는 의문이 하나 더 있는데, 덤블도어의 죽음에 나시사 말포이의 책임이 있지 않을까 하는 것이다. 그녀가 스네이프에게 깨트릴 수 없는 맹세를 하게 만든 것은 게임의 판도를 바꿨다. 그녀로 인해 스네이프와 덤블도어 둘 중 한 명은 무조건 죽어야 하는 상황이 만들어진 것이다. 그렇다면, 사실 그녀 또한 살인자가 되는 것은 아닐까? 스네이프는 완전히 자유로워졌다지만, 이것이 그녀의 영혼에는 어떤 영향을 미치게 되는 걸까? 죽음을 먹는 자의 아내인 나시사는, 릴리 포터가 자신의 아이를 위해 스스로를 희생한 것과는 정반대로 '타인'을 희생시켰다. 과연 자신의 아이를 위해 어쨌든 생명을 희생시킨 이 세 어머니들—나시사, 몰리 그리고 릴리—는 어떤 도덕적 심판을 받아야 하는 걸까.

몰리의 살인과 릴리의 희생, 그리고 나시사의 계산된 극본에는 모두 같은 결연한 정신이 깔려 있다. 그리고 세 경우 모두 의도는 같다. 바로 눈 앞의 위험으로부터 자신의 아이들의 구해내는 것. 몰리는 앙심을 품은 벨라트릭스가 지니 위즐리에게 덤벼들 때 사이에 끼어들며 그 죽음을 먹는 자에게 살인 주문을 쏜다. 충동적이고 방어적인 그녀의 행동은 자신의 딸에게 닥친 위협을 제거하기 위해 순간적으로 내려진 결정이다. 그리고 이는 자신의 아들을 구하기 위해 스스로가 위험에 뛰어들기보다 다른 중개인을 이용한 나시사와 구분되는 행동이다(그녀는 아들을 위해 자신이 직접 덤블도어를 죽이려 할 수도 있었다). 게다가 나시사는 아들이 지금 당장 위험한 것이 아닌데도 미리 다른 사람을 죽음으로 몰 수도 있는 위험한 계획을 짠다. 몰리가 순간 생각 없이 충동에 의해 행동했다면 나시사는 비겁하고 무서운 전략을 미리 계획해 스네이프를 끌어들인 것이다. 한편 릴리가 볼드모트에게서 아들을 구하기 위해 스스로의 목숨을 내준 것은 소설 속에서 실제로 영원한 보호를 제공하는 유일한 희생이다. 이는 그녀를 소설 전체의 순교자로 만들었다. 죽음을 피하기보다 받아들이려는 그녀의 도덕적 결정이 시리즈의 중반까지도 해리를 말 그대로 손 댈 수 없는 존재로 만드는 것이다. 릴리의 희생이 해리를 계속 지키고 있었으므로 볼드모트가 그의 부활을 위해 해리의 피를 사용하기 전까지 그는 릴리의 마법의 방어벽을 절대 깨트릴 수 없었다.

릴리의 자애로운 사랑은, 『죽음의 성물』의 해리에게 본보기 역할을 한다. 사랑에서 비롯된 그녀의 행동은 호그와트 전투에서 더욱 증폭되어, 해리가 자신의 목숨을 희생하여 어둠의 마왕과 그 추종자들의 손아귀에서 동료들을 구해내는 것으로 재현된다. 어머니의 발자국을 따르며 해리는 산다는 것과 죽는다는 것, 그리고 말 그대로 죽음을 지배하는 것이 가진 상징적인 의미를 깨닫는다. 자기 자신에 대한 사랑보다 타인을 위한 사랑이 더 컸기에 그는 부활할 수 있었다. 결국, 최후의 적을 파괴하고 승리를 거둔 것이다.

책에 나오는 '죽음을 정복하는 것'은 그저 옛 성경 구절처럼, 어두운 골짜기에 뛰어들면서도 악을 두려워하지 말라는 뜻일지도 모른다. 하지만 더 큰 맥락에서, 죽음이 갖는 여러 '의미'를 정복하는 것은 조금 더 복잡미묘하다. 롤링은 소설에서 반-전지적 시점의 화자, 나열하기, 비유, 암시 등 많은 장치를 통해 희생양인 해리와 릴리를 높이 평가하고, 또 국가 주도의 냉혈한 사형을 비난하며 어쩔 도리가 없는 죽음을 앞에 둔 사람의 자살을 도와주는 행위를 암묵적으로 지지했다. 볼드모트에게는 유감스럽지만, 덤블도어의 말처럼 이 죽음의 세 가지 갈래—살인, 안락사, 자기희생—와 그 결과는, 전부 다양한 상태의 '사랑'을 비춰주는 것이다. 살인은 시리즈 전체에 걸쳐 가장 많이, 하지만 동시에 가장 철저하게 비판받은 '사랑이 없는' 상태이다. 또, 덤블도어의 목숨을 빼앗은 스네이프의 행동은 자신의 영혼이 조각날지도 모름을 감수하며 덤블도어가 더 끔찍한 운명을 피하게 해준 '사랑이 담긴' 모습이다. 그리고 물론, 가장 큰 영광은 살인과 정반대의 모습을 보여 준 두 영웅에게 돌아갈 것이다. 다른 어느 것도 아닌 '깊은 연민과 사랑'의 모습으로 타인을 위해 자발적으로 죽음의 희생양이 된 둘에게 말이다.

---

* **글쓴이 | 칼리 카에타노(Kalie Caetano)** 매칼리스터 칼리지에서 문학을 전공하고 현재 스탠포드 대학출판부에서 일하고 있다. 해리포터의 열성적 독자였고, 비밀스럽게 루핀 중심의 팬픽션을 써왔다(이 글은 아직도 인터넷을 떠돌고 있다). 캘리포니아 산 호세에 살고 있다.

8
가장 사악한 마법:
해리포터와 중세 민담 속
분리된 영혼에 관하여

새라 수터 / 김주현 옮김

『해리포터와 비밀의 방』에서 해리는 "너덜너덜한 검정색 표지"의 "자그마한 얇은 책 한 권", 즉 톰 리들의 잃어버린 일기장을 얻는다(『비밀의 방』, 2권, 75쪽). 일기장은 그에게 오십 년 전에 일어난 사건들에 대해 알려주겠다고 제안하고, 해리는 비밀의 방의 위협을 끝내기 위해 일기장의 기억 속으로 들어가게 된다. "그러자 그 스크린이 넓어지면서 몸이 침대에서 떨어지는가 싶더니, 해리는 스크린을 지나 갖가지 색깔과 그림자들의 소용돌이 속으로 빠져 들어갔다."(같은 책, 91쪽) 리들의 일기장 안에서 해리는 현실처럼 느껴지는 세상을 체험한다. 또 일기장 밖에서도, 해리는 여전히 진실과 일기장이 만들어 낸 이야기를 구별하는 데 어려움을 겪는다. 시간이 지나고 해리는 (그리고 우리 독자들은) 리들의 일기장이 보여 준 이야기가 거짓이며, 일기장 자체가 볼드모트의 조각난 영혼인 호크룩스 중 하나라는 사실을 알게 된다.

그러나 우리는 이 사건을 통해 허구와 진실, 그리고 글과 현실을 나누는 불명확한 경계를 인지하게 된다.

해리가 리들의 일기장 안으로 들어가는 장면은 글과 그 수신자의 상호작용이 환상과 현실의 경계를 흐리게 하는 상황, 즉 독자와 문학의 관계에 대한 아주 직접적인 비유이다. 조앤 K. 롤링은 그녀의 글 속에서 끊임없이 이 불확실성을 이용하며 해리가 스스로의 인지를 의심하게 하고 독자로 하여금 가상의 현실을 경험하게 만든다. 알버스 덤블도어 교장의 명언을 빌리자면, "물론 이것은 네 머릿속에서 벌어지고 있는 거란다, 해리. 하지만 그렇다고 해서 도대체 왜 그게 현실이 아니란 말이냐?"(『죽음의 성물』, 4권, 250쪽) 롤링은 단순한 심리학적 논의나 문학에 대한 독자의 반응 이야기를 하는 것을 넘어, 생각과 꿈과 전설이 현실과 더불어 존재하며 또 진실을 구성하는 조각들일 수도 있다고 주장한다. 이 조각들을 통해 우리가 본래 물리적으로는 가질 수 없었던, 문학 속에서만 존재하던 도구와 능력을 얻게 된다는 것이다. 언뜻 보기엔 별로 대단할 것이 없어 보이는 독서라는 행위를 통해, 독자는 영웅과 악당, 그리고 온갖 신화적 힘이 단조로운 현실과 나란히 존재하는 평범함과 비범함 사이의 공간에 위치하게 된다. 보통 사람들은 글이 자신들의 '실제' 삶에 얼마나 큰 영향을 미치는지 알지 못하고, 또 어떤 이들은 이야기를 공상의 산물로 치부하는 것으로 그 영향력을 무시하려 한다. 그러나 롤링은 절대로 글과 독자 사이에 뚜렷한 구분을 두지 않는다. 그 결과 문학은 독자들에게 뚜렷한 흔적을 남길 수 있는, "모든 마법의 한계를 넘어서는 힘"을 가지게 된다(『죽음의 성물』, 4권, 229쪽).

롤링은 해리포터 시리즈 내에서 여러 차례에 걸쳐 해리와 독자를 환상과 현실에 동시에 존재하도록 만들지만, 호크룩스야말로 이 이중성을 드러내는 가장 강력한 예시일 것이다. 호크룩스의 등장으로 해리포터 시리즈는 분리된 영혼을 다루는 이야기들 중 하나가 된다. 롤링의 호크룩스를 중세 영국의 민담들에서 드러나는 분리된 영혼들과 비교하는 것을 통해, 우리는 롤링이 독서라는 행위에 대해 어떤 이론을 가지고 있고 또 그녀가 죽음을 어떻게 바라보는지를 파악할 수 있다. 보다 구체적으로 말해, 해리포터 시리즈 속 호크룩스의 존재는 독자들을 신화의 세계로 이끄는 동시에 그들을 현실적 인간의 속성, 즉 죽음의 운명에 묶이게 한다. 분리된 영혼을 알아가는 것을 통해 독자들은 보통은 불가능했을 경험을 하게 된다. 자신만의 호크룩스를 만들고 상징적인 의미로나마 죽음을 피하게 되는 것이다. 롤링은 독자들에게 환상적인 불멸의 가능성을 보여 주는 반면, 누구에게나 가능한 현실적인 대안을 받아들일 권리 역시 제시하고 있다. 바로 이그노투스 피브렐이 「삼형제 이야기」에서 그랬듯이, 두려움 없이 죽음을 대면하는 것이다. "그런 다음 죽음을 오랜 친구로 맞아들였습니다. 그리고 기꺼이 죽음과 함께 갔습니다. 그리하여 둘은 나란히 이 세상을 떠났습니다."(『죽음의 성물』, 3권, 46쪽)

본격적으로 독자와 전설의 관계를 탐구하기 전에 우선 분리된 영혼이라는 용어와 그것이 갖는 특징을 이해해야 한다. 분리된 영혼 혹은 외부 영혼은 다양한 문화와 문학적 전통 속에서 서로 다른 이름으로 불리는 인류학적 용어이며, 그 핵심적 정의는 죽음을 피하기 위한 목적으로 물리적 육체에서 떼어낸 어떤 존재의 생명, 마음, 정수, 혹은 영혼의 조각이다.[1] 민속학자 캐더린 브릭스는 분리된 영혼에 대해 "초자연적인 마법사나 거인들이 주로 취하는 마법적인 술책으로… 거인 혹은 마법사는 자신의 육체로부터 그 생명이나 영혼을 제거해 새알의 안에 집어넣고 그것을 숨겼다"고 서술하고 있다.[2] 이렇게 잘려나간 영혼이 잘 감춰지고 온전한 상태를 유지하는 한, 영혼의 원래 주인은 죽지 않는다. 중세 연구가이자 작가인 J. R. R. 톨킨은 그의 유명한 강좌인 「동화에 대하여」(On Fairy-Stories)에서 분리된 영혼을 다음과 같이 정의한다. "민담 속에서 나타나는 아주 오래되고 널리 퍼진 개념으로, 어떤 인간이나 괴물의 생명 혹은 힘을 다른 장소나 물건에 깃들게 하거나, 신체의 한 부분(특히 심장)에 담아 그것을 몸에서 떼어내 숨기는 것."[3] 보다시피 분리된 영혼의 정의는 그리 복잡하지 않다. 롤링은 분리된 영혼을 뜻하는 신조어로 "호크룩스"를 만들어 냈지만 그 기본적인 정의는 전통적인 것과 같다. "호크룩스라는 건 어떤 사람이 자기 영혼의 일부를 감추어 놓는 물건을 지칭하는 말"이다(『혼혈왕자』, 3권, 256쪽). 신화가 발전을 거듭함에 따라 분리된 영혼의 성격은 한결 복잡해진다.

해리포터 시리즈에서 분리된 영혼은 배후에 숨어 정체를 드러내지 않고 이야기의 흐름을 조종한다. 롤링은 분리된 영혼의 존재를 끝까지 숨기다가, 시리즈의 여섯번째 책에서야 덤블도어를 통해 리들의 일기장과 다른 호크룩스들에 대해 설명한다. 분리된 영혼은 문화적으로도 이처럼 전면에 나서지 않아, 온갖 장르에 걸쳐 높은 빈도로 나타나는 데도 불구하고 대다수의 독자들은 서양 문학 속 분리된 영혼의 존재와 그 중요성에 대해 알지 못한다. 『혼혈왕자』에서 "창조된 마법들 중에서 가장 사악"한 것(『혼혈왕자』, 3권, 64쪽), 즉 호크룩스로 나타나는 것 외에도, 분리된 영혼의 몇몇 다른 예시로는 「캐리비안의 해적: 망자의 함」에 등장하는 데비 존스의 심장, 톨킨의 『반지의 제왕』의 절대반지, 그리고 「던전 앤드 드래곤」을 비롯한 롤플레잉 게임들에서 볼 수 있는 언데드 리치의 성물함 등이 있다.

처음으로 영혼이라는 개념이 발생하고 그에 따라 인간의 영혼과 육체가 구분된 날은 오직 "선사"로만 알려진 시대 속의 수수께끼로 남아 있다. 지리적으로나 시간적으로나, 분리된 영혼이라는 발상의 정확한 기원은 불명이다. 지금까지 알려진 최초의 기록은 이집트의 도르비니 파피루스인 「두 형제 이야기」(1852년 드 루주 자작에 의해 최초로 번역되었다)에 나타난 것이다. 이 이야기에서 동생은 그의 영혼을 몸에서 분리하고 그것을 아카시아 꽃, 황소, 그리고 백향목 속에 순서대로 봉인한다.

나는 내 심장에 마법을 걸 것이요, 또 나는 이를 백향목의 꽃 위에 놓을 것이라. … 그대가 심장을 찾는다면, 이를 차가운 물을 담은 화병에 넣고, 그리고 진실로 나는 살게 되리라.[4]

이 장에서는 상기한 고대의 이야기가 어떤 내용인지보다는 이것을 통해 드러나는 분리된 영혼의 오랜 역사에 더 주목하려 한다. 비록 우리는 분리된 영혼 이야기의 시초는 알 수 없지만, 롤링의 호크룩스가 불멸을 탐하고 죽음을 피하려던 유구한 전통의 일환임을 알게 되었다.

우리는 원본 이야기를 찾으려 하기보다는, 이 신화의 근본적인 원인이 되는 관념이 무엇인지, 즉 이 신화가 채워 주는 본질적 필요나 욕망이 무엇인지를 알아볼 수 있을 것이다. 분리된 영혼을 둘러싼 당대의 관념과 그러한 이야기들을 통해 달래려 했던 공포를 관찰하는 것으로, 더욱더 이전의 관념을 재구성하는 것이 가능하다. 이 방법론은 다음과 같은 생각에 기반한다. 인간의 속성 중에는 과거로부터 지금까지 상대적으로 변하지 않은 것이 있고, 그런 속성으로부터 비롯한 신념 또한 마찬가지라는 생각이다. 이와 같은 접근은 신중하게 이루어져야 하는데, 포스트모더니즘은 인간에게 본질적이고 영구적인 속성이 존재하지 않는다고 가정하기 때문이다. 그럼에도 불구하고 이는 충분히 해볼 만한 시도라고 생각된다. 분리된 영혼 이야기의 시작은 다름 아닌 인간 속성의 상수인 죽음의 운명과 함께한다. 모든 사람은 죽지만, 죽음 다음에 무엇이 일어나는지 아무도 알지 못한다. 이것이야말로 최대의 불가사의이며, 인간이 가장 두려워하는 단 하나의 사실이다. 덤블도어는 다음과 같이 풀이한다. "우리가 죽음과 어둠을 두려워하는 건 단지 그것이 미지의 것이기 때문일 뿐, 그 이상도 그 이하도 아니란다."(『혼혈왕자』, 4권, 98쪽)

이에 더해, 죽음은 사람이 홀로 떠날 수밖에 없는 여정이다. 해리는 최후의 희생을 위해 금지된 숲으로 걸어 들어가면서, 이번만큼은 헤르미온느 그레인저나 론 위즐리가 그와 함께할 수 없음을 깨닫는다. "이것은 그들이 함께할 수 없는 여행이었다."(『죽음의 성물』, 4권, 204쪽) 헤르미온느와 론의 생사가 달린 결정을 해리가 대신 내릴 수는 없으며, 또한 죽음의 순간에 그는 사랑하는 이들을 뒤로하고 혼자 나아가야만 한다. 모든 사람은 서로 다른 느낌과 생각을 경험하고 이 생각들은 타인과 공유될 수도 없기에, 필연적으로 죽음은 혼자만의 경험이 된다. 어째서 림보*가 킹스 크로스 역을 배경으로 일어나고 있냐는 해리의 질문에 덤블도어는 이렇게 답한다. "요 귀여운 녀석, 나도 모르겠구나. 그들 말로는, 이게 너를 위한 잔치라던데."(『죽음의 성물』, 4권, 233쪽)

머글이든 마법사든, 인간은 누구나 필멸의 운명과 맞서 싸우고 또 받아들일 방법을 찾아야 한다. 그러나 가장 용감한 사람조차 두려움을 느끼며, 이 공포는 달아나고자 하는 욕망을 낳는다.

---

* 림보는 가톨릭 용어로 천국도 지옥도 아닌 사후세계의 한 곳을 의미한다. 그러나 롤링은 인터뷰에서, 삶과 죽음 사이의 상태를 지칭하며 림보라는 단어를 사용했다.— 옮긴이

"인간다운" 것인 고통과 상실, 그리고 불확실성을 마주하는 순간 죽음으로부터의 도피는 아주 매력적으로 느껴질 수밖에 없다(『불사조 기사단』, 5권, 222쪽). 오늘날 우리의 문명은, 주름개선 크림에서부터 의료 시술까지 모든 것을 동원하여 사신의 도착을 늦추고자 하는 강박에 시달리고 있다. 사망과 부패에 대한 인간의 깊은 공포에 더해 영원함의 가능성이 가진 강렬한 매력을 감안한다면, 과거의 사람들과 문명들 또한 나름대로 죽음으로부터 도망칠 방법을 찾으려 했으리라고 추측할 수 있을 것이다. 한술 더 떠서, 볼드모트 그 이름은 말 그대로 "죽음으로부터의 도피"를 뜻한다(7장 참조). 이와 같이 "반드시 죽음을 피하겠다는 각오"를 가지고 기꺼이 스스로의 영혼을 육체와 강제로 "나누려고" 할 사람도 존재할 것이라고 생각해 볼 수 있다(『혼혈왕자』, 3권, 261쪽). 영혼을 육체에서 억지로 잘라내는 일은 생각하기조차 끔찍한 것이지만, 덤블도어가 지적하듯이 "문제는, 인간들이란 꼭 자신에게 이롭지 못한 것들을 선택하는 나쁜 버릇을 갖고 있다는 것"이다(『마법사의 돌』, 2권, 193쪽). 그렇다면 필멸의 운명과 죽음에 대한 공포야말로 분리된 영혼의 시발점이다. 분리된 영혼이라는 개념이 항상 우리와 함께 해온 이유는, 그 원인이 된 불사의 욕망이 단 한 번도 사라진 적이 없기 때문이다.

해리포터와 중세 민담에서 공통적으로 분리된 영혼을 만들어 내는 주체는 거의 항상 사악한 마법사나 거인이며, 그는 자신의 영혼과 육체를 찢어놓기 전부터도 일관적으로 사악한 행적을 보인다. 원래부터 사악했던 자가 분리된 영혼을 창조한다는 점에 주목해야 하는데, 롤링의 해리포터 시리즈에 등장하는 거의 모든 캐릭터들은 마법사나 마녀이기 때문이다. 일반적인 중세의 작가들은 마법을 부리는 것이 곧 죄라고 생각했겠지만 해리포터 시리즈에서는 오직 볼드모트만이 살인이라는 최악의 범죄를 저지르고 그의 영혼을 쪼개어 호크룩스를 만들어 낸다. 또한 볼드모트는 선례를 충실히 따라서, 분리된 영혼을 통한 존재방식을 택하기 전부터 연쇄살인, 대량학살, 압제 등의 악행을 저지른다. 중세의 경우, 분리된 영혼을 만드는 사악한 마법사나 거인이 등장하는 이야기들은 대개 주인공의 아내나 약혼자가 납치, 강간 및 살해당하고 잇따른 타락한 범죄들이 자행되는 것으로 시작된다. 예를 들어 「가죽을 벗겨 매다는 거인」에 등장하는 거인은 네 명의 공주를 납치하고, 구출대로 나선 여러 기사들을 살해하며, 끝내 시체의 가죽을 벗겨 나중의 요깃거리 삼아 서까래에 햄처럼 매달아 두는 것으로 이야기를 시작한다.[5] 이 거인이 성적으로 공격적이며 쉽게 살인을 저지르고 심지어 식인까지 행하는 것은 중세에 표현된 괴물들이 흔히 보이는 모습이며, 해리포터를 연구하는 과정에서 눈여겨봐야 할 점도 아니다. 그러나 이런 특징들은 분리된 영혼을 만드는 자들이 전통적으로 갖는 성격을 파악하는 데 도움을 준다. 죽음으로부터 도망치는 것은 비겁한 행위이며 불멸성은 본질적으로 오만과 연결되기 때문에, 불멸을 얻기 위해 영혼과 육체를 분리하는 수단을 택하는 모든 존재는 사악하게 묘사되어 왔다. 롤링과 중세 민속학자들은 불사가 옳지 않은 것이며 그것을 추구하는 자들 또한 비인간적이라고 확신한다. 그리고 그러한 지경에 이른 자들은 아무리 끔찍한 일이라고 해도 기꺼이 저지를 준비가 되어 있다.

이제 어둠의 마법사들과 거인들에 대해 알아보았으니, 다음 문제는 이것이다. 도대체 분리된 영혼의 역할은 무엇인가? 해리 포터 시리즈에서 호레이스 슬러그혼 교수는 영혼의 일부를 들어내는 이유가 오로지 죽음을 막기 위해서라고 설명한다. "그러니까 자네 영혼을 나누어서 몸 밖의 어떤 물건 안에다 감추어 놓는다는 말일세. … 그렇게 하면 설령 그 사람의 육신이 공격을 당하거나 죽게 되더라도, 그 사람은 죽지 않는 거지. 영혼의 일부가 고스란히 지상에 매여 있으니까 말일세."(『혼혈왕자』, 3권, 256쪽) 롤링은 인상적인 전개를 통해 독자들에게 불멸성이 어떻게 가능한지를 설명하고, 또 분리된 영혼의 힘을 보여 주는 충격적인 예시로 볼드모트가 "유령처럼 존재"하는 모습과 그에 이은 부활을 보여 준다(『혼혈왕자』, 3권, 266쪽). 물론 볼드모트의 호크룩스는 죽음을 거부하는 오랜 역사 중에서도 가장 막내일 뿐이다. 다시 중세 민담 「가죽을 벗겨 매다는 거인」을 보자. 한 무리의 기사들이 납치당한 공주를 구하기 위해 거인의 성을 포위하고, 성에 들어선 기사들은 매다는 거인을 죽이려 한다.

그들은 거인의 은신처에 도달했고, 거인이 깊은 잠에 빠져 있는 것을 보았다. 그들은 지금이야말로 공주님의 복수를 하고 거인의 목을 칠 때라고 뜻을 모았다. … 그러나 그들이 성문 밖으로 빠져나가기가 무섭게, 그들을 뒤쫓아오는 거인이 보였다. 거인의 머리는 여전히 붙어 있었다.[6]

분노한 거인의 손에 죽음을 맞이하기 전의 짧은 순간, 기사들은 목이 잘렸던 악당이 어떻게 살아 있는지 당혹스러웠을 것이다. 거인이 살아남은 비밀이 바로 분리된 영혼 덕분이고, 그것이 거인을 본질적으로 불멸하게 만든다는 사실이 드러나는 것은 나중의 일이다.

거인은 일시적으로 머리가 떨어지고, 볼드모트는 잠시 육체를 잃어 영혼으로만 존재하게 된다. 그러나 둘 다 완전히 파괴된 것이 아니라 그저 약화되었을 뿐이다. 그들은 무력화되었을 때에도, 심지어 볼드모트의 경우엔 형체조차 없는데도, 그들의 호크룩스 때문에 여전히 위험한 존재다. 머리를 자르는 것은 거인을 아주 잠깐 늦출 뿐이며, 『비밀의 방』에서 톰 리들의 일기장은 지니를 조종하는 데 성공하고 마지막엔 거의 죽일 뻔한다. "리들이 저기에 오래 서 있으면 있을수록, 지니의 생명은 점점 더 줄어들 것이다. … 그러는 사이, 해리는 리들의 윤곽이 점점 더 명확해지고, 점점 더 입체적으로 되어 가고 있다는 걸 알아챘다."(『비밀의 방』, 2권, 190쪽) 즉 호크룩스는 죽음으로부터 주인을 지킬 뿐만 아니라 일종의 무기로서도 기능한다는 뜻이며, 분리된 영혼과 접촉하거나 그것이 일으키는 폭력에 휩쓸리는 불행을 겪은 사람은 그로 인해 돌이킬 수 없이 변해 버리고 만다는 것이다. 그리고 많은 소설 속에서는 호크룩스를 만드는 자들과 호크룩스의 희생자들이 그 과정에서 변화를 겪는 모습이 명백하게 드러난다.

더 중요한 사실은 호크룩스와 연관된 자들에게 찾아오는 불행한 운명 자체가 분리된 영혼이 숨기고 있는 사악함을 드러낸다는 점이다. 여기서 잠시, 호크룩스를 만드는 마법사나 거인들이 하나같이 사악하게 여겨진다는 사실을 잊도록 해보자. 그렇다면 목숨을 보호하기 위해 호크룩스를 하나쯤 만든다고 나쁠 게 무엇인가? 오히려 지혜로운 행동이 아닌가? 어쩌면 볼드모트의 말처럼 호크룩스를 비난하는 사람들은 사실 겁쟁이인 걸지도 모른다. 어쩌면 그가 주장하듯이, "선과 악은 없으며, 오직 권력만 있"고 "너무 허약한 사람들은 그것을 얻을 수 없"는 것일지도 모른다(『마법사의 돌』, 2권, 184쪽). 이런 논리대로라면 분리된 영혼을 만들고 이용하는 것은 완벽하게 합리적인 일이다. 그리고 이것이 바로 호크룩스가 그토록 기만적인 이유이다. 겉으로 보이는 호크룩스는 목숨을 보전하고 영혼을 보호하기 위해 만들어졌으나, 문제는 호크룩스를 만드는 행위 자체가 영혼에 영구적인 상처를 남긴다는 것이다. "영혼을 쪼갬으로써 나머지 영혼"은 "불안정"해진다(『죽음의 성물』, 1권, 171쪽). 볼드모트는 "자신의 영혼을 너무나 불안정한 상태로 만들어 놓았기 때문에", 의도하지 않았는데도 "그의 영혼이 그만 산산조각 나" 해리의 안에 또 다른 호크룩스를 만들어 버리고 말았다(『죽음의 성물』, 4권, 228쪽). 산산조각이 난 영혼의 상태는 철거중인 건물에 비유할 수 있을 것이다. 벽돌을 하나씩 빼내기 시작하면 얼마 지나지 않아 건물은 구조적으로 너무 불안정해져 가만히 내버려 둬도 알아서 무너지게 된다. 마법사를 강력하고 불멸하게 만들기 위한 물건이 끔찍하게도, 역으로 그를 약하고 무방비하게 만드는 것이다. 볼드모트는 탄식한다. "내 꼴을 좀 보렴. … 예전의 모습은 온데간데없어… 난 또 다른 사람의 몸을 이용해서만 존재할 수 있지."(『마법사의 돌』, 2권, 187쪽)

그리고 육체 밖에서 약해진 상태이기에, 분리된 영혼은 실제로 파괴될 수도 있다. 헤르미온느는 이렇게 설명한다. "잘 들어봐. 만약 내가 지금 당장 칼을 들어서 너를 찔렀다고 하자, 론. 그렇지만 난 너의 영혼을 해칠 수는 없어. … 네 몸에 무슨 일이 일어나도 네 영혼은 전혀 손상되지 않은 채 살아남는다는 거지. … 하지만 호크룩스의 경우에는 정반대야. 호크룩스에 깃든 영혼의 조각은 그걸 담고 있는 용기, 즉 마법에 걸린 육신 자체에 그 생존이 전적으로 달려 있어."(『죽음의 성물』, 1권, 174쪽) 볼드모트가 영혼을 몸에서 떼어내지 않았더라면, 비록 죽음을 피할 수는 없었겠지만 그의 영혼은 한결 안전했을 것이다. 마지막으로 만약 호크룩스가 파괴된다면 그 주인은 예전처럼 완전하지 못하게 된다. 덤블도어는 해리에게 말한다. "호크룩스가 없다면, 볼드모트는 토막토막 조각난 영혼을 가지고 있는 보통 사람이 될 것이다."

(『혼혈왕자』, 3권, 276쪽) 해리가 킹스 크로스 역을 배경으로 림보를 겪는 장면에서 우리는 볼드모트가 앞으로 어떤 모습으로 영원을 버텨야 할지 어렴풋이 알 수 있다. "그것은 벌거벗은 조그만 어린 아이의 형상을 하고서 바닥에 웅크리고 있었는데, 마치 살갗이 벗겨진 듯 거칠고 빨간 살이 드러나 있었다. 그것은 한 의자 밑에 아무도 바라는 이 없이 보이지 않게 버려진 채, 숨을 쉬기 위해서 악착같이 용을 쓰며 떨고 있었다."(『죽음의 성물』, 4권, 223쪽) 이 비참한 모습을 통해 분리된 영혼이 겉으로만 매혹적으로 좋아 보일 뿐 사실은 대단히 위험하다는 것이 지극히 분명해진다. 위와 같은 이유들로, 중세로부터 롤링에 이르기까지 분리된 영혼에 대해 고민했던 모든 작가들은 흠 없이 온전한 영혼이 강인하고 또 옳은 것임을 다시 한번 확신했던 것이다.

육체로부터 떨어진 영혼의 연약함으로 인한 당연한 결과로, 어쩔 수 없이 마법사나 거인은 그의 분리된 영혼을 아무렇게나 내버려 둘 수 없게 된다. 마법사나 거인이 정확히 어떤 생각으로 그러는지는 보통 서술되지 않으나, 중세의 이야기들은 분리된 영혼이 드러나고 파괴당하는 것을 막기 위해 사용되는 수많은 방호 수단을 여러 차례 묘사하고 있다. 이와 마찬가지로 롤링은 호크룩스가 얼마나 신중하게 보호되어야 하는지 보여 준다. 볼드모트의 각 호크룩스들은 비밀을 엄수하는 것으로, 뚫을 수 없는 장소로, 혹은 강력한 마법으로 은폐되어 있다. 덤블도어는 해리에게 다음과 같이 말한다. "우연히 곤트의 집이 무너져 내린 자리에서 감추어진 그 반지를 발견했단다. 볼드모트는 일단 그 반지 속에 자신의 영혼 일부를 봉인하는 데 성공하고 나자, 더 이상 그 반지를 끼고 다니길 원하지 않았던 것 같다. 그자는 … 그 반지를 숨겨 두고 나서 수많은 강력한 마법으로 보호막을 쳐 놓았던 것이다." (『혼혈왕자』, 3권, 268쪽) 볼드모트의 호크룩스를 둘러싼 안전장치들은 로웨나 래번클로의 보관이 필요의 방 잡동사니들 속에 숨겨져 있던 것처럼 단순한 눈속임에서부터, 『혼혈왕자』에서 해리와 덤블도어가 마주쳤던 절벽 동굴 속 여러 겹의 위험한 난관까지 다양하다.

롤링도 롤링대로 기발하지만, 중세 역시 분리된 영혼을 숨기는 일에 대해선 진정으로 뛰어난 시기였다. 말브룩에 대한 바스크의 전통극*에서 볼 수 있듯이, 가장 널리 쓰이던 보호책은 러시아 전통인형처럼 숨기는 방법이었다. "먼저 숲 속에서 무시무시한 늑대를 죽여야 하고, 그 속에는 여우가, 여우 속에는 비둘기가 있소. 그 비둘기는 머릿속에 알을 하나 품고 있을 것이오."[7] 게다가 어떤 경우에는 시간적 제한이나 특정한 무기라는 조건이 파괴의 가능성을 낮추기도 했다. 이는 「쿠 훌린 이야기」에서 드러난다.** "쿠 리의 영혼은 사과 안에 들어 있었고, 사과는 다시 한 연

---

* 원문은 "pastoral"로, 이는 흔히 '전원시'로 번역되나 여기선 바스크 지방의 전통적 공연의 한 형태를 의미한다. 말브룩은 그 중 한 이야기의 주인공이다.—옮긴이

** 쿠 훌린은 아일랜드 신화에 등장하는 영웅이다. 쿠 리는 둔갑술을 사용하는 초인적인 전사로, 쿠 훌린 이야기에서 장난꾼, 혹은 적으로 나타난다.—옮긴이

어의 안에 있었는데, 이 연어는 일 년에 한 번 특정한 우물에 나타나며, 사과는 오로지 쿠 리의 검으로만 쪼갤 수 있었다."[8] 이 연어가 남은 일 년 동안 어딜 돌아다니는지는 아무도 모르지만, 확실한 것은 연어가 일 년에 단 하루만 이 우물에 모습을 드러내며 오로지 그때만 연어를 잡을 수 있다는 사실이었다. 이와 비슷하지만 또 다른 알 품은 인형 방식의 보호책은 「그린슬리브스」 이야기에서 사용되는데, 여기선 분리된 영혼을 아주 그럴싸한 장소에 숨긴다. "서둘러 높은 언덕 위로 가서, 그곳에서 … 어떤 새의 둥지 안에 있는 알을 찾아라."[9] 중세에 분리된 영혼을 담는 그릇으로 가장 유행했던 것은 단연 알이었고, 알을 찾기에 가장 자연스러운 장소는 새의 둥지였다. 영혼이 담긴 알의 종류나, 언덕은커녕 둥지의 위치에 대한 구체적인 정보가 없다면, 이를 찾으려는 사람은 끝도 없이 헤매야 할 것이다. 다른 조건은 차치하더라도 유럽 대륙에 정확히 얼마나 많은 둥지가 있을 것이며, 또 그 모든 둥지들을 하나하나 뒤져보는 데는 얼마나 많은 시간이 걸리겠는가? 즉 둥지 안의 알이 갖는 별 특징이 없다는 특징으로 인해, 그곳에 담긴 분리된 영혼은 거의 완벽하게 감춰지게 되는 것이다.

분리된 영혼을 숨기는 마지막 교묘한 방법은 끊임없는 이동이다. 이는 「쿠 훌린 이야기」의 움직이는 연어와 같이 그 위치를 옮기는 것으로 이루어진다. 살라자르 슬리데린의 로켓처럼, 이동하는 분리된 영혼은 외부 물건의 형태를 띠고 그것을 소지한 사람을 따라 움직일 수도 있다. 그러나 분리된 영혼을 운반하는 사람이 그 조각의 존재를 인지하지 못하는 경우도 있는데, 호크룩스가 언제나 별도의 외부 용기에 담겨 있는 것은 아니기 때문이다. 해리포터의 경우와 같이 때로는 육체 자체가 호크룩스가 된다. 이와 비슷하게, 「가죽을 벗겨 매다는 거인」에선 분리된 영혼이 넓은 숲을 누비는 "날랜 발의 암사슴" 안에 들어 있다.[10] 이 사슴은 움직일 수 있기 때문에, 영혼은 절대 한 장소에만 숨어 있지 않을뿐더러 더 찾기 어려워진다. 「가죽을 벗겨 매다는 거인」에선 이렇게 나타난다. "가죽을 벗겨 매다는 거인의 영혼이 지금 어디에 있는지 나는 그대에게 말해줄 수 없으니, 이는 나흘 전에 그것이 원래 있던 장소에서 도망쳐 버렸기 때문입니다."[11] 이 암사슴의 경우에는 여기에 더해 알 품는 인형 방법 또한 사용되어, 영혼을 붙잡는 것을 배로 어렵게 만든다. 사슴이 죽으면 그 안에서 초록색 오리가 날아오르고 추적을 처음부터 다시 시작해야 하는 것이다. 대부분의 경우 이 패턴은 몇 번이고 반복되어 더 이상 다른 동물 안에 들어 있다가 도망갈 동물이 없을 때까지 계속된다.

롤링은 이 전략을 인상적으로 활용한다. 첫째로, 볼드모트의 애완 뱀인 내기니는 호크룩스로 만들어졌으며 더욱 특별하게 여겨지고 있는데, 이는 내기니가 항상 그 주인 곁에 붙어 있다는 사실로 알 수 있다. 두번째의 살아 있는 호크룩스는 당연히 해리 자신이다. 볼드모트가 한 살배기 해리를 죽이려 했을 때, "볼드모트의 영혼이 일부 떨어져 나갔고, 그 무너져 버린 집에 살아 있는 유일한 영혼에게 달라붙"어, "볼드모트 경의 일부가 해리 안에 살아 있"게 되었다는 사실이 마지막 순간 밝혀진다(『죽음의 성물』, 4권, 193쪽). 해리의 호크룩스화는 명백하게 의도되지 않은 일이었고, 볼드모트는 그런 일이 벌어졌는지도 몰랐다. 그럼에도 불구하고 해리가 볼드모트의 영혼을 위한 아주 강력한 그릇이라는 것 또한 사실인데, 이는 해리가 스스로를 지킬 수 있을뿐더러 덤블도어를 비롯한 다른 마녀와 마법사들이 그를 보호하기 위해 최선을 다하기 때문이다. 그들에게 볼드모트의 혼을 보호할 생각 따위는 없으나, 해리에 대한 애정이 그들로 하여금 해리를 지키게 만들고 그에 따라 호크룩스 역시 안전해진다.

분리된 영혼을 담는 살아 있는 그릇들은 하나같이 의심할 여지 없이 강력하지만, 롤링은 중세가 결코 떠올리지 못했던 방식으로 이 발상을 꼬아놓는다. 예를 들어 해리가 동물도 호크룩스가 될 수 있는지 질문했을 때 덤블도어는 이렇게 답한다. "물론 별로 권할 만한 일은 아니지. … 왜냐하면 스스로 생각하고 움직일 수 있는 뭔가에다가 자신의 영혼의 일부를 보관해 둔다는 건 분명히 아주 위험한 짓이거든."(『혼혈왕자』, 3권, 272쪽) 중세의 암사슴과 새들에겐 결정을 내릴 능력이나 적극적인 의지가 없었다. 그들은 쫓기게 되면 달아나나, 이는 생존본능으로 인한 것일 뿐 분리된 영혼을 의식한 것이 아니다. 롤링은 이 자의식의 부재를 뒤집고 그의 살아 있는 호크룩스들에게 스스로 결정할 능력을 부여한다. 해리의 경우, 분리된 영혼을 품은 자가 자신이 가진 호크룩스를 소멸시키기 위해 자의적으로 희생을 선택할 수 있었다.

볼드모트는 이런 극단적인 선택을 상상할 수조차 없겠지만, 이는 호크룩스가 스스로의 운명을 결정할 수 있다면 극히 가능성 있는 일이다.

이와 비슷한 맥락에서, 영혼이 무생물이거나 살아 있지 않은 용기에 봉해졌을 때 그 용기가 때로 인격을 갖게 되기도 한다. 영혼이 생명의 정수이기 때문인지, 알 수 없는 과정을 거쳐 무생물은 살아 있는 것처럼 변한다. 예를 들어 해리는 슬리데린의 로켓을 걸고 다닐 때, "자신이 느끼는 이게 과연 그의 혈관 속을 흐르는 피의 맥박"인지 "아니면 이 로켓 안에 든 뭔가가 마치 조그만 금속 심장처럼 고동치고 있는 것"인지 의문을 갖는다(『죽음의 성물』, 2권, 276쪽). 움직일 수 있는 수단이 전혀 없어 보이는 물건들은 갑자기 움직이기 시작한다. "그 알은 그의 손 안에서 불쑥 빠져나와, 사람 키의 세 배 가까이 튕겨 올랐다."[12] 호크룩스가 되면, 입이 달린 것도 아니고 소리를 낼 방법도 없는 물건들이 대화를 할 수 있게 된다. 해리가 리들의 일기장을 발견하고 그것에 글을 썼을 때, "종이에 해리가 쓰지도 않은 말들이 그의 잉크 색깔로 다시 스며 나왔다. '안녕, 해리포터. 내 이름은 톰 리들이야. 내 일기장을 어떻게 갖게 되었니?'"(『비밀의 방』, 2권, 88~89쪽) 해리와 론이 슬리데린의 로켓을 부수는 장면에서 이 의사소통은 들을 수 있는 것이 된다. "쨍그랑하고 금속이 부딪히는 소리와 함께 길게 내지르는 비명 소리가 들렸다."(『죽음의 성물』, 3권, 283쪽) 또 슬리데린의 로켓은 생각만으로 의사를 전달하기도 하며, 이를 통해

론을 설득한다. "난 네 꿈을 보았다… 그리고 너의 두려움도 보았다."(『죽음의 성물』, 3권, 280쪽)

마지막으로, 이렇게 살아 움직이게 된 무생물들은 자기 자신을 보호하려는 의지를 가지게 된다. 해리가 고드릭 그리핀도르의 검을 회수했을 때 슬리데린의 로켓은 "칼의 존재를 느끼고서 해리가 그걸 손에 넣지 못하도록 그를 죽이려 했"다(『죽음의 성물』, 3권, 276쪽). 이 호크룩스는 명백하게 주변의 환경을 느끼고 감지할 수 있을 뿐만 아니라, 그리핀도르의 검 안에 존재하는 위험을 알아차리고 스스로를 지키기 위해 행동하기까지 한다. 불길하게도 분리된 영혼은 자기를 보호하는 것을 넘어, 너무도 강력한 힘을 지닌 나머지 일반적인 소유주와 소유물의 관계를 역전시킨다. 살아 있는 호크룩스로서, 해리는 그의 생각을 통제하는 데 어려움을 겪는다. "저는 아무래도 점점 미쳐 가고 있는 것 같아요.… 잠깐 동안 다시 뱀이 된 것 같은 기분이 들었어요. 그리고 덤블도어 교수님을 바라보고 있으니까 이마의 흉터가 마구 쑤시면서 그에게 덤비고 싶은 충동이 들더라고요."(『불사조 기사단』, 3권, 243쪽) 물론 해리와 호크룩스의 관계가 다른 누구보다도 강렬한 것이긴 하지만, 분리된 영혼은 모든 사람에게 해로운 영향력을 가하며 소유주의 인격을 악하게 변화시킨다. 론은 이렇게 고백한다. "그게[로켓이] 나한테 너무 나쁘기 때문이야.… 난 저걸 다룰 수가 없어.…나로 하여금 온갖 생각을 하게 했다고. 물론 내가 줄곧 생각해 오던 것이긴 하지만, 그래도 모든 걸 훨씬 더 나쁘게 만들었어."(『죽음의 성물』, 3권, 278쪽) 선한 사람이고 진실한 친구인 론은 스스로가 지극히 자신답지 않게 행동하고 있음을 알아차린다. 원래 론은 그가 가진 의문들을 잘 묻어 둘 수 있으나, 호크룩스를 목에 거는 순간 그의 생각들은 독기를 띠고 정신상태는 흔들리기 시작한다. 이는 지니를 세뇌했던 리들이 날카롭게 짚어낸 바와 같다. "난 그 애의 가장 깊은 두려움과, 가장 어두운 비밀들을 먹고 점점 더 강해졌어. 그리고 난 어린 그 애보다 훨씬 더 강력해졌어. 그 애에게 내 비밀 몇 가지를 알려 줄 수 있을 정도로, 나도 내 마음 일부를 그 애에게 털어놓을 정도로 강력해졌지."(『비밀의 방』, 2권, 181쪽) 이와 마찬가지로 론이 호크룩스를 가까이 했을 때, "그 안에 들어 있는 영혼의 조각"이 마법적 그릇을 떠나 론의 내면에 일시적으로 자리했던 것이다(『죽음의 성물』, 1권, 175쪽).

호크룩스를 제작하는 마법사와 거인의 본성을 생각해 보면, 그들의 영혼의 아주 작은 조각조차도 악의적이고 타인에게 해로운 영향을 미친다는 것이 놀라운 일은 아니다. 가장 선하고 강인한 사람이라 할지라도 분리된 영혼과 감정적으로 가까워지면 어쩔 수 없이 그것의 힘을 받아들이고 마는 것처럼 보인다. 그런 사람들은 자신의 일부를 잃고 호크룩스를 만든 자를 닮아 가기 시작한다. 그 예로, 롤링의 시리즈 내에서 해리는 볼드모트의 생각과 감정들을 공유한다. "해리는 종종 지금 자기 앞에서 벌어지고 있는 일과는 전혀 상관없이, 분노나 기쁨이 왈칵 솟구치는 것을 느끼곤 했다."(『불사조 기사단』, 4권, 71쪽) 심지어 해리는 때때로 볼드모트의 의식을 뒤집어쓰는 지경에까지 이른다.

"무슨 소리를 하고 있는 거야?"

론이 잔뜩 겁에 질린 목소리로 말했다.

"네 말은… 네가 방금 그 사람을 보았다는 거야?"

"내가 바로 그 사람이었어."

해리는 어둠 속에서 두 손을 얼굴 가까이 가져갔다. 아직도 해골처럼 하얗고 긴 손가락인지를 살펴보려는 것이었다. (『불사조 기사단』, 4권, 125~126쪽)

이러한 변화의 끝은 보통 육체적 죽음과, 분리된 영혼을 품은 자의 영혼이 파멸하는 것이다. 해리는 분리된 영혼과 접촉하고도 살아남은 극히 드문 문학 속 캐릭터 중 하나이며 단언컨대 호크룩스가 되고서도 살아남은 유일한 마법사이나, 이런 행운이 해리가 그 경험들로부터 얻을 몸과 마음의 상처를 막아주진 못한다.

역병과도 같은 분리된 영혼의 위협 앞에서, 우리는 분리된 영혼을 파괴하고 그 창조자를 무찌를 방법을 찾아야 하는 난관에 봉착한다. 역설적이게도 분리된 영혼의 위치가 드러나는 이유는 보통 허술한 보호책보다는 가벼운 입 때문이다. 민담 「위대한 투리스갈은 어떻게 죽었나」와 「아지 루이의 젊은 왕」에 등장하는 거인들은 사탕발림에 유난히 약한 모습을 보여 주며, 납치해 온 여자들이 자신이 영혼을 두었다고 말한 장소를 잘 치장해 주면 크게 기뻐한다.[13] 물론 처음 말한 장소는 속임수일 뿐이지만, 아름다운 장식을 보고 난 거인은 진짜 영혼을 숨겨 둔 장소를 털어놓으며 화를 자초하게 된다. 「가죽을 벗겨 매다는 거인」에서 거인은 그의 육체미와 정력에 대한 칭찬으로 한껏 치켜세워지고 자만에 빠진다. "거인이 침소에 들었을 때, 여인이 그에게 말했다. '당신은 그렇게 강하니 누구에게도 죽지 않겠군요.'"[14] 거짓 칭찬과 유혹을 적절히 곁들이는 것으로, 거인의 포로는 분리된 영혼이 숨겨진 진짜 위치를 알아낸다. 일단 이야기의 거인들이 그 위치를 털어놓으면, 당연히 여자들이나 그들을 구하러 온 남자들은 재빨리 분리된 영혼을 찾아내 파괴하고 이를 통해 거인 또한 죽게 된다. "여왕은 알을 잡았다.… 여왕이 알을 부수자, 그[거인]는 땅에 엎어져 죽었다."[15] 물론 볼드모트는 아첨이나 성적 도취에 넘어가 자신의 호크룩스를 위험하게 만들지는 않지만, 대신 호크룩스의 존재를 아주 은근하게 언급하고서는 아무도 그의 말을 이해하거나 호크룩스를 숨긴 장소를 알아낼 수 없을 것이라고 확신한다. 볼드모트는 그의 문학 속 선배들과 마찬가지로 끝까지 비밀을 지키지 못해 덤블도어와 해리에게 호크룩스를 들키고 파괴당하고 만다.

분리된 영혼을 찾아내는 데 성공한다면 그것을 소멸시키는 것도 가능하지만, 보통 분리된 영혼의 껍데기를 파괴하는 일은 달걀을 깨뜨리는 것처럼 쉬운 일이 아니다. "찢어 버리거나 부수거나 찌그러뜨리는" 것으로 그 일에 성공할 공산은 적다(『죽음의 성물』, 1권, 173쪽). 대부분의 경우 강력한 마법적 수단, 이를테면 특정한 검이나 바실리스크의 맹독, 혹은 악마의 화염 등이 동원되어야 한다. 분리된 영혼을 완전히 파괴하고 나면 마법사나 거인의 생명도 끝을 맞지만, 호크룩스를 없앤다고 해서 그것이 초래한 모든 피해가 없던 일이 되는 것은 아니다. 해리와 론과 헤르미온느, 그리고 모든 마법 세계는 영원히 호크룩스가 남긴 흔적을 지고 갈 것이다.

최후의 순간에 분리된 영혼을 완전히 패배시킬 방법은 단 하나뿐이다. 어떤 이름으로 불리고 어떤 모습을 하고 있든지 간에, 분리된 영혼은 항상 같은 문제를 마주할 수밖에 없다. 바로 죽음이다. 호크룩스와 그것이 짊어진 모든 악은, 어떤 마법사나 거인이 죽음을 피하고 싶어 한 결과로 생겨난다. 극도로 힘에 굶주린 그들은 죽음 앞에 무력한 자신을 용납할 수 없고, 그에 따라 보편적 운명을 회피하기 위해 필사적으로 발버둥치는 과정에서 스스로의 영혼을 끔찍하게 망가뜨린다. 조금 간단히 말하자면, 분리된 영혼에 맞서 승리하는 방법은 죽음을 받아들이는 것이다. 덤블도어도 이를 지적한다. "진정한 지배자는 죽음으로부터 달아나려고 하지 않기 때문이지. 죽음의 지배자는 자신이 반드시 죽어야 한다는 사실을 받아들이고, 살아 있는 사람들의 세계에는 죽는 것보다도 훨씬 더 끔찍한 일들이 존재한다는 사실을 이해하는 사람이란다."(『죽음의 성물』, 4권, 247쪽) 필멸의 운명을 받아들이는 것을 통해 혹시 모를 호크룩스의 유혹은 부서지고, 나아가 호크룩스를 만들어 내는 근본적 동기, 즉 죽음의 공포는 사라지게 된다.

사실 영혼의 존재를 뒷받침할 증거는 어디에도 없으며, 그것을 몸에서 떼어내 어딘가에 가둬 둔다는 이야기도 마찬가지다. 그럼에도 불구하고 서구 문명의 신화와 문학 속에서 끊임없이 모습을 드러내는 분리된 영혼의 존재 또한 부정할 수는 없다. 그렇다면 이러한 이야기—인간이 죽음을 거부할 것인지 아닌지 결정을 내려야 한다는—에는 어떠한 목적이 있었을 것이다. 우리에게 있어 이 문제는 우리가 영원하지 않으며 죽을 수밖에 없다는 사실과 관계가 있을지도 모른다. 어쩌면 한 종(種)으로서, 우리는 피할 수 없는 죽음과 대면하는 데 도움이 필요한 걸지도 모른다. 혹은 신이 되고자 하는 일이 얼마나 위험한 것인지 우리 자신에게 경고할 필요가 있는 걸지도. 용감하고 지혜로운 이들은 죽음, 그리고 미지를 받아들인다. 반면에 자연을 거스르고자 하는 자들은 악하고 약하며 비겁하다. 흥미롭게도, 문학 속 분리된 영혼의 역할은 여기에서 한 걸음 더 나아간다.

나는 아무리 열심히 노력해도 내가 가진 『죽음의 성물』 판본에 내 영혼을 옮겨 담을 수 없다. 현실 세계에서 호크룩스를 만드는 것은 물리적으로 또 영적으로 불가능한 일이다. 그러나 전설의 땅에서는, 그 상상과 문학의 세계에서는 그것이 진정으로 가능해진다. 그리고 우리는 독서의 행위를 통해 현실과 환상의 경계를 흐릴 수 있기에, 마음속에서 우리만의 호크룩스를 만들고 다시 이를 포기함으로써 죽음을 받아들이기로 선택할 수 있다. 우리는 이야기 속 분리된 영혼을 통해 삶이 우리에게 허락하지 않은 선택권을 스스로 구하게 되는 것이다.

---

* **글쓴이 | 새라 수터**(Sarah Sutor) 자랑스러운 래번클로의 멤버. 데니슨 대학교에서 문학과 역사를 전공했고, 2012년 조지타운 대학교에서 문학으로 석사를 마쳤다. 현재 어바나 샴페인 일리노이 대학에서 중세영문학으로 박사과정을 밟고 있다. 공부를 하며 어려움에 부딪힐 때마다 늘 지니 위즐리의 대사 "충분히 용기만 있다면, 무엇이든지 가능하다고 생각하게 된다"를 떠올리곤 한다.

9

WWHPD: 해리포터라면 어떻게 할까?

캘리 너드슬리엔 / 류소현 옮김

J.R.R 톨킨은 그의 열정적인 가톨릭 신앙심을, 영국의 훼손되지 않은 상태의 아름다운 자연 경관에 대한 깊고 향수어린 사랑과 함께, 그의 책 『반지의 제왕』 안에 녹여내었다. C.S.루이스는 독실한 성공회교도였고, 그의 작품 『나니아 연대기』는 그리스도교 신앙심에 대한 논쟁의 확장판이다. 이제 롤링의 책을 보자. 무엇이 빠져 있는가? 만약 당신이 『해리포터와 죽음의 성물』에서 누가 죽는지 알고 싶다면, 그 해답은 간단하다. 바로 신이다.

—레브 그로스만, 『타임』

1997년 처음 출판된 이래로, 해리포터 시리즈는 종교인 독자들과 종교계 권위자들의 반대에 부딪혔다. 영국 켄트의 한 학교에서는, 교장이 학교의 활동이나 수업에 이 시리즈가 포함되는 것을 금지시키며 이렇게 말했다. "성경은 그 가르침에서 마법사, 마귀와 악마는 실존하고, 실체이며, 아주 위험하기에 신의 자식들은 그들과 어떤 식으로든 연관되어서는 안 된다고 꾸준하게 말하고 있습니다."[1] 다른 한편에서는, 학부모들이 교육 위원회에 해리포터 시리즈를 도서관과 필독도서 목록에서 빼달라고 탄원했다. 책을 많이 읽는 박식한 여성이었던 내 친구의 어머니마저도, 친구와 그의 여동생이 어렸을 때 그 시리즈를 읽지 못하도록 금지시켰다. 그는 18세가 지나서야 시리즈 전체를 읽었고, 여전히 신실한 기독교 신자이면서도 그 시리즈의 열렬한 팬이 되었다. 대부분의 사람들은 그 책에 묘사되는 "죽음, 증오, 존경심의 부재, 순수한 악" 등의 어두운 주제들과, 그 초점인 마술과 마법 때문에 염려한다.[2] 또 다른 사람들은 이 시리즈의 캐릭터들이 나쁜 예—거짓말하고 규칙을 어기는, 달리 말해 반항적인 아이들—라고 주장한다. 이들의 보편적인 감정은 이 책이 기독교 가치를 약화시킨다는 주장으로 좁아든다. 레브 그로스만은 『타임』에 실린 그의 글에서, 조앤 K. 롤링을 "톨킨과 루이스보다는 크리스토퍼 히친스 같은, 저명한 무신론자에 더 가까운 인물"로 분류한다. 이 수많은 종교계 원리주의자들이 잊고 있는 것은, 성경이 결점이 없는 캐릭터들이나 악이 전혀 없는 이야기들 소개하는 것이 아니라는 점이다. 성경에서 가장 많이 알려진 이야기들이나 가장 사랑받은 캐릭터들은 죄악과 구원의 존재들이다. 예를 들어, 이스라엘의 위대한 왕이었던 다윗 왕은, 결혼한 여자와 간통하고 그녀의 남편을 살해했다(사무엘하 11장). 그는 나중에 자신이 행한 일이 죄악임을 깨닫고, 회개한다—그리고 해리포터도 비슷하다. 이 시리즈에서 우리가 "악하다"고 여기는 인물들은 나쁜 행동들을 하는 데에 무감각해지고, 후회도 느끼지 못하는 반면에, 우리가 "선하다"고 여기는 인물들은 역대 최고로 훌륭한 캐릭터가 되기보다는, 자신의 행동을 스스로의 의지에 의해 선택하고, 스스로 잘못한 것을 알았을 때 그 벌도 달게 받는다.[3]

해리포터 시리즈는 편협한 시각을 가진 원리주의자들이 상상하는 것 이상으로 성경과 많은 공통점을 가지고 있다. 『죽음의 성물』 발표 후에 있었던 한 인터뷰에서 롤링은, 이 소설과 우리들의 영웅(해리)의 여정의 많은 부분을 "역사상 가장 위대한 이야기"에서 고의적으로 차용했다고 밝혔다. 롤링은 다음과 같이 말했다. "저에게는, [종교와의 유사점은] 항상 명백했어요.… 하지만 저는 그에 대해 지나치게 솔직하게 말하길 원치 않았는데, 왜냐하면 저는 그것이 사람들에게 뭔가… 우리가 어디로 가고 있었는지를 보여 줄지도 모른다고 생각했기 때문이에요."[4]

사실, 해리포터는 이 시리즈에서 그리스도상(Christ figure)의 역할을 한다. 문학에서 그리스도상이란 예수 그리스도의 자질을 일부 가지고 있으나, 꼭 우의적으로 완벽한 대리자일 필요는 없다. 예를 들자면 톨킨의 『반지의 제왕』 3부작에서 간달프와 프로도, C. S. 루이스의 『나니아 연대기』에서 아슬란 등이 있다.[5] 그 중 해리의 그리스도상으로서의 위치는, 넘치도록 많은 상징들과 그와 예수의 도덕적 가치관의 유사성, 그리고 그의 죽음에 대한 경험과 예수의 수난과 부활 사이의 노골적인 연관성 등을 통해 증명되었다.

롤링은 그녀의 이야기 전반에 기독교적 상징들을 흩뿌려 놓았다. 심지어 『마법사의 돌』 첫 장부터, 우리는 예수와 해리의 이야기의 연관성을 찾을 수 있다. 첫째로, 그들의 탄생과 궁극적인 운명은 예언되었다. 이사야의 한 구절은 인류의 죄를 대신해 탄압받을 신의 종에 대해 언급하며, 그가 한 마리의 양처럼 도살장에 끌려갈 것이며, 스스로 저항하지 않을 것이라고 말했다(이사야 53장). 기독교도들은 이 종이 바로 예수 그리스도이며, 그가 인류를 죄악으로부터 구원하기 위해 자발적으로 고통을 받고, 죽었다고 주장한다. 해리의 탄생과 운명도 사이빌 트릴로니 교수에 의해 이와 비슷하게 예언되었다(이는 그녀가 한 몇 안 되는 정확한 예언 중 하나이다). **"어둠의 마왕을 물리칠 힘을 가진 자가 오리라… 그는 어둠의 마왕이 알지 못하는 능력을 가지리라…."**(『불사조 기사단』, 5권, 253쪽, 강조는 원저자) 예수와 해리가 살아남아 이 운명들을 완수했다는 사실은 그들의 어머니들의 사랑에 대한 증거이기도 하다. 성모 마리아에게 나타난 천사는 그녀에게 인생을 영원히 바꿔 버릴 책임을 맡을 것인지 물었고, 그녀는 신을 사랑하는 마음으로 그러마고 대답함으로써, 아들을 얻게 되었다(누가복음 1장 38절). 릴리 포터는 해리를 넘겨주는 대가로 볼드모트로부터 살아남을 기회가 있었으나, 이를 거절하며 그에게 빌었다. **"해리는 안 돼요, 제발 안 돼, 날 데려가요, 대신 날 죽여요."**

이 사랑의 행동과 희생이 해리를 볼드모트의 살인 저주로부터 보호하고, 그가 살아남을 수 있도록 한다. 이 장면은 또한, 새로 태어난 그리스도가 모든 유태인들의 왕이 될 것이라는 예언을 들은 헤롯왕이 베들레헴 인근에 있는 2세 미만 남자아이들을 모조리 죽이려고 하였던, 헤롯의 "무고한 어린이들의 순교"를 강하게 연상시킨다. 볼드모트는 그의 권력과 힘을 유지하기 위해, 이와 아주 비슷한 악랄함으로, 예언에 따라 그를 파괴할 힘을 가진 아이를 죽이려 한다(마태복음 2장).

예수가 태어났을 때, 그의 탄생은 일반적이지 않은 방법 — 예언, 천사의 등장, 세 명의 동방박사들이 준 특별한 선물, 그리고 놀랄 정도로 빛을 발하는 별 — 으로 예고되었으며, 해리가 살아남아 프리벳가로 이동했을 때는 머글 세계에 등장한 마법사들, 별똥별, 한낮에 쌩쌩 날아다니는 수많은 부엉이 떼의 출현과 날아다니는 오토바이 등의 이상현상이 있었다.[6] 두 경우 모두, "다른 영역의 사람들이 그들의 거리낌 없는 기쁨을 온 세상에 알리려 하늘을 뚫고 날아다니는(국경을 넘는)" 밤중에, 한 아기가 바깥에서 잠이 들었다.[7]

사실, 해리와 예수 두 사람 다 두 개의 영역을 가지고 있다. 둘 다 자연세계에서는 미천한 출신 — 목수의 아들과, 머글 가족의 불청객인 마법사 조카 — 이지만 초자연세계에서는 엄청난 지위를 가지고 있다. 둘 모두 이 두 세계가 상호작용을 하고 있으며, 자연세계의 사람들이 도움을 필요로 할 때 그들을 돕는 것이 초

자연세계의 지식을 가진 자로서의 책임이라는 것을 깨달았다.[8] 또한 마찬가지로, 예수와 해리 모두 청소년기의 끝자락에서 그들의 본래 성정을 깨닫게 되었다. 누가복음의 잘 알려진 이야기 중 이런 이야기가 있다. 예수가 열두 살이 되던 해에 사라진 아이를 찾아 며칠 동안을 미친 듯이 헤매던 그의 부모는, 한 교회에서 나이든 어른들과 이야기 나누고 있는 그를 발견했다. 부모가 그를 꾸짖자, 그는 이렇게 말했다. "내가 내 아버지의 집에 있어야 될 줄을 알지 못하셨나이까?"(누가복음 2장 42~51절) 이것이 예수가 그에게 주어진 두 세계를 인식하고 있다는 것을 암시하는 첫번째 복음이다. 이와 다르게, 해리는 더즐리 가족이 그들의 집에 공격적으로 날아드는 편지들로부터 며칠간 미친 듯이 도망친 지 며칠이 지난 후인, 그의 열한번째 생일날에 만난 거인혼혈 마법사 루베우스 해그리드에게 자신이 마법사라는 사실을 전해 듣게 된다(『마법사의 돌』, 1권).

예수는 세례 이후에 40일 동안 사막을 여행하며 그동안 금식을 했는데, 이때 악마로부터 유혹—그의 배고픔을 누그러뜨리기 위해 돌을 빵으로 바꾸는 것, 신을 시험하기 위해 절벽에서 뛰어내리는 것, 그리고 전세계의 왕국들을 지배하게 해주는 대가로 악마를 숭배할 것—을 받았다. 예수는 이 모든 유혹을 거절하고 악마를 쫓아냈다(누가복음 4장 1~13절). 해리는 『마법사의 돌』에서 퀴렐 교수와 볼드모트와 대적했을 때, 마법사의 돌을 넘겨주면 그의 죽은 부모를 죽음으로부터 되살려내는 것—해리가 간절하게 원하는 것이자 그가 소원의 거울을 통해 보는 것—을 도와주겠다는 볼드모트의 유혹을 받았다. 해리는 부모를 만나고 싶다는 소망에도 불구하고 이 유혹을 단호히 거절했고, 이로 인해 퀴렐이 죽고 볼드모트가 달아나게 되는 결투가 벌어졌다. 이 일이 있고 3일 뒤, 해리는 병동에서 깨어난다. 존 킬링거는 "이건 예수의 이야기에 익숙한 이라면 누구에게든 아주 명확할 겁니다!" 라고 주장한다. 실제로, 악인과의 작은 충돌 이후에 뒤따른 이 3일간의 무의식상태는, 예수가 십자가에 매달린 이후 무덤에 있었던 3일간의 죽음을 떠오르게 한다.[9]

기독교적인 상징들은 이 시리즈의 다음편인, 『비밀의 방』에서도 이어진다. 이야기는 해리와 론이 비밀의 방으로 내려가고, 해리가 무시무시한 바실리스크와 맞붙는 부분에서 절정에 이른다. 그는 불사조 픽스와 기숙사 배정 모자의 도움을 받는데, 이 중에서 모자는 해리에게 고드릭 그리핀도르의 검을 전해 준다. 그 검으로 해리는 바실리스크를 죽이고, 궁극적으로 볼드모트가 그의 몸을 되찾으려는 것을 좌절시킨다. 그리핀도르의 검은 이 시리즈에서 자주 은 십자가처럼 묘사되고, 이 '십자가'를 가지고 해리는 전통적으로 성경에서 사탄을 상징하는 뱀을 처단한다. 게다가, 이 검이 고드릭 그리핀도르의 소유라는 것도 아주 깊은 연관성이 있다. '고드릭'(Godric)은, 중세 영어에서 유래된 이름인데, "신의 힘"(power of God)을 뜻하며, 그리핀도르(Gryffindor)는 Gryffin d'or를 연상시키는데, 이는 프랑스어로 "황금 그리핀"이라는 뜻이다. 그리핀은 독수리(하늘의 동물)와 사자(땅의 동물)가 결합되어, 하늘과 땅 두 세계 모두에 속하는 동물로, 그리스도를 상징한다.[10] 이 검은 이후에 호크룩스인 살라자르 슬리데린의 로켓과, 뱀 내기니를 파괴하는 데 이용된다.

시간이 갈수록, 예수와 해리는 그들 각자의 임무에 대해 더욱 중요하게 인식하며, 그것에 더욱 전념하게 된다. 둘 모두에게는 그들을 믿는 자들과 그렇지 않은 자들이 있다. 예수의 경우 많은 제자들과 추종자들이 있는 반면에, 그가 전하는 하나님의 말씀을 멸시하거나 그를 의심하는 자들도 있었다. 해리의 경우 그가 『불사조 기사단』에서 볼드모트가 돌아왔다고 주장할 때, 그를 믿어 주는 가까운 친구들이 있었으나, 수많은 학생들—심지어는 마법부마저도—은 그를 믿지 않고, 그를 조롱한다. 마침내 마법부가 볼드모트가 돌아왔다는 사실을 알아차리고, 그에 맞서기 위해 불사조 기사단에 협력할 때에도, 해리는 권위에 맞서고, 그들의 범법 행위를 용납하지 않는다. 궁극적으로는 같은 목표를 위해 일하고 있으면서도, 해리는 마법부와 장관 루퍼스 스크림저와의 동맹을 거절한다. "그러니까 결국 장관님은 제가 마법부를 위해서 일하고 있는 듯한 인상을 주고 싶으신 거로군요? 아뇨, 제 생각은 달라요. 저는 마법부에서 하는 일들이 마음에 들지 않을 때도 있거든요. 예를 들면 스탠 션파이크를 감금해 두는 것 같은 일 말이죠."(『혼혈왕자』, 2권, 287~288쪽) 이와 비슷하게, 예수와 그 당시의 종교 지도자들은 같은 목표—사람들의 정신적인 행복—를 위해 일하고 있었지만, 예수는 바리새인과 사두개파에 협력하기보다는, 어부, 죄인, 세금 징수관 등과 함께 일했다. "화 있을진저 너희 율법교사여, 너희가 지식의 열쇠를 가져가서 너희 자신도 들어가지 않고 또 들어가려는 자들도 막았느니라."(누가복음 11장 52절)

결국 해리는 언제나 충실한 동반자들인 론과 헤르미온느 그레인저와 함께 볼드모트를 파괴하기 위해 떠난다. 이 '특별한 삼총사'는 인간 영혼의 세 가지 힘, 즉 정신력, 지성, 그리고 의지력을 연상시킨다. 덤블도어 교수의 유언에 따라 그들이 받게 된 물건들은 그들의 성격을 반영하고 있다. 해리(정신력)는 스니치와 부활의 돌을 받았으며, 후에 그는 죽은 가족들을 잠시 동안 불러내는 데 이것을 사용한다. 헤르미온느(지성)는 숨겨진 수수께끼를 담고 있는, 고대 룬 문자로 쓰인 『방랑시인 비들 이야기』를 받는다. 론(의지력)은 덤블도어의 딜루미네이터를 물려받았는데, 이것을 이용해 그의 친구들의 위치를 알아내고, 해리를 구해낸다.[11] 신학자 피터 크리프트는, 이 인간 영혼의 세 가지 힘이 "사제(정신력), 예언자(지성), 그리고 왕(의지력)으로서의 메시아의 세 가지 요소"와 일치한다고 설명했다. 이 세 폭의 그림은 때때로 "머리, 가슴, 손" 혹은 "이성, 감정, 그리고 의지" 등으로 나뉘기도 한다.[12]

이 삼총사가 호크룩스들을 모으고 볼드모트를 파괴하려는 목적에 가까워지면서, 그들의 임무는 그들을 다시 호그와트로 이끌게 되는데, 이곳에서는 해리와 덤블도어를 믿고 따르는 학생들이 학교의 새로운 체제에 저항하는 저항군을 조직하고 있었다. 해리가 등장하자, 학생들은 이것이 학교에 주둔해 있는 죽음을 먹는 자들을 뒤집어엎고 호그와트를 되찾을 혁명을 의미한다고 확신했다. 해리가 그들에게 자신에게는 다른 계획과 목적이 있다고 말하자, 학생들은 이렇게 묻는다. "너는 우리를 이 아수라장 속에 남겨 두고 갈 거란 말이야?" 해리는 그들이 바라는 대로 학교를 정복하기 위해 온 것이 아니었다(『죽음의 성물』, 4권, 30쪽). 비슷하게, 예수의 추종자들은 이 메시아의 목적이 승리자이자 정복자로서 로마군을 전복시키는 것이라고 믿었다. 심지어는 그의 부활 이후에도, 예수의 제자들은 그에게, "주여, 이스라엘 왕국을 회복하심이 이때입니까?"라고 묻는다(사도행전 1장 6절). 그는 그의 추종자들이 기대하는 것과는 다른 목적을 가지고 있었기에, 그의 대답은 "아니"였다.

해리포터 시리즈에는 이 외에도 해리와 예수를 연결해 주고, 해리가 그리스도상이라는 것을 보여 주는 여러 유사점과 사례들이 더 있다. 이런 몇 가지 예시들은 사제들, 신학자들, 그리고 통찰력 있는 몇몇 개인에 의해 밝혀졌으며, 아직 드러나지 않은 채 롤링만이 알고 있는 것들도 있다. 그러나 해리와 예수의 유사성은 단순한 상징들에서 멈추는 것이 아니다. 해리는 전 시리즈가 진행되는 동안 그의 많은 행동과 결정을 통해 기독교적 가치들을 증명해 낸다.

거의 맨 처음부터 해리는 소외받은 이들에 대한 배려를 보여준다. 예수가 세금 징수관, 거지, 범죄자, 나병 환자, 여자, 그리고 사회의 비주류인 사람들과 친구가 되었던 것처럼, 해리는 마법사 사회에서의 비주류들과 친구가 된다. 해리가 가장 처음 사귄 친구인 론은, 마법사 순혈주의자들이 "동족의 배신자"라고 부르는 가문 출신이다. 순수혈통인 드레이코 말포이가 론과의 우정을 버리고 자신의 패거리에 들어오지 않겠냐고 제안하자, 해리는 이렇게 대답한다. "어떤 아이가 나쁜 부류인지는 나 혼자서도 판단할 수 있어, 고마워."(『마법사의 돌』, 1권, 158쪽) 그리고 얼마 지나지 않아 그들은 머글 출신 ―가끔 순혈주의자들이 비속어로 "잡종"이라고 부르기도 하는 ―마녀인 헤르미온느와 친구가 된다. 또한 해리의 친구들 중에는, 스스로 "거의 스큅이나 다름없다"고 말하는 네빌 롱바텀도 있고, 거인 혼혈인 해그리드, 괴짜 루나 러브굿, 리무스 루핀(늑대인간), 그리고 집요정 도비 등이 있다. 해리와 도비의 우정은 특히 의의가 있는데, 왜냐하면 집요정들은 아무런 권리도 없는 하인, 아니 거의 노예 ―사회의 가장 낮은 계층 ―이기 때문이다. 집요정들은 대개 존중이나 염려를 받지 못하는 데다가, 그들이 명령을 따르지 않거나 주인들에 대해 나쁜 말을 하면 스스로를 고통스러운 방법으로 벌을 주도록 강요받아왔다. 해리는 『비밀의 방』에서 말포이 가문의 노예였던 도비에게 자유를 주고, 이후 시리즈 내내 그와 우정을 나눈다. 『죽음의 성물』에서, 도비는 자신의 목숨을 바쳐 해리와 그의 친구들의 생명을 구한다. 도비에게 바치는 마지막 헌사로, 해리는 마법을 쓰지 않고 땀흘려가며 두 손으로 무덤을 파고, 이 집요정이 잠든 머리맡에 직접 묘비를 세운다. 이 순간은 이 시리즈 내에서 "사랑의 전형적인 모습"—예수가 그의 성직자로서의 임기 동안 지지했던 "이 중에 가장 작은 것"에 대한 사랑을 증명하는 장면이다.[13]

호그와트의 최후의 전투에서, 이들 가장 하찮은 존재로 여겨지는 자들은 볼드모트와 순혈주의 체제에 반대해 연합한다. 이들은 마법사 사회에서 무시당하고 있는 "동족의 배신자들"과 "머글 애호가들", 머글 출신들, 집요정들, 해그리드와 그의 거인 동생, 켄타우로스 등이다. 사도 바울이 "유태인이든 그리스인이든, 노예이든 자유인이든, 남성이든 여성이든, 너희 모두 예수 그리스도 앞에 하나다"라고 했듯이, 다양성이라는 이름 아래 나뉘어졌던 이들이 어둠과의 싸움에서 해리를 중심으로 연합하였다(갈라디아서 3장 28절).

해리는 소외받는 이들에 대해 사랑을 보여 주었던 것과 마찬가지로, 그의 적들에게도 사랑과 자비를 베푼다. 예수는 이웃을 사랑하고 용서하라고 설교하였으며, 그를 십자가형에 처하게 한 자들을 용서함으로써 이를 실천해 보였다. 해리는 목숨을 걸고 드레이코 말포이와 그의 친구들을 어둠의 마법으로 인한 치명적인 불길 속에서 구해내고, 후에는 호그와트에서 벌어진 전투에서 죽음을 먹는 자로부터 그를 살려줌으로써 그의 라이벌인 말포이에게 자비를 베풀었다. 해리는 또 몇 번의 상황에서 론을 빠르게 용서하였고, 심지어는 세베루스 스네이프 교수마저 용서한다. 호그와트 전투의 마지막 순간에, 볼드모트와의 대결에서는 볼드모트로 하여금 스스로 뉘우치도록 도와주려고도 한다. "이것에 네게 남은 마지막 기회다…. 그렇게 하지 않으면 네가 어떻게 될지 난 이미 보았다. 제발 사람답게 굴어라. 노력해 보란 말이다. 조금이라도 가책을 느껴 보도록 해…."(『죽음의 성물』, 4권, 279~280쪽)

해리는 사람들을 도우려는 성향을 가지고 있다. 『불사조 기사단』에서 헤르미온느는 그가 "**사람들을 구하려는 마음**"을 가지고 있다고 말한다(『불사조 기사단』, 강조는 인용자). 복음 작가들에 따르면, 예수는 "잃어버린 자를 찾아 구원하기 위해" 왔다고 한다(누가복음 19장 10절). 두 사람 다 그들이 사랑하는 사람을 구하기 위해 스스로를 위험으로 몰아넣었다는 점—한 번이 아니라 계속해서 그랬다는 점이 비슷하다. 예수가 대중 앞에서 성직자로 지낸 내내 강하게 주장했던 이 자기희생적인 사랑의 미덕은, 이 시리즈 내에서 반복적으로 나타나는 주제이다. "사람이 친구를 위해 목숨을 버리면 이보다 더 큰 사랑은 없나니."(요한복음 15장 13절) 이 성경의 구절은 해리와 그의 친구들에게는 거의 경전이나 다름없다. 『마법사의 돌』에서 해리와 론은 트롤으로부터 헤르미온느를 구하기 위해, 어른을 찾느라 시간을 지체시켜 헤르미온느가 죽을지도 모르는 위험을 무릅쓰기보다는, 앞뒤 따지지 않고 스스로 위험한 상황에 뛰어든다. 같은 책 후반부에서 이 삼총사는 마법사 세계를 구하기 위해 지하실 문 너머의 위험을 마주한다. 또, 해리와 론은 지니를 구하기 위해 비밀의 방에 용감하게 쳐들어가기도 한다. 그리고 해리는 웜테일(피터 페티그루)이 살해당하는 걸 막기 위해 시리우스 블랙과 리무스 루핀을 막아선다. 해리는 또한 시리우스와 헤르미온느를 지키기 위해 그의 영혼을 가져가려 하는 디멘터 무리에 맞선다(시간 여행을 한 또 다른 해리 또한 이 디멘터들과 싸운다). 트리위저드 게임의 두번째 시험에서, 해리는 다른 인질들까지 모두 구하기 위해 호수 아래에 필요 이상으로 오래 머물렀고, 세번째 시험에서도 계속해서 다른 챔피언들을 구하기 위해 스스로를 위험에 빠트렸으며, 공동묘지에서 케드릭 디고리의 시체를 함께 가져오기 위해 목숨을 걸었다. 『불사조 기사단』에서 해리는 그의 대부인 시리우스를 구하기 위해 친구들과 함께 마법부 안에서 헤맨다. 이 밖에도 수많은 사례가 있는데, 해리가 자기희생적인 사랑의 삶을 살았다는 것은 분명하다. 해리포터 세계관에서 사랑은 아주 강력한 힘이다. 그것은 "어둠의 마왕이 알 수 없는 힘", 즉 볼드모트가 과소평가하며, 절대 이해하지 못한 힘이다. 사랑은 볼드모트가 아기였던 해리를 죽일 수 없었던 이유이며, 청년이 된 해리를 사로잡을 수 없었던 이유이다. 그로스만은 『타임』에 실린 그의 글에서, 이 뜻깊은 메시지에 대해, 신이나 자연으로부터 오는 힘이 아닌, "한낱 인간의 감정"이라고 말한다. "심리학과 과학기술이 신성성을 대체하게 된 우리 시대에서, 우리가 롤링을 이 시대 가장 영향력 있는 몽상가로 선정한 것은, 세속적이고 관료화된, 너무나도 인간적인 마법을 상상해 낸 작가를 뽑은 것이다." 그로스만은 사랑이라는 것이 "한낱 인간의 감정" 그 이상이라는 것, 그것이 성경 말씀의 가장 핵심이며 예수님의 이야기와 가르침의 가장 중요한 초점이라는 것을 잊고 있는 것 같다. 예수는 그의 산상수훈과 착한 사마리아 사람 이야기에서 우리가 신의 뜻에 따라 우리 이웃을 사랑해야 한다는 것을 설명했다(마태복음 5~7장). 그리고 회개한 탕아 이야기에서 그는 인간에 대한 하나님의 사랑을 증명해 보였다(누가복음 15장 11~32절). 누군가 십계명 중 가장 중요한 계명이 무엇인지 물었을 때, 예수는 "네 마음을 다하여 목숨을 다하여 힘을 다하여 뜻을 다하여 주 너의 하나님을 사랑하고 또한 네 이웃을 네 자신같이 사랑하라"고 대답하였다(누가복음 10장 27절). 사랑은 **한낱 인간의 감정** 따위가 아니다. 그것은 하나님께서 인간들에게 예수 그리스도를 보내 그것을 가르쳐, 인간을 구원하고자 하신 이유이며, 또한 예수가 기꺼이 십자가를 지고 고통을 받고 끝내 돌아가신 이유이기도 하다(요한복음 3장 16절). 이 행동에서 자기희생적인 사랑의 개념이 가장 잘 나타나며, 이것이 해리의 궁극적인 운명의 모티브가 된 것이다.

시리즈 마지막 부분에서 해리의 운명은 명확하게 예수의 수난과 그의 부활을 닮아 있다. 롤링의 기독교에 대한 묘사가 시리즈 내내 분명하지 않았다면, 그것은 『죽음의 성물』에서 보다 확실해진다. 예수의 여정의 거의 모든 단계가 해리포터 시리즈의 특정 부분에 반영되어 있다. 둘 모두 얼마동안 존경받다가, 어느 순간 갑자기 매도당한다. 예수는 유월절 바로 전에, 기쁨과 축복을 외치고 칭송을 받기 위해 예루살렘에 들어선다. 일주일 후, 그는 공개 재판에 회부되고, 관중들로부터 십자가형을 구형받는다. 마찬가지로 해리는 마법사 사회에서 "선택받은 자", 볼드모트를 무찌를 그들의 희망으로 여겨졌다. 그러나 마법부가 무너지자마자, 그는 "기피 대상자 1호"로 명명되며, 현상금이 걸리게 된다. 이런 대중들의 배신을 넘어, 이 둘은 가장 가까운 측근으로부터 배신당한다. 사도 베드로는 예수를 안다는 것을 부정했고, 론은 호크룩스를 찾는 임무 중간에 해리와 헤르미온느를 떠난다. 그러나 베드로와 론 모두 뉘우치고 다시 돌아왔으며, 베드로는 예수에 대한 그의 사랑을 역설했고 론은 해리를 구하고 호크룩스를 파괴했다.[14]

해리는 임무를 수행하는 와중 좌절감을 느끼게 되는데, 이는 론의 배신 때문만이 아니라, 그의 멘토인 덤블도어로부터 버림받았다는 생각을 하게 되기 때문이다. 덤블도어에 대한 이야기들과 루머들이 걷잡을 수 없이 퍼지고, 해리는 비로소 덤블도어가 그에게 아주 적은 양의 정보만을 주었다는 것을 깨닫기 시작한다. 덤블도어는 해리가 어둠 속을 더듬어 앞으로 나가고, 알지도 못하는 것들과 꿈도 꿔본 적 없는 공포심과 맞서, 아무런 도움 없이 홀로 싸우도록 내버려 둔다. "그가 나에게 요구했던 것을 좀 봐, 헤르미온느! 네 목숨을 걸어라, 해리! 그리고 또다시! 또다시! 그렇지만 내가 모든 걸 설명해 주길 기대하지는 마라. 그냥 맹

목적으로 나를 믿어라. 내가 하는 일을 내가 잘 알고 있다고 믿고, 심지어 내가 널 믿지 못할 때에도 너는 나를 믿어라! 절대로 모든 진실은 알려주지 않으면서! 절대로!"(『죽음의 성물』, 2권, 259쪽)

예수도 이와 비슷한 버림받은 느낌에 고통받고, 십자가 앞에서 외쳤다. "나의 하나님, 나의 하나님, 어찌하여 나를 버리셨나이까?"(마태복음 27장 46절) 이런 배신감과 버려진 버림에도 불구하고, 예수와 해리는 두려움을 가까스로 이겨내고, 그들의 죽음을 기꺼이 마주한다. 「고뇌하는 그리스도」에는 불안해하고 망설이지만, 그의 아버지의 계획을 기꺼이 따르려 하는 예수의 모습이 그려져 있다. "그러나 내 원대로 마시옵고 아버지의 원대로 되기를 원하나이다."(누가복음 22장 42절) 해리 또한 금지된 숲으로 향하면서 두려워했고, 그의 친구들과 사랑하는 이들에게 마지막으로 말을 할 기회, 적어도 그들을 마지막으로 볼 수 있는 기회가 있기를 바랐다. "자기 자신의 죽음을 향해 걸어가는 이 냉혹한 걸음은 또 다른 종류의 용기를 요구했다.…그는 누군가 붙잡아 주기를 바랐고, 억지로 도로 끌려가 집으로 돌려 보내지기를 원했다. … 동시에 어쩌면 자신이 계속 나아갈 수 없을지도 모른다는 생각이 들었지만, 반드시 앞으로 나아가야 한다는 것을 알고 있었다."(『죽음의 성물』, 4권, 202~210쪽) 그러나 해리는 그의 죽음을 향해 가는 동안 혼자가 아니었다. 그는 시리우스, 리무스, 그리고 그의 부모의 존재와 그들의 응원에 힘입어 죽음과 맞닥뜨렸다. 그보다 먼저 죽었던 이들이 마중 나온 것이다. 마찬가지로 예수는 고뇌의 순간에 베드로와 야보고, 요한과 함께 있었으며, 「그리스도의 변모」*에서는 모세와 엘리야(법전 제정자이자 예언자)가 "예수가 끝내 이행할 그의 숙명인 죽음을 향한 마지막 단호한 발걸음을 격려하기 위해" 하늘에서 내려왔다.[15]

해리는 볼드모트와 맞서기 위해 금지된 숲으로 걸어 들어가며, 예수의 비아 돌로로사**의 길을 따라간다. 그는 두려워하지만, 그의 친구들과 마법사 세계를 구하기 위해 그의 죽음을 뜻하는 길을 단호히 걷는다. 예수가 체포당할 때 아무런 저항도 하지 않고 처형당한 것처럼, 해리도 스스로를 보호하려는 시도조차 하지 않는다. 그러나 상황은 볼드모트가 계획한 대로 흘러가지 않는다. 해리는 킹스 크로스 역을 닮은, 일종의 림보로 가게 되고, 그곳에서 덤블도어를 만나 마침내 모든 진실을 알게 된다. 해리가 죽지 않은 이유는 그의 피와 관련이 있었다. 볼드모트의 혈관에 흐르고 있는 해리의 피가 그를 죽지 못하게 붙잡아 두고 있는 것이다. 이 상황과는 반대로, 기독교 신자들은 예수의 피가 그들 자신을 예수와 영생으로 이어 주는 매개체가 된다고 본다. '최후의 만찬'에서 예수는 자신의 피를 "죄사함을 얻게 하려고 많은 사람을 위하여 흘리는 바"라고 이야기하며 스스로를 새로운 서약

* Transfiguration of Christ, 조반니 벨리니, 1455년(추정). 마태복음 17장 및 그 밖의 복음이 배경이다.—옮긴이

** Via Dolorosa, 그리스도가 십자가를 지고 걸어간 처형지 골고다까지의 길—옮긴이

(신약)의 제물이라고 말한다(마태복음 26장 28절). 뿐만 아니라, 기독교 신자들은 최후의 만찬을 기념하는 영성체 때 빵과 포도주를 먹고 마실 때마다, 그렇게 함으로써 신자들 전체가 예수 그리스도와 이어진다고 믿는다. 마찬가지로, 해리의 희생적인 행동은 호그와트의 전투에서 선한 편에서 싸우기 위해 모인 이들 전체를 보호하고, 그들을 연합한다. 해리의 죽음 이후로, 볼드모트와 그의 죽음을 먹는 자들이 쓰는 그 어떤 주문도, 해리가 죽음을 불사하고 보호하려 한 이들에게 해를 끼치지 못하며, 선한 편에서 싸우는 그 어떤 인물도 이 시점 이후로는 죽지 않는다.

해리는 킹스 크로스 역에서 덤블도어와 이야기하며 선택권을 받았다. 그는 산 자들의 세계로 돌아가 볼드모트와의 싸움을 마무리할 수도 있었고, 그를 데리고 떠날 기차에 탈 수도 있었다. 해리는 예수의 부활과 매우 비슷하게, 그가 잠시 머문 그 장소에서의 편안함을 버리고 삶으로 돌아가기를 선택했는데, 이것은 해리가 예수와 완전히 똑같지 않음에도 불구하고, 그의 여정이 "그리스도의 이야기"인 것으로 확정짓는 장면이다. 예수는 부활절 일요일의 영광 속에서 부활하며, 인간에 대한 죽음의 영향력에서 벗어났다. 이 세상의 인간들은 여전히 죽지만, 죽음은 예수 그리스도가 인류를 영생의 삶으로 이끈 이후로, 기독교 신자들 앞에서 그 힘을 잃었다. 사도 바울은 고린도인들에게 쓴 편지에서 이와 같이 말했다. "사망아 너의 승리가 어디 있느냐. 사망아 네가 쏘는 것이 어디 있느냐.…우리 주 예수 그리스도로 말미암아 우리에게 승리를 주시는 하나님께 감사하노니."(고린도전서 15장 55, 57절) 이 양식은 볼드모트에 대한 해리의 승리에서도 반복해서 나타난다. 어둠의 마왕이 해리를 노리고 살인 저주를 쓸 때, 해리는 **엑스펠리아르무스**—무장해제 주문으로 이에 맞선다. 해리는 볼드모트를 죽이기보다 그저 무장해제시키려 한다. 볼드모트는 스스로를 파괴하고 쓰러지며, 동시에 태양이 아침 하늘에 솟아오르고, 이를 보던 사람들은 환호하며 기쁨의 함성을 지른다. 이 영광스러운 장면은, 어둠 속에서 밤새 기도한 끝에, 새벽빛의 홍수와 축하 속에 단숨에 찾아온 부활절의 아침을 떠오르게 한다.[16]

해리포터 시리즈의 이전 이야기들에서는 종교 원리주의자들이나 지나치게 걱정 많은 부모들에게 확실하게 다가오지 않았더라도, 마지막 이야기에서는 확실하게 결론 내릴 수 있을 것이다. 해리포터의 이야기는 예수의 여정에서 영감을 받았다. 해리가 예수가 그랬던 것처럼 결백하고 순수한 인물은 아닐지 몰라도, 시리즈 전반에 드러난 흔적들은 그가 문학적으로 '그리스도상'이라는 것을 나타낸다. 이 시리즈 전체에 풍부한 상징들이 들어 있고, 해리는 예수의 가르침의 핵심 가치와 도덕들을 상징하는 전형적인 예이고, 그의 죽음과 부활과 자기희생적인 행동은 예수가 인류를 구원하기 위해 했던 것과 같다. 이에 대해 크리프트는 다음과 같이 이야기했다. "이것은 놀랄 만한 일이 아니다… 모든 인간의 이야기는 그 저자의 마음에서 구상되는 단계에서부터 예수가 그 중심에 있다."[17] 롤링이 이 소설에 기독교적 연결점들을 넣어

글을 썼다는 것은, 이 시리즈의 완결 이후 있었던 그녀의 인터뷰에 명확하게 드러난다. "만약 당신이 해리포터와 죽음의 성물에서 누가 죽는지 알고 싶다면, 그 해답은 간단하다. 바로 신이다." 어떤 의미에서 보면, 그로스만의 말이 맞았다. 해리, 그리스도의 모습은 삼위일체에 따른 신 예수 그리스도가 인류를 위해 스스로 죽음을 택했듯이, 머글들과 마법사 세계를 구하기 위해 자유의지로 볼드모트의 손에 죽음을 맞았다.

---

* 글쓴이 | 캘리 너드슬리엔(Callie Knudslien) 세인트 토마스 대학을 졸업했다. 열한 살 때부터 해리포터에 빠져 있었고, 팬픽션을 쓰는 것에서부터 코스튬플레이, 영화 시사회 등을 하며 팬덤의 일부로 살아 왔다. 가장 좋아하는 캐릭터는 래번클로 동기인 루나 러브굿. 괴짜 같은 면에도 불구하고 무척 지혜롭고 영적인 인물인 루나야말로 해리포터의 구성과 인물이 성숙해 나가는 데에 꼭 필요한 요소라고 생각한다.

10

덤블도어 의심하기

제니 맥두걸 / 신지현 옮김

다소 불편하게 느껴질 수도 있는 질문을 하나 해보겠다. '알버스 덤블도어 교수에 대한 해리포터 독자들의 충성심이 과연 정당한 것인가?' 호그와트가 마법사들의 전쟁에 휩싸였을 때 덤블도어 교수는 해리포터의 자발적인 선택이 없었음에도 불구하고 그에게 마법 세계를 구하고 볼드모트를 무찌를 것을 강요했고, 이 과정에서 거짓말과 속임수를 사용하는 것은 물론 해리가 자신에게 무조건적으로 충성할 것을 요구했다. 나는 세인트 캐서린 대학교의 한 해리포터 강의 시간에 이러한 의문을 제기했었는데, 내 이야기를 들은 학생들은 내 생각이 터무니없다거나 혼란스럽다고 생각하는 것 같았다. 강의는 세실리아 콘차 파 교수님이 진행하던 것으로 31명의 학생, 2명의 조교, 1명의 대학원생이 14주 동안 매주 모여 해리포터와 해리포터가 우리에게 남긴 유산, 사회문화적인 주제에 대해 토론하는 수업이었다. 『해리포터와 마법사의 돌』 강의가 끝난 후 나는 책의 한 귀퉁이에 "덤블도어에 대한 충성심… 이유는?"이라는 질문을 적어 두었다. 다음 강의 시간에 교수님께서는 소설에 대한 우리들의 의견을 듣고 싶어 하셨고, 문학 토론에 늘 활발히 참여하는 성격인 나는 주저 없이 책에 적어둔 질문을 던졌다. 질문이 끝나자 잠시 조용해졌던 강의실은 활발한 토론의 장이 되었고, 대부분의 학생들은 해리포터에서 가장 인기 있는 캐릭터 중 한 명인 덤블도어를 열심히 옹호했다.

학생들은 알버스 덤블도어 교수가 전지전능하고 전설적인 위대한 마법사로 용감하고 지혜로울 뿐만 아니라 '의로운' 영웅이라 주장했다. 사실 해리포터는 "힘세고 정의로운 누군가가 우리를 구해줄 것이며 우리는 늘 이러한 존재에 대한 믿음을 가져야 한다"는 권선징악의 테마가 뚜렷한 이야기로, 이는 어린이 동화에 심심찮게 등장하는 주제이다. 솔직히 말하면, 나 역시도 덤블도어의 인자한 할아버지 같은 모습에 깊은 매력을 느꼈었다. 해리포터의 부모가 죽은 후 폐허가 되어 버린 집에 남겨진 어린 해리포터를 구하고, 해리포터를 더즐리 가족의 핍박으로부터 해방시켜 주는 등 덤블도어는 늘 해리의 구세주가 되어 준다. 덤블도어는 어린 마법사들을 보듬어 주고, 이들이 마법의 수수께끼를 풀고 검술을 익혀 위대한 마법사로 거듭날 수 있도록 돕는 진정한 기사이다. 덤블도어가 있었기에 해리포터는 더즐리 가족에게서 벗어나 마법사 세계가 필요로 하는 영웅으로 성장할 수 있었다. 대부분의 독자들 역시 덤블도어가 마법사 세계를 지키기 위해 싸우는 모습을 보며 감동을 받았을 것이고, 『혼혈왕자』에서 끝내 덤블도어가 죽음을 맞이했을 때 큰 상실감을 느꼈을 것이다.

이러한 까닭에, 덤블도어에 대한 충성심에 의구심을 제기하는 나의 질문은 학생들에게 황당함 그 자체일 수밖에 없었다. 대부분의 학생들이 덤블도어를 옹호하는 모습을 보며 나는 내 질문이 근본적인 무언가를 자극한 게 아닐까 생각했다. 우리는 왜 덤블도어가 선의와 도덕의 수호자라 믿어 의심치 않을까? 그리고 왜 덤블도어의 결점을 인지하지 못하는 것일까?

덤블도어가 선의와 도덕적 가치를 추구한다는 것은 소설 전반에 걸쳐 자명하게 드러난다. 그러나 덤블도어의 청년 시절과 노년 시절 일부분만 떼어놓았을 경우 그가 도덕적으로 정말 순수한 사람이었는지는 다소 의문인데, 이러한 도덕적 모호함은 조앤 롤링 캐릭터의 공통적인 특성이기도 하다. 에세이 작가 베로니카 샤노스가 쓴 「교묘한 텍스트에 숨겨진 잔인한 영웅들」[1]에 의하면 롤링의 내러티브는 "도덕의 복잡한 모습을 표현하는 특이성"으로 입체적인 캐릭터와 주제를 표현한다고 한다. 실제로 해리포터에는 선악이 공존하는 캐릭터가 소설 전반에 걸쳐 매우 다양하게 나타난다.

현실에서도 마찬가지지만, 롤링의 소설 안에는 나쁜 짓을 하는 착한 사람과 자비와 선의를 베풀 줄 아는 나쁜 사람이 있다. 불사조 기사단의 일원인 리무스 루핀을 예로 들어 보자. 허름한 차림새에 칙칙한 잿빛 머리 등 호감 가지 않는 외모를 지닌 루핀은

『아즈카반의 죄수』에서 어딘가 비밀스럽고 신뢰하기 어려운 인물로 묘사되지만, 소설을 읽다 보면 루핀이 불사조 기사단의 초창기 멤버일 뿐만 아니라 덤블도어의 최측근 중 한 명이라는 사실을 알게 된다. 그러나 루핀 역시 도덕적으로 순수한 인물은 아니다. 그는 『아즈카반의 죄수』 마지막 부분에서 시리우스 블랙과 함께 피터 페티그루를 죽이고자 했고, 『죽음의 성물』에서는 자신의 영광을 위해 임신한 아내 님파도라 통스를 두고 떠나려 한다.

드레이코 말포이도 루핀처럼 선과 악이 모호한 캐릭터이다. 루시우스 말포이와 나시사 말포이 부부의 아들 드레이코 말포이는 소설 내내 해리포터의 적수로 등장한다. 남들에게 무신경하고, 사람을 차별하고, 권위에 복종하지 않는 그는 자신이 원하는 것을 얻기 위해서라면 거짓말과 계략도 불사하고, 죽음을 먹는 자가 되고 싶어 안달한다. 하지만 『혼혈왕자』의 마지막 부분에서 그는 덤블도어를 살해하라는 볼드모트의 명령을 이행하지 못하고, 덤블도어에게 "아무도 날 도와줄 수 없어. 그는 내가 이 일을 해내지 못하면 날 죽일 거라고 말했어. 나에겐 선택의 여지가 없다고"라고 호소한다(『혼혈왕자』, 4권, 140쪽). 덤블도어를 죽이는 것이 애초에 불가능했던 말포이의 모습을 보며 독자들은 그에게 인간적인 면모가 숨어 있었음을 발견하게 된다.

루핀이나 말포이뿐만 아니라 코넬리우스 퍼지, 퀴렐 교수, 나시사 말포이, 페투니아 이모, 사촌 두들리 더즐리, 시리우스 블랙, 먼던구스 플레처, 매드아이 무디, 제노필리어스 러브굿 등 대부분의 등장인물에는 선악의 양면성이 내재되어 있다. 독자들은 소설을 읽으며 등장인물에게 다양한 차원의 성격이 있음을 알게 되는데, 이러한 장치는 보다 인간적이고 현실적인 캐릭터 표현을 가능하게 한다. 독자들은 『죽음의 성물』 마지막 부분에 이르러 스네이프 교수가 해리를 미워했던 이유가 그가 악한 인물이거나 볼드모트와 결탁해서가 아니라 릴리 포터에 대한 사랑 때문이었음을 깨닫게 된다. 해리는 물론이고 소설을 읽는 독자들마저 스네이프 교수가 뼛속까지 못되고 위선적인 인물이라 짐작했지만, 사실 그는 해리의 곁에 늘 있어 준 사람이었던 것이다.

위에서 본 것처럼 롤링의 캐릭터가 일방적으로 선하거나 악한 것이 아니라 다차원적 성격을 가지고 있다면, 덤블도어 역시 그 중 하나가 아닐까? 신기한 것은, 학생들이 덤블도어에게만은 똑같은 잣대를 적용하지 않고 덤블도어 편들기에 대동단결하는 모습을 보였다는 점이다. 이것은 소설 주인공이 일관적이게 선하고 이상적이기를 기대하는 우리의 바람 때문이 아닐까? 나는 선하기만 한 인물은 매력이 없을 뿐만 아니라 실제로 이 세상에 존재하지도 않는다고 주장했다. 내면이 복잡하고, 내적 갈등을 겪는 주인공이야말로 그들의 인간적인 면모 때문에 독자의 충성심을 불러일으키기 때문이다.

덤블도어가 내면적으로 복잡한 인물인지 확인하려면 소설 속에 나타난 그의 선택과 행동을 분석하는 것이 필요하다. 그는 다차원적 도덕성을 갖춘 롤링 캐릭터의 전형적인 인물로, 우리는 덤블도어를 통해 우리 내면에는 선과 악이 동시에 존재하지만, 선한 사람이 되느냐 악한 사람이 되느냐는 우리의 선택과 믿음이 결정한다는 중요한 교훈을 얻을 수 있다. 덤블도어는 『비밀의 방』에서 이를 한마디로 설명한다. "우리의 진정한 모습은, 해리, 우리의 능력이 아니라 우리의 선택을 통해 나타나는 거란다."(『비밀의 방』, 2권, 213쪽)

덤블도어의 내면을 표현한 소설 속 내러티브 분석을 통해 우리는 덤블도어가 어떤 인물이며 그의 추구했던 것이 무엇이었는지 분명하게 살펴볼 수 있다. 나는 해리포터를 일곱 개의 개별적인 이야기가 아니라 하나의 유기적인 내러티브라고 간주하고, 덤블도어가 속임수와 거짓말을 사용해 자신의 목적을 달성하는 다섯 가지 대표적인 사례들을 추려 보았다. 덤블도어는 해리를 마법사 세계가 필요로 하는 영웅으로 만들고 나아가 그를 희생양으로 삼기 위해 다음과 같은 세 가지의 장치를 사용한다. 『마법사의 돌』에서 그는 주변에 기댈 곳 하나 없는 해리가 더즐리 가족과 지내도록 만들고, 중요한 정보를 고의로 알려주지 않는다. 『불사조 기사단』에서는 해리를 운명에 순응할 수밖에 없는 존재로 만들고, 마지막으로 『혼혈왕자』에서는 자신에 대한 충성심과 가족에 대한 감정을 이용해 그의 행동을 조종한다. 위의 사례를 통해 알 수 있듯이 덤블도어는 더 큰 선을 위해 사소한 것은 희생할 수 있는 도덕적 실용주의 관점을 견지한다. 따라서 해리를 보호하는 것이 덤블도어의 목적이 아님에도 불구하고, 해리와 독자들은 덤블도어의 교묘한 행동과 '거짓말'을 간파하지 못한다. 덤블도어의 '불완전성'은 정의롭고, 도덕적이고, 사려 깊은 그의 행동과 극명하게 대비되어, 조앤 롤링의 다른 캐릭터와 마찬가지로 양면적인 성격을 지닌 미묘한 인물로 그려진다.

복잡하고 정교하게 구성된 내러티브와 달리 소설의 내러티브 시점은 비교적 단순한 편이다. 일부 예외적인 부분을 제외하고 대부분 3인칭 제한적 시점이 사용되어 독자의 시각은 해리포터와 동일하게 설정되어 있다. 소설이 해리의 의식을 중심으로 진행되기 때문에, 독자들은 덤블도어가 볼드모트를 물리치기 위해 어떤 수단과 방법을 사용하는지 그리고 그가 실제로 어떤 성격의 인물인지 간과하고 지나치기가 쉽다.

볼드모트는 고아원에 있을 때부터 다른 아이들을 괴롭히고, 동물을 학대하고, 자신이 해친 사람들의 물건을 전리품으로 가져간다.* 호그와트를 졸업한 이후 그는 '잡종'을 제거하고 순수혈통을 지키고자 자신을 따르는 추종자들을 모으고, 자신의 죽음에 관한 예언을 듣고는 예언에서 언급한 존재인 해리포터를 죽이려고 한다. 볼드모트는 해리포터의 부모인 릴리와 제임스를 죽이고 그들의 한 살짜리 아기인 해리를 없애려 하지만 오히려 그는 실

* 볼드모트가 머글 태생과 혼혈 마법사를 증오하게 된 원인이 그가 유년시절부터 겪은 따돌림과 불행한 가족사 때문인지 여러 가지 의견이 있을 수 있다. 나는 개인적으로 젊은 톰 리들의 행동과 사상이 일종의 정신병에 기인한 것이라 보고 볼드모트가 소시오패스라고 간주하나(12장과 13장 참고), 본 글과는 관련 없는 주제이므로 여기에서는 논하지 않는다.

패하고 형체도 없이 사라지고 만다. 이후 『마법사의 돌』에서 그는 다시 부활하여 해리를 영원히 제거하겠다고 결심한다.

해리포터 소설의 내러티브 전개상 볼드모트의 패배는 불가피한 내용이다. 하지만 볼드모트를 파괴하는 위험천만한 일에 어린 해리를 끌어들이는 것은 도덕적인 어른이, 특히 학생들이 주장하는 것처럼 위대한 덤블도어가 하지 말았어야 할 행동이다. 먼저, 볼드모트를 제거하기 위해서는 왜 그가 해리를 죽이는 데 실패하고 사라졌는지 납득할 수 있는 설명이 필요하다. 덤블도어는 나름의 논리적인 가설을 세우는 과정에서, 다음의 세 가지 사실을 인지하고 있었다. 첫째, 트릴로니의 예언이 무슨 의미인지, 둘째, 해리가 어떻게 죽음의 저주에서 살아났는지, 그리고 셋째, 호크룩스가 무엇이며 어떻게 만들어지는지에 관해 이미 알고 있었다는 것이다.

해리포터가 태어나기 전 트릴로니의 예언은 볼드모트에 대한 중요한 시사점을 제공한다. "어둠의 마왕은 그가 자신과 동등한 존재라는 흔적을 남길 것이다. 그러나 그는 어둠의 마왕이 알지 못하는 능력을 가지리라… 그들은 다른 한쪽이 살아 있는 한은 어느 쪽도 살 수가 없기 때문에, 반드시 어느 한쪽이 다른 한쪽의 손에 죽으리라"는 볼드모트를 물리치게 될 아이의 탄생을 예언한다(『불사조 기사단』, 5권, 253쪽). 덤블도어는 이 예언을 듣고 볼드모트가 해리에게 그와 동등한 존재라는 흔적을 남기고 갈 것이며 해리가 볼드모트를 물리칠 주인공이 될 것임을 추론한다.

덤블도어는 해리가 어떻게 볼드모트의 저주에서 살아남았는지에 대해서도 충분히 알고 있었을 것이다. 역사상 가장 위대하고 현명한 마법사인 덤블도어가 사랑이라는 고대의 마법에 대해 몰랐을 리가 없다. 릴리포터는 자신의 목숨을 희생하여 해리에게 사랑이라는 보호 마법을 남겼고, 이 보호 마법으로 인해 해리는 이마에 번개모양의 흉터를 갖게 되었고 동시에 볼드모트가 의도하지 않은 그의 호크룩스가 되었다.

해리의 부모가 죽었을 때 덤블도어가 해리의 흉터가 갖는 의미를 바로 이해했는지는 분명하지 않으나, 그날 볼드모트에게 무슨 일이 일어났는지 그리고 해리가 앞으로 어떤 역할을 해야 하는지 덤블도어가 오래 가지 않아 파악했다는 점은 분명해 보인다. 소설에서 해리의 흉터가 처음 언급되는 부분을 보면 맥고나걸 교수는 덤블도어에게 "흉터를 어떻게 없앨 수는 없는지" 물어보지만, 덤블도어는 "혹 할 수 있다 해도, 난 하지 않을 거요. 흉터가 때로는 유용할 수도 있으니까 말이오"라고 대답한다(『마법사의 돌』, 1권, 31쪽). 해그리드가 해리에게 "그건 평범한 흉터가 아냐. 그건 네게 강력하고 사악한 저주가 미쳤을 때 생겨난 흉터야"라고 말하는 부분도 마찬가지이다(『마법사의 돌』, 1권, 87쪽). 『불사조 기사단』의 마지막 부분에 가서야 덤블도어는 해리의 상처가 해리와 볼드모트를 잇는 연결고리 역할을 한다고 설명한다. "15년 전에 내가 너의 이마에 난 흉터를 보았을 때, **나는 그게 무슨 뜻인지를 짐작했었다**… 왜냐하면 말이다, 네가 마법의 세계에 들어왔을 때, 나는 15년 전의 나의 그 짐작이 옳았다는 걸 확인했기 때문이란다. 볼드모트가 네 근처에 있을 때… 그 흉터가 그 사실을 너한테 미리 알려준다고 짐작했던 게 옳았더란 말이지."(『불사조 기사단』, 5권, 228쪽) 다시 말해 덤블도어는 해리의 흉터가 단순한 흉터 이상의 의미를 갖는다는 점을 잘 알고 있었다. 볼드모트를 파괴하는 방법에 대한 실마리를 찾은 덤블도어에게 남은 일은 해리가 볼드모트를 물리치는 데 기꺼이 나서도록 하는 것이었다.

『마법사의 돌』에 나타나는 해리의 선택권

덤블도어가 고드릭의 골짜기에서 고아가 된 해리포터를 데려온 순간부터 사실상 해리는 스스로의 삶에 대한 선택권을 박탈당하게 되었다. 덤블도어가 해리포터를 더즐리 가족에게 맡긴 것은 그가 볼드모트와 죽음을 먹는 자들의 위험으로부터 안전하게 지낼 수 있도록 조치함과 동시에 해리포터의 유년 시절을 결정한 행동이었다. 더즐리 가족의 동네에서 덤블도어를 만난 맥고나걸은 해리의 부모가 죽었으니 이제 해리를 어떻게 할 계획이냐고 묻는다. 그러는 해리를 그의 유일한 혈육인 더즐리 이모에게 맡길 것이라는 덤블도어의 대답을 듣고 크게 놀란다. "설마 여기 살고 있는 저 사람들을 말씀하시는 건 아니겠죠?… 그 두 사람은 우리와는 전혀 달라요.… 해리포터가 이런 곳에 와서 살다니요!"(『마법사의 돌』, 1권, 28쪽) 해리가 호그와트에 입학할 나이가 될 때까지 더즐리 가족과 함께 살아야 한다는 것을 알게 된 독자들도 그저 경악스러울 뿐이다. 소설의 도입부부터 더즐리 가족이 얼마나 형편없는 인간들인지 분명하게 묘사되기 때문이다. "포터 부부는 더즐리 부부가 자기들 같은 부류의 사람들을 어떻게 생각하는지 너무나 잘 알고 있었다."(『마법사의 돌』, 1권, 21쪽) 맥고나걸은 물론 독자들도 왜 마법사를 싫어하는 사람들의 손에 해리를 맡겨야만 하는지 쉽게 납득할 수 없다.

덤블도어의 생각을 이해할 수 없는 맥고나걸은 해리가 마법사 가족들과 함께 살면 그가 궁금해하는 모든 일에 대한 속 시원한 답을 들으며 사랑받고 자랄 수 있을 것이라고 설득한다. 해리가 마법사 사회에서 유명해질 것이고 해리에 대한 책도 나올지 모른다고 설득한다. 하지만 덤블도어는 "바로 그거요.…그렇게 되면 어떤 아이라도 우쭐대게 될 거요. 걷고 말하기도 전에 유명해졌으니 말이오! 자신은 기억나지도 않는 일로 유명해졌으니 말이오! 그러니 그 애가 그것을 받아들일 준비가 될 때까지 그 모든 것으로부터 떨어져서 자라는 게 차라리 훨씬 더 낫다고 생각지 않소?"라며 반박한다(『마법사의 돌』, 1권, 29쪽). 결국 해리는 더즐리 가족에게 맡겨져 언어폭력과 각종 학대를 겪으며 그가 누구인지, 어디에서 왔는지, 왜 그는 부모가 없는지에 대해 전혀 알지 못한 채 성장하게 된다. 더즐리 가족으로부터 어떤 관심도 받지 못하고 자라던 해리는 열한 살 생일이 되어서야 왜 자기의 이마에 번개 모양의 흉터가 있는지, 남들에게는 없는 마법적 능력을 가지고 있는지, '계단 및 벽장 해리포터'로 알 수 없는 편지들이 계속 날아왔는지에 대한 답을 듣게 된다.

해리가 11살이 되던 생일 자정, 해그리드는 더즐리 가족과 해리가 피신해 있는 바닷가의 여관에 찾아와 더즐리 가족이 해리에게 그의 정체를 지금까지 비밀로 해왔다는 사실을 알고 격분한다. "말해 보시오…. 이 아이가 전혀 아무것도 모르고 있다는 거요?"(『마법사의 돌』, 1권, 79쪽) 화가 난 해그리드는 해리에게 그의 부모와 부모의 죽음에 대한 진실을 직접 이야기해 준다. 해리가 실은 마법사이고, 부모가 죽기 전까지 그들의 사랑을 받고 자랐고, 이제 다른 마법사들과 마찬가지로 호그와트에 입학하게 될 것이라고 모두 일러준다. 해리는 해그리드의 이야기를 듣고 마치 구름 속을 걷고 있는 듯한 행복을 느끼며, 이 모든 것이 해그리드 덕분이라고 생각한다. 해리가 마법학교에 가는 것을 반대하며 버논 이모부가 덤블도어를 모욕하자, 해그리드는 "절대로…내…앞에서… 알버스… 덤블도어를… 모욕하지 마!"라고 고함친다(『마법사의 돌』, 1권, 92쪽). 이 사건은 해리는 물론 독자들이 덤블도어에게 충성심을 갖게 되는 계기로 작용한다.

해리는 설레는 마음을 안고 호그와트로 향하고, 해그리드는 덤블도어가 지시한 대로 볼드모트가 그와 그의 부모를 찾아온 날 밤에 대해 해리에게 상세하게 알려준다. 호그와트에서 학교 생활을 시작한 해리는 일부 동급생과 스네이프 교수로부터 괴롭힘을 당한다. 『마법사의 돌』에서 해리는 마법의 약 수업 때마다 비난의 대상이 되는데, 그의 마법의 약 성적이 시원치 않기에 늘 스네이프의 꾸지람을 듣는다. 커다란 박쥐 같은 겉모습에 머리는 늘 떡져 있고, 어딘가 음흉해 보이는 스네이프는 분명 악한 인물인 것처럼 보인다(그는 자신이 사감으로 있는 슬리데린 학생들을 편애할 뿐만 아니라 다른 기숙사의 학생들에게 창피를 주고, 호통치고, 벌을 주는 것을 좋아하는 인물로 그려진다). 스네이프가 볼드모트 편이라고 생각하는 해리는 그의 실체를 밝혀내려는 계획을 세우고, 해리의 시선을 따라가는 독자들은 자연스럽게 스네이프를 악당으로 인식하게 된다.

그러나 스네이프가 볼드모트의 추종자라는 해리의 생각에 반전을 가하는 사건들이 발생한다. 『마법사의 돌』에서 해리, 론, 헤르미온느는 마법사의 돌을 찾기 위한 모험을 하는데, 해리는 마법사의 돌을 손에 넣으려는 사람이 스네이프라는 (잘못된) 결론을 토대로 돌을 찾아 나선다. 론과 헤르미온느가 돌을 찾는 일이 헛수고가 될 수도 있고, 최악의 경우 해리가 퇴학을 당할 수도 있다고 우려하자 해리는 아래와 같이 대답한다.

> "모르겠니? 스네이프가 만일 그 돌을 손에 넣으면, 볼드모트가 돌아올 거야! 그가 호그와트를 장악하면 어떻게 되는지 듣지도 못했니? 그땐 쫓겨날 호그와트도 없을 거야! … 내가 만일 그 돌을 손에 넣기 전에 잡히면, 그러면, 난 더즐리 가족에게로 돌아가 볼드모트가 그곳으로 날 찾아오길 기다릴 거야. 난 그저 조금 더

늦게 죽는 것뿐이야, 왜냐하면 난 어둠의 세계로는 절대로 가지 않을 테니까."(『마법사의 돌』, 2권, 156쪽)

해리는 "만일에 대비하여"라는 덤블도어의 메모와 함께 베개 밑에 놓여 있던 투명 망토를 가지고* 끝내 마법사의 돌을 찾으러 떠난다. 그는 론, 헤르미온느의 도움을 받아 돌을 보호하는 여섯 단계의 관문을 통과하고, 일곱번째 관문에서 스네이프가 아닌 퀴렐의 몸을 빌린 볼드모트를 마주한다. 퀴렐은 스네이프를 의심했던 해리를 비웃으며 이렇게 말한다. "물론 [널 구하려고 했었지]… 왜 그가 너의 다음 시합 심판을 자청했다고 생각하니? 그는 내가 다시 널 해치지 못하게 하기 위해서였어."(『마법사의 돌』, 2권, 181쪽) 이는 스네이프를 줄곧 오해하고 있었던 해리와 독자들의 허를 찌른다. 그러나 이 사건 이후에도 해리는 자기의 편협한 시야에 갇혀 스네이프에 대한 편견을 버리지 못한다. 스네이프가 나쁜 사람이라는 인식을 전환하는 사건이 발생했음에도 불구하고 해리는 여전히 감정에 휘둘려 그를 믿지 못한다.

---

* 덤블도어가 해리에게 투명 망토를 주면서 의미심장한 메모를 남긴 이유에 대해 여러 가지로 생각해 볼 수 있겠다. "만일에 대비하여"는 해리가 마법사의 돌을 찾으러 갈 것임을 덤블도어가 이미 예상하고 있었다는 뜻일 수도 있다. 자기가 학교 안에 없을 때조차 학교에서 돌아가는 일을 모두 알고 있다는 그의 말처럼, 덤블도어는 해리가 무슨 계획을 세우고 있었는지 모두 알고 있었을 가능성이 크다. 해리가 옥상에 두고 온 투명 망토를 돌려주며 통금시간에 학교 안을 돌아다닐 수 있는 계기를 만들어 준 것은 해리가 마법사의 돌을 찾으러 가길 바라고 있었다는 것을 의미한다.

해리의 판단이 미숙하다는 것이 증명되었으면, 독자들 스스로 스네이프와 덤블도어에 대해 한번 더 생각해 보아야 하지 않을까? 해리가 판단하는 것과 실제 사이에는 상당한 간극이 존재하고, 그가 스네이프와 덤블도어에게 갖고 있는 이미지에는 허점이 발견된다. 우리는 『마법사의 돌』을 통해 해리가 소설 속 등장인물에 대해 판단 내린 것이 반드시 신뢰할 수 있는 대상이 아니라는 것을 알 수 있다. 그럼에도 불구하고, 학생들은 해리의 판단 오류는 무시하고 여전히 덤블도어가 비판의 여지 없는 완벽한 인물이라고 주장하고 있었다.

나는 그들에게 물어보았다. "소설 뒷부분에 나오는 덤블도어와 해리의 대화는 어떻게 생각하나요?" 덤블도어는 해리의 용감함을 칭찬하며 다음과 같이 말한다. "내가 때마침 도착해 그걸 막긴 했지만, 네가 혼자서 아주 잘하고 있었단다."(『마법사의 돌』, 2권, 192쪽) 덤블도어는 칭찬을 통해 그가 중요시 여기는 덕목인 용기, 열정, 이타주의 등을 해리에게 강조한다. 더즐리 가족은 물론 그 누구에게도 이렇게 화려한 칭찬을 들어 본 적 없는 해리는 칭찬을 듣고 고무된다. 게다가, 해리의 이야기를 귀 기울여 들어주고 그를 칭찬하는 덤블도어의 모습에 독자들도 일종의 안도감을 느낀다(대부분의 동화에서 어른들은 아이의 믿을 만한 친구가 되지 못한다는 것을 상기해 보자). 해리는 덤블도어와 대화를 나누며 덤블도어가 안전함과 편안함을 준다는 것을 발견한다.

그러나 덤블도어는 곧 볼드모트가 다른 사람의 몸을 빌리거나 스스로 부활하는 방법으로 언제든 다시 돌아올 수 있다 말하고, 이는 조금 전까지의 안전함과 편안함을 살짝 불편하게 만든다. 볼드모트가 영원히 사라진 것이냐고 해리가 묻자 덤블도어는 이렇게 대답한다. "하지만 해리, 너는 그가 예전의 힘을 다시 찾는 시간을 조금 늦춰 놓은 거야. 앞으로도 누군가가 그와 싸워서 그 시간을 조금씩 조금씩 더 늦춰 놓는다면 그는 아마 영원히 힘을 되찾지 못할 게다."(『마법사의 돌』, 2권, 194쪽) 그는 해리의 질문에 직접적인 답을 회피할 뿐만 아니라 볼드모트가 돌아올 수도 있다는 (사실은 돌아올 것이라는) 공포감을 불러일으킨다. 볼드모트가 언제든 다시 돌아와 해리를 죽일 수도 있다는 공포감을 마음속에 심어놓는 것은 해리에게 자신의 영향력을 확보하기 위한 덤블도어의 수단이다. 한낱 어린이에 불과한 해리를 이렇게 자기 뜻대로 조종하는 것은 상당히 보기 불편한 일이나, 대부분의 독자들은 덤블도어에 대한 좋은 감정으로 인해 이런 불편함을 간과하고 지나간다. 해리와 독자들은 덤블도어가 해리를 보호하기 위해—해리를 안전하게 지키고 볼드모트를 영원히 물리치기 위해—그의 질문에 애매하게 대답했으리라 생각한다.

볼드모트가 자신을 죽이고 싶어 하는 이유에 대해 물어보았을 때도 덤블도어는 해리에게 진실을 말해 주지 않는다. 해리가 자신의 과거를 이해하고 스스로의 미래를 결정지을 수 있는 중요한 정보를 알아야 한다고 인정하는 대신, 덤블도어는 답을 회피하며 이렇게 말한다. "이를 어쩌지, 그 첫번째 질문에는 대답할 수가 없구나. 오늘은 안 돼. 지금은 안 된다. 하지만 언젠가는 알게 될 게다, 언젠가는."(『마법사의 돌』, 2권, 195쪽) 나는 이 대목을 처음 읽었을 때부터 덤블도어의 태도가 상당히 거슬렸다. 나중에 『불사조 기사단』에서 해리가 어리다는 이유로 진실을 말해 주지 않았던 것이 실수였다고 하는 것을 고려하면, 덤블도어는 해리에게 사실을 숨긴 다른 이유가 있었음이 분명하다. 내 생각에는, 자신이 해리를 희생양으로 생각한다는 불편한 사실을 인정하고 싶지 않았던 것 같다.

덤블도어는 볼드모트와 직접 맞서 싸우며 그의 부활을 저지한 해리의 용기를 칭찬하지만, 동시에 부모의 죽음과 볼드모트가 그를 죽이려고 하는 이유를 해리가 받아들이기에는 너무 이르다고 판단한다. 따라서 그는 해리가 궁금해하는 사실을 말해 주지 않음으로써 그를 무지의 상태에 놓아 두고 오히려 자신을 고분고분하게 따르는 순종적인 아이로 만들었다. 결과적으로 『마법사의 돌』이 끝날 즈음 해리는 삶을 능동적으로 선택할 권리를 빼앗긴 해 덤블도어의 충성스럽고 맹목적인 심복이 되어 있었다.

『불사조 기사단』에서 드러나는 권력구도

해리포터 시리즈 중 가장 슬프고 또 감동적이라고 평가되는 『불사조 기사단』은 내러티브에 등장하는 인물들의 관계나 독자와 텍스트 간의 상호작용이 이전 시리즈와 확연히 다르다. 『불사조 기사단』은 독자들이 해리의 경험을 공유하며 함께 성장하도록 한다. 소설 속에는 어린이 독자가 이해하기에 다소 낯설 수도 있는 사춘기, 죽음, 파괴, 비통함 등의 무거운 사건들과 괴이하기 그지없는 교수가 등장한다. 독자들은 해리와 첫키스, 첫사랑의 추억을 공유하고 사랑하는 대부를 잃는 크나큰 상실감을—『불의 잔』에서 케드릭의 죽음에 이은 또 다른 상실—간접적으로 체험한다. 해리는 긴 복도와 닫혀 있는 문이 등장하는 악몽을 계속 꾸게 되는데, 어느 날 시리우스 블랙이 위험해 처해 있는 모습을 꿈에서 보고 그를 구하러 마법부에 간다. 그러나 시리우스는 거기에 없었고, 모든 것이 죽음을 먹는 자들의 계략이었음이 밝혀진다. 길고 긴 싸움 끝에 시리우스는 벨라트릭스 레스트레인지의 손에 죽고 만다. 볼드모트는 해리의 생각 속에 침투하여 그를 지배하려고 하지만 덤블도어의 저지로 끝내 실패하게 된다.

호그와트에 돌아온 해리가 덤블도어의 방에서 시리우스의 죽음을 떠올리며 괴로워하는 장면은 다음과 같이 묘사된다. "교장들이 잠결에 이따금 신음을 하거나 코를 킁킁거리는 소리만이 들릴 뿐이었다. 해리는 그 침묵과 고요를 견딜 수가 없었다. 만약 지금 그의 가슴속 감정들이 고스란히 그의 주위에 그려질 수만 있다면, 액자 속 교장들은 모두 고통의 비명을 지르고 있었을 것이다."(『불사조 기사단』, 5권, 217쪽) 괴로움을 주체할 수 없는 해리는 마음을 진정시키려 노력하지만 이내 불가능함을 깨닫고 덤블도어가 오기만을 기다린다. 덤블도어가 호그와트로 돌아온 후 그가 해리와 나누는 대화는 두 사람의 관계 그리고 소설 내러티브에 담긴 권력과 권리 구도를 명백하게 보여 준다. 이 대화는 해리 포터 시리즈를 통틀어 가장 중요한 대화 내용 중 하나인데, 이는 덤블도어의 복잡한 도덕적 가치관이 명명백백하게 드러나기 때문이다.

상실감의 고통에 몸부림치는 해리와 달리 덤블도어는 너무도 차분해서, 이는 해리의 감정을 더욱 부추기는 요소로 작용한다. 해리는 자기가 어떤 기분인지 잘 알고 있다는 덤블도어의 말에 더욱 화가 치밀어 올라 덤블도어가 자기 감정을 전혀 이해하지 못한다고 반박한다. 하지만 덤블도어는 해리의 말을 무시한 채 그는 죄책감을 느낄 필요가 전혀 없으며, 오히려 고통을 느낀다는 사실이 그의 "가장 커다란 능력"이라고 말한다(『불사조 기사단』, 5권, 222쪽). 해리가 괴로워한다는 것 자체가 그가 인간이라는 사실 그리고 살아 있다는 사실을 증명한다는 것이다. 이는 해리로 하여금 자기가 볼드모트와 어떻게 다른지 차이점을 분명하게 인식할 수 있는 중요한 단서인데, 해리는 볼드모트가 자기를 동등한 존재로 인식함에 따라 자기가 볼드모트와 유사한 존재일까 봐 두려워했기 때문이다.

『불사조 기사단』에서 해리는 꿈을 통해 볼드모트의 생각을 읽을 수 있다는 것을 알게 되고 자신이 볼드모트와 긴밀하게 연결된 존재라는 생각에 당혹스러움을 느낀다. 청소년이 되어 성숙해진 해리는 어렸을 때는 몰랐던 분노, 증오, 공포를 느끼게 되는

데, 그는 이러한 부정적인 감정을 볼드모트와 연관짓고 자신이 느끼는 감정의 근원이 볼드모트일 것이라고 판단한다. 나아가 뱀의 언어인 파셀텅을 하는 것, 학대와 무시를 경험했던 유년 시절, 마법사와 머글 부모 사이에서 태어난 것 등 볼드모트와 자신 사이에 여러 불편한 공통점이 있는 것을 알게 된다. 볼드모트와의 공통점을 발견한 해리가 끊임없는 걱정과 불안에 휩싸이자 덤블도어가 이를 알아차리고 해리의 불안을 해소하고자 하는 것은 자애로운 교장선생님의 이상적인 모습이라 할 수 있다.

하지만 여기에서도, 덤블도어는 해리의 감정을 또 다시 이용한다. 덤블도어는 다음과 같이 말한다. "'아니야, 그렇지 않아.' 덤블도어가 더욱 침착하게 말했다. '넌 어머니를 잃었고 아버지를 잃었어. 그리고 지금은 너에게 부모와 같았던 사람을 잃었지. 네가 괴로워하는 건 지극히 당연하다.'"(『불사조 기사단』, 5권, 224쪽) 해리는 더 이상 화를 참지 못하고 덤블도어의 방을 나가려고 하지만 덤블도어는 그마저도 쉽게 허락하지 않는다. 방에서 나가게 해 달라는 해리의 요구를 묵살하고, 덤블도어는 자기가 하는 말이 끝날 때까지 방을 나갈 수 없다고 강하게 못박는다. 해리가 마침내 포기하자 덤블도어는 자기가 실수를 했다는 사실을 털어놓으며 해리가 그렇게 노여워하지 않아도 된다고 설명한다(『불사조 기사단』, 5권, 226쪽).

나는 이렇게 말했다. "드디어 덤블도어가 자신의 잘못을 인정했어요." 수업이 몇 주가 지나고 『불사조 기사단』을 다룰 차례가 되어서야 학생 중 한 명이 덤블도어가 도덕적으로 순수한 사람이 아니라는 것에 동의했다. 서른 명이 넘는 다른 학생들은 덤블도어의 잘못이 사실로 드러났다는 나의 말을 여전히 받아들이지 않았다. 한 학생은 이렇게 말했다. "시리우스가 죽고 해리가 괴로워하고 있으니 덤블도어도 자책감을 느껴 그렇게 말한 거 같아요." 그렇다면 단순히 해리의 슬픔을 덜어주기 위해 덤블도어는 지금껏 말하지 않고 숨겨온 자신의 실수를 뒤늦게 고백했다는 의미가 아닐까?

덤블도어는 어떠한 행동을 취하기 전 그 행동이 가져올 잠재적 영향력을 면밀하게 고려하는 인물로, 자신의 실수를 고백한 행동도 여기서 예외는 아니다. 그는 자신이 해리에게 중요한 사실을 숨겨 왔던 것이 잘못된 판단이었음을 이미 알고 있었으나, 마법부에서의 싸움과 시리우스의 죽음 이후에는 그것이 반박의 여지 없이 아주 잘못된 것이었다고 깨닫는다. 그리하여 그는 해리에게 뒤늦게 고백한다. 해리가 더즐리 이모부네서 살게 된 이유는 그들이 친절한 사람들이거나 해리의 유일한 혈육이라서가 아니라, 볼드모트를 파괴할 수 있는 유일한 사람이 해리이기 때문에 그가 때가 될 때까지 안전하게 자랄 수 있도록 해야 했기 때문이라고 말이다. 덤블도어는 이렇게 말한다. "5년 전에 호그와트에 왔을 때, 너는 아주 딱할 정도로 불쌍해 보였고 영양상태도 몹시 나빴다. 그러나 어쨌든 간에 멀쩡하게 살아 있었지.… **그때까지는 모든 것이 내 계획대로 되었지.**"(『불사조 기사단』, 5권, 246

쪽) 덤블도어는 해리가 자신의 인생에 대해 스스로 결정할 수 있는 나이가 되기 전부터 해리의 인생과 미래를 대신 계획해 두었다. 이는 덤블도어가 어린 해리를 대상으로 권력과 권리를 이용했다는 것을 잘 보여 준다.

해리가 자라서 어떤 상황에 처하게 될지 덤블도어가 이미 예상하고 있었기에 나는 그의 계획이 더 비도덕적이고 비난받을 만하다고 생각한다. 덤블도어가 말한 대로 해리가 앞으로 받아들여야 할 그의 운명과 미래는 처절하고 슬프기 그지없다. 자신에 대한 예언의 내용을 알게 된 해리는 호그와트에 입학한 이후 줄곧 그를 괴롭혀 왔던 궁금증을 풀고자 이렇게 묻는다. "'그렇다면' 해리는 가슴속 깊은 곳의 절망의 샘 같은 곳에서 얼른 몇 마디를 퍼올렸다. '그렇다면… 결국엔 제가 그 자를 죽이거나 그자가 저를 죽이게 되겠군요?'"(『불사조 기사단』, 5권, 258쪽) 덤블도어는 숙연한 목소리로 그의 질문에 그렇다고 짧게 대답한다. 자신의 운명을 보다 큰 그림 안에서 이해하고 받아들일 수 있는 나이가 되기도 전에 해리에게는 이미 인생의 항로가 정해져 있었다. 덤블도어는 해리가 장차 어떤 선택을 해야 될지 이미 알고 있었고, 그와 관련한 대부분의 비밀을 철저하게 숨겨 왔다. 그리고 해리가 패배와 좌절을 겪어 운명을 저항하지 않고 순순히 받아들일 때가 되어서야 그 비밀들을 털어놓기 시작했다.

해리는 자신이 볼드모트를 죽이거나 그가 자신을 죽이게 된다는 운명에 대해 론과 헤르미온느에게 모두 털어놓아야 하는지

고민하고, 이런 생각은 그에게 또 다른 고통을 안겨준다. 해리는 덤블도어의 방을 나온 이후 단절감과 외로움을 느낀다. "햇살이 화사하고 주위에서는 사람들이 웃고 떠들고 있었다. 그는 자기가 그들과는 전혀 다른 종족에 속하는 인간일지도 모른다는 쓸쓸한 생각을 떨칠 수가 없었지만, 언젠가는 반드시 누군가를 죽이거나 누군가에 의해서 죽도록 그의 인생이 예정되어 있다는 사실도 믿어지지가 않았다(『불사조 기사단』, 5권, 278~279쪽). 어리고 순수한 해리에게 지워진 운명은 상당한 부담이기에, 운명에 그대로 순응해야만 하는 해리의 모습은 딱하고 애처로워 보인다. 해리가 희생양의 역할을 묵묵히 받아들여 다른 선택의 여지 없이 볼드모트와 싸워야만 하는 상황을 의도적으로 만든 사람이 바로 다름 아닌 덤블도어이다. 『불사조 기사단』은 자신에게 예정되어 있는 운명을 조용히 받아들이는 해리의 쓸쓸한 모습을 보여 주며 이야기를 마친다.

『혼혈왕자』에서 나타나는 신뢰와 충성도

해리에 대한 예언이 알려지고 볼드모트가 해리를 자신과 동등한 적수로 인식하면서부터 해리는 마법사 세계를 구하기 위해 자신을 희생해야 하는 운명을 타고나게 되었다. 그러나 아무것도 모르는 순진한 11살의 어린이가 위험한 운명을 기꺼이 떠안는 젊은 청년으로 성장하는 데는 덤블도어의 정교한 계획이 배후에 있었고, 그 계획은 해리를 더즐리 이모부네 집에 맡긴 것부터 시작되었다. 그리하여 『불사조 기사단』의 마지막 부분에서 해리는 자기가 볼드모트를 없앨 유일한 사람이라는 운명을 받아들이고, 『혼혈왕자』에서 덤블도어가 계획한 것을 순차적으로 진행해 나간다. 덤블도어의 계획에 후퇴는 없다. 오직 진전만이 있을 뿐이다.

『혼혈왕자』는 여름방학을 맞아 더즐리 이모부네 집으로 돌아간 해리가 덤블도어의 편지를 받는 내용으로 시작한다. 덤블도어는 편지를 통해 중요한 일에 해리가 동행해 줄 것을 요청하고, 해리는 덤블도어를 도와줄 수 있음을 기쁘게 생각한다. 해리를 만나기 위해 프리빗가 4번지에 도착한 덤블도어는 해리를 지금까지 살뜰히 대해 주지 못한 더즐리 가족들을 책망하는데, 해리가 그 집에서 함께 살게 된 지 15년이나 지난 지금에야 그들을 나무란다는 것이 상당히 흥미롭다. 덤블도어는 이렇게 말한다.

"하지만 당신들은 내가 부탁한 대로 하지 않았습니다. 해리를 단 한 번도 아들처럼 대해 주지 않았죠. 저 아이는 당신들의 손에서 오직 냉대와 학대 이외에는 경험한 것이 없습니다."(『혼혈왕자』, 1권, 93쪽)

더즐리 가족들의 잘못된 행동에 덤블도어가 분노한 것은 확실하지만, 혹시 자신과 해리와의 관계를 더욱 돈독히 하고 독자들로부터 더 많은 충성심을 일으키기 위한 의도된 행동이 아니었을까 하는 인상을 지울 수 없다. 해리와 함께 볼드모트가 숨긴 호크룩스를 찾기 위한 위험한 여정을 시작해야 하는 만큼, 덤블도어는 해리가 끝까지 자신을 따라줄 것인지 확실히 해두어야 했을 것이다.

『혼혈왕자』는 덤블도어가 자신에게 쓸모 있는 사람을 어떻게 이용하는지 그의 행동 방식을 파악할 수 있다는 점에서 상당히 유의미하다. 실제로, 소설 속의 많은 일화들은 덤블도어가 자기의 능력을 활용해 주변 사람들을 조종하는 모습을 담고 있는데, 이렇게 조종당하는 여러 사람들 중 스네이프가 가장 안타깝고 딱한 사람이 아닐까 싶다. 덤블도어는 릴리에 대한 스네이프의 마음을 미끼로 하여 스네이프가 해리를 늘 곁에서 지켜줄 수 있도록 만들었다. 스네이프가 나중에 죽으면서 해리에게 알려주는 비밀은 그가 이중첩자로서 또 해리의 보호자로서의 역할을 수행하는 데 덤블도어의 영향력과 지배력이 엄청나게 작용했다는 것을 보여 준다. 심지어 『혼혈왕자』의 마지막 부분에서 덤블도어는 스네이프가 내켜 하지 않음에도 불구하고 자기를 죽이는 역할을 맡으라고 명령한다. 덤블도어는 릴리의 죽음에 대한 스네이프의 죄책감을 활용해 볼드모트를 제거하려는 자신의 목적을 달성하는 데 스네이프를 유용하게 써먹는다.

덤블도어가 호레이스 슬러그혼 교수에게 호그와트로 돌아오도록 설득하는 이야기도 사람을 능숙히 조종하는 그의 면모를 엿볼 수 있는 부분이다. 슬러그혼이 소위 유명하고 재능 있는 학생들을 '수집'한다는 사실을 익히 알고 있기에 덤블도어는 해리를 그가 숨어 있는 집으로 데리고 간다. 슬러그혼을 설득하는 데 자기가 과연 무슨 도움이 될 수 있을까 해리가 의아해 하자, 덤블도어는 "오, 나는 네가 도움이 될 거라고 생각한다"라고 말한다(『혼혈왕자』, 1권, 100쪽). 덤블도어에게 쓸모 있는 사람이 되는 것이 그에게 관심을 받을 수 있는 유일한 방법이라 믿는 해리이기에 슬러그혼을 설득하는 것은 매우 중요해진다. 사실 덤블도어가 주변에 두는 사람들은 그들의 유용성이 중요한 척도이다.

덤블도어와 해리는 슬러그혼을 찾아내고, 해리와 이야기를 나눈 슬러그혼은 호그와트로 돌아가기로 합의한다. 슬러그혼의 집을 나와 돌아가는 길에 덤블도어는 해리를 칭찬하며 그가 "호그와트로 돌아가면 얼마나 많은 것을 얻을 수 있는지 정확하게 일러주었어"라고 말한다(『혼혈왕자』, 1권, 123쪽). 그리고 슬러그혼이 해리와 친해지려고 할 것이니 그 기회를 잘 이용하는 것이 좋겠다고 말한다. 슬러그혼은 볼드모트의 호크룩스에 대한 중요한 실마리를 쥐고 있으므로, 해리는 그가 알고 있는 사실이 무엇인지 반드시 알아내야만 한다. 덤블도어는 이 대목에서조차 무슨 이유 때문에 해리가 그와 가까워져야 하는지 알려주지 않고, 대신 해리가 문제에 대한 호기심과 충성심을 유지할 수 있을 정도로만 애매한 답을 준다. 이렇게 특정 주제에 대한 언급을 피하면서 진실을 유보하는 것은 해리포터 시리즈 전반에서 볼 수 있는 덤블도어의 일관적인 행동 전략이다.

『혼혈왕자』는 덤블도어와 해리가 과거의 기억과 장소를 더듬어가는 여정이 주요하게 다룬다. 그들이 첫번째 여정을 시작하기 전, 덤블도어는 해리에게 이렇게 말한다. "볼드모트가 왜 15년 전에 너를 죽이려고 했는지 그 이유를 네가 알게 된 지금, 나는 이제 너에게 좀 더 확실한 사실을 알려줘야 한다고 생각했단다."(『혼혈왕자』, 2권, 51~52쪽) 『불사조 기사단』에서 덤블도어와의 대화를 통해 15년 전에 무슨 일이 있었던 것인지 모두 다 알게 되었다고 생각한 해리에게 이제와 '좀 더 확실한 사실을' 알려주겠다는 말은 다소 황당하다. 덤블도어는 해리에게 말해 주었던 이야기가 실은 자신이 '옳다고 생각했던 것'이라고 인정하고 그가 앞으로 확인하게 될 사실들이 '추측'에 기반한 것이라고 말한다(『혼혈왕자』, 2권, 51~52쪽).

"제가 책을 읽으면서 궁금했던 게 이거예요." 나는 학생들에게 말했다. "덤블도어는 해리와 공유하게 될 사실에 대해 자신은 그것이 **무엇인지 모른다고** 해요. 하지만 그는 앞으로 알게 될 사실보다 더 많은 것을 이미 알고 있었던 게 분명해요." 자기가 다 알고 있는 사실을 해리와 함께 추측해야 하는 것처럼 보이게 만든 것은 해리가 덤블도어를 더욱 신뢰하고 그의 임무에 충실할 수 있게 하는 수단이었다. 뿐만 아니라, 해리가 임무를 수행하겠다고 **선택**하기 전 덤블도어에게 진실을 먼저 알려 달라고 조르는 일이 발생하지 않았다.

덤블도어는 곧이어 해리에게 이야기의 비밀을 지키되 론과 헤르미온느에게 알고 있는 것을 이야기해도 좋다고 말한다. 해리가 친구들과 비밀을 공유하여 그들의 도움을 받을 수 있게끔 하는 것은 덤블도어가 해리의 마법 능력이 지닌 한계를 잘 알고 있다는 것을 의미한다. 해리가 임무를 성공적으로 수행하기 위해서는 헤르미온느의 지혜, 론의 우정과 따뜻한 마음이 필요하다. 덤블도어가 친구들과 비밀을 나누도록 허락하는 대목은 그의 자비롭고 다정한 성격을 보여 주는데, 그는 이렇게 진실을 쉽게 드러내지 않는 절제되고 계산적인 모습과 인간적이고 배려 깊은 모습을 여러 차례 오간다. 그의 성격이 변화하는 만큼 해리를 대하는 태도 역시 상반된 모습이 공존한다. 가령, 어떤 대목에서는 해리와 모든 사실을 공유하려고 하지만, 또 다른 대목에서는 짧은 말 몇 마디 이외에 해리에게 질문조차 허용하지 않는 것이다. 『혼혈왕자』에서 덤블도어가 더즐리 이모부 가족을 찾아왔을 때, 해리는 덤블도어의 손을 보고 무슨 일이 있었던 것인지 묻는다. "하지만 덤블도어가 다시 지팡이를 호주머니에 넣을 때, 해리는 그의 손이 시커멓게 변해 오그라들어 있는 것을 보았다. 마치 그의 살이 불에 데기라도 한 것 같았다. '교수님…도대체 어떻게 된…?' '나중에, 해리. 우선 자리에 앉거라.' 덤블도어가 말했다." (『혼혈왕자』, 1권, 81쪽) 따라서 해리포터 시리즈 전체는 물론 특히 『혼혈왕자』에서 해리는 덤블도어를 어떻게 대해야 옳을지 확신을 갖기 어려웠을 것이다.

해리는 덤블도어와의 개인 수업을 통해 볼드모트의 과거, 그의 부모, 그리고 어떻게 그가 호그와트 학생이 되었는지에 대해 알아간다. 수업이 진행되면서 해리는 볼드모트의 젊은 시절에 대해 많은 것을 알게 되지만, 해리가 더 많은 것을 궁금해할 때마다 덤블도어는 답해 주지 않고 매번 침묵을 지킨다. 덤블도어는 해리에게 호크룩스가 무엇인지 직접적으로 알려주지 않고 계속 언급을 피한다. 그는 이런 전략 덕분에 해리의 호기심과 충성심을 끝까지 유지하여 자신의 목적을 달성할 수 있었다. 만약 해리가 진실을 진작에 모두 알았더라도 덤블도어의 수업을 착실히 따랐을지는 다소 의문스러운 부분이다. 덤블도어는 진실을 철저하게 차단함으로써 해리가 기꺼이 과거의 기억과 역사의 조각을 더듬어 갈 수 있도록 한 것이다.

호크룩스에 대한 진실을 찾아가는 과정에 있어 슬러그혼이 호그와트에 돌아오는 것은 매우 중요한 사건이었다. 슬러그혼은 볼드모트에 대한 덤블도어의 가설을 입증할 수 있는 기억을 가지고 있기 때문에, 덤블도어는 해리에게 그 기억을 찾아오라는 임무를 맡긴다. 해리는 덤블도어의 명령에 따라 슬러그혼의 진짜 기억을 가져올 방법을 강구하지만, 여러 번 이에 실패하며 덤블도어가 자신에게 실망하고 있다는 것을 확인한다. 덤블도어는 해리가 느끼는 압박감과 부담을 이해하기는커녕, 해리를 무안하게 만들고 슬러그혼의 기억을 찾아오는 일을 해리가 그다지 중요하게 생각하는 것 같지 않는다고 닦달한다(『혼혈왕자』, 3권, 139~141쪽). 덤블도어가 이렇게 무언가를 독촉하는 모습을 지금까지 한 번도 본 적 없기에, 해리는 물론 독자들 모두 이 상황이 대단히 곤란하다. 이 대목을 통해 우리는 덤블도어가 볼드모트를 파괴하는 일에 수단과 방법을 가리지 않으며 그 무엇보다도 중요한 목적으로 생각하고 있다는 것을 알 수 있다.

해리가 슬러그혼의 기억을 가져왔을 때도 덤블도어는 진실에 대한 단편적인 사실만을 알려준다. 기억을 가져온 해리는 곧바로 덤블도어를 찾아가 그와 함께 슬러그혼과 톰 리들이 과거에 나누었던 대화를 지켜본다. 볼드모트에 대한 마지막 퍼즐조각을 맞춘 해리는 한껏 고무되어 덤블도어가 계획했던 그의 임무에 헌신할 것을 다시 한번 다짐한다. 물론, 해리의 입장에서는 그의 부모님, 케드릭 디고리, 시리우스 블랙을 포함해 볼드모트와 죽음을 먹는 자들이 살해한 수많은 사람들을 위해 복수하고 싶었을 것이 당연하다. 덤블도어는 먼저 볼드모트가 왜 영혼을 쪼개 불멸의 존재가 되고자 했는지 해리에게 알려주고, 그가 볼드모트에게 위협이 되는 이유는 해리가 사랑을 아는 존재이기 때문이라고 말한다. 그러나 『죽음의 성물』 마지막 부분에서 해리는 볼드모트가 그에게 위협을 느끼는 진짜 이유는 그가 의도하지 않은 볼드모트의 호크룩스이기 때문임을 알게 된다. 볼드모트가 해리를 자신과 동등한 존재로 만드는 바람에 그의 영혼은 일곱 개로 나뉘어졌고, 일곱번째 영혼이 해리에게 들어가 그에게 볼드모트의 일부가 남겨진 것이었다.

『불사조 기사단』에서 그랬던 것과 마찬가지로 덤블도어는 릴리와 제임스 포터의 죽음을 언급하며 해리가 볼드모트를 죽여야 할 것이라고 설득한다. 덤블도어는 이렇게 말한다. "[볼드모트를 죽이려고] 노력해야 한다고?… 물론 넌 그래야만 한다! 하지만 그 예언 때문이 아니야! 단지 너 자신이 노력하지 않고는 결코 편안히 쉴 수 없을 것이기 때문이지!"(『혼혈왕자』, 3권, 281~282쪽). 해리는 볼드모트가 자신이 사랑하는 사람들을 죽였다는 생각에, 그리고 덤블도어가 자신의 능력을 믿어 주고 있다는 생각에 볼드모트와 기꺼이 맞서기로 마음을 먹는다. 이는 덤블도어의 계획에 대단히 중요한 의미를 갖는 순간이다. 해리가 행동에 나서게 된 이유는 예언 때문이 아니라, 덤블도어가 그를 그렇게 만들었기 때문이다. 아이러니하게도, 해리는 덤블도어가 형성한 자아의 모습에 따라 덤블도어가 원하는 대로 자신의 임무를 받아들인다.

볼드모트를 물리치겠다고 결심한 이후 해리가 하는 모든 행동은 덤블도어가 애초부터 계획하고 기대했던 모습 그대로이다. 해리는 이제서야 덤블도어가 그에게 말해 주려 애썼던 것, 즉 "목숨을 건 싸움을 앞두고 경기장에 억지로 끌려 들어가느냐, 아니면 고개를 높이 쳐들고 당당하게 걸어 들어가느냐 하는 것의 차이"를 이해하게 되었다고 생각한다(『혼혈왕자』, 3권, 283쪽). 그러나 사실상 해리는 지난 6년 내내 자신의 의지와 상관없이 덤블도어에게 끌려 다녔다. 그리고 덤블도어가 예상한 대로 자신에게 다른 대안이 없음을 알고 어쩔 수 없는 선택을 한 것이다. 『혼혈왕자』의 후반에서 덤블도어가 죽음을 맞이하자 해리는 미래에 대한 막막함을 느낀다. 해리는 론과 헤르미온느에게 남은 호크룩스를 찾으러 떠날 것이라 말하며 "그게 덤블도어 교수님께서 내가 하길 원하셨던 일이야. 그래서 나에게 호크룩스에 관한 모든 이야기를 다 해주셨던 거야"라고 한다(『혼혈왕자』, 4권, 238쪽).

『혼혈왕자』의 결말과 『죽음의 성물』은 내가 가장 기다려 온 부분이었다. 호크룩스를 파괴하기 위해 해리가 여정을 떠나면서 겪는 각종 사건들은 덤블도어가 다른 보통 사람들과 마찬가지로 도덕적으로 완벽하지 않다는 것을 가장 잘 드러내고 있기 때문이다. 『죽음의 성물』은 많은 독자들이 충성해 마지않았던 덤블도어에 대한 과거사를 모두 드러냄으로써 그의 복잡한 내면에 대한 새로운 시각을 제공한다. 덤블도어의 과거가 폭로되면서, 우리는 그가 가슴 아픈 시련, 죽음, 파괴, 사랑이 혼재된 숨기고픈 상처가 있었다는 것을 알게 된다.

덤블도어는 청년시절 겔러트 그린델왈드라는 마법사와 열정적인 우정을 유지했는데, 그는 마법사들이 머글을 지배하고 권력을 잡아 통일된 마법사 사회를 건설하여 "더 커다란 선"을 실현해야 한다는 목적을 갖고 있었다. 이는 젊은 덤블도어의 공감을 샀으나, 극단적인 그린델왈드의 태도와 덤블도어의 남동생 애버포스의 반대로 인해 세 사람 사이에는 다툼이 일어나고, 이 과정에서 덤블도어의 여동생인 아리애나가 죽음을 맞는다. 덤블도어는 다음과 같이 그때의 사건을 회상한다.

그래, 그린델왈드는 달아났어… 그는 종적을 감췄단다. 권력을 차지하기 위한 계획과 머글을 학대하려는 계략을 품은 채, 그리고 죽음의 성물에 대한 꿈, 내가 그에게 부추겼고 또 협력했던 그 꿈을 간직한 채로. 그는 달아났지만 나는 남아서 여동생을 땅에 묻었어. 그리고 죄책감과 무시무시한 슬픔 속에서, 내 수치스런 행위에 대해 대가를 치르며 살아가는 법을 배웠지. (『죽음의 성물』, 4권, 241~242쪽)

덤블도어의 지난 과거에서도 나타나듯이, 그는 더 크고 중요한 목적 달성을 위해서라면 힘없고 약한 자를 간과하는 사람이었다. 다시 말해, 덤블도어의 관심사는 언제나 더 큰 선을 추구하는 것이었다. 그렇다면 우리는 덤블도어가 젊었던 날 저지른 실수들을 비난할 수 있을까? 『죽음의 성물』이 해리와 독자들에게 시사하는 바는 덤블도어도 우리와 똑같은 사람이라는 것이다. 그도 우리와 마찬가지로 실수하고, 분노하고, 기뻐하고, 이기적으로 행동하고, 사랑하고, 권력을 잡고, 영리하게 생각하고, 지금보다 더 나은 미래를 꿈꾸는 보통 사람이었다. 우리 모두는 누군가 우리를 구해주길, 또는 우리가 다른 사람들을 구해주는 존재가 될 수 있길 바란다. 영웅 같은 존재가 우리 앞에 나타나 길을 제시해 주길 바라는 것이다.

드디어 토론 마지막 날이 되었다. "덤블도어의 과거 때문에 저는 그가 더 인간적이게 느껴집니다. 그의 교만함, 슬픔, 권력에 대한 욕심은 모두 이해하고 용서할 수 있어요. 하지만 해리에게 했던 그의 행동은 용서하기 쉽지 않네요." 내가 이렇게 말하자 학생들은 크게 한숨을 쉬었고, 나는 그제야 내가 할 만큼 했다는 생각이 들었다. 더 이상 학생들에게 내 의견이 맞다고 설득할 필요성을 느끼지 못했는지도 모르겠다. 사람들이 그토록 좋아하는 인물인 덤블도어에 대해 나는 독특한 시각으로 바라보았다는 것, 그 자체만으로도 만족스러웠기 때문이다. 물론 나도 덤블도어라는 인물을 좋아했다. 단지 그의 강압적인 태도와 행동이 마음에 들지 않았을 뿐이었다. 하지만 덤블도어가 그런 실수를 했었다는 것, 다시 말해 그가 인간적인 장점과 단점을 모두 가지고 있다는 것이 가장 중요한 사실 아닐까? 덤블도어는 타고난 배경이나 주위 환경, 과거의 잘못에 연연하지 않고 단지 앞으로 더 나아지기 위해 노력을 하는 것이 가장 중요하다는 진리를 보여 주고 있다. 하지만 롤링은 덤블도어를 전지전능하고 완벽한 인물로 그리지 않았다.

조앤 K. 롤링은 정말 훌륭한 작가이다. 해리포터 시리즈를 공부한 14주의 수업을 통해 나는 해리포터 책에 무한한 애정을, 그리고 작가인 롤링에 대해 큰 존경심을 갖게 되었다. 학생들과의 토론을 통해 나는 별 것 아니게 생각하고 넘어갔던 사소한 등장인물이나 평범해 보이는 소설 속 문구들을 새로운 시각으로 바라보고 색다른 깨달음을 얻을 수 있었다. 물론 그 중 가장 큰 깨달음은 우리 모두가 선택을 통해 끊임없이 변화하고 성장한다는 것이었다. 해리포터를 통해, 우리는 모든 사람의 겉모습 그 이면에 인간적인 내면이 숨어 있다는 것 그리고 모든 어두움의 이면에는 빛이 숨어 있다는 것을 알 수 있다.

---

* **글쓴이 | 제니 맥두걸(Jenny McDougal)** 현재 세인트 캐서린 대학 영문학과에서 문학을 가르친다. 햄라인 대학에서 MFA를 취득했고, 『버서스 리터러리 저널』의 공동발행이기도 하다. 파블로 네루다 상(시 부문) 준결승후보까지 올랐고, 『워터~스톤 리뷰』 등에 작품이 게재되기도 했다. 해리포터에 대한 사랑이 너무 깊어 패트로누스를 만들 지경이었고, 현재 남편 에반 킹스턴(소설가)과 함께 세인트 폴에 살고 있다.

나의 해리포터 이야기 5

나의 두꺼운 책 극복기

마리온 바실리오 / 임유진 옮김

많은 해리포터의 팬들은 어린시절에 그 시리즈를 읽으면서 자랐겠지만, 나는 책 읽는 것을 그렇게까지 좋아하는 아이는 아니었다. 손가락 세 개를 합친 것보다 두꺼운 책이라면 일단 피하고 봤다. 책에서 그림이 점점 사라져 가면서 다른 책을 읽고자 하는 마음도 서서히 사라져 갔다.

때는 바야흐로 고등학교 1학년 말쯤이었다. 내가 해리포터에 빠져든 것은. (안 하느니, 늦더라도 하는 게 어딘가!) 그건 다름아닌 내 절친 때문이었는데, 그 친구는 언제고 해리포터에 푹 빠져 있었다. 인터넷을 할 때면 아이디나 닉네임으로 항상 불사조니, 래번클로니 하는 것을 쓰는 아이였다. 하루는 친구에게 물었다. "이런 것들이 정말로 너한테 재미가 있는 거냐?" 친구는 말했다. 내가 이해하기 위해서는 먼저 읽어 봐야만 한다고. 음. 그건 그렇네. 하지만 난 읽지 않았다. 다음주에 친구는 내게로 와서는 줄무

늬 셔츠에 빨간 망토를 두르고 마법 막대기 같은 걸 손에 든 남자 애가 표지에 있는 책을 한 권 건네주었다. '해리포터와 마법사의 돌'이라고 쓰여 있었다. 자동적으로 나는 표지만 가지고 책을 평가했다. 그건 너무… 애들 것 같았다. 그 엄청난 두께에 기가 질린 것도 사실이었고.

여튼 나는 그 책을 집에 가지고 갔고, 그 책은 일주일 동안 처음 내가 둔 바로 그 자리에 그대로 있었다. 친구가 다시 그 책을 돌려 달라고 하기 전까지. 책과의 시간이 얼마 남지 않았다. 나는 마침내 첫 세 챕터를 읽기 시작했다. 수동적인 독자인 나였지만, 구성과 마법 세계의 온갖 창조물들은 정말 흥미로웠다. 나는 읽는 것을 멈추지 못했고, 결국 3일째 그 책을 끝마쳤다. 책 읽기를 싫어하던 사람에게 그 정도는 나쁘지 않은 결과인 셈이다. 친구에게 그 책을 돌려주고 다음 권도 좀 빌려 달라고 했다.

그후로 나는 쭉, 모든 해리포터 책과 영화에 빠져들었고, 조앤 K. 롤링의 기가 막힌 상상력과 사랑에 빠져 버렸다. 심지어 해리포터 영화의 프리미어 시사회에는 몇 번 참석하기까지 했는데, 이건 정말 내가 그럴 줄 상상도 못한 일들 중 하나라고 할 수 있다. 또 나는 친구에게 감사의 선물로 줄 마법 지팡이와 호그와트의 입학허가서(내 친구의 이름이 적힌)를 사기까지 했다. 내게 해리포터의 마법의 세계를 소개해 준 그 친구 덕분에 나는 다시 상상할 수 있게 되었다. 해리포터는 독서에 대한 나의 불꽃을 다시 점화시켜 주었고, 실제로 책을 한 권 다 읽을 수 있다는 자신감을 키워 주었다. 장담하건대, 만약 해리포터가 아니었다면 두꺼운 책에 대한 나의 게으름을 나는 아마 결코 극복하지 못했을 것이다.

---

* **글쓴이 | 마리온 바실리오**(Marion Basilio) 22세, 메릴랜드 옥슨힐 거주. 대학에서 경영학을 공부하고 있으며, 드럼과 기타를 친다.

나의 해리포터 이야기 6

내 여행은 이제 시작이다

캐리 매튜스 / 임유진 옮김

해리포터와의 여정을 보통 어린 나이에 시작하는 여느 충성 팬들과는 달리, 나는 꽤 뒤늦게 이 판에 합류했다. 어머니는 해리포터 시리즈 세번째 권이 서점을 강타했을 때 남동생에게 책을 사주셨다. 당연히 나는, 누나로서 남동생이 좋아할 법한 것에 관심이 없었다. 내가 이 책들에 대해서 정말 몰랐던 것은 바로 이게 내 인생에 얼마나 깊은 영향을 미치게 될 것인가였다.

2004년 고등학교를 졸업하고 대학에 가서 공부를 시작했다. 그런데 정말 실망스럽게도 나는 여기에 완전히 준비가 안 되어 있었다. 수업 네 개 중에 두 개에서 낙제를 했다. 무참히 기가 꺾인 나는 2학기가 되었을 때 차마 학교로 돌아가지 못했다. 대학을 다니기에 충분한 자격이 없다고 생각했고, 그냥 직장이나 구해야겠다고 생각을 했다. 그렇게 2007년이 되었다. 절망감은 점점 심해졌고, 같은 해 친구와 함께 영화 「해리포터와 불사조 기사단」

을 보게 되었다. 영화 속에서의 해리의 고독과 절망을 나는 바로 알아볼 수 있었는데, 그때 당시 바로 내 삶이 그랬던 탓이다. 하루에 10시간에서 12시간 잠만 자고 매일 밤 울며 잠이 들었다. 몇 주가 지나, 『혼혈왕자』를 집어 들었다. '어린이 책'이라고만 생각했던 책에 이렇게나 놀라운 통찰이 있다니, 나는 경탄하지 않을 수 없었다. 선과 악, 죽음, 폭력성 등과 같은 어른의 주제뿐만 아니라 깨달음을 주는 말들과 지혜가 많았다.

일곱 권의 시리즈 전체를 통틀어 내가 가장 좋아하는 대사는 덤블도어가 해리에게 하는 말이다.

"우리의 진정한 모습은, 해리, 우리의 능력이 아니라 우리의 선택을 통해 나타나는 거란다."

이 시리즈 내에서 해리는 불가능해 보이는 선택들을 해야 했다. 학교를 구하고 퇴학의 위험이나 죽음을 감수하는 것 같은 선택들 말이다. 해리가 직면한 어려움들을 읽는 내내 이 덤블도어의 말은 내게 더 큰 울림으로 다가왔다. 책 속에서 해리가 해야 하는 선택들에 비하면 내가 당시 해야 했던 선택들은 비교도 안 되게 사소한 것들이었음에도 나는 두려웠다.

나는 불경기 탓에 직장을 잃은 사람이었다. 몇 달 동안 직장을 찾으려고 애썼지만 되는 게 없었다. 몇 해 동안이고 계속해서 부모님은 나에게 제발 학교로 돌아가라는 말씀을 하셨다. 2004년의 첫 시도 이래 나는 내가 대학에 간다는 게 꺼려졌는데, 나 같은 애는 '대학생'이 될 인물이 아니라는 생각이 들었기 때문이다.

원래 대단한 독서가는 아니었던 나이지만, 해리포터를 읽기 시작한 이래로 나는 엄청나게 책을 읽어오고 있다. 절망과 포기 등으로 웅크리고 있을 때, 동네 마트에서 자리를 잡으려고 하던 때 분명 이건 도움이 되었을 것이다. 하지만 2010년 여름 마침내 나는 가을학기에 다시 등록을 하기로 마음을 먹었다. 쉽지 않으리라는 건 알았지만, 이번에는 어쩐지 더 잘할 것만 같았다.

9월이 가까워오자 나의 긴장감은 점점 심해졌는데, 이때 나는 네빌 롱바텀을 떠올렸다. 시리즈 내내 자존감 낮은 이 소년이 『죽음의 성물』에 이르러 얼마나 용기 있는 젊은이가 되는지를 나는 지켜보았다. 비록 소설 속 인물일지 모르지만, 그의 자신감 결여와 어색함과 소심함은 나와 무척 닮아 있었다. 질 나쁜 패거리들의 괴롭힘에도 참고 견디며 친구들의 독려와 함께 천천히, 그는 그 자신을 위해 마침내 나선다. 공포에 휩싸여 있을 때조차 네빌은 멈추지 않고 노력했다. 여기, 부모님하고 같이 살면서, 괜찮은 직장을 구하지도 못하고, 어디로 가야 할지 갈피를 잡지 못하고, 겁에 질려 있는 나. 그런 내게 롤링의 하버드 대학 졸업연설은 정말 크게 다가왔다. 그 전해에 그야말로 '밑바닥'을 찍고 이제야 천천히 내 길을 찾아가고 있었기 때문이다. 롤링 작가님은 연설에서 말씀하셨다. "제가 찍은 바닥은 종내에 저의 견고한 기반이 되어 주었고, 바로 거기서 저는 제 삶을 다시 지을 수 있었습니다." 나는 다시 생각하기 시작했다. 다시 시작한다는 건 불가능한 일이 아니구나. 그리고 내가 사실은 내 생각 이상으로 똑똑할지도 모른다는 생각이 들었다. 진짜로 내 발목을 잡는 것은, 내가 실패를 두려워한다는 바로 그 사실이라는 걸 나는 비로소 깨달았다. 그래서 학교에 돌아간 해부터 학점 3.5점 만점을 받고 1등을 했다. 이때만큼 행복한 때가 없었던 것 같다. 몇 해 만에 처음으로 그 전에는 보지 못했던 가능성들을 보고 있었다.

나는 모든 일에는 이유가 있음을 믿는다. 그리고 해리포터는 내 삶에 완벽한 타이밍에 들어왔다. 편치 못했던 내 실제 삶에서 도피처가 되었을 뿐만 아니라 이야기의 모든 교훈과 통찰로부터 가르침을 얻었다. 지금 나에게 롤링 작가님과 그녀의 책이 얼마나 대단한 영향을 미쳤는지를 설명할 언어가, 영어에는 충분하지 않다. 비록 내 여정은 해리와 함께 나란히 가지는 못했지만 (내가 책을 발견했을 때 이미 해리의 여정은 끝나 있었으니까) 그래도 어쨌거나 나의 여행은 이제 시작이다.

---

* **글쓴이 | 캐리 매튜스**(Carrie Mathews) 27세, 텍사스 앨링턴 거주. 텍사스 대학교 사회복지학과 재학중이다.

변신술

11

해리포터와 마법 유전자: 포터세상의 유전학적 분석

코트니 애가르 & 줄리아 터크 / 심상원 옮김

워렌 G. 베니스는 이런 말을 했다. "리더십에 관한 가장 위험한 미신은, '리더는 태어날 때부터 정해져 있다'는 리더십에 유전적인 요소가 존재한다는 설이다. 이 미신은 사람들이 [리더들이 공통적으로 지닌] 특정 카리스마들을 지니고 있고 없고에 따라 [리더인지 아닌지] 간단하게 나누어질 수 있음을 강하게 주장한다. 전혀 말이 안 되는 소리이다. 사실은 정반대이다. 리더들은 타고난다기보다 자라나면서 만들어진다." 조앤 K. 롤링의 해리포터 시리즈에서 우리는 사랑과 믿음, 힘과 변함없는 용기의 어우러짐을 통해 배신 가득한 고난을 극복해 나가면서 진정한 리더가 탄생하는 것을 보았다. 이러한 기질들은 유전적으로 물려줄 수 있는 것이 아니고, 이것들이야말로 해리포터가 마법사 세계를 구할 수 있게 한 것들이었다. 그러나 해리포터를 지금의 영웅이 되도록 도와준 이 기질들 외에도, 여전히 그가 적극적으로 나설 수 있게 한, 마법을 사용할 수 있는 능력이라는 필수적인 유전학적 요소가 해리포터 시리즈 전반에 걸쳐 나타난다. 해리포터가 악의 무리로부터 세상을 구할 수 있게 이끈 것은 해리의 강인한 기질들만이 아니라 그가 마법사가 되도록 계승되어진 유전자들도 한몫을 했다고 할 수 있다.

모든 생명체들이 각각의 몸 안에서 성장과 생존을 위한 필수 작업을 하는 세포들의 모음이라는 것을 알고 있을 것이다. 생명체들의 뿌리는 핵산으로 이루어진 뉴클레오티드의 배열인 염색체이고 이 염색체들이 각 생명체의 유전적인 물질을 구성한다. 이 유전적 물질은 고유방식으로 우리 몸의 각 기능을 담당하는 세포들을 생산한다. 유전적 물질을 다르게 하면 같은 종 사이의 작은 차이가 생기기도 하고 다른 종 사이의 큰 차이까지도 생겨난다. 이러한 생명의 기본 청사진을 간단히 이해하고 다시 본다면 해리포터 시리즈에서 유전적 물질을 다르게 하는 것이 고려되어 전개되었는가에 대해 흥미롭게 생각해 볼 수 있다. 책 속의 유전학적 요소가 실제로 작가가 의도했던 것이라면, 과연 마법사들과 마녀들이 머글들과는 완전히 다른 종(種)이라고 상상할 수 있을까? 혹은 마법을 사용할 수 있는 능력이 변형된 유전자처럼 간단히 설명될 수 있을까? 우리는 마법을 사용할 수 있는 능력이 호모 사피엔스와는 다른 종으로부터 기원된 것이 아니라 마법 능력을 담당하는 유전자들의 유전가능성과 발현성에 영향을 끼치는 유전의 특정한 방식에서 기원한다는 가설을 제기한다.

마법사들이 어떤 경우에 마법 능력을 물려주게 되는지의 메커니즘을 이해하기 위해서는 먼저 유전학의 기본적인 유전가능성에 대한 이해가 필요하다. 마법 능력이 나타나는 사람들이 있는 것과 같이, 같은 종 안에서의 차이는 우리 몸 안의 유전적 물질들이 다양하기 때문에 생긴다. 유전자는 뉴클레오티드가 모여 특정 배열을 이룬 모습을 지칭하는데 이때의 뉴클레오티드 배열에 따라 특정한 단백질의 생산과 발현이 일어나고 그로 인해 개체의 특정한 기질이 나타나게 되는 것이다. 우리 몸 안에서 다양한 역할을 맡고 있는 단백질은 유전자, 즉 뉴클레오티드 배열이 어떻게 이루어져 있느냐에 따라 다른 종류의 단백질이 된다. 우리는 양쪽 부모에게서 유전자를 물려받는다. 각각의 유전자는 어머니의 유전적 물질 반, 아버지의 유전적 물질 반으로 구성된다. 그렇기 때문에 유전학자들은 유전자를 두 대립형질로 이루어져 있다고 표현한다.

이러한 (유전적 분석에서 각 유전자마다 하나의 알파벳으로 표현되는) 대립형질들은 유전자의 하위 단위들이다. 한 대립형질은 어머니의 특정 유전자 내의 두 대립형질에서 임의로 유전되고 다른 하나는 아버지의 두 대립형질로부터 유전된다. 이 대립형질들의 유전적 조합을 유전자형이라 하고, 식별가능한 성질로 관찰되는 기질의 발현을 표현형이라 말한다. 대부분의 유전자들은 (대문자 알파벳으로 표기되는) 우성과 (소문자 알파벳으로 표기되는) 열성 대립형질로 개체의 보여지는 표현형이 정해진다. 한 예시로

래브라도 레트리버를 들 수 있는데, 래브라도 레트리버는 검정색(B)이나 갈색(b) 털 중에 하나를 가지고 있다. 이 경우에 B('큰 B'로 읽힘)가 b('작은 b'로 읽힘)에 대해서 우성이기 때문에, 연관된 대립형질이 BB나 Bb인 경우에는 검정색 털을 가지고, bb인 경우에는 갈색털을 가지게 되는 것이다. 그러므로 우성인 B가 유전자형에 존재할 경우에는 이 기질(검정색 털)이 보여지지만 유전자형에 B가 완전히 결여된 경우에는 표현형에 b의 성질이 보여진다. 유전자에 두 우성 대립형질(예, AA)을 보이는 개체들은 우성동형(한 성질에 같은 두 개의 개체를 지니는)으로 여겨지고 두 열성 대립형질(예, aa)을 보이는 개체들은 열성 동형으로 여겨진다. 개체가 각 대립형질을 하나씩 지니고 있을 때(예, Aa)에는, 그 유전자에 대해 이형이라 말한다.[1]

물려주고 물려받아지는 것의 유전적 방식을 숙지하고 본다면, 우리는 해리포터 시리즈의 마법을 사용하는 힘의 계승이 마법사 세계나 머글 세계에서 아직은 발견되지 않은 우성 상염색체(성 염색체들이 아닌) 유전자에서 발생한다고 할 수 있다고 주장한다.[2] 우리가 W를 배정한 이 유전자는 한 개인이 우성동형(WW)이거나 이형(Ww)일 경우 마법 능력이 발현된다고 하자. 어떤 개체가 이 유전자에 대해 열성동형(ww)일 때엔 마법을 사용할 수 있는 능력을 가지고 있지 않은 머글이 되거나 스큅(마법사 혈통으로 태어났지만 마법을 쓰지 못하는 존재)이 된다. 그러나 w는 일반 대중에게는 아주 희귀하고, 이러한 이유로 마법과 관련된 유전자

(마법 유전자)에 Ww(이형)를 지닌 사람과 마주치기란 ww(열성 동형)를 지닌 사람을 보는 것보다 훨씬 어렵게 된다. 이 가설은 잡지 『힐러리 커리어』와의 인터뷰에서 롤링이 언급한 "마법은 우세하고 유연한 유전자"라는 부분을 토대하고 있다.[3] 하지만 어찌하여 머글들이 마법을 사용할 수 있는 능력을 지닌 마법사들만큼이나 흔할 수 있을까? 우리는 상위(둘 다 우성이나 한쪽의 힘이 강해서 다른 쪽을 누르는)라는 유전적 계승의 또 다른 형태가 마법 유전자의 발현에 영향을 끼친다고 주장한다.

상위가 존재할 때 한 유전자의 발현은 또 다른 것에 의해 가려지거나 수정된다.[4] 이 상황은 어떤 성질이 보여지기 위해 필요한 유전자형은 부족하지만, 실제로는 단순히 **표현형**이 억압될 때 보여질 수 있다. 머글 세계에서 이것은 위에서 언급했던 래브라도 레트리버의 털 색깔로 설명할 수 있다. 상위에 의해 색깔이 퇴적되는 것에 영향을 받아 노란 래브라도들이 출현하게 된 점이다. 래브라도의 수정 유전자에 우성인 E가 나타나면(EE 혹은 Ee) 검정색 털이나 갈색 털이 나타나지만, 열성인 ee가 나타날 때엔 노란색 털을 지니게 된다.[5] 해리의 세계에서 마법사로 인정받기 위해서는 마법적인 능력이 **보여지는 것**이 아주 중요하다. 마법을 사용할 수 있는 능력이 보여지는 것은 이 표현 능력(expressivity)에서 따왔고 E라는 수정 유전자에 의해 직접적인 영향을 받는다. 마법 유전자의 유전자형이 WW나 Ww인 경우, 유전자 W는 우성인 E가 있어야만 발현될 수 있다. 그러므로 마법 능력을 지니고 있으면서 수정 유전자에 EE나 Ee를 지닌 사람들에게서만 그 마법 능력이 나타나게 되는 것이다. 그러나 마법 유전자에 WW 혹은 Ww를 가지고 있다 하더라도 수정 유전자에 ee를 가지고 있다면 그 사람들의 마법 능력은 수정 유전자에 의해 가려지게 된다. 그러므로 유전자에 마법 능력을 가지고 있음에도 불구하고 그 능력은 발현되지 않을 것이고 그 개체는 어떠한 마법 능력도 보여 주지 못할 것이다.

우리는 이러한 상위의 유전적 현상을 통하여 왜 이토록 많은 머글들과 스큅들이 해리포터 세계에 존재하는지 설명할 수 있다. 둘 다 마법 능력을 지니지 않고 있거나 최소한 둘 다 마법 능력을 보여 주지 못한다. 롤링은 "스큅은 부모 중 최소 한 명이 마법사인 가정에서 태어나고 마법 능력이 없는 점에서 머글 부모에게서 태어난 마법사와는 거의 정반대이다. 스큅들은 희귀하다"라고 설명한다.[6] 스큅이 태어나기 위해서는 수정 유전자가 마법 유전자를 가려야 한다. 스큅은 반드시 부모의 최소 한쪽이 마법 능력을 지녀야 하지만, 부모 양쪽 모두 마법 능력을 지닌 경우에도 태어날 수 있다. 이런 경우에는 양친의 수정 유전자는 Ee를 가지고 있을 것이다. 이렇다면 그들의 아이들에게는 각각 25퍼센트의 확률로 양친 모두에게서 e('작은 e'라고 읽힘)가 유전되어 ee의 유전자형을 띠게 될 것이다. 그러나 부모 중 한 명만이 마법사인 경우에는, 마법사인 쪽은 반드시 Ee를 갖고 있고 머글 쪽은 ee를 가지고 있어서 아이의 능력이 가려지게 된다. 자손이 ee를 갖게 되려면 부모 모두 반드시 e인 대립형질을 물려주어야만 한다.

우리는 두 부모의 자손이 어떠한 유전자형 조합이 가능한지 알아보고 예측하기 위해 우리는 퍼니트스퀘어를 사용할 수 있다.[7] 어떻게 스큅이 태어날 수 있는지는 〈도표 11.1〉을 통해 볼 수 있다. 어머니는 마법 유전자에 WW를 가지고 있고 아버지는 Ww를 가지고 있다(실제로는 WW일 가능성이 더 높지만, 두 경우 다 같은 결과를 보여 준다). 이 부모는 그들의 아이에게 100퍼센트 확률로 마법 능력을 물려주게 된다. 이 어머니의 수정 유전자는 Ee로, 마법사의 힘이 발현되고 어머니는 마녀로 여겨지게 될 것이다. 그러나 아버지의 경우에는 ee로 그의 마법 능력은 감추어지고 머글처럼 보일 것이다. 그러므로 그들의 아이가 마법사가 될 능력을 지니게 될 확률(P)이 4/4 혹은 100퍼센트여도, 각각의 아이들은 2/4 혹은 50퍼센트의 확률로 그들의 능력을 가리는 ee유전자성을 물려받게 될 것이다. 결과적으로, 이 커플의 아이들은 50퍼센트의 확률로 마법적 능력이 보이지 않는 스큅들로 보여지게 될 것이다.

〈도표 11.1〉에서 볼 수 있듯이, 스큅이 태어나기 위해서는 부모 중 한쪽이 머글이고(이제 우리는 머글과 스큅이 유전적으로 같다는 것을 이해했기 때문에 스큅일 수도 있다) 다른 한쪽은 마법사나 마녀이거나, 혹은 부모 양쪽 모두 마법 능력을 지녔을 수도 있다. 그러나 스큅으로 태어날 확률이 이렇게나 높은데도 왜 스큅은 희귀한 것일까? 우리는 이것이 마법사 세계에서 e인 대립형질이 꽤

〈도표 11.1〉 스큅의 유전과 마법 능력의 표현

모계

	W	W
W	WW	WW
w	Ww	Ww

부계

P(마법 능력을 가진 자손)=4/4=100%

모계

	E	e
e	Ee	ee
e	Ee	ee

부계

P(마법 능력 표현형 유전자)=2/4=50%

나 드물기 때문이라고 믿는다. 이것에 대한 이유는 알려지지 않았지만 우리는 많은 마법사 가족들이 순혈 마법사 사이의 교배와 같은 몇 가지 요소들 때문이라고 생각한다. 시리우스 블랙은 『불사조 기사단』에서 해리에게 "순혈 마법사들은 서로 밀접하게 이어져 있어. 네가 아들들과 딸들에게 순혈과만 결혼할 수 있게 한다면 선택은 아주 제한적이게 될거야. 우리들은[순혈 마법사들은] 거의 남아 있지 않아"라며 순혈 마법사에 대해 설명한다. 해리포터 시리즈에서 순혈 마법사끼리의 교배는 오직 마법이 보여지는, 즉 모두가 EE 혹은 Ee인, 가족 혈통을 지닌 두 개체의 짝짓기를 말한다. 이것으로 두 이형(Ee)은 ee를 갖는 스큅을 낳을지도 모르나 그 아이는 태어나자마자 빠르게 가족에게서 따돌림받고 부정을 당할 것이다. 이 현상은 마리우스 블랙이 스큅으로 태어남에 따라 순혈 마법사 가족인 블랙 가에서도 일어나게 된다. 블랙 가는 마리우스가 태어나자마자 너무나 혐오감을 느낀 나머지 그의 존재를 완벽하게 부정하기 위해 그의 이름을 가계도가 그려진 태피스트리에서 태워 버리고 만다.[8] 하지만 스큅들이 마법사 대중 전체에게 거부당하는 모습을 보면 이런 현상이 순혈 마법사 가족들 안에서만 일어나는 일은 아니란 것을 알 수 있다. 결과적으로, 스큅인 아이들은 호그와트에 다니지 못하게 되고, 마법부를 위해 일하지 못하게 되고, 또한 다른 마법사들과의 일상적인 생활에 정상적으로 녹아들지 못하게 된다. 그러므로 순혈 마법사 가족들은 다른 마법사를 만나서 아이들을 낳아 e인 대립형질을 물려주는 것을 달가워하지 않고, 이러한 스큅의 사회적 상황이 e가 퍼지는 것을 막는 또 다른 이유가 된다. 그 대신, 스큅이 머글과 같은 삶을 살고, ee인 대립형질을 지닌 머글과 결혼하여 마법사가 아닌 아이들만을 낳는 것이 더 그럴 법한 이야기이다. 이것은 회계사로 나오는 몰리 위즐리의 스큅인 둘째 사촌이 머글과 결혼한 것에서 관찰할 수 있다. 『마법사의 돌』에서 론 위즐리가 해리를 만났을 때, 해리는 론의 가족이 전부 마법사인지 묻는다. 그때 론은 이렇게 말한다. "음… 응, 내 생각에는… 엄마한테 회계사인 둘째 사촌이 있는 것 같은데 우리 가족은 그에 대해서는 얘기를 안 해." 이를 통해 스큅들이 그들의 마법사 가족들과 얼마나 단절되어 살고 있는지를 볼 수 있다. 해리포터 시리즈에서 확인된 스큅은 아구스 필치와 피그 부인 단 둘뿐이다.[9] 그들의 부모나 형제자매에 대해서는 아는 것이 전혀 없지만, 우리는 그들의 형제자매들이 마법사이거나 스큅일 것이라고 짐작할 수 있다. 어쨌거나 마법사 세계에서 스큅들을 향한 부정적인 시선들 때문에 스큅을 낳았던 대부분의 마법사 부모들은 또 스큅을 낳을까 두려워 더 이상 아이를 갖지 않는 것도 이해가 될 것이다. 그러므로 이형인 부모들(Ee)은 ee인 스큅들이 출생할 가능성을 줄이기 위하여, 동형 부모들(EE)에 비해 아이들을 잘 낳지 않게 된다. 게다가 순혈 마법사 가족들과 같이 마법사들이 다른 마법사들(EE 혹은 Ee)과만 아이를 낳으려 한다면, 이것 또한 스큅이 출생할 확률을 감소시키게 된다. 자주 따돌림을 당하게 되면서 스큅들은 이형(Ee)끼리의 자손 번식 가능성을 감소시키고, 그럼으로써 e인 대립형질은 거의 대부분 마법사 세계 밖에서만 유전되게 되었다. 그 결과, 마법사들이 또 다른 Ee나 머글들과는 처음부터 Ee 유전자형을 갖지 않도록 아이를 훨씬 덜 낳고 ee가 생길 가능성을 낮춤으로써, 마법 능력이 발현된 대부분의 사람들은 EE인 대립형질을 지니게 되었다. 이러한 이유로 거의 대부분의 한쪽은 마법사이고 다른 쪽은 마법사이지 않은 부모로부터 태어난 아이는 스큅이 아니라 혼혈 마법사가 되었다.

롤링의 공식 홈페이지에 따르면, 혼혈 마법사들은 마법사와 마법사가 아닌 부모 사이에서 태어난 마법사들이다. 그러나 머글에게서 태어난 마법사들이 머글들만큼 "나쁘다고" 주장하는 죽음을 먹는 자들과 같은 순혈 마법사 우월주의자들에 따르면, 둘 중 하나가 머글에게서 태어난 마법사라면 이 마법사들 역시 혼혈 마법사로 여겨질 것이다. 이 시각에서 해리는 양친 모두 마법 능력이 발현된 마법사임에도 불구하고 혼혈 마법사가 되는 것이다. 우월주의자들의 태도와는 상관없이, 진정한 혼혈 마법사 자손들은 마법사와 머글 사이에서 태어나게 된다. 진정한 혼혈 마법사의 예는 어머니가 마녀였고 아버지가 머글이었던 볼드모트 경이다. 그는 『비밀의 방』에서 해리에게 해리와의 비슷한 점들을 모두 나열할 때 인정했다. 그들은 "둘 다 혼혈 마법사이고, 머글들에게 길러진 고아들"인 것이다. 이 혼혈 마법사들은 항상 Ee인 유전자형을 물려받음으로써 그들의 마법 능력을 발현하는데, 순혈 마법사 가족들 사이에서는 마법사와 머글 사이의 출산이 일어나지 않음을 감안하면 이것은 당연한 결과이다. Ee인 마법사가 ee인 머글과 출산하는 것이 거의 일어나지 않기 때문에 우리는 대부분의 혼혈 마법사들은 유전자형이 WW이고 ee인 머글과 WW이고 EE인 마법사 사이에서 태어났을 가능성이 높다고 본다(둘 중 한명은 Ww일 수 있으나 w는 있음 직하지 않은 대립형질이기 때문에 WW라고 가정한다). 그렇게 되면 자손들은 마법 능력을 발현시켜 주는 WW이고 Ee인 유전자형을 갖게 된다(〈도표 11.2〉 참고). 마법 능력을 아이들에게 물려주기 위해서는 양친 모두 마법 유전자가 WW여야 한다. 더 중요하게 머글인 쪽 부모는 ee를 띠는 반면, 마법사인 쪽 부모는 EE인 유전자성을 지니고 있어야 한다. 이렇게 될 경우, 아이들은 100퍼센트 확률로 Ee가 되고 그들의 마법을 사용할 수 있는 능력이 보여지게 된다.

마법사 세계에서 몇몇, 특히 순혈 마법사 혈통을 잇는 것이

〈도표 11.2〉 혼혈 자손의 마법 능력의 유전과 표현

부계 \ 모계	W	W
W	WW	WW
W	WW	WW

P(마법 능력을 가진 자손)=4/4=100%

부계 \ 모계	E	E
e	Ee	Ee
e	Ee	Ee

P(마법 능력 표현형 유전자)=4/4=100%

중요하다고 믿는 사람들은 스퀴과 머글 부모에게서 태어난 마법사들을 받아들이지 않는다. 마법 유전자에 WW나 Ww를 띠고 있는 혼혈 마법사들과 스큅들이 순혈 마법사들과 같은 "마법 능력"을 지니고 있다는 점이 역설적으로 보인다. 아무런 연관 없는 유전자들이 마법을 행하는 그들의 능력에 영향을 미치는 것이다. 그러나 머글 부모에게서 태어난 마법사들을 "잡종들"이라 부르는 순혈 마법사 우월주의자들은 그들을 훨씬 더 부정적으로 대한다. 우월주의자들이 소설 전반에 걸쳐 그들을 명백하게 비난하는 것을 볼 수 있다. 비밀의 방이 열렸을 때, 드레이코 말포이가 했던 말들은 비교적 순한 편이다. 그는 "아빠가 고개를 숙이고 들어가 슬리데린의 후계자와 잘 지내라고 하셨어. 또 호그와트는 더러운 피를 가진 잡종들을 없앨 필요가 있다고 하셨어"라고 했다(『비밀의 방』). 더럽고 더럽지 않은 것을 떠나, 머글 부모로부터 태어난 마법사들은 모든 마법사들과 같은 방식으로 마법 능력을 언

는다. 머글 부모로부터 태어난 마법사들은 양친 모두가 마법사가 아니기 때문에 마법사가 그들의 자손이기는 불가능해 보인다. [마법 능력을 가진] 우유 배달원이 [마법 능력을] 전달해 줬다고 할 수 있을지도 모르지만 마법사가 무엇을 위해 우유를 배달하겠는가? 우리가 알고 있듯이 마법 능력과 관련된 유전자에서 w인 대립형질은 아주 희귀해서 여전히 두 머글 부모들 다 WW를 가지고 있다고 가정하거나 어쩌면 한쪽이 Ww를 가지고 있을 것이다. 게다가 양쪽 부모들은 마법 능력이 감추어져 있는 상태이기 때문에 ee인 유전자형이어야만 하고 아이는 그들의 능력이 나타나게 하는 우성 수정 대립형질인 E를 물려받지 못할 것이다. 그러므로, 우리는 머글 부모에게서 태어난 마법사는 수정 유전자 자리(염색체에서 한 유전자의 특정한 자리)에 생식 유전자 변형이 일어나서 e인 대립형질의 유전적 물질 대신 E인 대립형질의 유전적 물질이 생성되어 태어날 수밖에 없다고 주장한다. 생식 유전자 변형은 특이하게도 유성 생식을 일으키는 세포들에서만 발생하고 결과적으로 자손에게 물려지는 유전적 물질의 변화를 초래한다.[10] 그 결과, 양쪽 다 ee인 머글 부모들이 수정 유전자의 유전자형이 Ee인 아이를 낳게 되면 그 아이는 마법 능력을 발현할 수 있게 될 수도 있는 것이다. 해리포터 시리즈에서 잘 알려진 머글 부모에게서 태어난 마법사들은 헤르미온느 그레인저, 콜린 크리비, 모우닝 머틀, 그리고 릴리 포터이다. 해리포터의 엄마인 릴리는 부모님, 해리의 조부모님들 모두 머글이기 때문에 아주 좋은 예가 된

〈도표 11.3〉 릴리 포터(머글 부모를 둔)의 마법 능력 유전과 표현

릴리의 어머니 / 릴리의 아버지

	W	W
W	WW	WW
w	Ww	Ww

P(마법 능력을 가진 자손)=4/4=100%

릴리의 어머니 / 릴리의 아버지

	e	e
E	Ee	Ee
e	ee	ee

P(마법 능력 표현형 유전자)=2/4=50%

다. 릴리의 경우를 이용한 〈도표 11.3〉의 퍼니트스퀘어를 통해 머글 부모를 가진 마법사나 마녀의 확률이 얼마나 되는지 확인해 볼 수 있다. 수정 유전자의 E인 대립형질에서 생식 유전자 변형이 일어나게 되면 릴리의 아버지로부터 물려받게 된 ee 유전자형의 변형이 일어나게 되고 릴리는 E 혹은 e인 대립형질을 이어받게 된다. 릴리가 WW 유전자형(100% 확률)을 갖고 있음으로써 가지게 된 마법 능력을, 50퍼센트의 확률로 E인 대립형질을 받게 됨으로써 발현하게 된다.

릴리는 마녀였기 때문에 그녀가 마법 능력을 상징하는 WW 대립형질을 발현하기 위하여 틀림없이 E 대립형질을 물려받았을 것이다. 릴리가 [수정 유전자에] Ee를 가지고 있었을 것이기 때문에 이 경우, 수정 유전자는 마법 유전자를 가리지 않는다. 릴리의 마법 능력은 가려지지 않았음에도 불구하고 그녀의 언니인 페투니아의 능력은 가려졌다. 페투니아는 이 사실에 대해 꽤나 화

가 나 있었고 릴리에 대해 "네[해리포터] 할머니와 할아버지는, 끔찍하게도 이것도 릴리, 저것도 릴리셨지. 그분들은 가족 중에 마법사가 있다는 걸 자랑스러워 하셨거든!"이라고 말하면서 이 사실에 대한 그녀의 감정을 분명히 보여 줬다. 생식 유전자 변형이 (정자와 같은) 특정한 성세포의 생식세포에서 일어나기 때문에, 그 변형은 오직 한 자녀에게만 일어난다. 결과적으로는 이렇게 드문 변형이 두 번씩이나 일어나야 하기 때문에 머글 부모 사이에서 한 명 이상의 마법을 지닌 자식이 태어나는 것이 흔치 않게 된다. 하지만 이 희귀한 상황도 콜린 크리비의 동생인 데니스 또한 마법사인 설정을 통해 해리포터 시리즈에서 볼 수 있다. 마지막으로 위즐리 부인의 스큅인 둘째 사촌과 그의 머글 부인의 딸인 위즐리의 사촌 마팔다 역시 머글 부모에게서 태어난 마법사로 보인다. 우리가 지금까지 이해해 오고 있듯이 머글들과 스큅들 모두 마법 능력에 대한 유전자형을 갖고 있다면 마법 능력은 단순히 수정 유전자 내의 동형 열성 유전자형(ee)에 의해 가려진 것이기 때문에 유전적으로는 같다고 봐야 한다. 그러므로 릴리의 확대 가족이 계속해서 마법사를 출산하고 있다 하더라도 여전히 생식 유전자 변형이 일어나야 그녀의 마법 유전자를 발현하게 해주는 Ee인 대립형질이 주어지게 된다.

이제 상염색체의 우성 마법 유전자의 존재와 그것의 수정 유전자가 마법 능력의 유무와 발현에 밀접한 연관이 있다는 것을 알게 되었다. 마법 유전자와 그것의 수정 유전자 둘 다에 우성 유전자형이 없다면 해리는 지금 우리가 느끼는 것과 같은 영웅이 아니었을 수도 있기 때문에 이 요소들은 우리의 마음을 사로잡은 해리포터 시리즈의 세계를 구성한다 해도 과언이 아니다. 게다가 w인 대립형질이 일반 대중에게는 아주 희귀하고 우리는 모두 WW 혹은 Ww인 대립형질을 가지고 있을 확률이 높다. 그러므로 이것은 포터세상만의 유전학적인 것일 뿐만 아니라 우리 세계의 것일 수도 있다. 우리 사이에 아주 조금의 마법사가 존재할 수 있을지도 모른다.

---

* **글쓴이 | 코트니 애가르(Courtney Agar)** 세인트 캐서린 대학에서 생물학을 전공했다. 지금은 영업부서에서 일하지만, 해리포터에서 유전자를 둘러싼 새로운 발견을 고대하며 이후 학교로 돌아갈 생각을 하고 있다. 16번째로 해리포터를 다시 읽지 않을 때는 댄 브라운을 읽고, 여행과 야외활동 하는 것을 좋아한다. 조앤 K.롤링의 새로운 작품을 읽는 것 역시 좋아한다.

* **글쓴이 | 줄리아 터크(Julia Terk)** 러시아 모스크바에서 태어났고, 가족과 함께 미네소타 세인트 폴로 이사와 8년을 살았다. 세인트 캐서린 대학에서 생물학과 스페인어를 공부했고 현재 뉴욕에 거주하며 의료보조자(PA) 과정을 밟고 있다.

12
마법과 심리학

키아 비잘 / 김나현 옮김

우리가 누구인지 그리고 어떻게 살아가게 될 것인지를 결정하는 데 있어 부모가 물려준 유전학적 특징에 해당하는 선천적 요소와 어떠한 환경에서 양육되어 왔는가 하는 후천적 요소가 종합적으로 작용한다는 것은 심리학자들 사이에서 이미 보편적으로 인정되어 온 사실이다. 그러나 개개인은 모두 독자적인 존재이다. 동일한 유전자를 지니고 동일한 가정 환경에서 자라난 일란성 쌍둥이조차도 분명히 다른 특성을 보인다. 이와 같은 예는 수십 년간 많은 심리학자들과 연구자들의 관심을 불러일으켰다. 톰 리들과 해리포터가 비슷한 양육 환경에서 자라났음에도 불구하고 완연히 다른 모습으로 자라났다는 사실 역시 이러한 점에서 매우 흥미롭다. 그러나 자세히 살펴보면 가상의 두 소년 사이에는 유전학적 특징과 초기 발달 단계상의 분명한 차이가 있음을 발견할 수 있다. 집안의 내력, 또래관계, 행동에 대한 강화와 처벌, 기질과 성격, 안정 애착은 모두 아동 발달에 강력한 영향을 미치는 요인들로서 톰과 해리의 사례에 있어 더욱 중요하다.

간략한 심리학의 역사

발달 심리학, 성격이론, 성격장애에 대한 연구는 1920년대에 이르러서야 싹트기 시작했다.[1] 당시 심리장애를 어떻게 다루어야 하는지에 대해 알려진 바가 사실상 거의 없었기 때문에 대부분의 '치료'는 검증되지 않은 비인간적인 방법들로 이루어졌다. 연구를 수행하거나 데이터를 해석하는 방법에 있어서의 보편적 기준 역시 마련되어 있지 않았다. 많은 초기 연구들은 연구윤리를 고려하지 않은 채 수행되었고 연구결과는 대부분 프로이트의 정신분석이론에 의존해 해석되었다. 당시에 미국에서는 행동주의가 인기를 얻기 시작하여 프로이트 이론보다도 선호되기 시작하였지만 유럽에서는 그만큼 알려져 있지 않았다.[2] 미국에서 행동주의가 인기를 얻었던 것은 치료의 과정이나 효과를 쉽게 관찰하고 측정할 수 있었기 때문이었다. 개별적인 행동 연구와 이에 초점을 맞춘 치료가 가능해졌다. 미국에서 행동주의 방식의 치료가 혁신적으로 등장했다면, 유럽에서는 심리를 다양한 요소가 종합된 것이라기보다 하나의 전체로서 보는 게슈탈트 심리학을 선호했다. 게슈탈트 이론은 다양한 증상들이 단일 요인에 의해 설명될 수 있다고 여기며, 개별적인 문제에 따라 서로 다른 증상들이 나타나는 것으로 보지 않는다. 게슈탈트 심리학이나 행동주의 모두 각자의 장점을 지니고 있었지만 1920년 당시 비교적 새로이 등장한 신생 학문들로서 학계의 선구자들이 이론과 기술들을 발전시켜 나가던 단계였다.

조앤 K. 롤링이 톰 리들의 출생을 1920년대로 설정해 놓고 있다는 점에서 심리학의 역사는 매우 중요하다. 당시 톰과 같은 소년이 얻을 수 있는 심리학적 도움은 상당히 제한적이었다. 치료 자체가 극히 드물었을 뿐 아니라 치료가 이루어진다고 해도 받기가 쉽지 않았다. 만일 누군가 톰에게 나타났던 초기 증상들을 발견했더라면, 심리학적 개입을 통해 그가 궁극적으로 볼드모트 경으로 추락하는 것을 막았을 수도 있다. 물론 초기 방식의 개입이 효과를 얻지 못했을 수도 있고, 톰의 아동기에 뿌리 깊게 자리한 심리학적 이상 증세를 변화하기에는 너무 늦었을 가능성도 있다.

생물학적 기원

집안의 계보를 살펴보는 것은 톰이 유전적으로 어떻게 성장하게끔 되어 있었는지 파악하는 데 도움이 될 수 있다. 아무도 원하지는 않지만 그렇다고 버릴 수도 없는 집안의 가보처럼, 성격적 특징, 행동, 인지 과정이 대를 걸쳐 물려 내려질 수 있기 때문이다. 톰의 조상인 곤트 가문이 책에 처음 등장했을 때 그들이 기분 나쁜 사람들이라는 것만큼은 분명했다. 동등한 존재란 있을 수 없다고 여겼던 조상의 주장을 따라 곤트 가문 사람들은 다른 사람들에 비해 자신들이 우월하다고 믿었고 이러한 이유로 다른 사람들을 형편없이 대했다. 알버스 덤블도어 교수는 그들을 가리켜 "집안의 사촌들끼리 결혼을 하는 관습 때문에 몇 세기 동안 점점 더 커져 온 폭력성과 정신불안 증세로 악명 높은, 아주 오래된 마법사 가문… 합리적인 이성의 결여와 화려한 것을 지나치게 좋아하는 낭비벽…고약한 성질 머리와 하늘을 찌르고도 남을 정도의 도도한 자만심과 거만함"을 지닌 자들이라고 묘사했다(『혼혈왕자』, 2권, 75~76쪽). 유전자 공급원의 다양성 부족은 일반적으로 우성 유전자에 밀려 나타나지 않게 되는 열성 유전자가 나타날 수 있는 가능성을 높인다. 또한 이처럼 부족한 유전학적 다양성은 몇몇 표현형*의 심각한 강화를 유발하기도 한다. 만일 덤블도어의 말이 사실이라면, 폭력에 대한 강한 애착을 포함한 곤트 가문의 심리학적 성향들이 몇 세대에 거쳐 집안에 전혀 내려졌을 가능성이 다분하다. 유전학적 특성은 한 세대 이상을 훌쩍 넘어 전해지기 때문에 톰은 역시 가문의 심리학적 성향을 물려받은 것이 틀림없다.

톰의 아버지인 톰 리들 경의 가족에 대해서는 알려진 바가 거의 없지만 그가 부유한 머글 집안 출신이라는 사실은 밝혀져 있

* 표현형(phenotypes)은 생물에서 겉으로 드러나는 여러 가지 특성을 말하는 것으로, 물리적인 특성뿐만 아니라 행동 같은 특성까지도 포함한다. —옮긴이

다. 그가 곤트의 집에 대해 언급하는 모습으로 미루어 짐작해 볼 때, 톰 리들 경 역시 그 나름대로의 나르시시즘적 성향을 가지고 있음을 추정할 수 있다(『혼혈왕자』, 2권, 71쪽). 그는 분명 작고 허름한 오두막집에 사는 곤트 집안보다 거대한 저택에서 살고 있는 자신이 훨씬 대단하다고 여기고 있었다. 그는 또한 잘생긴 외모를 자신에게 유리한 방식으로 이용하기도 했다. 여기서 독자들은 톰 리들 2세가 그의 아버지의 외모와 더불어 다른 사람을 교묘히 통제하려는 심리학적 성향을 모두 물려받았을 것이라는 사실을 인지할 수 있다. 톰 리들이 인정하고 싶지 않다고 해도, 톰은 그가 자라난 양육환경에 극도로 취약할 수밖에 없는 다양한 행동적·심리학적 성향을 불행히도 양쪽 부모 모두로부터 물려받았다.[3]

한편, 독자들에게 주어진 정보를 바탕으로 볼 때 해리의 부모의 경우 심리학적 특이사항이나 폭력적인 행동 성향을 가지고 있지는 않다는 것을 알 수 있다. 그의 아버지 제임스가 다소 오만하게 행동한 것은 사실이지만 시리우스 블랙은 해리에게 다음과 같이 말했다. "해리, 네 아버지는 나의 가장 좋은 친구였고, 훌륭한 사람이었단다. 열다섯 살 때에는 누구나 바보짓을 하게 마련이야. 그리고 제임스는 곧 철이 들었어."(『불사조 기사단』, 4권, 266쪽) 비록 그의 아버지는 다소 자아가 강한 사람이었지만, 단지 친구들의 관심을 받고 싶었던 십대 소년일 뿐이었다. 시리우스와 레무스 루핀이 해리의 아버지가 장난으로 사람들에게 마법을 사용했다는 점을 인정하기는 했어도 어떤 심각한 피해를 주었던 것은 결코 아니었다. 대부분의 경우 그저 구경꾼들에게 웃음을 유발하기 위한 장난이었고 철이 들고 나서는 더 이상 그런 장난을 치지 않았다. 롤링 역시 장난 마법이란 대부분 상대를 귀찮게 하거나, 짜증나게 하거나, 당황하게 하거나 단순히 놀리기 위한 것으로 지속되는 부작용은 없다고 말한 바 있다.[4]

무엇보다 제임스는 어둠의 마법을 증오했고 어둠의 주문을 사용하는 일이나 그러한 어둠의 마법을 사용하는 사람과 한 자리에 있는 것을 피하기 위해서라면 어떤 일이라도 할 사람이었다. 해리 역시 어둠의 마법을 강력히 거부했으나, 이는 어둠의 마법이 그의 부모를 죽게 만들었기 때문일 수 있다(『혼혈왕자』, 3권, 280~281쪽). 그러나 해리는 전반적으로 자신의 나이에 비해 훨씬 성숙한 도덕관을 소유한 매우 건실한 청년으로 자라났다. 해리가 부모와 함께 보낸 시간이 극히 짧았을 뿐 아니라 결코 이상적이라 할 수 없는 환경에서 자라났음에도 불구하고 해리는 분명 제임스와 릴리의 아들이었다.

또래 관계

소년 톰은 자신이 자랐던 고아원에 친구가 아무도 없었다. 고아원의 양호교사였던 콜 부인은 덤블도어에게 톰이 다른 아이들을 못살게 굴었고 다른 아이들이 그를 무서워한다고 말했다(『혼혈왕자』, 2권, 162~163쪽). 또한 그녀는 톰을 이상한 아이라고 표현했는데 이는 다른 아이들이 그를 거부하고 또래 집단에 결코 받아들이지 않고 있었을 가능성을 말해 준다. 톰이 자라나며 자신이 또래들에게 권력을 휘두를 수 있다는 사실을 알게 되고 어른을 속일 수 있을 만큼 영악해지자, 그는 자신의 공격성을 마법으로 표출시키며 약한 자를 괴롭히는 사람이 되었다. 톰은 어린 나이에도 불구하고 매우 영리했으며 마법을 의식적으로 통제할 수 있다는 사실을 알아차렸다. 그는 이 능력을 자신을 거부한 또래 친구들에게 복수를 하기 위해 사용했다. 스스로를 피해자라고 생각한 톰은 자신의 진정한 감정을 표현할 필요를 전혀 느끼지 못하게 되었다. 이와 같은 피해자화와 타인을 향한 부정적 감정의 외현화 현상이 톰의 경우 아주 어린 시절부터 뚜렷이 나타나고 있으며, 유년 시절 또래 집단으로부터 거부당한 경험이 이후의 삶에 심각한 영향을 줄 수 있음을 다수의 심리학적 연구들이 지적하고 있다.

또래 집단의 거부는 공격성의 촉매 역할을 하며, 아동으로 하여금 타인을 위협적인 존재 혹은 피해자화의 결과, 복수의 대상으로 인식하게 한다.[5] 적절한 유대관계나 우정을 형성하지 못한 아동의 경우 종종 공격적 성향을 갖게 되며 쉽게 분노하게 된다. 감정 조절 역시 어려워지며, 이러한 이유로 공격적 행동의 악순환 속에서 계속 살아가게 될 가능성이 높다. 또래 집단의 거부는 공격적인 행동을 야기하며, 공격적인 행동은 또 다른 거부를 초래하기 때문이다. 때때로 공격적인 아이들이 이처럼 사회 집단에 속하지 못하고 떠돌아다니다 또 다른 거부 경험을 가진 아동과 친구를 맺지만, 이는 향후 혼자 남게 되는 것만큼이나 심각한 비행범죄로 이어질 수 있다. 이처럼 거부 경험을 공유하는 아이들이 점차 자라 그들만의 사회 집단을 형성해 나가고 동일한 반사회적 성향을 갖는 또 다른 집단과 관계를 맺는다.

톰의 호그와트 학교 생활은 그에게 여전히 친구가 없다는 사실을 보여 준다. 그를 동경하거나 추종하는 사람들은 많았지만 톰 스스로 그들에 대한 애정을 가지고 있지는 않았다. 또한, 그들 가운데에는 개인적인 이득을 얻기 위해 톰의 편에 선 사람이 대다수였다(『혼혈왕자』, 3권, 31쪽). 그들 중 많은 사람들이 성인이 되고 나서도 학교에서의 사회 집단을 이어나가 최초의 죽음을 먹는 자들이 된다. 호그와트에서 톰은 계속해서 다른 이들을 조종하고 그가 원하는 것을 갖기 위해 자신의 진정한 감정을 숨겼다. 톰의 공격적인 행동이 학교의 선생님을 포함한 다른 어른들 눈에 직접 띄는 일은 결코 없었지만, 독자들은 그가 죽음을 먹는 자들을 불러 모았을 때 타인을 괴롭히는 그의 습관을 다시 한 번 관찰할 수 있다. 스스로의 감정을 조종하는 데 있어서만큼은 그 어떤 반사회적 청소년보다도 훨씬 신중한 톰이었지만 본성을 절대 숨길 수 없었던 순간들이 있었다. 분노를 삭일 때마다 톰은 무언가 깨뜨릴 만한 것, 몹시 괴롭히거나 심지어 죽일 대상을 찾았다. 또한, 복수를 함에 있어서 톰은 결코 서두르는 법이 없이 신중했으며 체계적인 면모를 선보였다. 상대에게 대갚음하는 데 있어 가장 좋은 결과를, 어떻게 보면 가장 나쁜 결과를 얻고자 적절한 순간이 오기까지 톰은 참고 또 기다렸다. 톰의 반사회적인 행동은 그의 삶 전반에 걸쳐 나타나며 그가 자신의 성향을 숨기려고 애썼음에도 여전히 그 안에 존재한다는 사실을 부정할 수는 없었다.

해리가 겪은 또래 집단으로부터의 거부는 톰의 경우와는 조금 다르다. "해리는 학교에 친구가 한 명도 없었다. 두들리 패거리가 낡고 헐렁한 옷에 깨진 안경을 끼고 있는 이상한 해리포터를 몹시도 싫어한다는 걸 모르는 아이는 없었고, 어느 누구도 두들리 패거리의 비위를 거스르려 하지 않았기 때문이다"라는 내용을 미루어 볼 때 머글 학교의 학생들은 단순히 두들리 더즐리와 그의 무리가 해리과 가깝게 지내지 말라며 괴롭혔기에 해리와 친구로 지내지 않은 것으로 보인다(『마법사의 돌』, 1권, 52쪽). 그들은 해리가 다소 이상하게 옷을 입는다는 사실을 제외하고는 개인적으로 그를 싫어할 이유가 조금도 없었지만, 해리와 친구가 될 경우 두들리 무리가 해리를 괴롭힌 것처럼 자기들도 괴롭힐 것이라는 사실을 두려워했다. 이러한 이유로 해리는 앞으로 더 나은 미래가 찾아올 것이라는 희망을 갖는 방어 기제를 발동시킨다. 그러나 그 순간이 올 때까지 해리는 일단 살아남아야 했다.[6] 두들리와 다른 학교를 가게 되었을 때 해리는 마침내 희망의 싹을 보았고, 자신이 마법사라는 사실과 이제는 완전히 다른 세계로 가게 될 것이라는 사실을 알게 되었을 때 그는 심장이 터질 듯한 기쁨을 느꼈다. 호그와트에서 해리는 자유롭게 새로운 출발을 할 수 있었고 친구를 꽤나 쉽게 사귈 수 있다는 사실을 발견했다. 그동안 해리에게 친구를 사귈 능력이 부족했던 것이 결코 아니었으며, 단지 학교의 사회적 위계질서를 마음대로 주물렀던 한 폭력 집단의 희생자가 되었던 것뿐이었다.

해리는 진솔한 사람들과 친구가 되었을 뿐 아니라 사람들 위에 군림하려고 하는 세력으로 판단될 때는 그들이 내미는 손을 거부하기도 했다. 그는 두들리와 같은 사람이 되고 싶지 않았기 때문에 드레이코 말포이의 접근을 일찌감치 차단했다. 해리에게 있어서 드레이코는 그가 어린 시절부터 혐오하게 된 유형의 사람들, 즉 스스로를 남들보다 우월하다고 여기며 자신의 주변 사람들을 마음대로 통제하려는 사람들을 대표하는 인물이었다. 해리는 사람들을 마음대로 조종하는 것에는 직접 나서서 참여하는 것이든, 예전처럼 당하는 것이든 어떤 형태로도 가담하고 싶지 않았기에, 대신 이전에는 가질 수 없었던 진실하고 진정한 우정을 쌓기로 선택했다.

행동주의: 강화와 처벌

20세기 초 B. F. 스키너는 조작적 조건 형성(Operant conditioning)으로 알려진 관찰이 가능한 행동을 분류하고 측정하는 방법을 개발했다.[7] 그는 특정한 행동의 빈도를 증가시키는 것을 강화(reinforcement)로, 빈도를 감소시키는 것을 처벌(punishment)로 설명했다. 그는 또한 일반적으로 쓰이는 행동의 성격을 가리키는 의미에서가 아니라, 자극이 제공되었는지 혹은 제거되었는지의 여부에 따라 각각 적극적(Positive) 또는 소극적(negative)이라는 용어를 사용했다. 스키너 본인이 명명한 것은 아니지만, 스키너의 연구에 기반한 관련 용어로서 회피학습(avoidance learning)이라는 개념도 있다. 이는 한 개인이 고통스러운 자극을 모두 한번에 회피하려고 하는 상황을 가리킨다. 이러한 모든 용어들은 아이들에게 적절한 행동을 훈육하고 가르치는 데 있어 밀접한 관련을 갖고 쓰인다.

톰의 많은 행동들, 예를 들어 물건을 훔치는 것이나 타인을 괴롭히는 행위가 반복적으로 나타나는 이유는 효과적인 처벌이 부족했었기 때문일 수 있다. 갖고 싶던 물건을 소유하게 된다는 사실로부터 오는 적극적인 강화는 절도에 대한 즉각적인 만족감을 제공한다.[8] 아무런 처벌도 주어지지 않는다면, 이러한 행동은 계속해서 반복될 수 있다. 지금까지 톰의 보호자가 그가 규율을 위반하는 것을 직접적으로 목격한 적이 단 한 번도 없었기에 톰은 자신의 잘못된 행동에 대한 적절한 처벌을 받지 않았다. 처벌 대신, 그들은 아무런 조치를 취하지 않았고 톰의 행동은 계속 이어지게 되었다.

톰의 아동으로서의 기질도 톰의 보호자가 그를 대하는 태도에 영향을 미쳤다. 톰의 행동의 반경이 커질수록 톰을 위해 할 수 있는 것이 아무것도 없다는 것을 알고 있었던 듯한 고아원의 양호 교사는 분명 불안해하고 있었다. 앞서 언급했듯이 그녀는 톰을 "이상"하다고 여겼고 그가 다른 아이들과 다르다는 사실을 알고 있었다(『혼혈왕자』, 2권, 162쪽). 양호교사는 이 이상한 소년을 어떻게 대해야 좋을지 알지 못했다. 준비도, 제대로 된 자격도 갖추지 못한 보호자들이 그토록 문제가 많은 소년을 키우게 되었을 때, 그들은 톰을 사회화하기 위한 작은 시도조차 하지 않았으며 덤블도어가 그를 호그와트로 데려가고자 했을 때 오히려 안심했던 것으로 보인다.

한편, 해리는 주로 생존 본능에 따라 행동했다. 학대 가정에서 살아남기 위해 해리는 어린이로서 자신이 할 수 있는 최선을 다했고 그의 심리는 반복적으로 투쟁-도피 반응(Fight-or-flight response) 상태에 놓여 있었다. 해리는 주로 도피 충동에 따라 행동했는데 자신을 끈질기게 괴롭히던 두들리보다 그가 더 빨리 달릴 수 있었다는 점에서 해리는 회피 학습이 자신에게 오히려 도움이 되었다는 사실을 깨달았다(『마법사의 돌』, 1권, 37쪽). 워낙 뚱뚱하고 신체적으로나 정신적으로나 느렸던 두들리를 상대로 해리는 언제나 한 수 앞설 수 있었다. 즉, 두들리로부터 멀리 도망치거나 아니면 찾기 어려운 곳에 숨어 육체적 고통을 피함으로써 해리는 스스로를 보호했다. 해리가 계단 밑 벽장으로 보내졌을 때도 그는 이모와 이모부로부터 벗어나 숨을 수 있었는데 함께하고 싶지 않은 사람들과 더 이상 같이 있지 않아도 된다는 점에서 사실 이것은 해리에게 있어서 소극적 강화였다.

안정애착

톰과 해리의 가장 큰 차이는 "안정애착"의 개념에서 찾을 수 있다. 안정애착은 아이와 주보호자 사이에 존재하는 신뢰와 사랑의 유대를 의미한다.[9] 애착이 이루어지지 못한 아동은 이와 같은 유대의 감정을 경험하지 못한다. 육체적·정서적 접촉이 없는 무관심한 보호를 받았거나 개별적으로 친밀한 관계를 형성하지 않은 다수의 보호자를 갖고 있는 아동의 경우 애착이 형성되지 않을 가능성이 있다. 애착관계를 형성하지 못한 아동연구로 저명한 포스터 클라인 박사는 해당 아이들에게서 발견되는 14가지 증상을 정립했다. 애정을 주고받는 능력의 결핍, 자기파괴적 행동, 타인 혹은 동물에 대한 잔인함, 진실하지 못함, 도둑질이나 물건을 쌓아두는 행위 또는 폭식, 언어장애, 극단 조절 장애, 오랜 관계를 유지하는 친구의 부재, 눈맞춤 장애, 비이성적으로 화를 내는 부모, 피나 잔혹한 형상 또는 불에 대한 집착, 낯선 이에 대한 표면적 관심 또는 호의, 학습 장애, 그리고 비정상적인 거짓말이 그 증상이다.[10] 톰의 삶 곳곳에서 위의 모든 증상들이 하나씩 나타난다. 본 글에서는 그 중에서도 특히 애정을 주거나 받을 수 있는 능력의 결핍, 자기파괴적 행동, 타인에 대한 극심한 잔인함이라는 세 가지 증상에 대해 초점을 맞추어 살펴보고자 한다.

첫 번째 증상인 애정을 주고받는 능력의 결핍은 톰을 처음 만난 사람이라도 단번에 알아차릴 수 있을 만큼 명백하다. 앞서 말한 바와 같이, 덤블도어가 톰이 살던 고아원을 찾아갔을 때 그와 가까운 관계를 맺고 있는 보호자나 또래는 아무도 없었다. 해리와 더불어, 롤링의 독자들은 톰이 사랑을 이해하지 못한다는 점과 그가 사랑을 받아 본 경험이 전혀 없다는 것을 발견하게 된다. 이후, 톰 리들은 릴리 포터가 왜 하나뿐인 아들을 위해 자신의 삶을 희생했는지, 세베루스 스네이프 교수가 왜 단 한 번도 진정한 그의 편이 아니었는지, 그리고 해리가 어떻게 그의 수많은 제거 시도에도 불구하고 살아남을 수 있었는지 이해하지 못한다. 이 모든 것의 답은 당연히, 톰이 느낄 수도 이해할 수도 없었던 사랑이었다. 그가 가진 감정 중 사랑에 가장 가까운 것은 자신의 뱀, 내기니를 향한 마음이었다. 톰은 내기니를 진심으로 위했던 것처럼 보인다. 사실 그가 실제로 뱀과 유대감을 느꼈을 가능성도 있는데, 톰이 뱀의 언어를 구사할 수 있었고 동물은 그가 혐오하던 복잡한 인간의 감정을 지니고 있지 않았기 때문이다. 그러나 내기니를 향한 그의 마음이 사랑이었다고 해도, 톰은 사람들의 사랑을 전혀 모른 채 70년을 살았다. 그는 사랑을 느껴 보거나 받아 본 적이 단 한 번도 없었다. 덤블도어는 해리에게 "볼드모트 경은 절대로 친구가 없을 뿐만 아니라, 친구를 갖고 싶어 하지도 않는단다"라고 말한 바 있다(『혼혈왕자』, 2권, 179쪽).

톰은 다른 사람들에게 무자비할 정도로 잔인했다. 자기파괴적 행동은 자해만을 뜻하는 것이 아니라 전반적인 생명경시 경향 혹은 무모한 행동이나 위험 추구 성향을 가리키기도 한다.[11] 그는 고아원의 다른 아동들을 공포에 떨게 하고 괴롭혔는데 이러한 악한 행동을 삶 전반에 걸쳐 지속했다. 해리는 어린 톰이 고아원에서 아이들 두 명을 데려가 고문을 했을 것으로 추정되는 동굴에 대해 알게 된다(『혼혈왕자』, 2권, 164~165쪽). 해리가 바다 근처 동굴을 방문했을 때, 아이들 셋은 말할 것도 없이 뛰어난 산악인이라 해도 바위를 오르는 것이 거의 불가능해 보였다(『혼혈왕자』, 4권, 81쪽). 다른 아이들이 그토록 위험천만한 장소를 걸으며 공포에 떠는 모습을 지켜보며 톰은 희열을 느꼈다. 감정이 완전히 망가져 버린 이 소년은 위험하면 위험할수록, 더 큰 만족을 얻게 된 것이다. 이후로 톰은 순종하지 않거나, 배신하거나, 함께하는 것을 거부하거나, 자신의 계획을 방해하거나 혹은 화나게 하는 사람들을 고문하거나 죽였다. 그러나 가장 끔찍한 것은 그가 일말의 죄책감도 느끼지 않고 때때로 아무 이유 없이 혹은 재미로 사람들을 고문하고 죽였다는 사실이다.

안정 애착의 결여는 아동의 발달에 있어 심각한 악영향을 갖는다. 애착이 이루어지지 못한 아동은 도덕, 감정, 혹은 사랑을 경험하지 못한 채 성장할 수 있다. 애착이 결여된 아동이 갖는 14가지 성향이 톰에게서 모두 발견된다는 사실은 그가 유아기에 사랑을 충분히 받지 못했음을 보여 주는 분명한 증거이다. 이러한 아이들을 위한 치료는 심리학적 개입이 비교적 어린 나이에 이루어질 때에만 효과적이며, 일단 취학 연령에 이르게 되면 대부분의 경우 성공하기 어렵고 청소년기에 성공하는 경우는 극히 드물다.[12] 어른을 상대로 치료하는 것에 성공하는 이는 지금까지 아무도 없다. 톰이 호그와트에 입학할 때쯤이면 이미 진행된 심리학적 손상을 역전시키기에는 너무 늦었다고 할 수 있다. 톰은 이미 자신이 지닌 잔인한 권력에 심취해 있었고 더 강력한 권력을 획득할 방법도 갖고 있었다. 만일 변할 수 있었다 해도, 그가 원하지 않았을 가능성이 있다. 톰은 처벌이나 결과에 대한 책임 없이, 자신의 명령을 따르도록 다른 이들을 조종할 수 있다는 사실을 즐거워했다. 그는 또한 자신의 감정을 숨기는 데 탁월했고 이를 최대한 이용하여 자기 자신을 역사상 가장 두려운 마법사로 만들어 나갔다. 사람들이 두려워한 것은 톰의 능력만이 아니라 그가 얼마나 교활하고 무자비하게 자신의 능력을 사용하는가 하는 점이었다. 아무도 톰의 행동을 예측할 수 없었고 그를 믿어도 되는 것인지도 알 수 없었기 때문에 사람들은 모두 두려움에 떨었다. 톰은 사랑을 할 수 없었기에 더욱 무서운 존재였다. 톰은 사랑을 알지 못했기에 사랑을 할 수 없었다.

그러나 해리는 사랑을 알았다. 해리가 한 살이었을 때, 그는 부모의 사랑을 듬뿍 받았고 그들과 깊은 유대를 형성했다. 해리가 시리우스의 물건들 가운데서 엄마의 편지를 발견했을 때 독자들은 이러한 사실을 엿볼 수 있다. 아들을 향한 릴리의 애정은 해리가 장난감 빗자루를 타고 어떻게 날아 다녔는지 설명하는 그녀의 편지 속에 가득 묻어 있었다(『죽음의 성물』, 1권, 290~291쪽). 편지와 함께 있던 사진은 장난감 빗자루를 타며, 그의 삶에서 가장 행복한 순간을 즐기고 있는 어린 해리의 모습을 담고 있었다. 해리와 함께 놀아주며 뒤를 쫓아가는, 그리고 해리가 무언가를 깨는 것을 막아 주려는 듯한 아버지의 두 다리도 사진 속에 들어 있었다. 아이들은 특히 사회적 상호작용이 이루어지는 놀이를 통해 상당히 많은 것들을 배우게 된다.[13] 해리의 부모는 해리와 자주 놀아주며 사회적·정서적 능력 함양을 위해 필요한 사회적 자극을 충분히 제공해 주었다. 비록 어린 나이에 부모로부터 떨어져야 했지만, 해리는 부모가 가르쳐 준 사랑과 그가 사랑을 느낄 수 있다는 사실을 마음속에 계속 간직하고 있었다. 더즐리 가족과 살았던 끔찍한 십 년 동안 해리는 누군가가 자신을 그곳으로부터 데려가 주기를 간절히 원했지만, 아무도 오지 않았다. 그는 다른 가족도 없었다(『마법사의 돌』, 1권, 51쪽). 그러나 그는 더 나은 세상이 있다는 사실을 알고 있었고, 단지 그것을 찾기만 하면 되었다.

소망의 거울 앞에서 가족에게 가득 둘러싸인 자신을 보는 해리의 모습을 통해 우리는 그가 사랑을 그리고 가족을 얼마나 간절히 원했는지 알 수 있다. 덤블도어는 이후 해리에게 거울을 통해 보이는 것의 진정한 의미를 설명한다. 다른 마법사들이 부나 명예를 보았을 때, 해리는 그의 가족을 보았다(『마법사의 돌』, 2권, 78~79쪽). 사랑을 할 수 있는 능력 그리고 사랑으로 가득한 가족을 향한 열망은 해리가 삶의 끔찍한 고통을 견뎌내는 동안 자기 자신을 보호할 수 있도록 도와주었다. 오직 부모가 남긴 사랑으로 말미암아 해리는 그의 순수한 영혼을 지킬 수 있었고 어둠의 마법으로부터의 유혹을 뿌리칠 수 있었다.

"만약…이라면"

해리와 톰이 왜 서로 다르게 자라게 되었는지를 제대로 설명하기 위해 살펴보아야 할 부분들이 아직 조금 남아 있다. "만약…이라면"의 조건을 가정해 몇 가지 질문들을 더 제기해 보자.

가장 먼저, 만약 당시 고아원에 있던 다른 아이들 중 한 명이 대량 살인범이 되었다면 어떠했을까?

그렇다면 톰의 행동의 책임은 환경적 요인에 있는 것일까? 아무도 알 수 없다는 것이 이 질문에 대한 답이다. 고아원에 있는 다른 아이들이나 그들의 배경에 대해 우리가 아는 것은 아무것도 없다. 마법사들은 머글의 세상에서 벌어지는 일들에 대해서는 전혀 신경을 쓰지 않기 때문에 설령 그들 중 누군가가 연쇄 살인마가 되었다 해도 독자들은 알 길이 없다. 그렇지만 모든 아이들의 배경이 각기 다르기 때문에 그럴 가능성은 매우 희박하다. 고아원에 있는 대부분의 아이들은 사실 고아원에서 태어난 것이 아니라 그들의 부모가 죽거나 그들을 더 이상 돌볼 수 없게 되었을 때 고아원으로 오게 되었을 가능성이 많다. 따라서, 이미 안정 애착을 형성하고 고아원을 단지 임시적인 집으로 여겼을 가능성도 있다. 그러나 톰에게 고아원은 단 하나뿐인 집이었고 그의 초기 발달에 영향을 미친 유일한 환경이었다. 또한 톰은 그와 같은 환경에 있어서 결코 이상적이라고 할 수 없는 유전학적 소인을 갖고 있었는데, 다른 아이들의 경우는 어떠했는지 이 또한 우리는 아는 바가 없다. 나르시시즘적 성향과 폭력적 성향을 모두 지니는 제한된 유전자 공급원을 가지고 있는 아동이 있을 가능성은 거의 없다고 하는 것이 옳을 것이다. 그러나 톰은 이러한 성향을 분명히 지니고 있었고, 바람직하지 못한 환경 속에서 더욱 심히 비뚤어지게 되었다. 그가 그렇게 자라날 수밖에 없었던 유일한 이유가 고아원이라고 추정하는 것은 다른 아이들에 대해 우리가 가지고 있는 정보를 바탕으로 볼 때 타당하지 못하다. 고아원 자체를 집단 살인범 혹은 소시오패스를 창조해 내는 곳으로 분류하기에는 일단 충분한 증거가 전혀 없다.

만약 누군가 톰의 증상을 발견하고, 심리학적 개입과 치료를 제공했다면 어땠을까? 이에 대한 답은 가상의 인물인 톰이 태어난 시간적 배경에 달려있다. 1920년 당시에 톰의 문제와 관련된 치료법은 존재하지 않았고, 톰의 보호자는 그를 앞에 두고 쩔쩔매고 있었다. 톰과 같은 아동에 대한 연구가 이루어진 바가 아직 전혀 없었기 때문에 그들은 톰의 행동에 대한 어떤 설명도 얻을 수 없었다. 당시 정신질환을 가지고 있던 사람들에 대한 유일한 치료법은 격리된 병동으로 옮겨 살게 하는 것뿐이었다. 톰이 덤블도어를 자신을 데려가기 위해 병원에서 보낸 사람으로 의심하는 모습에서 그가 이를 두려워하고 있었음을 알 수 있다(『혼혈왕자』, 2권, 166~167쪽). 당시에는 치료에 대한 희망이 없었지만, 다른 시기라면 이야기가 달라질 수 있다.

만일 톰과 같은 아이가 최근 30년 전에 태어났더라면 심리학적 개입이 도움이 되었을 가능성이 있다. 현재 성격 장애의 초기 증상들이 확립되어 있기 때문에 톰과 같은 사례를 분석하는 일이 훨씬 더 수월해졌다. 톰의 경우, 사회적 기술 부족과 비행 성향으로 정의되는 품행 장애로 진단될 수 있으며 집중적인 행동 요법으로 치료될 수 있다.[14] 그의 애착 문제를 다루기 위해서는 훨씬 더 복잡한 치료가 필요할 것이다. 톰은 내재된 분노를 포함한 그의 감정을 강제로 표출하게 될 수도 있다.[15] 이와 같은 종류의 치료법은 고아원으로서는 감당하기 어려운 고비용의 진료를 장기간 필요로 할 수 있기에, 톰이 "치료"될 수 있다 해도 치료 자체를 받지 못하게 될 가능성이 있다. 즉, 톰은 머글 세계와 마법사 세계의 정신 건강 의료 서비스 문제의 또 한 명의 피해자일 수 있다.

사실 마법사 세계는 정신 건강에 관련한 어떠한 의료 서비스도 가지고 있지 않은 것으로 보인다. 그들이 할 수 있는 것이라고는 성 뭉고 병원 같은 정신 병동에 사람들을 가둬 두고 행운을 비는 것뿐이다. 마법 의료계와 비(非)마법 의료계 사이에 교류가 거의 없기 때문에, 마법 의료계는 머글들이 정신질환을 치료하기 위해 어떠한 기술을 사용하는지에 대해 거의 알지 못한다. 만일 마법 세계가 마법사 아동들의 정신질환을 치료를 위한 의료 서비스 체계를 가지고 있었다면 지금 여기서 소개한 비마법적 치료보다 더욱 효과적으로 톰을 도와줄 수 있었을지도 모른다. 그는 어떻게 하면 다른 또래들과 긍정적인 관계를 맺을 수 있는지, 예를 들어 마법사가 불멸의 존재는 아니라는 것과 같은 마법의 규칙과 경계는 어떻게 파악하는지에 대해 배웠을 수 있다. 또한 마법을 공격하기 위한 의도로 사용해서는 안 된다는 점도 배울 수 있었을 것이다. 학교에 갈 나이면 때는 이미 너무 늦었기 때문에, 톰이 호그와트에 입학하게 될 때까지 기다리지만 않았더라도 마법 세계가 톰의 인생에 긍정적인 개입을 할 수 있었을지도 모른다.

재앙을 위한 레시피

톰 리들의 발달에 영향을 미친 모든 요인이 모여 결국 그가 어떤 사람으로 자라는지를 결정한다. 나르시시즘과 폭력성과 같은 생물학적 성향의 마법 약이 담긴 마법의 냄비가 있다고 하자. 그 안에 또래 집단의 거부와 처벌 혹은 정신 건강 의료 서비스의 부족이라는 환경의 재료를 넣고, 안정 애착의 결여라는 활활 타오르는 불 위에 올려 놓는다면 참혹한 결과는 불 보듯 뻔한 일로, 톰은 결국 지금의 모습처럼 자라게 될 것이다. 운명이 정해 놓은 생물학적·환경적 상황이 어린 톰 앞에 이미 놓여 있었다. 중요한 것은 그가 그러한 상황에서 무엇을 선택하느냐 하는 것이다. 톰은 자신이 무언가 잘못하고 있다는 사실을 알 만한 지적 능력을 충분히 지니고 있었고, 언제라도 도움을 요청할 수 있었다. 물론 그 당시에 주어질 수 있었던 도움은 제한적이었을 수 있지만, 변화를 향한 그의 선택만으로도 모든 것은 달라질 수 있었다. 톰은 자신의 행동들이 잘못되었다는 사실을 알고 있었지만 신경 쓰지 않았다. 해리가 잘못을 인정할 마지막 기회를 주었을 때도, 톰은 해리의 말을 이해할 수 없다는 듯이 행동했다(『죽음의 성물』, 4권, 279~280쪽). 사실 톰은 정말 이해할 수 없었을 가능성이 높다. 그는 이미 너무 오랜 시간 동안 후회나 사랑의 감정을 모른 채로 살아왔고, 효과가 있을 만한 그 어떤 심리학적 개입도 받지 못했으며, 그의 영혼은 너무 심히 뒤틀린 나머지 조금의 후회도 느낄 수 없었다. 바로 이 점이 톰의 몰락과 해리의 승리를 가져왔다. 사랑이 해리의 삶에 얼마나 큰 차이를 가져다주었는가! 사랑은 잔혹했던 마법 세계와 비마법 세계 모두로부터 해리를 감싸 안아 보호해 준 것이다.

---

* **글쓴이 | 키아 비잘(Kiah Bizal)** 늘 창작과 학문의 융합에 관심이 많았다(바로 이게 해리포터 프로젝트에 뛰어든 이유이기도 하고). 현재 아고시 대학교에서 심리학으로 박사 과정을 밟고 있으며 정신질환을 가진 아이들과 가족들 치료를 할 수 있길 바란다. 가장 좋아하는 대사는 덤블도어가 해리에게 하는 말. "물론 네 머릿속에서 일어나는 일이지, 해리. 하지만 그렇다고 현실이 아닌 건 아니란다."

13

톰 리들을 위한 간호계획

캐리 뉴웰 / 이정은 옮김

1. 기초 자료

환자성명: 톰 리들(볼드모트 경)

나이: 11세(환갑이 넘은 것으로 추정)

건강상태: 환자 및 가족 내 특이사항—톰 리들은 문제가 많은 마법 소년임. 심리 검사를 실시해 성격을 자세히 파악할 필요.

2. 분석

경험적 지식: 심리사회적 정보 분석

a. 역할-관계

톰 리들은 조앤 K. 롤링의 해리포터 시리즈에서 악역을 맡고 있다. 톰과 해리는 원수지간임에도 불구하고 성장 환경 및 자질에 있어서 공통점이 많다. 두 사람 모두 유아 시절에 고아가 되었고, 부모에 대한 기억이 없으며, 어둠의 마법에 능할 뿐만 아니라 뱀의 말을 할 줄 안다. 톰은 다른 인물과 인간적인 관계를 맺지 않는다. 그는 사람을 가까이하지 않고, 사랑의 감정을 모른다. 훗날 볼드모트로 활약하면서 죽음을 먹는 '친구들'을 얻게 되지만, 톰은 결코 그들의 친구가 아니었다. 『불사조 기사단』에서 루시우스 말포이가 예언의 파괴를 막지 못하고 아즈카반으로 잡혀갔을 때, 볼드모트는 오랫동안 충성을 바친 추종자 하나가 수감되었음에도 전혀 개의치 않았다. 소위 친구라는 루시우스 말포이를 쉽사리 저버린 것이다. 볼드모트는 추종자들에게 어떤 사랑이나 정도 느끼지 못하며, 죽음을 먹는 자들 사이에서 한때 세력을 떨쳤던 말포이 가문이 추락한 것도 이 때문이라 할 수 있다.

b. 자아지각

톰 마볼로 리들은 고아이다. 외가는 살라자르 슬리데린의 순수 혈통 후손이며, 외조부 마볼로 곤트의 말이 이를 증명하고 있다. "살라자르 슬리데린의 것 말이다! 우리는 그분의 마지막 남은 후손들이야."(『혼혈왕자』, 2권, 68쪽) 순수혈통만으로 이루어진 곤트가의 일원이라면 집안 전통에 따라 순수혈통 마법사와 결혼해야 하지만, 마볼로의 딸 메로프는 이웃집의 머글 남자를 사랑하게 된다. 그가 바로 톰 리들 1세다.

머글 남자에게 홀딱 빠진 여동생을 보며 오빠 모핀은 말한다. "재는 그 머글을 쳐다보는 데 넋이 팔렸어요. … 그 녀석이 지나갈 때마다 항상 마당에 나가서 울타리 틈새로 엿보았어요. 지난밤에도… 창문에 매달려서 집으로 돌아가는 그놈을 기다렸어요."(『혼혈왕자』, 2권, 72쪽) 메로프는 톰 리들 1세의 마음을 사로잡기엔 너무나도 볼품없었지만, 사랑의 묘약을 이용해 톰과 결혼하는 데 성공한다. 그리고 끝내는 그가 자연스럽게 사랑에 빠졌을 거라 믿고 투약을 중단하기에 이른다. 그러나 그녀의 기대는 어긋난다. 톰은 임신 중인 메로프를 떠나 버리고, 그녀는 너무나도 상심한 나머지 아들을 출산하자마자 목숨을 잃는다. 이렇게 하여 태어난 톰 마볼로 리들은 고아원에 맡겨지고, 자신의 혈통이나 마법 능력에 대해 알지 못한 채 성장하게 된다(『혼혈왕자』, 2권, 78~80쪽).

톰이 호그와트에 입학할 나이가 되자, 덤블도어 교수는 톰이 가진 마법 능력에 대해 설명하기 위하여 고아원을 방문한다. 교수는 원장 코올 부인을 통해 톰이 어떤 아이인지 듣게 된다. 코올 부인은 아이들이 톰을 무서워한다고 말한다.

> 또 한 번은 여름 소풍을 나갔었지요. 저희들은 아이들을 데리고 1년에 한 번 시골이나 바닷가로 소풍을 간답니다. 어쨌든, 소풍을 갔다 온 후부터 에이미 벤슨과 데니스 비숍이 비실비실하는 것이 영 시원치가 않은 거예요. 그런데 우리가 두 녀석에게 아무리 캐물어도 톰 리들과 함께 동굴에 들어갔었다는 말밖에

안 하더군요. 톰은 그냥 동굴 탐험이었다고 맹세를 했지만, 거기서 무슨 일이 있었던 게 분명해요. 어휴, 그 외에도 크고 작은 일들이 수없이 많았지요. 정말 이상한 일들이…. (『혼혈왕자』, 2권, 164~165쪽)

톰은 어린 나이에도 자신을 다른 고아들로부터 격리시키고, 아이들과 동물들에게 의도적으로 고통을 주었던 것이다.

톰은 덤블도어와 만난 자리에서 자신의 마법 능력에 대해 이야기한다. "저는 물건을 건드리지 않고도 움직이게 할 수 있어요. 제가 원하는 대로 동물들에게 지시를 내릴 수도 있고요. 물론 훈련을 시키지 않고서도 말이죠. 저를 못살게 구는 사람은 누구든지 나쁜 일을 겪게 할 수도 있어요. 제가 원하면 다치게 할 수도 있고요."(『혼혈왕자』, 2권, 169쪽) 톰은 자신이 남들과 다르다는 사실에 무척 기뻐하기도 한다. "제가 다른 사람과 다르다는 걸 저는 알고 있었어요.… 제가 특별하다는 걸 알고 있었죠. 뭔가가 있다는 걸 항상 알고 있었어요."(『혼혈왕자』, 2권, 169쪽) 톰의 내면에는 자신을 남들과 구분 짓고, 또 누구도 가까이하지 않으려는 욕망이 존재하는 것이다.

c. 가치/신념

볼드모트는 권력과 생을 중요시하며, 이러한 그에게 죽음은 공포의 대상이다. 마법부에서 덤블도어와 결투를 벌이던 도중 그는 죽음에 대한 두려움을 드러낸다.

"날 죽일 생각은 없는가 보군, 덤블도어?"

… "그건 너무 잔인하다는 건가, 응?"

"한 인간을 파괴하는 방법은 여러 가지가 있다는 걸 우린 잘 알아, 톰."

덤블도어가 차분하게 말했다.

… "죽음보다 더 괴로운 것은 없어, 덤블도어!" 볼드모트가 으르렁거렸다. (『불사조 기사단』, 5권, 206쪽)

볼드모트에게 죽음보다 더한 악몽은 없다. 그는 죽음을 먹는 자들에게 말한다. "이 세상 어느 누구보다도 불멸에 가장 가까이 근접했던 내가…. 너희들은 죽음을 정복하려고 했던 나의 목표를 알고 있을 것이다."(『불의 잔』, 4권, 158쪽) 볼드모트는 이외에도 영생을 가져다줄 마법사의 돌을 훔치려 하는 등 여러 차례 죽음을 정복하려 했다. 생과 불멸은 볼드모트가 좇는 강력한 가치인 것이다.

볼드모트에게 중요한 또 다른 가치는 권력이다. 그는 세상의 모든 마법사와 머글을 손아귀에 넣으려 하며, 계급 사회를 건설하여 지배층에 순수혈통 마법사를, 밑바닥에 머글을 두고자 한다. 볼드모트의 계획은 금방이라도 성공할 기세였으나 해리가 살인 저주에서 살아남은 순간 실패하고 만다. 안타깝지만 그의 의지는 여기서 꺾이지 않았고, 모든 생명체를 지배하려는 야심 또한 여전했다. 부단히 노력하여 힘과 육체를 되찾은 볼드모트는 세상 그 어떤 마법사도 자신과 대적할 수 없으며, 과거에 자신을 쓰러뜨린 소년 또한 예외가 아님을 증명하고자 한다. "이제 이 소년이 나보다 더 강할지도 모른다고 생각했던 것이 얼마나 어리석은 추측이었는지 똑똑히 깨달았을 것이다.… 하지만 나는 지금 이 자리에서, 과거에 해리포터가 나의 저주를 피해 살아남을 수 있었던 것은, 오직 운이 좋았기 때문이었다는 사실을 확실히 못 박아 두고 싶다. 그러므로 너희들이 모두 지켜보는 가운데 바로 이 자리에서 해리포터를 죽임으로써 나의 힘을 증명해 보일 것이다."(『불의 잔』, 4권, 166쪽) 세상에서 가장 강력한 마법사로 군림하여, 마법 세계와 인간 세계를 주무르고, 또 영원히 죽음을 피하는 것이 볼드모트가 생각하는 최고의 가치이자 보람인 것이다.

3. 주요 문제 사항

심리 불안정

톰 리들은 심리적 안정감에 심각한 문제가 있다. 유년기의 톰은 아이들과 동물들을 고문했고, 스스로를 남보다 강력하고 특별한 존재로 여겼을 뿐만 아니라, 실로 독자적인 존재가 되고 싶어 했다. 그는 살라자르 슬리데린의 후손이며, 가문의 순수혈통에 자부심이 크다. 톰은 사실상 머글 혼혈임에도 불구하고, 머글들이

서열 체계 속에서 순수혈통 마법사를 섬겨야 한다고 믿는다.

톰 리들은 인격장애를 가진 것으로 우려된다. 인격장애란 "사회의 기대에서 극단적으로 벗어난 내적 경험과 행동이 지속적으로 발생하는 경우를 말한다. 이는 삶의 영역 전반에 나타나며 변함이 없다. 또한 청소년기 혹은 성인 초기에 발병하여 오랜 기간 동안 지속되고, 정신적 고통이나 장애를 초래한다."[1] 톰은 여러 인격장애 중에서도 자기애성 인격장애의 전형적인 증상을 보이고 있다. 자기애성 인격장애는 과도한 자만심, 찬양에 대한 갈증, 공감 능력의 결여 등으로 기술되는데,[2] 톰은 자기 자신을 특별한 존재로 여기고 극도의 자만에 빠져 있다. 이는 고아원에서 덤블도어와 나눈 대화에 명백히 드러나고 있다. 자기애성 인격장애의 또 다른 증상은 무한한 성공, 권력에 대한 환상과 이를 향한 집착이며,[3] 톰은 시리즈 내내 권력욕에 사로잡혀 마법부를 점령하고 마법사와 머글 모두를 지배하려 한다. 찬양에 대한 갈증은 우월한 존재가 되고자 하는 욕구나 사상 최고의 마법사가 되어 이름을 떨치려는 야망으로 나타난다. 죽음을 먹는 자들은 이러한 볼드모트를 찬탄하며, 그의 인정을 갈구한다. 예컨대 벨라트릭스 레스트랭이 볼드모트, 즉 주인님에 대해 이야기할 때는 애인을 향한 사랑까지 느껴진다. 마지막 소설에서 해리와 론, 헤르미온느가 말포이 저택으로 잡혀간 부분을 예로 들자면, 펜리 그레이백이 반역자 셋을 잡아온 대가로 금을 요구하자 벨라트릭스는 이렇게 대답했다. "금화라!… 네 금화를 가져가라, 이 더러운 버러지 같은 놈. 내가 금화 따위를 바랄 성싶으냐? 난 오직 그분의 영예만을….”(『죽음의 성물』, 2권, 120쪽) 벨라트릭스의 관심사는 오로지 주인님의 인정을 받는 일뿐이다.

볼드모트는 최종적으로 대인관계 속에서 착취적인 성향과 공감 능력의 결여를 보이며,[4] 이 또한 자기애성 인격장애의 증상에 해당된다. 그는 권력을 차지하기 위해 마법사와 머글을 죽이고 가정을 파괴한다. 또 누구 앞이든 자기중심적이고 거만한 태도로 일관하며, 죄를 뉘우치는 법이 없을뿐더러, 상대를 가리지 않고 폭행을 저지른다. 전편에 걸쳐 사랑의 주제를 이야기하는 해리포터 시리즈 속에서 사랑의 감정을 모르는 인물이 바로 볼드모트인 것이다. 이에 대해 덤블도어는 해리가 질색할 만큼 누누이 설명하고 있다.

> “너는 볼드모트가 한 번도 가지지 못했던 힘을 가지고 있어. 너는….”
> “저도 알아요!” 해리가 약간 짜증스러운 듯이 말했다. “저는 사랑을 할 수 있죠!”
> 해리는 “그거 참 대단한 능력이군요!”라고 비꼬듯이 한마디 더 덧붙이고 싶은 것을 간신히 참았다. (『혼혈왕자』, 3권, 277쪽)

볼드모트는 타인의 감정에 공감할 수도, 타인을 사랑할 수도 없다.

관찰 소견: 볼드모트는 진단 기준을 완벽히 충족하고 있으므로 자기애성 인격장애를 가졌다고 보아도 무방함.
향후 치료: 이외의 정신병적 증상에 대비하여 톰을 계속 관찰할 것. 인격장애의 진행 상태는 지속적으로 확인 및 관리하길 바람. 마법 세계와 인간 세계에 추가적인 인명 피해를 초래할 위험이 있음.

지지체계의 부재

톰 리들은 독립성이 강하며 이를 자랑스럽게 여긴다. 톰은 죽음을 먹는 자들을 거느리고는 있으나, 앞서 판단한 바와 같이 필요로 하는 것은 아니다. 볼드모트가 호그와트로 찾아와 교수직을 요구하자, 덤블도어는 그의 '친구'들에 대해 다음과 같이 말한다.

> "그렇다면 자네의 지휘에 따르는 사람들은 어떻게 되는 거지? 소위 죽음을 먹는 자들이라고 자칭하고 다닌다는 그자들은 어떻게 되는 건가?"
> …"제 친구들은 제가 없어도 잘해 나갈 것입니다."
> 잠시 후에 볼드모트가 대답했다.
> "자네가 그 사람들을 친구로 여긴다는 말을 들으니 기쁘군. 나는 그들이 거의 노예와 같은 위치에 있는 줄 알았는데."(『혼혈왕자』, 3권, 166~167쪽)

덤블도어는 죽음을 먹는 자들이 사실상 친구가 아닌 부하일 것이라 짐작했고, 볼드모트가 자기 자신 외에 누구도 믿지 않는다는 사실 또한 잘 알고 있었다. "볼드모트는 독자적으로 움직이는 걸 좋아했다는 사실을 기억해라."(『혼혈왕자』, 3권, 265쪽) 윌킨슨의 말에 따르면, 개인에게 있어서 좋은 지지체계란 스트레스 완화에 도움이 되고, 정서적인 위안이 되어 주며, 감정 표출 및 문제 해결을 돕는 것이다.[5] 이렇듯 친구 관계 및 지지체계는 누구에게나 매우 중요하지만, 볼드모트는 친구도 지지체계도 없는 상황이다.

그러나 볼드모트의 경우, 친구 관계의 부재는 의도적이라 생각된다. 볼드모트가 살면서 아무도 가까이 하지 않은 것은 누구도 자신만큼 강력할 수 없다고 믿었기 때문이다. 예컨대 그는 미성년 마법사를 마력을 보유할 수 없는 존재로 간주했으며, 이는 해리와 덤블도어가 볼드모트의 호크룩스를 찾아 동굴을 탐험하는 부분에서 알 수 있다. 해리는 두 사람이 작은 배를 타고 호수를 건널 수 있을지 묻는다.

"두 사람이 탈 수 있는 배가 아닌 것 같은데요? 교수님과 제가 함께 탈 수 있을까요? 그럼 너무 무겁지 않을까요?"

덤블도어가 빙그레 미소를 지었다.

"볼드모트는 무게가 아니라 오히려 얼마나 강력한 마력이 호수를 건너가느냐 하는 데에 신경을 썼을 게다. 아마 이 배에는 한

번에 오직 한 명의 마법사만이 배를 타고 건널 수 있도록 마법이 걸려 있을 게다. … 해리, 너는 마법사 축에 들어가지 않을 것 같구나. 아직 미성년인 데다 자격도 얻지 못했으니까. 볼드모트도 설마 열여섯 살짜리 꼬마가 여기까지 오리라고는 꿈에도 생각지 못했겠지. 나의 능력에 비한다면 네 능력은 감지되지도 않을 게다." (『혼혈왕자』, 4권, 95쪽)

이를 통해 볼드모트의 최우선적 가치는 힘이자 권력임을 다시 한 번 알 수 있다. 유아독존인 볼드모트는 친구의 존재가치를 인식하지 못할뿐더러, 누구도 자신만큼 강력할 수 없기 때문에 누구도 자신의 친구가 될 자격이 없다고 믿는다.

관찰 소견: 친구 관계 및 지지체계는 스트레스 완화, 문제 해결을 돕고 정서적 지지대의 역할을 하므로 개인에게 필수적이나, 톰은 현재 친구도 지지체계도 없는 상황임.[6]

향후 치료: 톰의 지지체계를 지속적으로 확인 및 관리하고, 친구의 중요성을 인식시킬 방법 또한 강구할 것.

4. 간호진단

계속적인 살인, 해리포터를 겨냥한 다수의 살해 시도, 죽음에 대한 공포로 나타나는(AMB) 살인 행위, 죄책감 부재와 관련된(R/T)

도덕적 고뇌.[7]

호크룩스를 이용해 죽음을 도피하려는 경향, 해리포터 제거 불가로 인한 좌절감으로 나타나는(AMB) 죽음 수용의 불능, 계속적인 해리포터 제거 실패와 관련된(R/T) 스트레스 과다.[8]

5. 간호중재

간호 진단명: 도덕적 고뇌.

관련 요인(R/T): 살인 행위, 죄책감 부재.

증상(AMB): 계속적인 살인, 해리포터를 겨냥한 다수의 살해 시도, 죽음에 대한 공포.[9]

목표	• 톰 리들은 오늘 안에 도덕적 가치를 두 가지 제시할 것이다. • 톰 리들은 오늘 안에 살인의 죄를 모두 고백하고, 양심의 가책을 느낄 것이다. • 톰 리들은 오늘 안에 자신의 지지체계를 도표로 완성할 것이다.
중재	• 기독교의 핵심 가치관을 설파하여 도덕적 행동을 유도할 것. 가톨릭 사회 교리에 따른 존중, 인간 존엄성, 공동체 정신, 평등, 평화, 지구 사랑 등의 가치관을 제시할 수 있음.[10] • 톰이 과거의 부당한 행동에 대해 이야기할 수 있도록 치료적 환경을 조성할 것. • 사회적 지지체계를 생태도로 표현하여, 톰이 어려운 시기에 의지할 수 있는 사람을 쉽게 식별할 수 있도록 할 것.
평가	• 톰 리들의 도덕적 고뇌를 타개하기 위해서는 중재가 필요하다. 그러나 톰은 중재의 상황에서 반응하지 않고 참여를 거부할 가능성이 크다. 솔직히 말해, 가장 그럴듯한 시나리오는 억지로 중재 활동을 시키려는 나에게 아바다 케다브라 주문이 날아오는 것이다.

간호 진단명: 스트레스 과다.

관련 요인(R/T): 죽음 수용의 불능, 계속적인 해리포터 제거 실패.

증상(AMB): 호크룩스를 이용해 죽음을 도피하려는 경향, 해리포

터 제거 불가로 인한 좌절감.[11]

목표	• 톰 리들은 오늘 안에 스트레스 완화방법을 세 가지 제시할 것이다. • 톰 리들은 스트레스 직면 시 무익한 행동 두 가지에 대해 이야기할 것이다. • 톰 리들은 분노와 살인이 스트레스 대처법으로 부적절한 이유 두 가지를 제시할 것이다.
중재	• 톰과 의논하여 스트레스 완화 방법을 모색할 것. 심호흡, 가시화, 이완 기법, 음악 감상, 독서, 일기 작성, 마사지 요법 등이 가능.[12] • 스트레스를 받았을 때 과식, 과로, 약물 남용, 분노, 폭력 등으로 나타날 수 있는 부정적 반응[13]에 대해 의논할 것. 톰은 이를 통해 분노와 살인이 부적응성 대처 기제라는 사실을 알게 될 것임.
평가	• 이러한 중재 수행 속에서 톰이 지도를 따를 가능성은 희박하다. 그가 긍정적 대처 방법을 배우고 싶어 하는 모습은 아무래도 상상하기 힘들다. 이번에도 역시 아바다 케다브라 주문으로 날 죽이려 들 것 같다. 도리어 스트레스성 상황에 처한 나는 스트레스 완화 중재를 시도하겠지만, 볼드모트가 눈앞에서 살인 저주를 날리려는 마당에 불안이 사라질 것 같지는 않다.

* **글쓴이 | 캐리 뉴웰**(Kari Newell) 밀워키 콜롬비아 세인트 메리 병원 소화기내과 연구실에서 공인 간호사 과정 이수 중. 그냥 학점을 채우기 위해 들었던 세인트 캐서린 대학에서의 해리포터 수업이 결국에는 가장 좋아하는 수업이 되었다. 열한 살, 엄마가 강제로 읽힌 덕에 해리포터를 처음으로 읽은 이래 해리포터와 그 친구들과 사랑에 빠졌다. 지금도 거의 매년 해리포터를 다시 읽는다. 공인 간호사가 되기 위해 의료계획을 작성하고 있기 때문에 톰 리들을 위한 치료계획을 쓰는 것은 지극히 자연스러운 일이었다.

14

문학의 숫자점(數字占): 해리포터에서의 숫자 상징성 분석

에반 게이도스 / 이서현 옮김

언어, 관습, 신념이 제각기 다르더라도 모든 문화, 종교, 그리고 대륙에 걸쳐 우리는 숫자를 곧잘 비슷한 방식으로 이용한다. 각각의 집단은 저마다 다른 숫자의 의미에 주목하기도 하지만, 숫자의 기본 개념은 이 차이마저도 포괄하고 공통분모를 만들어 낸다. 모든 훌륭한 작가들이 그렇듯, 조앤 K.롤링도 이렇게 여러 문화를 교차하는 언어인 숫자와 그 의미를 미묘한 신호로 사용한다. 이 장에서는 해리포터에서 숫자 3, 4, 7과 각각의 의미를 검토해 보고자 한다.

물론, 나는 3, 4, 7 이외에도 다른 숫자들을 살펴보고 다양한 결론을 얻을 수 있었다. 쉬운 예로는 숫자 2와 이원성 개념이 있다. 이 이원성을 이용하면 해리포터와 볼드모트 경(또는 해리와 알버스 덤블도어 교수, 덤블도어와 볼드모트)을 분석하고 인물들 간의 유사점과 차이점을 파헤칠 수 있다(이 책의 12장 참고). 하지만 숫자 2는 매우 기초적인 대립을 만들 뿐이며, 이는 거의 아무 이야기에나 다 등장한다. 또 많은 사람들은 숫자 5를 언급할지도 모른다. 왜냐하면 5는 오각형이나 별 모양을 통해 자주 마법과 연결되기 때문이다. 그러나 이것은 롤링이 강조하는 숫자가 아니기 때문에 그녀의 책에는 이에 대한 통찰이 그다지 드러나 있지 않다.

3: 신과 마법 세계의 숫자

저명한 종교학자인 앤마리 쉬멜이 그녀의 권위 있는 책 『숫자의 신비』에서 "완전과 완성의 숫자"라고 주장했듯이 3은 종종 신, 신화, 그리고 신령과 연관되곤 한다.[1] 3은 종교적으로 중요한 숫자이며 신성하고 성스러운 것들에 대해 논할 때 쓰인다. 쉬멜은 이 점이 많은 종교와 다양한 신앙 체계에 걸쳐 적용된다고 짚어낸 바 있다. 수메르인, 바빌로니아인과 이집트인은 천국의 체계에 따라 신을 세 그룹으로 나눈다. 수메르인은 하늘의 신 아누, 대기의 신 엔릴, 대지의 신 에아를 섬긴다. 바빌로니아인은 달의 신 신, 태양의 신 샤마쉬, 그리고 비너스에 해당하는 이슈타르를 숭배한다.[2] 고대 이집트인의 신화도 세 가지로 묶이는 경우가 여럿 있었는데, 태양의 움직임을 따라 호루스는 아침, 라는 정오, 아툰은 해 질 녘에 해당했다. 그리스 신화 또한 세상을 천상·지상·지하의 세 가지 영역으로 나누었는데 이것이 바로 서양 문화에서 아마도 가장 잘 알려진 삼인방 신들인 제우스·포세이돈·하데스이다. 그리스인들은 세 여신 헤라·아테나·아프로디테로 이 테마를 이어 나간다. 힌두교 또한 "위대한 삼인방… 조물주 브라마, 파괴자 시바, 유지자 비스누"를 포함하고 있다.[3] 불교에서는 세 명의 구원자를 제시하는데 부처, 달마, 그리고 승가가 그것이다.[4]

세계 3대 유일신교인 유대교, 이슬람교, 기독교에서도 3은 두드러지게 나타난다. 유대교와 구약성서에서도 세 명의 총대주교 아브라함·이삭·야곱이 등장하고, 제물을 바칠 때도 흔히 세 마리의 동물이나 세 살배기 동물이 요구된다. 또 아담과 노아에게는 둘 다 세 명의 아들이 있었다. 이슬람교에서는 오직 알라에게만 기도해야 한다는 점에서는 엄격하긴 하지만, 그 기도는 최소한 세 명이 모여야만 드릴 수 있다. 시아파 이슬람교에는 알라, 무하마드, 그리고 알리가 있다. 쉬멜은 이에 대해, "신을 구원해 주는 신은 없다. 무하마드는 신의 전달자이고, 알리는 신의 친구이다"라고 설명했으나 숫자 3이 이슬람 내의 파에 따라 다양하게 사용된다는 점은 분명하다.[5] 기독교 신앙의 기본은 삼위일체에 있다. 하나님(성부), 예수(성자), 성령이 하나를 이루는 것이다.

문학 연구가 빈센트 포스터 호퍼의 『중세의 숫자 상징주의』에 따르면, 신이나 신의 특성을 표현하기 위해 많은 숫자들이 쓰일 수 있지만 "고대에서부터 쓰였기 때문이든지 아니면 물질적·사회적 세계와의 수많은 유사점 때문이든지 간에, 모든 것을 아우르는 숫자 3은 신을 표현하는 가장 보편적인 숫자이다".[6] 기독교에서 3에 대한 관념은 세 가지 신학적 덕(德)—믿음, 소망, 사랑—으로 발전한다. 사도 바울은 고린도인에게 보내는 서신에서 "그런즉 믿음, 소망, 사랑이 항상 있을진대 그 중 제일은 사랑이니라"라고 설명한다(고린도전서 13장 13절). 이는 사랑을 신성함으로 연결시켜 주면서, 우리에게는 롤링의 주된 테마, 즉 그녀의 이야기에서 무엇보다 강력한 마법은 위대한 사랑의 힘이라는 것으로 연결된다.

숫자 3은 여러 문학작품에 전반적으로 나타나는데, 『아기 돼지 삼형제』, 『골디락스와 곰 세 마리』처럼 어린이를 위한 서양 동화들과 동요 「눈먼 쥐 세 마리」, 그리고 「매에 매에 검은 양」의 양털 세 보따리*에서부터 찾아볼 수 있다. 호퍼가 다시 한 번 설명하듯이, "모든 나라의 전설, 신화, 동화는 세 가지 소원, 세 그루 나무, 세 명의 구혼자들로 가득하다. 3이면 충분하기 때문에 더 이상 스토리를 길게 끌 필요가 없는 것이다".[7] 그러나 문학에서 3의 사용은 결코 어린이들을 위한 이야기에만 머무르지 않는다. 『맥베스』의 마녀들과 삼총사, 멜빌의 『모비 딕』에서 '피쿼드호'에 탔던 선원들 수, 또는 디킨스의 크리스마스 유령이 과거, 현재, 미래를 보여 준 것에서 모두 3이 두드러지게 나타난다. 삼각형은 세 변으로 이루어진 도형이므로—그리고 3은 홀수다—작가들은 더 복잡한 대립을 만들기 위해 오래도록 이 구조를 애용해 왔다.

---

* 가사 중 "매에 매에 검은 양아, 양털 좀 있니? 네, 네, 세 보따리 가득 있어요"(Baa baa black sheep, have you any wool? Yes sir, yes sir, three bags full)라는 부분이 있다. —옮긴이

3은 다수의 등장인물 간에 의견 충돌이 일어날 수 있는 가장 작은 숫자다. 갈등 속에서 한쪽이 더 많은 지지를 얻을 수도, 지지가 다른 쪽으로 넘어갈 수도 있다. 둘만 있어도 마찰이 일어날 수는 있지만, 세번째 인물이 등장하면서 동맹과 속임수가 발생하고 비로소 복잡해진다. 다수와 소수가 생겨나는 것이다.

롤링이 이 3의 구조를 가장 뚜렷하게 사용한 것은 바로 주인공 '호그와트 삼총사', 즉 헤르미온느 그레인저, 론 위즐리, 그리고 해리다. 이는 지니 위즐리, 네빌 롱바텀, 루나 러브굿을 포함한 주변 친구들이나 악동 삼총사인 드레이코 말포이, 빈센트 크레이브, 그레고리 고일로도 확대된다. 이 구조는 볼드모트, 해리, 그리고 세베루스 스네이프 교수 사이의 복잡다단한 관계에서도 반복되며 삼형제 이야기와 죽음의 성물의 개수에서도 드러난다.

또 롤링은 호퍼가 '3인 가구'[8]라 칭하는 것도 사용하는데, 이는 바로 어머니, 아버지, 자녀 이렇게 3명으로 구성된 흔한 사회 구조를 의미한다. 당연히 가족구성원은 더 많을 수 있는 데도 불구하고 이 책에는 3인 가구가 지나치게 많이 등장한다. 가장 분명히 드러나는 것은 해리와 그의 부모이며, 드레이코와 그의 부모, 그리고 헤르미온느와 그녀의 부모 또한 같은 구조를 가지고 있다. 제임스 포터, 네빌, 톰 리들 1세, 톰 리들 2세, 테디 루핀, 님파도라 통스, 두들리 더즐리, 그리고 스네이프까지 다른 가족들도 외동인 자녀와 부모로만 구성된 3인 가구 형태를 보인다. 그 밖에 아버지와 아들, 딸의 3명으로 이루어진 곤트 가족도 포함할 수 있다. 3인 가구 구조의 사용과 더불어 롤링은 로맨스의 전통인 삼각관계도 (비전통적인 방법으로) 사용한다(이 책의 15장 참고). 『불의 잔』에서는 해리, 초 챙, 케드릭 디고리, 그리고 론, 헤르미온느, 빅터 크룸을 찾아볼 수 있다. 이러한 사랑의 갈등은 몇 가지 더 나오는데 론, 라벤더 브라운, 헤르미온느를 비롯해 해리, 지니, 딘 토마스, 그리고 제임스, 릴리 에반스, 스네이프가 있으며 메로프 곤트, 톰 리들 1세, 세실리아(리들이 관심 가졌던 다른 여자)도 이에 해당한다. 로맨스의 삼각관계는 시리즈 전반에 걸쳐 이어지며 새로운 차원을 더해 주고 긴장감을 지속시킨다.

롤링이 3을 사용한 것은 종종 세 명의 주인공을 등장시키거나 이야기의 중심에 복잡한 갈등을 짜 넣는 것과 같은 스토리텔링의 관습에서 자연스럽게 비롯된 것으로 비쳐지기도 한다. 때로는 리키 콜드런, 스리 브룸스틱스, 호그스 해드처럼 셋이서 쌍을 이루는 것에 분명한 이유가 없을 때도 있다. 그러나 3을 이루는 많은 경우는 더 신성하거나 마법적인 분위기를 자아내며, 그 예로는 포터 가족과 롱바텀 가족이 볼드모트에게 대항한 횟수(『불사조 기사단』, 5권, 254쪽), 『아즈카반의 죄수』에서 해리와 헤르미온느가 시리우스 블랙과 벅빅을 구출하기 위해 돌아간 시간, 그리고 볼드모트가 '인간'의 몸을 되찾기 위해 필요로 했던 재료(아버지의 뼈, 부하의 살, 원수의 피)의 개수를 들 수 있다(『불의 잔』, 4권, 137~138쪽). 어쩌면 이 예시들처럼 강력한 주문이나 저주와 연관지어 더욱 신비로운 무언가를 연출하는 것이 바로 롤링이 3을 사용하는 방법 아닐까.

4: 인간성과 자연의 숫자

쉬멜에 따르면 숫자 4는 인간이 세계를 이해하는 체계와 관련이 있다.[9] 몇 세기 동안 사람들은 시간을 체계화하기 위해 숫자 4를 사용해 왔다. 자연에는 사계절이 존재하고 우리는 동서남북의 기본 네 방위를 통틀어 사방이라 한다. 세상이 정사각형이나 직사각형일 것이라는 고대의 생각이 그 세상에 네 가지 방향을 만든 것이다. 피타고라스를 신봉하는 사람들은 정육면체의 견고함 때문에 4를 "이상적인 숫자"라고 보기도 했다. 호퍼 또한 4가 이 세상과 관련해 얼마나 중요한지를 자신의 책에서 언급한 바 있는데, 그 내용은 다음과 같다.

> 따라서 기본 방위에 의해 이미 증명된 세계와 4의 관련성은 시간의 영역에서도 사계절, 달이 차고 기우는 네 단계, 4년마다 돌아오는 윤일 등으로 반복되어 나타난다. … 4는 대우주의 전형적인 패턴을 대표하는 것이라 할 수 있으며 소우주는 이를 자연스럽게 재생산한다. … 4는 사각형의 숫자이기도 하고 원소, 계절, 인류의 4시대,* 이성적인 동물이 되기 위한 네 가지 원칙, 달의 주

* 그리스로마 신화에서는 인류의 점차적인 쇠퇴와 타락을 4~6시대로 분류하는데, 오비디우

기, 그리고 4대 덕목**에도 드러난다.[10]

기독교에서는 이 숫자가 4개 복음과 십자가의 방향에서 가장 뚜렷하게 나타난다.

해리포터에서 숫자 4는 더즐리 가족의 집인 프리벳가 4번지를 통해 (어떤 의미에서는 비마법적인) 인간성과 연결된다. 이것은 마법적인 곳인 다이애건 앨리와 완전히 상반되는데, 다이애건 앨리로 들어가는 입구를 열기 위해서는 마법사가 쓰레기통에서부터 세 벽돌 위를 세 번 두드려야 한다. 호그와트 급행열차가 출발하는 9와 4분의 3번 승강장은 신비로움과 인간다움을 결합하면서 이 승강장을 역의 다른 부분들과는 따로 떨어진 장소에 위치시키는 기능을 한다. 호그와트에는 네 명의 창립자가 있고 그에 따라 네 개의 기숙사가 존재하며 (이 창립자들 중 오직 세 명만 누가 이 학교에서 공부할 자격이 있는지에 대해 동의해 원초적인 분열을 만들어 냈다) 각 기숙사 별로 하나씩 총 네 명의 유령이 있다. 마찬가지로, 호그와트 비밀지도의 제작자들도 리무스 루핀, 시리우스 블랙, 제임스 포터, 그리고 피터 페티그루 네 명이다. 하지만 그들 중 세 명만이 애니마구스였고 또한 세 명만이 진정으로 의리 있

스의 대서사시 『변신 이야기』에서 금시대, 은시대, 동시대, 철시대의 4시대로 소개된 바 있다. ―옮긴이

** 지혜, 정의, 절제, 용기가 고대 철학과 기독교 전통에서 말하는 4덕목에 해당한다. ―옮긴이

는 친구들이었음을 주목해야 한다. 이 예시들은 모두 세상, 세계, 인간성과 연관된 것으로 보인다.

또 숫자 4는 갈림길 개념으로 이어지기도 한다. 실제로 시리즈의 네번째 책인 『불의 잔』은 기로 역할을 하는 것으로 볼 수 있다. 비록 볼드모트에게 충성하는 자들과 우리의 영웅만 알고 있긴 하지만, 끝 부분에 가면 볼드모트가 돌아왔다는 내용이 나온다. 마법 세계의 사람들은 해리의 이야기(기쁜 소식이 아닌)와 마법부 장관의 주장(볼드모트가 돌아오지 않았다는 달콤한 거짓말) 중 어떤 현실을 믿을 것인지 결정해야만 한다. 이러한 선택은 소설의 나머지 부분에 등장한 사건들의 결과에 영향을 준다.

5권과 6권에 등장하는 기로는 4권에 나온 것보다 덜 극적이고 해리와 볼드모트에게 더 집중되어 있다. 하지만 7권에는 론이 떠났다가 돌아온 것과 해리가 성물을 찾아다니는 대신 호크룩스를 파괴하는 쪽을 선택하고, 금지된 숲에서의 죽음을 맞이하러 들어가는 것, 그리고 덤블도어와 이야기를 나눈 뒤 산 자들의 세계로 돌아오기로 한 결정 등 선택의 기로가 상당히 풍부하게 들어 있다. 이 선택들이 조금만 엇나갔어도 등장인물들은 다른 결말의 길에 놓였을 것이다.

7: 완벽과 결합의 숫자

숫자 7의 중요성은 적어도 중세 시대부터 우리의 관심사였다. 쉬멜은 7이 "주요 요소인 영적인 3과 물질적인 4의 합으로 구성된다는 점이 중세 해석학에서 되풀이되어 사용되었으며 중세 교양과목 7개가 '삼학과'(三學科)와 '사학과'(四學科)로 나눠지는 데도 사용되었다"고 설명한다.[11] 호퍼 또한 "7과목을 통해서든 7덕목을 통해서든, 아니면 더 구체적으로 명상의 일곱 단계나 과정을 통해서든 … 완벽을 위해서는 일곱 가지 단계가 필요하다"[12]라고 말하며 7단계 개념이 중세의 사고에 얼마나 중요했는지를 지적한다. 7은 바람직한 목표로 비춰졌고, 곧잘 파라다이스와도 연결되었으며 그곳에 가기 위해서는 흔히 성숙을 수반하는 여정이 필요했다.

아마도 해리포터에서 가장 확실하게 감지할 수 있는 숫자는 7일 것이다. 왜냐하면 호그와트가 7년제이고 또 이 시리즈는 총 일곱 권으로 되어 있기 때문이다. 『마법사의 돌』에서 해리, 론, 그리고 헤르미온느는 마법사의 돌을 얻으러 가기 위해 일곱 번의 시험에 맞닥뜨려야 한다. 독자들은 『불사조 기사단』에서 해리가 (또한 네빌도) 7월에 태어났으며 제임스와 릴리는 7의 3배수인 21세에 살해당했음을 알 수 있다. 위즐리 가족에게는 일곱 명의 자녀가 있으며 시리즈의 마지막 권에서는 일곱 명의 포터가 유인책으로 등장하고, 또 필요의 방은 호그와트의 7층에 존재한다. 롤링은 『혼혈왕자』에서 리들이 호레이스 슬러그혼 교수에게 호크룩스에 대해 물을 때 한 "제 말은 예를 들자면, 7은 가장 강력한 마법의 숫자가 아닌가요? 그러니 일곱 조각으로 나누면…?"이라는 말을 통해 숫자 7을 강조한다(『혼혈왕자』, 3권, 258쪽). 그리고 호크룩스는 일곱 개였다. 주목해야 할 것은 이 일곱 개 중 세 개는 호그와트 창립자들의 소유였다는 것이고 (네번째 창립자의 소유물—고드릭 그리핀도르의 칼—은 호크룩스를 파괴할 수 있는 물건 중 하나였다) 호크룩스를 파괴할 도구(그리핀도르의 칼, 바실리스크의 송곳니, 악마의 화염, 딱총나무 지팡이)는 네 개였다는 점이다. 이렇게 7을 사용한 본문의 예시들은 해리의 성장과 자기이해를 향한 여정에 중요한 역할을 했다.

해리포터에서의 예시들

시리즈 전반에 걸쳐 이 세 개의 숫자들을 모두 묶어 주는 예시로는 퀴디치가 있다. 3, 4, 7에 대한 롤링의 주목은 마법 세계를 결속시켜 주는 이 경기에서 완전한 정점을 찍는다. 각 팀은 일곱 명의 선수들로 이루어져 있고 네 개의 포지션(추격꾼 세 명, 몰이꾼 두 명, 파수꾼 한 명, 수색꾼 한 명)이 존재하며 세 종류의 공 네 개와 점수를 얻기 위한 골대 세 개를 가지고 경기한다.

이 세 개의 숫자가 핵심이라는 또 다른 중요한 예시가 있다면, 많은 검토가 있었던 관계는 아니지만 해리, 스네이프, 그리고 톰의 삼인방이 있다. 이 3세대에 이은 혼혈들은 어린 시절의 경험부터 비슷하고 마지막 운명까지도 서로 다르기보단 닮아 있다. 그들 셋은 모두 불행한 어린 시절을 겪었지만, 해리와 스네이프는 사랑의 힘으로 볼드모트와 같은 결말을 마주하지 않고 살아남는다. 해리와 볼드모트가 죽을 때 그들 둘 다 나이에 7이 들어 있었다(그리고 그들 나이는 서로 반대다). 해리는 17살, 볼드모트는 71살이었던 것이다. 스네이프는 죽을 때 나이에 3이 있었는데, 그가 언제 태어났느냐에 따라 어쩌면 37살이었을 수도 있어 나이에 7이 있었을 가능성도 있다. 또한 주목해야 할 것은 해리와 톰이 같은 날에 태어났다는 것이고 이는 톰이 포터 가족의 집에서 몰락을 맞이했던 날과도 같은 날(7월 31일)이라는 것이다.

메타픽션적 문학 『음유시인 비들 이야기』는 톰, 스네이프, 해리 삼인방과 연결된다. 톰은 딱총나무 지팡이 주인인 안티오크 피브렐에 필적하고, 스네이프는 부활의 돌의 주인인 카드모스 피브렐과, 해리는 투명망토의 주인인 이그노투스 피브렐과 연관이 있다. 각자가 선택한 삶, 그에게 닥친 것, 그리고 그가 도달한 결과가 이 연결 고리의 기저에 깔려 있다. 언제나 싸움꾼에 떠벌리기 좋아하는 톰은 자신이 천하무적이라는 것을 세상에 증명해 보이려다 죽임을 당한다. 음유시인 비들의 글 중 "유달리 경쟁심이 강했던 첫째"와 "딱총나무 지팡이를 지닌 그는 당연히 결투에서 승리했습니다.… 첫째는 어느 여관으로 들어갔습니다. 그리고 큰 소리로 자신이 죽음에게서 빼앗은 강력한 지팡이를 자랑하며, 천하무적이 되었노라고 떠들어 댔습니다"라는 부분에서 유사성을 확인할 수 있다. 첫째가 흡족해하는 이 마지막 장면은 볼드모트 경과 해리의 마지막 결투에서도 찾아볼 수 있다. 세상에서 가장 강력한 지팡이인 딱총나무 지팡이가 자신의 것이라는 그의 믿음은 둘의 대결에서 다음과 같이 정확히 드러난다.

> "스네이프가 내 사람이었는지 덤블도어의 사람이었는지, 그딴 건 전혀 중요하지 않아. 그 작자들이 내 앞길에 어떤 시시한 장애물들을 놓으려 했었는지도 말이다! 나는 그자들을 모두 박살내 버렸으니까! … 덤블도어는 딱총나무 지팡이를 내가 갖지 못하게 하려고 애를 썼다! 하지만 나는 너보다 그 사실을 먼저 깨달았지, 이 꼬마야. 네가 그 지팡이에 손도 대기 전에, 내가 먼저 그 지팡이를 손에 넣었다. 네 녀석이 따라잡기 전에 난 그 진실을 이미 깨닫고 있었어. 그래서 나는 세베루스 스네이프를 세 시간 전에 벌써 죽였다. 딱총나무 지팡이, 죽음의 지팡이, 운명의 지팡이는 이제 진정한 내 것이 되었다!"(『죽음의 성물』, 4권, 278~279쪽)

스네이프는 둘째 카드모스처럼 평생 사랑한 사람을 잃었고, 그녀를 산 자들의 세계로 되돌릴 수 없었음에도, 그 순간부터 그가 하는 모든 행동은 그녀를 위한 것이었다. 스네이프도 마찬가지로 릴리의 죽음을 알게 된 순간부터 차라리 자기도 죽어서 그녀와 하나가 될 수 있었기를 바랐다. 그는 덤블도어에게 "저는… 차라리 제가 죽었으면 좋겠습니다"라고 말한다(『죽음의 성물』, 4권, 180쪽). 스네이프가 릴리에 대한 기억에 기대어 해리를 보호하기로 결정했을 때 스네이프의 일부분은 분명 죽었지만, 그는 그 자신의 "채울 수 없는 갈망"에 빠져 단 한 번도 그녀를 사랑하지 않은 적이 없었다. 그는 심지어 패트로누스를 불러내는 방식으로 자신만의 부활을 돌을 사용해 "그녀를 그에게로 되찾아왔다".

> 그의 지팡이 끝에서 은빛 암사슴이 치솟았다. 그것은 교장실 바닥에 내려앉더니, 한달음에 교장실을 가로질러 창밖으로 튀어나갔다. 덤블도어는 패트로누스가 날아가는 것을 지켜보았다. 이윽고 그것의 은빛 광채가 희미해지자, 덤블도어는 다시 스네이프 쪽으로 고개를 돌렸다. 그의 두 눈에는 눈물이 가득 고여 있었다.
> "그럼 지금까지도?"
> "언제까지나요."
> 스네이프가 말했다. (『죽음의 성물』, 4권, 195쪽)

죽음으로부터 (문자 그대로, 또 비유적으로도) 숨어 있었던 해리는 이 세 인물들 중 유일하게 죽음과 "함께 가기"로 선택했다. 바로 이그노투스가 죽음과 "나란히" 함께 간 것처럼 말이다. 이는 7권에서 해리가 볼드모트와 마주하기 위해 숲으로 향할 때 분명해진다. 물론 해리가 죽음을 "오랜 친구" 그 자체로 맞이하지 않은 것은 사실이지만, 그는 이해하고 받아들이고 있으며 이는 볼드모트가 주장할 수 있는 한도를 확실히 넘어선 것이었다.

투명 망토를 벗어 지팡이와 함께 망토 아래에 쑤셔 넣는 동안, 해리의 손에서는 땀이 흘렀다. 그는 혹시라도 싸우고 싶은 유혹에 빠지게 되는 걸 원치 않았다. … 지금 이 순간 그에게는 볼드모트를 제외한 어느 누구도 중요치 않았다. 오직 그들 두 사람뿐이었다. … 해리는 가슴팍에서 지팡이를 느낄 수 있었지만, 그것을 꺼내려 하지 않았다. (『죽음의 성물』, 4권, 218~219쪽)

해리와의 이러한 비교는 두 가지 이유로 적절한데, 먼저 그는 동화에 언급된 실제 투명 망토의 주인이고, 둘째로 이그노투스의 직계 후손이기 때문이다. 하지만 톰은 안티오크가 아니라 카드모스 피브렐의 후손이다. 톰 리들의 첫번째 호크룩스가 되었던 마볼로 곤트의 반지에 부활의 돌이 있었기 때문이다. 이것이 적절한 연결이 되는 이유는, 톰이 아마도 삼형제 중 가장 죽음을 두려워했을 사람의 혈통일 것이기 때문이다. 그는 바로 이 성물을 자기 자신의 목숨을 연장하는 데 사용한다. 카드모스에 대한 설명인 "거만하기 짝이 없는 둘째는 죽음에게 더 큰 굴욕감을 안겨 줄 작정을 했습니다"라는 표현은 톰에게도, 호크룩스를 사용해 불멸을 얻겠다는 그의 목표에도 잘 어울린다. 안티오크에게 자손이 있었다거나 스네이프가 피브렐 가문과 어떠한 연관이 있었다는 증거는 없지만, 아이러니하게도 볼드모트는 혼혈인 스네이프가 딱총나무 지팡이의 주인이며 자신에게 위협이 된다고 생각한다.

롤링은 소설의 마지막 책에서 「삼 형제 이야기」를 전달하기 위해 동화의 형식을 빌려온다. 셰익스피어가 연극의 중요성을 강조하기 위해 극 안에 극을 사용한 것처럼, 롤링도 문학의 중요성을 강조하기 위해 그녀의 이야기 속에 이야기를 설치한 것이다. 『죽음의 성물』에서 이 동화가 중심적인 역할을 했다는 것 또한 어린이 문학에도 예상 밖의 깊이가 있음을 강조한다. 그 이야기에는 분명한 목적이 있으며, 심지어 몇몇 독특한 어른들은 그것이 진짜라고 믿기도 했다. 교구로써의 동화 개념은 역사에 줄곧 기록되어 왔다. 세 사람(흔히 형제자매)의 이야기는 문화를 막론하고 교훈을 담고 있다. 많은 이야기들은 세 형제자매와 선택에 대해 다루고 있으며 대개 막내(혹은 그들이 가족이 아닐 경우 세번째 사람)가 현명하고 올바른 선택을 한다. 쉬운 예시로는 『신데렐라』 이야기나 『아기 돼지 삼형제』가 있다.

종합해 보면, 숫자 3, 4, 그리고 7은 롤링의 작품에서 자주 등장하며 그녀의 이야기에 의미를 한층 더해 주고 우리의 의식적인 반응과 무의식적인 반응 모두를 불러일으킨다. 그녀의 이야기는 오래된 모티프들을 사용하기에 그런 패턴에 익숙한 독자들을 끌어모을 수 있다. 그러나 이것이 롤링의 이야기가 뻔하다는 것을 의미하지는 않는다. 다만 롤링은 독자와 작가 간의 더 깊은 이해와 연결을 목적으로 이 숫자들을 사용하여 독자들과의 암묵적인 계약에 다가간다는 것이다. 롤링은 독자들을 존중하기 때문에 그들이 이해할 수 있을 만한 상징을 사용하면서도 그들의 지적 능력을 무시할 정도로 또렷이 드러내지는 않는다. 이러한 상징들은 역사, 문화, 그리고 시간에 걸쳐 나타나며 롤링은 이들을 사용해 해리포터 시리즈의 전반에 엄청난 효과를 불어넣었다.

---

* **글쓴이 | 에반 게이도스(Evan Gaydos)** 세인트 캐서린 대학을 졸업했다. 현재는 프리랜서로 다양한 글쓰기 프로젝트에 참여하고 있고, 마법의 역사를 공부하고 있다. 바느질과 공예, 영국 드라마, SF 드라마 보는 것을 즐긴다. 이 글을 읽을 사람들, 호그와트가 종이 위의 제2의 고향인 사람들에게 하고픈 말은 "도움을 구하는 자들은 언제고 도움을 받을 수 있을 것이다".

15

'특별한 삼총사'의 성적인 기하학: 헤르미온느, 전통적인 여성 주체를 전복하다

레이첼 암스트롱 / 박성혜 옮김

해리포터의 독자라면 누구나 '특별한 삼총사'인 해리포터, 론 위즐리, 그리고 헤르미온느 그레인저와 친근할 것이다. 시리즈 내내, 조앤 K. 롤링은 이 결합의 중요성을 강조했다. 첫번째 편에서 마법사의 돌을 되찾아올 때부터 일곱번째 편에서 호크룩스들을 계획적으로 파괴할 때까지 해리, 론, 그리고 헤르미온느는 함께 성공했다. 론과 헤르미온느는 해리의 단짝 친구일 뿐만 아니라 해리의 지원군이다. 론이 정신 차릴 수 있게 때려주고 싶었던, 론과 헤르미온느가 연인이 되었을 때 "드디어!"라고 외쳤던, 그리고 볼드모트 경을 혼자 뒤쫓던 해리의 (비록 바보 같을지라도) 숭고한 시도에 울고 웃었던, 오랫동안 세 단짝 친구들 사이의 역학을 사랑했던 사람으로서 나는 해리포터 시리즈에 대한 비평적인 연구 논문을 대학에 제출했을 때 흥분되고 긴장되었다. 내가 가장 좋아하는 대중문화 현상들이 청소년 시절의 내 상상력을 자극하면서 해리포터 세계는 내 정신세계의 특별한 부분에 영원히 자리 잡았다. 나는 호그와트에서 자랐다. 나는 살아남은 아이와 함께 나의 생일을 기념했다. 나는 내 롤모델인 헤르미온느와 함께 민망한 (치아교정기와 더불어 도무지 왜 했는지 모를 파마를 했던) 사춘기를 겪었다. 그리고 비록 내가 바실리스크를 물리친 적도 없고 마법을 쓴 적도 없지만, 내가 이 글을 쓰면서 왠지 나의 순진했던 어린 시절에 이 시리즈를 사랑했던 마음의 일부분을 잃게 될까 봐 걱정이 되었다. 또한 지금까지는 변하지 않았던, 말다툼을 일삼고 사랑스러운 무모한 짓을 하는 '특별한 삼총사'에 대한 나의 헌신에 대해 의문을 제기하는 무언가를 발견하게 될까 봐 두려웠다. 그러나 다행히도 그런 일은 발생하지 않았다. 삼총사—그리고 특히 그 속에서의 헤르미온느의 역할—에 대한 나의 연구는 내가 12살 때 정의했던 그들의 '단란함'을 확고하게 했다.

성적인 삼각관계

이브 코소프스키 세즈윅은 그녀의 저명한 책인 『남자들의 관계: 영문학과 남성의 동성 유대 욕구』에서, 남성들 사이의 관계와 그들이 여성들과 성 체계 전체에 어떻게 관련이 되어 있는지에 초점을 맞추며 성적인 삼각관계 구조의 기반을 다졌다. 성적인 삼각관계의 전형적인 해석에 따르면 예전 소설에서의 여성의 목적은 남성들 사이의 유대를 견고하게 하는 것이었다. 자기 능력이라고는 거의 없는 여성을 두고 경쟁하는 남성들에 대한, 지겹고 전형적인 이야기다. 세즈윅에 따르면, "성적인 삼각관계 속 경쟁자들의 유대관계는 사랑하는 사람들과 사랑받는 사람들의 유대관계 속 어떤 요인들보다도 더 끈끈하며, 행동과 선택을 결정하는 데에 있어서 더 중요하다".[1] 세즈윅은 여성의 신체에 대한 경쟁(그리고 욕구)을 통해 남성끼리만 사회적 관계를 맺는 유대관계가 형성되었고 이 유대관계는 남성의 욕망에 따른 여성과의 유대관계보다 더 강하다고 주장한다. 그러므로 우리가 계속해서 언급하는 이야기 속에서, 남성이 경쟁을 통해 다른 남성과 형성된 관계는 이성애자의 낭만적인 사랑보다 더 가치 있다. 세즈윅은 에로틱한 삼각관계에서 여성을 가지고자 하는 욕구를 통해 "남성들의 유대관계가 열심히 밝혀지는 것"이라고 주장한다.[2] 이 방법으로 남성-남성-여성 삼각관계에 다가가면, 남성 사이의 유대관계를 동성애로 읽을 수도 있다. 하지만, 세즈윅은 동성 유대관계와 동성애가 다음과 같은 연속체 속에서 존재한다는 사실에 주목하며 세심하게 주장한다.

> '동성 유대관계'(homosocial)는 역사와 사회과학에서 가끔 사용되는 단어이며 동성 간의 사회적 유대관계로 설명된다. 명백하게 '동성애'(homosexual)에서 유추된 신조어이며, 명백하게 '동성애'와 구별되는 것으로 여겨진다. … 그렇다면 '동성 유대관계'

를 잠재적인 성적 욕망에 적용시키는 것은 동성 유대관계와 (우리 사회에서 남성들이 철저하게 배척당하는) 동성애 사이의 연속체는 잠재적으로 존재한다는 가설을 세우는 것과 같다.[3]

세즈윅은 남성들의 유대관계를 성적인 영역으로 되돌리려고 한다. 하지만 그녀는 "나는 생식적인 부분에서의 동성애 욕구가 다른 형태들의 동성 유대관계의 근본을 이룬다는 것에 대해 토론하려는 것이 아니다. 나는 일반화를 하려고 한다. 또한 남성들 사이의 관계 **구조**에 대해 역사적인 차이점을 남길 것이다"고 말한다.[4] 세즈윅은 이 부분에서 남성의 동성애 욕구에 대한 이해의 가능성을 암시한다. 하지만 그녀는 잠재하는 동성애 욕구가 모든 동성 유대관계의 근본이라고 주장하는 것에만 관심 있는 것이 아니다. 그녀는 동성 유대관계와 동성애가, 동성애 공포증으로 물든 문화에서 드물게 인식되는 연속체에서 존재한다고 설명한다. 이런 개념 내에서, 이것은 여성에 대한 도입부이며, 여성은 동성 유대관계와 동성애 사이의 연속체 속에서 전통적인 성적 삼각관계를 창조하는 제3자이다. 여성을 성적인 드라마에 두는 것은 남성 사이의 동성애 염려를 불가능하게 하며, 사회적으로 용인되는 이성애적인 배출 수단을 허락한다. 전형적인 여성의 역할은 여기서 모순되어 나타나는데, 여성은 자신과 삼각관계를 이루는 남성들의 동성애적 염려를 막는 동시에, 그들이 여성의 사랑을 두고 경쟁을 함으로써 그들의 동성 유대관계를 자극적으로 강화시키는 것이다. '특별한 삼총사'에서 헤르미온느의 여성으로서의 위치는 거의 틀림없이 해리와 론을 동성애적 관계로 만들지 않는 동시에 두 소년의 상당한 성적인 긴장감을 해소시킨다. 그런대로 괜찮은 이성애적인 배출구로서 행동한 헤르미온느가 없었다면 소년들의 유대관계는 약했을 것이고, 동성애로 오해받을 수도 있었을 것이다. 그러므로, 남성의 동성 유대관계는 전체적으로 이성애적 배출 수단인 여성에게 의존해 있다. 세즈윅이 쓴 대로, 남성의 동성 유대관계 욕구는 오직 "이성애적 욕망이 있는 삼각관계 내에서"만 용인된다.[5] 여성 인물헤르미온느를 등장시키는 롤링의 도입부는 필수적이고 계산적이었다. 해리와 론의 동성애적인 요소가 헤르미온느에 대한 경쟁으로 신중하게 옮겨 갔기(혹은 인지됐기) 때문에, 소년들의 유대관계는 더욱 끈끈해졌다.

전통적인 성적 삼각관계 내에서, 여성들은 거의 수동적으로 묘사되며 다른 두 명의 활동적인 구성원들(대부분 남성들)은 얌전한 여성을 둔 경쟁으로 유대관계를 만든다. 유럽의 전통에서, "여성은 남성과 남성의 힘 관계에 의존적인 것처럼 보인다".[6] 세즈윅은 예부터 정해졌던 이 묘사를 여성 매매의 또 다른 모습으로 간주한다. "여성을 교환하는 것은 일종의 상징이라고 할 수 있는데, 남성과 남성의 유대를 강화시키는 기본적 목적을 보여 주는 속성인 것이다."[7] '특별한 삼총사' 속에서 헤르미온느의 이론적인 위치가 분명하고 해리와 론의 동성 유대관계를 강하게 하는 점을 감안해 보면, 이 제한된 문맥에서 그녀의 행동은 으레 여성들이 자신들의 '육체'와 연관짓는 수동성을 전복했다. 세즈윅에 따르면 "유럽의 전통관에서, 대부분의 [이러한] 구조의 삼각관계는 여성을 '두고' '경쟁'하는 남성들의 유대를 포함시키려는 경향이 있다. … 모든 경쟁 관계는 경쟁과 인지에 의해 만들어지며 이것은 독립체가 삼각형에서 맡은 역할이 영웅인지, 여자 영웅인지, 신인지, 책인지, 아니면 다른 것인지를 보여 주는 것이다".[8]

삼각형에서 해리와 론의 이론적인 위치가 헤르미온느에 대한 성적인 경쟁으로 이어졌을 수 있었음에도 불구하고, 현실에서 그들의 위치는 절대 여성을 두고 경쟁하는 남성이 아니었다. 시리즈의 첫번째 권에서부터 헤르미온느는 이 성적인 삼각관계에서의 전통적인 위치를 거부했다. 뿐만 아니라, 해리와 헤르미온느 사이의 로맨틱하고 성적인 요소들을 없애기 위한 (론의 마음은 예외로 두고) 롤링의 행동은 성적인 삼각형을 더욱 해체하며 독자들의 예상을 뒤집는다.

먼저, 호그와트 급행열차에서 헤르미온느를 독자들에게 소개한 방법을 주목해야 한다. 여기에서 롤링이 사용하는 제한된 서술 기법과 독자들이 예상하는 성 편견에도 불구하고, 헤르미온느는 자기 자신을 수준 있고 지적인 캐릭터로 만들었다.

> 또 두꺼비를 잃어버린 그 아이였는데, 이번에는 어떤 여자 아이와 함께였다. 여자아이는 벌써 새 호그와트 망토를 입고 있었다.
>
> "두꺼비 한 마리 본 사람 없니? 네빌이 잃어버렸거든." 여자아이

가 말했다. 그 아이는 으스대는 목소리에, 숱이 많은 갈색 머리, 그리고 조금 큰 앞니를 갖고 있었다.

"본 적이 없다고 아까 말했는데." 론이 대답했지만, 그 여자 아이는 론의 말은 듣지도 않고 론의 손에 들린 지팡이를 보고 있었다.

"어머, 너 마법 부리려고 하는 거니? 그럼 한 번 해봐." (『마법사의 돌』, 1권, 153쪽)

헤르미온느의 외모는 제한적으로 묘사되며 독자들은 해리, 론과 대화하는 헤르미온느의 모습을 통해 그녀의 성격을 결정짓게 된다.

"그 주문이 확실하니?" 여자아이가 물었다. "글쎄, 썩 훌륭하진 않은데, 안 그래? 나도 연습으로 간단한 주문 몇 개는 해봤는데 다 들었었거든.… 난 교과서를 몽땅 외워 버렸어. 그거면 충분하길 바랄 뿐이야. 난 헤르미온느 그레인저야, 그런데 너희들은 누구니?" (같은 책, 153~154쪽)

헤르미온느는 해리와 론이 아무 말도 못하게 "너희 둘도 옷을 갈아입는 게 좋을 거야. 곧 도착할 테니까"라고 말하며 객실을 나갔다. 소년들은 이 껄끄러운 첫 만남에서, 똑똑한 척하는 곱슬머리 여자 아이에 대한 마음을 정한 듯했다. 롤링의 제한된 3인칭 서술기법 때문에(이 책의 제10장 참고), 독자들 역시 헤르미온느에 대한 해리의 선입견을 갖게 된다. 독자들도 헤르미온느를 지적이고 자신감 넘치는 여성으로 보기보다는 으스대고 아는 척하는 여자로 생각하게 되는 것이다. 해리와 론이 보기에 지성과 자신감은 전형적인 남성적 성향이므로 헤르미온느의 지성은 아는 척이 되고, 당당한 자신감은 으스대는 것이 되어 버린다. 그리고 이렇게 여성스러운 방식의 묘사를 통해 헤르미온느는 독자들에게 좀 더 쉽게 이해 가능한 여성인물로 자리매김한다. 이것은 독자들이 가진 성에 대한 편견 탓이기도 하고, 서술 방법 때문이기도 하다. 하지만 이 첫 만남에서 헤르미온느는 자신을 지적으로 뛰어나며 해리, 론과 동등한 위치로 스스로를 위치지었다.

헤르미온느에 대한 독자들의 선입견은 『마법사의 돌』이 진행되면서 헤르미온느에 대한 해리의 선입견이 변함에 따라 변해갔다. 산더미만 한 트롤과 싸우고 삼총사의 우정이 돈독해진 후 헤르미온느는 대부분의 시간을 해리, 론과 함께했다. "그 순간부터 헤르미온느 그레인저는 그들의 친구가 되었다. 세상에는 함께 했을 때 반드시 서로를 좋아하게 만드는 것들이 몇 가지 있는데, 산더미만 한 트롤을 함께 쓰러뜨리는 것도 그런 것들 가운데 하나이다."(『마법사의 돌』, 2권, 32쪽) 헤르미온느가 트롤과 함께 여자 화장실에 갇히게 되자 해리와 론은 그녀를 돕기 위해 달려갔으며, 트롤을 쓰러뜨리고 그녀를 구했다. 이 장면에서 해리와 론이 화장실에 트롤을 가두는 것부터 시작했다는 점을 주목해야 한다. 여기, 우리의 갈팡질팡하는 열한 살의 왕자들이 처음엔 공주를 심각한 위험에 빠뜨렸다가 구하려 하는 데에서 롤링은 교활하게 성적인 삼각형을 조롱했다. 이런 시련을 통해 헤르미온느는 두 남성 등장인물과 동등해졌으며, '특별한 삼총사'와 이론적인 성적 삼각형 내에서 그녀의 위치는 정해졌다. 그러나 쉽게 예상할 법한 이 역할 속에서 헤르미온느는 수동적인 모습을 뒤집었다. 물론 언뜻 보기에 헤르미온느는 꽤 곤경에 빠진 소녀처럼 보였다. "헤르미온느 그레인저가 금방이라도 기절할 것 같은 표정으로 맞은편 벽으로 뒷걸음치고 있었다. 트롤이 그녀에게 다가가며, 벽에 붙어 있는 세면대들을 차례로 깨뜨렸다."(『마법사의 돌』, 2권, 27쪽) 론이 트롤의 주의를 끌기 위해 쇠파이프를 던지고 "야, 이 얼간아!"라고 소리 지르자 헤르미온느는 움직이지 않았다. 해리는 그녀에게 도망치라고 소리쳤지만, "헤르미온느는 움직이지도 못하고, 겁에 질려 입만 벌린 채 벽에 딱 붙어 있었다".(같은 책, 27~28쪽) 산더미만 한 트롤에 대한 헤르미온느의 반응은 서술적인 신호로 독자들은 이야기에서 반복되어 왔던 이 장치를 인식한다. 우리는 겁에 질린 여성과 그녀가 직면한 위험, 그리고 용감한 구조자들을 보게 된다. 처음에 헤르미온느를 도움이 필요한 여자로 만든 것은 남은 시리즈에서의 그녀의 역할을 수동적이고 진부한 여성으로 굳힌 것이라 생각할 수도 있겠지만, 나는 롤링이 독자들이 갖고 있는 성에 대한 선입견들을 이용해서 그것들을 없애기 위해 일부러 이런 신호들을 준 것이라고 생각한다. 우리의 곱슬머리 공주를 구하는 데에 성공한 해리와 론은 앞으로 몇 년간은 버터맥주를 마시며 친구들에게 몇 번이고 그 이야기를 말할 것이렷다.

하지만 헤르미온느가 스네이프 교수, 그리고 맥고나걸 교수와 나눈 대화는 롤링이 지속적으로 독자들에게 신호를 주고 헤르미온느에 대한 선입견을 깨트린 완벽한 예다. 헤르미온느는 가만히 앉아서 해리와 론이 트롤에 대한 상황을 스네이프와 맥고나걸에게 설명하게 하지 않고, 위험에 빠진 여자 역할은 그대로 고수하면서 이 난장판이 자신의 잘못이라고 주장했다. "전 트롤을 찾으러 갔었어요. 왜냐하면 전… 전 혼자서 해낼 수 있다고 생각했어요…. 책에서 트롤에 대해 읽은 적이 있거든요."(『마법사의 돌』, 2권, 30쪽) 책, 시간표, 그리고 규칙으로 정의되는 헤르미온느에게 이런 주장은 중요하다. 이런 주장은 **용감하다**. 해리와 론은 놀란 게 분명했고. "론이 지팡이를 떨어뜨렸다. 헤르미온느 그레인저가 교수님에게 새빨간 거짓말을 하고 있다니? … 해리는 아무 말도 하지 않았다. 절대로 규칙을 어기는 일은 하지 않는 헤르미온느가, 그런 그녀가, 곤란에 빠진 친구를 구하기 위해 규칙을 어긴 척하고 있었다."(같은 책, 30~31쪽) 헤르미온느는 소년들이 구해주고 난 후 위험에 빠진 여자 역할을 거부했고, 그 상황에서 조치를 취하며 그들을 차례로 지켜줬다.

전통적인 성적 삼각관계 서술에서, 헤르미온느의 유일한 목적은 남자들이 그들의 사랑을 증명하기 위해 그녀를 구해 내게 하면서 취약한 위치를 구현하는 것이다. 괴물로부터 위험에 빠진 어린 여자로서의 헤르미온느의 역할은 진부하다. 하지만 이 문맥에서의 그녀의 행동은 진부하지 않다. 전통적인 서술에서의 헤르미온느는 수동적으로 남았겠지만, 여기서 그녀는 삼각형의 위에 자리매김하며, 당연한 것으로 여겨지던 힘의 관계를 바꾸었고 해리와 론이 자신을 구해 준 것처럼 그들을 구해 주었다.

해리포터 시리즈에서 여성 주체는, 위험에 빠진 여자처럼 전형적이고 전통적인 여성들을 기반으로 하고 있다. 맥고나걸은 엄격한 여교사로, 몰리 위즐리는 잔소리쟁이 엄마로, 페투니아 더즐리는 못된 계모로, 라벤더 브라운은 멍청한 경쟁자로, 플뢰르 델라쿠르는 성적 매력을 풍기는 여자로, 벨라트릭스 레스트랭은 섹시한 악당으로 묘사된다. 물론 롤링의 등장인물들은 결코 일차원적이지도, 많은 경우 전통적인 역할에서 제한적으로 그려지는 여성캐릭터의 재현만도 아니지만 대부분의 이런 캐릭터들은 롤링이 가지고 오는 동화 장르로 거슬러 올라간다. 해리포터를 읽는 소녀 독자들은 자신들이 취할 수 있는 주체의 위치와 자신들을 동일시하게 된다. 이렇게 하여, 해리포터는 여성다움의 전통적 견해를 강화시킨다. 판타지 문학에서 공상과학이나 호러(그 외에 초자연적인 힘을 포함하는 다른 장르들)보다 여자들이 더 많이 출연하는 경향이 있음에도 불구하고, 판타지의 원형은 표준적인 가부장제의 성별과 여성들에게 제한된 선택권을 반영한다. 성적인 삼각형에서 헤르미온느의 배치와 함께, 판타지 장르에서 여성 친구로서의 그녀의 위치는 확실한 특징을 갖는다. 판타지에서 여성은 사악한 여성 악당이거나 위기에 빠진 여성이고 이 둘 모두 남성 영웅에 굉장히 의존해 있다. 사악한 요부는 먹잇감이 필요하고, 위기에 빠진 여자는 구조자가 필요하다. 하지만 헤르미온느가 위험에 빠진 역할을 제외한 다양한 역할을 수행했기 때문에, 그녀는 여성 단짝 친구나 애정상대 같은 이런 역할들을 뒤집었다.

『해리의 여자들: 해리포터와 젠더 담론』의 저자 메러디스 셜랜드는 『불의 잔』에서 "우리는 수줍은 헤르미온느, 도움을 주는 헤르미온느, 감정이 풍부한 헤르미온느, 영리한 헤르미온느를 보았다"고 말한다.[9] 셜랜드가 헤르미온느의 다양한 주체 위치가 등장인물로서 그녀의 신용을 떨어뜨린다고 하지만, 나는 헤르미온느의 융통성이 여성 독자들로 하여금 쉽게 식별할 수 있는 더 넓은 다수의 주체 위치를 보여 준다고 생각한다. 여러 주체 위치를 넘나드는—그리고 그녀에게 놓인 전통적인 주관성을 뒤집는—헤르미온느의 능력은 소녀들과 숙녀들이 관능적인 요부 같은 고정관념에 꼭 들어맞지 않아도 된다는 인식을 하게 한다. 헤르미온느가 능력을 발휘함으로써 (그리고 내가 나중에 논의할 것이기도 한데) 한 사람이 저녁에 요부가 될 수도 있고 동시에 똑똑하고 지적인 사람이 될 수도 있다. 이것이 헤르미온느를 일관성 없는 사람으로 인식하게 할 수도 있지만 나는 이것이, 만물은 외따로 존재할 수 없으며 세계는 모두 이어졌다는 말임을 믿는다. 헤르미온느의 성격을 읽은 어린 소녀들은 한 명이 인권(또는 집요정의 권리) 운동가가 될 수도 있고 동시에 단짝친구, 데이트 상대, 학생, 그리고 딸이 될 수도 있다는 사실을 깨달을지도 모른다.

수줍은 헤르미온느, 영웅 헤르미온느

『비밀의 방』에서, 롤링은 헤르미온느의 성적 취향을 독자들에게 처음으로 잠깐 보여 준 바 있다. '특별한 삼총사'의 이론적인 성적 삼각형의 문맥 밖에서 헤르미온느는 그녀의 첫사랑을 경험했다. 새로운 '어둠의 마법 방어술' 교수, 질데로이 록허트는 헤르미온느에게 엄청난 영향을 미쳤다. "'왜?' 론이 그녀의 시간표를 뺏어 보면서 물었다. '록허트의 강의마다 작은 하트를 그려 놓은 거니?' 헤르미온느가 얼굴이 새빨개져서 그 시간표를 다시 홱 낚아챘다." 비밀의 방을 통해 책벌레에 아는 척하기 좋아하는 이미지가 박힌 헤르미온느가 여자로 보이지 않았기 때문에, 롤링이 헤르미온느가 여학생으로서 열병 같은 사랑을 겪는 모습을 표현한 건 우스워 보인다. 헤르미온느를 여성스럽게 만드려는 시도는—예를 들어 공책에 하트를 그려 놓은 것—바보 같고 지나치다. 록허트에게 관심을 받으려는 그녀의 시도는 어설펐다. 하지만 헤르미온느의 몇몇 동성 친구들과는 달리, 록허트의 주목을 끌기 위해 그녀가 자신의 신체적인 요소에 의존하지 않고 오직 그녀의 지성에만 의지했다는 것은 매우 흥미롭다.

“하지만 헤르미온느 그레인저 양만은 내 숨은 야망이 악의 세계를 없애고 내 머리 손질 약을 상품화해서 시장에 내놓는 것이라는 사실을 알고 있군요. 잘했어요!” [록허트는] 그녀의 시험지를 홱 뒤집었다. “만점입니다! 헤르미온느 그레인저 양 어디 있죠?” 헤르미온느가 떨리는 손을 들어올렸다.

“훌륭해요!” 록허트가 환하게 미소 지었다. “아주 훌륭해요! 그리핀도르에게 10점을 주겠어요!” (『비밀의 방』, 1권, 144쪽)

헤르미온느가 자신을 돋보이게 하기 위해 지성을 이용하는 모습은 이 시리즈 전체에서 반복되는 주제이며, 『비밀의 방』 끝부분에서 특히 중요하다. 바실리스크에 의해 돌이 된 헤르미온느는 움직이지 못하고 병동에 누워 있게 된다. 헤르미온느가 활동하지 않을 동안 소년들이 또다시 가까스로 승리할 것처럼 보였지만, 해리와 론은 그저 헤르미온느가 도와준 것들을 끼워 맞춘 것뿐이었다. 그들은 다음과 같이 그녀의 손에서 해답을 발견했다. “도서관의 아주 오래된 책에서 찢어낸 것이었다. …‘론.’ [해리가] 속삭이듯이 말했다. ‘바로 이거야. 이게 해답이야. 비밀의 방에 있는 괴물은 바로 바실리스크야. 거대한 뱀!’”(『비밀의 방』, 2권, 156쪽) 돌이 된 상태에서도—완벽하게 못 움직이는 사람들 중 한 명이었던—헤르미온느는 여전히 바실리스크에 대한 의문을 풀었다. 그녀는 규칙대로 행동하지 않았다. 헤르미온느의 발견은 실질적으로 이야기를 끌어가면서 삼총사에서의 그녀의 필수적인 역할과 지성의 중요성을 되새김질 하는 것이다.

미운 오리 새끼 헤르미온느

헤르미온느를 이성으로 좋아하는 론의 모습은 처음의 세 시리즈 전체에 걸쳐 미묘하게 암시되었다가 『불의 잔』에서 더 분명해졌다. 세즈윅의 성적인 삼각형은 론을 통해 확실해진다. 해리와 헤르미온느 사이엔 어떠한 이성적인 감정도 없다(이것은 이것 자체만으로 중요한데, 나중에 논의할 것이다)는 것은 문맥에서 확실하기 때문이다. 론은 헤르미온느의 애정을 두고 경쟁하고자 하기 때문에, 성적인 삼각형이 만들어진다. 『마법사의 돌』에서, 독자들은 론이 해리와 자신을 비교했을 때 무능력하다고 느꼈다는 것을 알고 있다. 자신의 인생에서 형들의 그늘에 가려 빛을 보지 못한 론은 해리와의 우정에서도 해리에게 형들과 같은 감정을 느낀다. 『불의 잔』에서 해리의 이름이 나온 후 론의 부정적인 행동이 그 증거이다.

> "좋아. 하지만 나한테는 진실을 말할 수도 있잖아. 만약 네가 다른 사람들에게 알리고 싶지 않다면 그것도 좋아. 하지만 왜 억지로 거짓말을 하는지 모르겠어. 그렇다고 해서 곤란한 처지에 놓이게 된 것도 아니잖아. 그렇지 않니?"
> …"나는 불의 잔 속에 내 이름을 집어넣지 않았어!"

해리는 차츰 화가 나기 시작했다.

"그래. 알았어. 좋아." 론은 케드릭과 똑같이 냉소적인 목소리로 말했다. "오늘 아침만 해도 너는 지난밤에 그 일을 했어야만 했다고 말했어. 아무도 너를 보지 못하도록…. 너도 알잖아. 난 바보가 아니야."

"하지만 지금 넌 정말로 멍청이처럼 보여."

해리가 톡 쏘아붙였다.

"그래? 해리, 그만 잠을 자고 싶겠구나. 사진을 찍거나 뭐 그런 일을 하려면 아침 일찍 일어나야 할 테니까 말이야."

론의 얼굴에서 억지웃음의 흔적조차 싹 사라지고 말았다. 론은 침대 기둥에 매달려 있는 커튼을 거칠게 잡아당겼다.

해리는 문가에 서서 가만히 검붉은 벨벳 커튼을 노려보았다. 그 커튼 뒤에 몸을 숨긴 친구는 반드시 해리의 말을 믿어 줄 거라고 철석같이 믿었던 몇 명 안 되는 사람들 중에 하나였던 것이다.

(『불의 잔』, 2권 155~156쪽)

론과 자신이 헤르미온느를 두고 경쟁하고(어쨌든 이 시점에서의 이해로는) 있다는 걸 이해하지 못한 해리는 론의 행동에 혼란스러워한다. 하지만 론은 해리가 트리위저드 시합에 참가하는 것이 헤르미온느가 자신이 아닌 해리를 선택해야 하는 이유가 된다고 보았다. 론에게, 자신과 해리 사이의 힘과 사회적인 영향력 차이는 좁히기 어려운 것이고 자신이 부족하다고 느끼게 만든다.

이런 감정들은 결국 『죽음의 성물』에서, 괴기스러운 호크룩스에서 해리와 헤르미온느가 키스하는 모습으로 나타나게 되었다. 하지만 해리가 헤르미온느를 두고 경쟁하는 것을 거부했고 론의 마음에 해리와의 경쟁이 크게 존재하기 때문에, 빅터 크룸이 궁극적으로 헤르미온느의 애정을 두고 론과 경쟁하게 되며 이것은 독자들이 헤르미온느에 대한 론의 싹트는 감정을 보게 만든다. 론이 크룸과 경쟁하는 것은 해리와의 경쟁을 인지하는 론을 거울처럼 보여 준다. 크룸은 유명한 퀴디치 선수일 뿐만 아니라, 론은 마치 '살아남은 아이'를 존경하며 자라온 것처럼 크룸을 존경하며 자라왔다.

크리스마스 무도회는 이 긴장들의 집합점이며 헤르미온느가 전통적인 여성의 위치를 거부하는 중요한 예이다. 헤르미온느는 크룸의 상대로 도착하여 론을 화나게 하고 해리를 놀라게 한다. 크리스마스 무도회에서 여태껏 시리즈와는 다르게 표현된 헤르미온느는 네 권 만에 처음으로 예쁘게 묘사된다. "빅터 크룸이 제일 앞에 서 있었는데, 그 옆에는 푸른색 드레스를 입은 아름다운 여학생이 서 있었다. 해리는 처음 보는 여학생이었다."(『불의 잔』, 3권, 59쪽) 헤르미온느를 이성적으로 보지 않는 것에 익숙해진 해리는 그녀가 무도회에 들어설 때 알아보지 못했다. 그와 독자들이 마침내 그녀를 알아보게 되자, 헤르미온느를 새로운 시각으로 보게 되었다.

그 대신에 크룸과 나란히 서 있는 여학생을 향해 눈길을 돌렸다.

그 순간 해리의 입이 딱 벌어졌다.

헤르미온느! 그 여학생은 바로 헤르미온느였다!

하지만 아무리 봐도 그녀는 전혀 헤르미온느처럼 보이지 않았다. 머리를 어떻게 했는지는 모르지만, 평소의 부스스한 모습은 완전히 사라지고 매끄럽고 윤기가 감도는 머리카락을 우아하게 틀어 올려서 머리 뒤로 멋지게 묶고 있었다. 헤르미온느는 붉은빛이 살짝 감도는 푸른색의 하늘하늘한 드레스를 입고 있었는데, 몸가짐까지도 평소와는 전혀 다르게 보였다. 어쩌면 그것은 항상 헤르미온느의 어깨를 무겁게 짓누르던 스무 권이 넘는 책 보따리가 없기 때문인지도 몰랐다.

헤르미온느는 가볍게 미소를 짓고 있었는데(사실은 약간 긴장한 것 같았다), 작아진 앞니가 그 어느 때보다도 훨씬 더 두드러지게 보였다. 해리는 왜 진작 그 사실을 알아차리지 못했을까 자신도 이해가 가지 않을 정도였다. (불의 잔』, 3권, 60~61쪽)

크룸이 헤르미온느를 크리스마스 무도회로 에스코트함으로써 그녀의 성적 매력을 정당화하기 전까진, 해리는 그녀의 성적인 힘을 인정하지 않았다. 『비밀의 방』에서 록허트로 자신을 여성스럽게 만들려고 했던 헤르미온느의 시도는 서툴렀지만, 크리스마스 무도회에서는 성공했다. 이것은 헤르미온느가 『마법사의 돌』에서 곱슬머리 여자 아이로 소개된 후로 독자들이 기다려 왔던 미운 오리 새끼 이야기의 정점이다. 롤링은 이야기의 이런 움직임을 위해 의도적으로 헤르미온느를 학교와 교실에서 빼냈다. 해리는 "어쩌면 그것은 항상 헤르미온느의 어깨를 무겁게 짓누르던 스무 권이 넘는 책 보따리가 없기 때문인지도 몰랐다"라고 말했는데, 이것은 성적인 요소가 학교와 교실 체제 안에서는 존재할 수 없다는 것을 암시한다. 독자들이 헤르미온느의 무도회에서의 모습에 친숙해져서 그녀가 어린 숙녀로 성장했다고 인식했음에도 불구하고 헤르미온느는 월요일에 즉시 지성과 책의 세계로 돌아왔다. 그렇게 함으로써, 그녀는 미운 오리 새끼가 백조가 되는 위치에서 벗어나게 된다. 그녀가 기분 좋은 저녁을 보낸 크리스마스 무도회에서 발견한 성적인 힘은 그녀가 지성을 통해 찾아낸 힘에 비하면 아무것도 아니었다. 미운 오리 새끼에서 아름다운 백조로 변한 후 거기에 머물러 있기보다는, 마치 전통적인 미운 오리 새끼 이야기처럼, 헤르미온느는 "예쁜" 소녀로서 자신에게 할당된 제한적인 힘을 거부했다. 그 대신에, 그녀는 지성을 선택했다. 그녀의 쪼그라든 앞니—드레이코 말포이의 공격 후에 그녀가 의도한 것은 아니지만 기회로 작용한—의 엉성한 자만심 외에 헤르미온느는 그녀의 아름다움에 대한 소년들의 인식을 한껏 즐기지 않았다.

헤르미온느를 이성으로 보았던 론은 헤르미온느가 크룸과 함께 무도회장에 도착한 것에 대해 분명한 질투심을 보였다.

"좀 덥지 않니? 빅터는 마실 것을 가지러 갔어."

헤르미온느가 손으로 부채질을 하면서 말했다.

"빅터라구? 왜 아직 그 녀석을 '빅키'라고 부르지는 않니?"

론은 당장이라도 덤빌 듯이 헤르미온느를 노려보았다.

"너 왜 그러니?"

헤르미온느는 무슨 영문인지 모르겠다는 듯이 어안이 벙벙한 얼굴로 론을 바라보았다.

"네가 그 이유를 모르겠다면, 나도 굳이 이야기하고 싶지 않아."

론이 차갑게 대답했다.

헤르미온느는 한참 동안 론은 바라보다가 해리를 향해 고개를 돌렸다. 해리는 어깨를 으쓱거렸다.

… "그 자식은 덤스트랭 출신이란 말이야!" 론이 거칠게 내뱉었다. "해리와 경쟁하고 있는 상대라고! 호그와트의 적수란 말이야! 너… 너는…." 론은 헤르미온느의 엄청난 범죄 행위를 묘사할 만한 적절한 단어를 찾고 있는 것이 분명했다.

"적과 내통을 하고 있는 거야. 그게 바로 지금 네가 하는 짓이라고!" (『불의 잔』, 3권, 72~73쪽)

론의 질투는 적대적이다. 그는 크룸이 해리의 정보를 얻기 위해 헤르미온느를 이용하는 거라고 확신했다. 겉으로는 헤르미온느가 다른 남자에게 예뻐 보일 수 있다는 사실을 인정하려 하지 않았지만 론은 헤르미온느에 대한 크룸의 명백한 관심에 위협을 느꼈다. 하지만 헤르미온느에게, 크룸이 해리의 정보를 얻기 위해 그녀를 이용한다는 론의 생각은 그녀의 성적인 힘에 대한 거부였다.

헤르미온느는 무도회 전의 자기 삶으로 다시 돌아가는 것을 훨씬 더 편안해 하는 것 같았다. 그녀와 크룸의 관계는 지성과 함께하는 성적인 힘의 존재를 증명하는 것이다. 론은 헤르미온느에게 "너희 둘이 도서관에 있을 때, 그 자식이 너한테 파트너가 돼 달라고 신청한 모양이지?"라고 물었다(『불의 잔』, 3권, 73쪽). 그녀는 그렇다고 대답했고, 이것은 성욕과 지성이 함께 존재한다는 것을 말한다. 해리와 론이 이 둘이 동시에 존재할 수 있다는 사실을 인지하지 못한 반면, 헤르미온느는 다른 사람들이 생각하는 것에 신경 쓰지 않은 것 같다. 소년들보다 한 수 앞서며 꾸준하게, 무심코, 교실과 책으로 가득 찬 그녀의 일상으로 즉시 돌아왔기 때문이다. 그렇게 함으로써 그녀는 해리, 론, 그리고 사회가 일반적으로 이상적이라 생각하는 것에 굴복하지 않았다. 해리와 론의 (그리고 론과 크룸의) 성적인 삼각형 내에서 헤르미온느는 '목표'에 대한 수동적인 예상을 뒤집었다. 흥미롭게도, 헤르미온느를 두고 론과 경쟁하는 크룸의 역할은 그와 론 사이의 동성 유대관계를 만들지 못했지만 해리와 론의 동성 유대관계를 더 강화시켰다.

자신의 글에서 성적인 삼각 구조를 표현하는 롤링의 가장 흥미로운 점은 아마도 그 삼각 구조가 전통적인 모습으로 존재하지 않는다는 것이다. 해리, 론, 그리고 헤르미온느는 성적인 삼각형을 형성하지 않는다. 그들이 비록 전통적인 남성-남성-여성 삼각관계 구도 속에 있긴 하지만 성적인 삼각 구도 내에서 롤링의 성격 묘사는 그것을 거부한다. 독자들은 이 친근한 이야기틀에서 등장인물들을 읽기가 쉽지만, 결국엔 현재와 이후에 보게 될 전통적인 구조를 능숙하게 다루며 이야기틀을 바꾸는 롤링의 능력으로 해리포터에 대한 전복적인 읽기가 가능해진다.

일곱 권의 시리즈에 걸쳐 롤링은 예상되는 소극적 행동에서부터 예상을 뛰어넘는 적극적인 행동까지, 헤르미온느의 행동을 의도적으로 교묘히 다루었다. 헤르미온느는 독자들에게 또 다른 이야기 단서가 되는 양성평등주의에서도 적극적이다. 집요정에 대한 헤르미온느의 애착은 "꼬마 집요정의 복지 향상을 위한 모임"(S.P.E.W.)과 초기 양성평등주의 운동의, 같은 머리글자를 가졌다는 연관성을 만들어 냈다. 1859년에 설립된 영국의 초창기 여성 단체 중 하나도 "여성 고용 향상을 위한 모임"(SPEW; Society for Promoting the Employment of Women)이었던 것이다. 이런 초기 양성평등주의자들처럼, 헤르미온느는 반대에 부딪친다.

"그 상자 속에 있는 게 뭐야?"

해리가 손가락으로 상자를 가리켰다.

"때마침 잘 물었어."

헤르미온느가 험악한 얼굴로 론을 쏘아보면서 대답했다. 그리고는 상자를 열어 그 속에 들어 있는 것을 보여주었다.

상자 속에는 50개 정도의 배지가 들어 있었다. 색깔은 서로 달랐지만 하나같이 'S.P.E.W.' 라는 글자가 적혀 있었다.

"도대체 뭘 먹고 토한다는['spew'라는 단어는 '토하다'라는 의미를 가지고 있다—옮긴이] 거니? 이게 도대체 뭐야?"

해리가 배지를 하나 집으며 물었다.

"토하는 게 아니야. 그건 S, P, E, W야. '꼬마 집요정의 복지 향상을 위한 모임'(The Society for the Promotion of Elfish Welfare)이라는 뜻이지."(『불의 잔』, 2권, 60~61쪽)

몇몇 학자들은 S.P.E.W.의 이름이 헤르미온느의 행동에 대한 양성평등주의적 이해를 약화시킨다고 생각한다. 롤링이 그 이름을—심지어 이름을 지을 때조차—조롱하기 때문이다. 하지만, 나는 롤링이 S.P.E.W.로 활동하는 헤르미온느의 운동을 통해 양성평등주의 운동을 조롱하는 것이 아니라 경의를 표하는 것이라고 생각한다. 집요정 복지를 둘러싼 헤르미온느의 열정은 평등한 고용 기회를 위해 싸운 초기 양성평등주의자들의 열정을 그대로 따라한 것이다. 그녀의 S.P.E.W. 활동을 통해 헤르미온느는 정치적으로 최하계층인 사람들(또는, 그녀의 경우에선, 정치적으로 최하계층인 종)을 지지한다. 이렇게 아주 유사한 상황에서 헤르미온느의 운동 형태는 그녀의 행동에 대한 양성평등주의적 이해를 가능하게 할 뿐만 아니라 오늘날의 양성평등주의에 대해 중요한 질문을 던지게 하며, 특히 "백인 구세주" 콤플렉스에 대해 의문을 가지게 한다. 집요정의 문화적인 맥락에 대해 잘 알지 못하는 헤르미온느는 그들을 자유롭게 풀어주려는 시도를 하다가 여러 문제에 부딪친다. 예를 들어, 헤르미온느는 자신의 행동이 옳고 도움이 된다고 생각하지만 윙키는 그 행동들이 민폐라고 생각한다.

롤링은 헤르미온느의 S.P.E.W. 운동을 통해 그녀를 폐지론자와 양성평등 운동에 연결시키고 헤르미온느의 지성이 중요하다는 것을 강조한다. 비록 그녀의 지성이 성으로부터 배타적이지도 않고 의존적이지도 않음에도 불구하고 말이다. 헤르미온느는 자신의 힘을 바람직한 여성상에 따름으로써 얻은 것이 아니라 그녀의 지식과 지성에 따라 행동함으로써 얻었다. 이 지성은 '특별한 삼총사'에게 필수적이다.

헤르미온느가 역사적으로 소극적인 성격을 갖고 있는 위치에 자리 잡았음에도 불구하고 이 책에서 그녀의 행동들은 그 역할에 대한 예상을 뒤집었다. 성공하기 위해 그녀의 외모 대신 지성을 사용하며, 예쁜 소녀에게 마지못해 주어지는 제한된 힘을 수용하길 거부하여 자신을 해리와 론과 동등하게 만듦으로써 헤르미온느는 삼각형을 기울였다. 이것은 독자들로 하여금 삼각형의 구조와 그 안에서의 여성의 역할에 대해 의문이 생기게 한다. 그녀와 두 남성과의 유대 역시 중심이 되는데, 그녀와의 각각의 관계가 서로의 관계만큼 중요하기 때문이다. "특별한 삼총사" 내에서 마침내 형성된 유대는 경험, 서로에 대한 존중, 수많은 말싸움, 그리고 물론 사랑을 통해 구축되었다. 롤링은 남성-남성-여성 삼각관계에서 전통적으로는 여성에겐 주어지지 않는 자리를 헤르미온느에게 주었고, 이것은 판타지 장르에서의 여자들의 주체 위치를 넘어선 헤르미온느의 덕성을 길렀다.

'특별한 삼총사'—특히 헤르미온느—에 대한 나의 열두 살짜리 순진한 사랑은 교실에서 오랜 시간 나눈 비평적 읽기와 토론에서 살아남았다. 또한 삼총사에 비판의 여지가 없는 건 아니지만 나는 으스대고, 적극적이고, 감정적이고, 사랑스럽고, 그리고 참으로 놀라우리만치 똑똑한 헤르미온느 그레인저를 사랑할 정도로 현명한 판단력을 가졌던 내 어린 시절을 칭찬하고 싶다. 헤르미온느는 정말로, 그녀의 시대에서 가장 똑똑한 마법사이다.

---

* **글쓴이 | 레이첼 암스트롱**(Rachel Armstrong) 세인트 캐서린 대학에서 영어와 스페인어를 전공했다. 현재 아마존 독립출판부서에서 팬픽션 작가들의 출판을 돕는 일을 한다. 스타트렉을 마라톤으로 보지 않을 때에는 요리를 한다. 만약 호그와트 입학장이 도착한다면… "분명 뭔가를 만들고 있었다"며 스네이프 교수님을 납득시킬 주방에서의 실패한 실험들이 이미 여럿이다.

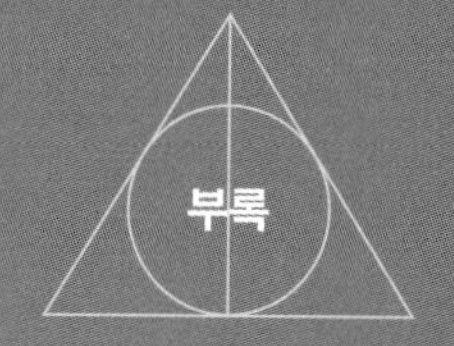

1. 해리포터 수업계획서

<u>부록 1: 해리포터 수업 계획서</u>

영문학 2230 : 소설
해리포터의 여섯 단계

수업 개요:

〈영문학 2230: 소설〉은 주제 중심으로 진행되며, 해당 수업을 가르치는 교수들이 이 분야의 현재 동향에 유연하게 대응할 수 있게 하는 수업이다. 예를 들어 어떤 학기에는 오프라 윈프리의 책에 대해 수업할 수도 있고, 그 다음에는 제인 오스틴의 소설들, 그 다음에는 할렘 르네상스*를 다루는 식으로 말이다. 사실, 해리포터 현상은 우리가 이 수업을 설계할 때 염두에 두고 있던 현재 동향에 부응하기 위한 이 수업의 특징에 안성맞춤인 기회였다.

"해리포터의 여섯 단계"는 세인트 케이트 영문학 동아리와 그들의 열성적인 수업안 제시로부터 구상되었고, 그 영문학 동아리의 이전 공동 회장이었던 이들이 이제 이 수업의 조교들이다.

---

* 1920년대 미국 뉴욕의 할렘가에서 형성된 흑인 문학과 문화예술 부흥 — 옮긴이

거의 3년 전부터 수업 과정 개발이 시작되었고, 조교 두 명과 나, 이렇게 셋이서 그때 이후로 지금까지 쭉 공부벌레들처럼 여기에 과하게 임해 오고 있다. 우리는 이 수업에 해리포터 시리즈에 대한 우리의 열정적인 애정과 그 책들 안의 맥락과 복잡함에 대한 우리의 세심한 분석 전부가 드러나 있기를 희망한다.

한 학기 동안, 우리는 함께 일곱 권의 해리포터 책을 전부 읽고, 그것들에 관해 글을 쓰고, 그리고 이론적으로 탐구할 것이다. 학생들은 모두 여섯 명의 작은 조로 편성되고, 각 조들은 "여섯 단계", 즉 우리가 소설들을 탐구할 때 사용할 여섯 개의 비판적 접근이나 분석 방법을 하나씩 맡게 된다.

조별 과제, 리포트 작성, 창의적 프로젝트와 연구 프로젝트를 통해 우리는 다음과 같은 몇 개의 해리포터 관련 질문들에 답하고자 한다. 해리포터 책들이 이렇게나 성공적인 요인은 무엇인가? 해리포터 책들은 어떤 방식으로 전통적인 의미에서 문학적이고 또한 상상력이 풍부한가? 왜 이 세대의 학생들에게 해리포터 책들은 이렇게나 깊은 반향을 일으키고 있는가? 시리즈가 진행되면서 책들이 어떻게 바뀌는가? 해리포터 책들이 다루는 주요 문제나 사상들은 무엇인가? 이 문제나 사상들이 우리의 복잡한 21세기 세상에 어떤 의미를 가지는가?

교재: 필수

조앤 K. 롤링, 『해리포터와 마법사의 돌』

_______, 『해리포터와 비밀의 방』

_______, 『해리포터와 아즈카반의 죄수』

_______, 『해리포터와 불의 잔』

_______, 『해리포터와 불사조 기사단』

_______, 『해리포터와 혼혈왕자』

_______, 『해리포터와 죽음의 성물』

여기에 더해 우리는 지젤 리자 아나톨이 편집한 『해리포터 읽기』(*Reading Harry Potter*)와 『해리포터 다시 읽기』(*Reading Harry Potter Again*)에서 몇 개의 학문적 에세이를 선정해 읽을 것이다(강의 자료 모음집으로 묶여 있을 것이다). 본서 『해리포터 이펙트』에서도 에세이를 선정해 강의 자료 모음집으로 엮어 지문으로 지정할 것이고, 그 중에는 이 수업을 전에 들었던 학생들이 쓴 에세이들도 포함되어 있을 것이다.

각 조가 개별적으로 읽어야 할 자료들(기숙사에 배정된 대로):

래번클로	『해리포터의 책장』
슬리데린	『불가능은 없다』
후플푸프	『매혹적인 삶: 해리포터 세계의 영성』
그리핀도르	『신화의 힘』
보바통	『숨겨진 어른: 아동 문학 정의하기』

덤스트랭 『당신도 해리포터를 쓸 수 있다』*

수업 요구 사항:

이 수업은 강의형 수업이 아니라 참여형 세미나 식 수업이다. 그렇기 때문에, 학생들의 역할이 필수적인 만큼 출석은 모두에게 필수 사항이다. 단 한 번의 무단 결석도 점수에 영향을 미칠 것이며, 계속된 무단 결석에는 조치가 취해질 것이다. (드물지만) 인정 가능한 결석 사유가 있는 학생들은 수업 시작 전에 담당 교수에게 연락해야 한다.

이 수업에는 학생들의 참여가 중심적인 역할을 하기 때문에 학생들이 수업 계획표에 정해진 날짜까지 읽기와 쓰기 과제를 완료하고 수업 시간 전에 그것들에 관해 토론할 준비가 된 상태로 수업에 오는 것이 중요하다.

개설된 지 얼마 되지 않은 수업이기 때문에, 우리는 이번에

---

* 교재로 지정된 책들의 서지사항은 아래와 같다(본문 표기 순):
Harry Potter's Bookshelf: The Great Books Behind the Hogwarts Adventures by John Granger; *Physics of the Impossible: A Scientific Exploration into the World of Phasers, Force Fields, Teleportation, and Time Travel* by Michio Kaku(국역본: 미치오 카쿠, 『불가능은 없다』, 박병철 옮김, 김영사, 2010) ; *A Charmed Life: The Spirituality of Potterworld* by Francis Bridger ; *The Power of Myth* by Joseph Campbell(국역본: 조지프 캠벨, 『신화의 힘』, 이윤기 옮김, 21세기북스, 2002) ; *The Hidden Adult: Defining Children's Literature* by Perry Nodelman ; *How to Write Science Fiction & Fantasy* by Orson Scott Card(국역본: 올슨 스콧 카드, 『당신도 해리포터를 쓸 수 있다』, 송경아 옮김, 북하우스, 2007)

가르치는 특정 학생들의 필요에 맞춰 나갈 수 있도록 학기가 진행되며 유연하게 수업을 조정해 나갈 것이다. 학생들 역시 열심히 참여하고 열린 태도를 가지며, 새로운 접근 방식을 시도하고 필요한 상황에는 기어 변속을 할 준비가 되어 있었으면 한다.

학생들 모두는 한 학기 동안 개별 조로 편성될 것이다. 각 조는 (기숙사/학교) 개별적으로 배정된 자료를 읽고 의미 있고 이해하기 쉬운 방식으로 발표를 해야 한다. 이 30분짜리 발표는 전체 점수에서 큰 부분을 차지할 것이다(300점 만점에 50점). 이론에 관한 발표 외에도 각 조는 강의 자료 모음집에 있는 자료에 대해 작성한 비판적인 정보전달형 에세이 발표 몇 개를 완수해야 한다.

이 외에 점수를 매길 조별 과제는 15분짜리 파워포인트 발표 하나, 10분짜리 구두 발표 하나, (30분 정도 진행될) 학생들 선택 주제의 창의적 생각 교류이며, 아래의 수업 계획표에 적혀 있고 조별 과제 프린트에 설명되어 있음을 참조하길 바란다.

모든 학생은 각자 해리포터 책 중 세 권에 대해서 세 편의 짧은 감상문을 써야 한다. 이에 관해서는 아래의 수업 계획표에 더 자세히 나와 있다.

이 감상문들은 한 페이지의 줄 간격 1.0 포인트로 쓴 본문에 대한 분석으로서, 대학생 수준의 분석적인 글로 작성되어야 하며 (단순 감상문이 아니다) 소설의 가치, 중심 사상, 논점, 심상의 패턴이나 구성, 또는 언어에 중심을 두고, 가능하면 학생들 자신의 이론적인 접근을 사용하는 것이 좋다. 특정 인용구나 학생의 주목을 특별히 끌었던 소설의 한 면과 같은 좁은 범위에 집중하는 것이 이 짧은 감상문들을 잘 작성하는 데에 결정적인 역할을 할 것인데, 글의 분량제한상 책의 내용을 요약하는 것보다는 분석하는 편이 낫기 때문이다. 이 글을 접하게 될 대상은 같이 수업을 듣는 동기들이고, 모두 방금 전에 본문을 읽었다는 사실을 기억하길 바란다. 그러므로 내용을 요약할 필요는 없지만 학생 자신의 목소리로 자신의 생각과 경험을 융합해 분석하는 것은 굉장히 중요하다. 과제는 타이핑 후 제목을 달고 왼편 상단에 학생의 이름과 날짜를 기입해 기간 안에 제출해야 한다. 배정받은 형식을 지키지 않은 글은 받아들여지지 않을 것이며, 수정으로 늦어진 경우라 하더라도 늦게 제출한 것으로 처리한다. 늦게 제출한 과제는 수업 시간 중 토론에 등장할 기회를 많이 잃어버리게 되므로, 늦게 제출하는 일은 최대한 피하도록 한다. 기한을 일주일 넘긴 과제는 인정하지 않는다.

기말 프로젝트는 혼자 하거나 조별로 할 수 있고, 창의적이거나 조사 형태일 수도 있고, 시각자료/구두 발표/서면 제출 등의 형태일 수도 있다(자세한 사항은 학기가 진행되면서 확정될 예정이다). 이 기말 프로젝트는 전체 점수 300점 중 75점을 차지할 것이고 이 수업을 듣는 동안 학생이 한 생각의 결실과 같은 역할을 한다고 본다.

성적 평가 방식:

성적은 대략 다음과 같은 방식으로 평가된다.

그룹발표	50
짧은 그룹발표	75(각 25)
에세이 과제	75(각25)
기말 프로젝트	75
수업태도 및 참여도	25
합	300

참고:

학생이 수업을 이수하는 것과 관련해 특별히 우리가 고려해야 할 사항이 있으면 부디 주저하지 말고 말해 주기를 바란다. 시간적 제약, 학습장애, 임신, 아무것이라도 괜찮다. 학생의 필요에 맞추어 수업에 요구되는 사항은 조정이 가능하다. 만일 학습 관련 조정 사항을 요청하고 싶다면, 장애학생지원센터에 연락하고, 센터의 공문을 담당교수에게 가져다주길 바란다.

이 수업의 모든 학생들은 대학 홈페이지에 있는 학업부정행위에 대한 규정에 따라야 한다. 규정을 어길 시 낙제를 하게 된다.

대부분의 학생들에게는 이 수업은 인문학 핵심 수업 중 하나일 것이다. 이 수업에서 강조하는 인문학적인 목표는 대부분 "비판적이고 창의적인 탐구", "목적의식이 있는 평생학습", 그리고 "여러 종류의 효과적인 소통방식"이다. 더 구체적으로 말하자면,

저 중 마지막 가치를 위해, 우리는 다음 목표를 염두에 두고 수업을 진행할 것이다:

a) 이해력과 비판적인 분별력을 가지고 읽고, 보고, 듣기

b) 글쓰기와 발표를 통해 효과적으로 생각을 정리하고, 평가하고, 소통하기

c) 시각자료와 기술을 사용해 정보를 준비하고 발표하기

d) 순수예술, 문학, 그리고 공연 예술에서 표현력 확인하기

e) 대인관계에서, 모임에서, 그리고 문화 간 소통능력과 듣기능력을 발달시키고 실제 상황에서 연습하기

이 수업은 다른 모든 수업들처럼, 정치적이라고 할 수 있다. 생각하고, 읽고 쓰기만 하는 수업이 아니라 우리 자신과 우리가 지금 속해 살고 있는 문화에 관한 수업이기 때문이다. 우리의 다른 점들과 우리의 열정, 우리의 다양한 의견들, 그리고 종종 도전적인 우리의 질문들로 때로 토론이 불편해질 수도 있다. 이 수업에서 우리는 논란이 되는 문제들을 피하지 않을 것이다. 사실, 우리의 목적 중 하나는 차이로부터 학습하고, 우리가 몇 년 동안이나 사랑해 온 이 소설들에 대한 새로운 분야의 생각을 여는 것이다. 부디 말할 준비만큼 들을 준비도 되어 있기를 바란다. 좋은 수업 내 토론에는, 말하는 것 듣는 것 모두 동일하게 중요하다. 마지막으로, 개인의 의견은 (수업 시간의 다른 사람들과 얼마나 다르든 상관없이) 성적에 영향을 끼치지 않을 것이다. 안심해도 좋다. 진지

하고, 교육을 잘 받은 독자로서 신나게 자유분방한 방식으로 이 지적인 설전에 마음껏 참여하길 바란다.

조별 프로젝트: 해리포터의 여섯 단계

조별 선서

여기에는 다음과 같은 내용이 포함되어야 한다:

조의 이름/ 서로에게 하는 세 개의 약속 (해당 조의 규범)/조원들의 사인과 자주 쓰는 연락처 정보

이론적 발표와 자료 배정에 관해

후플푸트 『매혹적인 삶』

해당 조는 그리스도와 비슷한 존재로서 해리를 바라보고 해리포터가 반기독교적이거나 주술 숭배적이라는 공격에 대한 신학적인 분석에 집중할 것이다. 또한, 인종과 신분에 대한 이 시대의 비판적인 접근에 대해서도 다룰 것이다.

슬리데린 『불가능은 없다』

이 수업의 과학 공부벌레들로서, 해당 조는 해리포터의 과학적·기술적인 면을 검토할 것이며, 온라인 커뮤니티와 온라인상의 소통에 대해서도 다룰 것이다.

래번클로 『해리포터의 책장』

인문학도들을 대표하는 해당 조는 전통적인 그리고 동시대적인 이론적 문학작품 분석에 집중할 것이다. 또한, 페미니스트적 접근에 대한 발표를 맡을 것이다.

그리핀도르 『신화의 힘』

해당 조는 해리가 "영웅 사이클"에 어떻게 들어맞는지에 관한 '거대한 신화적 질문들'을 답할 것이며, 서양의 원정과 자아 계발 모델에 대해 다룰 것이다.

보바통 『숨겨진 어른: 아동 문학 정의하기』

해당 조는 해리포터 책들의 심리학적인 복합성에 집중할 것이고, 또한 해리포터 책들이 아동 문학으로서, 그리고 젊은이들을 대상으로 한 문학으로서 어떤 위치에 있는지 알아볼 것이다.

덤스트랭 『당신도 해리포터를 쓸 수 있다』

해리포터 책들은 다른 여러 가지 것들이기도 하지만, 무엇보다도 성공한 판타지 문학의 대표적인 예시이다. 해당 조는 이것이 어떤 의미인지를 분석하고 시리즈 전체에 어떻게 나타나는지 다룰 것이다. 또한 스포츠 팬들로서, 퀴디치 전문가가 될 것이다.

주요 참고사항:

이론적 발표에는 다음과 같은 내용이 포함되어야 한다:

• 파워포인트와 (혹은 다른 형태의 시각적인) 구두 형식으로 이루어진 중심 논점의 개요를 세심하게 서술한 본문 요약

• 수업을 같이 듣는 동기들이 받아 볼 짧고, 중요한 내용만 포함한 프린트물 (이론 지문의 중심 개념과 각 해리포터 책들에 대해 소속 조가 물어보고자 하는 관련 질문들을 반드시 포함할 것)

• 발표 방식에 대한 주의: 수업을 듣는 다른 학생들이 이해하기 쉽고, 유용하고, 흥미로운 접근 방식을 사용할 것. 발표에는 모든 조원들이 참여해야 한다.

• 발표 조가 이끌게 될 토론과 Q&A

비판적 에세이 과제:

각 조는 『해리포터 읽기』나 『해리포터 다시 읽기』의 에세이 중 하나에 관해, 그리고 나중에는 『해리포터 이펙트』 중 하나에 관해 발표할 것이다. 이 발표를 할 때 학생들의 의무는 ①해리포터에 관련된 학문적인 글들의 스타일과 내용에 익숙해지기 ②수업을 듣는 다른 학생들을 위해 배정된 에세이를 쓴 학자들이 하고자 하는 말을 요약하는 것이다. 수업을 듣는 학생들이 고려해 볼 만한 괜찮은 비판적 질문 몇 개를 자신의 에세이나 이론적 접근에 기초해 준비해 오도록 한다.

조별 파워포인트, 구두, 그리고 창의적 발표:

파워포인트와 구두 발표는 학생의 이론의 중심 사상들을 정해진

소설에 적용하는 것을 목표로 한다(만일 관련이 있다면 다른 소설들을 참고해도 좋지만 중심은 지금 바로 다루고 있는 소설에 있어야 한다). 이 발표는 해당 주에 토론하고 있는 소설책에 대한 우리의 분석에 통찰력과 깊이를 더해야 한다.

모두에게 기회가 주어지는 토론을 위한 시간을 남겨 두기 위해서 시간 제한은 엄격하게 엄수될 것이다. 파워포인트 발표는 15분이고 구두 발표는 10분이다.

창의적 발표는 2010년 봄 학기와 2011년 가을 학기의 해리포터 학생들에 의해 재발명되고 확장되었다. 이제 창의적 발표라는 것은 그 고유의 독자적인 장르이며, 다른 두 종류의 발표방식과 관련이 없고 이론적 지문에 꼭 관련될 필요도 없다. 해리포터 현상이 우리 안에 살아 있는 방식을 탐구하며 상상력을 마음껏 펼쳐도 좋다. 지난 학기들에는 해리포터 상식 퀴즈, 퀴디치 시합, 해리포터 연회, 점술 수업, 그리고 비밀의 방에서 하는 보물찾기 등이 있었다. 창의적 발표에 지정된 시간은 30분이다(담당교수, 조교들과 미리 상의하길 바란다).

각자 쓰는 리포트를 제출해야 하는 주에는, 조별 모임은 짧게 서로의 리포트를 읽고 의견을 이야기하는 시간을 가진 뒤, 각자의 리포트로부터 나온 생각들을 수업 시간에 편안한 토론 형식으로 발표할 것이다. 서로의 글에 대해 더 잘 알게 될수록, 서로에게 더 좋은 글을 쓸 수 있는 도움을 줄 수 있다. 수업을 듣는 학생들은 글쓰기 그룹이기도 하기 때문이다.

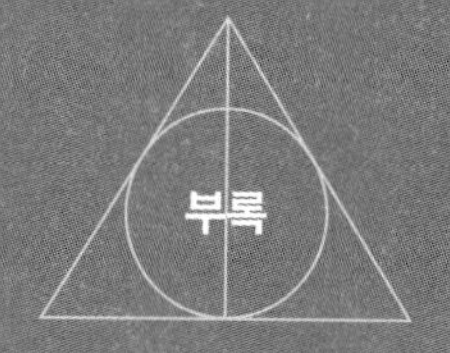

2. 한국 포터헤드의 이야기

〈한국 포터헤드의 이야기〉는 원서에 소개된 해리포터 팬들의 사연인 '나의 해리포터 이야기'의 한국 버전으로, 해리포터를 사랑하는 국내 독자들이 컨트리뷰터로 참여해 준 글들입니다.
아직도 호그와트의 입학장을 기다리는 포터헤드들의 이야기는 바쁜 일상에서 마법과 경이를 잊고 사는 우리들을 새로운 상상의 세계로 안내할 것입니다.

한국의 포터헤드 1

꿈을 가져다준 해리포터

홍정민

내가 또래아이들보다 훨씬 더 빨리 꿈을 찾은 데에는 영화 「해리포터와 마법사의 돌」의 공이 컸다. 어릴 적부터 『피터팬』이나 『미녀와 야수』 등 환상동화를 즐겨 읽었지만, 아무런 사전정보도 없이 만난 그 마법 세계는 대단히 새로웠으며 한편으로는 친근했다. 열 살짜리 소녀는 호그와트 입학편지를 기다리며 밤새도록 소설과 씨름했고, 해리포터처럼 머글 학교에서 따돌림을 당하던 시절에도 그 시리즈는 내게 유일한 동무였고 안식처였다. 그 집념이 얼마나 강했던지 문제집 뒤에 숨겨 두고 몰래 읽다가 어머니에게 걸려서 혼난 적이 한두 번이 아니었다. 5학년 겨울방학 무렵, 당시 시리즈는 『불의 잔』까지 출간된 상태였다. 5권을 기다리다 못해 '해리포터와 어둠의 성'이라는 제목으로 후속편을 쓰기 시작했다. 주위 친구들에게도 보여 주었는데 반응이 좋았다. 창작은 무척 즐거웠고, 자신감이 생겼다. 그때 아버지가 "글을 쓰는 게 즐겁다면 롤링처럼 작가가 되어 보는 게 어떠냐?"고 말씀하셨다. '어, 그거 괜찮은데' 하며 무의식적으로 정해 버린 목표가 평생의 숙원이 될 줄 짐작이나 했을까.

연이어 시리즈가 출간되고 영화가 개봉될 때마다 여동생에게 그 이야기를 미리 들려주는 데에 재미를 붙였고, 해리포터를 넘어 역사, 로맨스 등 다양한 분야를 소재로 한 이야기를 집필하게 되면서 작가는 이미 나의 확고한 꿈으로 자리 잡았다. 자연스럽게 대학도 문예창작과로 진학하게 됐고, 그 긴 시간 동안 나의 롤모델은 다름 아닌 '조앤 롤링'이었다. 2012년에는 팬레터를 보냈다가 비록 인쇄물에 불과했지만 답장까지 받았다. 영화 「죽음의 성물」이 1, 2부에 걸쳐 개봉되는 동안 국내 4대 해리포터 커뮤니티 중 하나인 '미스터포터'에서 BTV포럼 서포터를 담당하여 각종 해리포터 소식을 올리기도 했다.

최근에는 소설 사이트 '조아라'에 해리포터 팬픽 '알버스 포터 시리즈'를 연재했는데, 해리포터의 차남 '알버스 세베루스 포터'의 7년간의 호그와트 생활기를 담은 내용이었다. 수많은 해리포터 열혈 팬들이 다루는 친세대(해리포터 부모 세대)나 현세대(해리포터 세대)가 아닌 후세대(해리포터 자식 세대)를 내세워 독자들의 관심과 사랑을 받았고, 오랫동안 갈고닦은 실력 덕분에 '제2의 롤링'이라는 수식어도 얻었다. 한 예로 마지막 7권은 프랑스 마법학교인 보바통을 배경으로 트리위저드 시합을 다뤘는데, 기왕 하는 것 제대로 해보고 싶다는 욕심에 『먼나라 이웃나라 : 프랑스편』을 닳도록 읽고 또 읽어 온갖 프랑스요리들을 만찬장면에 담아 내고 베르사유 궁전과 같이 세세한 건축물을 묘사했다. 그 결과 2년 뒤 완결을 냈을 때 선호작품 등록수만 해도 1,800명을 넘어섰다. 아마 비회원 조회수까지 합치면 대략 3,000명은 되지 않을까 싶다.

그 외에도 포터모어 공식사이트에 올라오는 해리포터 뒷이야기들을 다른 네티즌들과 함께 번역하는 등 영어실력을 향상하는 데에도 힘썼다. 그리고 해리포터 번외편 격인 영화「신비한 동물사전」의 개봉을 손꼽아 기다리고 있다. 스스로도 해리포터를 얼마나 읽었는지 측량할 수 없고, 해리포터를 향한 마음 또한 표현하기 어렵다. 아마 해리포터는 내가 작가가 된 후에도, 죽을 때까지 내 머릿속을 떠나지 않을 것이다. 해리포터는 내게 새로운 삶, 또 다른 꿈을 가져다준 고마운 이야기였다. 해리와 함께 성장한 그 시간들이 너무나 행복해서 그리울 정도다. 과연 내가 해리포터를 능가할 만한 작품을 쓸 수 있을지는 미지수이지만, 적어도 해리포터처럼 세상 사람들에게 꿈과 희망을 전하는 작품을 쓸 수 있었으면 좋겠다.

---

* **컨트리뷰터 | 홍정민** 15년째 해리포터 열혈 팬이자, 제2의 조앤 K. 롤링을 꿈꾸는 작가지망생. 웹소설 사이트 '조아라'에 〈알버스포터 시리즈〉 완결, 〈테드루핀 시리즈〉를 연재 중이다.

한국의 포터헤드 2

어느 올빼미의 세레나데

박민정

올빼미. 학창시절의 별명이다. 새벽까지 뜬 눈으로 밤을 지새우고 학교에서는 헤드뱅잉을 하며 졸곤 했다. 수업시간마다 호되게 혼나면서도 그 버릇을 고치지 못했다. 그 긴 밤에 혼자 무얼 하는지 선생님도 친구들도 궁금해 했다.

나는 밤이 좋았다. 계절도 시간도 밤의 것이 더 뚜렷했다. 지금은 이명이 심해 아무리 고요한 곳에 있어도 온전한 밤의 소리를 들을 수 없게 됐다. 슬픈 일이다. 밤은 꼭 까만 도화지 같았다. 낮에는 보이지 않는 또 다른 세계였다. 가족들도 바깥세상도 전부 잠들고 온전히 나의 머릿속만 깨어 있던 그 시간에는 늘 무한대의 영역까지 상상의 나래를 펼칠 수 있었다. 나는 그런 아이였다. 어둠을 무서워하기보다 궁금해 하는 소녀. 지팡이 끝의 불빛 없이도 어두운 복도를 기꺼이 유영하겠노라 선언할 아이. 이런 내가 유독 밤에 탐험하기를 좋아하던 (혹은 그래야만 했던) 해리와 론, 헤르미온느와 어찌 사랑에 빠지지 않을 수 있었을까.

해리포터 시리즈를 처음 만난 것은 초등학교 4학년, 11살 때였다. 그 이후로 셀 수 없는 날들을 해리포터의 세상 속에서 보냈다. 몇 번이고 다시 읽어 책 표지가 너덜너덜해지다 못해 찢겨져 나간 것들이 태반이었다. 도저히 손에서 놓을 수가 없었다. 해리포터의 어린 팬들이 으레 그렇듯 나 역시 밤에는 조지와 프레드의 하늘색 자동차 헤드라이트가 내 창문을 밝혀 주기를, 아침에는 부엉이가 호그와트의 입학 허가서를 머리 위로 톡 떨어뜨려주기를 아주 오랫동안 기다렸다. 아마 이걸 기다리다 여전히 철이 들지 못한 걸지도 모르겠다.

나는 더 이상 어리지 않다. 해맑은 어린이로 남고 싶었지만 어른이 되어 버렸다. 마음은 열한 살 그대로인데 주위를 둘러보니 벌써 어른의 세계에 닿아 있었다. 이 낯설음에 당황해 울음을 터뜨리고 싶을 때면 남몰래 눈을 감고 호그와트로 들어가는 미로를 따라 걸었다. 비밀 통로의 석상을 슬그머니 밀고 들어간 그곳에는 필요한 모든 위로가 제자리에 있었다.

해리포터 이야기의 곳곳에 내 생각의 조각들이 둥지를 틀었다. 헨젤과 그레텔이 숲속에 과자 조각을 남겨 두었듯 나 역시 이것들을 알알이 숨겨 두고 싶었다. 인생이라는 긴 숲길을 헤맬 때마다 해리포터 시리즈의 책 한 권을 펼치는 것만으로 나침반을 대신할 수 있도록. 덕분에 잃어버릴까 무서워 마법의 돌처럼 빛어내고 싶었던 동심도, 죽음과 맞바꾸어도 좋을 소신과 가치를 찾고 싶다는 바람도, 현실이 나를 작아지게 만들어도 포기하지 않겠다던 열망과 모험심도 잃지 않을 수 있었다.

어린 날들을 까맣게 잊을 만큼 더 나이 들어가더라도 그 시절 알았던 마법의 세계가, 아이들의 놀라웠던 용기와 우정이 그 자리에서 기다려 줄 거라는 사실이 나를 안도하게 한다. 해리에게는 호그와트가 늘 돌아가고 싶은 집이었던 것처럼 내게도 해리포터 시리즈는 언제고 돌아가고픈 집인 모양이다.

일곱 개의 집 가운데 가장 사랑해 마지않았던 곳은 어디인지 새삼 더듬어 본다. 가장 먼저 떠오르는 것은 역시 1편. 『해리포터와 마법사의 돌』은 누구나 사랑할 수밖에 없는 이야기다. 눈이 휘둥그레지는 마법 세계와 호그와트, 그리핀도르의 안락한 벽난로와 황금빛 스니치를 손에 잡힐 듯 그려낸 첫 시리즈였다. 점수를 후하게 받을 수밖에 없는 팬들과 시리즈의 첫 만남, 첫번째 집이었다. 개인적으로는 자신이 누구인지도 모른 채 쪽방에 갇혀 살던 소년이 진정한 자신에 대해 알아가는 여정이라는 점이 쏙 마음에 들었다. 정체성에 대한 고민이 나날이 커져만 가는 시기의 청소년들에겐 달콤한 꿈이자 새로운 세계인 것이 당연했다. 이렇듯 모든 것이 처음이라 더 애틋한 1편을 제외하고도 각자 마음에 품은 '최애작'(최고애정작)이 있을 텐데, 내게는 『해리포터와 불의 잔』이 그렇다.

『불의 잔』의 키워드는 죽음(그리고 성장)이었다. 어린 독자였지만 다시 부활한 볼드모트와 마주한 순간의 텍스트를 읽어 내면서 해리의 공포에 온전히 몰입했다. 그 아이가 경험한 죽음의 공포를 고스란히 느낄 수 있었다. 묘지 위에 붙들린 건 해리인데 내가 마치 친구의 죽음을 직접 목격한 아이마냥 침대 위에 얼어붙었던 기억이 난다.

『불의 잔』을 읽었던 밤, 마지막 페이지를 덮을 즈음은 벌써 어둑한 새벽이었다. 화장실에 가고 싶었는데 괜한 무서움에 발을 동동 구르며 아침이 올 때까지 참았다. 새벽까지 책을 읽느라 안 잤다고 하면 부모님의 불호령이 떨어질 것 같아 엄마를 부를 수 없었다. 그렇다고 혼자 침대 밖으로 발을 내려놓으면 뼈마디가 툭툭 불거진 볼드모트의 하얀 손이 튀어나와 발목을 잡을 것 같았다. '나는 겁쟁이인데 해리는 어떻게 그럴 수 있지?' 수십 번을 되물어 가며 동이 트기만을 기다렸다.

그는 죽음의 냄새가 코끝을 스치는 무덤가를 박차고 힘껏 내달렸다. 심지어는 그 사지에서 죽은 친구 케드릭까지 데려와 제 아버지의 품에 안겨 주었다. 얼마나 큰 용기가 필요한 일인지 여전히 잘 모르겠다. 이 대목을 지난 십여 년 동안 대체 몇 번이나 읽었을까. 말도 안 되는 용기가 필요한 날, 무모한 도전이 하고픈 날이면 그 일을 행동에 옮기기 전에 꼭 이 장면을 더듬어 보곤 했다. 이 작은 버릇이 마음에 용기를 새기고 또 새기게 해주었다. 어린 겁쟁이였던 내가 조금 덜 비겁한 인간으로, 더 자유로운 영혼으로 살아갈 수 있는 건 그 덕분이다.

기껏해야 어른의 가슴팍에 닿을까 말까 하는 키, 난생 처음 해보는 풋사랑에 당황스러워하는 나이. 해리와 친구들은 그런 시간 속 어린아이일 뿐이었다. 그런 아이들에게 손수 죽음을 알게 하고 만나게 하며 극복해 내는 과정을 겪게 하는 이야기라니. 해리포터 시리즈는 반짝거리는 크리스마스 성찬 파티에서부터 현실의 잔혹함과 죽음, 자라나는 아이들 모두가 겪어야 할 괴로움까지 담아낸다. 달콤하면서도 기묘하고 아주 정직한 '동화'랄까.

해리포터 시리즈의 진짜배기 매력이 여기에 있다. 아이에게도 두려움과 공포의 본질을 마주할 충분한 용기와 힘과 의지가 있다며 시종일관 주인공과 친구들을 사지로 몰아넣는 동화의 나라가 또 어디 있겠는가. 꿈속에서만 아름다울 세상을 그려 낸 것이 아니라 너희가 훗날 겪을 세상이란 이런 모습이라며 미리 귀띔해 준 세계였기에 더욱 깊이 경외하고 사랑했다.

나잇값을 하라는 엄마의 애정 어린 잔소리를 늘 들으면서도 정신을 차리지 못하고, 여전히 꿈속에서는 해리와 론, 헤르미온느를 만날 때가 있다. 그 무리의 한 명으로 내가 나오지는 않을까 기대한 것만도 십수 년인데! 억울하게도 꿈에서조차 이 삼총사의 틈을 비집고 들어가 본 적이 없다. 잠에서 깨고 나면 괜히 아쉽고 허전하기 그지없지만 3초 만에 수긍한다. "역시 걔네 셋이 있어야 진짜지"라면서. 내게도 이렇게 나를 완전체로 만들어 주는 이들이 있다. 바로 세상에서 가장 사랑하는 두 여동생이다.

둘째와는 다섯 살, 막내와는 열세 살의 터울이 있다. 공유할 수 있는 것이 많지 않다. 그것이 못내 아쉬웠던 나는 우연인 척 어렸던 동생들 베개 옆에 해리포터 책을 살포시 놓아 두곤 했다. 그 노력이 빛을 봤다. 세 자매 모두 해리포터 이야기만큼은 같은 마음으로 열렬히 아끼고 추억하는 데 열성이니까 말이다.

크리스마스처럼 온 가족이 다 같이 지내는 휴일이면 거실 텔레비전 앞에 옹기종기 모여 앉아 해리포터 시리즈의 영화를 본다. 우리 집의 전통 아닌 전통이 됐다. 그 시간만큼 행복한 때가 따로 없다. 우리 자매만의 코드를 만들어 주어서 고맙다는 말을 한 번쯤 꼭 남기고 싶었다. 개구리 초콜릿, 무장해제 마법, 패트로누스에 대해서라면 선정, 소정 두 아이도 할 말이 참 많을 텐데. 그들의 사랑을 대신 전한다.

---

* **컨트리뷰터 | 박민정** 아직도 올빼미. 꿈을 먹고 산다. 가족과 함께인 삶을 지향하며 가장 피하고 싶은 것은 당신과의 이별이다. 대학에서는 저널리즘을 전공했고 예술과 사람을 사랑한다. 죽어서는 글을 남기고 싶다.

한국의 포터헤드 3

나의 첫번째 판타지, 해리포터

김보람

'해리포터'는 판타지를 좋아하는 사람들의 시작과 끝을 담당하고 있다고 말할 수 있다. 나 또한 해리포터를 통해 판타지의 세계에, 마법에 세계에 빠지기 시작했다. 내가 해리포터를 처음 접한 것은 영화관에서 「해리포터와 비밀의 방」이 상영하고 있을 때였다. 그때가 2002년, 내가 10살 때. 우연히 보게 된 그 영화는 곧바로 나를 해리포터의 열정적인 팬으로 만들었다. 1편인 「해리포터와 마법사의 돌」 영화를 보고 곧장 책을 사기 시작했다. 당연히 그 해 크리스마스 선물은 해리포터의 책이었다. 그 이후로 책이 나올 때마다 하나하나 사모았고, 행여나 책이 닳을까 어린이들이 쓰는 교과서 비닐커버지를 사서 해리포터 책을 감쌌다. 지금도 그 커버지에 곱게 싸여 책장에 꽂힌 모습을 보면 뿌듯하기만 하다. 그 책을 읽고 읽으면서 나는 어딘가에 마법 세계가 존재한다고 굳게 믿었다. 사실, 지금도 그 믿음은 변함이 없다. 나이를 먹어 이제 스물 셋이 되었지만 여전히 마법 세계는 세상 어딘가에 자리잡고 있을 것이다. 내가 비록 가지는 못할 지라도 그 상상만으로도 나는 행복해질 수 있으니 말이다.

이 해리포터의 세계를 완성한 게 책 하나만은 아니다. 영화도 그에 뒤지지 않는 영향력을 발휘한다. 내가 처음 해리포터를 만나게 된 것도 영화였듯 해리포터 영화(비밀의 방)는 내게 마트의 시식용 음식이나 마찬가지였다(그 음식에 홀려 모두 사버렸다!). 영화를 보고 책을 보면서 머릿속으로 그려 보기도 했고, 책을 먼저 보고 영화를 보면서 영화와 책의 다른 점을 짚어 내기도 했다. 예를 들면, '해리포터와 불의 잔'에서 책에서는 두번째 시합에서 도비가 아가미풀에 대해 알려 주고 세번째 시합에서 스핑크스가 나오지만, 영화에서는 네빌이 아가미풀을 말해 주고 스핑크스는 나오지 않는다. 이런 점들을 찾아내면서 영화에서 왜 이 장면을 빼야 했을까 혼자 열심히 궁리도 해보았다. 아마 러닝타임과 관련이 있는 것 같다. 최소 2권에서 최대 5권의 분량을 약 2시간의 영상으로 모두 담아낼 수는 없으니 말이다. 그때부터 책은 책대로, 영화는 영화대로 즐기기 시작했다. 책으로 읽으며 상상만 하던 그림이 영화에서는 실제처럼 펼쳐지니 그 또한 팬으로서 행복했다. 이 모두를 섭렵한 뒤에는 원서를 읽기 시작했다. 이것 또한 다른 재미를 선사해 주었다. 아직 다 읽지는 못했지만 좀 더 심도 있게 해리포터를 읽을 수 있게 되었다.

이 글을 쓰면서 책장에 있는 해리포터 책들을 다시 한번 쭉

훑어보았다. 각 권마다 기억에 남는 에피소드가 아직도 떠오른다. 그리고 영화도 같이 생각난다. 꼬맹이 해리가 장발의 소년에서 짧은 머리의 청년이 되어 가듯 나도 같이 자랐다. 호그와트에 갈 나이는 한참 지났지만 그래도 가끔 '호그와트에 간다면…' 하고 잠시 즐거운 상상을 해본다. 이후 많은 판타지 책이 나오고 화려한 판타지 영화도 개봉되었지만 언제나 나의 첫번째 판타지는 해리포터다. 같이 성장했으니 같이 나이 먹는 게 마땅하지만 영화 속 어린 해리는 아직도 귀엽기만 하다. 이 새벽, 그나마 제일 나이가 비슷한 '죽음의 성물' 편을 보고 잠들어야겠다.

내일은 좀 더 마법 같은 일이 일어나기를.

---

* **컨트리뷰터 | 김보람** 울적할 때면 어김없이 판타지를 꺼내든다. 덮어 두었던 행복 조각을 찾으려고. 그리고 작게 꿈꾼다. 내 삶의 판타지를.

한국의 포터헤드 4

한 오래된 머글 친구의 고백, 무한한 상상력이 물들여 준 시간에 대하여

김윤미

내게 '해리포터'가 어떤 의미냐고 묻는다면 나는 함께 있기만 해도 편한, 오래된 친구 같은 작품이라고 말할 것이다. 내가 해리포터를 처음 읽은 것은 초등학생 시절이었다. 그때는 색연필로 이마에 번개 모양을 그리고 막대기를 휘두르며 해리를 흉내 내는 아이들도 종종 볼 수 있었다. 나는 원래부터 책을 좋아하는 아이였고, 금방 그 판타지 세계에 매혹되었다. 나는 11살 해리가 마법 세계에 입문하는 과정을 보며 두근댔고, 매해 죽음을 가까스로 피해 가는 해리의 모습에 마음 졸였으며, 5권부터 본격적으로 인물들이 죽어 나갈 때마다 눈물을 흘리며 슬퍼했고, 7권이 출판되는 것을 손꼽아 기다리며 서점을 들락거렸다. 자연히 해리포터 시리즈에 등장하는 모든 주문과 인물들, 용어들을 외웠고, 영화가 나올 때마다 두근대며 극장에 달려갔으며, 초등학교 4학년에는 결국 원서까지 독파하며 원어가 주는 더 생생하고 재미있는 언어적 표현들을 즐기게 되면서 더욱더 빠져들게 되었다.

엉뚱하게도 멀쩡한 벽을 빤히 쳐다보며 '혹시 내가 머글이 아니라면 저 벽을 통과해 9와 4분의 3 승강장으로 갈 수 있지 않을까'라고 상상하고, 시리우스 블랙이 죽었다고 버스에서 눈물을 훔쳤으며, 스네이프 교수의 그 용기와 한결 같은 깊은 사랑에 감동을 받아 그를 미워했던 과거를 후회하며 슬퍼했던 나는 이제 성인이 되었지만 아직도 그 장면들을 읽거나 들을 때마다 감동한다. 나는 지금도 원서 전권을 소장하고 있으며 가끔 피로하고 무료할 때마다 그 책은 나에게 신비로운 상상과 자유, 그리고 향수를 주곤 한다. 조금 더 커서는 원서로 끝이 아니라 돌아다니면서도 들을 수 있도록 해리포터 오디오북까지 듣게 되었고, 그것은 신기하게도 영어 대화를 두렵지 않게 만들어 주기도 했다. 지금도 길을 걸으며 듣다가 문득 집중을 할 때면 가슴이 뛰기도 한다. 남들은 내가 지금도 휴대폰에 소장하고 다니는 그 몇 천 개의 오디오북 mp3 파일들을 발견하면 간혹 우스워하거나 신기하게 보기도 하지만, 나는 그저 당당하게 웃으면서 해리포터 시리즈를 여전히 많이 좋아한다고 말하곤 한다.

그렇게 해리포터 시리즈를 접한 지 10년이 넘어 가는 지금 나는 20대가 되었고, 여전히 해리포터만큼 내게 열정을 갖게 하는 판타지 소설은 없었다. 나는 이 세상에 존재하는 수많은 판타지 소설 중 이 작품이 그토록 많은 사랑을 받은 데에는 분명 특별한 것이 있다고 생각한다. 평범한 '머글' 세상, 런던 한복판에서 갑자기 전혀 다른 세계로 가게 된 평범한 주인공이 주는 공감과 작가의 끝없는 기발한 상상력이 불러일으키는 흥미, 그리고 너무나 다양하고 매력적인 수많은 캐릭터들, 어찌 보면 단순한 대립처럼 보이지만, 주변인들과 사랑에 대해 다시 한번 뭉클함을 느끼게 만드는 이야기가 나를 비롯한 전세계 사람들을 사로잡을 수 있었을 것이다. 무엇보다 주위에 있을 것만 같은 사람들과 물건들 등이 가져오는 색다른 상상력의 향연, 무엇이든 상상할 수 있는 풍부한 세계는 우리의 성장에 너무나 중요한 것이 아니었을까.

비록 해리의 모험 이야기는 끝났지만, 해리포터가 남긴 여운은 현재 진행중이다. 언제 다시 만나도 자연스럽게 이야기를 나눌 수 있는 어린 시절의 친구들 같은 존재, 그 소설이 지금까지 내게 미치는 영향은 한결같으니 말이다. 그러니 그때의 순수했던 열정을 간직한 이 시대의 젊은이들이 이 작품을 다양한 시각에서 해석한 글들을 접할 수 있다는 사실이 참으로 반갑다. 해리포터로 인해 불러 일으켜진 두근거림이 벌써 몇 번째인지! 우리의 삶에 더 신비로운 색깔을 더해 주었던 고마운 소설을 잊지 못하며, 나와 세계의 수많은 독자들은 시간이 아무리 흘러도 해리포터의 친구로, 무한한 상상력의 영원한 팬으로 남을 것이다.

---

* **컨트리뷰터 | 김윤미** 인간에게 마지막으로 남아 있는 미지의 세계, 뇌를 융합적으로 연구하는 뇌·인지과학을 전공하고 있는 대학생이다. 뇌의 메커니즘 속에서 헤매다가도 이따금씩 소설 속의 세계에 빠졌다 나오기를 즐기며, 해리포터 시리즈의 추억과는 벌써 10년 넘게 함께하고 있는 팬이다.

한국의 포터헤드 5

윙가르디움 레비오사

서혜림

내 이름은 서혜림. 일명 '혜림이언니'(Hermione)다. 얼리 판타지 어댑터였던 나는 당연히 해리포터에 빠져들어 해리포터를 끼고 대학을 다녔다. 그 덕인지 영어 실력도 좀 갖추게 되어 대학을 졸업하자마자 영어강사가 되어 매년 핼러윈마다 나는 호그와트 룸을 만들었다. 내가 만들어 준 호그와트 룸에서는 '해리포터와 마법사의 돌'의 주제곡이 흘러나와 아이들에게 새로운 경험을 안겨 주었고, 덕분에 가장 인기 있는 강사가 되었다. 내가 만든 그곳에는 괴물도 있고, 선물도 있다. 다른 방보다 유난히 음침했는데도 다들 반드시 들어가 보고 싶어 했다. 하지만 들어가기에는 너무 으스스한 기분이 든다. 툭 튀어나오는 괴물은 없었는데도 심지어 울고 나오는 아이도 있었다. 왜 그랬을까?

마법은 인생이니까. 우리 모두 열한 살쯤에 호그와트로 훌쩍 떠나고 싶었던 기억이 있지 않은가. 해리포터와 함께 프레벳가에서 여정을 시작해 호그와트에서 끝나면서 내 마음의 성장통도 비로소 막을 내리는 기분이 든다. 프리벳가에서 시작해 어둠의 마왕을 처리하기까지 모두 마법계에서 일어나는 일이지만, 놀랍게도 해리포터는 지금까지 내가 읽은 어떤 소설보다 더 현실적으로 다가온다. 마법사 교육에서 마법만 쏙 빼버린 엄브릿지의 교육방침에서 내가 왜 학교를 그렇게 힘들어했으며, 강사가 되어 아이들에게 수업할 때마다 그녀의 특별한(!) 펜으로 반성문을 쓸 때처럼 따끔따끔했는지 알 것 같다. 무능하거나 부패한 권력이 자신감 넘치는 목소리로 지키지 못할 약속을 떠들어 대고, 권력의 치부는 가리려고 기를 쓰는 마법부 신문기사 머리기사에는 기시감마저 느껴진다.

한 가지 비밀을 고백하자면 '불사조 기사단' 이후 내 해리포터 덕질은 조금씩 느려지고 멀어졌다. 해리포터가 조금 음산해졌다. 이야기 전개가 너무 진지하고 폭력적이라고 느껴졌다. 나도 호그와트 룸에 들어가기가 꺼림칙했다. 무엇보다 그냥 머글로 사는 것이 더 편리했다. 머글에게는 끝판왕을 끝내지 않아도 괜찮은 특권이 있지 않은가. (물론 느리게나마 해리의 마지막 여정 끝까지 함께하기는 했다.)

내 맘대로 정해 둔 덕질 제1항목은 텍스트뿐 아니라 DVD의 스페셜피처도 모두 섭렵하는 것이다. 해리포터 시리즈에는 롤링 선생의 인터뷰가 있는데, 해리포터 생가(?), 즉 해리포터 시리즈를 시작하던 시절 살던 집에 다시 방문해서 어떻게 이야기를 구상하고 현실화했는지 그리고 그 이후 어떤 삶을 살고 있는지를 이야기한다. 인터뷰에서 롤링은 불우했다고 묘사하는 자신의 성장기와 첫 결혼의 실패는 당연히 해리포터 세계관의 토대가 되었다고 했다. 그리고 학창시절 만났던 괴팍한 선생님들 그리고 아들로 키워진 그녀 자신은 해리포터 시리즈의 캐릭터로 부활했다고 했다. 그렇게 시리즈를 마치며 스스로 구원했다고도 했다. 인터뷰를 보면서 이런 생각이 들었다. 과연 늘 행복하고, 평탄하기만 한 성장기를 가진 이가 있을까? 알고 보면 마음속 한구석에 '축축한 곰팡이 방'은 다들 있지 않은가? 나는 해리포터를 통해 롤링 선생이 우리 안에 있던 '축축한 곰팡이 방' 문을 활짝 열어 퀴퀴한 냄새를 함께 맡았던 것 같다. 그래서 핼러윈마다 만들었던 '호그와트 룸'에 아이들이 열광하는 동시에 무서워했고 내가 해리포터 중반부터 시리즈 내내 그렇게 힘들어 했던 것 같다. 없는 척 사는 나의 '축축한 곰팡이 방' 문은 정말 열고 싶지 않으니까! 하지만 막상 그렇게 몇 년을 롤링 선생과 함께 음침한 호그와트의 퀴퀴한 냄새를 맡고 나니 이제 그 방이 조금 보송보송해진 것 같다. 이게 구원이 아니고 무엇이란 말인가!

롤링 선생은 해리포터 시리즈에 대해 "만족한다. 해리포터 시리즈를 더 이상을 이어 가지 않겠다"라고 못을 박았다. 이에 전 세계적으로 해리포터 덕질에 빠져 있던 이들이 이런저런 대안(!) 판타지들을 섭렵하며 헛헛한 마음을 달래고 있는 듯하나 해리포터 시절만큼 충분히 달래지지 않은 모양이다. 롤링 선생께서 더는 해리포터 시리즈를 연장하지 않겠다고 선언하셨으니 우리가 책을 다 낸다. 또 그마저도 반갑다. 어렴풋이 생각하고만 있었던 우리의 '축축한 곰팡이 방' 안에 구체적으로 무엇이 있었기에 이렇게 해리포터를 고전의 반열에까지 올려놓았는지 그리고 어떻게 우리의 마음을 채워 주었는지 꼭꼭 씹어 볼 기회가 왔다. 이제 『해리포터 이펙트』를 열어 볼 차례다. 윙가르디움 레비오사!

---

* **컨트리뷰터 I 혜림이언니** 내 이름은 서혜림. 일명 '혜림이언니'(Hermione)다. 대학 졸업 후 영어강사가 되어 학생들을 가르치면서, 매년 핼러윈마다 호그와트 룸을 만들었다.

한국의 포터헤드 6

'너의 꿈은 뭐니?'

송보영

"너는 나중에 뭐할 거니?" "나는 마법사가 될 거야!"

나는 22살이지만, 나의 꿈은 아직도 마법사이다. 해리포터를 처음 읽었던 10살의 나는 내년이면 부엉이가 호그와트 입학 허가서를 물고 내 방 창문을 두들길 것이라고 확신했다. 11살 때 부엉이가 오지 않았지만 한국나이로는 아직 11살이 되지 않았다고 스스로 다독이며 계속 기다렸다. 12살, 13살, …… 그리고 현재 22세. 나는 아직도 호그와트에서 실수가 있을 거라며 입학 허가서를 보내 주기를 기다리고 있다. 내가 만약 호그와트에 입학하면 헤르미온느 뺨치는 우등생이 될 것이다. 왜냐하면 나는 해리포터를 읽으면서 온갖 주문과 지식들을 공부했기 때문이다. 사실 나는 일상생활에서도 마법을 열심히 사용하고 있다. 어두운 밤에 길을 나설 때 스마트폰의 해리포터 지팡이 어플을 사용하여 "루모스!"를 외치며 불을 밝힌다. 불을 끌 때는 "녹스!"를 외쳐 준다.

"알로호모라!"라 중얼거리면서 문을 여는 것이 습관이 되었다. 마음이 울적할 땐 "익스펙토 패트로눔!"을 외친다. 나는 나의 패트로누스가 어떤 동물일지 정말 궁금하다.

해리포터는 나에게 많은 영향을 주었다. 중학생 때 나의 별명은 화장실 귀신이었다. 모우닝 머틀과 닮았다는 이유였다! 쌍꺼풀이 진 눈에 동그란 안경을 쓴 나의 얼굴을 보니 진짜 닮은 것 같기도 하다. 고등학생 때는 공부에 지칠 때마다 해리포터 책을 읽었다. 어머니는 내가 공부도 안 하고 해리포터 책만 읽는 줄 아시고 해리포터 책들을 압수하신 적도 있다. (그 중 한 권은 어찌나 꼭꼭 숨겨 두셨는지 아직도 못 찾고 있다.) 대학교 1학년 때는 필수교양과목의 교수님이 해리포터 번역가인 최인자 교수님이었다. 나는 망설임 없이 그 교수님의 강의를 신청했다. 그리고 정말 재미있게 그 수업을 들었다. 왜냐하면 해리포터를 번역하신 분이니까! 또 나는 트릴로니 교수가 행성의 움직임을 보고 미래를 예측하는 장면과 해리포터와 그의 친구들이 천문대에서 행성의 위치를 양피지 위에 그리는 장면을 동경했다. 어쩌면 내가 우주과학을 전공하게 된 숨은 이유가 바로 해리포터일지도 모르겠다. 누군가가 나에게 나를 소개해 보라고 하면 나는 망설임 없이 "해리포터를 좋아합니다"라고 말한다. 그만큼 나는 해리포터를 정말 좋아하고 앞으로도 좋아할 것이다!

나는 해리포터에 관련해 나의 이름을 남기는 것이 소원이었는데, 이번에 『해리포터 이펙트』에 컨트리뷰터로서 나의 해리포터에 대한 사랑을 남길 수 있게 되었다. 성공한 덕후란 이런 것이리라.

기념으로 내년에 영국에 가서 몇 가지 할 일이 있다. 킹스크로스 역의 9와 4분의 3 승강장에 몸을 던져 보기, 첫눈에 반한 지팡이를 구입해서 내가 가장 좋아하는 주문인 "페트리피쿠스토탈루스!" 외쳐보기, 빗자루한테 "up!"이라고 외쳐 보기와 버터맥주 마시기를 할 것이다. 혹시 내가 지팡이를 들고 여기저기 주문을 외치고 다니면 지나가던 마법사가 나에게 말을 걸지도 모른다! "혹시 마법사인가요?" 그렇다면 나는 이렇게 대답할 것이다. "네!"

---

* **컨트리뷰터 | 송보영** 장래희망이 마법사인 해리포터 덕후. 덕후인 걸 자랑스럽게 여긴다. 들어가고 싶은 기숙사는 슬리데린, 가장 좋아하는 교수님은 스네이프, 제일 좋아하는 주문은 "페트리피쿠스토탈수스!"이다.

한국의 포터헤드 7

당당한 덕후

노송은

가끔은 조앤 K. 롤링 작가가 우리에게 임페리우스 저주를 건 게 아닐까 하는 생각이 든다. 나는 방어하지 못한 채 그녀가 의도한 대로 해리포터의 덕후넘버 268,245,126로 성장하게 되었다. 이 임페리우스 저주는 10여 년을 거슬러올라 내가 십대였던 중학교 시절부터 시작되었다.

중학교 2학년, 2007년도는 나에게 아주 중요한 해였다. 그 여름 7월 21일(날짜도 생생하게 기억난다), 바로 그 날은 『해리포터와 죽음의 성물』, 즉 해리포터 완결판이 발표되는 중요한 날이었다. 그 날만 손꼽아 기다렸는데 막상 원서가 나오니 이 영롱한 주황빛의 책을 내 손에 쥘 수는 있는데 번역본이 없어 읽질 못하고 쩔쩔매는 내 자신이 너무 한심했다. 번역본이 나오려면 장장 4개월이 걸린다는 소리를 듣고 비장한 마음으로 직접 전자사전과 함께 원서를 들고 한 장 한 장 읽어 가기 시작했다. 물론 모르는 말들이 너무나 많았다. 하지만 해리포터의 완결을 읽는다는 기대감에 읽는 내용의 3할은 이해를 못한다는 사실은 전혀 장애가 되지 않았다. 그냥 되는 대로 읽어 나갈 뿐이었다. 처음에는 전혀 이해되지 않던 영어가 점차 이해되기 시작했고, 점점 영어가 익숙해졌다.

나는 해리포터 세계에 동화되기 위해 내가 할 수 있는 모든 방법을 동원했다. 그 중 하나는 그리고 영국식 발음 따라 해 보는 것이었다. 사실 영국식 발음을 막 따라 하다가 영어 선생님께 이상한 발음 하지 말라고 핀잔을 듣고 나서 빠르게 포기하긴 했지만(슬프게도 선생님은 그게 내가 영국식 발음을 따라하는 것이라고는 상상조차 하지 못하셨다…) 세베루스 스네이프의 머릿결만큼이나 윤기가 흐르는 멋진 영국식 발음을 정말 따라하고 싶었었다. 대신, 요즘에는 수업 시간에 영국식 발음을 구사하는 친구들을 보며 대리만족하는 것으로 욕망을 채운다.

심지어는 해리포터 이야기를 각색해서 영어 소설을 써보기도 했다. 주인공은 바로 나였다. 항상 우리 집 옷방의 행거 뒤에 비밀 장소가 있을 것이라고 생각했었던 나는 "Harry Potter and Me"라고 이름을 붙인 문방구에서 산 500원짜리 공책 속에서 옷방 행거 뒤에 작은 문을 만들었고, 그 문으로 마법세계로 걸어 들어갔다. 영화 「나비효과」를 보고 과거에 일어난 사소한 일들이 미래에는 큰 변화를 일으킨다는 점에 한창 관심을 가지고 있었던 나는 해리포터 이야기에 '나'(Ivy)라는 등장인물을 투입시킴으로써 결말을 크게 변화시켰다. 조앤 K. 롤링 작가가 해리포터 책을 내고 나서 마법 세계를 머글들에게 발설했다는 이유로 아즈카반에 잡혀가고 (작가님, 죄송!) 지금의 조앤 K. 롤링은 폴리주스 포션을 마신 마녀라고 말하는 것부터 시작해서, 내가 드레이코 말포이를 설득해 말포이 가족은 해리의 편에 서서 불사조 기사단의 호위를 받게 되었고, 말포이 가족이 이중 스파이 역할을 한 덕으로 볼드모트를 물리치는 내용이다.

해리포터 원서를 접하기 시작할 시기만 해도 불과 중상위 정도였던 영어가 중·고등학교 동안 원서 일곱 권을 다 읽고 나서는 내게 가장 쉬운 과목이 되어 버렸다. 수험 공부 틈틈이 쉬는 시간에 전자책으로 해리포터를 읽다 보니 따로 영어공부를 할 필요가 없었다. 그래서 자연스레 영어를 전공해야겠다는 생각을 하게 되었다. 대학 입학 후에도 영어 글쓰기 시간에 해리포터를 좋아한 덕분에 지금 영어통번역을 전공하게 되었다는 에세이를 적은 것도 한두 번이 아니다.

물론 아직까지도 해리포터 사랑은 여전하다. 작년 교환학생으로 미국에 갔을 당시에 덕후 아이템들을 파는 가게에 들렀었다. 해리포터 담요나 기숙사 배정모자 같은 많은 아이템들이 있는 그 가게를 통째로 털어오고 싶은 마음이 굴뚝같았지만 꾹꾹 누른 채 예산에 맞춰 몇 가지만 사서 돌아왔다. 올해 만우절에는 그곳에서 고르고 골라서 산 그리핀도르 넥타이와 동그란 안경, 배지를 친구와 함께 입고 홍대 일대를 돌아다녔다. 이번 핼러윈에는 망토를 입고 돌아다니는 것이 목표다.

누군가는 내가 이 나이에 유난을 떤다고 말할지도 모르고, 이렇게 티내며 좋아하는 것이 창피하지 않냐고 할지도 모르겠다. 그런데 나는 묻고 싶다. 왜 자신이 덕후라는 사실을 숨겨야 하는가? 아이들이 읽는 소설로 간주되어서, 그다지 교양 있는 책으로 비쳐지지 않아서라는 이유를 대며 좋아하는 걸 좋아하지 않는 척하기엔 인생은 너무 짧고 해리포터는 내게 너무 의미 있다. 사랑은 나이와 국경을 초월한다는데 이것이 책에 대한 사랑이면 어떠한가?

그렇기에 나는 50년 뒤 머리가 하얗게 센 채로도 여전히 햇볕이 좋은 주말엔 해리포터 책을 읽으며 호그와트 그리핀도르 진학의 꿈을 키우고 있을 것이다.

---

* **컨트리뷰터 | 노송은** 정의와 사랑을 매우 좋아하는 대학생. 인권에 관심이 많으며 인간에 대해 생각하는 것이 취미이다. 아마도 기숙사 배정모자는 나를 그리핀도르와 래번클로 중 고민하다가 그리핀도르로 배정할 것이다. 패트로누스는 개냥이로 추정.

한국의 포터헤드 8

세상을 향한 창을 열어 준 해리포터

이윤정

한 권의 책이 인생을 바꾼다는 말이 있다. 상투적으로만 느껴졌던 이 명언은 '해리포터'라는 책을 만나면서 내 삶에서 현실이 되었다. 초등학교 6학년 가을 무렵, 대한민국 사춘기 소녀의 마음을 흔들어 놓은 소년은 김포터, 이포터도 아닌 해리포터. 외국에 나가 본 적도 없고 학교와 집이라는 울타리 너머에는 관심도 없던 나는 영국이라는 먼 섬나라에서 펼쳐지는 한 소년의 이야기를 통해 생각했던 것보다 훨씬 더 넓고 다양한 모습으로 존재하는 세상을 볼 수 있었다.

당시에는 영국이 어디 있는지는커녕 'I love you'의 철자도 제대로 알지 못했다. 팝송을 즐겨 듣긴 했지만 영어는 내게 이국적인 팝송의 언어, 딱 그만큼이었다. 그런데 해리포터와 사랑에 빠지면서 인생이 달라지기 시작했다. 누군가와 사랑에 빠지면 그 사람의 땀 냄새마저 향기롭다 하지 않았던가. 나는 해리포터가 태어난 나라, 해리포터가 쓰는 언어, 해리포터가 입는 교복을 포함한 해리포터의 모든 것을 사랑하게 되었다. 그리고 그때부터 '기필코 원문으로 해리포터를 읽고 느끼리라'고 다짐하며 영어공부에 박차를 가했다. 결과적으로 해리포터 책을 접한 지 약 2년 만에 내 영어실력은 각종 대회에서 상을 휩쓸 정도로 향상되었다. 공부를 하기로 마음먹었을 때, 'cat'이라는 단어를 쓰지 못해 쩔쩔매는 나를 당혹스런 눈빛으로 바라보던 영어선생님의 표정을 떠올려 보면 정말 장족의 발전이었다. 영어를 잘하게 되면 언젠가 해리포터와 대화할 수 있을 것 같다는 착각 때문에 지치지 않고 공부할 수 있었는지도 모르겠다. 해리가 좋아했던 여학생 챙에게 질투를 느낀 적도 있었다. 챙이 나와 같은 아시아인이었기 때문에 더 감정이입을 했던 것 같다.

해리포터가 내 인생에 미친 영향은 이게 다가 아니다. 고등학교 때는 호주나 뉴질랜드 중 한 곳으로 유학을 갈 수 있는 기회가 있었는데, 뉴질랜드식 영어발음이 영국식 영어발음에 가깝다는 이유로 뉴질랜드를 선택했다. 사실 해리포터가 아니었다면 애당초 홀로 유학길에 오를 생각조차 하지 않았을 것이다. 나의 모교인 파쿠랑가 고등학교에 입학한 것도 파쿠랑가의 교복이 영화 속 해리가 입은 호그와트의 교복과 생김새가 비슷해서였다. 뉴질랜드 공립학교 체계는 호그와트처럼 하우스제도를 운영하는 등 영국과 유사한데, 덕분에 나는 내 선택에 매우 만족하며 아주 행복한 고등학교 시절을 보냈다.

나는 해리를 통해 배우고, 함께 성숙해지며 낯선 곳으로의 모험을 두려워하지 않는 탐험가로 성장했다. 청소년기 해리포터와 그의 세계에 대한 나의 관심은 자연스럽게 더 넓은 세상과 외국어에 대한 관심으로 이어졌다. 그래서 유학생활을 마치고 한국으로 돌아온 후에도 대학에서 제3외국어를 공부했고 영국을 포함한 세계각지를 누비며 다양한 사람들과 교류하였다. 많은 경험 중에서도 특히 킹스크로스 역을 밟았을 때의 감동은 평생 잊을 수 없을 것이다. 그렇게 쌓은 경험과 지식을 활용하여 외국계 회사와 주한외국공관에서 일했고 현재는 또 다른 모험을 떠나기 위해 준비하고 있다. 지금의 나를 있게 해준 해리포터, 그리고 조앤 K. 롤링 작가님께 무척 감사하다. 나는 여전히 그를 사랑한다. 책을 펼치기만 하면 언제든 만날 수 있는 나의 첫사랑. 남자친구에게는 비밀로 하는 게 좋을 것 같다.

---

* **컨트리뷰터 | 이윤정** 내면에 갇혀 있던 사춘기 시절 해리포터가 열어 준 창을 넘어 세상 밖으로 나왔다. 그에게서 배운 용기와 사랑으로 세계평화를 실현할 수 있다고 믿는 미스 코리아는 아닌 그냥 미스.

한국의 포터헤드 9

영원한 친구

김차미

학창 시절의 나는 어느 날 나에게도 부엉이가 날아와 호그와트 입학 허가서를 전해 주지는 않을까 기대하며 평소와 다를 바 없는 일상의 틈 속에서 마법사를 꿈꾸는 아이였다. 나는 내가 들어가고 싶은 기숙사를 내 마음대로 정해 놓고는 곧 '슬리데린!'이라고 외치며 대연회장을 쩌렁쩌렁하게 울릴 마법의 모자의 짜릿한 목소리를 미리 맛보곤 했다. 또, 내가 입게 될 호그와트의 교복과, 최고의 지팡이 장인들 중 한 명인 올리밴더가 제작한 나만의 소중한 지팡이, 그리고 내가 호그와트의 학생으로서 앞으로 배우게 될 과목들을 고르며 행복한 상상의 나래를 펼치곤 했다.

이런 나는 해리포터를 읽은 내 또래 대부분의 아이들이 그랬듯 흔히 '해리포터 제너레이션'이라고 불리는 해리와 세월을 함께한 해리포터 세대들 중 한 명이었다. 어느새 내 나이 스물한 살 성인이 되어 내 방 책장 한편에 가지런히 꽂혀진 해리포터 시리즈를 보고 있자면 내가 해리와 처음 만나게 되었던 그날이 아직도 생생하게 떠오른다.

때는 바야흐로 2001년, 당시 초등학교 1학년이었던 나는 내가 곧 해리와 운명적으로 만나게 되리라는 사실을 까맣게 모른 채 남동생과 함께 방에서 컴퓨터 게임을 하고 있었다. 하지만 얼마 되지 않아 맞벌이를 하시느라 평소에는 느지막이 퇴근하시던 부모님께서 웬일로 일찍 집에 귀가하셨고 곧바로 우리에게 영화 한 편을 같이 보러 갈 것을 제안하셨다. 게임에 푹 빠져 있던 나는 이름도 모르는 영화보다는 당장 눈앞의 게임이 더 중요했기 때문에 가지 않겠다고 우길 작정이었다. 하지만 하마터면 큰 실수를 할 뻔했던 이런 나를 세계적으로 유명해진 영화라고 설득하며 단호하게 내 손을 잡아 극장으로 이끌어 주었던 기적 같은 존재는 바로 어머니였다. 비록 시작은 원작인 책이 아닌 영화였지만, 그렇게 나는 「해리포터와 마법사의 돌」을 통해 본격적으로 해리가 살아가는 마법의 세계를 함께 공유하게 되었다.

그 뒤로 내 십대는, 지금도 크게 달라진 것은 없지만, 자나 깨나 해리포터의 연속이었다. 초등학교 2학년 때는 학교 신문에 실릴 독서 감상문에 『해리포터와 비밀의 방』에서 해리가 바실리스크와 싸우는 장면을 만화로 그려 내기도 했고, 초등학교 3학년 때는 똑같이 해리포터 시리즈의 팬이었던 반 친구와 함께 두터운 공책에 우리들만의 해리포터 만화책을 펴내기도 했다. 중학교 친구와의 하굣길에도 해리포터 이야기로 열띤 토론을 펼치기도 수

십 번, 휴가를 갈 때마다 읽을거리로 가져가는 책도 해리포터였다. 특히, 시리즈의 마지막 권인 7권이 출판되기 전 들려오는 불안한 소문에 해리는 절대 죽을 리가 없다며 가까스로 나 자신을 다독이는 모습을 담임선생님께서 보시고는 선생님 역시 해리의 생사 여부에 관심을 가져 주셨을 정도로 살아남은 소년, 해리포터는 어느새 자연스럽게 내 삶의 일부가 되어 있었다.

내가 꼬마였을 때부터 책을 읽어 주셨던 어머니 덕분에 나는 본디 독서를 하는 습관이 비교적 잘 잡혀 있었지만, 해리포터로 인해 그 습관이 더 탄탄하게 굳어지고 책을 읽는 진짜 즐거움을 깨닫게 되는 계기가 되었으며, 이전까지는 알지 못했던 '판타지'라는 장르에 입문하여 폭넓게 문학을 다루게 된 것도 틀림없는 사실이다.

아직도 나는 처음 해리와 마주쳤던 날을 잊지 못한다. 어두컴컴하던 밤, 헤어짐을 아쉬워하며 나에게는 유일하게 그 어떤 것보다 찬란하고 밝게 빛났던 해리포터 영화 포스터를 아버지의 차 뒷좌석에 앉아 찬 겨울바람에 뿌예진 유리창 너머로 끝까지 지켜보았던 그날을. 영화 「해리포터와 죽음의 성물」의 마지막 장면을 찍고 나서 서로 얼싸안으며 눈물을 흘렸던 해리, 론, 헤르미온느의 배역을 맡았던 배우 세 명처럼 나도 그동안 해리와 함께 많이 울고 웃었다. 호그와트에는 영국 국적의 아이들만 입학할 수 있다는 사실을 늦게야 깨달은 후에도, 더 이상 호그와트의 입학 허가서를 받을 수 없는 나이가 되었어도, 나는 항상 호그와트의 비공식적인 학생이자 해리를 응원하고 그와 함께 하는 친구로서 앞으로의 나날들을 살아가고 싶다.

---

* **컨트리뷰터 | 김차미** 나는 '해리포터 제너레이션'이다. 머글들 사이에서 해리가 세상의 빛을 보았던 날, 나는 해리와 함께였고 지금도 그의 발자취를 따라 걸어가고 있다. 나의 해리포터 이야기는 아마도 이렇게 영원히 현재진행형일 것이다.

한국의 포터헤드 10

호그와트 입학 통지서를 기다리며

한슬기

해리포터를 알기 전의 나는 독서를 꽤나 좋아하는 평범한 어린이였다. 하지만 주로 삽화가 크게 들어 있는 동화책이나 『그리스 로마 신화』, 『메이플 스토리』와 같은 만화책만을 편독했다. 꼬마였던 이 당시에는 잘 알지 못했다. 해리포터가 내 삶에 크나큰 영향을 끼치게 될 것이라는 사실을 말이다.

시간을 거슬러 올라가 보면, 내가 해리포터라는 존재를 처음 알게 된 때는 초등학교 3학년 때였다. 당시에 영화 「해리포터와 마법사의 돌」이 개봉했었는데, 또래들 사이에서 이 영화가 큰 화제를 일으키고 있었다. 유행에 뒤처지고 싶지 않았던 당시의 나는 부모님을 설득하여 영화표 예매에 성공했고, 영화 상영일을 손꼽아 기다렸다. 하지만 해양소년단 수련 일정이 변경되어 영화 상영일과 겹치는 바람에, 결국 이 전설의 영화를 보지 못했던 기억이 있다.

그렇게 해리포터의 존재를 차츰 잊어가나 싶었던 중학교 1학년 때, 광화문 교보문고에서 해리포터를 다시 만나게 된다. 당시 오랜만에 서울에 오신 고모와 함께 문제집을 사러 교보문고에 방문했다. 서점 안을 휘돌아다녔더니 저녁 먹기에는 이른 시간에 배꼽시계는 요란하게 울어댔다. 그리고 매우 적절한 시기에, 고모께서 책 한 권을 더 사면 돈가스를 사주겠다고 하셨다. 치즈 돈가스의 우아한 자태를 떠올리며 나는 눈에 불을 켜고 서점 곳곳을 둘러보았다. 하지만 마음에 드는 책을 발견하지 못해 돈가스를 포기하려던 찰나, 서가에서 빛나고 있는 『해리포터와 마법사의 돌』 1권을 발견하게 된다. 처음에 책 표지만 보고는 어린이 책인가 싶어 냉큼 집어 들기가 망설여졌다. 하지만 초등학교 3학년 때 영화로 보지 못했던 아쉬움을 달래 보자는 마음으로 책을 집어 들었다. 옆에 있던 친척이 어린이 책을 골랐다며 놀려댔지만, 나는 동생에게 읽어 줄 것이라 말하며 책을 소중히 들고 계산대로 향했다. 그 날 저녁, 나는 집으로 돌아오자마자 해리포터 책을 읽기 시작했다. 그리고 신세계가 펼쳐졌다. 나는 분명 글자를 읽고 있었는데, 눈앞에서는 3D 영상이 펼쳐지고 있었다. 몇십 년이 지난 지금까지도 해리와 해그리드가 다이애건 앨리로 향하는 벽담 앞에서 이야기를 나누는 장면을 잊을 수가 없다. 나는 결국 밤을 새워 『해리포터와 마법사의 돌』 1권을 다 읽었고, 다음 날 해가 뜨자마자 저금통을 깨서 동네 서점으로 달려가 2권을 사왔다. 그렇게 나와 해리포터의 깊은 인연은 시작되었다.

나에게 있어 중학교 1학년 때부터 고등학교 2학년까지의 학창시절은 해리포터 팬 활동의 황금기였다. 당시 나는 새로운 시리즈의 해리포터 책이 나올 때마다 책을 구매해서 책장 한쪽에 고이 모셔두고, 영화가 개봉할 때마다 극장에 가서 꼬박꼬박 챙겨보곤 했다. 용돈을 아껴서 책을 사고 영화를 보느라, 친구들이 떡볶이를 먹을 때 나는 그저 "한 입만~"을 외치곤 했지만, 그 인내의 과정조차 즐겁기만 했다. 이 외에도 나는 밤마다 호그와트 입학 통지서를 가져다주는 부엉이를 기다렸고, 온라인 팬카페에서 자칭 후플푸프 학생으로 활동하기도 했다. 여러 가지 팬 활동들 중에서 가장 기억에 남는 자랑스러운 활동은 조앤 롤링 작가님과 다니엘, 엠마, 루퍼트에게 팬레터를 보낸 것이다. 감수성이 풍부해지는 중학교 2학년 때, 나는 작가님과 삼총사에게 삶을 더 풍요롭게 만들어줘서 고맙다는 인사를 담은 팬레터를 쓰기로 결심한다. 영어로 편지를 써야 했기에 영어공부도 열심히 하고, 학원 영어선생님을 따라다니며 첨삭을 받기도 했다. 그렇게 태어나서 처음으로 영국에 항공우편을 보냈고, 매일매일 우체부 아저씨만을 기다렸다. (슬프지만 아직까지도 답장을 기다리고 있다.) 이렇게 5년의 학창시절을 해리포터 팬 활동을 하며 알차게 보냈다. 그리고 고등학교 3학년 때는 수능을 핑계로 잠시 해리포터를 내려놓았다. 수능이 끝나고, 나는 팬레터를 쓰고 해리포터 원서를 읽으며 쌓은 영어 실력으로 영문과에 진학했다.

영문과 학생으로 대학 생활을 즐기던 2011년 여름, 해리포터의 마지막 편인 「해리포터와 죽음의 성물」 2편이 영화로 개봉했다. 영화 개봉 이전에 이미 책으로 결말을 다 읽고 펑펑 울었었던 터라, 더 이상 흘릴 눈물은 없다고 자부하며 친구들과 함께 영화를 보러갔다. 130분의 시간이 흘러 영화관 내에 불이 켜졌을 때, 나는 오열하고 있는 내 모습과 나를 슬금슬금 피하는 친구들의 모습을 발견할 수 있었다.

그렇게 삼총사를 떠나 보내고, 아니 동시간대 다른 세계에서 살고 있을 그들을 잠시 내려놓고, 나는 평범한 대학생으로 취업 준비를 하며 살고 있다. 삭막한 취업 준비생으로서의 삶 속에서도, 해리포터 테마파크에서 버터맥주를 홀짝이고 있을 미래의 내 모습을 상상하면 없던 힘도 잔뜩 솟아나니, 어쩌면 해리포터가 내 삶에 미친 영향은 생각보다 더 큰지도 모르겠다. 나의 학창시절의 전부를 차지했던 해리포터! 지금은 삶의 4분의 1만큼으로 줄었지만 나는 오늘도 호그와트 입학 통지서를 기다린다.

---

* **컨트리뷰터 | 한슬기** 해리포터 팬 활동을 하며 영어라는 언어에 관심을 갖게 되었다. 현재는 해리포터 같은 훌륭한 영어 도서를 편집하는 편집자로서의 미래를 그리고 있다.

한국의 포터헤드 11

해리포터와 의대생 머글

김주현

서울의 한 주택가에 살고 있던 김주현이라는 이름의 여자아이는 자신이 '머글'이라는 데 아주 불만을 가지고 있었다. 사실 그녀는 마법과는 전혀 무관해 보였다. 하지만 그런 생각은 그녀가 10살 때 안방 침대에 꼼짝없이 누워 TV를 보고 있을 때, 그녀의 엄마가 책 한 권을 들고 들어오는 순간 끝이 났다.

"이거 한번 읽어 볼래? 요즘 유행하는 거라더라."

『해리포터와 마법사의 돌』(제1권 상)이었다.

김주현이 침대에서 일어나 그녀의 엄마가 준 『해리포터와 마법사의 돌』을 하루 만에 해치운 뒤 거의 15년이 지난 오늘도, 그녀는 전혀 변한 게 없었다. 그 후, 늦둥이 동생이 태어났고 집은 같은 동네에서 여러 차례 이사했으며, 중학교, 고등학교를 거쳐 결국 생각지도 못한 의대에 입학까지 했다. 그러나 그녀는 아직도 기다리고 있는 게 있었다.

"아직 그들이 깨닫지 못한 것일 뿐이야."

사실 김주현이 11살이 되는 2001년 6월 생일 즈음에 호그와트의 부엉이가 맥고나걸 교수의 편지를 부리에 물고 날아올 것이라 생각하고 있었다. 입학을 하는 9월 1일이 지나고도 단지 조금 늦을 뿐이라고 생각했다. 그 다음 해에는, 영국은 만 나이로 따지니까 이제야 만 11세가 됐으니 편지가 올 거라 생각했고, 그 후에는 아시아 지역의 마법학교는 중학교부터 교육이 시작되나 보라고 스스로를 위로했다.

하지만 현실은 달랐다. 호그와트의 직인이 찍힌 양피지를 매단 부엉이는커녕, 김주현의 메일함에는 교수가 내린 과제며, 영어라면 질색하는 인턴, 레지 선배들이 내리는 의학 논문들이나 가득했던 것이다. 장마로 눅눅해진 날씨에 쾨쾨한 냄새를 뿜어대는 침대에 엎드려, 턱시도 무늬의 통통하고 멋진 고양이가 고로롱거리며 장난감쥐를 향해 뛰어내릴 준비를 하고 있는 이불을 배에 깔고 양피지 대신 태블릿을 펴놓고 내일모레 시험에 나올 『해리슨 내과학』 원서를 읽던 그녀는 지칠 대로 지쳐 그녀 옆에 놓인 스마트폰을 손에 들었다. 그리고 마치 15년 전, 해리포터를 처음으로 읽었을 때처럼 머글세상의 쾌속부엉이, SNS를 통해 『해리포터 이펙트』의 번역자모집 공고를 만났다. "내가 해리포터 관련 책의 일부가 될 수 있다니!"

우선 그녀는 '그녀만의 해리포터 이야기'를 써야 했다. "무엇을 써야 되지?" 그녀가 혼자 중얼거렸다. 할 말은 많았다. 그녀에게 해리포터는 정말 삶의 일부니까. 월마트배 해리포터퀴즈대회에서 우승한 것은 너무 사소한가("나는 적어도 '『마법의 역사』의 저자는?' 정도의 문제는 나올 줄 알았다고! 문제들이 너무 쉬웠어!" 퀴즈가 끝나고 나오며 김주현이 그녀의 엄마에게 툴툴거렸다. "그래서 그 저자가 누군데?" 엄마가 물었다. "바틸다 백셧" 김주현은 마치 헤르미온느처럼 당연하다는 듯이 대답했다). 아 또, 이런 생각을 한 적도 있었다. 해리포터가 영화화되면서 내가 마법사가 되는 또 다른 방편으로 영화 속의 인물이 되어 보자는 것이었다. 헤르미온느나 지니 같은 영국인 역은 도전조차 할 수 없었지만 그녀에게는 '초챙'이라는 중국계 동양인 역할이 있었다. 심지어 해리포터의 여친이라니! 그러나 오디션 날짜까지 그녀가 도저히 극복할 수 없는 게 있었다. 영어였다. 지금은 번역에 지원할 정도로 자연스러운 영어인데 그걸로 도전조차 하지 못하다니(그리고 마침내 영화에 등장한 예상치 못한 비주얼의 초 챙을 보며 "말도 안돼!!!!!" 그녀는 매우 분개했다).

원론으로 돌아와 차분하게 어떤 내용의 책인지부터 찾아보았다. 김주현은 그녀 말고도 이렇게 많은 사람들이 해리포터에 대해 생각하며 스스로의 생각을 글로 써내고 있다는 것에 대해 놀랐다. 산술, 육아법, 나치에 유전학까지…. 그녀는 그저 책이나 읽을 뿐이었다. 15년 동안 일곱 시리즈를 일곱 번 이상 읽어내고 새로운 느낌으로 다시 읽기 위해 요새는 원서를 읽고 있던 참이었다. 그녀 인생에 한 번도 해리포터에 대한 그녀의 생각이 담긴 글을 써볼 생각을 해보지도 않고 있었던 것이다. 이것은 나에게 새로운 마법의 세계로 다가왔다. 그리고 그녀가 성 뭉고병원에 지원한다면 무슨 얘길해야 할까 고민하며, 양피지는 아니지만 A4 용지 가득히 적은 그녀의 마법이야기가 담긴 이 글은 바로 이 책에 실렸고, 바로 또다른 마법을 꿈꾸고 있을 여러분이 읽고 있다.

---

* **컨트리뷰터 | 김주현** 보편적인 의대생들과 달리 헤르미온느보다는 루나 쪽에 가까운 머글. 언제나 머글에서 벗어나려고 고심 중이다. 현재 목표는 성 뭉고병원!

후기

저자들의 대화

케이트 글래스먼 외 / 임유진 옮김

한번 더 책 속으로! 2013년 8월 19일, 마지막 원고를 출판사에 보내기 전 우리 편집진은 마지막으로 최종원고를 주욱 읽어 보았다. 그러고서는 앉아서 시끌벅적한 토론, 책을 만들기까지 3년 동안의 과정에 대해 이야기하기 시작했다. 여기서 나눈 우리의 대화는 후에 세실리아 교수님이 녹취를 풀고 다듬어 주셨다.

* * *

케이트 글래스먼 이번에 원고를 처음부터 끝까지 읽으면서 느낀 건, 여기에 참여한 모두가 정말로 해리포터를 아낀다는 점이었어. 그 점만은 정말 분명했지. 또 하나 확실한 건, 우리 모두 해리포터에 있어서는 정말 전문가라는 점이야. 우린 정말 해리포터를 잘 알고 있는 사람들이고, 스네이프 교수와 볼드모트를 헷갈린다거나 하는 바보 같은 실수를 하지 않는 사람들 아니겠어?

트레자 로사도 대학원에 들어가고 나서 학교에서의 온갖 공포스러운 일들 때문에 이 프로젝트에서 한발 물러나 있긴 했지만… 이 원고를 처음부터 끝까지 읽는 건 무척 만족스러운 일이었어. 이 작업의 무게감, 모두가 함께 있는 그 느낌을 보는 것만으로도 말이야. 이 에세이들의 초고가 어땠었는지를 봤었던 만큼, 지금 나온 결과물이 놀랍더라. 정말이지, 그 초고들 기억나? 한동안 떨어져 있던 탓인지, 에세이들이 확 나아진 게 보이네.

에반 게이도스 글을 쓰는 과정이라는 게 뭘 말하는지 이번에 알 수 있었어, 나는. 서로의 글을 대여섯 번 돌아가며 봐주고 의견을 주고받는 과정에서 글이 말도 못하게 달라지더라.

레이첼 암스트롱 난 내 글을 열 번이나 수정하며 다듬은 건데 아직도 충분치 않은 것 같아. 아직도 다시 쓰고 싶어. 조금이라도 나아지게 하기 위해 지금이라도 책을 다시 읽고 싶어.

콘차 파 교수 이 프로젝트를 통해서 책과 관계 맺는 방식이 좀 달라진 것 같니?

레이첼 난 여기에 관해서라면 할 말이 좀 없는데, 2012년 1학기에 마지막 수업을 마친 이후로 해리포터를 다시 보지 못했거든. 원래는 매해 다시 읽곤 했는데, 이번엔 그러질 못했네. 물론 해리포터를 너무너무 사랑하지만, 나는 '5년 휴식'을 좀 가질까 해. 너무 많은 신경을 여기에 쏟아부었어!

제니 맥두걸 레이첼, 내가 보기에, 그동안 네가 막연히 짐작하던 게 사실 맞는 것이었다는 걸 소설을 공부하며 깨달았다는 이야기가 네 글에 잘 담겨 있는 것 같아. 그런 식으로 소설을 공부하면서 네 자신을 여러 겹에 위치시킬 수 있었던 게 아닐까 싶어. 그리고 너는 애초에 네가 좋아하던 것들을 아직도 좋아하고 있는걸.

칼리 카에타노 나는 처음 책을 읽을 때, 해리에게 깊이 공감을 했어. 해리가 돌아가신 자기 부모님을 이상화하는 방식이나 더즐리네를 보면서 부모님을 상상하는 방식들 때문에 말이야. 하지만 결국 해리는 아버지의 썩 좋지만은 않았던 점들을 알게 되잖아. 그런 것들이 나와 우리 아빠와의 관계를 생각하게 만들었어. 모든 아이들에겐 왜, 그런 순간이 있잖아. 우리 부모님도 결국 사람이고 불완전한 존재라는 걸 깨닫는 순간. 그리고 그걸 안다는 건 정말 괴로운 일이잖아. 또, 마법부 같은 권위 있는 기관을 묘사하는 방식 탓에 해리포터가 정말 전복적으로 읽히기도 했고.

새라 웬티 여기서 나는 고백을 해야할 것 같은데… 나는 이제 이 책들을 더 이상 못 보겠는 거 있지. 한동안 너무 학술적인 공부로 파고들었더니 말이야.

레이첼 그래, 그런 단점도 있네. 더 이상 책을 '재미' 그 자체로 즐기지 못하게 된다는 점 말이야. 이제는 책 속에서 우리가 수업에서 나눴던 토론의 메아리들이 들려오잖아. 좀 깊이 들어간 이야기라고 할 수도 있는데, 이 작업은 어떤 의미에서 우리의 유년 시절을 가지고 가버렸다는 생각이 들어. 왜 그런 거 있잖아, "나는 헤르미온느가 그냥 딱 나 같아서 좋아" 하는 식의 사랑이랄까?

케이트 나는 좀 다른 유의 상실을 인지하게 됐어. 재현과 대표성의 문제에 있어서 말이야. 트레자가 말한 것처럼 "왜 내가 유색인종이라고 초 챙을 해야만 해? 왜 다른 피부색의 중심 인물들은 없지? 왜 덤블도어는 책 속에서 좀 더 공공연하게 게이인 게 드러나지 않고 책이 다 끝나고서야 게이래?" 하는 질문들. 전에는 이런 것들을 전혀 인식하지 못하고 책을 읽었는데, 이제는 안 보려야 안 볼 수가 없게 됐어.

칼리 지난 번에 초 챙에 대한 슬램 포엠으로 유명해졌던 매칼리스터 대학의 레이첼 로스타드 기억나? 해리포터 내에 얼마나 다양성이 결여되어 있는지, 초 챙이 얼마나 평면적이고 일반적인 캐릭터로 끝났는지에 대한 실망감을 이야기했잖아.*

트레자 나를 살아 있게 만들고, 지금 대학원에서도 뭔가를 할 수 있게 하는 힘은 어린 시절 내가 좋아했던 것들에 대한 기억인 것 같다는 생각을 해. 아직도 잠이 오지 않는 밤이면 해리포터를 읽어. 지금도 여전히 너무 좋아. 하지만 백인의 정체성을 갖도록 길러졌지만 사실 백인은 아닌 나로서는 다양성이 존재하지 않는 책과 영화를 다시 보는 게 쉽지만은 않은 일이야. 그런 부분에 있어 나는 커다란 상실감을 느껴. 고등학생 시절 친구들이 전부 해리포터 속 캐릭터로 분장을 했던 적이 있는데, 애들이 나는 으레 '초챙' 분장을 할 거라고 생각했었어. 이건 사실 좀 슬픈 이야기이기도 해. 내 친구들, 애들은 뭐가 문제인지, 무엇이 빠져 있는지 아주 오랫동안 모른 채로 있을 거거든. 왜냐하면 해리포터는 물론이고 걔들이 읽어 온 모든 책이 그런 식이었으니까.

칼리 자, 이제 이 프로젝트 막바지이니만큼 모두에게 질문할게. 해리포터, 이 책을 다들 어떻게 분류하겠어? 단순히 아동문학일까?

모두 아니!

* 유튜브에서 "To J.K. Rowling, from Cho Chang"으로 검색하면 동영상을 볼 수 있다.

칼리 그럼 YA(Young Adult)? 분류를 할 수 있겠어?

케이트 음… 그럴 수 없을 것 같은데, 분야가 너무 임의적이야. 심지어 『뉴욕타임스』는 해리포터 용으로 새로운 카테고리를 만들기까지 했잖아.*

칼리 상업소설일까? 이 시리즈를 사람들이 소위 말하는 진짜 '문학'이라고 할 수 있을까?

트레자 내가 내 글에서 주장하는 바는, 이 책은 처음에는 아동용 소설로 시작했을지 몰라도 점차 YA로, 그 다음에는 본격 문학으로 성숙해 나갔다는 거야. 6권이나 7권에 가면 인간의 비극을 접하게 되는데, 이건 분명 아이들을 상대로만 하는 건 아니거든. 그리고 어떤 지점에 가면 분명 YA도 아니야. 이 YA라는 명칭에 대해서도 나는 문제가 있다고 보는데, 비단 YA로 분류된 책들에게뿐만 아니라 그 분류로 연관된 모든 사람들에게 심리적으로 안 좋은 영향을 미친다고 봐. 마치 그들(Young Adult)은 아직 사람이 아니라고 말하는 것 같잖아. 어린이 책이 있고, 성인이 보는 책이

---

* 해리포터 시리즈가 79주간 『뉴욕타임스』의 베스트셀러 1위부터 3위 목록에 머물자 『뉴욕타임스』는 아동도서 전용 베스트셀러 목록을 별도로 도입하기에 이른다. 이 책의 제1장 참조. — 옮긴이

있는 것, 이 분류까지는 이해하겠어. 그런데 이 YA라는 건 좀 모욕적으로 느껴지더라. 내가 십대일 때 이런 느낌을 받았었는데, 솔직히 지금도 다르지 않아. 어릴 때는 내가 '진짜 어른'이 되면 YA라는 명칭이 이해가 되려나 했는데, 아니더라. 이런 YA는 십대 후반 아이들이 실제적으로 느끼고 겪는 일들—신체에 일어나는 일이나, 호르몬 변화 같은—의 깊이를 없앤다는 생각이 들어. 그런 거에 대해 이야기하는 건 너무 급진적인 거야? 우리 모두 그때 어땠는지 기억하잖아?

트레자 강렬하지. 십대들도 이미 완전히 사람이라고.

레이첼 십대들이 죽음이나 상실, 절망 같은 요소들을 책에서 접하는 것이 자신들의 삶을 살아가는 데 있어 그런 일들을 인식하고 대응해 나가는 데 도움이 된다고 생각해? 내 경우에는 그랬거든. 해리포터를 통해서 처음으로 죽음에 대해 배웠어.

트레자 그게 바로 이 책이 하는 일이야. 아이들이나 청소년, 진짜 성인, 그들이 무엇이든 간에 '안전한 공간'을 만들어 주는 것. 그리고 도덕, 첫사랑, 어른들의 사랑(통스와 루핀 같은) 등을 알게 하는 것 말이야. 이 책에서는 꽤 무거운 주제들이 다뤄지고 있잖아. 나는 그것이 바로 좋은 책이 자연스럽게 품고 있는 요소인 것 같아. 특히나 좋은 판타지문학이나 SF 소설 같은 경우에 말이지. 그게 제일 중요한 점이지 싶어—우리를 우리가 익숙한 세계의 바깥으로 데리고 가서, 혼자였다면 결코 갖지 못했을 다른 시야와 관점으로 스스로를 보게 되는 것. 하지만 여기서 또 하나. 해리포터를 돌아보는 일에서 다소 괴로운 점은, 이런 질문을 던지는 거야—"어떤 청소년, 어떤 어른들에게 이 책이 도움이 되었던가?" 우리 수업을 한번 돌아 봐봐. 얼마나 백인들 위주로 구성되었었는지, 에세이를 쓴 사람들은 또 어떤지. 다양성의 결핍, 그게 바로 문제야.

제니 슬픈 건 말이야. 사실 다양성을 한껏 품는 책들이 이미 많이 있다는 거야. 옥타비아 버틀러라고, 유색인종의 여성들과 퀴어 캐릭터를 주로 쓴 YA 소설가인데 말이야, 안타깝게도 유명해지질 못했어. 죽을 때까지도 그저 '컬트 히어로'로만 남았지. 엄청 많은 상을 탔지만, 사람들에게 알려지지 못했어. 그런 작가들이 있어. 하지만, 우리는 옥타비아 버틀러를 가지고 수업을 만들 수 있을까? 셔먼 알렉시에 대해 수업을 만들어? 수업 하나를 만들 정도의 작품과 캐릭터를 써내는 작가들은 분명 있다고 봐. 셔먼 알렉시는 문학은 아이들에게 자신들의 삶을 도대체 어떻게 살아야 할지 모르는 아이들—알코올 중독과 가정폭력으로 괴롭게 살아가고 있는 아이들이 있다면, 그리고 그 집에서 어떻게 뛰쳐나와야 하는지 모르는 아이들이 있다면—에게 주는 무기와도 같다는 말을 했는데, 참 맞는 말이라고 봐. 그리고 해리포터도 물론 그런 일을 한다고 보고.

칼리 트레자의 글에서 그런 주제를 잘 다루고 있다고 생각해.

트레자 내 글에서 말하고 싶었던 건, 그리고 나중에라도 사람들이 그렇게 내 글을 읽어 주길 바라는 건… 해리포터의 진짜 마법은, 그게 단순히 아이들에게만 끔찍한 일—이를테면 부모님이나 친구의 죽음 같은—로부터의 안전한 공간을 제공하는 게 아니라 우리 부모님들에게 역시 그런 공간을 준다는 점에 있다고 생각해. 우리 부모님들이 책 읽어주시던 거 기억해? 해리가 겪어야 했던 폭력과 무시… 우리 엄마는 그걸 통해서 당신의 어린 시절의 경험을 떠올리시더라. 다시 한번 말하지만, 아이들 책이나 YA라고 이름 붙여진 게 그 책뿐 아니라 독자들에게까지 좋지 않은 영향을 미친다는 이야기를 하고 싶어. 어른들 역시 아이들과 마찬가지로 그런 안전한 공간이 필요하다고. 그런 게 아니라면 도대체 소설이 무엇이란 말이야? 사실 사랑하는 사람을 잃은 사람들이나 폭력과 편견을 경험한 사람이라면 누구에게나 유효할 이 책을 가지고서, 도대체 왜 '어린이를 위한 것'이라며 이 좋은 책을 과소평가하고 있는지 나는 알 수가 없어. 우리 부모님만 하더라도 해리포터에서 엄청난 영향을 받으셨다고. 내 에세이는 어린 세대에 대한 것이긴 하지만, 부모님 세대 역시 다루고 있다고 생각해.

새라 맞는 말이야. 부모님 얘기를 해서 생각났는데, 나 역시 책이랑 영화 모두에서 무척 인상적인 장면이 있어. 케드릭이 죽는 장면인데, 영화에서 케드릭의 아버지가 달려나와 흐느끼는데, 정말 어찌나 가슴이 찢어지던지. 이건 해리가 친구를 잃는 것이기도 하지만, 부모가 자식을 잃는 것이기도 하잖아.

케이트 나는 케드릭이 죽었을 땐 안 울었지만, 아버지 에이머스 디고리가 울 때는 나도 따라 울었어. 바로 그 점이 이 책을 뭐라 분류하기 어렵게 만드는 것 같아. 롤링은 시리즈를 시작할 때, 해리가 열한 살로 나오던 첫 번째 책에서부터 혁신적으로까지 느껴지는 것들을 했잖아. 해가 가면서 해리가 나이를 먹고 그에 따라 글도 나이를 먹고, 그걸 읽는 우리도 나이를 먹고….

새라 상황들 자체도 무르익어 가며 나이를 먹잖아.

트레자 롤링은 도대체 어떻게 그런 걸 다 해내는지 모르겠어.

케이트 어른들 얘기가 나온 김에, 우리 엄마는 아직도 아이패드에 해리포터 오디오북 파일을 넣고 계셔. 엄마가 약간 괴짜 같은 면이 있는 것이, 엄마는 모든 노래를 셔플로 들으시거든. 한번은 연구실에서 일을 하시다가 갑자기 오디오북 클립을 들으시고는, 갑자기 일하다 말고 우신 적이 있어. 나한테 전화하셔서는 "도비가 지금 막 죽었어" 하시는 거야. 그래서 말씀드렸지. 제발 그 오디오북 파일 좀 아이패드에서 지우시라고.

트레자 문학 비평에 대한 내 최초의 경험은, 엄마와 주방에서 있었던 일이야. 우리 엄마는 대학을 나오시지도 않았고, 나랑 비슷한 구석도 전혀 없으셔. 레이첼이 우리 어머니를 아니까 물어보면 알 거야. 내가 엄마한테 내 학교 일에 대해서 말씀을 드리면 엄마는 "응 그래. 좋네. 그런데 너 「페어런트후드」 지난 회 봤니?"라는 식으로 대답을 하시는 분이야. 그런데 엄마랑 정말 몇 시간(얘들아, 정말 몇 시간이었어) 동안 해리포터를 읽고 나서 이야기를 했던 게 기억나. 단순히 감상이 아니라, 놀랍게도 해리포터 이야기의 구조에 대한 거였어. 엄마가 그런 말을 하는 건 내가 정말 들어 본 적이 없었거든. 어쩌면 엄마의 그런 부분을 내가 물려받았을지도 모르겠다는 생각도 드네. 왜, 우리 모두 해리포터와의 경험에 대한 이야기를 많이 듣잖아. 그런데 사실 그 경험은 부모와 자식 간의 공동의 경험인 경우가 많은 것 같아. 이 부분은 지적하고 넘어갈 필요가 있지 않을까?

케이트 소설은 분명 우리에게 죽음과 상실을 다룰 수 있는 '개인적인' 공간을 주고 있다고 생각해. 그러나 동시에 공동의 공간, 대화의 공간을 열어 주기도 해. 부모님과 그리고 또 다른 사람들과의 공간 같은. 나는 만약 내가 복도에서 "말도 안 돼! 케드릭이 죽다니!" 하고 소리지르면서 다니지 않았더라면 결코 만나지 못했을 사람들이 있다는 걸 알아. 내 외침을 듣고 누군가 고개를 내밀고는 말했었어. "어, 해리포터? 너 지금 몇 페이지 읽어?"—즉각적인 연결이 되잖아.

칼리 앞서 잠깐 다루긴 했지만, 이 자리에서 조금 더 이야기하고 싶은 건, 소설에서 능숙하게 다뤄지고 있는 성숙도에 대한 문제야. 우리가 자람에 따라 소설도 그 성숙도가 증가하잖아. 다른 YA 소설들, 예를 들어 『레모니 스니켓의 위험한 대결』이나 『헝거게임』 같은 것들과 비교해 보면 그 책들에선 성숙도의 측면이 고정되어 있잖아. 그런데 그것들 자체가 애초에 그렇게 쓰여진 거고, 그게 나쁘다 어떻다 할 부분은 아니지만. 레모니 스니켓은 되게 영리한데, 그 영리함의 정도가 늘 일정해. 『헝거게임』도 마찬가지로 그 강렬도가 일정하잖아. 해리포터에서 가장 놀라운 점 하나가 바로 전체 시리즈를 관통하며 보여 주는 성숙도 부분인 것 같아. 죽음을 예로 들어, 각 권이 끝날 때마다 죽음을 어떤 식으로든 다루게 되잖아. 우선 첫 번째 세 권에서는 '죽음' 자체는 아니지만 거의 죽음에 가까운 이야기들이지. 1권은 해리의 부모님, 그리고 2권에서는 지니가 거의 죽을 뻔하고. 또, 시리우스도 죽을 뻔하지만 죽지 않고. 4권에 가서는 누군가 죽고, 5권에 가면 심지어 더 가슴아픈 죽음이 나오고, 6권에서는 또 5권보다 더 절절한 죽음이 나와(논쟁의 여지가 있지만). 그리고 마지막 7권에서는 전쟁이 있고 사람들이 죽어 나가잖아. 이건 책과 주제가 어떻게 성숙해 나가고 발전해 가는지를 보여 주는 하나의 예야. 작가로서 롤링이 자연스럽게 성장하게 된 것인지 어떤 것인지 궁금하네.

에반 나는 그게 당연히 의도적인 것이었다고 보는데.

제니 내가 롤링을 좋아하는 부분은 바로 그녀와 연결되어 있다는 느낌을 받을 수 있다는 거야. 롤링은 아이들이 묻는 질문을 존중하고 솔직하게 답을 해주는 것 같아. 다른 많은 어린이 문학에서는 볼 수 없는 거라고 할 수 있지. 아이들 책에서 어른들은 부재하거나 믿을 수 없는 사람일 때가 많아. 그런데 해리포터 속에는 우리가 믿고 의지할 만한 어른들이 참 많잖아. 내 말은, 논쟁의 여지가 있긴 해도* 덤블도어가 믿을 만한 어른인 건 사실이잖아? 여기 있는 여러 사람들보다 소설을 늦게 접한 독자 한 사람으로서 항상 롤링이 그녀의 독자들에게 다정하고 관대한 부분이 멋있다고 생각했어. 한 번도 다른 어린이 문학에서 진짜 어른이 할 법한 말을 따르거나 하지 않았고. 언제나 우리가 실제 살고 있는 세상을 반영하려고 했지. 감정적으로나 정신적으로나 아마도 어른들보다 훨씬 더 많은 것들을 경험할 아이들의 세계를 말야. 난 그 점이

---

* 제니 맥두걸은 이 책 10장(「덤블도어 의심하기」)에서 선의의 캐릭터 알버스 덤블도어 교장에 대한 문제제기를 했다. —옮긴이

정말 좋았어.

트레자 롤링은 자기의 독자를 완벽하게 믿었던 것 같아. 심지어 독자들은 열두 살에, 자기들이 뭘 하는지 아무 생각 없는 애들이었는데도 말이야! 내가 즐겨 하는 인용 중 하나가 해리포터랑 『나니아 연대기』에 대한 건데, C. S. 루이스는 자신의 독자를 신뢰하지 않았단 거야. 수잔은 립스틱을 바르고 남자애들을 좋아하게 되면서 나니아에서 쫓겨나잖아. 그런데 봐, 지니 위즐리는 어때. 생각해 보면 지니는 호그와트에서 일어나는 일 중에 가장 섹시한 일이라고. 하지만 롤링은 거기에 대해 가타부타 평가를 하지 않잖아. 헤르미온느도 남자친구들이 있고. 모든 인물들이 자라고, 롤링은 그들이 그냥 자라게 두잖아. 아이들이 하는 약물 실험을 내버려 두는 건 말할 것도 없고…. 작가는 자신의 독자들도 등장인물들과 함께 자라날 거라는 걸 믿었던 거야. 설령 그 인물들이 사는 모습이 실제 세계의 십대들 같아 보여도 괜찮고. 다른 책들에선 가지지 않은 미덕이지. 이제 나는 『나니아 연대기』를 읽어야 하는데, 독자를 믿어 주지 않는 책이라서 다소 꺼려지네.

레이첼 그래서 내가 더더욱 이 비평 작업에 열중했던 거야. 독자로서, 또 해리포터 팬으로서, 작가와 책에게 그 믿음을 온전히 갚아 주고 싶다는 마음이 들었어. 그래서 단순히 표면이 아니라 그 아래로 깊이 파고들어 책을 읽어야 했지. 그냥, "와, 정말 끝내준다!

책장 넘기는 걸 멈출 수가 없네!" 하고 마는 게 아니라, 그 책들 속에 더 엄청난 것들이 있으니 말이야. 곰곰 생각해 보면, 내가 어렸을 때 해리포터를 읽을 당시에는 이런 걸 정말 전혀 생각하지 않았구나 싶어. 롤링은 그런데 우리가 책들을 읽을 거라고, 정말 공들여 잘 읽어줄 거라고 정말로 믿었던 거야. 바로 우리가 이 프로젝트를 통해 했던 그런 방식으로 말이야.

제니 그리고 우리가 해리포터에 질문을 던지는 그 수준이 바로 이 책이 얼마나 잘 쓰여진 책인지를 그대로 보여주고 있다고 생각해. 우리는 이제 여기 앉아서 그린델왈드가 얼마나 나치적 성향을 가지고 있는지에 대해서도 이야기할 수 있잖아? 내 남편이랑 대화 중에 나왔던 말이 있는데, 우리가 진짜 제대로 파고들기 전까지는 어떤 것을 진짜로 좋아하게 될 수 없다는 거였어. 그리고 나는 여기서 우리가 좋아하는 것에 대해 비평을 하고 문제제기를 하는 게 너무 좋다고 생각해.

새라 그렇게 여러 가지 방면에서 이 책을 즐길 수 있다는 게 참 좋은 것 같아. 이야기와 캐릭터를 모두 이야기할 수 있는 것도.

케이트 그게 바로, 이 책을 통해 우리가 하고자 하는 바, 이 에세이에 대해 논하면서 우리가 집중하고자 하는 바가 무엇인가를 떠올렸을 때 내가 생각하는 점이야. 우리 세상에서 일어나는 일들을 해리포터에 대입시키는 건 그리 어렵지 않잖아. 우리는 쉽게, 마법사들은 꼭 히피들 같다랄지 이건 정말 나치 같달지 하는 말들을 할 수 있어. 우리로 하여금 그런 평행선을 그릴 수 있도록 허용하고 있으니까. 우리 세상에 한번 대입해 보고, 맥락을 부여하는 일들. 케이트 맥매너스가 지적한 것처럼 텍스트에 어떤 변형을 가하지 않고, 원래의 것을 어지럽히지 않고서 가뿐히 우리 세상에 들어올 수 있어. 또 우리는 원 텍스트에서 비어 있는 부분을 우리의 상상력으로 채울 수도 있잖아? 팬픽션이나 서브텍스트를 읽는 방식을 통해 우리 세상을 우리가 직접 만들 수 있어. 우리가 이미 말한 것처럼 퀴어 캐릭터들이 많이 없는데, (고작 덤블도어랑 그린델왈드뿐이잖아) 그나마 하나 있는 것도 그리 많은 분량이 할애되어 있지도 않고. 하지만 우리는 리무스 루핀이 늑대인간이라는 점을 가지고 이야기를 만들 수 있잖아. 그가 늑대인간이어서 숨어야 한다는 점과 동성애와 연결시켜 그 둘이 사회적으로 어떻게 유사하게 취급받는지를 다루고 있는 글들도 꽤 많더라고. 이 시리즈의 가장 뛰어난 점이 바로, 우리가 직접 그 일들을 할 수 있게 한다는 것이고. 게다가 이건 책 자체나 이야기, 인물에 안 좋은 영향을 미치는 게 아니잖아. 그냥 그 세계로 들어가서 롤링이 우리를 향해 열어 놓은 그 공간에서 우리 나름대로 놀아 보는 거지.

제니 응. 그리고 롤링은 그런 식으로 독자가 참여하는 걸 적극 지지했잖아.

에반 맞아. 독려를 해줬지. 롤링이 독자를 믿는다는 건 사실 그녀의 글에 명백히 드러나. 이게 레모니 스니켓과 얼마나 다른지 이미 이야기했지만, 레모니 스니켓은 똑똑하지만 그게 다잖아. 제정신 아닌 것 같은 악당들이 있고. 그런데 해리포터엔 잘 만들어진 인물들—아이들과 어른들이—이 있지. 우리 모두, 롤링은 아이들과 어른 모두를 쓸 수 있고 또 아이들과 어른 모두를 위해서도 쓸 수 있는 작가라는 걸 확인한 셈이야.

제니 그리고 모든 인물들이 변화하잖아. 어린이문학에서 쉽게 볼 수 있는 게 아니야, 그런 건. 여기선 주요 등장인물들이 깊고, 엄청나고, 급격한 변화를 겪잖아.

에반 다른 어떤 문학작품에서도 이 정도 변화는 못 봤던 것 같아.

케이트 우리가 수업에서 읽었던 조지프 캠벨 책에서 영웅의 여정에 대해 나오잖아. 이 원형이 되는 것 말야. 현명한 노인과 바위 뒤에 사는 정신나간 은둔자…. 그 사람들은 변하지 않아.

칼리 뭐하나 말해줄까? 나 팬픽션 엄청 많이 썼었어! 중학생 때부터 이미 팬픽션을 쓰고 있었지. 그때는 원고를 미리 피드백을 해주는 편집자도 있었어. 꽤 공식적인 작업이었던 거지. 내 평생 처음으로 어른들 방식으로 글쓰기를 했던 거야. 처음에 먼저 종이에 글을 쓰고(노트 한 칸에 두 줄이 들어가도록 자그마한 글씨로), 쓰고, 또 쓰고….

트레자 네 필명이 뭐였어?

칼리 아무도 내 필명이 뭐였는지 알아낼 수 없을 거야! 여하튼 나는 아직도 내가 글쓰기 과정에 그렇게 진지하게 참여해서 배울 수 있었던 것에 감사해. 롤링이 우리에게 만들어 준 이 상상력이라는 놀이공간에서 말이야.

케이트 그것만이 우리 때, 해리포터를 만나는 방법이었지 않아? 왜냐하면 그 다음 책은 3년 후에나 나올 테니까!

트레자 아, 얼마나 긴 긴 시간들이었는지. 나도 완전 팬픽션에 파고들었었어. 정말 뛰어난 몇몇 작품들도 있었어. 그것들이 공백과 공허를 채워줬었지.

예반 아마 그 공백기 중이었던 것 같아. 우리가 책을 읽고 또 읽고 하던 거 말이야. 나는 그때 생각을 했지. 내가 푹 빠졌던 이 대중문화를, 아빠도 경험하게 해드려야겠다고. 아빠는 이상한 시간에 일을 하셨는데, 책을 더 읽고 싶다고는 하셨지만 그럴 시간이 없으셨어. 그래서 나는 자청해서 아빠한테 책을 읽어 드리기 시작했어. 그때부터 우리는 분석을 하고 이야기할 거리가 생겼지. 아빠는 이야기 구조를 이해하고 계셨기 때문에 항상 캐릭터에 대해서 예측을 하셨는데(주로 스네이프에 대해서) 대체로 아빠 말이 맞아서 나는 그게 늘 짜증이 나는 거야. 그렇지만 그냥 어깨를 으쓱하고 말았었어.

제니 나는 열여섯 살이었는데, 해리포터가 '나는 내가 왜 책 읽는 걸 좋아하는지', '왜 소설에 대해 생각하기를 즐기는지'를 다시금 생각하게 만들어 줬어. 그 이전에는 사실 뭐 어려운 게 없었거든. 그래서 고등학교 때는 읽는 데 흥미를 많이 잃었었지. 심지어 싫어지기까지 했어. 그러다 로지 오도넬 토크쇼에서 해리포터에 대해서 이야기하는 걸 보고서는 엄마한테 좀 사달라고 했더니 엄마가 그러시더라. "너 그게 애들 책인 건 알고 있지?" 하지만 나는 그 책과 순식간에 사랑에 빠졌어. 내가 얼마나 책 읽는 걸 좋아하는 아이였는지를 상기시켜 줬달까.

케이트 나는 이 책을 열한 살에 읽기 시작했어. 게임을 할 거라면 해리와 같은 나이였어야 했지. 그런데 『불사조 기사단』을 읽을 때였나, 내가 해리보다 약간 더 나이가 많은 거야! 그게 얼마나 짜증이 나던지. 그 시절 해리는 늘상 소리를 질렀어. 시간이 지나 다시 그걸 읽으니까 어쩔 수 없이 열다섯 살의 나를 마주하게 되더라. 아마 나도 그때 많은 시간 소리만 질렀을 거야. 유쾌한 경험은 아니지. 롤링이 너무 딱 맞춘 거야. 레이첼이 말했다시피, 내가 열한 살 때 어땠는지 그때의 내 세계를 보고 싶을 때 나는 『마법사의 돌』의 세계를 들여다 봐. 그때 그들이 하고자 했던 거라고는 비밀스러운 문을 지나 세상을 구하는 일뿐이었잖아. 복잡한 것도 없어, 그게 다야. 복잡한 건 나중에 오고. 롤링은 놀랍게도 그 나이에 맞는 게 뭔지 정확하게 알고 있더라.

에반 자, 케이트는 열한 살 정도였고, 나는 아마 아홉 살 정도였던 것 같아. 1권 『마법사의 돌』이 나왔을 때 말야. 그때 나는 4학년이었는데, 그때 선생님이 한두 챕터를 읽어 주셨던 기억이 나. 독서광이었던 나로서는, '아니 내가 들어보지도 못한 판타지 책이 있다니?' 믿을 수가 없었어. 그 주에 가족과 함께 도서관에 가서는 그 책을 찾기 시작했지. 그런데 남은 거라곤 『아즈카반의 죄수』뿐인 거야. 나는 그 세계에 대해서 알아내고 싶은 마음이 너무 강렬했던 나머지, 앞의 책들을 건너뛰고 그 책을 그냥 읽기 시작했어. 그런데 엄마가 나를 보시고는 책을 내려놓으라는 거야. 집에 1권이 있다며. 해리는 우리 집에서는 그러니까, 계단 및 창고가 아니라 부모님 침실 옷장에 살고 있었던 거지. 엄마가 먼저 읽고서 내가 읽어도 좋을지 어떨지를 알아보려고 하셨다더라(내가 워낙 지나친 상상력을 가진 어린이였던 까닭에). 그날 저녁 엄마는 책을 건네주시며 부드럽게 말씀을 하셨지. "에반, 이건 진짜가 아니라는 걸 알아야 한다."

부모님이 한창 자라나던 내 상상력의 앞길을 지나치게 과잉보호하셨다는 점을 탓할 수만은 없는 게… 한번은, 퀴릴이 터번을 푸는 장면 이후로 침대 끝은 쳐다보지도 못하면서 밤 늦게까지 잠도 못 자고 무서워했던 적이 있거든. 생각해 보면 스타워즈니 스타트렉, 반지의 제왕 등등 SF와 판타지를 심각하게 많이 보는 가정환경이었어. 경험에 비추어 추측하건대 우리 부모님이 '진짜'라고 하셨던 게 당시 어떤 걸 의미하셨던 건지 알 것 같아. 하지만 지금, 우리 세대나 그 시리즈가 우리에게 미친 영향 같은 걸 생각해 보면, 해리포터를 설명하는 가장 좋은 말은 다름 아닌 '진짜'가 아닐까 싶어.

트레자 나는 항상 책 읽는 걸 좋아했어. 항상 책에 코를 박고 있는 애였기 때문에, 딱히 해리포터가 나를 '독자로 변모'시켰다거나 한 부분은 없어. 다만, 내가 좀 더 묘한 장소에서 책을 읽게 만들었지. 이를테면 양치질을 하면서랄지. 나는 항상 샤워 중에 책을 적시지 않고 읽을 수 있는 방법을 알아내는 일에 열심이었어. 내 생각에 해리포터와 나와의 관계에 있어서 가장 핵심적인 건, 그게 일종의 우월한 감정을 가능하게 한다는 거야. 살면서 '내 인생은 뭐가 이렇게 무난하고 재미없냐' 싶을 때 나는 해리포터를 집어 들어. 나에게 희망을 주거든. '나는 아직도 세상을 바꿀 수 있구나!' 그러고는 나를 열두살일 때로 데리고 가서 나는 왜 호그와트의 편지를 받지 못하는 거지를 생각하게 만들어(내가 그걸 못 받는 건 진짜 말도 안 되는 거야). 물론 입학장이 아직도 배달 중이라거나 하는 건 아니겠지만. 어쩌면 엄청난 나르시시즘을 발현시킨 것인지도 몰라. 하지만 내 안의 불꽃을 살아 있게 만들어 주는 건 사실이야. 그러지 않았다면 세상과 내 정신세계는 이미 질식해 없어져 버렸을 거야.

새라 내 경우에 해리포터는 상상력과 창의적 생각에 대한 확신 같은 거였어. 책뿐 아니라, 롤링이 그녀의 삶에서 보여 준 것들이 말이야. 나는 롤링이 나이 서른에도 마법사에 대해 공상을 하고, 이런저런 상상을 하는 것이 괜찮은 일이라는 것, 또 그게 가치 있는 일이기까지 하다는 걸 확인시켜 줬다는 점이 무엇보다도 좋아.

트레자 나는 아직도 내가 마법을 믿기 때문에 스스로 더 나은, 더 흥미로운 사람이라는 생각이 들어. 나는 아직도 마법사들이 있다고 믿거든.

제니 우리는 모두 믿고 싶어 하지. 나 역시 아직도 호그와트의 편지를 기다리고 있어.

칼리 트레자 말에 한마디 보태고 싶은 게 있어. 뭐냐면… 나는 해리포터가 정말 나를 나은 사람으로 만들어 줬다는 것을 진심으로 믿는단 거야. 그게 내가 열세 살일 때 딱 한 주 동안일지 모르지만, 그래도. 나는 그때, 스스로 'WWDD'(덤블도어라면 어떻게 했을까?)라고 하는 심리훈련에 꽤 매진하고 있었거든. 나는 나이 많은 현명한 어른에 빙의해서 돌아다녔어. 그때 이후로 엄마랑 내가 그렇게 사이가 좋았던 일주일이 없었던 것 같아.

레이첼 좀 더 나은 사람이 되는 이야기 말인데… 이 책이 우리로 하여금 좋은 사람이 되게 하는 다른 방식은, 판타지나 SF 소설이 우리를 추동하는 것이랑 좀 비슷하지 않아? 수업 시간에 읽은 책 미치오 카쿠의 『불가능은 없다』도 생길 수 있을 법한 일들을 생각하게 만들잖아. 이를테면 보이지 않는 시계랄지. 공중부양이건 페이저건, 안 보이는 시계건, 이런 것들을 먼저 상상하지 않는다면 앞으로 30년 후에 우리는 이것들을 볼 수 없을 거야.

새라 이런 식의 글쓰기는, 우리가 무언가를 점점 더 믿을 수 있도록 만들어 주는 것 같아.

케이트 그 60년대 스타트렉에는 커뮤니케이터가 있잖아. 그리고 지금 우리는 휴대폰이 있고. 그들에겐 페이저가, 우리에겐 테이저가 있지.*

---

* 페이저(Phaser)는 스타트렉에서 사용하는 무기로, 분자를 분해시켜 뼈와 살을 분리한다. 테이저(Taser)는 전자충격기를 말한다. — 옮긴이

제니 바로 그거야! 판타지 소설과 SF는 우리에게 한계가 없다는 걸 말해주잖아. 어른들에게 판타지 소설은, 우리가 지금 보고 있는 것들이 항상 그 자리에 있는 건 아니라는 걸 환기시켜 주는 역할을 해주는 것 같아. 그리고 나 정말 이 프로젝트를 함께한 사람들 모두에게, 우리가 사랑한 것들을 열정적으로 얘기하고 진지하게 작업에 임했던 이 모든 것에 고맙다는 말을 하고 싶어. 다른 어떤 곳에도 이런 만남은 없을 거야.

칼리 말도 마. 한번은 해리포터에 대한 연구과제를 제출하려고 했는데, 내가 정말 존경하고 우러러 보는 지도교수님은 심지어 내가 말을 끝마치기도 전에 이러시는 거야. "해리포터" 눈알을 굴리며 하시는 말씀, "해리포터가 이 건물 안으로 날아 들어오는 일은 절대 없을 거야."

제니 앞으로 내가 학생들을 가르치면서, 바로 이걸 기억했으면 좋겠어. 학생들 이야기에 귀를 기울이고, 그들이 무엇을 사랑하는지 듣는 것. 왜냐하면, 아이들이 좋아하는 것이야말로 진짜 중요한 거니까.

후주

들어가며

1 Paulo Freire, "The 'Banking' Concept of Education", *Falling into Theory: Conflicting Views on Reading Literature*, 1999, p. 74.

1부 _ 머글 연구

1장 _ 해리포터 현상

1 Lindsey Fraser, *Conversations with J. K. Rowling*, NY: Scholastic, 2001.
2 Dave Bogart ed., *Bowker Annual 2000*, 651, 656.
3 Iain Stevenson, "Harry Potter, Riding the Bullet and the Future of Books: Key Issues in the Anglophone Book Business", *Publishing Research Quarterly*, 2008, p.279.
4 Fraser, *Conversations with J. K. Rowling*.
5 Joan Vos. MacDonald, *J. K. Rowling: Banned, Challenged, and Censored*, Berkeley Heights, NJ: Enslow Publishers, 2008, p.40.
6 MacDonald, p.41.
7 Shannon Maughan, "The Race for Harry Potter", *Publishers Weekly*, 15 Feb 1999["Halo"].
8 Maughan, "Race".
9 Maughan, "Potter's Publication".
10 "New Heights".
11 Jim Milliot and Shannon Maughan, "Harry Potter IV: 'Goblet of Fire' Sparks Controversy", *Publishers Weekly*, 3 July 2000.
12 Milliot and Maughan.
13 Milliot and Maughan.
14 Dinitia Smith Smith, "The Times Plans a Children's Best-Seller List", *New York Times*, 24 June 2000.

15 Dwight Garner, "Ten Years Later, Harry Potter Vanishes from the Best-Seller List", *New York Times*, 1 May 2008.
16 Smith.
17 Bolonik.
18 Garner.
19 Mutter and Milliot.
20 Vicky Hallett, "The Power of Potter", US News and World Report Online, 25 July 2005.
21 "J. K. Rowling".
22 Steve Vander Ark(ed.), "History of The Harry Potter Lexicon", *The Harry Potter Lexicon*.
23 "Order".
24 "Order".
25 Nelson.
26 Steven Zeitchik, "Potter Around the World: English-Language Lessons, Piracy Fears and Juhannus", *Publishers Weekly*, 2 July 2003.
27 Claire Kirch, "Guarding the Potter Secrets in Crawfordsville", *Publishers Weekly*, 5 July 2007.
28 Stevenson, p.290; Bowker Annual 2000~2011.
29 "USA TODAY's".
30 Karen Gyimesi, "Harry Potter Charms the Entertainment Industry".
31 Library and Book Trade Almanac 2009, p.591.
32 Library and Book Trade Almanac 2009, p.591.
33 Library and Book Trade Almanac 2011, p.588.

2장 _ 정전을 장전하기

1 Erica Christine Haugtvedt, "Harry Potter and Fanfiction: Filling in the Gaps"(Thesis), University of Ohio, 2009, Print, p.5.
2 Rachel Vaughn, "Harry Potter and Experimental Use of Copyrighted Material: A Proposed Exception for Fan Works", 2008.
3 Stacey M. Lantagne, "The Better Angels of Our Fanfiction: The Need for True and Logical Precedent", *Hastings Communications and Entertainment Law Journal 33*, 2011(159), p.3.
4 Lantagne, p.4.
5 Lantagne, p.2.
6 "Barnes and Noble & Yahoo Chat", October 20, 2000.
7 "The Leaky Cauldron and MuggleNet interview Joanne Kathleen Rowling"(Part

One), July 16, 2005.

8 Darren Waters, "Rowling Backs Potter Fan Fiction", BBC News, May 27, 2004.

9 "Prequel".

10 J. K. Rowling, "Harry Potter and Me", BBC interview, December 28, 2001.

11 Ernest L. Bond and Nancy L. Michelson, "Writing Harry's World: Children Co-Authoring Hogwarts", *Critical Perspectives on Harry Potter*, New York: Routledge, 2009, p.324.

12 Rowling, Interview Webchat transcript via Bloomsbury Books, London, July 30, 2007.

3장 _ 해리포터의 가상 세계

1 Steven Best and Douglas Kellner, "Baudrillard en Route to Postmodernity", *Postmodern Theory: Critical Interrogations*, New York, NY: Guilford, 1991, p.118.

2 *ibid.*, p.118.

3 *ibid.*, p.119.

4 *ibid.*, p.119.

4장 _ 마법사, 머글, 그리고 타자

1 Dedria Bryfonski, *Political Issues in J. K. Rowling's Harry Potter Series*, Detroit: Greenhaven, 2009, p.20.

2 *ibid.*, p.12.

3 Dana Goldstein, "The Politics of Harry Potter Are Not Progressive", *Political Issues in J. K. Rowling's Harry Potter Series*, p.75.

4 Andrew Blake, "The Harry Potter Books Take a Complex View of Race", *ibid.*, p.83.

5 Blake, "The Harry Potter Books Take a Complex View of Race", p.80.

5장 _ 해리포터 세대

1 Noctor Colman, "Putting Harry Potter on the Couch", *Clinical Child Psychology and Psychiatry 11.4*, 2006, p.581.

2 Chappell Drew, "Sneaking Out After Dark: Resistance, Agency, and the Postmodern Child in J. K. Rowling's Harry Potter Series", *Children's Literature in Education 39*, 2008, p.282.

3 ibid., p.281.

4 Margery Hourihan, *Deconstructing the Hero: Literary Theory and Children's*

Literature, New York, NY: Routledge, 1997, p.53.
5 "Putting Harry Potter on the Couch", p.581.
6 "Sneaking Out After Dark: Resistance, Agency, and the Postmodern Child in J. K. Rowling's Harry Potter Series", p.243.
7 *ibid*., p.287.
8 Courtney B. Strimel, "The Politics of Terror: Rereading Harry Potter", *Children's Literature in Education 35.1*, 2004, p.37.
9 *ibid*., p.38.
10 *ibid*., p.38.
11 Natov Roni, "Harry Potter and the Extraordinariness of the Ordinary", *The Ivory Tower and Harry Potter*, MO: University of Missouri P, 2002, p. 135.
12 Strimel, "The Politics of Terror: Rereading Harry Potter", p.43.
13 *ibid*., p.46.

2부_어둠의 마법 방어술

6장_새로운 세계의 창조

1 Nancy R. Reagin, "Was Voldemort a Nazi? Death Eater Ideology and National Socialism", *Harry Potter and History*, Hoboken, NJ: Wiley, 2011, p.149.
2 Reagin, "Was Voldemort a Nazi? Death Eater Ideology and National Socialism", p.130.
3 Linda Jacobs Altman, *The Holocaust, Hitler, and Nazi Germany*, Berkeley Heights, NJ: Enslow, 1999, p.35.
4 *ibid*., p.40.
5 Richard Rhodes, *Masters of Death: The SS-Einsatzgruppen and the Invention of the Holocaust*, New York, NY: Knopf, 2002, p.95
6 Susan Campbell Bartoletti, *Hitler Youth: Growing Up in Hitler's Shadow*, New York, NY: Scholastic, 2005, p.32.
7 Rhodes, p.156.
8 *ibid*., p.156.
9 *ibid*., p.11; p.179.
10 Bartoletti, p.25.
11 Altman, *The Holocaust, Hitler, and Nazi Germany*, p.71.
12 Joshua Hammer, "Hitler's Children", *Newsweek 135*. 12, 2000.

13 Altman, p.38.
14 Rhodes, p.30.
15 Bartoletti, pp.76~77.
16 *ibid*., p.147.
17 Altman, p.37.
18 *ibid*., p.38.
19 *ibid*., p.38.
20 *ibid*., p.38; p.40.
21 *ibid*., pp.41~44.
22 *ibid*., p.50.
23 *ibid*., p.64.
24 *ibid*., p.56.
25 Bartoletti, pp.142~143.
26 *ibid*., p.77.
27 *ibid*., p.38.
28 *ibid*., pp.42~47.
29 Brenda Ralph Lewis, *Hitler Youth: The Hitlerjugend in War and Peace*, Osceola, WI: MBI, 2000, p.73.
30 Bartoletti, p.42.
31 *ibid*., p.27.
32 Lewis, p.7.
33 Bartoletti, p.28.
34 *ibid*., p.25.
35 *ibid*., p.7.

7장 _ 죽음을 정복하는 것이란

1 Harpo Productions, Inc., "Oprah Interviews J. K. Rowling", Online video interview, March 25, 2013.
2 Nance Gibbs, "Persons of the Year 2007: Runners-Up", *Time*, December 19, 2007.
3 John Granger, *The Deathly Hallows Lectures*, Allentown, PA: Zossima Press, 2008, p.55.

8장 _ 가장 사악한 마법

1 John Arnott MacCulloch, *The Mythology of All Races: Celtic*, New York, NY: Cooper Square, 1964, p.118.

2 Katherine Briggs, *Encyclopedia of Fairies: Hobgoblins, Brownies, Bogies, and other Supernatural Creatures*, New York, NY: Pantheon, 1976, p.355.

3 J. R. R. Tolkien, "On Fairy-Stories", *Essays Presented to Charles Williams*, comp. C. S. Lewis, Grand Rapids, MI: Eerdmans, 1966, p.18.

4 Tolkien, "On Fairy-Stories",p.19.

5 J. MacDougall(ed.), *Folk and Hero Tales: Waifs and Strays of Celtic Tradition*, New York, NY: AMS, 1973, p.78.

6 *Folk and Hero Tales: Waifs and Strays of Celtic Tradition*, p.87.

7 John Arnott MacCulloch, *The Childhood of Fiction: A study of Folk Tales and Primitive Thought*, London, UK: John Murray, Albemarle Street, 1905, p.133.

8 *The Mythology of All Races: Celtic*, p.151.

9 Peter Buchan(ed.), *Ancient Scottish Tales*, Peterhead: Buchan Field Club, 1908, p.45.

10 *Folk and Hero Tales: Waifs and Strays of Celtic Tradition*, p.105.

11 *ibid.*, p.103.

12 *ibid.*, p.109.

13 *More West Highland Tales*, trans. John G. MacKay, Edinburgh, Scotland: Birlinn, 1994, p.23.

14 *Folk and Hero Tales: Waifs and Strays of Celtic Tradition*, p.63.

15 *Popular Tales of the West Highlands*, trans. John Francis Campbell, London, UK: Alexander Gardner, 1980, p.11.

9장 _ WWHPD

1 Lev Grossman, "Who Dies in Harry Potter? God", Time magazine US, Editorial, July 12, 2007.

2 Francis Bridger, *A Charmed Life: The Spirituality of Potterworld*, New York, NY: Image, 2002.

3 C. W. Neal, *The Gospel according to Harry Potter: The Spiritual Journey of the World's Greatest Seeker*, Louisville, KY: Westminster John Knox, 2008, pp.187~188.

4 "Harry Potter Author J. K. Rowling Opens Up About Books' Christian Imagery", Interview by Shawn Adler, October 17, 2007, MTV.com.

5 Denise Roper, *The Lord of the Hallows: Christian Symbolism and Themes in J. K. Rowling's Harry Potter*, Denver, CO:Outskirts, 2009, p.83; pp.84~87.

6 John Killinger, *The Life, Death, and Resurrection of Harry Potter*, Macon, GA: Mercer UP, 2009, p.13.

7 *The Gospel according to Harry Potter: The Spiritual Journey of the World's Greatest Seeker*, p.7.

8 *ibid.*, pp.174~175.

9 *The Life, Death, and Resurrection of Harry Potter*, p.75.

10 *The Lord of the Hallows: Christian Symbolism and Themes in J. K. Rowling's Harry Potter*, p.25.

11 *The Lord of the Hallows: Christian Symbolism and Themes in J. K. Rowling's Harry Potter*, p.87에서 인용.

12 *ibid*., p.87.

13 *The Life, Death, and Resurrection of Harry Potter*, p.148.

14 *The Life, Death, and Resurrection of Harry Potter*, p.148; *The Gospel according to Harry Potter: The Spiritual Journey of the World's Greatest Seeker*, p.237.

15 *The Gospel according to Harry Potter: The Spiritual Journey of the World's Greatest Seeker*, p.266.

16 *The Gospel according to Harry Potter: The Spiritual Journey of the World's Greatest Seeker*, p.290; The Life, Death, and Resurrection of Harry Potter, p.122.

17 *The Lord of the Hallows: Christian Symbolism and Themes in J. K. Rowling's Harry Potter*, p.83에서 인용.

10장 _ 덤블도어 의심하기

1 Veronica Schanos, "Cruel Heroes and Treacherous Texts", *Reading Harry Potter*, ed. Giselle Liza Anatol. Westport, CT: Praeger, 2003, p.131.

3부_변신술

11장 _ 해리포터와 마법 유전자

1 William S. Klug, Michael R. Cummings, Charlotte A. Spencer, and Michael Palladino, *Essentials of Genetics*(7th edition), Upper Saddle River, NJ: Benjamin Cummings, 2010.

2 ibid.

3 Heather Riccio, "Interview with J. K. Rowling, Author of Harry Potter", *HILARY Magazine*, April 3, 2014.

4 William S. Klug, Michael R. Cummings, Charlotte A. Spencer, and Michael Palladino, *Essentials of Genetics*(7th edition), Upper Saddle River, NJ: Benjamin Cummings, 2010.

5 Deborah Wygal, "Mendelian Modes of Inheritance", Genetics class, St. Catherine

University, St. Paul, MN. March 2010, Lecture.
6 J. K. Rowling, "Section: Extra Stuff SQUIBS", J. K. Rowling Official Site(Web), May 27, 2010.
7 *Essentials of Genetics*, pp.41~42.
8 Lisa W. Bunker, "The Noble and Most Ancient House of Black", *The Harry Potter Lexicon*.
9 "Harry Potter Universe", Wikipedia, May 25, May 2010.
10 *Essentials of Genetics*, p.322.

12장 _ 마법과 심리학

1 Joan E. Grusse, *Handbook of Socialization Theory and Research*, London, UK: Guilford, 2007, p.13.
2 *ibid*., p.18.
3 Vernon L. Quinsey, Tracey A. Skilling, Martin L. Lalumiere, and Wendy M. Craig, *Juvenile Delinquency: Understanding the Origins of Individual Differences*, Washington, DC: American Psychological Association, 2004, p.44.
4 J. K. Rowling, "Extra Stuff: Miscellaneous: Spells and Definitions", Web.jkrowling.com.
5 *Handbook of Socialization Theory and Research*, p.363.
6 Raymond H. Jr. Starr, David A. Wolfe, *The Effects of Child Abuse and Neglect: Issues and Research*, London: Guilford, 1991, p.133.
7 *Handbook of Socialization Theory and Research*, p.188.
8 Leon Kuczynski, *Handbook of Dynamics in Parent-Child Relations*, London, UK: SAGE, 2003, p.134.
9 *Handbook of Socialization Theory and Research*, p.77.
10 Ken Magid and Carole A. McKelvey, *High Risk Children without a Conscience*, New York, NY: Bantam, 1987, p.80.
11 *ibid*., p.82.
12 *ibid*., p.216.
13 *Handbook of Dynamics in Parent-Child Relations*, p.135.
14 *Juvenile Delinquency: Understanding the Origins of Individual Differences*, p.99.
15 *High Risk Children without a Conscience*, p.205.

13장 _ 톰 리들을 위한 간호계획

1 Elizabeth M. Varcarolis, Verna Carson and Nancy C. Shoemaker, *Foundations*

of Psychiatric Mental Health Nursing: A Clinical Approach, St. Louis: Saunders Elsevier, 2005, pp.275~276.

2 *ibid.*, p.283.

3 *ibid.*

4 *ibid.*

5 Judith M. Wilkinson and Karen Van Leuven, *Fundamentals of Nursing: Theory, Concepts and Applications*, Philadelphia: F. A. Davis Company, 2007, p.554.

6 *Fundamentals of Nursing: Theory, Concepts and Applications*, p.554.

7 Lynda Carpenito-Moyet, *Handbook of Nursing Diagnosis*, Philadelphia: J. B. Lippincott Company, 2008, p.289.

8 *ibid.*, p.444.

9 *ibid.*, p.289.

10 Russell B. Connors, Jr., *Catholic Social Teaching: Convictions and Connections, Global Search for Justice*, Minneapolis: St. Catherine University, 2009, p.127.

11 *Handbook of Nursing Diagnosis*, p.444.

12 Judith M. Wilkinson and Karen Van Leuven, *Fundamentals of Nursing: Theory, Concepts and Applications*, Philadelphia: F. A. Davis Company, 2007, p.553.

13 *ibid.*

14장 _ 문학의 숫자점

1 Annemarie Schimmel, *The Mystery of Numbers*, New York, NY: Oxford UP, 1993. p.69.

2 Vincent Foster Hopper, *Medieval Number Symbolism: Its Sources, Meaning, and Influence on Thought and Expression*, New York, NY: Dover. 2000, p.7.

3 *The Mystery of Numbers*, p.61.

4 *ibid.*, p.68.

5 *ibid.*, p.67.

6 *Medieval Number Symbolism*, p.6.

7 *Medieval Number Symbolism*, p.5.

8 *Medieval Number Symbolism*, p.6.

9 *The Mystery of Numbers*, p.86.

10 *Medieval Number Symbolism*, p.31; pp.42~43.

11 *The Mystery of Numbers*, p.127.

12 *Medieval Number Symbolism*, p.18.

15장 _ '특별한 삼총사'의 성적인 기하학

1 Eve Kosofsky Sedgwick, *Between Men: English Literature and male Homosocial Desire*, New York, BY: Columbia UP, 1985, p.21.

2 *ibid.*, p.21.

3 *ibid.*, pp.1~2.

4 *ibid.*, p.2.

5 *ibid.*, p.16.

6 *ibid.*, p.25.

7 *ibid.*, pp.25~26.

8 *ibid.*, p.23.

9 Meredith Cherland, "Harry's Girls: Harry Potter and the Discourse of Gender", p.278.

참고문헌

들어가며

Giselle Liza Anatol, *Reading Harry Potter*, Westport, CT: Praeger, 2003.

______, *Reading Harry Potter Again*, Westport, CT: Praeger, 2010.

Francis Bridger, *A Charmed Life: The Spirituality of Potterworld*, New York, NY: Image, 2002.

Paulo Freire, "The 'Banking' Concept of Education", eds. David Richter and Gerald Graff, *Falling into Theory: Conflicting View on Reading Literature*, 2nd edition, New York: Bedford, 1999, pp. 68~78.

Helen Vendler, "What We Have Loved, Others Will Love", eds. David Richter and Gerald Graff, *Falling into Theory: Conflicting View on Reading Literature*, 2nd edition, New York: Bedford, 1999, pp. 31~40.

1부 _ 머글 연구

1장 _ 해리포터 현상

Melissa Anelli(ed), "A Brief (Believe It or Not) History of The Leaky Cauldron" The Leaky Cauldron. 6 Dec. 2007. Web. 6 May 2010. [http://www.the-leaky-cauldron.org/info/siteinfo]

Kera Bolonik, "A List of Their Own", *Salon*, 16 Aug. 2000. [http://www.salon.com/life/feature/2000/08/16/bestseller]

The Bowker Annual 2000: Library and Book Trade Almanac, 45th edition. New York, NY: R. R. Bowker, 2000.

The Bowker Annual: Library and Book Trade Almanac, New York, NY: R. R. Bowker, 2001~2011.

Lindsey Fraser, *Conversations with J. K. Rowling*, New York, NY: Scholastic, 2001.

Dwight Garner, "Ten Years Later, Harry Potter Vanishes from the Best-Seller List", *New York Times*, 1 May 2008. [http://papercuts.blogs.nytimes.com/2008/05/01/ten-years-later-harry-potter-vanishes-from-the-best-sellerlist/]

Karen Gyimesi, "Harry Potter Charms the Entertainment Industry", Nielsen, The Nielsen Company, 10 July 2007. [http://en-us.nielsen.com/etc/medialib/nielsen_dotcom/en_us/documents/pdf/press_releases/2007/july.Par.82638.File.dat/pr_070710_download.pdf.]

Vicky Hallett, "The Power of Potter", *US News and World Report Online*, 25 July 2005. [http://www.usnews.com/usnews/culture/articles/050725/25read.htm.]

"J. K. Rowling", Contemporary Authors, Gale Group, 28 Aug. 2009. [Web]

Dustin Kidd, "Harry Potter and the Functions of Popular Culture", *The Journal of Popular Culture*, 40.1, 2007, pp.69~89.

2장 _ 정전을 장전하기

Ernest L. Bond and Nancy L. Michelson, "Writing Harry's World: Children Co-Authoring Hogwarts", *Critical Perspectives on Harry Potter*, ed. Elizabeth E. Heilman, New York: Routledge, 2009.

Rachel Deahl, "E. L. James and the Case of Fan Fiction", *Publishers Weekly*. 13 Jan. 2012. [http://www.publishersweekly.com/pw/by-topic/book-news/page-toscreen/article/50188-e-l-james-and-the-case-of-fan-fiction.html.]

Erica Christine Haugtvedt, "Harry Potter and Fanfiction: Filling in the Gaps" [Thesis], University of Ohio, 2009.

Stephen Knight, *Robin Hood: A Mythic Biography*, Ithaca: Cornell UP, 2003.

Stacey M. Lantagne, "The Better Angels of Our Fanfiction: The Need for True and Logical Precedent", *Hastings Communications and Entertainment Law Journal*, 33, 2011.

J. K. Rowling, "Barnes and Noble & Yahoo Chat"(Webchat transcript), 20

October 2000. [http://www.accio-quote.org/articles/2000/1000-livechat-barnesnoble.html]
J. K. Rowling, "Harry Potter and Me", BBC interview, 28 Dec 2001. [http://www.accio-quote.org/articles/2001/1201-bbc-hpandme.htm]
______, "The Leaky Cauldron and MuggleNet interview Joanne Kathleen Rowling: Part One", The Leaky Cauldron, 16 July 2005. [http://www.accio-quote.org/articles/2005/0705-tlc_mugglenet-anelli-1.htm]
______, Interview, Webchat transcript via Bloomsbury Books, London. 30 July 2007. [http://www.bloomsbury.com/harrypotter]
______, "Prequel" April 2008. [http://crushable.com/entertainment/the-harry-potter-prequel-read-it-here/]
Becca Schaffner, "In Defense of Fanfiction", *Horn Book*, 85, 2009.
Rachel L. Stroude, "Complimentary Creation: Protecting Fan Fiction as Fair Use", *Marquette Intellectual Property Law Review*, 2010.
Rachel Vaughn, "Harry Potter and Experimental Use of Copyrighted Material: A Proposed Exception for Fan Works", 2008. [http://works.bepress.com/cgi/viewcontent.cgi?article=1001&context=sensibleip]
Darren Waters, "Rowling Backs Potter Fan Fiction", BBC News, 27 May 2004. [http://news.bbc.co.uk/2/hi/entertainment/3753001.stm]

3장 _ 해리포터의 가상 세계

Jean Baudrillard, "Disneyworld Company", Liberation, The European Graduate School, 1996.
Steven Best and Douglas Kellner, "Baudrillard en Route to Postmodernity", *Postmodern Theory: Critical Interrogations*, New York, NY: Guilford, 1991.
Universal Orlando, 2-Park Map: Universal Orlando Resort, Orlando: Universal Orlando, 2010.

4장 _ 마법사, 머글, 그리고 타자

Andrew Blake, "The Harry Potter Books Take a Complex View of Race", *Political Issues in J.K. Rowling's Harry Potter Series*, ed. Dedria Bryfonski, Detroit: Greenhaven, 2009.

Dedria Bryfonski, *Political Issues in J.K.Rowling's Harry Potter Series*, Detroit: Greenhaven, 2009.

Rachel Dempsey, "Human Rights Are at the Core of Harry Potter" In Political Issues in J.K.Rowling's Harry Potter Series, ed. Dedria Bryfonski, Detroit: Greenhaven, 2009.

Dana Goldstein, "The Politics of Harry Potter Are Not Progressive", *Political Issues in J.K.Rowling's Harry Potter Series*.

"Arthur Weasley", "Bestiary: The Creatures of the Wizarding World", "Blood Status", "Department for the Regulation and Control of Magical Creatures", "Dobby the House-Elf", "Encyclopedia of Speels: Unforgivable Curses", "Exploring the Muggle World", "Harry Potter and the Chamber of Secrets Chapter 18 Synopsis", "Ministry of Magic", "Stan Shunpike"(via Wizards, Witches Beings, A to Z), The Harry Potter Lexicon. [http://www.hp-lexicon.org/index-2.html]

Courtney B. Strimel, "The Politics of Terror: Rereading Harry Potter", *Children's Literature in Education*, 35.1, 2004.

5장_해리포터 세대

Chappell Drew, "Sneaking Out After Dark: Resistance, Agency, and the Postmodern Child in J. K. Rowling's Harry Potter Series", *Children's Literature in Education*, 39, 2008. [http://www.springerlink.com/content/30k858n772742587/]

Hourihan Margery, *Deconstructing the Hero: Literary Theory and Children's Literature*, Newyork, NY: Routledge, 1997.

Natov Roni, "Harry Potter and the Extraordinariness of the Ordinary", *The Ivory Tower and Harry Potter*, ed. Lana A. Whited, Columbia, MO: University of Missouri Press, 2002.

Noctor Colman, "Putting Harry Potter on the Couch", *Clinical Child*

Psychology and Psychiatry, 11.4, 2006. [http://ccp.sagepub.com/cgi/content/short/11/4/579]

Courtney B. Strimel, "The Politics of Terror: Rereading Harry Potter", *Children's Literature in Education*, 35.1, 2004. [http://www.springerlink.com/content/n415124h335761u3/]

2부_어둠의 마법 방어술

6장_새로운 세계의 창조

Linda Jacobs Altman, *The Holocaust, Hitler, and Nazi Germany*, Berkeley Heights, NJ: Enslow, 1999.

Susan Campbell Bartoletti, *Hitler Youth: Growing Up in Hitler's Shadow*, New York, NY: Scholastic, 2005.

Joshua Hammer, "Hitler's Children", Newsweek 135.12, 2000.

Adolf Hitler, *Mein Kampf*, Trans. Ralph Manheim, Boston, MA: Houghton, 1971.

Brenda Ralph Lewis, *Hitler Youth: The Hitlerjugend in War and Peace, 1933-1945*, Osceola, WI: MBI, 2000.

Nancy R. Reagin, "Was Voldemort a Nazi? Death Eater Ideology and National Socialism", *Harry Potter and History*, ed. Nancy R. Reagin. Hoboken, NJ: Wiley, 2011.

Richard Rhodes, *Masters of Death: The SS-Einsatzgruppen and the invention of the holocaust*, New York, NY: Knopf, 2002. print

7장_죽음을 정복하는 것이란

Nance Gibbs, "Persons of the Year 2007: Runners-Up", *Time*, 19 December 2007.

John Granger, *The Deathly Hallows Lectures*, PA:Zossima Press, 2008.

Harpo Productions Inc., "Oprah Interviews J. K. Rowling", Online video interview(YouTube on 25 Mar, 2013).

8장 _ 가장 사악한 마법

Katherine Briggs, *Encyclopedia of Fairies: Hobgoblins, Brownies, Bogies, and other Supernatural Creatures*, New York, NY: Pantheon, 1976.
Peter Buchan(ed.), *Ancient Scottish Tales*, Peterhead: Buchan Field Club, 1908.
Popular Tales of the West Highlands, trans. John Francis Campbell, London, UK: Alexander Gardner, 1890.
John Arnott MacCulloch, *The Childhood of Fiction: A Study of Folk Tales and Primitive Thought*, London, UK: John Murray, Albemarle Street, 1905.
______, *The Mythology of All Races: Celtic*, New York, NY: Cooper Square, 1964.
J. MacDougall(ed.), *Folk and Hero Tales: Waifs and Strays of Celtic Tradition*, New York, NY: AMS, 1973.
More West Highland Tales, trans. John G. MacKay, Edinburgh, Scotland: Birlinn, 1994.
J. K.Rowling, *The Tales of Beedle the Bard*, New York, NY: A. A. Levine Books, 2007.
J. R. R. Tolkien, "On Fairy-Stories", Essays Presented to Charles Williams, comp. C. S. Lewis, Grand Rapids, MI: Eerdmans, 1966.

9장 _ WWHPD

Francis Bridger, *A Charmed Life: The Spirituality of Potterworld*, New York, NY: Image, 2002.
Lev Grossman, "Who Dies in Harry Potter? God", *Time*(US), 12 July 2007.
"Harry Potter Author J. K. Rowling Opens Up About Books' Christian Imagery", Interview by Shawn Adler, MTV News, 17 Oct 2007. [Http://www.mtv.com/news/articles/1572107/jk-rowling-talks-aboutchristian-imagery.jhtml]

Holy Bible, New International Version, NIV. Biblica, 2011. [Biblegateway.com]
John Killinger, *The Life, Death, and Resurrection of Harry Potter*, Macon, GA: Mercer UP, 2009.
C. W. Neal, *The Gospel according to Harry Potter: The Spiritual Journey of the World's Greatest Seeker*, Louisville, KY: Westminster John Knox, 2008.
Denise Roper, *The Lord of the Hallows: Christian Symbolism and Themes in J. K. Rowling's Harry Potter*, Denver, CO: Outskirts, 2009.

10장 _ 덤블도어 의심하기

Veronica Schanos, "Cruel Heroes and Treacherous Texts", *Reading Harry Potter*, ed. Giselle Liza Anatol, Westport, CT: Praeger, 2003.

3부 _ 변신술

11장 _ 해리포터와 마법 유전자

Lisa W. Bunker, "The Noble and Most Ancient House of Black", The Harry Potter Lexicon, 26 June 2003. [http://www.hp-lexicon.org/wizards/blackfamilytree.html]
"Harry Potter Universe", Wikipedia, the Free Encyclopedia. 25 May 2010. [http://en.wikipedia.org]
Kedar Karki, "Mule Genetics", scribd.com, 2008. [http://www.scribd.com/doc/3748491/Mule-Genetics]
William S. Klug, Michael R. Cummings, Charlotte A. Spencer, and Michael Palladino, *Essentials of Genetics*, 7th edition, Upper Saddle River, NJ: Benjamin Cummings, 2010.
Heather Riccio, "Interview with J. K. Rowling, Author of Harry Potter", HILARY Magazine. [http://hilary.com/career/harrypotter.html]
J. K. Rowling, "Section: Extra Stuff Mafalda (Goblet of Fire)", J. K. Rowling Official

Site.

______, "Section: Extra Stuff SQUIBS" J. K. Rowling Official Site.

______, "Section: F.A.Q.", J. K. Rowling Official Site.

Deborah Wygal, "Mendelian Modes of Inheritance" Genetics class. St. Catherine University, St. Paul, MN. March 2010. [Lecture]

12장 _ 마법과 심리학

Joan E. Grusse, *Handbook of Socialization Theory and Research*, London, UK: Guilford, 2007.

Leon Kuczynski, *Handbook of Dynamics in Parent Child Relations*, London, UK: SAGE, 2003.

Ken Magid and Carole A. McKelvey, *High Risk Children without a Conscience*, New York, NY: Bantam, 1987.

Vernon L. Quinsey, Tracey A. Skilling, Martin L. Lalumiere, and Wendy M. Craig, *Juvenile Delinquency: Understanding the Origins of Individual Differences*, Washington, DC: American Psychological Association, 2004.

J. K. Rowling, "Extra Stuff: Miscellaneous: Spells and Definitions", jkrowling.com.

Raymond H. Starr, Jr. and David A. Wolfe, *The Effects of Child Abuse and Neglect: Issues and Research*, London: Guilford, 1991.

13장 _ 톰 리들을 위한 간호계획

Lynda Carpenito-Moyet, *Handbook of Nursing Diagnosis*, Philadelphia, PA: J. B. Lippincott Company, 2008.

Russell B. Connors Jr., *Catholic Social Teaching: Convictions and Connections, Global Search for Justice*, Minneapolis, MN: St. Catherine University, 2009.

Elizabeth M. Varcarolis, Verna Carson, and Nancy C. Shoemaker, *Foundations of Psychiatric Mental Health Nursing: A Clinical Approach*, St. Louis, MO:

Saunders Elsevier, 2006. Print.
Judith M. Wilkinson and Karen Van Leuven, *Fundamentals of Nursing: Theory*, Concepts and Applications. Philadelphia, PA: F. A. Davis Company, 2007.

14장 _ 문학의 숫자점

Paul Calter, "Number Symbolism in the Middle Ages. Unit8. Math 5, Exploring Mathematics. Geometry in Art and Architecture", Dartmouth College, Mathematics Department, 1998. [http://www.dartmouth.edu/~matc/math5.geometry/unit8/unit8.html]
Vincent Foster Hopper, *Medieval Number Symbolism: Its Sources, Meaning, and Influence on Thought and Expression*, New York, NY: Dover. 2000.
The New Oxford Annotated Bible, ed. Michael D. Coogan, New York, NY: Oxford UP, 2007.
J. K. Rowling, *The Tales of Beedle the Bard*, New York, NY: Children's High Level Group, 2007.
Annemarie Schimmel, *The Mystery of Numbers*, New York, NY: Oxford UP. 1993.

15장 _ '특별한 삼총사'의 성적인 기하학

Giselle Liza Anatol, *Reading Harry Potter Again: New Critical Essays*, Santa Barbara, CA: ABC-CLIO, LLC, 2009.
Meredith Cherland, "Harry's Girls: Harry Potter and the Discourse of Gender", *Journal of Adolescent and Adult Literacy*, 52.4, 2008.
Lisa Hopkins, "Harry Potter and the Acquisition of Knowledge", *Reading Harry Potter Critical Essays*, Westport, CT: Greenwood Publishing Group, 2003.
Eve Kosofsky Sedgwick, *Between Men: English Literature and male Homosocial Desire*, New York, BY: Columbia UP, 1985.

옮긴이 소개

김수연 「서문」, 「들어가며」, 「부록1: 해리포터 수업계획서」

초등학교 4학년, 해리를 처음 만난 이후 바로 포터헤드가 되어 버림은 물론, 뮤지컬, 패러디, 팝 컬처의 세계에 돌이킬 수 없는 첫 걸음을 떼게 되었다. 해리가 어린 나에게 알려준 것은 마법 주문뿐이 아니라 다양성에 대한 존중, 약자에 대한 민음과 우리의 도덕적 관념에 대한 흑백 논리적인 사고 방식에서 벗어나는 방법이었다. 연성 권력의 힘이 문화간의 차이를 극복한다고 믿는 지금의 나에게, 해리포터는 꿈의 초석이 되어 주었다.

박나리 1장 「해리포터 현상」

중고생 시절까지도 올빼미가 호그와트 입학장을 물고 날아오기를 기다렸지만 수능 준비를 하면서 마침내 그런 헛된 기대를 버렸다. (망했어, 이제는 설령 입학장이 날아온다고 해도 호그와트 입학시험 보는 것보다 수능시험 보는 게 더 쉽겠어라며.) 남들 보기에도 썩 나쁘지 않은 '원서 읽는 고등학생' 콘셉트를 잡고 영어 공부를 하며 해리포터로 의무와 취미를 동시에 만족시켰다. 비록 완벽하게 익히게 된 단어가 '빗자루' '마법봉' '두꺼비 눈알' 따위라고 해도…. 이후 대학과 대학원에서 불문학을 전공하며 해리포터 불어판을 완독하여 한국어판, 영어판, 불어판의 그랜드슬램을 달성했다. 현재 불어 출판번역가로 활동하고 있다.

김영지 2장 「정전을 장전하기」

큰 작가를 꿈꾸던 어린 시절의 나, 그리고 글을 쓰기에 더 큰 용기가 필요한 지금의 나에게 해리포터는 여전히 희망을 주는 책이다. 조앤 롤링은 가난 속에서 하나의 돌파구처럼 글을 써내려 갔고, 결국 그녀 한 사람의 상상력은 그녀를 구하고 이토록 많은 사람들이 영향을 받았다. 그러니 글을 쓴다는 것은 그만한 가치가 있지 않을까. 그녀와 그녀의 책을 생각하면 다시 한 번 용기를 내게 된다.

김은혜 3장 「해리포터의 가상 세계」

롤링과 같은 불문학 전공생. 해리포터를 읽으면서 롤링의 상상력과 유머감각을 닮고 싶었다 (지금도 론이 민달팽이를 토하는 마법은 현실세계에 있었으면 좋겠다는 생각을 가끔 한다). 해리포터가 처음으로 내게 보여 준 서양의 문화, 전설 속 괴물들과 신화의 여정은 내가 서양문학을 더 공부할 수 있게 한 자극제였음에 틀림없다.

전재연 4장 「마법사, 머글, 그리고 타자」
손에 꼽을 수 있는 몇 가지에만 애정을 쏟으며 살고 있다. 문학, 음악, 영화 같은 것에 특히 마음을 두고 있으며 그 중에서도 문학을 전공하며 갈수록 답 없는 삶의 의미를 찾고자 한다. 읽고 쓰는 일에 막막한 삶의 돌파구가 반드시 존재한다고 믿으며, 그러므로 좋은 책을 접할 때면 늘 설렌다. 만약 해리포터처럼 재미까지 있다면, 더 바랄 게 없겠다.

노서영 5장 「해리포터 세대」
2005년 『혼혈왕자』가 출간됐을 때, 나는 고3이었다. 내가 문제집을 풀 동안 수시에 붙은 친구들은 『혼혈왕자』를 읽었다. 당장에라도 읽고 싶었지만 참았다. 몇 날 며칠을 그것만 붙잡고 있을 게 분명해서였다. 수능을 치르고 난 뒤 읽기로 하고, 대신 집에 있던 『불사조 기사단』을 조금씩, 계획한 공부 분량을 채웠을 때 상으로 읽었다. 해리포터의 힘으로 무사히 고3을 마친 나는 그해 원서를 냈던 대학 중 가장 좋은 학교의 영문과에 합격했다. 테이프가 늘어지도록 영화 「마법사의 돌」을 돌려보던 중학생 때부터 대학생이 될 때까지 해리포터는 내 인생의 중요한 시절을 함께했다. 이제는 어른이 된 해리포터 팬들의 이야기가 한국의 팬들에게도 전해지도록 해리포터의 팬이자 친구로서 도울 수 있어서 행복하다.

홍성호 6장 「새로운 세계의 창조」
사람이 책을 만들고 책이 사람을 만든다고 한다. 해리포터 시리즈는 한 사람이 만든 이야기지만, 수억 명의 새로운 사람을 만들어 냈다. 독자들은 해리포터를 읽으며 다른 세상으로 여행을 떠났고, 긴 여행에서 돌아온 뒤엔 옛날과 달라져 있었다. 해리포터의 세계에서 해리의 과감함을, 헤르미온느의 지혜를, 덤블도어의 현명함을, 스네이프의 용기를 배우고 난 우리는 조금 더 나은 사람이 되었다. 해리포터를 읽던 어린 소년이던 나는 이제 어른이 되었고, 앞으로 계속 나이를 먹어 가겠지만, 해리는 나의 어린 시절 꿈과 희망을 가지고 그대로 남아 있을 것이다. 부디 해리가 그 자리에 계속 남아 있었으면 좋겠다.

최수원 7장 「죽음을 정복하는 것이란」
해리포터 시리즈는 끝났지만, 나는 나와 같은 팬들의 수많은 사랑과 재창조 속에 그 마법 세계가 계속해서 존재할 것임을 믿는다. 대학생이 된 지금도 해리포터는 내게 단순한 소설을 넘어 선과 악에 대한 고찰이며 인생을 사는 방법에 대해 생각해 보게 하는 원동력이다. 꼭 시간을 돌린 것처럼, 내가 책을 펼 때마다 해리는 11살로, 15살로, 17살로 돌아가며 그때의 '나'

를 상기시킨다. 이렇게 나와 함께 나이를 먹으며 마음속에 평생 간직할 수 있는 마법 같은 설렘을 만들어 준 책에 감사한다.

김주현 8장 「가장 사악한 마법」

어린 시절의 내게 롤링은 친근하고 현실적이면서도 놀라울 만큼 환상적인 우리 옆 마법 세계를 보여 주었다. 나는 곧 해리포터에 푹 빠져, 내 삶 속에도 마법의 출입구나 신비한 동물들이 나타나지 않을까 공상하며 기다렸다. 안타깝게도 아직까지는 나타나 주지 않았지만, 해리포터 시리즈와 함께한 15년은 내게 진짜 마법이었다. 위즐리에 웃고 스네이프에 울고…. 빨리 다음 내용을 알고 싶다고 원서를 읽다가 영어까지 배웠다. 해리포터에겐 항상 고마운 마음이고, 바다 너머 팬들과 한국의 팬들이 소통하는 데 역자로서 도울 수 있게 되어 기쁘기 그지없다.

류소현 9장 「WWHPD」

해리포터 시리즈의 배우들과 나란히 성장한 해리포터 세대이다. 시리즈별로 책을 모아 여러 번 읽고 또 읽다 보니 자연히 해리포터에 대해 많은 생각을 하게 되었다. '톰 리들의 유년시절이 화목했다면 볼드모트는 탄생하지 않았을까?' '그때 그 캐릭터가 그런 선택을 하지 않았더라면 어땠을까.' 내게 해리포터는 읽을수록 새로운, 더 폭넓게 읽을 수 있는 마법의 책이다.

신지현 10장 「덤블도어 의심하기」

전세계에서 성경 다음으로 많이 팔렸다는 해리포터. 그 엄청난 열풍에도 불구하고 허무맹랑하고 유치한 동화라는 선입견 때문에 쳐다보지도 않았으나, 대학교 기말고사 시험 기간 머리를 식힐 겸 부담 없이 책을 읽다 전공 책보다 해리포터를 더 열광적으로 읽는 사태가 발생했다. 지금처럼 해외 직구가 활성화되지 않았던 2000년대 초반 책이 발간되기 몇 달 전부터 아마존에서 선주문을 하고 비싼 국제배송료를 내면서 책을 수입해다 읽었다. 남들보다 먼저 읽었다는 사실에 괜히 뿌듯해하고, 영화도 개봉하자마자 보고 또 보던 옮긴이의 내년 (또는 언젠가) 목표는 해리포터 스튜디오에 가서 버터맥주를 맛보는 것.

심상원 11장 「해리포터와 마법 유전자」

고등학교 때, 가장 맘에 들었던 것은 학교가 호그와트와 흡사해 '대그와트'로 불리고 3년 내내 입고 다닌 코트가 해리포터 주인공들이 입던 마법사 망토와 비슷했던 점이었다. 대학교 때에는, 해리포터 영화에서 가장 좋아했던 헤르미온느 역의 엠마 왓슨과 동기가 되었다는 사실을 알자마자 기쁨을 감출 수가 없었다. 오리엔테이션 때 내 바로 앞줄에 앉아 있던 그 아이를 보면서 '굉장히 많이 닮은 아이'인 줄만 알았는데, 내 청소년기를 함께했던 바로 그 '헤르미온느'였던 것! 해리포터 시리즈는 단순히 내가 심심할 때 읽는 책이 아니다. 자라는 내내 나와 함께한 영어 선생님이며 상상 속 친구들을 만나게 해준 아주 중요한 존재이다.

김나현 12장「마법과 심리학」

해리포터가 보여 준 용기, 정의, 우정, 사랑은 마법 세계뿐 아니라 우리가 살아가는 머글 세계에도 공통적으로 적용되는 가장 숭고하고 진실한 마법들이다. 그리고 실제로 해리를 통해 배운 그 가치들을 내 삶 속에 녹여 낼 때 그 마법들은 현실을 바꾸는 놀라운 힘을 보여 주었다. 해리포터를 읽던 열한 살 소녀는 어느 새 이십 대 후반이 되었다. 머글의 세상에서 평범하게 살아가고 있지만, 나는 여전히 마법을 사용한다. 현실 앞에 움츠러들 때면 용기의 마법을, 유혹의 순간엔 정의의 마법을, 이기심이 자라날 땐 우정의 마법을, 그리고 모든 아픔과 상처 앞에서는 사랑의 마법을. 옷장 속에 헤르미온느의 지팡이와 해리의 안경을 갖고 있는 나를 누군가는 아직도 꿈에서 못 깬 어린이라고 부를지라도 나는 해리포터의 영원한 팬이라는 사실이 너무나 자랑스럽다.

이정은 13장「톰 리들을 위한 간호계획」

나이 열다섯, '외고 입시'라는 디멘터에게 쫓기던 나는 '해리포터'라는 패트로누스를 만났다. 영화 수백 번 돌려보기, 대사 외우기는 기본. 소설책과 함께 잠들고 함께 눈뜨기는 일상다반사. 학교에서 '학원 숙제만 하는 우중충이'였던 나는 곧 '해리포터에 맛이 간 그 여자애'로 통했다. 덕력은 기하급수적으로 치솟았지만 영혼은 기적적으로 구제되었으니, 해리포터의 오색찬란한 마법으로 물든 사춘기 속에서 나는 성장했다. 단짝보다 단짝 같은 친구들을 만났고, 롤링이 전하는 깊은 메시지에 감격했으며, 무엇보다도 전에 없던 행복한 나, 열정적인 나를 발견했다. 이 어메이징한 시리즈와 함께한 추억들은 아직도 내 정체성 가장 아름다운 모퉁이에 고스란히 자리 잡고 있다.

이서현 14장「문학의 숫자점」

해리포터를 만난 지 딱 1년 후, 책 좀 그만 읽으라고 엄마에게 혼이 났던 기억이 아직도 선명하다. 책을 많이 읽는다고 혼이 나다니. 그렇게 억울하고 서러웠던 적은 없었다. 일곱 살 때 처음 해리포터를 만난 이후, 호그와트에 입학하기 전까지 모든 마법을 예습해 제2의 헤르미온느가 되겠다며 하라는 숙제는 안 하고 밤새 책만 읽었으니, 돌이켜 생각해 보면 혼날 만도 했던 것 같다. 내가 마법사가 아니라는 것을 깨달은 이후 마법 주문 외우는 취미는 그만두었지만, 대신 해외 팬사이트에 들어가 전세계 해리포터 팬들과 이야기를 나누기 시작했다. 그리고 이렇게 전세계에 이 책을 퍼뜨려 준 번역가라는 직업에 매료되었다. 해리포터는 내게 단순히 가느다란 나무 막대기를 향한 열망만을 준 것이 아니었다. 책을 읽는 재미에서부터 정직하고 용감하며 선하게 사는 법, 그리고 외국어를 배우고 외국어로 소통하는 즐거움을 알려 주었고 무엇보다 '꿈'을 선물해 준 고마운 존재이다. 그의 이야기는 끝이 났을지라도 내 가슴속에는, 삶의 방향을 제시해 준 가장 친한 친구이자 멘토로 영원히 기억될 것이다.

박성혜 15장 「'특별한 삼총사'의 성적인 기하학」

나의 학창시절은 늘 해리포터와 함께였다. 쉬는 시간만 되면 해리포터를 읽었고 조그마한 노트에 내가 원하는 해리포터 이야기를 새로 쓰는 것이 나의 유일한 스트레스 해소 방법이었다. 내 나이 열일곱, 해리포터 시리즈의 마지막 영화를 본 후 느꼈던 상실감 때문에 책을 읽고 또 읽은 기억이 난다. 그 다음 해에 "해리포터 영화를 제가 다시 만들게 해주세요"라는 내용의 편지를 작가에게 보낸 적이 있는데 작가가 그 편지를 읽었는지 아직도 궁금하다. 답장은 오지 않았다. 해리포터는 나의 삶이었다. 나의 남은 인생도 해리포터와 함께할 것이다.

임유진 「감사의 말」, 「나의 해리포터 이야기」, 「후기: 저자들의 대화」

출판문화공간 엑스플렉스 기획편집팀장. 엑스북스에서 나오는 책들을 기획하고 만드는 일을 한다. 평소 "세상은 팬들에 의해 돌아간다"는 믿음이 있고, 해리포터 수업과 연구의 결과를 책으로 엮은 『해리포터 이펙트』는 좋아하는 것을 나누는 도구로 글쓰기를 선택했다는 점에서 엑스플렉스의 철학과 모토를 보여준다고 생각한다. 사랑하는 것을 표현할 줄 아는 팬들, 동서양 포터헤드들에게 이 책과 내 두 엄지를 보낸다.